LA CANCIÓN
DE LOS
CABALLOS

LA CANCIÓN
DE LOS
CABALLOS

Ricarda Jordan

Traducción de Susana Andrés

Papel certificado por el Forest Stewardship Council®

Título original: *Das Lied der Pferde*

Primera edición: septiembre de 2019

© 2019, Bastei Lübbe AG
Derechos negociados a través de Ute Körner Literary Agent / www.uklitag.com
© 2019, Penguin Random House Grupo Editorial, S. A. U.
Travessera de Gràcia, 47-49. 08021 Barcelona
© 2019, Susana Andrés, por la traducción

Printed in Spain – Impreso en España

ISBN: 978-84-666-6626-8
Depósito legal: B-13.040-2019

Compuesto en Lozano Faisano, S. L.

Impreso en Black Print CPI Ibérica
Sant Andreu de la Barca
(Barcelona)

BS 6 6 2 6 8

Penguin
Random House
Grupo Editorial

EL JUEGO

Colonia, León, Al Ándalus
Primavera – Otoño 1072

1

—¡Sed bienvenido, don Álvaro! ¡Me alegro de volver a saludaros! Aunque habéis llegado algo pronto, mi hijo todavía no ha regresado de su salida a caballo. ¿Permitís que os aligere la espera con un vaso de vino? Así podréis informarme mientras tanto de los progresos de Endres en el manejo de la espada.

El maestro Linhard, un hombre con el cabello ligeramente gris, que cubría su voluminosa figura con una holgada túnica de liviano brocado, recibía en la entrada de su casa al maestro de armas de su hijo. El día anterior había llegado a Colonia, procedente de Kiev, tras un largo viaje de negocios, y su alegría al ver al castellano parecía sincera.

Aenlin, que escuchaba la conversación escondida tras una pila de pieles, suspiró aliviada cuando don Álvaro, un hombre alto y atlético, de mirada penetrante, abundante cabello negro y un bigote enorme, contestó al saludo de su padre y aceptó la invitación. Ya hacía un buen rato que había terminado su paseo con el caballo de Endres y que había desensillado y dado de comer al animal. Sin embargo, su hermano gemelo no había acudido, tal como habían acordado, al cobertizo de detrás de las caballerizas, el lugar que utilizaban para compartir sus secretos. Aenlin tendría que salir al jardín, averiguar dónde estaba Endres y apremiarlo para que se cambiara enseguida el jubón y las calzas. Si bien la palabra «enseguida» tenía en el léxico de Endres una importancia más bien secundaria. Era un joven lento y sosegado que no solía precipitar las cosas.

La muchacha se asomó con extremo cuidado por detrás del montón de pieles. Por mucha prisa que tuviera no quería abandonar su escondite antes de que los dos hombres entraran en la vivienda. Don Álvaro había sobrevivido a incontables batallas y combates singulares gracias al hecho, sin duda, de que nunca perdía de vista lo que lo rodeaba, y también su padre estaba atento a cuanto ocurría en su casa. Si uno de ellos la descubría, la pondrían en un brete con sus preguntas. A fin de cuentas no había ninguna razón para que Endres se escondiera de su padre y de su maestro de armas.

Aenlin suspiró. No siempre era fácil jugar a ese juego con que ella y su hermano llevaban años mofándose de los adultos. Aunque, por otra parte, era tan emocionante que no pensaba abandonarlo si no era estrictamente necesario, y Endres no quería en absoluto renunciar a la libertad que le ofrecía. Así que Aenlin mantuvo la cautela.

Cruzó el patio interior de la casa comercial con unos pocos y rápidos pasos, y se coló por una puertecilla que daba al huerto que su madre Gudrun tenía detrás del área de la cocina. No era grande, y en él cultivaba sobre todo plantas útiles: hierbas medicinales, especias y verduras. En ordenadas hileras, las plantas se inclinaban hacia el sol estival. Allí la mala hierba no tenía la menor oportunidad de proliferar, pues el huerto se hallaba primorosamente cuidado. Sin embargo, al fondo, cerca del muro de separación, crecían unas zarzas de moras que para la señora de la casa eran como una espina que llevaba clavada desde hacía años. La madre de Aenlin odiaba las plantas silvestres y le habría gustado deshacerse de ellas, pero cada otoño daban frutos en abundancia que valía la pena cosechar y que complacían especialmente a sus hijos. Así pues, había cedido a los vehementes ruegos de Aenlin y Endres, y no había tocado las zarzas, sin sospechar que ambos no se preocupaban tanto por las moras como por el umbrío hueco que se abría cuando uno se escurría entre esos arbustos que alcanzaban la altura de un hombre.

En el pasado, antes de que su padre mandara construir la casa, seguramente allí se había alzado un edificio más viejo, o tal vez un muro. El suelo estaba cubierto de escombros alrededor de los cuales habían crecido las zarzas. Desde fuera, la maleza semejaba un espeso seto, pero cuando se conocía el acceso enseguida se llegaba al refugio secreto de los gemelos. Era allí donde se escondían cuando habían hecho algo indebido. Y Endres se sentía seguro detrás de las zarzas cuando Aenlin había ocupado, como era frecuente, su puesto en una cabalgada o durante los ejercicios con el maestro de armas. También en ese momento estaba cómodamente sentado sobre una piedra, con un libro abierto cuya lectura le había hecho perder la noción del tiempo, algo bastante frecuente en él.

Liber Evangeliorum. Aenlin reconoció la versión rimada de los Evangelios de Otfrid von Weissenburg. En cualquier caso no era un libro que su padre fuera a echar en falta cuando, entre viaje y viaje, tuviera tiempo de enfrascarse en la lectura de uno de los volúmenes de su enorme biblioteca.

—¿Qué estás haciendo, Endres? —preguntó enojada a su hermano—. Don Álvaro ya ha llegado, hace rato que deberías estar en la sala.

Endres levantó la cabeza y Aenlin lo miró a los ojos. Como siempre, al contemplar a su hermano tuvo la sensación de estar ante un espejo. La joven poseía un valioso espejo de cristal que reflejaba su imagen de forma terroríficamente exacta, no de modo impreciso y borroso como los espejos de cobre corrientes. Pero no había nada que pudiera semejarse a la visión del rostro de su hermano, ningún espejo alcanzaba a reproducir con tanta fidelidad los ojos de ambos, color verde claro, y sus pestañas doradas. Los gemelos eran de piel clara, pero se bronceaban con sorprendente rapidez y, puesto que los dos pasaban mucho tiempo al aire libre, su tez ofrecía un atractivo contraste con sus rubios cabellos, finos pero abundantes. Cuando Aenlin no los trenzaba, sino que los desenredaba con el suave cepillo que su padre le había traído junto con el espejo de Venecia, flotaban como una nube alrededor de su rostro. Endres solía alisárselo con un tosco peine y agua, y lo dejaba crecer más de lo que era habitual entre los hijos de los burgueses. Cuando se lo cortaba, rodeaba su rostro como la aureola de un santo.

Aenlin encontraba que el papel de santo le iba como anillo al dedo a su hermano, que en ese momento parecía no ser de este mundo. Ingenuo y sorprendido, el muchacho levantó la vista del libro para mirarla.

—Pensaba que irías tú en mi lugar con don Álvaro —se disculpó—. Como te gusta tanto... manejar la espada.

Solo con pensar en esa arma ya sentía asco. Odiaba el manejo de la espada y se alegraba de no ser hijo de un caballero. Pero el hijo de un mercader tampoco podía evitar aprender las nociones básicas del arte de la guerra. Como comerciante debería viajar mucho y eran muy pocos los caminos totalmente seguros. La mayoría de los mercaderes solían contratar caballeros andantes para proteger sus mercancías, pero de todas formas habían de ser capaces de defenderse por sí mismos.

La muchacha volvió a suspirar. Por supuesto, Endres tenía razón: a diferencia de él, a ella le encantaba que don Álvaro la instruyera en el manejo de las armas. Como también le gustaba montar y ocuparse de los caballos. En especial esto último era para ella un gran motivo de felicidad. Amaba los caballos, y por ello, ya de niña, nunca se separaba de Hans *el Jamelgo*, el caballerizo del maestro Linhard. Le daba igual si se trataba de caballos pesados o de mulos que se enganchaban al carro, o de los más nobles caballos de silla. Para Aenlin no había nada más hermoso que cepillar su brillante pelaje, acariciar su suave nariz y sentir en la piel el aire que exhalaban sus ollares. Cuando nadie la veía, hundía el rostro en su crin para inspirar ese olor tan especial que diferenciaba los caballos de todos los demás animales.

Y así era como había empezado ese juego que Endres y Aenlin llevaban muchos años practicando. Cuando su padre había regalado un caballito a su hijo de seis años y había indicado a Hans que le enseñara a montar, Aenlin se había puesto a llorar y chillar. No podía ni quería admitir que a Endres le regalaran un poni mientras se esperaba que ella se alegrara de haber recibido el delicado y ricamente adornado huso que su padre le había llevado en su equipaje. Había escuchado incrédula las palabras de sus progenitores, que no se habían dejado impresionar por su comportamiento. «Eres una niña, Aenlin. Aprenderás a llevar una casa, a cocinar y hacer pan, a bordar, tejer y coser. Un día encontrarás a un buen hombre y lo honrarás. Tu hermano se hará cargo de la dirección de la casa comercial. Él tiene que prepararse para esta labor y corresponde a su preparación aprender a cabalgar y a combatir.»

—¡Pero yo soy la mayor! —protestó Aenlin. Según su madre, había llegado al mundo un cuarto de hora antes que Endres—. Debería ser yo quien heredase la casa comercial. Como... como en el caso de Esaú y Jacob...

Gudrun había contado a sus hijos la historia bíblica de los dos hermanos. Pero los padres simplemente se habían reído cuando la muchacha había protestado aludiendo a ese relato.

—Esaú y Jacob eran varones —había señalado Linhard sonriendo—. Y la historia nos muestra que la primogenitura no se negocia. Así que date por satisfecha con el puesto al que Dios te ha destinado, Aenlin.

Pero la niña se había retirado sollozando al hueco tras la zarzamora, donde poco después Endres se había reunido con ella.

—Por mí, puedes quedarte tú con la... la primogenitura —le había susurrado para consolarla—. Y con el caballo. Para mí no son tan importantes...

De hecho, desde muy temprana edad, Endres ya había mostrado mucho más interés por los estudios que por el negocio de su padre. Así como Aenlin era la sombra de Hans *el Jamelgo*, el chico no se apartaba del joven capellán que, varias veces a la semana, enseñaba a leer y escribir a los gemelos. Había hecho miles de preguntas al sacerdote. Los misterios de la fe le habían fascinado tanto como el poder de la palabra escrita. Ya entonces le habría gustado ingresar en un monasterio, primero para aprender, pero después para consagrar su vida totalmente a Dios. Sin embargo, el único hijo varón del exitoso mercader del Lejano Oriente, Linhard de Colonia, no podía ni plantearse hacer algo así. El comerciante permitía que sus hijos estudiaran en casa y vigilaba que el religioso no ejerciera demasiada influencia sobre su blandengue heredero. Con todas las cosas que este debía aprender a fin de prepararse para su futura vida, jamás habría disfrutado de tiempo suficiente para leer sus libros y abismarse en sus sueños.

Hasta que los gemelos por fin inventaron su juego: Aenlin había aceptado de buen grado la proposición de compartir el caballo y, de hecho, nadie se percató del cambio cuando la niña se vistió con las calzas y botas de su hermano, se cubrió con su abrigo y fue al establo a montar. Entretanto, Endres se refugió en el hueco de la zarzamora y se sumergió en antiguos escritos. Con el transcurso del tiempo, los gemelos se fueron volviendo más y más atrevidos. Aenlin también sustituía gustosa a su hermano en los combates con armas con don Álvaro.

Pero ese día...

—¡Endres, hoy no puede ser! Padre está bebiendo un vaso de vino con don Álvaro. Querrá ver la clase. Y yo no puedo... —Aenlin se dispuso a desprenderse de su jubón y sus calzas. Endres llevaba una camisa larga sobre los suyos, muy parecida a las sobrevestes que las mujeres solían llevar encima de las túnicas. Aenlin podía ponérsela rápidamente.

—¡Eres mucho mejor que yo! —exclamó Endres. Era obvio que le desagradaba tener que mostrar sus habilidades delante de su progenitor—. Padre estaría...

—Es imposible. ¡Se daría cuenta! —repitió Aenlin resuelta.

Endres arrugó la frente.

—¡Pero si ni siquiera don Álvaro sospecha!

Aenlin hizo una mueca.

—Si quieres saber mi opinión, don Álvaro ya barrunta algo. Lo que pasa es que nunca me ha mirado el tiempo suficiente para percatarse de cuánto nos parecemos y, además, el que una chica pueda blandir una espada simplemente queda más allá de lo que es capaz de imaginar. Pero padre nos conoce. No nos diferenciará por nuestra forma de pelear, sino por nuestros gestos, la expresión de nuestra cara, por el hecho de que no nos enfurecemos a la misma velocidad... Podría engañarlo montando a caballo, Endres. Pero no cuando esté frente a don Álvaro con la espada. Y ahora, espabila, cámbiate de ropa, ya ha llegado el momento. ¡Esfuérzate un poco! No sujetes la espada como... como si acabaras de sacarla del fuego del herrero...

El joven acabó obedeciendo y Aenlin, aliviada, se dirigió a sus aposentos para convertirse de nuevo, lo más rápida y discretamente posible, en una muchacha. Las habitaciones se hallaban en el primer piso, como todas las salas y dormitorios de la familia; el despacho y las habitaciones de servicio estaban situadas en la planta baja. Aenlin entró en el edificio de entramado de madera por una empinada escalera, y por fortuna no se cruzó con nadie. A esa hora, su madre o bien estaba ocupada en la cocina o bien en el despacho, donde supervisaba la contabilidad de la casa comercial de su marido. Como muchas esposas de mercaderes, era muy culta y pensaba transmitir sus conocimientos a su hija, de modo que la muchacha no tenía que ocultarse para aprender a calcular y a llevar una contabilidad. Se daba por hecho que Aenlin participase en las clases en que Endres aprendía los idiomas más importantes de los socios de su padre. A los trece años, los gemelos ya hablaban aceptablemente el italiano y el castellano, así como un poco de árabe.

Linhard lo veía complacido y solía bromear con Aenlin planteándole que quizás un día se casaría con alguien procedente de Castilla o del Véneto. «¡O incluso de Oriente! Allí no necesitarías ni dote, al contrario. ¡Algún jeque habría que me daría todo un rebaño de camellos por ti!»

Tal como se esperaba de ella, Aenlin reía, aunque la mera idea de encontrar en breve un marido le quitaba el sueño. Cuando estuviera casada —ya fuera con el heredero de un colonés o de una casa comercial veneciana— debería dar por concluido su trato con los caballos. Como esposa de un burgués, ni siquiera se le permitiría tener un caballo en el que cabalgar por placer, a diferencia de las mujeres nobles de los castillos. Estaría atada a la casa y no tendría otra cosa que hacer que vigilar a la servidumbre y educar a los hijos.

También le dolía imaginarse separada de Endres. Amaba a su hermano, era como una parte de sí misma. Y sentía que él necesitaba su protección. ¿Cómo iba a sobrevivir en el rudo mundo de los comerciantes y caballeros? Ya ahora estaba preocupada por él. ¿Superaría la clase de lucha con espada bajo la severa mirada de su padre?

Le urgía llegar lo antes posible al edificio anexo donde se desarrollaba la clase, aunque fuera para brindar apoyo moral a Endres. Así pues, abrió el arcón delicadamente tallado en el que guardaba su indumentaria. Los aposentos de la familia estaban provistos de un lujoso mobiliario. Dados sus éxitos como mercader del Lejano Oriente, su padre era rico, un burgués respetado de la ciudad de Colonia. Y, como tal, se tomaba la libertad de equipar su casa de forma tan elegante y confortable como los castillos de la nobleza. Era como las residencias de la mayoría de los habitantes de los burgos, pero más moderna y más fácil de calentar. Los suelos, de madera, estaban cubiertos por alfombras; en la habitación de Aenlin había un reclinatorio y dos butacas tapizadas delante de la chimenea. Las ventanas revestidas de pergamino dejaban entrar la luz del día, y por la noche las lámparas de aceite procedentes de Oriente y las gruesas velas de los magníficos candelabros alumbraban lo suficiente para permitir incluso que Aenlin leyera. El maestro Linhard mimaba a su hija.

Se puso la túnica y la sobreveste, ambas de un lino exquisito y de un verde claro que casaba con el color de sus ojos, con el escote rematado con un sutil bordado de hilo de oro. La sobreveste procedía de Francia, donde recibía el nombre de *surcot*, y su padre la había traído de París; los vestidos holgados estaban de moda. Aenlin pudo cambiarse deprisa y sin ayuda. Solo le faltaba peinarse, tarea en la que no era muy hábil. Se cepilló los rizos con impaciencia y se trenzó torpemente el cabello. Esperaba que su padre, y sobre todo don Álvaro, no se fijaran demasiado en ella.

Y así fue: ambos solo tenían ojos para Endres, quien estaba frente a su maestro de armas en la sala. No obstante, el maestro Linhard saludó alegre a su hija, contento al parecer de que se reuniera con él. Si le sorprendía el gran interés que Aenlin mostraba por la lucha a espada, no lo dejaba traslucir.

Endres suspiró aliviado cuando vio a su hermana junto a los hombres, aunque eso no obraba ningún efecto en su actuación. Como era habitual, sostenía el arma con poco convencimiento y prefería retirarse en lugar de resistir un ataque. Su maestro de armas estaba al borde de la desesperación.

—Endres, *por favor...* —Don Álvaro daba la clase en su lengua materna—. ¿Qué estás haciendo? ¡La semana pasada te desempeñabas mucho mejor! Adelante, Endres, venga, ¡sé que puedes! ¿Por qué vuelves a coger hoy la espada como una niña?

Aenlin estuvo a punto de soltar una carcajada ante ese comentario que, naturalmente, no tenía nada de cómico. Si el rendimiento de su hermano y el de ella en la clase eran tan distintos, a la larga el caballero acabaría sospechando. La muchacha observaba impotente cómo los ataques del castellano cada vez eran más agresivos para sacar de una vez de su reserva al muchacho, pero este no se enfurecía.

De ahí que su padre se sintiera decepcionado y disgustado.

—En serio, Endres... ¡tienes que luchar! —animaba a su hijo—. No estamos haciendo esto por diversión. Si retrocedes ante los ataques de don Álvaro, no pasa nada, ni si detienes sus golpes con tan poca determinación. Pero un día, eso te lo garantizo, estarás frente a un bandido de carne y hueso. Un hombre sin escrúpulos ni honor. ¡Entonces deberás ser capaz de reaccionar! Inténtalo otra vez, hijo, ¡y ahora con más ímpetu!

En el rostro de Endres se reflejaba ahora el terror ante el bandido imaginario. Aenlin volvió a sentir pena por él. Su hermano era un hijo obediente, no se rebelaría contra su destino, sino que se convertiría en un comerciante tan bueno como le fuera posible. Pero no estaba hecho para luchar ni para negociar, odiaba correr riesgos. En Endres se escondía un erudito, no un hombre de acción. Ella, en cambio...

Cerró el puño, tensó los músculos, todo su ser ansiaba arrancarle a su hermano la espada de madera que servía para entrenar, y plantarle cara a don Álvaro.

Su padre debió de percibirlo.

—O tal vez deba dejar a mi hija la casa comercial como herencia —bromeó amenazador cuando vio el semblante furioso de Aenlin—. Vos no lo sabéis, don Álvaro, pero mi hija está reclamando su primogenitura. Y bien es cierto que ya podría llevar la contabilidad. Me temo que incluso sería capaz de enganchar ella misma los caballos para salir de viaje.

Linhard rio, pero Aenlin se puso en guardia. A su padre no le había pasado por alto lo atraída que se sentía por las caballerizas, y se había fijado en que también seguía con aplicación las enseñanzas de su madre sobre cómo llevar las cuentas del negocio y mantener una casa. El comerciante consentía en silencio que ayudase a Hans *el Jamelgo* a preparar medicamentos para los caballos y que los sujetara cuando el hombre restituía una herradura perdida o les colocaba un vendaje. No obstante, todo eso disgustaba a su madre, y la joven siempre temía que esta convenciera a su marido para que se lo prohibiera.

—Pronto la casaré con un diligente mercader que también le permita trabajar un poco —prosiguió el maestro Linhard en tono benévolo—, igual que Gudrun me ayuda a mí en el despacho. Ella no está hecha para llevar una vida de princesa, dedicada exclusivamente a la holganza.

Como mínimo esto lo había comprendido. Con un asomo de humor negro, Aenlin volvió a pensar en pedir a su padre que la casara con un anciano sin hijos; se esforzaría sinceramente por regalarle un heredero cuyo legado ella se encargaría de administrar hasta que el pequeño alcanzara la edad adulta. Se sentía capaz de dirigir un negocio como el de su padre, aunque eso solo sería posible como viuda. En Colonia no había mujeres solteras que se ocuparan de su propia manutención, al menos no en los círculos en los que se movían el maestro Linhard y su familia.

Endres perseveraba en reunir fuerzas para detener los golpes de don Álvaro. Los paraba con lentitud y torpeza, pero como mínimo no se retiraba. Y entonces algo distrajo la atención de luchadores y espectadores. Se oyeron voces procedentes del patio exterior. Los gritos y el sonido de los golpes de los cascos cada vez eran más fuertes y alguien abrió el gran portalón para dejar entrar unos carros pesados.

—¡Debe de ser la carga de Kiev! —El padre de Aenlin se dio media vuelta, inquieto. Había llegado la noche anterior solo con una pequeña escolta. Se había adelantado a sus hombres impaciente por regresar por fin a su hogar, así como por poner a buen resguardo entre las murallas de la ciudad de Colonia la gran adquisición de ese viaje, una reliquia de valor incalculable. Ahora, por lo visto, también habían llegado de la lejana Rusia los tres pesados carros cargados con pieles.

—Tengo que salir, don Álvaro —se disculpó—. O... no, ¿sabéis?, venid conmigo. Hay algo que quiero mostraros. Y también a ti, Endres, sobre todo a ti. Es un regalo, hijo. Y me gustaría mucho saber vuestra opinión, don Álvaro...

Aenlin reventaba de curiosidad, mientras que Endres no parecía estar tan a la expectativa. Los regalitos de su padre pocas veces le satisfacían, en realidad únicamente se alegraba cuando el comerciante había adquirido algún libro raro o rollos manuscritos para su biblioteca. Sin embargo, el maestro Linhard no los llevaba expresamente como regalos para sus hijos, y, desde luego, no para su hijo varón. Y dado que estaba pidiendo a don Álvaro su parecer, probablemente se tratara de un arma.

—¿Una espada de los rusos? —preguntó también el castellano—. Forjan unos peculiares sables de hoja curva...

Linhard negó con la cabeza y rio.

—No, no —respondió—. Vos mismo ya sabéis que mi hijo no es un gran luchador. Sería absurdo exigirle ahora que combatiera con una cimitarra. Basta con un arma sencilla para que pueda defenderse. Pero pronto le llegará la hora de emprender su primer viaje comercial. Y para ello necesita un buen caballo.

2

—¿Un caballo de Rusia? —Sorprendido, el castellano siguió a Linhard al patio, donde ya reinaba un intenso ajetreo. Unos mozos desenganchaban los caballos mientras otros empezaban a descargar los carros. Gudrun y un par de criadas recibían con una bebida a los conductores y a sus escoltas, los caballeros andantes—. ¿No suelen adquirirse los caballos en tierra de moros? ¿Y en mi país, donde, como ya sabéis, se crían hermosos corceles?

Linhard se encogió de hombros.

—Es cierto que los sementales de guerra se adquieren en Castilla —admitió—, así como mulos de primera clase. Por ejemplo, este tiro —señaló dos fuertes mulos, a los que un mozo estaba secando el sudor antes de llevarlos al establo— procede de tierras hispanas. Y se dice que los caballos de los moros son veloces y audaces. Por lo visto, ya su profeta Mohamed batallaba con ellos. Sin embargo, un comerciante no es un guerrero. Necesita un caballo tenaz: rápido cuando ha de serlo, pero sobre todo resistente y de fácil tenencia. Y en Rusia hay una raza sin parangón. Caballos tan poco exigentes como obedientes animales de tiro, pero tan fogosos como los del desierto. Al menos eso es lo que me han asegurado los comerciantes eslavos. Y sabe Dios que aunque eso no se corresponda enteramente con la realidad, el caballo que he traído para Endres es tan extraordinario... que sencillamente fui incapaz de ignorarlo.

Y dicho esto, condujo al caballero así como a su impaciente

hija y su resignado hijo hasta el último carro de la caravana, al que estaba atada su nueva adquisición. Buscando aplauso, observó que los tres se habían quedado sin respiración.

—¡Un caballo de oro! —musitó don Álvaro—. ¡Madre de Dios! Es... es increíble...

Tampoco Aenlin daba crédito. La yegua sin duda todavía joven, que observaba desamparada y temerosa el trajín del patio, parecía realmente esculpida en oro, pues su pelaje tenía un brillo metálico. La muchacha no sabía si calificarla de alazán o de dun... más bien este último, pues el pelo de la cola y de las crines era oscuro. Era un animal realmente alto, aunque de cuello esbelto y miembros delicados, largos y bien contorneados. Todavía no lo habían montado demasiado, por su musculatura se diría que no lo habían trabajado regularmente.

Don Álvaro también se percató de ello.

—¿Cuántos años tiene? ¿Dos? —preguntó.

—Me han dicho que tres —respondió el padre de Aenlin—. Y ya la han montado. Por suerte no con frecuencia, lo que me han asegurado que es bueno, pues estos animales son muy afectos a los seres humanos. Se acostumbran a un jinete y le son siempre fieles... ¡Así que tienes un deber muy especial, Endres! Habrás de domar esta yegua.

Linhard se volvió hacia su hijo, que contemplaba al ejemplar con tanta admiración como desconfianza. Nunca había montado un animal tan joven y fogoso. A él le gustaban los caballos tranquilos, sobre cuyo lomo podía abstraerse en sus pensamientos. Ese, en cambio, parecía exigir toda la atención.

—¡En fin, puede que ya esté domada! —intervino Hans, el caballerizo. También él se había enterado de la nueva adquisición de su patrón y estaba tan impresionado ante la yegua dorada como el resto—. Aunque parece muy asustada. Este alboroto y tantos hombres y caballos es un poco demasiado para ella. ¿No es en tierras eslavas donde hay más... más estepas? ¿Extensas superficies? Creo que esta preciosidad necesita un poco de paz. Voy a llevarla al establo. —Cogió decidido la cuerda con que el caballo estaba atado al carro y la desanudó—. ¿Cómo se llama, maestro Linhard? ¿Tiene nombre? —preguntó, bonachón.

El padre de Aenlin reflexionó unos segundos.

—Se llama Meletay —contestó—, un nombre extraño. No sé qué significa, pero fue así como me la presentaron.

Hans asintió, sumiso.

—Bien, entonces, vámonos, Millie... o como sea que vayan a llamarte aquí...

El caballerizo se dispuso a alejar el caballo del carro, pero la yegua no reaccionaba, estaba como petrificada. Le daba miedo ese hombre rechoncho que agarraba el ronzal. No quería seguirlo de ninguna de las maneras.

Aenlin apenas si lograba controlarse para no intervenir. Creía sentir el miedo de Meletay, los veloces latidos de su corazón, sus músculos tensos... No había nada que deseara más que calmar a ese caballo hablándole, acariciar su brillante cuello...

Meletay... El nombre enseguida quedó grabado en su mente. Extraño pero suave a un mismo tiempo, como hecho para ese caballo mágico que seguía apostado detrás del carro con el pánico reflejado en los ojos.

Hans murmuró un par de palabras sosegadoras, pero la joven yegua no parecía escucharlo. Lo atravesaba con la mirada de sus enormes ojos negros, y cuando él por fin tiró del ronzal, el animal levantó la cabeza y retrocedió para alejarse de él. Hans perdió la paciencia, acortó la cuerda y le exigió con energía que obedeciera. Eso hizo que Meletay se soliviantara de una vez por todas. Se rebeló al fuerte tirón de Hans levantándose de manos, echó a correr en cuanto volvió a tocar tierra con las cuatro patas, y arrastró al caballerizo un par de yardas hasta qué él también logró ponerse de pie, afianzarse y por fin pudo detenerla.

El padre de Aenlin enseguida había protegido a la muchacha, no fuera que el caballo se soltase e hiciera daño a su hija. Endres se había escondido detrás de unas balas de tela. Solo don Álvaro conservó la calma. Se dispuso a acudir en ayuda de Hans, pero este ya volvía a tener la situación bajo control.

—¡Ya te enseñaré yo a tirarme de esta manera! —amenazó el caballerizo sin llegar a pegar al aterrado animal que sujetaba con la cuerda. La yegua de largas patas y capa dorada estaba ahora quieta, pero todo su cuerpo temblaba.

Aenlin no pudo dominarse más. Abandonó su refugio y se acercó al hombre y al animal.

—¡Nada de gritos! ¡Tiene mucho miedo! —Fue acercándose cautelosamente a Hans y al caballo. Meletay volvió a estremecerse cuando vio a la joven con su larga y ondulante vestimenta. Y una vez más Aenlin maldijo su suerte: ¿por qué tenía que cubrirse con todos esos ropajes si las túnicas de los hombres y las calzas eran mucho más prácticas?—. No te asustes —susurró a la yegua—. No voy a hacerte daño. ¿Lo ves? ¿Quién podría lastimar a una criatura tan bonita como tú?

Levantó la mano despacio, para acariciar el sedoso pelaje. La yegua la dejó hacer temblorosa. La muchacha posó la mano plana sobre el cuello de Meletay y empezó a canturrear la canción de los caballos. Ya hacía tiempo que había inventado esa melodía lenta y sosegadora que, por razones inexplicables, obraba un efecto calmante en los animales. Incluso Hans se había dado cuenta. Aenlin lo había sorprendido en una ocasión susurrándosela a un semental protestón. Pero entonada por ella su efecto era mucho mayor. Tenía una voz alta y diáfana, daba con la nota exacta fácilmente y le encantaba cantarla.

En ese aspecto también luchaba contra su destino. Si hubiera pertenecido a la nobleza, habría aprendido a tocar un instrumento y habría cultivado su talento musical. Sin embargo, no se habría considerado aceptable que la mujer de un mercader quisiera entretener a sus invitados tañendo un laúd. La señora Gudrun incluso regañaba a su hija en cuanto esta alzaba la voz fuera de la iglesia. Solo a Endres le complacía que su hermana cantara y le recordaba constantemente la única posibilidad de sacar provecho de su voz: «Si quieres cantar, tienes que meterte en un convento. Las monjas cantan mucho y hay conventos famosos por sus coros. Hay uno en Italia que te aceptaría sin dote cuando la abadesa te oyera cantar».

Pero Aenlin no quería cantar para Dios y el aislamiento conventual tampoco la atraía. Prefería cantar para los caballos.

Tal como esperaba, la canción tranquilizó también a la yegua de Kiev. El animal levantó las orejas, que antes había ladeado de miedo, y bajó por fin la cabeza.

—¡Venga, vamos! —le pidió Aenlin con suavidad y, así fue, el caballo la siguió al establo. Hans le abrió la puerta e hizo un gesto de reconocimiento a la joven con la cabeza. Ella iba a sonreírle, pero entonces descubrió a Endres, quien entretanto había salido de detrás de las balas de tela pero seguía pegado a la pared de la casa. En su rostro se reflejaba el terror. No parecía nada contento con su selecto regalo. La joven le acercó la yegua.

—¡Llévala al establo! —pidió a su hermano—. Es a ti a quien ha de obedecer. ¡Oh, Endres, cuánto me gustaría estar en tu lugar! ¡Tener un caballo así! Es maravilloso...

—La capa de Meletay es del color de tu vestido —observó Endres, señalando el hilo dorado con el que estaba bordado el escote de la sobreveste de Aenlin—. Y le gustas tú. Eres tú quien debería quedarse con ella.

Aenlin suspiró.

—Eso lo decide padre —murmuró—. Pero ven, ¡llévala al establo! —No se dio cuenta de que estaba hablando a su hermano con las mismas palabras animosas con que acababa de dirigirse a la yegua. Pero su efecto no fue ni mucho menos el mismo.

—Es un caballo salvaje... —musitó Endres, y se acercó al animal como si fuera hacia unas brasas en las que en cualquier momento pudiera reavivarse el fuego.

La yegua dorada percibió su miedo y retrocedió nerviosa. Aun así, Aenlin tendió a su hermano el ronzal. Él lo agarró con dedos temblorosos y lo soltó enseguida cuando el caballo se asustó al ver un gato que, curioso, saltó desde detrás de una bala.

—¡Endres! —Aenlin y Hans expresaron del mismo modo su disgusto—. ¡No puedes dejarla suelta como si nada!

Por fortuna, la yegua no se había percatado de que había quedado en libertad. Volvía a estar como petrificada, con la cabeza erguida, mirando la rueda del carro tras la que se había escondido el gato mientras resollaba asustada.

—¡Ven! —Aenlin se colocó entre el caballo y el carro, y llamó a la yegua con voz melosa—. Ven conmigo. Ese minino no va a hacerte nada. Nadie va a hacerte nada, y yo aún menos. Ven conmigo, bonita, dorada, te cantaré una canción.

Volvió a canturrear y, en efecto, Meletay se puso en movimiento hacia ella. Aenlin le colocó la mano sobre la frente y el animal resopló aliviado.

—Ahí está, te quiere a ti —señaló Endres.

Aenlin condujo la yegua al establo. No sabía a ciencia cierta si el caballo la aceptaba, pero ella, y esto lo sentía en lo más hondo de su corazón, se había rendido al animal. La yegua la había enamorado; quería montarla, protegerla, conquistar con ella el mundo. Ojalá hubiera alguna posibilidad de hacerlo...

Pero se llevó una sorpresa cuando salió del establo. Don Álvaro, el caballero español, se inclinó ante ella.

—¡Mis respetos, señorita! He oído hablar de personas que ejercen como vos esta influencia sobre los caballos. Los hechizáis, os ganáis su confianza. La yegua os seguiría hasta el fin del mundo. Si fuerais un hombre, señorita..., ¡qué lejos llegaríais!

Aenlin se ruborizó y esperó que no sacara más conclusiones de sus cualidades, bastante poco habituales en una chica. Luego le dio las gracias intimidada. Ahora tenía que irse. Ya había puesto en suficientes dificultades a su hermano, seguro que su padre le echaría en cara que ella hubiese actuado con mucho más arrojo que él.

Tras dirigir una mirada abatida al trajín que todavía reinaba en el patio y que le habría gustado seguir presenciando, Aenlin se retiró a sus aposentos. ¡Cuánto lamentaba ser mujer!

3

Endres se había sentido superado por muchas de las tareas que le había impuesto su padre, pero ninguna podía compararse con la que debía realizar con la yegua Meletay. Y eso que el caballo ruso no tenía que domarse. Aenlin lamentaba la infeliz elección que había hecho su padre de esa palabra. De hecho, Meletay se comportaba la mar de bien una vez repuesta de los agobios y sustos del viaje, y cuando se acostumbró un poco al día a día de las caballerizas del maestro Linhard. La yegua permitía dócilmente que le pusieran la cabezada, que la sacaran del establo y que la ataran, pero a Aenlin le recordaba un cable en tensión. Tenía mucho miedo y estaba siempre lista para darse a la fuga. El menor percance la sobresaltaba y sobre todo los primeros días siempre tiraba de la cuerda, incluso llegó a romper una cabezada.

Meletay habría necesitado a alguien que se encargara de ella dándole seguridad, que le hablase de forma serena, que la introdujese con suavidad pero con determinación en todo el mundo desconocido con que se enfrentaba en su nuevo hogar. Endres era totalmente incapaz de hacerlo. Si bien la sacaba del establo cuando su padre o Hans se lo pedían, siempre temía que la yegua se soltase y que lo atropellase, así que tenía tanto miedo como ella. Cuando le hablaba le temblaba la voz, cuando la guiaba cogía el ronzal por el extremo y lo soltaba en cuanto Meletay se asustaba. La cepillaba con tanto cuidado que hacía cosquillas al sensible animal y este se estremecía, retrocedía y causaba de nuevo el pánico en el muchacho.

Si había que trabajar en el establo cambiaba los papeles con Aenlin siempre que era posible. Ambos sabían el riesgo que corrían con ello: la relación de la chica con Meletay era tan diferente de la forma pusilánime con que se comportaba su hermano, que el caballerizo acabaría sospechando. Y más por cuanto conocía a Aenlin mucho mejor que don Álvaro. Le sería fácil sacar las conclusiones correctas.

Aenlin no dejaba de recordárselo a su hermano y procuraba animarlo a tratar con más determinación a la yegua. Aun así le resultaba imposible dejarlo a solas más a menudo con el caballo y obligarlo de ese modo a conocerlo mejor. Al contrario, mientras que hasta el momento solo había experimentado un vago sentimiento de envidia pero nunca una auténtica inquina hacia su hermano, ahora la invadían los celos cuando Meletay era complaciente con un mozo o con el caballerizo. Aenlin habría preferido tener a la yegua de Kiev para sí sola y corría más riesgos de que la descubrieran al deslizarse siempre que podía en el establo, incluso con ropa de mujer, para dar de comer y acariciar a Meletay. Cantaba para la yegua mientras Endres la cepillaba y ensillaba.

La serena melodía también parecía tranquilizar a su hermano. Este ya no sostenía el ronzal con tanta torpeza ni colocaba con tanto temor la silla sobre el lomo del sensible animal. En realidad ya debería haberlo montado con precaución, pero Endres no lograba intimar tanto con él.

—¿Cómo quieres montarlo si hasta te da miedo ponerle bien la silla? —preguntó enfadada Aenlin cuando dos semanas después de la llegada del caballo su hermano todavía era incapaz de ceñirle la cincha.

El chico se mordió el labio.

—¡Yo no quiero montarlo! —respondió angustiado. Hasta el momento se había limitado a guiar al animal a su alrededor con una larga cuerda. Hans opinaba que era una buena medida para acostumbrar a la joven yegua a la silla—. Sigue asustándose de cualquier pequeñez. Y quién sabe si realmente ya la han montado. Me tirará.

Aenlin lo dudaba. Meletay ya debía de estar acostumbrada a la silla, y abría la boca dócilmente para que le pusieran el filete.

Tampoco solía a dar botes. La joven no creía que fuera a intentar desprenderse de un jinete a base de cabriolas. Más bien se escaparía. Cuando Meletay tenía miedo de algo, o bien se ponía tensa y se quedaba inmóvil, o bien salía huyendo.

—¡Pero tienes que montarlo! —volvió a decirle a su hermano, aunque se le partía el corazón—. Ya has oído que padre planea enviarte con la siguiente caravana hacia el sur. Con la reliquia... para esa princesa.

Un día antes, el padre de los gemelos había revelado sus planes al hijo. La meta del siguiente viaje sería Zamora, una ciudad en el reino de León, en la península Ibérica. Linhard tenía la intención de enviar allí a Endres con algunos caballeros, y don Álvaro se había mostrado dispuesto a acompañar a la caravana. Llevarían telas de Flandes y pieles eslavas, pero lo más importante era que la reliquia que el mercader había adquirido en Kiev llegara a manos de la princesa Urraca. Esta, como su hermana Elvira, era heredera del rey Fernando de León, fallecido pocos años antes, y reinaba en la ciudad comercial situada en la frontera con Al Ándalus. Por el momento no se había visto involucrada en las guerras de sucesión que se libraban en Castilla, Galicia y León tras la muerte de Fernando como consecuencia de las disputas de sus hermanos Alfonso y Sancho por la herencia. Para seguir conservando la protección divina, Urraca coleccionaba reliquias, preferiblemente de mujeres mártires que se habían negado a someterse a sus adversarios varones.

La princesa iba a pagar una elevada suma por el jirón de piel de santa Bárbara, que supuestamente se encontraba en el recipiente bellamente trabajado que Linhard había adquirido en Kiev. La entrega de ese tesoro también iba a abrir las puertas del reino al joven comerciante Endres. No cabía duda de que Urraca recibiría personalmente al muchacho, quien tendría la oportunidad de lucir sus conocimientos lingüísticos. Linhard encontraba que ese viaje era ideal para empezar una exitosa carrera como mercader. Por otra parte, el camino hacia Zamora tenía fama de ser seguro. El rey Alfonso VI, hermano de Urraca, ofrecía a los comerciantes un salvoconducto para transitar por sus dominios.

—No quiero ni pensar en eso... —Endres suspiró—. ¡Son más

de trescientas leguas! Viajaremos durante semanas... y quién sabe si esa gente es tan amistosa. Los reyes al menos siguen con sus peleas. Nadie sabe qué ejército mandará en un par de semanas.

A Aenlin eso no le daba tanto miedo.

—Más vale que te preocupes por los bandidos —señaló—. A los ejércitos probablemente sea más fácil evitarlos... o pagarles para que lo dejen a uno libre... Y te acompañará don Álvaro, no te pasará nada. Pero padre insistirá en que montes tu caballo. ¡Tienes que subirte a la silla, no tienes más remedio!

Endres siguió mordisqueándose el labio inferior.

—Hazlo tú —le pidió—. Al menos la primera vez. Para que... bueno, cuando yo vea que no hace nada...

—¿Así que si me tira a mí no será tan grave? —dijo burlona Aenlin de su hermano, aunque se sentía halagada. Consideraba que era su deber regañar a Endres, pero ardía en deseos de ser la primera en subirse a la grupa de Meletay—. Está bien —accedió al ver que el terror volvía a extenderse por el semblante del muchacho, que también parecía atemorizado ante su hermana—. Lo haré. Pero solo una vez. Luego tienes que montar tú.

—¿Cuándo? —preguntó Endres inquieto.

Aenlin movió la cabeza con determinación.

—Mañana mismo. Padre estará en el mercado de telas, y Hans tiene que quedarse en casa porque llega un cargamento de grano. Así que me acompañará un criado. Se lo pediré a Fritz. Aunque no tiene miedo de montar es por lo demás un cabeza hueca. No creo que sospeche nada.

El caballerizo se lamentó un poco cuando «Endres» propuso al día siguiente salir con la yegua. Habría preferido acompañar él mismo a su timorato alumno de equitación durante su primer paseo con el nuevo caballo, pero al final se alegró tanto de esa inesperada audacia del chico que no puso ninguna objeción de peso. Tal como era de esperar, ordenó a Fritz, el mozo de cuadras, que ensillara un caballo más viejo y obediente y que acompañara al joven jinete.

—Tal vez deberíais llevarla primero con el ronzal por la ciudad, joven señor —reflexionó Hans cuando Aenlin llevó a la yegua, que hacía escarceos, al patio—. Hay mucho ajetreo por las calles. Si se os escapara allí...

Aenlin se preguntó si Hans desconfiaba de la yegua o si sospechaba que, en caso de duda, Endres saltaría del caballo en lugar de intentar sosegarlo y controlarlo.

Negó con la cabeza.

—¡Qué va, Hans, pie a tierra no podré detenerla si realmente sale corriendo. En cambio puedo intervenir mucho mejor desde la silla. Además, no se separará de Liese. Los caballos se pegan unos a otros cuando el entorno los atemoriza. Y a Liese ya la conoce.

En efecto, Hans había colocado desde el principio a la vieja yegua junto a la asustadiza recién llegada. Las dos se entendían muy bien, seguro que Liese le daría confianza a Meletay. Aun así, el caballerizo parecía escéptico y también le extrañaba que Endres se hubiera vuelto tan intrépido de repente. Mientras sujetaba la yegua, musitó unas palabras tranquilizadoras.

Aenlin se colocó con prudencia y agilidad sobre la silla de la yegua. Acarició suavemente el cuello del caballo antes de coger las riendas como si tuviera entre sus manos la más pura seda. Montar ese caballo tan alto, tener su cuello dorado y erguido delante... era embriagador.

—Meletay... —Aenlin susurró el nombre de la yegua. Habría deseado poder cantarle...

Meletay dirigió sus finas orejas hacia atrás. No parecía nerviosa, conocía a su amazona.

—¿Nos vamos? —preguntó Fritz, un muchacho bajo y delgado con el rostro afilado de un ratón. Era evidente que no entendía por qué el caballerizo y su joven señor armaban tanto barullo por el nuevo caballo.

Aenlin asintió. Hans soltó las riendas de Meletay y se dispuso a abrir la puerta a la amazona. Liese, una yegua castaña y de altura media, avanzó indiferente hacia la calle delante de la casa del comerciante, donde reinaba el habitual gentío. El negocio del maestro Linhard se hallaba en el centro, entre la plaza de la catedral y la muralla de la ciudad, y la calle de delante era lo suficientemente ancha para que también los carros pesados tuvieran espacio. De hecho, llevaba directamente desde una de las puertas de la ciudad a la catedral y por ello era muy transitada. Circulaban carros ligeros y pesados tirados por caballos y mulos. Hombres y mujeres empujaban carretillas cargadas de frutas y verduras, evidentemente camino del mercado. Dos caballeros intentaban abrirse camino lo más rápidamente posible a lomos de unos sementales de guerra que hacían escarceos impacientes.

Meletay miraba desconcertada ese caos. Al principio se quedó quieta, preocupada aparentemente por tener que abandonar el patio, que para entonces ya le resultaba familiar. Cuando Aenlin le dio con suavidad las ayudas para que se pusiera en movimiento, se decidió a seguir a Liese. Tensa como un cable, dio unos pasos torpes y cortos. Aenlin, que notaba su excitación, se esforzaba para mantener la calma. Estaba relajada en la silla, intentando no cargar el lomo de la yegua y no sentarse pesadamente, pero mantenía un leve contacto con las riendas para dar seguridad a Meletay. No dejaba de tranquilizarla hablando con ella y susurrándole la canción. Montaba muy concentrada, intentando percibir cualquier inquietud o miedo del caballo para poder sosegarlo antes de que pudiera asustarse y salir huyendo ante cualquier cosa.

No se enteró del ajetreo que la rodeaba ni tampoco de las miradas de pasmo y las exclamaciones de admiración que la visión de Meletay provocaba entre los transeúntes. Incluso los caballeros detuvieron sus monturas para quedarse mirando fascinados a ese animal dorado.

—Lástima que sea tan flaco —comentó uno de ellos—. Y que sea yegua. Si fuera un fuerte semental... ¡sería digno de un rey!

La muchacha les sonrió tímidamente y agradeció que pasaran de largo. Empezó a relajarse un poco. Delante tenían la puerta de la ciudad y pronto llegarían al camino de sirga junto al Rin. Ahí tendrían más espacio e incluso podría tal vez poner la yegua al trote.

Meletay se inquietó e hizo escarceos cuando pasaron por la puerta de la ciudad y los guardias armados y en uniforme se acercaron a ella, sin duda más por curiosidad hacia ese hermoso ejemplar que con la intención de controlar a Aenlin. Su padre, el maestro Linhard, era bien conocido, así como su hijo y sus criados, por supuesto.

La yegua se asustó un poco cuando uno de los soldados fue a acariciarla, pero Aenlin no tiró de las riendas. Se sintió orgullosa de ella cuando por fin atravesaron la puerta y el animal colocó los cascos sobre el suelo sin pavimentar. Ante ellas se extendía el Rin. La yegua miraba desconcertada el ancho río en cuyas leves olas se refractaba el sol. La joven la habría puesto en ese mismo momento al trote para que se desfogara a través del movimiento, pero todavía estaban muy cerca de la ciudad y había mucha gente circulando. Meletay miró aprensiva la caña de un pescador y se echó a un lado cuando vio a un grupo de buscadores de oro sacudiendo sus sartenes en aguas poco profundas. El estupor de estos no fue menor cuando descubrieron al caballo dorado.

—A fe mía que nosotros nos deslomamos por un par de platillos —exclamó una mujer— y otros tienen tanto oro que fraguan con él sus caballos.

Fritz dirigió a Liese río abajo y Meletay la siguió obediente hasta que un barquero con un pesado caballo de sangre fría que tiraba de una gabarra cargada de troncos se les acercó de frente. ¡Demasiado para la joven yegua! Se asustó, dio media vuelta con la rapidez de un rayo y huyó por un camino de hierba que desembocaba en un paso junto al río. Galopaba con unos trancos enormes y Aenlin necesitó de un par de segundos para recuperar el asiento y controlar al animal. Meletay era muy sensible, era evidente que sus anteriores jinetes no la habían domado utilizando la fuerza.

En cuanto Aenlin levantó las riendas y se apoyó más en la silla, la yegua dorada redujo la velocidad. Pero entonces el gusanillo picó a la amazona. El camino transcurría entre prados y campos, posiblemente llegara a alguna granja. En cualquier caso, apenas se circulaba por él y además ascendía ligeramente. Eran las condiciones óptimas para que Meletay se desfogara. Aenlin se inclinó un poco hacia delante, presionó con las piernas y soltó las riendas.

—¡Venga, bonita! —susurró—. ¡Enséñame cuánto corres!

Meletay no se hizo rogar. Sus saltos cada vez se iban alargando más, se estiraba y al final corrió más deprisa de lo que Aenlin habría podido imaginar. Ir sobre ese caballo tan ligero le provocaba una sensación increíble. Era como si la yegua no tocara el suelo y Aenlin pensó que podían levantar el vuelo, sintió que se unía a la hierba, el sol y las nubes, que iban a tomar por asalto el cielo. Meletay no se cansaba, le transmitía la impresión de ser capaz de correr eternamente.

Un par de granjas la devolvieron a la realidad. Se acordó de repente de Fritz y Liese, a los que había dejado junto al Rin. ¡Esperaba que el criado no se preocupase y no volviera a casa en busca de ayuda! En ese caso su padre la amonestaría seriamente. Aunque a lo mejor se alegraba de que por fin Endres se hubiera atrevido a hacer algo. Pero ¿qué diría Hans a la mañana siguiente cuando su hermano no se atreviera a salir del patio con la yegua?

Fuera como fuese, Aenlin debía regresar. Hizo dar media vuelta a Meletay, que obedeció las ayudas, y la puso a trote, con lo cual casi cayó en éxtasis por segunda vez. El trote de la yegua era largo y suave, cómodo para seguirlo sentada, regular... —El caballo de Kiev no solo era hermoso, era también una revelación como montura. Aenlin le dio unas palmaditas en el cuello y le susurró unas palabras de elogio. La idea de tener que separarse de Meletay le desgarraba el corazón, pero, antes de dar más vueltas al tema, distinguió a Fritz y Liese por el camino de hierba. Al joven criado no le había preocupado que Aenlin dejara correr a la yegua, se había limitado a seguirla con parsimonia.

—Aquí estáis —la saludó tranquilamente—. Pues sí que corre vuestro caballo. Liese no lo atrapaba. Pero ahora tenemos que regresar, joven señor. Hans dice que solo podemos estar fuera hasta mediodía.

Parecía que eso también era del interés de Fritz. Al mediodía había un tentempié en la cocina y el escuálido mozo no quería perdérselo. Así que puso en movimiento a Liese. Después de la larga galopada, Meletay estaba totalmente relajada y llevó a Aenlin a los muros de la ciudad con paso largo y ligero.

—¿Qué, ha sido obediente? —preguntó Hans cuando los jinetes cruzaron la puerta de la casa del comerciante. Meletay ya no hacía escarceos, sino que se movía distendida.

—¡Ha estado fantástica! —dijo Aenlin con entusiasmo—. ¡Pura y simplemente fantástica!

4

—¡Ha sido horrible! ¡Pura y simplemente horrible!

Endres parecía exhausto cuando al día siguiente por fin llegó a casa tras su primera cabalgada con Meletay. Se encontró con Aenlin en el huerto, donde ella estaba recogiendo hierbas. Al ver la cara de su hermano, la muchacha pensó que era mejor dejar el cesto y retirarse al hueco de la zarzamora. Endres estaba temblando, a punto de echarse a llorar. Ni sus padres ni don Álvaro, que pronto llegaría para dar la clase de lucha con espada, debían verlo en ese estado.

—¡Yo no puedo montar ese caballo, Aenlin, no puedo! —explotó en cuanto los dos llegaron a su escondite—. ¡Está endemoniado! Se niega a quedarse quieto ni un segundo, incluso hacía escarceos mientras lo montaba. Y luego el camino que baja al Rin... Se asustaba de cada carreta que pasaba, casi atropella a un mendigo. La puerta de la ciudad... Se levantó de manos cuando uno de los guardias se acercó demasiado y ha huido como un rayo entre la gente que quería entrar y salir, y a lo largo del río... Yo... yo he acabado saltando.

—¿Qué? —preguntó horrorizada Aenlin. Si Meletay había corrido tanto como el día anterior, su hermano podría haberse matado.

—He saltado cuando de golpe se ha quedado quieto porque nos venía de frente un carro tirado por burros. Nunca ha visto un burro... o vete a saber qué lo ha empujado a hacerlo... La cuestión es que ha clavado las patas en el suelo, casi he salido disparado por encima de su cabeza y a punto he estado de caerme, pero me he podido sostener y...

Endres siguió hablando sin respirar, mientras Aenlin apenas si alcanzaba dar crédito a que el caballo del que hablaba fuera el mismo que le había regalado la cabalgada de su vida.

—¿Te has caído? —preguntó, lanzando una mirada experta al sucio traje de montar.

Endres asintió.

—Sí, pero nada grave. Aunque en un estúpido charco. Pero me da igual, yo...

—¿Y Meletay? —Aenlin también se preocupaba por la yegua.

—Ha regresado con Liese, Fritz la ha cogido. Y luego, claro, he tenido que volver a montarla. No me quedaba más remedio... —En el rostro de Endres el horror dejó paso a la resignación.

Aenlin estaba contenta de que su hermano gemelo no hubiera insistido en cambiar de caballo con el criado. No quería ni imaginar los toscos puños de Fritz cogiendo las riendas del sensible animal.

—Seguro que estaba más tranquila a la vuelta —dijo apaciguadora.

Endres se encogió de hombros.

—No sé. Ya no sé nada. Solo que de algún modo la he traído de vuelta. Y que no quiero volver a montar ese animal nunca más. ¡Nunca! Pase lo que pase... Y ahora, encima, tengo que ir con don Álvaro. Yo...

La muchacha suspiró.

—Ya iré yo por ti —señaló—. Con lo tembloroso que estás no podrás ni manejar la espada. Solo tengo que ver cómo consigo llegar corriendo a tu habitación para coger ropa limpia. Mientras tanto, tú te quedas aquí y te tranquilizas. Y, por supuesto, luego tendrás que volver a montar a Meletay. ¡Es tu caballo!

Aenlin llevó rápidamente el cesto con las hierbas a la cocina y se sintió aliviada al no encontrarse con su madre. De lo contrario, posiblemente le habría pedido que hiciera otras labores. Se precipitó a la zona de la casa destinada a la vivienda, corrió al dormitorio de Endres, que estaba amueblado de forma más sobria que el suyo, y cogió unas calzas y un jubón limpios. El jubón de piel le iba un poco justo. No podría seguir ignorando por mucho más tiempo que sus pechos estaban creciendo. A la larga ya no podría vendárselos.

Estaba a punto de compartir la desesperación de Endres. ¿Hasta dónde iba a llegar todo esto?

Salió a toda prisa de la habitación y en primer lugar entretuvo a don Álvaro con el relato de su cabalgada con la yegua rusa. Describió emocionada los largos trancos de Meletay al galope, su trote suave y su resistencia.

—Y eso que todavía no está entrenada —dijo la joven—. Cuando se haya desarrollado del todo y tenga la musculatura trabajada...

—En cualquier caso, me alegra de que por fin disfrutéis con ella, señor Endres —observó el caballero—. Y no cabe duda de que trabajará la musculatura. Hasta llegar a Zamora hay un largo trecho que recorrer.

En los días siguientes, Endres intentó evitar tan a menudo como le fue posible salir a pasear con Meletay. Aenlin tenía sentimientos contradictorios. Por una parte nunca había disfrutado tanto como con las largas galopadas con la yegua rusa, con la cual cada vez se sentía más compenetrada. Por otra parte, su hermano no tenía más remedio que aprender a entenderse con su caballo. Ya se había fijado la fecha de partida hacia León. La caravana del comerciante estaría de viaje varias semanas y ya era junio. Si se retrasaba demasiado la salida, era posible que en los Pirineos lloviera e incluso nevara. Aunque haría mejor tiempo en Hispania, Zamora se hallaba en el norte. Según don Álvaro, esa zona no era ni mucho menos tan mimada por el sol como el Levante, y menos aún que Al Ándalus. Así que debían partir a principios de julio, y Endres no estaba en absoluto preparado para tan larga cabalgada. Al contrario, cuanto más se acercaba la fecha de partida, más inquieto, pálido y nervioso estaba. De hecho hasta había perdido peso, lo que intranquilizaba a Aenlin. Si Endres adelgazaba, si su piel perdía color y sus ojos brillo, su juego dejaría de funcionar.

Si bien el juego ya había dejado en realidad de existir. Para Endres, traspasar a su hermana sus deberes se había convertido en un acto de desesperación, y Aenlin cada día tenía más miedo de que los descubrieran.

Una tarde —Endres se había atrevido por fin a volver a montar a Meletay y se había caído enseguida, cuando la yegua se asustó ante la lona ondeante de un carro—, su hermano apareció en sus aposentos.

—Aenlin, lo he estado pensando —dijo después de sentarse en una de las pequeñas butacas que había delante de la chimenea—. Este asunto de León, del viaje... con este caballo... no conseguiré hacerlo.

La muchacha puso los ojos en blanco.

—Endres, lo hemos discutido miles de veces —replicó—. Sé que no te ves capaz, pero ahí no puedo ayudarte. No puedes eludir ese viaje. Si no quieres montar a Meletay... si tanto miedo te da, pídele a padre que te compre otro caballo. —Solo de pensarlo, a Aenlin se le desgarraba el corazón, pues en tal caso seguramente trocarían Meletay por el nuevo ejemplar. Pero era la única solución que quedaba. Y, de todos modos, ella debía separarse de la yegua—. Claro que padre se sentirá decepcionado, pero un buen comerciante no tiene por qué ser un buen jinete. Acuérdate del maestro Roland, monta un palafrén... —El maestro Roland, un mercader tan exitoso como Linhard, estaba realmente gordo y no era hombre dispuesto a sufrir incomodidades, por esta razón tenía un castrado pequeño y fuerte de paso especialmente suave. Le daba igual que solo las damas y los religiosos montaran palafrenes—. O piensa en el maestro Abraham y su mula...

Al comerciante judío probablemente no le aterraban los corceles fogosos. Pero en muchos lugares, a los judíos les estaba prohibido tener caballos en propiedad, así que se contentó desde un principio con una dócil y muy noble mula.

Sin embargo, Endres movió la cabeza negativamente.

—Tampoco quiero ser mercader. No quiero la yegua ni quiero ir a León. —Inspiró hondo antes de pronunciar sus auténticos deseos—. Tienes que ocupar mi puesto. Te pones mi ropa y coges el caballo: contigo es manso como un corderito...

—¿Y tú? —preguntó Aenlin, desconcertada. Nunca hubiera pensado que a su hermano se le ocurriera una idea tan audaz. De hecho, ella misma nunca había osado entregarse a tan atrevidos sueños—. ¿Qué harás tú?

—Ingresar en un convento —respondió él con determinación—. No te diré en cuál para que no puedas revelárselo a padre por mucho que te presione. En algún momento te escribiré, por supuesto, cuando haya profesado los votos monásticos y cuando esté seguro de que nadie puede salir en mi búsqueda.

—Pero no puedes plantarte allí y decir que quieres ser monje —objetó Aenlin. Era lo primero que se le había pasado por la cabeza. No acertaba a pensar tan deprisa en todos los puntos débiles de ese plan—. Sobre todo si quieres estudiar y tal vez ordenarte sacerdote o lo que sea que te propongas. Si tienen que formarte, los conventos esperan una dote, has de llevarles dinero o algo de valor. A no ser que estés pensando en una existencia de hermano lego. Entonces también podrías servir como peón en cualquier otro lugar.

Endres negó con la cabeza.

—Llevaré la reliquia —contestó con voz firme—. La piel de santa Bárbara. Un tesoro para cualquier iglesia conventual.

Aenlin se lo quedó mirando.

—¿Vas a robar la reliquia? ¿Te has vuelto loco? Incluso dejando de lado lo reprobable que sería comprar con una reliquia robada el ingreso en un monasterio, se darían cuenta de su desaparición. Tiene que hacer el viaje con la caravana. Padre te la confiará a ti o a don Álvaro. Se dará cuenta de que no está.

—La cambiaré —respondió Endres, desesperado—. La he estado observando con atención. Se parece a un diminuto trozo de cuero, Aenlin. Y está guardada en un relicario bien cerrado que seguro que nadie abrirá. Ni en León ni en el convento. Si llevamos este en lugar del otro en el viaje...

Sacó del bolsillo un recipiente primorosamente trabajado, idéntico al pequeño relicario donde se conservaba el jirón de piel de la santa. Dentro descansaba un trozo de piel o de cuero que, según Endres, era tan difícil de asignar a una persona o a un animal como el verdadero.

—Es cierto que parece auténtico —tuvo que admitir Aenlin—. Pero no deja de ser un fraude... Y, además, tendrás que falsificar el certificado. ¿No es eso herejía? —Miró preocupada el supuesto relicario.

El chico se encogió de hombros.

—Aenlin, santa Bárbara murió hace más de setecientos años. El certificado de esta reliquia no tiene más de cuatro años. ¿Quién nos dice que no es también una falsificación? Ya has oído a padre...

Como la mayoría de los mercaderes, el maestro Linhard dudaba por principio de la autenticidad de las reliquias que le ofrecían, y aún más si procedían de países paganos. Los moros de Al Ándalus, en especial, se divertían endosando a sus socios cristianos unos huesos escogidos al azar como si pertenecieran a santos, y ganaban dinero con ello. La Iglesia lo sabía y condenaba en principio el comercio de reliquias. No obstante, el negocio era tan lucrativo que la mayoría de los mercaderes encontraban los medios y los caminos para eludir tal prohibición.

—En cualquier caso, a mí me da igual —añadió obstinado Endres—. Sé que cometo un grave pecado y te prometo que algún día lo confesaré. Si entonces el abad del convento ya no quiere la reliquia, me iré a otro convento. Alguno habrá que me acepte. Estoy desesperado, Aenlin. No quiero suceder a padre. No he nacido para ser comerciante, ni tampoco para ser caballero, viajero o guerrero. Quiero ponerme al servicio de Dios, y creo que Dios ha hecho llegar esa reliquia a manos de padre para ayudarme a seguir mi vocación. El anhelo de ingresar en un convento es más fuerte que todo lo demás.

Aenlin abrazó a su hermano. Si algo entendía bien era esa ansia de llevar otra vida, y era consciente de que no conseguiría detener a Endres. Y de repente comprendió las insospechadas oportunidades que se abrían también ante ella.

—¿Y yo? —preguntó—. ¿Tengo que viajar con los hombres en tu lugar?

Endres asintió.

—No hasta muy lejos —dijo él, apaciguador—. En ningún

caso tienes que cruzar las montañas y llegar a Francia, ni aún menos a León... Dame simplemente uno o dos días de ventaja y luego le confiesas a don Álvaro quién eres. Estoy seguro de que te enviará de inmediato a casa. Claro que padre se pondrá furioso, pero tú no correrás ningún peligro.

Aenlin hizo un gesto de rechazo.

—¡Yo no quiero volver! —exclamó con determinación—. Si realmente hago esto por ti, voy a disfrutarlo. Quiero a Meletay y quiero ver algo de mundo. Al menos me gustaría intentarlo. Si se descubre el engaño, mala suerte. Entonces veremos qué hace don Álvaro conmigo. A lo mejor deja que continúe el viaje con él aunque sea una chica. Una vez estemos en las montañas no podrá enviarme de vuelta. Así que, ¡o todo o nada! «Endres» cabalgará con los hombres y «Aenlin» ingresará en un convento porque le urge educar su bella voz. Dejará una carta a sus padres en la que se disculpará repetidamente, pero su vocación es más fuerte que todo lo demás. ¿Estás de acuerdo?

Endres se mordió el labio.

—Pero... ¿y los peligros del viaje, Aenlin? Me moriré de miedo por ti. Y... algún día volverás. Tendrás que volver. Y entonces se descubrirá el engaño.

Ella se encogió de hombros.

—Lo que tenga que pasar, ya lo veremos cuando pase. Ahora tú emprendes tu camino y yo el mío. —Cogió la mano de su hermano—. Si tanto temes por mí, entonces tienes que salir tú de viaje —le aclaró—. ¡Y si no es así, cerremos el acuerdo!

Endres se frotó la frente, pero al final estrechó lentamente la mano de su hermana.

—Dios se apiade de nosotros —dijo en voz baja.

5

Endres se mantuvo fiel a su decisión. A partir de esa noche no volvió a montar a Meletay ni tampoco acudió a las clases de combate con armas de don Álvaro. Aenlin asumió todas las obligaciones de su hermano e hizo los preparativos para el viaje, pese a los temores que abrigaba. El plan del muchacho no era ni mucho menos tan infalible como él creía. Sin duda había conventos de monjas que buscaban voces extraordinarias para sus coros, y para ello renunciaban en casos excepcionales a las dotes de novicias con talento, pero esos lugares no estaban en Colonia, ni tampoco en Maguncia, Tréveris u otras demarcaciones a las que se pudiera llegar con relativa facilidad desde Colonia. Para alcanzar uno de esos conventos, había que abrirse camino hasta Venecia o Florencia, algo totalmente imposible para una muchacha que viajase sin escolta. Si «Aenlin» no accedía a ninguno de los conventos más cercanos —algo que su padre comprobaría a los pocos días—, los padres darían por sentado que el descabellado plan de su hija de escapar a su destino había desembocado en una catástrofe. La muchacha ya se avergonzaba del dolor que causarían su hermano y ella a sus progenitores. Linhard y Gudrun no se lo merecían. Si bien Aenlin luchaba contra su condición de mujer, amaba a sus padres y les estaba agradecida por esa cierta libertad de la que había disfrutado en su hogar.

Aun así no consiguió alterar sus planes. La aventura y sobre todo Meletay, a la que cada día se sentía más profundamente unida, la atraían demasiado. No quería renunciar a la yegua a ningún precio, y si realmente volvía a casa al cabo de pocos días y adoptaba de nuevo su función de muchacha, como Endres había previsto originalmente, era impensable que pudiese conservarla. El comerciante la vendería enseguida para que no indujera a su hija a cometer más tonterías y, después, casaría a Aenlin a toda prisa. Los gemelos celebraron su decimocuarto cumpleaños poco antes de la marcha a León, y la joven ya sangraba cada mes desde hacía medio año. Era una mujer, tal como había declarado su madre con orgullo. Podía dar hijos a un hombre.

Naturalmente, el período y los cambios físicos relacionados con él eran un fastidio para el viaje. Aenlin reunió trozos de tela con que empapar la sangre en las *braccae*. Debía ser sumamente cuidadosa, pues la ropa interior a la que se ceñían las calzas de su traje de montar era de lino sin teñir. Una mancha de sangre enseguida llamaría la atención. Aenlin también pensó en llevarse vendas de lino para envolverse los pechos cuando siguieran creciendo. El viaje sería largo, por lo que no había que descartar que su silueta fuera adquiriendo curvas femeninas. Sería difícil que en un grupo estrictamente masculino nadie se percatara de ello. Aenlin todavía ignoraba qué excusas pondría cuando ella y sus compañeros de viaje descansaran junto a ríos o lagos que invitaran a baños colectivos.

Finalmente llegó el gran día. El maestro Linhard y su esposa Gudrun despidieron a su «hijo», así como a los criados y al maestro Hildebrand, un escribano de edad avanzada que dirigía la expedición a la corte. El mercader entregó ceremoniosamente a Aenlin, que ya estaba sentada a lomos del caballo, la bolsa de piel acolchada que contenía la preciada reliquia y volvió a indicar a don Álvaro que no solo cuidara de su pupilo, sino también de la valiosa mercancía. Tres viajantes contratados acompañarían la pequeña caravana.

—¡Me honrarás, Endres, no cabe duda! —sentenció el maestro Linhard, mirando afectuosamente a su supuesto hijo—. Ahora todavía eres un muchacho, pero cuando regreses serás un hombre respetado por el gremio. Un digno sucesor de esta casa.

—Tú... tú todavía estarás al frente de ella durante muchos años —musitó Aenlin—. No necesitas tan pronto un sucesor.

Su padre alzó los brazos.

—Eso esperamos, hijo mío, pero ignoramos cuáles son las intenciones de Dios omnipotente. Naturalmente, espero vivir una larga vida y ver crecer a mis nietos..., pero la voluntad divina puede cambiar en cualquier momento. Si Él así lo desea, puede llamarme a su lado mañana mismo. Permite entonces que te abrace una vez más, Endres. Tal vez sea la última...

Aenlin se entregó intimidada al abrazo de su padre, luchando una vez más con su mala conciencia.

—Pero ¿dónde se ha metido Aenlin? —preguntó la madre—. Creí que vendría a despedirse de ti. De hecho, hasta contaba con que corrieran las lágrimas. Es la primera vez que os separáis.

La joven se mordió el labio.

—Por eso mismo, madre —respondió—. Ambos... ambos estamos inconsolables. Esta mañana no podíamos desprendernos de nuestro mutuo abrazo... Pero yo... yo debo presidir esta comitiva. Y no... no quería que los criados y caballeros me vieran llorar.

Linhard sonrió.

—¡Es muy loable por tu parte, hijo mío! —exclamó—. Y qué razonable ha sido tu hermana al respetar esta decisión.

Aenlin asintió.

—Entonces... entonces decidle, por favor —dijo con la voz quebrada—, que... que mis últimos pensamientos antes de partir fueron para ella.

Llena de preocupación y tristeza pensaba realmente en Endres, que sin duda estaba en el escondite de la zarzamora derramando amargas lágrimas. Sus padres ya no volverían a verlo. En cuanto fuera posible saldría furtivamente del huerto y emprendería a su vez el camino. Aenlin solo podía desear que Dios y la suerte lo acompañasen y que sus anhelos se hicieran realidad.

Condujo a Meletay por la ciudad hacia la puerta oeste en dirección a Aquisgrán. Ahí era donde se reunía la comitiva del maestro Linhard con los dos comerciantes de Colonia que también partían hacia tierras hispanas. El maestro Ruprecht dirigía su caravana a Aragón, mientras que el maestro Helwig tenía su meta en Castilla. Seguirían el mismo trayecto a través de tierras belgas y francesas y por las montañas, así que era lógico que todos se reunieran en una misma caravana. Emprendían el viaje cinco carros cubiertos cargados de mercaderías y protegidos por dieciséis caballeros totalmente armados, estos últimos a caballo, por supuesto. También el maestro Ruprecht y el maestro Helwig preferían ir cabalgando y dejaban que sus criados condujeran los carros. Los dos montaban unos ejemplares robustos y tranquilos y contemplaban sonrientes a la briosa Meletay.

—Vuestro caballo es extraordinario, joven señor Endres —observó el maestro Ruprecht—. Yo, de estar en el lugar de vuestro padre, no lo habría elegido tan llamativo. Corremos el peligro de que los salteadores nos acechen para apropiarse de vuestra yegua.

Aenlin se encogió de hombros.

—Ya sabrán cómo evitarlo los caballeros —contestó—. Y de lo contrario... ¡puedo defenderme yo mismo! —Señaló la espada que llevaba con orgullo colgada del cinto. Una auténtica espada, no una de ejercicios. En las últimas semanas antes del viaje, don Álvaro le había permitido desenvainar una reluciente arma de acero.

—Ese caballo debe de ser veloz como el viento —añadió el maestro Helwig—. ¿No os ha derribado más de una vez, maestro Endres?

Los comerciantes rieron bonachones y Aenlin se mordió el labio. Al parecer habían corrido los rumores acerca de los diversos percances de su hermano. Dudó en si hacer algún comentario a esa observación, pero no quería que pensaran que era un cobarde. Así que sonrió.

—Entonces ambos éramos jóvenes, maestro Helwig —dijo cordialmente—. Ahora es obediente como un corderillo.

El trayecto iba de Aquisgrán a Lieja; ambas, grandes ciudades mercantiles y con prestigio en las que los hombres y sus caravanas encontraron hospitalidad en las casas comerciales de mercaderes amigos. Entretanto acamparían en bosques frondosos. Al principio Aenlin se había preocupado por si esos campamentos nocturnos no le ofrecían suficiente intimidad para perseverar en el engaño, pero de hecho enseguida quedó demostrado que esto último no iba a ser tan difícil. Endres tenía su propia tienda y la joven se beneficiaría ahora de que su hermano nunca se hubiese mezclado demasiado con los hombres de su padre. El hijo del maestro Linhard había sido considerado un muchacho raro, que rezaba demasiado y que solía mantenerse aparte, así que nadie se extrañó de que Aenlin se retirara siempre que le era posible.

También durante el viaje evitaba la compañía de los demás, no solo porque el trato con los comerciantes le interesaba poco, sino sobre todo porque los hombres le hacían notar lo poco en serio que se tomaban a Endres. Continuamente tenía que oír indirectas acerca de si un mercader tan joven sería lo suficientemente maduro para cumplir la tarea que se le había encomendado. Así el maestro Ruprecht hizo un comentario acerca de que Aenlin no se pusiera espuelas antes de montar a Meletay.

—Todavía no os las habéis ganado, maestro Endres —dijo un día.

La joven tuvo que morderse la lengua para no replicar con agresividad, sino poner al mal tiempo buena cara y dejar claro que ella no era un caballero.

—Como mercader no tengo que saber ni golpear ni acuchillar caballos y enemigos —añadió—. Mi padre siempre dijo que el punto fuerte de un comerciante reside en la negociación. Al cerrar un negocio tiene que obtener lo que quería, y todos los demás deberían estar satisfechos con ello. Como veis, esto también afecta a los caballos. A Meletay no le disgusta obedecerme.

A Aenlin le divertía disputar en locuacidad con los comerciantes mayores que ella, pero lentamente iba sospechando lo incómodo que debía de haberse sentido Endres en las reuniones en los círculos mercantiles. La competitividad que reinaba ahí, las observaciones mordaces y las jugarretas, las tácticas astutas, el que alguien colaborase con otro mercader uniendo sus artículos y que en la siguiente ocasión ganara más exagerando el precio de una mercancía, todo ello era ajeno a su naturaleza. El chico era tímido y sincero; las réplicas agudas, los chismorreos o el urdir intrigas le resultaban extraños.

Pero también eso pudo evitar Aenlin durante el viaje y pocas veces acercaba Meletay a las monturas de los comerciantes. Habría preferido juntarse con los caballeros, algo totalmente imposible, pues, por una parte, solían distribuirse para proteger la caravana por todos los flancos, y por otra, porque no prestaban la más mínima atención a un burgués, y menos aún a un «muchacho» adolescente. Aun así, los primeros días habían pronunciado un par de palabras de admiración sobre el singular caballo de Endres, pero salvo por eso los hombres no le hacían el menor caso.

Aunque don Álvaro no apartaba la vista de Aenlin, por las noches, cuando se encendían las hogueras, se reunía con sus iguales. La joven se percató de que gozaba de un gran respeto entre los caballeros de su escolta. Por los fragmentos de conversación que llegaban a sus oídos entendió que en su país había participado en muchos combates y que se había ganado renombre entre diversos reyes y generales. Qué era lo que había llevado a Colonia al castellano todavía no se sabía. Los caballeros rumoreaban que tal vez no volvería, sino que se uniría a las tropas del rey Sancho o a las del rey Alfonso, que en Castilla, Galicia y León luchaban por la sucesión.

Pero por el momento don Álvaro se tomaba sus deberes sumamente en serio. Junto con los otros caballeros organizaba los turnos de guardia, y Aenlin observó aliviada que la seguía a una prudente distancia cuando ella se alejaba por las noches para hacer sus necesidades sin ser vista o cuando oscurecía e iba a bañarse en los ríos o lagos. Los viajeros solían montar su campamento cerca de una orilla para disponer de agua suficiente para los caballos. Después de haber cubierto una etapa de un día especialmente fatigosa, los caballeros y criados se refrescaban en el agua fría, bromeaban unos con otros y no se preocupaban de si iban desnudos. Por supuesto, Aenlin no podía unirse a ellos. Los hombres calificaban su reserva de ñoñez y tenía que aguantar las burlas sobre la mojigatería del muchacho. Solo don Álvaro no participaba en tales chanzas, sino que parecía respetar el pudor de «Endres».

Por lo demás, Aenlin conseguía que la impresión que causaba

no fuera negativa. Al contrario, después de un par de días lluviosos durante los cuales el trayecto había transcurrido sobre todo por bosques espesos y caminos enfangados, escuchó una conversación entre los maestros Helwig y Ruprecht que casi la hizo reventar de orgullo.

—¿No os parece que nuestro pequeño señor Endres se desenvuelve sorprendentemente bien? —preguntó a su amigo el maestro Helwig. Ambos estaban sentados junto al fuego y no se percataron de que Aenlin se acercaba con un montón de leña que había recogido—. Nada de refunfuñar ni de estar de morros a causa del mal tiempo o por otros inconvenientes del viaje... Y eso que el crío antes era un auténtico gallina.

El maestro Ruprecht asintió.

—Y con el caballo se las apaña muy bien —añadió—. Y eso que mi caballerizo me había advertido, así que yo me esperaba lo peor. En Colonia se decía que el chico tenía un miedo mortal al caballo. Una de cada dos veces que lo montaba, el animal lo tiraba al suelo. Ahora, en cambio...

—¡Es impecable! —exclamó Helwig—. Y también es aplicado y diestro, el pequeño. No se amilana ante nada...

Lo cierto era que Aenlin se esforzaba por no ser considerada una debilucha, sobre todo para que nadie se diera cuenta de que era una chica. Por este motivo, incluso después de largas y fatigosas cabalgadas, ayudaba a montar las tiendas y a encender las hogueras, iba a cazar siempre que los criados o los caballeros tenían tiempo para perseguir liebres, perdices o conejos al borde del camino, y llegaba a la extenuación echando una mano cuando un carro se quedaba atascado en el barro. Finalmente —cuando ya llevaban varios días de camino y habían cruzado la frontera con Francia— Aenlin incluso dio muestras de sus aptitudes para el combate. Si bien los caballeros se hubieran desembarazado solos fácilmente de los salteadores que se abalanzaron despiadados sobre los viajeros, ella desenvainó valerosa su espada como los demás comerciantes y mostró gran celo en defender el círculo que formaron los carros rápidamente. Incluso luchó durante unos instantes espada en mano con uno de los atacantes hasta que don Álvaro intervino e hizo que el canalla saliera huyendo.

—Bien hecho, muchacho —dijo el castellano a Aenlin, que estaba como embriagada por su aventura.

Disfrutaba del viaje tanto si el sol era tan abrasador que en una hora los caballos ya estaban cubiertos de sudor como si llovía a cántaros y la pesada capa encerada de Endres acababa empapada. Simplemente era maravilloso dejarse llevar por Meletay y susurrarle un par de palabras de vez en cuando provocando un vivaz movimiento de sus delicadas y largas orejas. El caballo dorado posaba sus cascos con tanta seguridad sobre tierra firme como sobre suelos empantanados, sobre la hierba como sobre la piedra. Lo único que la yegua no permitía era que la engancharan. Cuando uno de los carros se embarrancaba, solo los fuertes caballos de los maestros Ruprecht y Helwig colaboraban en sacar el vehículo del barro. Tampoco se enganchaban para las labores de tiro los sementales de batalla de los caballeros, aunque estos poseían sin duda más fuerza que la esbelta yegua de Rusia.

El viaje conducía a los comerciantes por ciudades de las que Aenlin había oído hablar pero nunca había creído que fuera a conocer. ¿Cuándo una muchacha de Colonia lograba viajar a Lieja, Orleans o incluso París?

Aenlin ardía en deseos de ver tantas ciudades como fuera posible, pero para ello tenía que superar algunos obstáculos. Los albergues de los comerciantes solían hallarse en las afueras de las poblaciones, eran más seguros a la hora de guardar las mercancías y garantizaban el hospedaje de los animales. A los hombres se les ofrecía un alojamiento comunitario y, por razones obvias, a Aenlin le horrorizaba tener que compartir dormitorio. Dada la situación, puso como pretexto que quería dormir junto a su preciado caballo en el establo, donde pasaba un miedo enorme porque las cuadras estaban menos protegidas que los alojamientos más sólidos. Además, todos se asombraban porque no iba con los caballeros y criados a la ciudad a visitar baños y prostíbulos.

«Endres» de nuevo se convertía en el centro de burlas y Aenlin temía que la descubrieran. Por fortuna, al menos los maestros Helwig y Ruprecht encontraban digno de elogio que se interesara más por los edificios y puertos de las ciudades que por el vino, las mujeres y la parranda. Incuso la animaban a contemplar las iglesias y sedes episcopales que a menudo se encontraban en construcción y a pasear por los mercados. Así pues, la muchacha con frecuencia pasaba horas deambulando por las callejuelas, admirando las maravillas de la arquitectura y los artículos de los comerciantes de todo el mundo, aunque la mayoría de las mercancías no le resultaban del todo desconocidas. A fin de cuentas, en la casa de su padre en Colonia también se almacenaban hilos y sedas, paños de los Países Bajos y plata de Bohemia.

Lo que más le interesaba eran las distintas lenguas con que los comerciantes vendían sus artículos; su mímica y gesticulación vivaces; las vestimentas y tocados, en parte exóticos; y los singulares platos que en los restaurantes y puestos del mercado se exhibían. Probó el delicado pan de trigo en lugar del basto pan de su casa, saboreó quesos y degustó manjares que las especias procedentes de Oriente hacían tan picantes que le ardía la lengua. Sus caminatas la llevaban por puertos y anchos puentes donde los saltimbanquis mostraban sus artes, pero también conoció la cara oscura de las grandes ciudades. Pasó temblorosa por plazas donde se exponía a los reos en la picota e incluso el cuerpo torturado del último villano que había sufrido la más horrible condena.

De vez en cuando, Aenlin se perdía en calles y callejuelas sinuosas donde habría pasado miedo si no se hubiera dado cuenta en sus primeros paseos en solitario que don Álvaro siempre la seguía discretamente. El caballero se dejaba ver en contadas ocasiones, no era su intención agobiarla. Sin embargo, no la perdía de vista. Si hubiera corrido algún peligro, sin duda habría intervenido. La joven se preguntaba si lo hacía porque su padre se lo había encargado o por iniciativa propia, pero nunca se lo planteó a él.

Después de varias semanas de viaje, los bosques se aclararon, pero los caminos no se ensancharon, sino que se volvieron más escarpados y pedregosos. Las montañas estaban cada vez más cerca y la población se reducía. De vez en cuando las sendas pasaban por pueblos de montaña perdidos en los que podían aprovisionarse, eran pocas las veces que dejaban vista libre a las fortificaciones, que solían hallarse en colinas donde se atrincheraban peligrosos herejes, como señalaban preocupados los maestros Helwig y Ruprecht. A Aenlin eso no la angustiaba. En Colonia ya había oído hablar de los albigenses, y su padre no los consideraba especialmente peligrosos. Aun así, los caballeros se ocupaban de proteger la caravana, bien armados y prontos para el combate.

—Esa gente de las fortalezas, ¿son caballeros bandidos? —preguntó asombrada Aenlin.

Don Álvaro, que la había oído, negó con la cabeza.

—Si queréis saber mi opinión, son unos soñadores que no saben percibir la realidad —refunfuñó—. Acaban todos en la hoguera. Así que mejor mantenerse lejos de ellos.

De todos modos, los comerciantes no habrían podido pedir asilo en los castillos, solo la nobleza tenía acceso a ellos, y los caballeros contratados para proteger ese tipo de comitivas tampoco contaban, por supuesto, con tal posibilidad. Los mercaderes volvieron a montar su campamento al raso y, por primera vez, Aenlin casi se congeló pese a disponer las mantas. Pensó preocupada en Meletay y su pelaje fino y sedoso y, en efecto, la yegua también había pasado mucho frío y estaba de mal humor por la mañana.

—Pronto entrará en calor —le prometió don Álvaro—. Hoy tendremos una dura jornada.

Y así fue, la etapa de ese día conducía a la comitiva a lo alto de un altiplano, por unos pasos que exigían de los conductores de los carros la máxima destreza, y por último a través de un angosto valle. Los paisajes eran en cambio sumamente variados. De vez en cuando las estribaciones estaban cubiertas de bosques y los caminos parecían totalmente seguros, pero de repente dejaban al descubierto unas quebradas espectaculares. Era frecuente que el terreno descendiera abruptamente junto a los caminos.

—Aquí siempre se desprende algo —observó el maestro Ruprecht, que ya había recorrido varias veces ese paso—. Piedra caliza. Se reblandece cuando llueve y nieva.

Aenlin temblaba solo de pensarlo, pero la comitiva tuvo suerte. Hacía frío, aunque la mayor parte del día brilló el sol y las temperaturas eran soportables. Al atardecer, la senda los condujo de nuevo a terrenos más bajos. La joven se equipó para enfrentarse a otra noche gélida, pero se desprendió de una de sus mantas para cubrir con ella a Meletay. Al igual que sus compañeros de viaje, recurrió a un vino especiado caliente y cuando se refugió en su tienda hasta estaba un poco achispada. Consiguió así caer enseguida dormida. Al día siguiente se despertó entumecida, pero no con tanto frío como la mañana anterior.

—Hoy avanzaremos por alta montaña —informó el maestro Helwig cuando el grupo ya estaba listo para emprender el viaje—. Pero no hay que tener miedo, los pasos de los Alpes para llegar a Italia son mucho más difíciles. ¡Y muchísimo más peligrosos! Cruzar los Pirineos, en cambio, es como dar un paseo.

De hecho, en los días siguientes, Aenlin casi no pasó miedo. Los ascensos eran fatigosos pero seguros. Disfrutó fascinada de las vistas sobre los extensos valles y las cumbres cubiertas de nieve y, al final del recorrido, incluso sobre el vasto mar.

—¿Ya estamos en Hispania? —se atrevió a preguntar a don Álvaro, que le sonrió afablemente.

—Así es, joven señor —respondió—. Bienvenido seáis al reino de Navarra. Si bien los habitantes de esta región no se consideran súbditos del rey. Se llaman «vascos», hablan una extraña lengua y son además un pueblo rudo y audaz. Vale más que abandonemos pronto su territorio. A saber si respetan cartas blancas y acuerdos comerciales...

Esos montaraces parecían infundir más respeto a don Álvaro que los albigenses, pero no se produjo ningún encuentro entre ellos y la comitiva. Los comerciantes avanzaban rápidamente, pendiente abajo. La tierra volvió a cubrirse de bosques, las temperaturas subieron y Meletay ya no necesitó la manta de Aenlin para abrigarse por la noche.

En unos pocos días, como comunicó el maestro Ruprecht, el grupo se dispersaría. Tal como se había planeado, el maestro Helwig marcharía hacia Aragón y el maestro Ruprecht hacia Castilla. Solo los enviados del maestro Linhard cabalgarían hasta León, una empresa arriesgada, según el parecer del maestro Helwig.

—La región es insegura. Por una parte está la cercanía con los moros, algo malo ya de por sí, y por otra, esa desdichada discordia entre hermanos.

—Que ha ganado don Sancho, ¿no? —preguntó el maestro Ruprecht—. He oído decir que sus hermanos se han exiliado.

—Pero la hermana sigue en Zamora —señaló Helwig—. Algo que ha tolerado Sancho durante largo tiempo. Aunque ahora parece que vuelve a haber disturbios...

—A nosotros el rey Alfonso nos ha dado salvoconductos —intervino Aenlin, lo que fue recibido con unas fuertes carcajadas.

—Ese ya no tiene nada que decir —explicó el maestro Helwig—. Algo que, naturalmente, vuestro padre no podía saber; nos enteramos al llegar a París. Alfonso está en Toledo con uno de esos gobernantes moros, lamiéndose las heridas. Yo en vuestro lugar sería prudente, mi joven señor Endres. Os aconsejaría que partierais con nosotros a Aragón o con el maestro Ruprecht a Castilla. Son regiones donde reina la paz.

Aenlin se mordió el labio. No creía que los dos comerciantes tuvieran las mejores intenciones para con ella, pero sus argumentos parecían bien fundamentados. ¡Ojalá hubiese conocido un poco mejor las circunstancias! Por el amor de Dios, ¿quiénes eran Sancho y Alfonso? ¿Por qué razón luchaban y qué tierras se disputaban?

6

Por la noche, antes de que la comitiva se separase definitivamente —descansaban en un bosque de abetos y el vino corría entre criados y caballeros para celebrar la despedida—, Aenlin se acercó vacilante a don Álvaro.

—Don Álvaro, me... ¿me permitís que os haga una pregunta?

El castellano, que estaba hablando con otro caballero, se volvió de mala gana hacia ella. Aenlin se habría dado un bofetón. Había estado demorando pedir consejo al caballero y ahora lo hacía justo en un mal momento. Sin embargo, la expresión del hombre se suavizó cuando vio quién osaba molestarlo.

—Pues claro que sí, mi joven señor Endres —respondió amablemente—. ¿Qué es lo que os preocupa? ¡Decídmelo sin ambages! —Aenlin suspiró aliviada—. Sentaos —la invitó don Álvaro, llenándole un cuenco de vino—. Tomad, bebed. Es vino de Castilla. Un generoso obsequio del señor Ruprecht.

Aenlin bebió un trago complacida.

—Don Álvaro, yo... yo querría preguntar... ¿Sabéis algo de todos estos reyes de la región? ¿Y de sus guerras? Soy... soy responsable de nuestras mercancías y de nuestra gente. Y mi padre me aseguró que aquí no nos pasaría nada. Pero ahora... ¿Es cierto que se está librando una batalla en tierras de Zamora? —Miraba con preocupación al caballero—. ¿Quiénes se pelean? ¿Y por qué tipo de herencia?

Don Álvaro se encogió de hombros.

—Yo no os puedo explicar cómo están ahora las cosas en León, señor Endres. La situación varía continuamente. Lo único que he oído decir es que el rey Sancho está en esta zona con su ejército. —Se puso cómodo, como si se dispusiera a contar una larga historia—. En principio se trata del legado de Fernando I. Fue un gran monarca que reinó en León, Castilla y Galicia. El rey cristiano, pues, más poderoso de la península Ibérica. Sin embargo, hace unos pocos años, en diciembre de 1065, Nuestro Señor Todopoderoso lo llamó a su seno. Dejó a cinco hijos, tres varones y dos mujeres, a las que también legó parte de sus dominios. Las hijas recibieron las ciudades de Zamora y Toro, que no fueron motivo de disputa. Pero entre los hijos ocurrió algo distinto. A Alfonso, el hijo preferido del rey, le dejó León, el asentamiento original del reino, mucho más grande y poderoso que Castilla, que Fernando cedió a su primogénito Sancho. Al hermano más joven, García, le fue dado un territorio aún menos importante, Galicia. Mientras su madre la reina Sancha todavía vivía, los tres se dieron por satisfechos, pero tras la muerte de esta surgieron los rencores. Alfonso atacó a García porque consideraba que Galicia solo era un reino dependiente de León y que por eso le pertenecía a él en realidad. Sancho, por su parte, reclamó León por ser el primogénito.

—¿Y todavía siguen peleados por este motivo? —preguntó Aenlin.

Don Álvaro le pidió silencio con un gesto y siguió hablando.

—Al principio Alfonso consiguió defenderse con éxito, luego se unió a Sancho contra García... La situación fue y sigue siendo complicada, pero se diría que en la actualidad Sancho va a salir victorioso de esta desagradable historia. García ya lleva tiempo en el exilio, y también Alfonso fue derrotado en la primavera pasada. Con la bendición de su hermano huyó a Toledo, donde el gobernador moro le ha concedido asilo. Lamentablemente, Sancho parece ser insaciable. Cuentan que ahora también ambiciona la herencia de sus hermanas y, puesto que Urraca se puso a favor de Alfonso en la disputa por la herencia, Zamora será su primer objetivo. Sin embargo, no se sabe si esto acabará en batalla. Urraca nunca podría defenderse contra las tropas de León, Castilla y

Galicia. Creo que llegarán a un acuerdo de paz, tal vez mediante el pago de tributos; Zamora es rica.

—¿Y corremos peligro viajando allí? —preguntó Aenlin—. ¿Es un riesgo que podemos asumir o acaso vamos a encontrarnos entre dos frentes?

El caballero volvió a encogerse de hombros.

—Me resulta inconcebible que Sancho ataque delegaciones comerciales pacíficas. Se echaría piedras sobre su propio tejado. No podría sacar ningún provecho de Zamora si esta adquiriese mala fama como núcleo comercial. En cualquier caso, no hay nada que justifique seriamente contravenir las indicaciones de vuestro padre, señor Endres. —Sonrió—. Hacedme caso —añadió en su lengua materna, aunque antes había hablado en alemán para no excluir de la conversación al caballero que se sentaba junto a él—, si el viaje a Zamora fuera peligroso, los caballeros de vuestra escolta ya haría tiempo que se habrían unido a las comitivas de los maestros Helwig o Ruprecht. Sin embargo, hablan de llevaros hasta Zamora y de ingresar en el ejército del rey Sancho. Allí se puede conseguir más honor y fama que en la tranquila Renania.

Aenlin asintió. Si bien eso no la calmaba del todo, estaba dispuesta a confiar en la valoración de don Álvaro. A fin de cuentas, el caballero estaba familiarizado con las costumbres de su propio país, y ella siempre podía darse media vuelta.

La joven le dio las gracias y se dirigió hacia Meletay.

—¿Y tú qué harías, bonita mía? —preguntó a la yegua, que mordisqueaba la escasa hierba que crecía entre los pinos—. ¿Merece esta rara reliquia que nos metamos en la boca del lobo?

Meletay exhaló suavemente su agradable aliento en el rostro de su amazona. Era evidente que nada la preocupaba.

Aenlin sonrió.

—Eres rápida, sin duda me llevarás a buen resguardo en caso de duda —dijo, interpretando el gesto consolador de la yegua—. Me olvidaba de que puedes volar...

A la mañana siguiente, los delegados de Linhard de Colonia emprendieron, en efecto, el camino hacia Zamora. En cabeza de la comitiva se hallaban don Álvaro y Aenlin, lo que llenaba de orgullo pero también de inquietud a la joven. Si bien durante el viaje los demás comerciantes a veces la habían irritado, ella había podido confiar en su mayor experiencia y en sus dotes de liderazgo. Se había dado por entendido que eran el maestro Helwig o el maestro Ruprecht quienes tomaban las decisiones. Ahora, por el contrario, el mando sobre esa pequeña caravana de seis caballeros, el escribano y cuatro criados, recaía exclusivamente en ella. La aventura se convertía en una carga.

Las vías del reino de León estaban al menos bien construidas y conservadas, y el paisaje no tenía nada de exótico. Al contrario, Aenlin se había imaginado las regiones hispanas mucho más calurosas y similares al desierto, pero la vegetación no distaba mucho de la de Renania y llovía con mucha frecuencia.

Don Álvaro esbozó una sonrisa cuando ella se lo mencionó.

—No olvidéis que estamos en el norte de la península y muy cerca de las montañas —explicó—. Además, es otoño... —Corrían los primeros días de octubre—. En esta época del año el clima es comparable al de nuestro país. Pero en verano llueve mucho menos que en vuestra patria, y en Zamora puede llegar a hacer mucho calor. Al fin y al cabo, la ciudad linda con Al Ándalus.

Según se decía, en Al Ándalus, la tierra de los moros, hacía casi tanto calor como en África.

—¿Así que doña Urraca no está reñida con Al Ándalus? —preguntó con prudencia Aenlin.

Don Álvaro hizo un gesto de ignorancia.

—Por lo que yo sé, no actualmente. Pero las cosas cambian de un día para otro. Aquí los cristianos apoyan a un gobernador moro, allí se pelean con otro. Hace más de cien años Zamora fue destruida por los moros, luego el rey Fernando la reconstruyó. En general son más débiles que los cristianos, tal vez sea porque Dios nos protege. —El castellano se santiguó a toda prisa—. A estas alturas, muchos gobernadores moros pagan tributo a los reyes de León, Castilla y Galicia, o bien ponen a su disposición los ejércitos para luchar contra sus enemigos. A cambio, conservan el poder sobre sus tierras.

Aenlin arrugó la frente.

—¿Es esto del agrado de Dios? —preguntó.

El caballero se echó a reír.

—Esta pregunta no se plantea. Probablemente nadie pretenda bautizar a toda la población mora de un día para el otro. También es posible que los reyes Alfonso, Sancho y García teman que al intentar cristianizarla se produzca una rebelión que tengan que sofocar. Y podría ocurrir que después toda la región quedara arrasada. En lugar de embolsarse el tributo habría que hacer trabajos de construcción. En cualquier caso, los gobernadores se toleran mutuamente. En tierras moras también viven muchos cristianos, y muy bien, según parece nadie los persigue. Y ahora el mismo rey Alfonso se refugia en la corte del gobernador de Toledo. Todo esto es muy confuso, señor Endres.

Lo mismo pensaba Aenlin y no le gustaba en absoluto.

En el curso de los siguientes días subieron las temperaturas y el sol resplandecía durante muchas horas. De no haber sido por el desasosiego que la corroía habría disfrutado de la cabalgada, sintiéndose libre de preocupaciones. Siempre que atravesaban poblaciones o ciudades tan pintorescas como Valladolid, se informaba acerca de la situación.

Lo que oía no siempre contribuía a tranquilizarla. Según le contaron, Sancho había cruzado esas tierras con un ejército, pese a lo cual los saqueos y destrucciones a su paso se habían mantenido dentro de los límites. León no era tierra enemiga y el ejército de Sancho tampoco tan grande como para que no pudiera abastecerse por medios legales. A esas alturas ya debía de estar en Zamora. Sin embargo, no habían llegado noticias de que se hubieran realizado operaciones militares concretas.

—Soy partidario de que enviemos exploradores —declaró Aenlin a don Álvaro cuando la comitiva estaba acampada en el claro de un bosque y tan solo tenía que cubrir dos o tres etapas de un día para llegar a Zamora—. Me gustaría saber qué nos espera cuando tomemos la ruta comercial...

Don Álvaro asintió.

—Una decisión inteligente, señor Endres —la elogió—. Si es-

táis de acuerdo, mañana mismo puedo partir con el señor Walde-
mar —expuso, refiriéndose a uno de los caballeros de Colonia—.
Si hacemos el viaje sin la caravana, podremos ir y volver en un día.
Así, por la noche os podremos informar de cuál es la situación.

Aenlin se mordió el labio.

—¿Vos mismo, don Álvaro? —inquirió intranquila. Si a los
caballeros les pasaba algo, perdería a su único consejero compe-
tente—. ¿No puede ir otra persona?

El castellano sonrió.

—Como mucho podríais ir vos mismo —bromeó—. Excep-
to nosotros dos, no hay nadie más que comprenda la lengua de
los hispanos. Hasta que el señor Waldemar o el señor Friedbert
encuentren a alguien en Zamora con quien puedan entenderse habrá pasado medio día.

A la joven la tranquilizó al menos que el caballero supusiera
que podría alcanzar Zamora sin sufrir percances, pese a los temores que ella tenía de que este fuera capturado por los soldados del rey Sancho.

Al final accedió a ese plan y a la mañana siguiente, con el corazón encogido, vio partir a los dos caballeros. Ella esperaría en
el campamento con los demás caballeros y criados, algo que en el
fondo la complacía. La vegetación variaba con ese clima modera-
do. Habían cabalgado entre campos de almendros e higueras.
Aenlin había comido por primera vez olivas maceradas en aceite
y contemplado asombrada los árboles en que crecían. El bosque
en el que estaban acampados era de nudosos quejigos, y un arroyo de aguas transparentes corría entremedio. Había pensado aprovechar la parada para lavar su ropa y sacar del arcón y airear la noble indumentaria que «Endres» vestiría para presentarse en la
corte de doña Urraca.

Con estas tareas transcurrió un día ajetreado y los viajeros se
sorprendieron cuando los caballeros aparecieron de vuelta al campamento a primera hora de la tarde.

—Estabais en lo cierto, señor Endres —informó don Álvaro
en cuanto desmontó del caballo—. Llegar a Zamora no es tan fácil como habíamos creído. De hecho, el rey Sancho ha puesto cerco a la ciudad, aunque hasta el momento no se ha producido nin-

gún asalto o ataque. Solo nos han mencionado un par de pequeñas escaramuzas, Sancho ha apresado a unos pocos caballeros de su hermana... Creo que permanecerán los dos al acecho un par de días y luego negociarán.

—¿Habéis hablado con alguien de lo que puede sucedernos? —preguntó Aenlin, aunque sabía que esa no era obligación de un caballero que solo había sido contratado por una empresa comercial para escoltar un viaje, no como mediador.

Para su sorpresa, don Álvaro asintió.

—He pedido que me llevaran en presencia del monarca y le he informado sobre vuestra intención de comerciar en Zamora —contestó.

Aenlin se lo quedó mirando.

—¿Cómo? Habéis... ¿Habéis hablado con el rey? ¿Personalmente? Pero eso...

—Serví en la corte de su padre —confesó don Álvaro, impasible—. Así que conozco al rey Sancho, y también él se acordaba de mí. Ha sido muy hospitalario conmigo y está abierto a vuestras intenciones. De hecho, ha mostrado interés por la reliquia que vuestro padre había reservado para venderla a su hermana. Considera que puede ser una prenda para futuras negociaciones. A lo mejor, un regalo para su hermana en caso de que los dos se reconcilien. En cualquier caso, le gustaría conoceros, nos espera en su campamento y os garantiza que ni a vos ni a vuestras mercancías os sucederá nada allí. Le he dicho que es probable que lleguemos pasado mañana y está conforme.

Aenlin no salía de su asombro. ¡Todo eso parecía mucho más sencillo de lo que había imaginado! A ella le daba igual quién fuera a quedarse con la reliquia. Y respecto a las otras mercaderías..., tal vez pudiera esperar simplemente a que Sancho y Urraca firmaran un tratado de paz. O limitarse a emprender el camino de regreso y dirigirse a otro núcleo comercial. Cerca de las montañas el interés por las pieles que formaban el grueso del cargamento posiblemente sería mayor. En el área de Zamora hacía demasiado calor, en opinión de Aenlin, para que alguien quisiera un abrigo forrado de piel.

Hizo un gesto de agradecimiento al caballero.

—Esto ha sido muy... muy generoso por vuestra parte, don Álvaro —declaró—. Seguro que mi padre os recompensará por ello. Creo que partiremos mañana temprano. ¿Qué opináis?

El caballero reflexionó unos segundos.

—Faltan unas cinco leguas para llegar al campamento del rey. Si mañana descansamos cerca, pasado mañana alcanzaremos nuestra meta al mediodía.

Esa noche, por vez primera, Aenlin consiguió dormir tranquila después de haberse separado de los maestros Helwig y Ruprecht. A fin de cuentas, parecía que había merecido la pena correr el riesgo y no haber hecho caso de los otros mercaderes.

Por la mañana ensilló dichosa su caballo y se alegró de que Meletay hiciera escarceos al amanecer.

Corría el 7 de octubre del año 1072.

7

Zamora estaba junto a la antigua ruta comercial que transcurría, ancha y bien pavimentada, por un terreno plano. Incluso con los carros pesados avanzaban bien y además la comitiva se sentía segura. Tan cerca de la ciudad y del ejército del rey Sancho no habría ningún salteador de caminos que se atreviera a robarles, de modo que los caballeros no tomaban medidas especiales de vigilancia, sino que cabalgaban ligeros de armas y charlando junto a los comerciantes. Así que pasadas las primeras horas de viaje, Aenlin cedió a la curiosidad y condujo a Meletay junto al semental negro de don Álvaro. El caballero se hallaba a la cabeza del grupo y parecía inmerso en sus pensamientos. Aenlin se dirigió a él.

—¿Cuándo servisteis al rey Fernando? Nunca... nunca habíais hablado de ello.

Don Álvaro se rascó la frente.

—¿Debía contaros la historia de mi vida tan solo porque tenía que enseñaros las bases del arte de la guerra? —preguntó burlón—. Soy un caballero, joven señor, un caballero sin tierra. Uno da vueltas por este vasto mundo sirviendo a muchos señores.

—Pero precisamente a un rey —replicó admirada Aenlin—. Y debe de haberos tenido en gran estima si su hijo todavía os recuerda. Me refiero a que... ya debe de hacer mucho de eso... —dijo avergonzada por haberse embrollado.

—Sí, hace mucho tiempo —confirmó el caballero. No parecía con ganas de contar mucho más, pero Aenlin ardía en deseos de saber.

—¿Por qué lo dejasteis? —no pudo evitar preguntar—. Al... al rey, me refiero. ¿O es que él os despidió?

Don Álvaro sonrió. Una sonrisa sombría pero no malvada.

—Sois muy curioso, mi joven señor —la reprendió suavemente—. Pero está bien, no es ningún secreto. El rey Fernando me envió a la corte de Al Ma'mún de Toledo a recoger el tributo del emir. Este recibió a la delegación de Castilla con todos los honores, estuvimos hablando y cuando le mencioné que dominaba el idioma alemánico me pidió que le hiciera un servicio. Con el permiso de mi rey, accedí, y eso me llevó a Colonia.

—¿Por varios años? —preguntó curiosa Aenlin.

La mirada del caballero se volvió en ese momento más severa.

—Desde mi punto de vista —respondió— el servicio se prolongó en demasía... En fin... las cosas fueron así... Entretanto el rey falleció, y yo ya no había de seguir cumpliendo ningún juramento. Podía regresar o quedarme, lo que me apeteciera. Y ahora voy a adelantarme un poco para ver si encuentro algún lugar apropiado en el que descansar al mediodía.

Don Álvaro puso su semental al galope y partió a toda velocidad, con lo que dio por concluida la conversación. Aenlin renunció a seguirlo con Meletay. La yegua habría alcanzado fácilmente el caballo de don Álvaro, pero era evidente que este no quería revelar su secreto. Había utilizado como pretexto ir en busca de un lugar en el que reposar, pero todavía faltaba bastante para que el sol llegara a su cenit.

La noche del penúltimo día de viaje los comerciantes casi habían alcanzado su meta. Don Álvaro explicó que tan solo los separaban del campamento del ejército del rey algo más de una legua, como mucho, pero desaconsejaba presentarse allí esa misma noche. Los caballeros aprovecharon el tiempo para limpiar sus sillas y sacar lustre a sus armas. Algunos hombres iban a intentar alistarse en el ejército del rey Sancho y no les perjudicaría causar una buena impresión al llegar. Así que montaron de nuevo sus tiendas, algo alejadas de la ruta y junto a la orilla del Duero, que limitaba al norte Zamora. Al otro lado del ancho río empezaba la tierra de nadie que separaba León de Al Ándalus. Hacía tiempo que se había desarrollado cierta rutina a la hora de preparar el campamento. Aenlin se ocupaba de los caballos mientras los hombres montaban las tiendas. Estaba atando a Meletay a una impresionante encina cuando oyó el grito de alerta de un criado.

—¡Asalto! ¡Ayuda! Yo...

Aenlin se dio media vuelta, sobresaltada, y palpó en busca de la espada cuando el grito se ahogó. En ese momento vio a un grupo de hombres a lomos de unos pesados caballos que salían al claro junto al río procedentes del bosque. Don Álvaro y otros caballeros cogieron las armas, pero los salteadores los habían sorprendido en la más vulnerable de las situaciones. Las armas de los criados estaban en los carros, los caballeros tenían las espadas, pero apenas iban equipados, y los caballos ya estaban desensillados y atados a los árboles.

Todos miraron horrorizados al criado que, atravesado por una lanza, hizo acopio de sus últimas fuerzas para llegar tambaleándose al claro. Se había internado en el bosque para evacuar sus necesidades y había descubierto a los atacantes.

—¿Qué queréis? —preguntó don Álvaro. Su voz no traslucía temor, aunque ya debía saber que los jinetes los habían rodeado. Eran siete u ocho hombres, Aenlin estaba demasiado nerviosa para contarlos. Pero no parecían bandidos, sino caballeros. Llevaban los escudos con sus blasones sin cubrir.

—Buscamos a un asesino —respondió uno de los hombres— que tal vez haya huido cruzando el río.

Don Álvaro movió la cabeza negativamente.

—No lo encontraréis aquí —respondió—. Soy don Álvaro Emanuel de Santiago, procedente de la santa Colonia. Junto con cinco otros caballeros acompaño a unos mercaderes a quienes el buen rey Sancho garantizó, por lo demás, el salvoconducto.

—¿Y para obtenerlo con astucia lo habéis elegido y atravesado con la lanza por la espalda, como un cobarde? —gritó el hombre—. En efecto, ¡os conozco! Estuvisteis en el campamento y lo abandonasteis sospechosamente deprisa.

Don Álvaro frunció el ceño, a todas vistas sin comprender lo que se le imputaba.

—Encaja —declaró otro de los hombres—. Y ahora quieren escapar por el río. ¡Pero no os lo permitiremos! Hombres, mostrad a este montón de bandidos qué hacemos con quienes asesinan a un rey. ¡Por nuestro rey Sancho!

Don Álvaro apenas si tuvo tiempo de desenvainar su espada cuando el hombre lo atacó, mientras el resto de los recién llegados también se abalanzaba con un grito de guerra sobre los viajeros. Los criados y el maestro Hildebrand, el escribano, fueron aniquilados antes de caer en la cuenta de lo que sucedía, mientras los caballeros intentaban defenderse. Tampoco Aenlin pensó en escapar, sino que enseguida se mezcló en el tumulto para ayudar a don Álvaro. Clavó la hoja y golpeó valerosa las piernas de su rival y vio horrorizada cómo el castellano aprovechaba la ayuda inesperada para clavar el arma en el corazón del semental del enemigo. El imponente animal inmediatamente cayó al suelo, el jinete resbaló fuera de la silla y se vio forzado a pelear con espada y pie a tierra contra don Álvaro.

Naturalmente, no era una lucha entre iguales: los atacantes iban armados hasta los dientes, mientras que don Álvaro y Aenlin ni siquiera tenían escudos con los que protegerse y solo podían sacar partido de su mayor movilidad. Don Álvaro consiguió derribar a su enemigo, pero enseguida lo sustituyó otro hombre. Este también iba a caballo, algunos de sus compañeros luchaban en tierra contra la escolta de Aenlin. Don Álvaro se dispuso a repetir la maniobra de la estocada en el corazón del caballo, pero tuvo suerte: el animal tropezó con el cuerpo de su congénere muerto y su jinete sin que él tuviera que intervenir. El jinete cayó, resbaló en el suelo enfangado, pero se puso en pie antes de que don Álvaro lo alcanzase.

Aenlin consiguió colocar un golpe entre los brazales y los guanteletes. Llena de satisfacción, vio la sangre antes de que don Álvaro se interpusiera de nuevo y librara un duro combate con el caballero. Así que la muchacha no debía de haberlo herido de gravedad. Los gritos y el entrechocar de las armas llenaban el claro del bosque.

De repente se vio enfrentada a un rival propio. Era mucho más fuerte, pero ella esquivaba ágilmente sus ataques, paraba de vez en cuando un golpe y se dio cuenta de repente de que el hombre solo jugaba con ella. El ruido había cesado. Al parecer, solo Aenlin y don Álvaro pugnaban desesperados por salvar la vida, su protector contra tres caballeros al mismo tiempo. Los demás estaban alrededor contemplando, riéndose del niño que se plantaba ante su rival como David contra Goliat. Solo que la muchacha no disponía de ninguna honda. Entonces el combate concluyó. La espada de don Álvaro salió volando por los aires; uno de los hombres había conseguido desarmarlo con un diestro golpe y, en ese momento, también Aenlin perdió todas sus fuerzas. Tropezó, se cayó, bajó el arma y cuando la espada de su enemigo ya estaba sobre su pecho, a punto de clavarse...

—¡No! ¡Perdonadla! ¡Es una muchacha!

Aenlin oyó la potente voz de don Álvaro como entre brumas. Había cerrado los ojos a la espera de la estocada mortal, pero para su estupefacción esta no se produjo. Parpadeó, vio el rostro sonriente de su opositor y aspiró una profunda bocanada de aire cuando sintió la hoja de la espada deslizarse por su jubón. No le rozó la piel, sin embargo, sino que tan solo cortó el tejido acolchado y el vendaje con que se había envuelto los pechos.

Oyó exclamaciones de asombro y unas carcajadas, y vio que el hombre se arrodillaba a su lado, le agarraba con sus manazas el jubón y lo hacía jirones. Los hombres se quedaron mirando sus pechos desnudos, mientras el caballero la despojaba del gorro bajo el cual escondía su cabello, demasiado largo para ser de un chico.

—¡En efecto! ¡Increíble! Una dulce doncella... ¡Y maneja la espada como un muchacho! Eh, Gonzalo, ¿acaso la pequeña no te ha clavado antes la espada? ¡Creo que debería sangrar por ello! —Hizo el gesto de abrirle las calzas.

Aenlin pataleó desesperada, chilló y le mordió la mano cuando quiso ahogar sus gritos.

—¡Una auténtica amazona! Agárrala, Gonzalo, hasta que me haya desvestido. Ha llegado la hora de montarla...

Se acercaron otros dos caballeros. Sujetaron a Aenlin tan fuerte como en un tornillo de banco, mientras su vencedor se despojaba de la armadura. Con el rabillo del ojo la muchacha vio que don Álvaro pugnaba por liberarse de sus rivales, pero se encontraba tan impotente en sus manos como ella misma...

Vio el sexo erecto de su verdugo. Hasta el momento solo había sabido vagamente lo que aguardaba a una doncella la noche de bodas y lo que se entendía por violar a una mujer, ejercer la violencia contra ella. Dentro de poco lo experimentaría en su propia piel. Aenlin se armó contra el esperado dolor, pero estimó la posibilidad de dar una patada al hombre cuando se arrojara sobre ella. Tal vez se encolerizaría y la mataría, pero eso sería mejor que... ¡Por todos los cielos, era probable que todos los demás canallas abusaran de ella cuando el primero hubiese acabado!

Sin embargo, una voz autoritaria la salvó de nuevo.

—¡Don Federico! ¡Don Roberto! ¡Don Gonzalo! Por Dios, ¿se puede saber qué estáis haciendo?

El agresor de Aenlin enseguida se separó de ella. Preocupado por mantener su dignidad, intentó cubrir sus vergüenzas.

—¡Hemos detenido a unos sospechosos, señor! —anunció entretanto don Gonzalo—. Hemos dejado con vida al caballero para que podáis interrogarlo... Ayer estuvo en el campamento del rey Sancho. Ahora iba a cruzar el río con su gente... y ella...

—Después ya averiguaremos de dónde procede la muchacha —declaró el recién llegado, de nuevo con tono cortante. Ahora Aenlin podía verlo. El hombre montaba, erguido y seguro de sí mismo, un magnífico semental blanco. Llevaba una armadura brillante, aunque marcada por los combates. Bajo la visera alzada, se distinguía un semblante sombrío, de rasgos de azor, una nariz potente y unos ojos fríos y oscuros. Sus cejas eran tan pobladas como su cabello negro. No era precisamente la imagen del apuesto caballero que describían las novelas de caballería que Aenlin había leído de vez en cuando en Colonia, pero sí un hombre sumamente carismático—. Ahora lo primero que tiene que hacer es cubrirse. ¡Ponte algo, chica! Y vosotros debéis renunciar a la pequeña antes de que sufra más heridas y contusiones. Por Dios, habéis capturado a una virgen... ¿Todavía eres virgen, no? —Se volvió hacia Aenlin. Ella asintió temblorosa. De repente tiritaba y tenía la boca seca. En ese momento se daba cuenta de lo cerca que había estado de la muerte y que solo don Álvaro había escapado también de ella. Horrorizada paseó la mirada por el campo de batalla. Los caballeros de su escolta, el maestro Hildebrand y los criados yacían en un charco de sangre, así como cuatro de los atacantes—. ¡Ya lo habéis oído! —declaró burlón el recién llegado—. Esta muchacha vale una fortuna en el mercado de Toledo. Y vosotros la rechazáis por unos instantes de placer que podéis obtener con cualquier puta de la caravana del ejército.

—¡Pero la hemos ganado en la lucha! —osó protestar uno de los caballeros—. En una lucha feroz...

El hombre a lomos del caballo blanco miró el claro y contó sin dudarlo a los muertos.

—¿Alguien os lo ordenó? —preguntó con voz afilada—. ¿Acaso os atacaron? Este caballero... —señaló a don Álvaro, que respondió con una mirada gélida— tal vez estuvo ayer en el campamento. Hoy seguro que no. Si la vista no me engaña, acompaña a un grupo de comerciantes. ¿O es que creéis que los asesinos viajan con carros entoldados llenos de mercancías? Don Gonzalo, ¡antes de desenvainar la espada, hay que pensar!

»¿Qué es lo que ha pasado realmente aquí? —El caballero, sin duda el que estaba al mando de los hombres que habían aniquilado la comitiva de Aenlin, se volvió hacia don Álvaro. Desmontó del caballo y tendió su capa a Aenlin con indiferencia—. Toma, chica, tápate. No vaya a ser que hagas caer a estos señores en la tentación. Eres una muchacha bonita...

Aenlin, agradecida, se cubrió enseguida con la capa, una valiosa prenda de costoso paño.

Don Álvaro se enderezó.

—La joven se llama Aenlin de Colonia y es la hija de un rico mercader. Seguro que pagará por su rescate —explicó.

El caballero del corcel blanco rio.

—¿Y dónde la meto hasta que llegue? —preguntó fríamente—. Lo dicho, lo de la chica lo aclararemos más tarde. Primero quiero saber...

—Tal vez deberíais informarme a mí antes, don Rodrigo Díaz de Vivar —lo interrumpió don Álvaro—. Pues lo sois, ¿o acaso me equivoco?

Aenlin, pasmada, levantó la vista hacia su protector. ¿Don Álvaro conocía a ese caballero?

El aludido sonrió.

—En efecto... ese soy yo, don Rodrigo, portaestandarte del ejército de nuestro rey Sancho, que hoy ha sido víctima de un cobarde atentado. —Los rasgos de su rostro se transformaron mientras observaba con atención a don Álvaro—. ¿Debería conoceros?

Don Álvaro hizo un gesto negativo.

—No os acordaréis —contestó—. Servía en la corte del rey Fernando cuando os educaban allí. Un par de veces incluso tuve el placer de combatir a espada con vos y el príncipe Sancho. Entonces todavía eran espadas para las prácticas, ¡pero ya sabíais manejar la vuestra! ¡Os habéis hecho merecedor de una fama temprana, Campeador! —Insinuó una reverencia.

Don Rodrigo contrajo un poco el rostro, aunque se diría que se sentía halagado. Y, al parecer, empezaba a recordar.

—Don Álvaro de Santiago. Os saludo. En aquel entonces dejasteis nuestras tierras y partisteis a... Colonia para rendir servicio al emir de Toledo, ¿no es cierto? —Sonrió—. Una misión delicada... Y nunca volvisteis. ¿En qué guerras habéis hallado entretanto la fama y el honor? —Guiñó el ojo. A Aenlin su comportamiento le resultaba totalmente incomprensible—. En fin, en cualquier caso todavía manejáis bien la espada. Mis hombres no son precisamente los más listos, pero suelo elegir a los guerreros más fuertes. Lo que han hecho aquí... Creo que debo disculparme. Ha sido un error. Sin embargo, como acabo de comunicaros, nuestro rey Sancho ha sido víctima esta mañana de un cobarde asesinato. El autor del crimen ha huido, nadie sabe si hacia Al Ándalus o hacia la ciudad. Es de suponer que doña Urraca esté detrás de todo esto, o tal vez el rey Alfonso. Espero realmente encontrar al asesino y por eso he ordenado a mis hombres que peinen el bosque. Por lo visto, vuestros protegidos han tenido la desgracia de caer en sus manos y de encender su cólera, aunque sin duda no tenían culpa ninguna. Pero... ¿quién conoce la voluntad de Dios?

Aenlin sintió que la furia la invadía. ¿Qué tenía que ver esa masacre con la voluntad de Dios? Vio que don Rodrigo se santi-guaba y que don Álvaro lo imitaba tras un breve titubeo.

—¿Qué sucede ahora? —preguntó.

Don Rodrigo se encogió de hombros.

—Bien, no nos queda otro remedio que considerar el legado de estos desdichados... —señaló los cadáveres del maestro Hilde-brand, los criados y los caballeros—, así como a la chica, como botines de guerra. —Se volvió hacia sus hombres—. Las mercan-cías se venderán en el próximo mercado y se repartirán los bene-ficios del modo habitual. —Los hombres soltaron satisfechos gri-tos de júbilo—. Echad un vistazo y haced un primer inventario, a ver qué valiosos objetos nos han caído del cielo —dijo el jefe a sus hombres, quienes se dirigieron acto seguido a los carros y ca-ballos.

»¿Qué queríais contarme de la muchacha? —preguntó don Rodrigo a don Álvaro en tono distendido.

La pregunta desconcertó al principio a don Álvaro, pero este se repuso enseguida y le habló de Aenlin y su hermano.

—Como he mencionado, esta muchacha es la hija de un rico mercader —acabó diciendo—. Es algo testaruda, pero bien edu-cada y cultivada. Vos mismo podéis hablar con ella, comprende nuestra lengua y otras muchas, incluso sabe un poco de árabe.

Don Rodrigo asintió.

—Esto la favorecerá —respondió, mirando con atención por vez primera a Aenlin—. Así que es una chica lista... y rubia. Tam-bién tiene unos bonitos ojos... —Colocó la mano debajo de la barbilla de la muchacha y le levantó la cara para poder observar-la mejor. Ella alzó la vista desafiante, pero no lo encontró tan repugnante como al hombre que antes casi la había violado. La expresión de don Rodrigo no mostraba lascivia, sino simple inte-rés. Aenlin estudió el fino contorno de sus labios, la mirada pe-netrante de sus ojos, y creyó distinguir unos puntos dorados en sus iris oscuros. El guerrero hablaba en ese momento de los de la muchacha—. Verdes... como un pinar tras la lluvia... Ya oigo los versos que les dedicará el señor al que seduzca. —Rio—. ¡Gana-remos con ella una fortuna en el mercado de Salamanca o en el de Córdoba!

—¿Queréis llevarla a Al Ándalus? —inquirió don Álvaro.

—¿Hay por aquí algún otro mercado de esclavos? —replicó don Rodrigo—. Y aunque lo hubiera, en Castilla o en León nadie pagaría tanto por una muchacha como en los emiratos. Los moros andan locos buscando esclavas para sus harenes.

«¡Algún jeque habría que me daría todo un rebaño de camellos por ti!» Aenlin recordó angustiada las palabras de su padre. Entonces se había reído de ellas, pero en ese momento las encontró sumamente serias.

—¿Y qué pensáis hacer conmigo? —preguntó don Álvaro.

Don Rodrigo se encogió de hombros.

—Bueno, sois un caballero. Y, por lo que veo, vencido y apresado en un combate más que honorable. Podríais pagar vuestro rescate. Vuestro caballo y vuestra armadura serían un precio adecuado. Por otra parte..., ¿qué haríais en tierra de nadie sin caballo ni armadura? —Don Álvaro no hizo ningún comentario. Esperaba—. Así que os haré una propuesta, don Álvaro de Santiago. Os regalo la libertad y a cambio os ponéis a mi servicio.

—¿Y a quién servís vos? —preguntó don Álvaro—. ¿A qué rey debo jurar fidelidad?

Don Rodrigo volvió a sonreír.

—Me juraréis lealtad a mí, a don Rodrigo Díaz de Vivar, el Campeador. Como han hecho todos mis hombres. ¿A qué rey servimos? Eso ya lo veremos. Creo que acabaremos sirviendo al rey Alfonso, a no ser que se descubra que es un fratricida. Pero eso a vos ni os va ni os viene. Os prometo buenas peleas y abundantes botines...

—¿Como este? —preguntó burlón don Álvaro.

El Cid iba a contestar algo, pero lo interrumpieron los gritos de uno de sus hombres. Provenían de la orilla, de los árboles donde Aenlin había atado los caballos y les había dado de comer hacía una eternidad.

—¿Don Rodrigo? Venid, hay algo que debéis ver.

El caballero giró sobre sus talones y Aenlin sintió que el corazón le latía con fuerza. Ya imaginaba lo que iba a suceder. Debían de haber descubierto a Meletay.

—¡Acompañadme! —pidió don Rodrigo a don Álvaro, recogiendo la espada del vencido y tendiéndosela. Parecía confiar en el protector de Aenlin... o tal vez en su superioridad y supremacía en la lucha. La joven se sorprendió de la audacia con que dio la espalda al veterano caballero para atender a la llamada de su vasallo.

Don Álvaro no hizo ningún amago de querer traicionar su confianza, sino que enfundó la espada y ayudó a Aenlin a levantarse. Los dos siguieron a don Rodrigo hacia el lugar donde estaban los caballos, en el que los hombres miraban incrédulos a Meletay, la yegua dorada.

—¿Habéis visto alguna vez algo más hermoso, don Rodrigo? —preguntó uno de ellos—. ¡Un caballo como rociado de metal!

—¡Un caballo como de auténtico oro! —añadió otro—. ¡Y con los miembros tan finos como un lebrel italiano!

El agresor de Aenlin, don Federico, parecía más preocupado que impresionado.

—¿No será obra del diablo? —preguntó receloso—. ¿No querrá engañarnos un demonio con este color? Roberto tiene razón, el caballo parece raro. ¿Quién sabe si no será una criatura de Satanás? ¡Señor, no debemos dejarlo con vida! —Se santiguó nervioso.

—A lo mejor deberíamos pincharlo primero para ver si sangra... —El caballero, al que habían llamado Roberto, sacó su espada.

—¡No! —gritó Aenlin—. ¡No lo hagáis, no debéis hacerlo! ¡Esta yegua no es obra del diablo, es solo... solo un caballo!

El Cid, que había estado escuchando en silencio lo que decían los hombres, concentrado en Meletay, esbozó una vez más su peculiar sonrisa.

—¡Es cierto que la pequeña sabe hablar! —observó volviéndose a Aenlin—. ¿Era este tu caballo, chica? ¿De dónde lo has sacado? Nunca había visto un ejemplar así.

Aenlin se apresuró a contestar.

—Procede de Kiev —dijo—. De la estepa rusa. Ahí... todos los caballos tienen este aspecto.

No sabía si era cierto, pero esperaba cambiar así las intenciones de esos hombres.

Don Rodrigo frunció el ceño.

—¿También los corceles de guerra? —preguntó escéptico—. ¿Los hombres cabalgan en caballos tan ligeros cuando combaten?

Junto a las pesadas y altas monturas de los caballeros, sin duda Meletay se veía frágil con esas finas extremidades. Aenlin se creyó en la obligación de defenderla.

—Es veloz como el viento —apuntó.

El caballero sonrió.

—Ya lo oís —indicó a sus hombres—. Los eslavos son unos cobardes, no precisan de caballos de combate sino de monturas que salgan huyendo a toda prisa. Y que además se fundan con la luz del sol. No esconden ningún secreto. —Aenlin tuvo la sensación de que le guiñaba el ojo—. Desde luego que no mataremos el caballo, Roberto —siguió diciendo—. Y no necesito rajarlo para saber que sangra como cualquier otro de sus semejantes. Ya estáis viendo que respira, mueve las orejas y está bien musculado. Sea quien sea el que lo haya montado, lo ha hecho bien. —Lanzó una mirada de reconocimiento a la muchacha—. Nos lo llevamos, me lo quedo. Quién sabe, a lo mejor un día tengo que escaparme. —Rio como si considerase esa posibilidad como una chanza.

»Y ahora preparaos para la marcha —indicó a sus hombres—. El camino hasta Salamanca es largo. No os necesito a todos, la mitad volverá al campamento. Decid a don Fernando, o a quien sea que ahora lleve el mando, que pienso penetrar en tierras moras tras los pasos del asesino. Me llevará un par de días... —Don Rodrigo les volvió la espalda y ellos empezaron a discutir acerca de quiénes acompañarían a su jefe y quiénes regresarían a Zamora. El cabeza del grupo miró a don Álvaro—. ¿Y ahora qué, don Álvaro? ¿Os habéis decidido? —preguntó.

El castellano bajó la cabeza, un gesto que también podía interpretarse como una reverencia.

—No tengo elección —respondió—. Así bien, don Rodrigo, aceptad mi juramento.

Aenlin no sabía qué pensar cuando a continuación los hombres pronunciaron las palabras rituales con las que un caballero consagraba su espada a otro. La actitud de don Álvaro se le antojaba casi como traicionera. Por otra parte, al caballero no le quedaba otra opción y quizás había urdido un plan para liberarla...

Don Rodrigo parecía muy satisfecho cuando la ceremonia concluyó.

—Bien, don Álvaro. Entonces os encomendaré la primera tarea. Sois responsable de que esta pequeña *sayyida* llegue sana y salva al mercado de Salamanca. Se encuentra bajo vuestra protección hasta que la podamos entregar a algún comerciante más o menos digno de confianza.

Don Álvaro asintió solícito.

—Nada le ocurrirá a esta muchacha. Aunque también la defenderé contra vuestros propios hombres si intentan agredirla. Así que, por favor, ¡mantened a estos tipos a raya!

El Cid se echó a reír.

—No os preocupéis —comunicó al protector de la joven—. Algo así como... lo que ha ocurrido aquí... no se repetirá. Y ahora procurad que la pequeña se ponga algo encima. Por mí, que vista otra vez la ropa de muchacho para poder montar. Ensilladle esta hermosa yegua...

Poco después emprendieron la marcha. Aenlin, a lomos de Meletay, lanzó una última mirada al maestro Hildebrand y a los otros hombres de la casa comercial de su padre. Ninguno de los caballeros de don Rodrigo se mostró dispuesto a enterrarlos.

Don Álvaro se santiguó rápidamente cuando abandonaron el claro del bosque.

—Dios se apiadará de nosotros y de sus almas —dijo en voz baja.

Sus palabras no ofrecieron ningún consuelo a Aenlin.

8

—¿Qué pensáis hacer para liberarnos?

Aenlin ya llevaba casi una hora cabalgando junto a don Álvaro en el incipiente crepúsculo. Ambos seguían el carro entoldado que un caballero conducía por un camino ancho y totalmente desierto junto a la orilla del Duero. Don Rodrigo iba al frente del grupo y otros dos caballeros en la retaguardia. Hasta ese momento, Aenlin había estado callada, pero ahora se atrevió a dirigir la palabra a su protector. Incluso si alguien la oía, seguro que no comprendería la lengua alemánica.

El caballero la miró extrañado.

—Nada, joven señora —le respondió—. Ya me habéis oído jurar fidelidad a don Rodrigo. ¿Pensáis que voy a romper el juramento?

—¿No os han forzado a hacerlo? —preguntó Aenlin, indignada.

El hombre se alzó de hombros.

—A mí no me han forzado. Bien es cierto que las alternativas no eran especialmente... atractivas, pero nadie me ha puesto un cuchillo al cuello. Ahora estoy al servicio de don Rodrigo y cumpliré la tarea que me ha encomendado. Así que no hagáis tonterías, señora. No podréis huir de mí, y los dos juntos no lograríamos escapar de don Rodrigo y sus hombres. Sin embargo, reconozco que habéis luchado con valentía, es probable que hasta os deba la vida. Yo solo no habría conseguido vencer a mi primer contrincante.

Aenlin casi se olvidó de su desagradable situación con ese elogio.

—¿Desde cuándo lo sabíais? —preguntó—. ¿Desde cuándo sabíais que yo... no soy Endres?

El caballero hizo una mueca.

—Desde que le regalaron la yegua —respondió—. Antes... antes me hacíais dudar de vez en cuando. ¿Cómo era posible que mi pupilo se desempeñara de forma brillante un día y al otro fracasara tan estrepitosamente? Endres me planteaba un enigma tras otro. Cuando vi cómo os comportabais con el caballo y me percaté de lo mucho que os parecéis a vuestro hermano... empecé a comprender. Y, por supuesto, ya desde el principio del viaje sabía a quién tenía ante mis ojos. Debería haber impedido todo esto en el momento. ¡Ha sido imperdonable por mi parte traeros conmigo!

Aenlin se mordió el labio.

—Pero Endres estaría... estaría ahora muerto. Y vos posiblemente también, como habéis dicho...

—Es posible —admitió el caballero—. O Endres no se habría atrevido a viajar a Zamora. Yo os lo aconsejé, lo sé: otro error. No he servido bien a vuestra familia, Aenlin. Sin embargo... soy un caballero, no un mediador. He aprendido a manejar la espada, pero cómo actuar ante asuntos tan delicados como vuestro peligroso juego... —Levantó las manos con aire resignado.

—Está bien, don Álvaro, no os reprocho nada —declaró la muchacha, magnánima. Era la verdad, no se arrepentía de nada. Si ante ella no se abriera ese futuro incierto...—. ¿De verdad van a venderme? —preguntó—. ¿Como qué? ¿Sirvienta? ¿O... o en un burdel?

Su acompañante se encogió de hombros.

—Es posible que os subasten, por lo que cualquiera podría compraros. Aunque joven y hermosa como sois os pondrán un precio muy alto. No debéis ocultar vuestros privilegios, vuestra formación, vuestro conocimiento de las lenguas. Cuanto más valiosa demostréis ser, más posibilidades tendréis de que no os compre nadie que quiera una sencilla criada, y un burdel no podrá permitirse pagar una mercancía tan cara.

—Entonces ¿quién me comprará? —preguntó asombrada Aenlin—. El caballero, don Rodrigo... hablaba... ¿hablaba en serio cuando se refirió al harén? ¿De qué lo conocéis? ¿Quién es? Se comporta... se comporta como si fuera un príncipe. Nadie le contradice. Y... y Meletay... —Pese a todo el desasosiego por su propio futuro, Aenlin también se preocupaba por su yegua—. ¿La montará él?

Dirigió la vista a don Rodrigo, erguido y seguro a lomos de su semental, cuyos movimientos seguía de manera flexible, llevando las riendas con mano ligera. Si tenía que montar a Meletay... la yegua podría haber tenido peor suerte.

Don Álvaro alzó la vista al cielo.

—Demasiadas preguntas, mi joven señora, para las que no tengo respuesta, pues no puedo ver el futuro. Pero sí, todo habitante rico de Al Ándalus tiene un harén. El libro santo de los musulmanes permite a un hombre tener cuatro esposas legítimas y tantas concubinas como él desee. Esas mujeres, así como su madre o las esposas de sus hijos, viven juntas en su harén... Suelen ser construcciones grandes y lujosas. Podrían pasaros cosas mucho peores que acabar en un entorno así. Y no, dad por seguro que don Rodrigo no montará a Meletay. Es un caballero, y los caballeros cristianos van a la guerra con caballos enteros.

—¿Los jinetes musulmanes no? —preguntó Aenlin, extrañada. La tierra a la que ahora estaba destinada empezaba a interesarle.

—No. Prefieren las yeguas. Suelen montar caballos más ligeros y manejables. Su técnica de combate difiere esencialmente de la nuestra. Atacan y se retiran con gran velocidad. Lo suyo no son las batallas campales, por eso a menudo se los califica de cobardes. Pero no lo son en absoluto. No debería menospreciárseles nunca. —El caballero rio—. Vuelvo a hablar con vos como habría hablado con vuestro hermano Endres si se hubiera interesado aunque fuera una pizca por el arte de la guerra. ¿Dónde está ahora vuestro gemelo? ¿No estará con vuestra madre bordando manteles de altar?

Aenlin miró a don Álvaro con severidad.

—Las esposas de los mercaderes no se dedican a bordar manteles de altar, eso lo hacen las monjas y las nobles —lo corrigió, y luego le habló de Endres y sus planes de ingresar en un convento. No mencionó la falsificación de la reliquia.

En cuanto acabó, a la luz crepuscular distinguieron unas casas junto al río, una aldea de campesinos. Don Rodrigo ordenó detenerse.

—Nos alojaremos aquí —anunció, dejando abierto cómo iban a proceder—. Mañana cruzaremos el río.

Encontraron en Toro un albergue rudimentario. Un campesino y su esposa hacían las veces de venteros, mataron solícitos un par de pollos y prepararon una comida para los caballeros. Instalaron a Aenlin en un cobertizo del establo, donde solo se hallaba alojada una vaca. Apestaba, y la paja fresca que distribuyó el campesino tampoco invitaba a tenderse en ella. A cambio, era un lugar seguro. Los caballeros dormían fuera, en un refugio abierto; don Álvaro montó su tienda junto al establo.

—No hubiera pensado que en un pueblo tan diminuto hubiese una posada —comentó Aenlin cuando la ventera le llevó pan, una pata de pollo y vino, que sabía sorprendentemente bien—. ¿Pasan por aquí muchos viajeros?

La mujer, cuyo rostro tostado por el sol y sus ásperas manos daban testimonio de la dureza de su trabajo, movió la cabeza negativamente.

—No muchos, señora, pero a los que vienen es mejor no disgustarlos. Cuando uno es amable y les da algo de comer y beber, suelen dejar un par de monedas. Al menos no se ponen violentos. De otro modo se llevan lo que quieren y no se andan con remilgos.

—¿Y qué los trae por aquí? —preguntó Aenlin.

La campesina extendió una manta sobre el lecho de paja de Aenlin.

—Pasar el puente, señora —respondió—. Cruzar el Duero. Un puente viejísimo que se está pudriendo desde tiempos inmemoriales. En realidad, nadie lo necesita. En cualquier caso, nosotros no, ni tampoco ningún buen cristiano. A fin de cuentas, el río es la frontera con las tierras de los moros. ¿Y quién quiere pisarlas? —Se santiguó.

—Bueno, ¿los comerciantes? —supuso Aenlin—. ¿Los mediadores?

Pensaba en los tributos que los príncipes moros abonaban a los soberanos cristianos. Su padre también había vendido artículos de Al Ándalus, por lo tanto, tenía que haber enlaces.

La mujer rio.

—El que no tiene nada que esconder coge el puente de Zamora. O bien otros pasos fronterizos que hay a lo largo de las viejas vías romanas. Aquí los que cruzan el río son más bien contrabandistas, traidores o villanos que están buscando asilo en el otro lado... Pícaros. Puede que los señores de hoy sean excepción. Zamora está sitiada y a lo mejor la están esquivando por aquí.

—Zamora no está siendo realmente sitiada —respondió Aenlin, y le comunicó la muerte del rey Sancho.

Eso dejó a la campesina bastante indiferente.

—Para nosotros no cambia mucho quién reina en Castilla —dijo—. No hay nadie que se tome la molestia de conquistar o defender una aldea como Toro.

—Pero si tenéis un puente, los ejércitos podrían cruzar por aquí —expuso Aenlin, lo que pareció divertir a la mujer.

—Vos misma veréis mañana el puente —replicó—. Entonces evaluaréis si enviaríais algún ejército a pasar el río por ahí.

De hecho, Aenlin se asustó bastante cuando por la mañana vio el puente de madera. Seguro que en algún momento había sido una construcción sólida, pero con el tiempo muchas partes se habían hundido. Aenlin estaba preocupada. Pasar por ahí con Meletay todavía sería posible, pero los pesados carros de su padre...

—Cargarán con las mercancías y don Gonzalo pasará el carro por un vado —determinó don Rodrigo después de consultar a un par de habitantes de Toro a los que sin duda había reclutado para descargar y transportar las mercaderías. Los hombres parecían disgustados, pero no protestaron. Uno de ellos condujo a Meletay por encima del puente, los otros cogieron los sementales de combate por las riendas. Los lugareños sabían dónde estaba podrida la madera y cómo evitar los agujeros del suelo. Solo don Rodrigo corrió el riesgo y pasó sobre la pasarela en ruinas a lomos de su caballo blanco sin que nadie lo ayudase. A eso del mediodía volvieron a reunirse todos en la otra riba del Duero y se cargó de nuevo el carro.

Don Rodrigo dio unas monedas a los habitantes de Toro por su ayuda. No tenía que hacerlo, nadie habría protestado si simplemente se hubiese aprovechado de los aldeanos. A lo mejor tenía intención de recurrir más veces a ese paso y no quería crearse enemistades. No obstante, Aenlin pensó que ese gesto lo honraba. En cierto modo, empezaba a admirar al caballero.

En las horas que siguieron, recorrieron tierras deshabitadas, áreas fronterizas entre Al Ándalus y León en las que nadie quería instalarse. El peligro de caer víctimas de los ataques de ambas partes era demasiado grande. Además, el entorno no era muy fértil. Era montañoso y abrupto, mostraba unas formaciones rocosas impresionantes. Luego las pendientes volvían a estar cubiertas de bosque o de hierba y arbustos. Al menos por los caminos se podía circular bien. En otros tiempos debía de haber habido por allí más movimiento.

—Sin duda, la frontera no siempre pasó por aquí —observó don Álvaro cuando ella le expresó su sorpresa—. La discordia entre moros y cristianos ha existido siempre, desde hace siglos. Hoy conquistan un trozo de tierra por aquí, otro se pierde por allá, una ciudad es hoy cristiana y mañana vuelve a ser musulmana. Un día expulsaremos a esa gente de Hispania, pero por el momento los toleramos.

Aenlin estaba impaciente por ver los primeros poblados moros. Se extrañaba de estar disfrutando de esta nueva aventura en lugar de procurar luchar contra su destino. Claro que estaba triste por los hombres que habían perdido la vida, claro que estaba enfadada porque habían robado los bienes de su padre y porque su misión había fracasado. Pero no sentía mucho miedo ante su incierto futuro, tal vez porque todo lo que pudiera sucederle todavía parecía irreal. Un mercado de esclavos..., un harén... No podía imaginárselo, al menos mientras don Álvaro cabalgara a su lado protector y apaciguador. Tenía la sensación de encontrarse en un extraño sueño del cual despertaría en su tienda... o incluso en su seguro dormitorio de Colonia.

Por la tarde atravesaron los primeros campos de cultivo y vieron ovejas y cabras en los prados. Todo estaba ordenadamente trazado, las colinas escalonadas en terrazas y las planicies surcadas por acequias. De vez en cuando veían a campesinos trabajando. Lo primero que sorprendió a Aenlin fue la ropa que vestían. Los hombres llevaban unas camisas largas así como unos pantalones anchos de lino claro. Las mujeres usaban atuendos similares, pero además se cubrían el cabello con unos pañuelos de trama espesa que les caían hasta el pecho.

—La religión las obliga a cubrirse el cabello —explicó don Álvaro—. Tendremos que encontrar también algo para vos... ¿Don Rodrigo? —El caballero se reunió con el castellano para discutir sobre el tema. Detuvo la caravana con el fin de buscar alguna tela apropiada entre las mercancías del carro entoldado. Encontraron una que prácticamente envolvía todo el cuerpo de Aenlin al montar—. Sí, es lo adecuado —dictaminó don Álvaro—. Cuando las *sayyidas* elegantes viajan, llevan unas capas voluminosas pero discretas... Es increíble las bellezas que se ocultan debajo.

—Estáis bien enterado —observó Aenlin—. Y don Rodrigo no os va a la zaga. ¿Habéis viajado a menudo por estas tierras?

—Yo sí —reconoció el caballero—. Respecto a don Rodrigo, no lo sé con certeza. No lo he visto desde hace diez años. Pero incluso en tierras germánicas se oye hablar de sus hazañas. Cuando alguien destaca tanto como él, toda la caballería habla de ello.

—¿Qué es lo que ha hecho de tan maravilloso? —preguntó curiosa Aenlin—. ¿Lo conocisteis en la corte del rey Fernando?

Don Álvaro asintió. Esa tarde estaba más locuaz que de costumbre. Probablemente le aburría esa larga y lenta cabalgada, y contenía sus deseos de charlar con los hombres contra quienes había luchado con la espada el día anterior.

—Rodrigo Díaz de Vivar fue educado con Sancho, el hijo mayor del rey Fernando, y llegó a la corte aproximadamente a los catorce años. Era de Burgos, donde su padre poseía tierras. Se rumoreaba que incluso habría heredado algo allí, pero él prefirió la vida de caballero y guerrero. Don Rodrigo ama la lucha. Y ya de joven era excepcionalmente diestro en el manejo de la espada. No evitaba ninguna pelea, incluso combates singulares... A los veinte años libró su primera batalla campal con Sancho. Se trataba de una ciudad que pertenecía en realidad a un gobernador moro, pero que Aragón le había usurpado.

—¿Y don Rodrigo luchó para los cristianos? —preguntó Aenlin.

Don Álvaro rio.

—No, por aquel entonces Castilla estaba ligada a Al-Muqtádir, el emir de Zaragoza, y para él conquistaron de nuevo la ciudad don Rodrigo y don Sancho. Ya os he dicho que la situación es confusa. En cualquier caso, fue tal la furia con que peleó don Rodrigo que se ganó el título de Campeador. Después siguió interviniendo en otros altercados. No está satisfecho si su espada no prueba la sangre. Un hombre peligroso...

—A quien ahora habéis prestado juramento —señaló Aenlin, mordaz.

—Lo que me dará fama y dinero —respondió su protector, aunque no muy convencido.

Alcanzaron el primer pueblo moro al oscurecer, y Aenlin casi sufrió una decepción ante esas sencillas construcciones como cajas. Después de todo lo que había oído decir sobre la magnificencia de los palacios moros, encontraba míseras esas casas sin adornos, la mayoría de un solo piso. Aunque allí no vivían más que campesinos y artesanos, y tampoco sus cabañas eran lujosas en tierras cristianas. Pese a ello, se alegró cuando don Rodrigo decidió descansar allí. La cabalgada había sido agotadora, las etapas diarias eran mucho más largas que las que Aenlin había realizado en su recorrido hacia Zamora.

Para sorpresa de la muchacha, el caballero preguntó muy educadamente —y en un árabe fluido— al jefe del pueblo si disponían de un alojamiento. Con los campesinos de Toro el trato había sido distinto. ¿Se tomaban los gobernantes moros más en serio la protección de sus súbditos que los cristianos, o acaso los moros en general eran más capaces de defenderse? Fuera como fuese, el hombre indicó a los caballeros un corral de ovejas o cabras que estaba vacío y en el que podían montar su campamento. A Aenlin la invitó a su propia casa, algo que causó a la joven un gran asombro.

—Para los moros habría sido impensable que compartierais albergue con los caballeros —comentó don Álvaro—. Además, don Rodrigo os ha presentado como *sayyida*, destinada a un harén. Se esforzarán por trataros como a una princesa.

—¿Aunque sea una esclava? —preguntó incrédula Aenlin.

—Una esclava de alto precio —aclaró el caballero—. Ya os dije que sois de elevada valía. Y quien es muy valioso recibe cuidados proporcionales.

Así pues, don Álvaro renunció esa noche a montar su tienda cerca de Aenlin. Por lo visto no creía que corriera ningún peligro en la casa del moro ni tampoco temía que huyera. Los anfitriones de la muchacha se esforzaron por satisfacer todos sus deseos y no la dejaron ni un instante a solas. Las hijas del jefe del pueblo la rodearon curiosas en cuanto su padre la hubo conducido a la sencilla casa de piedra. Las tres muchachas llevaban anchos pantalones y encima túnicas de hilo. En la casa no se cubrían con el velo e indicaron a su invitada con gestos que podía desprenderse de la capa de viaje. Aenlin casi no entendía nada, pues hablaban muy deprisa en árabe; todavía debería familiarizarse con el idioma escuchándolo con atención. Sin embargo, cuando intentó decirles un par de frases en su lengua, expresaron su entusiasmo ululando con alegría y entendieron lo que quería comunicarles.

Los aposentos a los que sus nuevas amigas la condujeron eran los de las mujeres de la casa, pues incluso en ese modesto hogar estaban separadas las personas según el sexo. Aenlin encontró extraño el mobiliario. No había mesas ni sillas, se sentaban sobre unos gruesos almohadones para comer, y para dormir desenrollaban unos colchones. El suelo estaba cubierto de paja como en las viviendas sencillas de los cristianos. Pero ahí se trataba de una paja fresca y con un dulce aroma, los moros eran muy amantes de la limpieza. Las muchachas de la casa le llevaron agua y se mostraron dispuestas a ayudarla a lavarse. Miraron sorprendidas la indumentaria masculina con que Aenlin había cabalgado y departieron largamente al respecto en su melodioso lenguaje.

Finalmente hicieron entender a Aenlin que no podía volverse a poner las calzas y los *braccae* después del baño, y la ayudaron a vestir una indumentaria como la suya. La joven encontró que esos holgados pantalones y la túnica eran extremadamente cómodos.

Mientras las chicas se ocupaban de la invitada, su madre preparó un potaje en una cocina de carbón. Unas especias exóticas daban sabor a las verduras y legumbres, además se repartió pan blanco. Aunque la comida era diferente de la que estaba acostumbrada, Aenlin disfrutó de esos manjares sentada en el suelo sobre un almohadón y formando un círculo con las otras mujeres; en el centro estaban los platos con la comida, de los cuales se servían todas con unas cucharas de madera. En la habitación contigua, los hijos de la familia y el padre comían del mismo modo.

A la mañana siguiente, los anfitriones de Aenlin insistieron en que conservase la indumentaria mora con la que había dormido. Las hijas todavía buscaron un velo adecuado y Aenlin se presentó ante don Álvaro, que pasó a recogerla, como una mora decorosamente vestida.

El caballero la miró con satisfacción.

—¿Podéis montar a caballo así vestida?

Aenlin asintió.

—Seguro, son pantalones. Y si la túnica se sube... Tendré que volver a ponerme encima la capa, ¿no?

Miró abatida a su protector. El día anterior había estado sudando bajo esa prenda. Y en las regiones menos montañosas, más cálidas, todavía sería más desagradable.

—Será inevitable —confirmó don Álvaro—. Dad las gracias a vuestros anfitriones. Hablaré con don Rodrigo sobre una retribución adecuada. Seguro que algo encontraremos entre las mercancías de vuestro padre.

Aenlin tomó nota de que a los aldeanos moros no se les daba simplemente un par de monedas como a la gente de Toro. Su profesor de idiomas ya le había mencionado que la hospitalidad en los países árabes era sagrada. Habrían ofendido al jefe del pueblo si le hubieran ofrecido dinero.

También don Rodrigo conocía esas costumbres. Sus caballeros refunfuñaron un poco, ya que al haber repartido generosamente las pieles entre los aldeanos reducía el valor de su botín. Pero el Campeador ignoró sus protestas. No iba a permitir que nadie cuestionara sus órdenes.

Sonrió al ver la nueva vestimenta de Aenlin.

—Una hermosa pequeña *sayyida* —observó satisfecho—. Os queda bien la ropa mora. Envuelta en sedas y terciopelos y algo arreglada... nos daréis más beneficios que todas estas pieles.

Sin embargo, y en contra de lo que Aenlin suponía, los pantalones holgados y su liviano calzado de piel no servían para galopar. La tela se remangaba y corría peligro de sufrir erosiones en la piel. Aunque podía ponerse las botas de Endres encima de los pantalones, le rozaban en los pies desnudos, porque las muchachas moras no llevaban medias. Ese día, pues, la cabalgada no resultó agradable, y además la agobiaba la pena por ser la última que seguramente haría a lomos de Meletay. Por los retazos de conversación que había captado entre los hombres, la darían a un tratante de esclavos en Salamanca, y don Rodrigo conservaría la yegua.

—¿Es que las mujeres árabes no montan? —preguntó a don Álvaro, sorprendiéndose al ver que una sombra se cernía sobre el rostro del caballero.

—A veces —dijo—. Una novia cabalga en una mula blanca a la casa de su futuro esposo. Las campesinas y artesanas van al mercado en asnos o a veces también en mulas. Pero las nobles permanecen en sus casas con sus maridos o señores, a no ser que cambien de harén. En tal caso lo hacen sobre mulas de paso suave y con sillas cómodas y de seda. Y además el ritmo del viaje se ajusta a las necesidades de la *sayyida*.

—Se diría que ya habéis hecho un viaje de estas características —señaló Aenlin. Su curiosidad con respecto a la vida anterior del caballero todavía no se había saciado.

Don Rodrigo, que acababa de poner su semental junto a la

montura de don Álvaro, oyó esta última frase e intervino entre risas.

—¡Adelante, señor caballero! Informad a vuestra fisgona pupila acerca de la delicada misión que os llevó a Colonia. Y qué os retuvo allí. Algo, esto último, que también me interesa a mí. Decid, ¿había siempre una espada entre vuestro lecho y el de la *sayyida*?

El rostro del interrogado se ensombreció definitivamente. Aenlin reflexionó acerca de qué significado tendría esa alusión a los poemas de amor cortés. Había leído algunas de las historias con las que se entretenían las jóvenes nobles, y sufrido cuando una pareja de enamorados huía de un castillo porque el padre de ella no permitía que se casara con un caballero andante sin dinero. Ambos tenían que encontrar a un sacerdote que los casara y una corte que los acogiera, y hasta que esto no sucediera, el caballero colocaba su espada entre él y su amada por las noches para preservar el honor y la virginidad de esta última.

—Con todos mis respetos, don Rodrigo, pero debo protestar ante tales cuestiones —respondió don Álvaro en tono gélido—. Si no os hubiese prestado juramento, os tendría que retar por ello. Así que dejémonos de injurias antes de que pierda la paciencia.

La conversación avivó la curiosidad de Aenlin. Tenía que saber qué había ocurrido.

—Si no hay nada que esconder, don Álvaro —dijo con voz meliflua—, contadnos simplemente qué ocurrió. De ese modo acallaríais por fin las malas lenguas.

Don Álvaro hizo una mueca con los labios.

—En realidad no hay nada que deba ocultar —admitió—. Aunque entonces tuve que jurar al obispo... En fin, ese asunto lo comprometía, aunque yo solo llevaba a término mi misión. Bien, como ya sabéis, el emir de Toledo me pidió por aquel entonces que le prestara servicio. Consistía en acompañar a una *sayyida* de su harén, la señora Zoraida, a Colonia. Junto con otros regalos para el obispo.

—¿Zoraida era un regalo? —preguntó horrorizada Aenlin.

El caballero asintió.

—No es algo inusual. Las mujeres más preciadas de un harén

se regalan a menudo. Hacer responsable de tales mujeres a un amigo, un gobernador o un socio de negocios es una muestra de gran aprecio. Aunque a un obispo... Intenté explicar al emir que esa tal vez no era una buena idea. Pero se rio de mí, ya se había ganado las simpatías de varios religiosos con tal tipo de regalos. Esa vez se trataba de una reliquia que el obispo deseaba pero de la que la comunidad cristiana de Toledo no quería separarse... No sé, en cualquier caso había que atemperar amablemente al obispo. Así que acompañé a la señora Zoraida a Colonia, y debo declarar que era un regalo regio. Amable, culta, bellísima...

—No deberíais haberla contemplado —bromeó don Rodrigo—. ¿O mirasteis furtivamente debajo del velo?

Don Álvaro negó con la cabeza. Estaba muy serio.

—Antes de dejarla en Colonia solo vi de ella sus ojos. Pero más tarde... En fin, tampoco hay que alargarse. El regalo no solo disgustó al obispo, sino que lo indignó. Descargó su cólera sobre mí... y sobre Zoraida, que no tenía la culpa de nada. Le ofrecí entonces acompañarla de vuelta a Al Ándalus pagando yo los gastos, pero tampoco quería eso. Rechazar un regalo tan generoso habría significado ofender al emir, y eso habría cerrado al obispo la vía para conseguir la valiosa reliquia. Así que conservó a Zoraida como chica de la cocina. De un día para otro, la princesa oriental de primera categoría se vio convertida en una criada. Todos los cocineros y las sirvientas se burlaban de ella, la insultaban llamándola «puta mora» y le mandaban hacer las tareas más degradantes. Al principio Zoraida no entendía la lengua. Por supuesto, nunca antes había encendido un horno ni pelado una patata. Se vio profundamente ofendida cuando el obispo la obligó a quitarse el velo y la hizo bautizar. Era una musulmana creyente y sufrió horrores. En fin, yo... yo había jurado protegerla. Claro que podía argumentarse que ya había cumplido mi misión al haberla entregado al obispo, pero ella me rogó desde la más honda desesperación que al menos me quedara un par de días a su lado.

—¿Y los días se convirtieron en años? —preguntó escéptico don Rodrigo.

Don Álvaro asintió.

—No pude hacer mucho por ella. Pasaba la mayor parte del

tiempo en la cocina de la residencia del obispo e incluso cuando yo conseguía que él me encomendara alguna tarea, los caballeros y las sirvientas muy raras veces coincidían en esa corte. Aun así, la acompañaba cuando él la enviaba a hacer algún recado y me cuidaba de que nadie se le acercase demasiado. También en la casa mantenía a distancia a los hombres que querían forzarla a compartir lecho con ellos. La mayoría de las veces bastaba con una amenaza y el cocinero o criado le quitaba los dedos de encima. Yo era su ángel protector, don Rodrigo, ni más ni menos.

«Y la amabais.» Aenlin no pronunció esas palabras, pero la expresión y la actitud de don Álvaro reflejaban su infinito amor hacia la infeliz esclava. ¿Lo había correspondido Zoraida? ¿Quedó realmente sin consumar ese amor? ¿O se besaron al menos alguna vez?

—Murió el año pasado —siguió diciendo abatido el caballero—. Desde entonces estoy libre. He cumplido mi misión lo mejor que me ha sido posible. Nunca he roto mi juramento, nunca he mancillado el honor de otra persona. Y ahora dejemos este asunto, don Rodrigo. Estoy cansado de hablar, incluso de pensar en él. Ahora os sirvo a vos y lo haré con la misma lealtad. No merezco desconfianza.

Y dicho esto se dio media vuelta. Por su parte, don Rodrigo arreó al semental sin añadir palabra para ponerse de nuevo a la cabeza del grupo. Salamanca estaba cerca, ya se distinguían los muros de la ciudad en el horizonte.

Aenlin empezó a sentirse un poco intranquila al pensar en el mercado y en los tratantes de esclavos, tal vez por haber escuchado la historia de Zoraida. Por otra parte, el relato también le infundía valor. Si era verdad que se solían enviar muchachas a príncipes y religiosos cristianos, cabía la posibilidad de que eso le pasara también a ella. Una vez que hubiera salido de Al Ándalus, explicaría su historia a su nuevo señor, quien sin duda permitiría que su padre la rescatara.

Se propuso no perder los ánimos por nada del mundo. Y no pensaba mostrar su punto débil echándose a llorar cuando la separasen de Meletay. Acarició melancólica el cuello liso de la yegua.

—Intentaremos sacar el mejor partido de esto —le susurró—. Tú y yo. Tú seguramente te convertirás en yegua de cría y yo... Bueno, parece que el harén guarda cierto parecido con un criadero de caballos... muchas yeguas y un solo macho... —Casi se le escapó la risa—. Y sea lo que sea lo que nos espera, tú eres lo mejor que me ha pasado en la vida, Meletay. No me arrepiento de nada, absolutamente de nada. Yo nunca te olvidaré y tú nunca me olvidarás. Mi caballo dorado... Meletay... Me has enseñado a volar.

EL REGALO

Salamanca, Toledo, Sevilla
Otoño de 1072 - Verano de 1078

1

Antes de llegar a Salamanca había un *funduq*, un albergue para mercaderes. El padre de Aenlin había hablado con gran aprecio de esos establecimientos tanto en tierras moras como italianas y había elogiado su limpieza, así como la honestidad de sus patronos. Don Rodrigo parecía pensar lo mismo. Dejó el carro con las mercancías incautadas en el patio del hostal y pidió a sus caballeros que lo esperasen ahí. Él personalmente llevaría a Aenlin a la ciudad para entregársela al tratante de esclavos.

—Así que tenemos que despedirnos aquí —dijo don Álvaro. Aenlin se percató de que al hombre le resultaba difícil abandonarla a su sino—. No puedo más que desearos suerte. ¡Asumid vuestro destino con valor!

—Igual que hizo Zoraida, ¿no? —preguntó la muchacha con ánimo provocador.

No pretendía separarse de don Álvaro invadida por la cólera, pero tampoco quería mostrarle el miedo que le causaba el hecho de perder su protección.

Para su sorpresa, el caballero sonrió.

—Vos sois de otra pasta —advirtió—. Y a mí solo me cabe esperar que encontréis un señor que sepa valorarlo. Zoraida no tuvo esa suerte. Todas sus virtudes, todos sus dones no le sirvieron de nada... —Y tras pronunciar estas palabras, le volvió la espalda.

En Aenlin volvían a bullir pensamientos de rebeldía. Claro que la historia de Zoraida era triste. ¿Pero de verdad que esa mujer no habría podido cambiar su destino? Si hubiera sido algo menos sumisa y menos virtuosa, tal vez don Álvaro se habría enamorado lo suficiente de ella para renunciar a su rango de caballero y trabajar, por ejemplo, como lacayo. El obispo seguramente le habría dado como esposa a su sierva y todos habrían acabado felices y contentos.

La joven de Colonia tenía claro que ella no se veía en el papel de heroína trágica. Pronunció decidida unas pocas fórmulas de despedida más, y guio a su caballo tras los pasos del semental de don Rodrigo. Intentaría no tener miedo.

Salamanca era realmente una gran ciudad y los edificios se correspondían a la riqueza que Aenlin había oído atribuir a los gobernantes moros. Pese a ello, también ahí le parecieron sencillas las casas. La mayoría estaba pintada de blanco o de un tono rojizo, con los portales en forma de herradura y ventanas divididas por columnas. En unos pocos edificios resaltaban algunos elementos decorativos en forma de marcos que rodeaban las ventanas arqueadas o los portales. Las construcciones arrojaban sombra sobre las calles y callejuelas angostas.

Ya en la puerta de la ciudad, don Rodrigo había preguntado por el barrio judío y Aenlin se asombró de que no estuviera separado de las zonas residenciales de moros y cristianos, como ocurría en muchas ciudades de su país. Los hebreos permanecían unidos por voluntad propia y no porque los gobernantes cristianos los marginaran. La casa del respetado comerciante Ibrahim ibn Arón —los dueños del *funduq* se lo habían recomendado fervientemente al Campeador— se hallaba en un lugar céntrico.

Don Rodrigo ordenó a Aenlin que desmontara delante del edificio y buscó la puerta, algo escondida. La joven lo siguió resignada. ¿Qué prisión la esperaría allí?

La visión que se desplegó ante sus ojos cuando el criado abrió e hizo entrar en el patio interior a los recién llegados la dejó atónita. El patio de la casa del comerciante no era un lugar utilitario como el de su padre, sino que resultaba acogedor y alegre. En el centro destacaba una fuente de mármol que seguramente estaba pensada sobre todo como bebedero de caballos, pero que resultaba agradable a la vista. El perímetro del patio estaba cubierto. Unas columnas delicadas, adornadas con estuco, soportaban un pasillo en sombra. Unos naranjos rodeaban la fuente.

—El señor os recibirá enseguida —comunicó el criado a don Rodrigo después de que este le hubiera dicho su nombre y lo que deseaba. El hombre hablaba el árabe con lentitud y mucha claridad, y Aenlin lo entendía bien. Quizá también para él era una lengua extranjera, pues no parecía moro, sino que era alto y rubio—. Permitid que los mozos os guarden los caballos.

Dos esclavos estaban listos para esa tarea, pero Aenlin no lograba darle las riendas de Meletay a ninguno de ellos. Así que esa era la despedida definitiva. Volvió a acariciar una vez más la suave nariz de la yegua, percibió su aliento... Meletay emitió un tierno y suave gorgoteo cuando el mozo se la llevó, un sonido como el que suelen producir las yeguas al llamar a su potro. Aenlin apenas si lograba contener las lágrimas, que todavía anegaban sus ojos cuando un hombrecillo bajo y con una túnica clara surgió de las sombras del arco de un portal.

—¿Don Rodrigo Díaz de Vivar? —preguntó el comerciante.

Ibrahim ibn Arón era un individuo delgado, de cabellos blancos, con una barba larga y algo rala, y unos ojos oscuros, penetrantes, pero que no infundían temor. Se acercó al caballero con paso seguro, algo que para Aenlin también resultaba extraño en un judío. Los comerciantes judíos de Colonia, aunque eran ricos y cultivados, se amilanaban ante los nobles.

Don Rodrigo hizo una inclinación.

—Ese soy yo.

—Bienvenido a mi casa —lo saludó el tratante—. ¿Y esta es la chica que venís a ofrecerme? —Hablaba un castellano fluido y evaluó a Aenlin con la mirada. No podía distinguir demasiado, pues la joven llevaba dos velos, alrededor de la cabeza y por debajo de los ojos, tal como le habían enseñado las hijas del jefe del pueblo. Pero pasando por las calles de Salamanca también había visto mujeres que solo se cubrían negligentemente parte del cabello con un pañuelo. Otras no llevaban absolutamente nada en la cabeza, y las había que se ocultaban totalmente bajo una capa negra. En la ciudad no parecía imponerse ninguna regla estricta y don Álvaro había aprobado su vestimenta. Zoraida debía de haber ido vestida de forma similar.

Sin embargo, casi se sintió desnuda bajo la mirada estimativa del judío. Bajó los ojos.

—Querréis examinarla con más atención —dijo don Rodrigo—. Pero no debéis hacerlo aquí.

Aenlin se lo agradeció. Al menos el caballero intentaba ahorrarle tener que desvestirse delante de toda la servidumbre. La joven se preguntó si solo debería desprenderse de sus velos o si el comerciante querría verla como Dios la había puesto en el mundo. Se temía que esto último. Si las muchachas y las mujeres favorables para ingresar en un harén eran de tanto valor, Ibn Arón querría cerciorarse de que sus cuerpos no tuviesen mácula ninguna.

—Por supuesto que no. —El comerciante respondió amablemente—. Entrad, ordenaré que os sirvan vino, don Rodrigo, luego negociaremos con tranquilidad.

Aenlin los siguió a él y al caballero al interior de uno de los edificios que rodeaban el patio y se quedó maravillada de lo ostentosamente amueblada que estaba la sala de recepciones del comerciante. Las paredes estaban forradas de coloridos azulejos y de estucos. Las alfombras cubrían los suelos, y los acogedores almohadones que invitaban al descanso eran de piel y estaban artísticamente pintados. La habitación se abría a un jardín circundado de un pasillo con columnas de mármol rematadas por arabescos. Flores y arbustos en flor rodeaban un estanque.

—Y ahora quítate el velo, chica —ordenó don Rodrigo, que no parecía impresionado por la suntuosidad del lugar.

Obediente, Aenlin se desprendió del primer velo. El tratante contempló su rostro fino y bronceado y sin duda tomó nota del contraste que se producía entre la tez oscura y las pestañas y cejas claras, y los ojos verdes, seguramente algo enturbiados.

—Pero si es una niña —advirtió el comerciante—. ¿Cuántos años tienes, pequeña? ¿Y de dónde la habéis sacado, señor? ¿Habla vuestra lengua?

—Y algo de la vuestra, incluso —respondió don Rodrigo—.

Nos cayó del cielo en una expedición de castigo tras la muerte del rey Sancho. Y seguro que ya no es una niña, tiene pecho...

—Así que la habéis mirado de cerca —subrayó el comerciante en tono severo—. Espero que no demasiado de cerca, caballero.

—Si ya no es virgen, no será por culpa de mis hombres —respondió don Rodrigo—. Y aún menos por culpa mía, sé lo que vale. Pero sin duda lo comprobaréis.

Aenlin se ruborizó. ¿Qué querían decir? ¿Qué iba a hacer ese hombre con ella?

—Tengo catorce años —dijo angustiada—. Y... y claro que soy virgen... —Se quitó el segundo velo para mostrar su cabello, que se había cepillado por la mañana y peinado con la raya en medio, como las muchachas moras del pueblo.

Ibn Arón asintió y miró complacido sus rizos rubios y finos.

—¿Qué pedís por ella, caballero? —preguntó el comerciante—. ¿Os habéis hecho alguna idea?

Don Rodrigo se echó a reír.

—Había pensado dárosla en comisión —contestó—. La subastaréis, Ibn Arón, para joyas como esta no hay precio fijo...

—No conseguiré tanto como en Córdoba o en Granada —anunció el tratante, que en ese momento empezaba a negociar el precio—. Salamanca es una ciudad fronteriza. No es muy rica... A cambio suelen llegar con frecuencia al mercado muchachas y mujeres cristianas... Las pequeñas *ghazah*...

Así se denominaban las incursiones de caballeros o aventureros en las zonas lindantes con los reinos cristianos y que solían tener por objeto solo el botín. Se asaltaba una aldea, se robaban los pocos objetos de valor y se hacía cruzar a sus habitantes la frontera como esclavos. Las acciones similares de los cristianos en los territorios fronterizos moros se llamaban cabalgadas.

Don Rodrigo hizo un gesto de negación.

—¡Por favor, Ibn Arón! ¿Qué es lo que cae en las redes de las *ghazah*? Campesinas, toscas muchachas de pueblo sin brillo ni educación... No se las puede comparar con este tesoro. Basta con que miréis su cabello, como seda hilada, el brillo dorado, la suave tez... Y la pequeña sabe expresarse y comportarse bien. Lleva solo dos días en Al Ándalus y ya veis lo decorosamente que va vestida... Y en lo que se refiere al mercado, ¡que vaya a Córdoba o Granada! ¿Qué os impide subastarla allí donde puede reportaros más ganancia?

Aenlin tenía la sensación de que el Cid hablaba de ella como si fuera una yegua en el mercado del caballo. Por otra parte, sus palabras elogiosas la halagaban.

El tratante deslizó la mirada sobre la silueta que apenas se insinuaba bajo la holgada vestimenta mora.

—Permitid que mi eunuco la estudie brevemente —pidió, y dio unas palmadas antes de que don Rodrigo pudiera objetar algo. Acto seguido apareció como salido de la nada un hombre gordo y flácido. También él llevaba una túnica clara, unos bombachos y una camisa de lino corta. Se inclinó servil ante su señor, el caballero y, sorprendentemente, también ante Aenlin.

—Llévate a la chica, Bashir, examínala y preséntame el informe posterior —ordenó al esclavo—. Y que traigan el vino y los narguiles... Mientras tú haces tu trabajo, yo conversaré con el señor.

Aenlin no entendió todas las palabras en árabe, pero sí lo esencial. Le resultaba difícil, pero se inclinó cortésmente ante el comerciante y don Rodrigo, y siguió al esclavo. El caballero había estado elogiando su buena educación y pensó en lo que don Álvaro le había dicho acerca de que era mejor no dárselas de protestona ni difícil. Fuera como fuese, don Rodrigo la vendería y sin duda a ella le iría mejor con Ibrahim ibn Arón que con un tratante menos rico y famoso.

El esclavo la llevó a otro edificio: unos baños. Aenlin contempló admirada unas pilas con azulejos, un baño de vapor y una habitación que servía para vestirse y desvestirse.

—Si puedo pedir a la *sayyida* que se desprenda de la ropa —le pidió educadamente su acompañante.

La joven miró al hombre más de cerca. Bashir tenía una cara redonda que brillaba como la luna llena. Era casi imberbe, y o bien se había afeitado la cabeza o bien era calvo. El eunuco tenía unos dulces ojos castaños y labios carnosos. Su semblante era exótico, pero no infundía miedo.

—No debes sentir vergüenza delante de mí —añadió, cuando Aenlin vaciló—. Llamaré a una criada para que te ayude. ¡Mahtab!

A su llamada acudió presurosa una muchacha de cabello oscuro, sin velo y a toda vista de buen humor. Mahtab dirigió una sonrisa cómplice a Aenlin.

—¡Qué cabello más bonito tienes! —dijo apreciativamente—. Y qué rostro tan dulce. ¿Debo prepararle algo, señor? Tenemos una túnica verde...

Aenlin, que hasta entonces siempre había pensado que los esclavos cumplían sus tareas de mala gana y protestando, se asombró de su diligencia.

—Antes tenemos que examinarla —expuso el eunuco, repitiendo la orden de su señor—. Tiene que desnudarse, pero se hace de rogar. Sin duda es una cristiana a la que han secuestrado hace poco. Nuestras costumbres le son ajenas. Además, tampoco sé si comprende.

—Hablo un poco de árabe —intervino Aenlin.

Bashir y Mahtab la miraron resplandecientes.

—Eso está muy bien. Y no es frecuente —comentó el eunuco—. Bien, ahora no me hagas insistir, yo no voy a examinarte con lascivia. Nunca he mirado con deseo a una mujer, *sayyida*; a los cuatro años ya me castraron. Así que...

Mahtab ayudó a Aenlin a quitarse primero la parte superior y luego los pantalones. Arrugó un poco la nariz porque esta prenda estaba sucia y rozada de montar. Los esclavos también movieron la cabeza al ver los hematomas y arañazos que cubrían el cuerpo de Aenlin.

—No te han tratado con demasiado cuidado, *sayyida* —señaló el eunuco—. Si han abusado de ti, es mejor que lo digas ahora, así te ahorras la revisión, que seguro que no te resultará agradable.

Aenlin movió la cabeza negativamente y contó, todo lo bien que pudo en la lengua extranjera, que don Rodrigo la había salvado.

—Me ayudó —dijo en su árabe elemental—. Se portó bien conmigo.

Bashir levantó sus ralas cejas.

—Vales mucho dinero —observó, y miró complacido la fina cintura de Aenlin, los pechos todavía pequeños pero bien desarrollados y las primeras curvas en las caderas.

—Habría que cebarla un poco, pero está impecable —dijo resumiendo sus impresiones—. Mahtab, ¿puedes cerciorarte de que realmente está intacta? Acuéstate ahí, *sayyida*, y relájate, así no te dolerá.

Aenlin se sintió aliviada de que fuera la muchacha y no el hombre quien realizara ese penoso examen. Mahtab cogió primero un aromático ungüento de un cuenco, untó con él el sexo de Aenlin y luego introdujo con destreza los dedos, que se deslizaron fácilmente en el interior de su vagina. Aenlin sintió un roce que no le resultó desagradable y la sirvienta enseguida comprobó lo que quería.

—Es virgen —dijo calmada.

El eunuco suspiró.

—Bien. Entonces se quedará aquí. Llévala al baño, Mahtab, que coma bien y que descanse un poco. Después de todo lo que ha pasado necesitará reposo. Y, lo dicho, algo más de carne en las costillas... *Sayyida*, me alegra estar a tu servicio en los próximos días. —Se inclinó y se marchó para informar a su señor.

Aenlin no sabía si debía sentirse aliviada o no. Todo sucedía tan deprisa... Al menos le habría gustado despedirse de don Rodrigo. Por otra parte, él tampoco valoraría ese gesto. El eunuco había dado en el clavo: para el caballero ella era una mercancía, nada más. Y no había ninguna razón para tenerlo en buena consideración. Los hombres del Campeador habían salido indemnes después de matar a su escolta y de robarles la libertad a ella y a Meletay. Aenlin se convenció de que le habría gustado hablar una vez más con él para pedirle que cuidara de la yegua, pero en el fondo eso era innecesario. También Meletay era muy valiosa. A don Rodrigo le había gustado, se la había quedado ignorando a sus hombres. Con él la yegua estaría bien cuidada.

2

Para Aenlin, la vida en la casa del tratante de esclavos se reveló insospechadamente agradable. En efecto, el eunuco Bashir y la sirvienta Mahtab parecían estar allí para servir a las mujeres que Ibrahim ibn Arón pensaba llevar en un futuro próximo al mercado. Mimaron a la joven recién llegada ofreciéndole manjares exquisitos, condimentados con especias exóticas o endulzados con miel en abundancia. Mahtab la introdujo en el ritual de los baños árabes, la masajeaba y le trataba la piel y el cabello con beneficiosas y aromáticas esencias. Naturalmente, todo ello tenía por objeto que la mercancía humana del judío fuera lo más atractiva posible. A fin de cuentas, también a los caballos se los solía almohazar antes de venderlos, se les peinaban las crines y se les engrasaban los cascos.

Pero ese primoroso trato no se concedía a todos los esclavos que Arón vendía. Desde la ventana de la limpia aunque sobria habitación donde la habían instalado, Aenlin veía el patio y observaba a menudo cómo introducían allí a hombres o mujeres, solos o en grupos. Iban atados o encadenados. Vestían andrajos, su aspecto era abatido y, por regla general, al día siguiente ya volvían a llevárselos.

—¿A dónde van? —preguntó Aenlin a Mahtab, que en ese momento le servía un magnífico desayuno compuesto de pan, fruta natural y confitada, con un té muy azucarado.

Al principio Mahtab la miró desconcertada, pero luego se

percató de que Aenlin señalaba a unos esclavos que dos criados conducían al exterior. Ibn Arón los seguía a lomos de una mula blanca.

—Ah, esos... Van al mercado —respondió sin interés—. Enseguida los venderán.

Aenlin se extrañó.

—¿Cada día hay mercado? —inquirió—. Entonces ¿cómo es que yo sigo aquí? Pensaba... pensaba que tenía que esperar hasta el próximo día de mercado.

Mahtab sonrió.

—El señor no quiere venderte aquí en Salamanca. Su intención es llevarte a Toledo. El mercado es más grande, es un centro administrativo... Al-Ma'amún, el gobernador, tiene un famoso harén y todos los que lo rodean se esfuerzan por imitarlo y reunir a las mujeres más bellas en sus aposentos.

—Pero ¿no está muy lejos? —preguntó Aenlin, sorprendida—. ¿Cómo... cómo piensa llevarme hasta allí?

Mahtab se encogió de hombros. No lo sabía. El eunuco, con quien Aenlin se cruzó cuando iba a los baños, le respondió.

—Dentro de un par de días sale un transporte de mercancías hacia Toledo. Se juntan varios comerciantes y el señor proyecta enviarte con ellos. Él mismo estará presente, alguien le ha encomendado que compre nubios como porteadores de literas. Espera encontrarlos en el mercado de Toledo. Irá a caballo y es posible que tú también. Pero no te preocupes. Te daremos una mula de paso suave.

A decir verdad, lo que menos preocupaba a Aenlin era en qué caballo iba a montar. Pero quedó impresionada cuando Bashir la ayudó a subir a un animal que, para ser una mula, era bastante liviano y de patas largas, y que llevaba una silla blanda de seda. De hecho nunca había ido tan cómoda a lomos de un caballo como cuando Salomé, con sus largas orejas, se puso al paso.

Habían provisto a la amazona de una ropa de viaje ligera y de lino, sobre la cual debía ponerse a modo de abrigo una capa que le cubría casi totalmente el rostro y el velo. Ello reducía considerablemente su campo de visión, así que el trayecto no sería demasiado entretenido.

Al menos los caminos de Al Ándalus estaban bien construidos y también parecían más seguros que los de las tierras cristianas. Solo unos pocos hombres armados acompañaban la caravana, que se componía de tres carros y varios animales con una pesada carga. Por lo que Aenlin averiguó en el transcurso de ese recorrido de varios días, las mercancías pertenecían tanto a comerciantes judíos como moros. No había el menor miedo al contacto; al contrario, los mercaderes eran amigos.

Durante el trayecto nadie dirigió la palabra a la joven, pero la trataban con cortesía. Por la noche la destinaban a una dependencia separada; la comitiva pernoctaba en *funduqs*, ya preparados para acoger a esclavas. Aenlin estaba segura de que la vigilaban, pero como no los acompañaba ningún eunuco nunca vio a sus guardianes. Fuera como fuese, siempre había mujeres —las sirvientas o las esposas de los posaderos— que la esperaban y le rendían los mayores honores. Su estatus la desconcertaba. Era una esclava, un artículo comercial, y, a pesar de todo, la trataban como a una princesa.

Toledo, en árabe Talaytula, era la capital del emirato del mismo nombre. Debido a los recursos de hierro con que contaba la región, la ciudad ya se había convertido en la Antigüedad en el baluarte de la artesanía de la forja. Se alzaba junto al río Tajo y estaba dominada por una fortaleza que los moros llamaban «alcazaba» y se había constituido en un centro comercial.

Aenlin lamentaba no poder explorarla con la libertad y naturalidad de que había dispuesto en París y Lieja, donde se había disfrazado de varón. Pero ya el breve paseo a través de la ciudad le ofreció una imagen de sus variados *suqs* —calles comerciales donde se vendían mercancías de todo el mundo— y coloridos mercados.

Pero Ibn Arón no se detuvo allí, sino que se encaminó directamente a la residencia de un correligionario que dirigía ahí una casa comercial. Gabirol ibn Judá no comerciaba específicamente con esclavos; los artículos que ofrecía se parecían más a los del padre de Aenlin. Por unos instantes, la muchacha pensó en hablar con él e informarle sobre sus orígenes. Linhard de Colonia había viajado en varias ocasiones a Toledo para adquirir mercancías exóticas. Era posible que conociera a Ibn Judá y que le pagara el rescate. Sin embargo, no entró en contacto con su anfitrión, sino que la condujeron enseguida a un dormitorio.

La despertaron a primera hora de la mañana.

—Toma un bocado y vístete —le indicó una sirvienta judía de Ibn Judá que le llevó el desayuno—. Hoy es un gran día.

Era obvio que la muchacha, todavía muy joven, oscilaba entre la envidia y la compasión. Tal vez pensara que valía mucho más la pena vivir en un harén árabe que trabajar duramente de doncella.

—¿Tan temprano? —preguntó aturdida Aenlin.

Ya hacía tiempo que se había percatado de que en Al Ándalus los días transcurrían más lentamente que en el norte. El desayuno solía servirse a las diez y en Salamanca Ibn Arón nunca llevaba a los esclavos al mercado antes de la once.

—La preparación durará bastante —fue la vaga contestación de la muchacha—. Te llevan a unos baños junto a los zocos. Y ahora come. ¿O es que estás demasiado nerviosa?

En efecto, el corazón de Aenlin palpitaba con fuerza, pero se comió el pan ácimo con miel que le había traído la joven. «A saber cuándo volveré a comer algo —pensó—. Y si como, ¿qué será lo que coma?» Pese a todo el lujo con el que la habían rodeado hasta el momento y que le prometían en su nueva vida, una subasta seguía siendo un juego de azar. Podía ir a caer en manos de un hombre cruel o del propietario de un burdel. Ante la idea de acabar siendo propiedad de un hombre venían a su mente las imágenes de las busconas sucias y afligidas que en algunos barrios de Colonia trataban de encontrar clientes delante de las puertas de las posadas. Había oído y visto de vez en cuando, al pasar de largo, que los dueños de los hostales las insultaban y golpeaban... Seguro que nadie las mimaba con exquisiteces.

Pero por el momento, Aenlin estaba en manos de Ibn Arón, quien seguramente la trataría con cuidado. El baño del zoco resultó ser propiedad de un tratante de esclavos árabe y se asemejaba al de la casa del judío. No obstante, era más amplio y no solo había una sirvienta como Mahtab, sino que dos delicadas muchachas corrieron a ocuparse de Aenlin. Ambas eran sumamente amables y elogiaron su belleza. Además le dedicaron más atenciones que Mahtab. Si bien la preparación también empezó ahí con un generoso baño, después no solo le dieron un masaje, la untaron con cremas y la perfumaron, también la depilaron con cera caliente. Las sirvientas obraban con el mayor cuidado posible, pese a lo cual ella lo encontró bastante desagradable; además, estaba preocupada por las consecuencias del trato que le dispensaban. Si se tomaban la molestia de preparar su cuerpo hasta en las zonas más íntimas según la moda del harén, debían de tener la intención de mostrarla desnuda.

Después del tratamiento, una de las sirvientas empezó a pintarle con alheña las manos, aunque se quejó de que todavía las tenía ásperas de montar a caballo y con las uñas cortas y quebradizas. Pero eso no llamaría la atención gracias a los artísticos rombos que se extendían por los dorsos de las manos y los dedos. La otra sirvienta se ocupó de maquillar a Aenlin, lo que en un principio despertó recelos en esta, que recordó de nuevo las prostitutas pintarrajeadas de Colonia. No obstante, la joven mora practicaba el maquillaje como arte y necesitó mucho tiempo hasta quedar satisfecha de su trabajo. A continuación las dos sirvientas ayudaron a Aenlin a vestirse con una indumentaria de seda. Sin ponerse siempre de acuerdo respecto a qué tono de verde realzaba más su belleza, envolvieron su cuerpo con telas, de un género finísimo y entretejidas con hilo de oro. Aun siendo hija de un mercader, Aenlin nunca había visto o tocado una tela que por su suavidad pudiera compararse a esa.

Por último, las dos muchachas se dedicaron a su cabello, que antes habían lavado y aclarado con agua de rosas. Estaban de acuerdo en dejárselo suelto, tan solo separaron un par de mechones y los trenzaron con cuentas de jade. Al final lo cubrieron con un velo ligero como una telaraña y le colocaron otro en la mitad inferior del rostro. Con expresión triunfal sostuvieron un espejo delante de ella.

—¿Bonita? —preguntó orgullosa una de las chicas.

Aenlin no podía creer lo que estaba viendo. Ni ella misma se habría reconocido en la perfecta beldad que tenía enfrente. Parecía mayor, sus rasgos eran más nobles, los ojos más grandes y luminosos. Los velos no le tapaban realmente la cara, sino que más bien realzaban su belleza. La túnica revoloteaba alrededor de su cuerpo insinuando sus curvas. Los pies se escondían en unas delicadas pantuflas de seda. Aenlin había oído hablar de los cuentos de *Las mil y una noches*, aunque ella misma no había leído el libro. Y así justamente era como se había imaginado a Sherezade.

La condujeron al exterior y se despidieron de ella en la sala de recepciones del comerciante árabe, que estaba amueblada de forma similar aunque con más lujo que la de Ibn Arón en Salamanca. Las muchachas se inclinaron ante los dos hombres que estaban presentes y Aenlin las imitó. Ibn Arón y el comerciante árabe se quedaron impresionados en igual medida.

—Tienes razón, ¡es una preciosa! —exclamó el moro.

El judío asintió.

—Y eso que al principio me pareció todavía algo aniñada —dijo—. No cabe duda de que despertará el interés de los hombres que sienten fascinación por concubinas muy jóvenes... —Había un deje de tristeza en su forma de hablar—. En realidad es una pena. Dentro de un par de años, cuando se haya desarrollado del todo... En fin, los caminos del Señor son inescrutables. Ven conmigo, muchacha, ha llegado el momento. Y por favor, nada de llorar, gritar y quejarse en el mercado, eso te perjudicaría más que beneficiarte. Una buena venta obra en tu propio interés. Yo no puedo obligarte a que sonrías, pero si pudieras decidirte a hacerlo...

Con un gesto de la mano indicó a Aenlin que lo precediera. Dos fuertes eunucos la flanquearon a derecha e izquierda para acompañarla al mercado, aunque la joven se preguntó por qué. ¿Cómo iba a intentar fugarse con esa vestimenta? Pero tal vez se trataba de la entrada en escena. Ibn Arón quería dar la impresión de llevar al mercado, bien custodiada, a la preciosa de un harén y no un botín de guerra al que posiblemente se le había arrebatado la inocencia.

Antes de salir a la calle, las sirvientas la envolvieron en una capa oscura, de modo que casi no podía contemplar el ajetreo de las calles. Sin embargo, el ruido y los olores, en parte agradables y en parte repugnantes, la invadieron enseguida y la muchacha se abandonó a ellos como si estuviera en trance. Percibía gritos y risas, los tratos en distintas lenguas que cerraban unos hombres vestidos con coloridas y exóticas vestimentas. Cruzó con su escolta el mercado de especias y artículos de cuero, de plata y armas, hasta que la rodeó la atmósfera opresiva del mercado de esclavos. También ahí se negociaba, se elogiaba y se vilipendiaba a gritos la mercancía, pero a esos alaridos de los tratantes se mezclaban llantos, lamentos y a veces los chasquidos de los látigos. Aenlin distinguió con el rabillo del ojo a hombres y mujeres de rostros petrificados o bañados en lágrimas, a quienes vendían sobre tarimas o directamente en la calle, después de que los interesados los miraran boquiabiertos e incluso los tocaran. Otros, en cambio, parecían haber asumido su papel de artículo en venta e intentaban presentarse de la forma que les fuera más propicia posible.

Llevaron a Aenlin a una tarima en medio del mercado ante la cual ya se había congregado un pequeño grupo de supuestos clientes y mirones. O bien se había comunicado que iban a subastarla, o bien ese era el lugar donde solían ponerse a la venta jóvenes designadas a los harenes. Al menos las otras mujeres y chicas que se ofrecían en el mercado no estaban maquilladas ni primorosamente envueltas en velos. En el mejor de los casos se cubrían la cabeza.

Y de hecho acababa de concluir una subasta. Una mujer alta volvía a cubrirse en ese momento con la capa de viaje oscura. Junto a la tarima la esperaba su nuevo propietario —o el criado de este— para recogerla. Aenlin le dirigió una mirada que ella respondió desde sus grandes ojos castaños. No lloraba. No parecía haber pasado por ningún mal trago.

Los eunucos que acompañaban a Aenlin la condujeron a la tarima. Ibn Arón empezó a hablar a la muchedumbre. Algo retirada, la joven escuchaba lo que decía de ella, pero se extrañó de que le atribuyese la edad de trece años. ¿Se dirigía realmente a los hombres que forzaban a niñas a compartir su lecho? Eso la horrorizaba.

—Si la *sayyida* me permite...

Uno de los eunucos se acercó a ella servicialmente y le pidió con amabilidad que le dejara ayudarla a desprenderse de la capa negra.

Un murmullo se alzó entre los presentes cuando, acto seguido, quedó expuesta a los ojos de todos con su atavío. Ella levantó la vista con timidez. Su campo visual ya no estaba limitado, podía pasear la mirada. Aenlin examinó el mercado, la gente... y al final sus ojos se posaron en los caballos de los visitantes del mercado, que estaban atados al borde de la plaza, vigilados por un par de niños que se ganaban un par de monedas de ese modo. No se trataba de una tarea fácil, pues alrededor de los animales se había formado un grupo tan grande como el que rodeaba la tarima donde se exponían las beldades del harén. Enseguida supo la causa: entre los caballos se encontraba una frágil yegua dorada: ¡Meletay!

El corazón de Aenlin comenzó a palpitar a toda prisa. ¿Estaba equivocada o llevaba la yegua la silla de don Rodrigo? ¿Estaba ahí el caballero? ¿Había condescendido en hacer ese largo recorrido para presenciar cómo la subastaban?

Mientras Ibrahim ibn Arón seguía alabando su mercancía y rechazaba sonriendo una primera oferta poco decidida de un gordinflón de la primera fila, observó con más atención a los interesados y papanatas que había en torno a la tarima.

Eran hombres exclusivamente, solo había una mujer bastante alta, con velo pero no del todo cubierta, en un lado. La acompañaba un eunuco. A esas alturas, Aenlin ya reconocía bastante a los castrados. La mayoría tendía a la obesidad, y a menudo tenían una silueta en forma de pera y el cabello ralo. También sabía que en todo el ámbito árabe los eunucos eran destinados a guardar los harenes. Vigilaban a las mujeres, pero no podían desearlas o al menos tener relaciones sexuales con ellas.

Y por fin descubrió a don Rodrigo. El caballero también se mantenía en un segundo plano, como la mujer y el eunuco. No buscaba el contacto visual con Aenlin, sino que estaba concentrado en Arón y sus palabras. A una señal del comerciante, el eunuco que estaba junto a la joven en la tarima se acercó a ella y le retiró cuidadosamente el velo que cubría la parte inferior del rostro.

De nuevo se alzaron exclamaciones de admiración y Aenlin notó que los ojos de don Rodrigo resplandecían al verla. Por primera vez parecía haberse despertado de verdad su interés por ella, tal vez más allá de la cuestión puramente económica.

El gordo hizo otra oferta a la que siguieron de inmediato otras dos. Aenlin no lograba comprender cómo se pujaba ahí, desconocía la moneda de Al Ándalus. Pero Ibn Arón no estaba nada satisfecho, tan poco como Rodrigo Díaz de Vivar.

La mujer que se encontraba a un lado de la tarima intercambió un par de palabras con su eunuco. Aenlin se percató de que no se comportaba como una cautiva o una protegida, sino que discutía segura de sí misma con él, intercambiando distintas opiniones.

Mirando a esa mujer casi se había olvidado de los eunucos que la flanqueaban, de modo que se estremeció cuando percibió un movimiento a sus espaldas. El segundo eunuco le quitó el velo que le cubría el cabello. Lo colocó sobre sus hombros... y las ofertas aumentaron. Al parecer era cierto, las mujeres rubias eran más caras. Ibn Arón tenía que esforzarse para distinguir quién pujaba más alto. Cuando el número de ofertantes se redujo y solo quedó un círculo de tres o cuatro hombres, Ibn Arón hizo otra seña al eunuco. Esta vez Aenlin se asustó cuando el sirviente se acercó. Lentamente fue tomando conciencia de por qué su vestidura estaba formada por tantas telas: el tratante se proponía írselas quitando poco a poco. Al final se quedaría desnuda delante de toda esa gente.

La muchacha enrojeció y se tapó avergonzada los pechos con las manos, aunque estos todavía no estaban al descubierto. Al arrebatarle el último velo su silueta quedaba entrevista, pero no se mostraba la carne al desnudo. Aun así, su gesto encantó a los hombres que estaban entre el público. Las pujas aumentaron otra vez.

Aenlin miró a la muchedumbre pidiendo ayuda. Don Rodrigo podría haberla protegido, pero observaba satisfecho la estrategia del comerciante... y el cuerpo de ella. Esta se acordó de que Ibn Arón le había pedido que sonriera en la tarima. ¿Cómo podía pensar que sería capaz de hacerlo? De hecho estaba a punto de romper en llanto cuando le arrancaron otro velo, esta vez el mismo tratante. El velo dejaba a la vista la mitad de su cuerpo, con una piedra de adorno y un dibujo con kohl en el ombligo.

De nuevo se hicieron ofertas. La decisión estaba entre un hombre imponente en la segunda fila, que la miraba imperturbable, y un individuo corpulento en la tercera. Este último llevaba un turbante y sudaba mucho. ¿De excitación tal vez... o de alegría anticipada? Aenlin se estremecía al pensar que quizá tendría que pasar con él la próxima noche.

Miró desamparada a la única posible compradora entre la muchedumbre. Tal vez era comprensiva, y por otra parte no tenía aspecto de ser pobre. Tanto su vestimenta como la del eunuco estaban confeccionadas con la más exquisita seda. ¿Cabía la posibilidad de que la mujer la salvara? A lo mejor sentía compasión por ella y la compraba como sirvienta o auxiliar de cocina. Seguro que ella no tenía un harén. ¡Seguro que era mejor que la comprara una mujer!

De repente, como si hubiese oído la súplica callada de Aenlin, la interesada se volvió en un tono manifiestamente decidido a su eunuco, quien subió a la tarima a continuación. El sirviente dijo algo a Ibn Arón, quien al instante se volvió hacia Aenlin. Hablaba castellano, quería estar seguro de que lo entendía.

—La señora Zulaika quiere oír tu voz —le indicó—, quiere que digas algo o, aún mejor, que cantes. —Aenlin se mordió el labio inferior. ¿Cómo iba a ponerse a cantar en ese momento? Se le había secado la garganta de miedo y vergüenza—. ¡Empieza de una vez! —la instó Ibn Arón—. ¿Has olvidado lo que te he dicho? ¡Es por tu propio interés! —Aenlin asintió débilmente mientras él seguía siseando que para ella era mejor que mostrara sus mejores cualidades. Justo entonces, cuando esa mujer parecía interesarse realmente por ella... Desde la tarima deslizó la vista por el mercado, pero esta vez no buscó a don Rodrigo. El caballero no iba a ayudarla. Pero ahí estaba Meletay... Siempre había cantado para ella—. ¿Es que no oyes, muchacha? ¡Canta!

—La voz de Ibn Arón subió de volumen y adquirió un tono amenazador.

Aenlin se concentró en su yegua y, en voz baja, con la vista fija en el animal, empezó a cantar su canción de los caballos, no invitadora ni animosa, sino melancólica y triste. Una canción de despedida. Y Meletay reconoció su voz. Levantó la cabeza y enderezó las orejas. La muchacha cantó más alto. Por un instante se olvidó del mercado de esclavos, se olvidó de las miradas lascivas de los hombres y fue una con el caballo y la melodía.

Las conversaciones enmudecieron a su alrededor. Su entrega conmovió incluso los corazones de los hombres imperturbables. Meletay... Aenlin cerró los ojos y, evocando las galopadas que habían hecho juntas, su voz se convirtió en caricia, incluso le parecía sentir el sedoso pelaje de la yegua bajo sus manos. Ya no oía las pujas, ya no sentía miedo. Solo vivía en el recuerdo del golpeteo de los cascos de su caballo y en su canción...

Aenlin volvió en sí cuando el comerciante la sacudió.

—Puedes parar —dijo satisfecho—. Y ahora baja. La señora Zulaika te ha comprado.

3

Como enajenada, sintió que le ponían de nuevo la capa negra sobre los hombros casi desnudos. El tratante la empujó de la tarima hacia el eunuco de la mujer con velo al tiempo que el criado le tendía una bolsita con dinero. La compradora buscó mientras tanto la mirada de Aenlin.

—Tienes una voz preciosa, niña —dijo en castellano, una lengua que parecía hablar con fluidez. La muchacha respiró aliviada. Al menos se entendería con su nueva propietaria—. Y eres hermosa. Te han maquillado estupendamente bien. Las esclavas del tratante han hecho maravillas. De cerca pareces mucho más joven.

Por la expresión de sus ojos, la mujer sonreía.

—¡Amir! —La señora Zulaika se volvió a su eunuco—. ¿No la encuentras tú también bonita? Y tan joven.

El hombre gordo y de cara redonda apretó los labios.

—Yo no decir que ella no bonita —declaró también en castellano, si bien no lo dominaba como su señora—. Yo decir que es demasiado vieja.

—Acabo de cumplir catorce años —anunció sorprendida Aenlin—. Tampoco son tantos.

La señora Zulaika volvió a sonreír. Tenía unos grandes ojos castaños que expresaban complacencia ante su nueva adquisición.

—Y no habla nuestra lengua —añadió el eunuco, enojado—. Será difícil enseñar si ya es tan vieja.

—Todos tendremos que esforzarnos un poco —advirtió indulgente la señora—. Aunque Amir tiene razón, pequeña, yo suelo comprar muchachas más jóvenes. Pero al menos quiero intentarlo contigo porque... No sé, tengo la sensación de que eres especial. Espero que no me decepciones.

—¿Qué debo hacer? —preguntó Aenlin—. Para qué... ¿para qué me habéis comprado? —Todavía le costaba asumir que la habían subastado como si fuera una yegua en el mercado de caballos.

La señora la evaluó con la mirada.

—No quiero asustarte, pequeña.

Amir y la señora se dirigieron hacia una litera que esperaba al borde de la plaza del mercado, no muy alejada de los caballos. Por lo que Aenlin podía juzgar, era un medio de transporte sumamente lujoso. El armazón era aparentemente de una madera ligera y relucía en un tono azul oscuro, mientras que la cubierta estaba decorada con adornos dorados. Las cortinas que impedían ver el interior eran de una seda pesada granate. Los porteadores eran cuatro fuertes esclavos negros vestidos también en tonos azul oscuro y granate.

La nueva patrona de Aenlin le indicó con un gesto que subiera. El eunuco se limitó a sujetar la cortina y se retiró con una inclinación cuando ambas se hubieron acomodado en unos asientos blandos y tapizados de seda.

—Soy una tratante, pequeña —siguió hablando la señora cuando las cortinas se cerraron a sus espaldas. Con un grácil gesto se desprendió del velo que le ocultaba la cara. Ahora solo una fina tela hilada de seda cubría su espeso y ya ligeramente encanecido cabello. Tenía el rostro fino, los pómulos altos y los bien dibujados labios dejaban intuir que había sido hermosa—. Comercio con esclavas.

—¿Qué? —Aenlin se estremeció.

Deslizó la mirada a toda prisa por el interior forrado de sedas de la litera, como si buscara una vía de escape. Notaba que pese al calor de Al Ándalus el frío se apoderaba de ella.

—¡Tranquila, jovencita! —La señora levantó apaciguadora la mano—. No tienes nada que temer. No voy a llevarte ahora mismo al mercado más próximo. Yo no vendo en mercados. Es degradante. Yo jamás expondría a mis muchachas a la vista de docenas de desconocidos incapaces de pagar lo que valen. —Sonrió—. Mis pupilas son extraordinariamente caras. Solo las ofrezco a hombres elegidos, y todas compiten entre sí por ver quién paga por ellas el precio más alto.

—¿Compiten entre sí? —preguntó Aenlin incrédula—. ¿Las muchachas cooperan? ¿Quieren... que las compren?

De nuevo le vino a la mente Ibn Arón pidiéndole que sonriera en la tarima. Y que le había resultado imposible hacerlo cuando estaba indefensa y desnuda delante de la muchedumbre.

La señora se encogió de hombros.

—No sé de dónde vienes, pero supongo que procedes de una buena familia —dijo—. Si te hubieses quedado con tus padres, pronto te habrían casado. Y habrías competido con tus hermanas por ver quién conquistaba al hombre más poderoso y adinerado. ¿Os habrían consultado si queríais casaros?

Aenlin se frotó la frente bajo el velo.

—No tengo hermanas —contestó, pensando entristecida en Endres. ¿Cómo le habría ido a él? ¿Habría encontrado él al menos la felicidad en el convento?

La señora le acarició la mano.

—Ahora tendrás unas cuantas —explicó—. En mi casa viven nueve muchachas en la actualidad. Contigo seréis diez. Tienen entre cinco y diecisiete años. Sahar, la mayor, probablemente nos deje pronto. Puede que el visir también elija a Rana. Es más joven, pero más lista. Depende de qué propósitos tenga.

—¿El visir? —preguntó Aenlin.

Había oído decir que ese era el título de un alto funcionario. En el ámbito árabe era el consejero y con frecuencia el representante del gobernador.

La señora asintió.

—El visir de Córdoba —puntualizó—. Ha anunciado que examinará a mis muchachas. Por lo visto, Abd al Málik ha hecho un valioso regalo al emir de Almería. Creo que un caballo. Y ahora Abd al Rahmán no quiere ser menos... Ha pensado enviarle una pieza de gran valor para su harén.

—¿Abd... quién? —Aenlin no entendía nada.

—Uno de los jóvenes emires de Córdoba. Su padre les dejó una herencia común y luchan por el poder. —La señora hizo una mueca con la boca—. Como suele suceder cuando los hermanos han de repartir. En cualquier caso, el emir de Almería es joven y de buen ver. Sahar y Rana habrán tenido suerte si las eligen para él...

Aenlin había oído hablar de estas historias con frecuencia, pero todavía no conseguía creer lo que estaba oyendo.

—¿Cómo se puede regalar a una chica como si fuera un... un...? —Aenlin iba a pronunciar la palabra «caballo», pero entonces se le ocurrió que tampoco a Meletay le habían consultado si quería que la sacaran de Kiev para llevarla a Colonia para que se apoderase de ella un muchacho a quien no le gustaban los caballos.

La señora volvió a levantar los brazos.

—Pequeña, con las mujeres se ha hecho y se hará negocio. Desde siempre, en tierras cristianas y moras, por todo el mundo. En algunos países lo llaman «matrimonio» y se trata de dotes y alianzas. En otros, «regalo», y el fin es ganarse la amistad de un poderoso gobernante. Para las mujeres da lo mismo. Solo puedes esperar acabar en el harén de un hombre amable, guapo y rico, y rezar para que se enamore de ti. En tal caso se te abrirán todas las puertas. Los hombres con los que concluyen las muchachas que yo he educado suelen ser ricos. Y consideran que las mujeres a las que aman valen su peso en oro.

—¿Os referís a que me espera una jaula dorada? —preguntó Aenlin airada.

La señora sonrió.

—Vale más una jaula dorada que un calabozo plagado de chinches. Ya lo comprenderás, pequeña. Por cierto, ¿cómo te llamas? ¿Y de dónde vienes? El castellano no es tu lengua materna.

Aenlin le dio su nombre.

—Soy de Cöln, Colonia. Está...

La señora la interrumpió.

—Sé dónde está, Aenlin. Tienes un nombre bonito pero ajeno a nuestra lengua. Te llamaré Aleyna. Significa «la que ama la música y el baile». ¿Te gusta?

Los porteadores levantaron la litera y se pusieron en marcha.

Aenlin apartó ligeramente a un lado las cortinas para mirar por última vez el mercado... y vio a Meletay.

—¡Señora! —Las palabras escaparon de sus labios—. Ahí... ahí está mi caballo. Por favor, puedo... por última vez...

No sabía exactamente qué quería pedir. No le permitirían en absoluto que saliera y se mezclara entre la gente que todavía rodeaba y contemplaba a Meletay. Y a pesar de todo...

La señora Zulaika frunció el ceño y volvió a cubrirse el cabello con el velo.

—¿El caballo dorado? —preguntó. Corrió a su vez la cortina e indicó a los porteadores de la litera que se detuviesen—. Ya antes me ha llamado la atención. ¿Qué tienes que ver tú con él?

Aenlin empezó a contarle a toda prisa la historia, y en ese momento distinguió a don Rodrigo acercándose a los caballos y dando a los pequeños vigilantes unas monedas, dispuesto a montar en la yegua.

—¿Rodrigo Díaz de Vivaz? —preguntó la señora—. ¿El Campeador? He oído que estaba en la ciudad para acompañar de regreso a su rey Alfonso. Después de la muerte de Sancho ya no tiene que mantenerse en el exilio...

Echó un breve vistazo al estado del velo de Aenlin y levantó entonces la cortina.

—¿Caballero? —llamó con su voz sonora, segura de sí misma y sin temor. Don Rodrigo se volvió sorprendido hacia ella. Aenlin volvió a contemplar ese rostro de rasgos marcados y los ojos oscuros ensombrecidos por unas cejas espesas, y de nuevo se sintió extrañamente conmovida y turbada—. Disculpad que os moleste, pero la *sayyida* desea ver vuestro caballo. ¿Seríais tan amable de concedernos esta satisfacción?

Don Rodrigo echó un vistazo al interior de la litera y rio al ver a Aenlin.

—Por supuesto, señora —respondió cortésmente—. ¡Pero tened cuidado! Con esta *sayyida* siempre hay que estar alerta, no vaya a ser que huya a caballo. Has hecho una buena presentación, chica. Contigo he ganado un dineral. Así que si quieres volver a acariciar al caballito... —Acercó a Meletay a la litera para que Aenlin pudiera posar la mano sobre la frente del animal.

Se sintió poseída por el más profundo agradecimiento y alegría.

—Gracias —susurró a Meletay, al tiempo que le peinaba dulcemente el flequillo—. Te agradezco que pudiera cantar para ti. Te agradezco que me hayas enseñado a volar. Nunca te olvidaré.

»Y también a vos os estoy muy agradecida, don Rodrigo —añadió en voz más alta, acariciando por última vez la suave piel de los ollares de Meletay—. No he olvidado que vos me rescatasteis... de vuestros hombres... —Bajó la vista.

El caballero hizo un gesto restando importancia a sus actos.

—Para eso estamos —respondió con su típica sonrisa, y su mano palpó la bolsa con oro de su cinturón.

Aenlin no tomó nota realmente del gesto, más tarde solo recordaría la sonrisa, en su opinión arrogante. La señora Zulaika sí que se percató muy bien de cómo asía la bolsa y miró al Campeador con desaprobación.

Rodrigo Díaz de Vivar montó entonces en Meletay.

—Echaré mucho de menos este caballo —dijo Aenlin después de que él se despidiera y de que los porteadores de la litera reemprendieran la marcha—. ¿Por qué lo habrá traído? En realidad monta un semental blanco. Quería... ¿quería que volviera a verlo?

La señora Zulaika contrajo el rostro. Se había vuelto a quitar el velo y también había permitido que Aenlin se desprendiera de la pesada capa de viaje.

—A lo mejor tiene cojo al semental —supuso fríamente—. O quería enseñar el caballo al emir. No se ven con frecuencia animales como ese. El color es sumamente insólito, y a Al Ma'mún le interesan mucho los caballos. A lo mejor se lo quería vender. En cualquier caso, no ha pensado en ti, Aleyna. Llora por tu caballo. ¡Pero, por mucho que te atraiga, no derrames ni una lágrima por ese hombre!

4

La señora Zulaika y sus pupilas —nunca hablaba de sus muchachas como si fueran mercancías— vivían en una gran casa algo apartada de Toledo. A esas alturas, Aenlin ya no se sorprendía de la sencillez del exterior de los edificios, que contrastaba ampliamente con el lujo del interior. Esperaba que las habitaciones estuvieran acogedoramente amuebladas; la costosa litera ya daba testimonio por sí misma de que la señora no era pobre, y era un objeto representativo de su nivel. La siguió por la sala de recepciones cubierta de alfombras y decorada con azulejos de colores, y cruzó los patios adornados con arriates de flores y surtidores. A diferencia de las casas moras que Aenlin conocía, la propiedad de la señora Zulaika disponía de un vasto jardín. Se podía pasear entre vetustos árboles y macizos de flores o descansar a la sombra en uno de sus bancos. El perfume de las flores llenaba el jardín.

Aenlin oyó unas voces infantiles.

—Las pequeñas —anunció Zulaika con una sonrisa indulgente—. Están jugando en el jardín.

—¿Pueden jugar? —preguntó provocadora Aenlin.

—¿Por qué no? —le respondió a su vez la señora, con tono cortante—. No lo olvides: son educadas para ser compañeras de juego. Los hombres que adquieren a mis muchachas no solo desean sus cuerpos, eso lo podrían obtener por menos dinero. Desean una criatura alegre y divertida que les haga olvidar sus preocupaciones. Y a Zainab, Meyla y Jara... —señaló a las tres niñas vestidas de color claro que risueñas jugaban al pilla pilla entre los arbustos de magnolias— todavía les quedan muchos años para aprender. Yo no vendo niñas...

Aun así, la tratante no parecía tener escrúpulos a la hora de comprarlas. Aenlin se preguntó dónde estarían las madres y los padres de esas niñas. ¿Serían huérfanas? ¿O las habrían separado de sus padres en el mercado de esclavos?

Fuera como fuese, allí no parecían conocer a otra madre que a Zulaika. Cuando la vieron, corrieron hacia ella, la saludaron efusivamente y miraron a Aenlin con curiosidad. La tratante les presentó a la recién llegada y les advirtió que hablaran despacio cuando le dirigieran la palabra.

—Aleyna no domina del todo nuestra lengua —explicó, tras lo cual una de las niñas, una criatura de una belleza arrebatadora, de piel oscura, con el cabello negro y rizado y los ojos como dos pedacitos de carbón, le sonrió consoladora.

—Y a mí me cuesta bastante hablar en castellano —confesó conspirativa. La pequeña no solo era bonita, sino que también poseía una naturaleza amable.

La mirada de Aenlin se detuvo sobre dos muchachas también muy jóvenes que estaban tranquilamente sentadas en el jardín. Una tañía un instrumento de cuerda, la otra leía.

La señora las saludó afablemente.

—Conocerás a las otras después. Ahora voy a presentarte primero a las mayores, con las que vivirás y estudiarás.

Los aposentos de las jóvenes ocupaban toda un ala de la extensa casa. Las cinco menores compartían dormitorio, al igual que las cinco mayores. También esa zona disponía de patios y salas comunes. Los baños, explicó la señora, se encontraban en el edificio adyacente. En uno de los patios interiores se cruzaron con las primeras muchachas mayores. Una tocaba el arpa, según Aenlin como una virtuosa, pues nunca había escuchado unos sonidos tan dulces; otra bailaba al ritmo de la melodía. Era una extraña danza en la que se mecía todo el cuerpo de la bailarina, pero sobre todo la zona del vientre. Una tercera joven estaba dibujándose en los pies unos zarcillos de alheña.

—¿No tienes otra cosa mejor que hacer, Sahar? —preguntó la señora, amonestándola suavemente—. En ese caso puedes enseñarle la casa a vuestra nueva amiga. Esta es Aleyna. Podéis poner a prueba vuestro castellano con ella, pero solo hoy. A partir de mañana no se hablará más que en árabe. Tiene que familiarizarse con nuestra lengua.

Las muchachas enseguida se volvieron hacia la recién llegada y le sonrieron. Aenlin no podía creer lo bellas que eran. Pese a esa hermosa indumentaria en tonos verdes con que la habían llevado al mercado, tuvo la sensación de que, comparada con ellas, empalidecía. Sahar era una belleza oscura, fascinante y con formas muy femeninas. El cabello le caía en grandes bucles hasta la cintura. Tenía unos ojos enormes que ella resaltaba con kohl, y sus espesas pestañas, así como sus carnosos labios, la hacían más sensual. La muchacha producía una sensación lasciva, un poco indolente.

Rana, la bailarina, era como el polo opuesto: más delgada, con el cabello castaño claro artísticamente peinado y una tez de un tono marrón dorado. Sus ojos eran de un azul resplandeciente y sus labios del color de las frambuesas. Se la veía despierta y vivaz.

La arpista era pelirroja. El cabello le caía liso hasta los hombros, era de piel muy clara y tenía los ojos verdes. Damaris, como la presentó la señora, sonrió tímidamente y no intervino cuando las otras empezaron a asediar con preguntas a Aenlin, después de que la señora la dejara con ellas.

—¿Cómo te llamas?

—¿De dónde vienes?

—¿Estuviste en el mercado?

—¿Cuánto ha pagado por ti la señora?

Sahar y Rana sufrieron una desilusión cuando Aenlin no pudo responder a la última pregunta y admitió sinceramente que había estado demasiado atemorizada para poder seguir todo el proceso de la subasta.

—Pasé mucha vergüenza —reconoció, tras lo cual las muchachas asintieron comprensivas.

—¡Yo también lo encontré horrible! —exclamó Rana—. Que trapicheen contigo de ese modo, y que además te desnuden... Es inconcebible. La señora Zulaika no hace estas cosas...

Aenlin todavía no llegaba a entenderlo del todo.

—¿Tampoco cuando un hombre está seriamente interesado? Me refiero... si los hombres pagan tanto dinero por nosotras, querrán... querrán saber lo que les dan a cambio.

Rana y Sahar se echaron a reír.

—Pueden traerse a un eunuco para que nos examine —expuso Sahar.

—Y bueno, si se trata de un único hombre... de mi futuro señor... —Rana se encogió de hombros indicando que en ese caso no se haría de rogar.

Damaris hizo una mueca.

—A mí lo que me gustaría es que solo se me pidiera tocar delante de mi señor —dijo en un tono de voz bajo y oscuro—. No tener que ser su amante... ni su esposa. Basta con que le guste oírme tocar el arpa... y cantar... —El rostro de Damaris se tiñó de un suave rubor.

—Nuestra pequeña A-mí-no-me-toques —se burló Sahar—. ¡Eres demasiado bonita para que te suceda esto! Si tu futuro dueño solo ha de desearte por la música que interpretas, deberías taparte la cara y el pelo con un velo cuando cantas y tocas. Y no con uno de gasa que revela más de lo que oculta. —Jugueteaba con una delicada tela que Rana había ondeado mientras bailaba.

Damaris volvió a sonrojarse. Como Aenlin pronto constataría, la dulce joven destacaba sobre todo en la clase de música. Todas las pupilas de la señora Zulaika aprendían a tocar un instrumento y educaban su voz, pero la mayoría se contentaba con el laúd o la mandola, percutían los crótalos o la pandereta o tocaban un poco la flauta.

La muchacha pelirroja era una virtuosa del laúd, así como de los instrumentos de arco como el rebab y el rabel. Tocaba la flauta travesera y la chirimía, y cantaba como un ángel. Pero su instrumento favorito era el arpa, bastante inusual en Al Ándalus. Contó que lo había traído de Inglaterra. Apenas si se acordaba, pues todavía no tenía diez años cuando la señora la compró, pero sí sabía que en el mercado se había agarrado al instrumento, negándose a soltarlo. Ya entonces sabía tocar. Al principio, le confesó más tarde a Aenlin, solo tocaba y no hablaba. Ya no guardaba en la memoria lo que le había pasado ni cómo había llegado al mercado, aunque recordaba vagamente un barco y el abordaje de unos piratas.

A Aenlin le hizo pensar en su hermano Endres. Solo se abría cuando se trataba de música, y como para la recién llegada ese era también el punto fuerte de su educación, las dos se hicieron amigas enseguida. Sin embargo, al principio fueron Sahar y Rana, así como la cuarta de las mayores, una morena llenita llamada Básima, quienes familiarizaron a Aenlin con su nuevo hogar.

Sahar y Rana enseguida se la llevaron a dar una vuelta y se encontraron con Básima en los baños, que eran tan amplios y estaban tan lujosamente amueblados como los del tratante de esclavos, en los que habían preparado a Aenlin para la subasta. Incluso había piscinas en ellos. Las muchachas prorrumpieron en exclamaciones complacidas y sorprendidas cuando Aenlin les contó que ella ya sabía nadar. La escucharon atónitas cuando les describió cómo intercambiaba los papeles con su hermano y prestaron atención cuando mencionó a Rodrigo Díaz de Vivar. El Campeador también era muy conocido en Al Ándalus, casi una leyenda. Todas insistieron en que Aenlin les hablara más de él.

—¡Dicen que es un caballero muy apuesto! —dijo entusiasmada Sahar.

—¿Es verdad que ha puesto un nombre a su espada, como en los relatos antiguos?

Aenlin no lo sabía, pero Rana afirmó que el caballero llamaba *Tizona* a su espada. Se la había regalado el rey Sancho y don Rodrigo la tenía en gran estima desde que había sido ordenado caballero con el espaldarazo.

Sahar puso los ojos en blanco.

—Como siempre, Rana lo sabe todo —se burló de su amiga—. Damaris se pasa el día con la música, Rana con los libros.

Rana alzó los hombros.

—Espero que mi futuro señor sepa apreciar la inteligencia —observó—. Se dice que el emir de Almería es un hombre cultivado. ¿Lo seducirás tú con una sola sonrisa, Sahar?

Aenlin se acordó de que Zulaika había mencionado la rivalidad entre las dos muchachas, y poco después se quedó perpleja ante la amplia biblioteca a la que la condujo Rana. Su padre había tenido docenas de infolios y pergaminos, pero la señora Zulaika debía de haber reunido cientos de ellos.

—¿Quién es Zulaika? —se atrevió a preguntar tras hacer ese descubrimiento—. ¿Qué sabéis de su vida?

La señora era un enigma para ella. ¿Una mujer tan independiente en un país donde se vendían o regalaban mujeres? Por más que en ese momento se ganara bien la vida con la venta de sus pupilas, ¿de dónde había sacado en un principio los medios para construir una casa así o para adquirirla?

Para su sorpresa, sus compañeras respondieron solícitas.

—Oh, la señora era esclava, exactamente como nosotras —se apresuró a explicar Sahar, con los ojos brillantes. Era evidente que Zulaika era uno de sus modelos a seguir—. Y era muy, muy guapa. Todavía joven acabó en el harén del emir de Toledo y un día que cantó para sus invitados, uno de los señores, un hombre poderoso y consejero del emir, se enamoró solo de su voz. Pidió al emir si podía ver a la cantante (habitualmente las intérpretes se sientan detrás de una cortina cuando tocan para una audiencia). Al día siguiente, el hombre se encontró a Zulaika en su harén. El emir se la había regalado.

Aenlin se rascó la frente.

—¿Era todavía... virgen? —No podía imaginarse que el emir desflorara a una joven y luego la regalara.

Las chicas se echaron a reír de nuevo.

—Claro que era virgen, tontita. ¿No creerás que el emir duerme con todas las mujeres que acoge en su harén? ¡En un harén grande, en Granada, en Sevilla, incluso aquí en Toledo, hay hasta cuatrocientas mujeres de mayor o menor edad! Si el emir tuviera que visitarlas a todas periódicamente...

Aenlin escuchó con atención y entendió entonces a Damaris. Al parecer, en los harenes había muchas mujeres a las que solo se mantenía como músicas y bailarinas, mientras el emir solo compartía lecho con unas pocas y selectas favoritas. La muchacha pelirroja deseaba un puesto como arpista, no como compañera de juegos, y Aenlin consideró que no era una aspiración tan descabellada. Si realmente le educaban la voz, a lo mejor no tenía que someterse de otros modos a la voluntad de su futuro señor.

—En cualquier caso, Zulaika se ganó así la estima de su señor y él la amó con toda su alma. —La voz de Rana tenía un deje soñador. No cabía duda de que tenía talento como narradora de cuentos—. Se dice que él deseaba convertirla en su segunda esposa, pero que la primera lo impidió.

Aenlin se preguntó cómo lo habría conseguido. No tenía la impresión de que las mujeres árabes influyeran mucho en las decisiones que tomaban sus maridos. Pero Sahar explicó que la primera esposa del consejero del emir procedía de una familia importante. Posiblemente había amenazado con que su padre y sus hermanos dañarían la carrera profesional de su marido en la corte si no se atenía a su voluntad.

—Así pues, Zulaika vivió muchos años amada y respetada en la casa de su señor ocupando una elevada posición, e incluso le dio un hijo al que él reconoció. Lo único que no consiguió fue ser su esposa.

—Y entonces él murió —intervino Rana, recogiendo el hilo de la narración—. Zulaika se temía que la primera esposa del hombre la repudiara, la expulsara del harén y la vendiera en subasta en el mercado. Pero su señor lo había previsto todo. En su última voluntad declaraba que le concedía la libertad y que además le dejaba una gran fortuna. Así fue como Zulaika pudo comprarse esta casa y abrir su propio negocio...

—¡Y todas vosotras tenéis al alcance oportunidades similares de ser felices si sois aplicadas y satisfacéis a vuestros futuros señores!

La voz de la señora sobresaltó a las muchachas. Las cuatro estaban tan inmersas en la conversación que no se habían dado cuenta de que Zulaika había entrado por uno de los patios.

—Además, ha llegado la hora de la oración de la noche. Lavaos, rezad y luego vais a comer y a dormir. Aleyna debe de estar cansada después de este duro día.

En realidad, Aenlin se encontraba demasiado nerviosa para sentir cansancio, pero respiró aliviada porque la señora no se había tomado como una indiscreción las preguntas sobre su vida anterior. Al contrario, Zulaika no parecía ocultar su historia, sin duda para mantener vivas las esperanzas de sus pupilas. Esperanzas de que un hombre las amase, de un buen matrimonio, de una herencia, de una vida independiente.

Las jóvenes se lavaron las manos y los pies con el agua de una de las fuentes antes de extender unas esteras de seda para colocarse encima de ellas y rezar hacia la Meca. Zulaika se dispuso a imitarlas. Desde lejos se oía la voz del muecín.

Aenlin vaciló.

—¿Tengo que rezar yo también? —preguntó a la señora.

La señora frunció el ceño.

—¿Te refieres a si debes convertirte al islam? —precisó—. No. Al menos nadie te obliga. Aunque... si llega un día en que tu señor piensa en hacerte su esposa, no te quedará otro remedio. Hay muchas cristianas y judías en los harenes, pero un musulmán solo puede casarse con una musulmana.

—He oído decir que a veces también se regalan mujeres a los cristianos. —Aenlin se refirió prudentemente a su esperanza secreta.

Zulaika la miró dubitativa.

—Eso pasa alguna vez —confirmó—. Pero que estés deseando que ocurra... Date tiempo, Aleyna. Aprende tranquilamente nuestras oraciones, lee el Corán. Si las palabras del Profeta no conmueven enseguida tu corazón, sigue rezando a tu Dios. Todo se irá encauzando...

Aenlin se preguntó si la señora Zulaika habría destruido alguna vez las esperanzas de una de sus pupilas.

5

En los días que siguieron, Aenlin se dedicó en cuerpo y alma a aprender. No tardó en hablar bien el árabe, aunque al principio su peculiar caligrafía le resultó algo difícil, y al mismo tiempo perfeccionó su castellano. Llena de alegría aprendió a tocar el laúd y la flauta travesera. Damaris la introdujo en la notación musical que Ziryab había inventado dos siglos antes y le enseñó distintas canciones. Las dos cantaban juntas, la voz oscura de Damaris y la clara de Aenlin se complementaban y conmovían a todo el mundo con las extrañas melodías de la música árabe. Aprendió también las singularidades de la danza oriental que tanto la había cautivado el primer día.

La danza de los velos de Sahar había convencido más al visir de Córdoba, que quería comprar una mujer para el emir de Almería, que la erudición de Rana. La muchacha de cabello oscuro se marchó a Almería, y poco después un rico comerciante de Granada compró a Rana para el harén de su hijo.

—Este acaba de tomar a una primera esposa y no parece estar muy encantado con lo que se escondía detrás del velo nupcial —informó divertida, claramente complacida de que la hubieran elegido para un señor tan joven—. Tendré que consolarlo.

Al igual que ocurría entre los cristianos, también en tierras árabes se celebraban matrimonios por razones dinásticas o comerciales, y los afectados no siempre quedaban satisfechos. Solo que en tierras cristianas no había concubinas que sirvieran de consuelo a un joven y decepcionado cliente.

La señora Zulaika, en cualquier caso, estaba sumamente contenta con la venta de Rana. Había enormes posibilidades de que el joven y fogoso muchacho la convirtiera de inmediato en su segunda esposa. Seguro que enseguida se enamoraría de esa hermosa e inteligente muchacha. Rana se marchó tan esperanzada y resplandeciente como había hecho antes Sahar, y entonces la señora emprendió la búsqueda de un comprador adecuado para Básima.

Aenlin no podía contar con que fuera a venderla pronto. Podían pasar años hasta que Zulaika considerara que una de sus pupilas estaba suficientemente preparada para ofrecerla a sus selectos clientes, y la recién llegada pronto empezó a disfrutar de ese período de tranquilidad y aprendizaje. Aunque a menudo pensaba en sus padres y en su hermano, y todavía añoraba dolorosamente a este último, no podía por menos que admitir que su vida con la señora Zulaika era mucho más rica y emocionante que estar esperando un matrimonio cristiano en Colonia. Aenlin podía disfrutar de su amor por la música y saciar sus ansias de conocimiento. Nadie le impedía hurgar en la biblioteca de la señora. Al contrario, se animaba a las jóvenes a instruirse en las más variadas disciplinas.

Lo único que Aenlin realmente lamentaba de su nueva vida era no poder salir de la casa. En Al Ándalus, solo las mujeres de las capas inferiores recorrían las calles para comprar o para lavar en los lavaderos. La mujer que vivía en un harén permanecía encerrada en la vivienda. La joven encontraba que era una pena, pero de todos modos raramente se sentía recluida, y nunca se aburría. Las muchachas podían ir a los baños, nadar y pasearse por el jardín cuando les apetecía. Se dedicaba mucho tiempo al cuidado de la belleza. Aenlin y Damaris se peinaban la una a la otra, y la joven cristiana aprendió a adornar sus manos con zarcillos de alheña y a aplicarse un maquillaje discreto. La señora partía de la base de que todo lo que sus pupilas aprendían —desde jugar al ajedrez hasta ejecutar una danza sensual— solo servía para satisfacer a su futuro señor. Intelectualmente, pero sobre todo sexualmente.

Aenlin consideraba lamentable que se hablara tanto de hacer

gozar a los hombres. Las jóvenes aprendían a moverse de forma provocativa, y también la danza oriental tenía por objeto cautivar a los espectadores varones. La señora Zulaika explicaba con toda profesionalidad cómo tenían que utilizar los labios y las manos para endurecer el sexo de un hombre, cómo insertarlo en cada sitio y qué palabras susurrar mientras tanto. Al mismo tiempo les explicaba cómo aprovechar los días fértiles del ciclo para engendrar un hijo, o cómo evitarlos. Aunque esto último no era el tema principal de sus enseñanzas. En general, el objetivo de toda cortesana era quedarse pronto en estado de buena esperanza. Quien regalaba un hijo a su señor tenía posibilidades de alcanzar la categoría de esposa, y la señora no se cansaba de repetir casi cada día que todas sus pupilas debían aspirar a ese objetivo.

Aenlin no sabía exactamente si era eso lo que ella quería. Ya no soñaba con poder volver a tierras cristinas. Al igual que Damaris, deseaba ocupar un puesto de intérprete musical en un harén. En Al Ándalus, las cantantes y lautistas con una excelente educación eran muy respetadas y honradas; por el contrario, en Colonia no había para ellas ningún empleo. Así que uno de los sueños que Aenlin y Damaris compartían era que el mismo señor las comprase a las dos y que les permitiera deleitarlos con la música a él y a su esposa en un lujoso harén.

—¡A ver si tenéis cuidado con no enamoraros las dos del señor y pelearos después! —se burlaba Básima cuando ellas hablaban de su futuro compartido—. A lo mejor es joven y apuesto y cautiva enseguida vuestro corazón. ¿O acaso creéis que estáis a salvo del amor?

Aenlin y Damaris levantaban los ojos al cielo, aunque de hecho el amor era el tema principal en la casa de la señora Zulaika. Tampoco era extraño, pues ahí todo trataba exclusivamente de la relación entre hombre y mujer. Las muchachas leían poemas e historias de amor e imaginaban que interpretaban el papel de la heroína. De nada servía lo que siempre predicaba la señora, que el amor solo debilitaba a la mujer y que en ocasiones propiciaba que se tomasen funestas y equivocadas decisiones. Huir de un harén con el amante secreto (tema de muchas narraciones) era en el mundo real totalmente imposible, y la esperanza de amar a un futuro señor solo llevaba a la decepción. A la gran mayoría de las muchachas no las compraría precisamente un emir joven y apuesto, sino un funcionario de la corte o un comerciante gordo y rico.

Así que la señora no se disgustó cuando un hombre muy viejo compró a Básima. La muchacha, por el contrario, derramó lágrimas cuando se vio vendida a un cortesano influyente que ya casi había cumplido los sesenta años.

—Es muy viejo —se lamentó.

—¡Pero tiene ese brillo en los ojos! —contestó impasible la señora—. Se ha enamorado de ti, Básima. Y por el momento solo tiene dos esposas. Con un poco de habilidad, este año serás la tercera.

Esto no consolaba a la joven, que se marchó llorando a casa de su nuevo señor. Las otras chicas no aprendieron nada del destino de su compañera, sino que siguieron soñando con sus maravillosos héroes, que tanto daba si eran cristianos o moros. Seguían con avidez las hazañas del Campeador, por ejemplo. La señora siempre estaba bien informada sobre los acontecimientos tanto de las cortes moras como de las cristianas y les comunicaba las novedades.

Don Rodrigo Díaz de Vivar servía ahora al rey Alfonso, quien había tomado de inmediato el control sobre los territorios conquistados por el rey Sancho y había asumido también el gobierno de Galicia. Cuando García, su hermano menor, intentó volver del exilio, lo mandó encarcelar de inmediato. Por el contrario no tomó medidas contra sus hermanas. Urraca seguía gobernando en Zamora y, por supuesto, corría la voz de que esa era la recompensa por haber ayudado a Alfonso a eliminar a Sancho. Sin embargo, recién llegado del exilio, Alfonso había jurado sobre la Biblia no haber tenido nada que ver con la muerte de su hermano. Aenlin suponía que don Rodrigo lo creía, mientras que la señora Zulaika era de la opinión de que al caballero le daba todo igual. En cualquier caso, el Campeador ascendió en la jerarquía de la corte del rey después de la muerte de Sancho. Acompañaba a Alfonso en las batallas, así como en los viajes por su reino, y además la gente lo consideraba juez. Así pues, el rey confiaba en él. Cuando Aenlin oía hablar de ello, a menudo pensaba en don Álvaro. ¿Seguiría todavía en la comitiva del Campeador?

En 1075, cuando Aenlin llevaba tres años en la casa de la señora Zulaika y ya hacía tiempo que había empezado a gustarle su nuevo nombre, Aleyna, y a pensar y soñar en su nueva lengua, el árabe, corrió el rumor de un casamiento. Las pupilas de la señora hablaban inquietas de que el rey había concedido al caballero Rodrigo Díaz de Vivar la mano de la hermosa y rica dama Jimena, hija del conde Diego Fernández de Oviedo.

—Tampoco a ella le han pedido su opinión —advirtió la señora a Aenlin, que por razones desconocidas se entristeció al oír hablar de ese matrimonio.

Las otras muchachas, en cambio, disfrutaban imaginando lo guapa que era la pareja, lo maravillosa que sería la ceremonia... y, sobre todo, lo afortunada que era la novia.

—Pero seguro que enseguida se enamora de él —supuso Aenlin—. Es... es un hombre imponente, un gran caballero..., rico, famoso...

La señora suspiró.

—Sigues pensando en él —dijo moviendo la cabeza.

Aenlin se mordió el labio inferior.

—Me salvó —insistió—. ¿Cómo iba a olvidarlo?

—Te ofreció al mejor postor —le recordó la señora—. Te convirtió en esclava. ¡Acuérdate, hija! También podría haberte enviado de vuelta con tu padre a cambio de un rescate. Los comerciantes judíos de Zamora, Toledo o de donde sea podrían haberlo organizado. Claro que eso no le habría dado tanto dinero como la subasta. No significabas nada para él, Aleyna, asúmelo de una vez. Y segurísimo que esa Jimena es importante para él por su nombre y su dote. ¡Olvídate de una vez de don Rodrigo!

En adelante, Aenlin ya no participó en las especulaciones de sus compañeras en torno al supuesto gran amor entre don Rodrigo y Jimena, quien, por lo demás, ya el primer año después de haber contraído matrimonio dio un heredero a su marido. Pero no podía olvidarse del caballero, entre otras cosas porque habría significado olvidarse de Meletay, y eso le resultaba totalmente imposible. Al contrario, la pérdida de su yegua le seguía doliendo como una herida abierta. A lo mejor esta habría cicatrizado si hubiera tenido otros caballos a los que cuidar y tomar cariño. Pero no los tenía.

La señora Zulaika no poseía ninguna caballeriza. Aunque tenía una mula noble, el animal estaba instalado en un establo de alquiler y las chicas nunca la veían. A Aenlin no le habría importado que la montura tuviera orejas largas o cortas, que fuera un noble corcel o un huesudo caballo de trabajo, deseaba con toda su alma volver a ver un caballo, olerlo y tocarlo. Oír un resoplido, un relincho, el golpe de un casco sobre el suelo duro. Casi cada noche soñaba con Meletay, con su pelaje sedoso, sus suaves ollares y su galope ligero.

Si al menos pudiera averiguar si la yegua estaba bien, si todavía seguía en posesión de don Rodrigo o si este tal vez la había regalado a un rey, a un emir o a otro dignatario... Aenlin se sorprendía a sí misma introduciendo elementos de su canción para Meletay cuando cantaba a dúo con Damaris, o cuando escribía melodías que reproducían el compás del golpeteo de sus cascos. Rebuscó en la biblioteca de su señora libros o pergaminos en los que aprender algo sobre los países eslavos. A lo mejor se mencionaba en algún lugar esa extraña raza de caballos a la que pertenecía Meletay.

Si bien no halló nada al respecto, sí descubrió otra cosa: los escritos de un romano que había vivido en el siglo primero después de Cristo. Se llamaba Columela y había escrito un libro sobre la labranza. Para gran satisfacción de la joven, incluía un capítulo sobre la cría de caballos, y ella se lo llevó eufórica al jardín. Naturalmente, estaba escrito en latín, pero las chicas también aprendían ese idioma por si necesitaban discutir sobre filosofía o el arte de gobernar con sus futuros señores.

Aenlin se sumergió en el libro, durante cuya lectura no pudo evitar reírse de vez en cuando. Las ideas del romano sobre la cría de caballos eran rarísimas. Cuando describía cómo las yeguas en celo ardían de pasión, casi le recordaba los versos de amor de los poetas árabes.

Inmersa como estaba en la lectura, no se percató de que la señora Zulaika se había aproximado a ella.

—¿Disfrutas con este libro? —preguntó interesada—. ¿De qué trata? Latín... No sabía que te interesara tanto la filosofía.

La señora se sentó junto a su pupila en el banco del jardín de las magnolias e inspiró profundamente el aroma de las plantas.

—Las... las obras filosóficas de los romanos no me atraen demasiado en general —admitió Aenlin—. Esto... —levantó ruborizada el pergamino— esto trata de agricultura. Y de la cría de caballos.

Temía que la señora fuera a reprenderla inmediatamente, pero en el rostro de Zulaika apareció una amplia sonrisa.

—¿Cría de caballos? Una disciplina inusual para una joven muchacha. ¿Todavía lamentas la suerte que corriste al ser vendida en el mercado como un caballo?

Aenlin se sonrojó.

—No... no pensaba en el comercio de caballos —aseguró—. Ni tampoco en el mercado de esclavos. Solo pensaba en... ¿Sabéis? Yo tenía un caballo antes de que me tomaran cautiva. Recorrí montada en él el trayecto desde Colonia hasta Zamora.

La señora volvió a sonreír.

—Pues claro que me acuerdo. La yegua dorada de Rodrigo Díaz de Vivar... Tampoco puedes olvidarla a ella.

Aenlin se mordió el labio inferior.

—A ella no podré olvidarla jamás —no logró evitar decir—. Pero dejando esto aparte, me gustan los caballos. Aunque... aunque los hombres no lo consideren algo femenino. Mi madre siempre me reñía porque me gustaba estar en el establo.

La señora le acarició cariñosamente la mejilla.

—Tal vez yo también te reñiría por ello, pero, como ya sabes, no tenemos establo. Aunque no voy a regañarte por saciar tu curiosidad acerca de los caballos. Al contrario. La mayoría de los nobles señores que pertenecen a mi círculo de clientes los aman. El mismo Profeta hablaba elogiosamente de ellos. —Frunció el ceño para recordar y citó—: «Cuando Allah quiso crear el caballo dijo al viento del sur: "De ti sacaré una criatura que será la honra de mis amigos, la humillación de mis enemigos y la recompensa de quienes me obedecen..." Cogió entonces un puñado de viento y creó la yegua. Le habló así: "Tu nombre es árabe, a tu crin anudo el bien, a tus lomos el botín. Serás mi preferido entre todos los animales. De tu amo haré amigo. Volarás sin alas, vencerás sin espada".»

Aenlin la escuchaba boquiabierta. Era como si Zulaika estuviera describiendo a Meletay.

—¿De dónde habéis extraído estas palabras, señora? —preguntó emocionada—. ¿Dónde pueden leerse? Mi yegua... responde a esta descripción como si hubiera sido escrita para ella. —Sentía las lágrimas aflorando a sus ojos al recordar una vez más a Meletay.

La señora inclinó la cabeza hacia ella.

—Es una antigua leyenda. Este relato se atribuye al Profeta, pero no está en el Corán. Aun así puedes hallarlas en otros libros. De todos modos deberías leer más sobre Allah y sus profetas.

Aenlin no se había convertido al islam. Si tenía que ser sincera, esa religión apenas le interesaba y las oraciones tampoco desempeñaban una función tan importante en la casa de la señora. Si bien las chicas eran educadas según las normas del islam (la mayoría estaban bajo la tutela de la señora desde que eran tan jóvenes que no recordaban ninguna otra religión) y rezaban cinco veces al día (Aenlin participaba en el ritual simplemente para no llamar la atención), tampoco ahondaban en el estudio de la doctrina. La biblioteca de Zulaika contenía, naturalmente, diversos escritos sobre la vida y la obra del Profeta, pero las pupilas no estaban obligadas a leerlos. Hasta ese momento, Aenlin nunca había pensado que tal vez se estaba perdiendo algo relevante. Que ella supiera, en la Biblia no se mencionaban los caballos... De hecho, solo recordaba la historia más bien horripilante de los cuatro jinetes del Apocalipsis. Si el islam era distinto...

Animosa, dio la razón a la señora.

—Lo haré —prometió—. Se dice... ¿se dice algo más sobre caballos?

La señora asintió.

—Las crónicas en torno al Profeta están llenas de historias sobre caballos. Debía de amarlos mucho y se supone que, en una ocasión, cuando estaba a punto de perder una batalla, lo salvaron cinco yeguas. Pero también los griegos y los romanos escribieron acerca de ellos. En la biblioteca seguro que hay más libros sobre su adiestramiento y crianza. Si no es así, le pediremos a Amir que vaya a buscarlos. —Pasó la mano por el cabello de Aenlin—. Siempre me sorprendes, Aleyna. Estoy impaciente por saber qué será de ti en el futuro.

Al día siguiente Aleyna buscó en la biblioteca libros sobre caballos y, en efecto, encontró unos versos maravillosos sobre las cinco yeguas del profeta Mohamed. Muchos poetas árabes habían enaltecido el caballo, pero también lo mencionaban en escritos romanos, incluso en la *Ilíada*. Leyó fascinada lo que contaba Homero sobre las amazonas que ya estaban cabalgando mientras griegos y troyanos todavía enganchaban los caballos a los carros de combate. Se enteró complacida de que el emperador romano Calígula quiso nombrar senador a su caballo Incitatus porque lo consideraba más inteligente y leal que a todos sus consejeros humanos. También aprendió acerca de Bucéfalo, el caballo de Alejandro Magno, y le contó eufórica a Damaris que en su patria celta se adoraba tiempo atrás a una diosa de los caballos llamada Epona.

Y entonces llegaron, efectivamente, libros y pergaminos encargados especialmente para Aenlin, que el eunuco había buscado a petición de la señora. La joven descubrió que un mitanni llamado Kikkuli escribió en el siglo XV antes de Cristo una obra sobre el entrenamiento de los caballos de los carros de combate, y lo encontró sorprendentemente instructivo. Y todavía más reveladoras le parecieron las declaraciones del griego Jenofonte acerca de los caballos de montar.

Amir no dejaba de adquirir nuevos ejemplares para Aenlin y poco a poco ella fue aprendiendo sobre la educación y cría de los equinos, devoraba libros sobre sus enfermedades y sobre cómo curarlos. Esto último la animó a recordar las recetas de Hans *el Jamelgo* y a continuación empezó a tomar notas y resumir todo cuanto sabía en torno al tema. Si bien esto no la consolaba por la pérdida de Meletay, sí aliviaba su añoranza. Aenlin no se hacía ilusiones acerca de llevar un día a la práctica todo el conocimiento adquirido. Claro que a lo mejor tropezaba con un hombre que se interesara por los caballos, pero debería amarla mucho para llevarla con él a las caballerizas y enseñarle sus ejemplares. Pese a todo, que existiese esa posibilidad la estimulaba.

A partir de entonces, Aenlin se esforzó más por aprender el arte de atraer y seducir a su futuro señor. Damaris no lo entendía, no podía comprender por qué su amiga dedicaba más atención últimamente a la danza que a la música. Pero Zulaika sí comprendió la relación. Así que siguió facilitando más escritos sobre caballos a Aenlin al tiempo que se sentía muy satisfecha de ella.

6

Aenlin permaneció cinco años en la escuela de la señora Zulaika, y cuanto más duraba su formación, con mayor frecuencia se preguntaba cuándo querría la señora desprenderse de ella. Había cumplido diecinueve años y por regla general se vendía a las muchachas siendo mucho más jóvenes. Damaris, por ejemplo, había pasado al harén del emir de Toledo hacía dos años, al cumplir los diecisiete. La muchacha se había despedido muy a su pesar de Aenlin y había llorado durante días, pese a que su deseo se había cumplido totalmente. El visir de Al Qádir, que había ocupado el trono tras la muerte de su abuelo, Al Ma'mún, la había elegido por su bella voz y por su fascinante forma de tocar el arpa como presente para el nuevo monarca. Todavía quedaba por ver si el emir se interesaba por alguna otra faceta de ella. Al Qádir era tenido por un hombre de carácter débil y difícil. Su primer acto oficial había consistido en asesinar a un cortesano de su abuelo que gozaba de mucho respeto, lo que casi estuvo a punto de desatar una guerra civil en Toledo. Al Qádir solo aguantaba en el poder porque no dejaba de hacer pactos y pedir ayudas del exterior, incluso estaba en contacto con el rey Alfonso. La señora Zulaika encontraba improbable que dedicara mucho tiempo a su harén y que hallara la calma suficiente para enamorarse.

—A lo mejor me lleva a sus aposentos, pero seguro que no será a menudo —había dicho Damaris, resignada—. Con la de mujeres que tiene...

Era cierto. Quizá Damaris atraía brevemente la atención del emir —las pelirrojas eran escasísimas—, pero no cabía duda de que el harén rebosaba de exóticas bellezas y era probable que no dejasen de llegar otras nuevas. El visir no sería el único que intentaría convertirse en predilecto del veleidoso gobernante por medio de un ostentoso regalo. Ganarse el favor de Al Qádir podría salvarle la vida.

En cualquier caso, la arpista se había ido con la esperanza de que el señor del harén apenas, o tal vez nunca, la molestara. Aenlin no podía más que desearle una vida tranquila entre sus instrumentos y partituras. No iba a enterarse de si le iba bien, pues Al Qádir mantenía firmemente cerrado su harén. Pese a su proximidad, ni la señora Zulaika ni sus pupilas recibían noticias sobre las mujeres que vivían allí.

En el invierno del año 1077 llegó el momento en que la señora Zulaika consideró que Aenlin estaba lo suficientemente preparada para hablar de su futuro.

—Aleyna, quisiera presentarte a un señor —le dijo sin grandes preámbulos—. Es un rico comerciante del sur de Al Ándalus. Aspira a obtener el favor del emir de Sevilla y desea adquirir una preciosa para su harén. Estaba pensando en ti o Mariam. —Aenlin asintió sumisa. Como en realidad siempre hacía, la señora escogía para el comprador a dos muchachas que solían ser de tipo y naturaleza muy distintos. Mariam era una muchacha morena y temperamental, dos años más joven que Aenlin. Era una persona alegre, todavía bastante infantil, juguetona, excelente bailarina, pero que no se interesaba ni por la música ni por la filosofía o el arte. Aenlin contaba con una formación mucho más amplia, y si el comerciante era inteligente no escogería a una joven que solo satisficiera al emir por las noches. Zulaika le recomendaría sin la menor duda a Aenlin—. No es necesario que te explique que el emir de Sevilla mantiene un gran y hermosísimo harén —siguió hablando la señora—. Sus jardines son como un sueño sacado de *Las mil y una noches*. Se lo tiene además por un hombre apuesto y noble, un gobernador inteligente y muy respetuoso con las mujeres. De acuerdo, el harén es muy grande y será necesaria cierta destreza para convertirse en una de sus favoritas, pero te veo capaz de conseguirlo. Si es que el señor Tariq se decide por ti. Prepárate pues para mañana, vendrá al mediodía para conoceros a ti y a Mariam.

Aenlin le agradeció que hablara de «conocer» y no de «examinar».

—Intentaré estar a la altura —dijo, inclinándose ante la señora... y reprimió la pregunta de si al emir de Sevilla le gustaban los caballos.

Aenlin pasó la mañana siguiente en los baños, rodeada del entusiasmo de sus amigas, todas dispuestas a pintarle las manos de alheña, maquillarla, peinarla y aconsejarla sobre la elección de su indumentaria. Amir, el eunuco, también quería opinar, por supuesto. La señora tenía listos unos grandes arcones llenos de túnicas, velos y joyas para que las muchachas se engalanasen en el día de su presentación. De nuevo se eligieron telas de distintos matices de verde para Aenlin, un pantalón holgado y una prenda superior que ocultaba el pecho pero dejaba el vientre a la vista, pues se preveía que las muchachas tuvieran que bailar para el potencial comprador. A ello se añadía una casaca transparente y unos velos para el cabello y la cara. Zulaika no se los retiraría, lo haría la misma Aenlin durante la danza.

La señora le dio un breve abrazo y le deseó suerte cuando la joven, ya totalmente vestida para la ceremonia, esperaba desfilar ante su futuro señor. Ella tenía el laúd preparado, Mariam tocaba una pandereta mientras bailaba. Estaba tan guapa como Aenlin. Habían escogido para ella una vestimenta azul claro a juego con sus deslumbrantes ojos azules, que contrastaban singularmente con el cabello negro. La muchacha parecía excitada y muy joven pese al maquillaje, el colorete, el kohl y el bálsamo de labios. Zulaika dispuso que fuera ella quien se presentara en primer lugar ante el cliente. Aenlin lo haría después. Esta última podía esperar detrás de una cortina y desde allí formarse una vaga impresión del comprador, que echado en un diván fumaba el narguile y aguardaba para evaluar a las muchachas. A Aenlin no le gustó especialmente. Era gordo y fofo, con un rostro imperturbable y de cabello ralo. Le costaba calcular qué edad tendría, pero seguro que ya no era joven.

Al ver a Mariam pareció animarse. Se enderezó un poco cuando la joven se inclinó ante él y, después de que Zulaika la presentara y contara algo sobre ella, le hizo unas preguntas. Mariam respondió vivaz y nada cohibida. De hecho hasta coqueteó un poco con él.

—¡Claro que juego al ajedrez! —exclamó con una mirada lasciva—. Pero todavía me gustan más otros juegos... Tengo... tengo mucha... imaginación.

Era evidente que el comprador —Tariq al Granada— estaba encantado mientras seguía con mirada lujuriosa la danza de Mariam, durante la cual ella demostró que el público la estimulaba más que cohibía. Balanceaba las caderas, agitaba el vientre y dejaba que sus pechos oscilaran al compás.

Aenlin ya no se hacía grandes ilusiones cuando el comerciante despidió a Mariam. Era obvio que Tariq al Granada ya había quedado prendado de la joven. No obstante, hizo todo lo que pudo si ya no para seducirlo, sí al menos para impresionarlo. Después de que la señora la hubo presentado entabló una agradable conversación con él, habló de sus estudios musicales y demostró a través de diversas citas que estaba familiarizada con el arte de la poesía de Al Ándalus. Luego tocó el laúd y cantó para el cliente, antes de concluir su intervención con una danza. La mirada de aprobación de Zulaika le demostró que había bailado más expresiva y con más alma que Mariam. Aun así, Tariq no demostró gran interés.

Al final, la señora Zulaika dio las gracias a las dos muchachas, pero el señor solo guiñó el ojo a Mariam cuando Amir las condujo fuera. Como era de esperar, la más joven estaba emocionada y de camino a sus aposentos puso por las nubes el harén de Sevilla.

Apenas una hora después, la señora mandó llamar tanto a Aenlin como a Mariam. Se la veía muy satisfecha.

—Aleyna, Mariam... Tengo buenas noticias para vosotras —anunció sonriente—. Habéis hecho una presentación maravillosa y, algo que nunca habría osado imaginar: el señor quiere compraros a las dos. A ti, Aleyna, te regalará al emir de Sevilla, y desea que tú, Mariam, permanezcas en su propio harén.

Mariam se quedó helada.

—Para... ¿para su propio...? Con él, eso... ¿eso significa que... que tendré que...?

La señora asintió.

—Le has causado una gran impresión —confirmó—. Está impaciente por saborear esos placeres que le has prometido con tu danza.

Mariam la miró horrorizada.

—Pero... pero yo... ¡yo lo hice pensando en el emir! Quería ir a Sevilla... con Al Mutámid. No pretendía...

Aenlin comprendía muy bien a la joven, la sola idea de tener que compartir cama con ese viejo sátiro de Tarik la repugnaba.

—¡No me hagáis esto, señora! —suplicó Mariam—. Ese señor Tariq es... es viejo... Es... grasiento... es...

—Es tu nuevo señor —dijo la señora fríamente—. Tiene una gran casa en Sevilla, sin duda un harén muy bonito. Solo dos esposas hasta ahora... A lo mejor consigues convertirte en la tercera.

No era que sonase muy optimista, y Aenlin también dudaba que eso ocurriera. Era evidente que Tariq al Granada deseaba a Mariam, pero a la joven cristiana le parecía improbable que un hombre mayor se enamorara tan profundamente de la caprichosa jovencita como para ofender con un tercer matrimonio a las que durante tanto tiempo habían sido sus esposas.

—No quiero casarme con él... —Mariam rompió a llorar—. No lo soporto. ¡Me da asco!

La señora se encogió de hombros.

—Pues antes lo has disimulado muy bien —respondió—. Algo que debes seguir haciendo en el futuro. Si desempeñas bien tus funciones, durante un tiempo harás con él lo que se te antoje. Pídele oro y joyas, y a lo mejor podrás comprar tu libertad cuando se canse de ti. No tienes otras posibilidades. Lo siento, pero nunca os he hecho creer que había un príncipe para cada una de vosotras. —Y tras pronunciar estas palabras, dejó a las muchachas.

Aenlin intentó abrazar a la más joven para consolarla, pero no consiguió tranquilizarla. Mariam lloraba desesperadamente todavía cuando volvieron a su dormitorio y sus amigas se arracimaron a su alrededor. Ninguna pudo conciliar el sueño esa noche, los sollozos y quejas de la muchacha las tuvieron a todas desveladas.

Esto empañó la alegría de Aenlin por su propio éxito. El harén del emir de Sevilla era una meta que merecía cualquier esfuerzo, y ella estaba contenta de viajar al sur. Además, era poco probable que Tariq al Granada tuviese una litera para ella, por lo que era muy posible que tuviera que ir a caballo.

En efecto, dos mulas esperaban a Aenlin y Mariam cuando, dos días más tarde, abandonaron la casa de la dueña. Tariq al Granada se unió a una caravana de comerciantes camino de Granada y Sevilla. Al igual que el mulo que había llevado a Aenlin a Toledo, las monturas estaban provistas de unas sillas nobles y bien acolchadas, y con su suave paso hicieron las delicias de las amazonas.

Pero Mariam ya empezó a quejarse en el segundo día del viaje y, de hecho, apenas podía sostenerse sobre el animal. Su nuevo señor la había reclamado la primera noche, de modo que había tenido que dormir con él en el *funduq* en que pernoctaban los comerciantes. Al menos había reservado una habitación aparte para ella, pero esa fue su única muestra de consideración. La muchacha presentaba excoriaciones cuando a la mañana siguiente se encontró con Aenlin; los ungüentos para aliviar a las jóvenes que Amir les procuraba cuando se marchaban de la casa de Zulaika apenas surtían efecto.

Aenlin sentía una tremenda pena por la joven cuando el señor tampoco la dejó en paz la segunda noche del viaje... Y a la tercera, Mariam acudió a su llamada entre lágrimas.

—¿No le conmueve que te duela y que tengas miedo? —preguntó prudente Aenlin.

Mariam negó con la cabeza.

—Más bien parece gustarle —dijo desesperada—. Se ríe. A él no le interesa que yo ejecute todas las artes que hemos aprendido... Yo... yo podría conducirlo a la cumbre del placer sin que me penetrase. Hasta... hasta que se me curase todo. Pero no quiere. Le gusta ir al grano, dice. Me pregunto por qué me ha comprado. Lo que él quiere lo puede encontrar en cualquier puta de la calle.

Apenas una semana después, Mariam ya no conseguía subir por la mañana a la mula, por muy buena voluntad que pusiera. No solo estaba agotada, sino enferma de verdad. Tariq al Granada le pidió una litera, pero no la dejó descansar.

Después de un viaje de doce días, Aenlin casi se alegró de llegar a Sevilla y no tener que seguir presenciando la desgracia de la pequeña. Solo podía desearle que en el harén del comerciante encontrara a una sanadora que le aliviase el dolor o que al menos hubiera pipas de opio con las que pudiera aturdirse. A lo mejor Tariq al Granada repartía sus «favores» entre varias mujeres. Su harén se componía de las dos esposas, que Zulaika ya había mencionado, y de nueve concubinas. No parecían muy felices, aunque sus aposentos disponían de todo el lujo posible. Aenlin contaba las horas que tenía que pasar allí antes de que la llevasen al emir. Hubo de esperar, sin embargo, un par de días. El comerciante no era tan importante como para que le concedieran pronto una audiencia con Al Mutámid. Pero por fin llegó el gran día y de nuevo engalanaron a Aenlin antes de envolverla en la capa negra de viaje para acompañar al señor Tariq al palacio. Esa vez podría quedarse con los costosos vestidos y las joyas, pues estas pasaban con ella a ser propiedad del emir. La muchacha se preguntaba qué se esperaría exactamente de ella en la audiencia. ¿Le hablaría el emir? ¿O tan solo la recibiría y se la daría a un eunuco como si fuera un costoso caballo que se confía a un palafrenero?

Se separó finalmente de Mariam sin despedirse de ella, pues la joven yacía enferma en sus aposentos. Pero al menos Ayesha, la segunda esposa del señor, se ocupaba de ella con actitud compasiva. También la primera esposa, Akilah, parecía maternal. Las dos sentían por las jóvenes concubinas de su marido más compasión que celos.

El palacio del emir de Sevilla respondía al estilo arquitectónico árabe habitual: por fuera sobrio y amenazador, pues se trataba de una fortaleza; por dentro suntuoso y colorido. No había pared que no estuviera primorosamente adornada con azulejos pintados, incluso en el suelo había baldosas de decoración. Unos portalones y unos pasillos flanqueados de columnas conducían a vastos jardines que a su vez estaban rodeados por altos muros. Probablemente las mujeres del emir podían moverse libremente por ellos.

Ahí en el sur de Al Ándalus, incluso en invierno el tiempo era lo suficientemente cálido como para pasar el día en los jardines y patios interiores. Había fuentes, estanques en los que nadaban peces de colores y tantas flores como ella nunca había visto. Sería emocionante examinarlo todo con tranquilidad, pero primero Aenlin, envuelta en velos, siguió a Tariq al Granada a una sala de audiencias decorada con elegantes estucos, arcos y figuras de animales. La habitación se abría a un alegre patio provisto de varias hileras de columnas. Tanto en la sala de recepciones como en el patio esperaban los miembros de la audiencia, algunos ostentosamente engalanados, como Tariq al Granada, los otros vestidos de forma más sencilla. Aenlin había oído que el emir juzgaba causas durante las audiencias. Debían de ser peticionarios del pueblo llano.

Cuando el señor Tariq se abrió camino entre la gente, Aenlin vio por primera vez al Emir. Al Mutámid estaba sentado en un trono elevado sostenido por arcos de medio punto y adornado con elementos de oro y estuco, rodeado de sus cortesanos y consejeros. Llevaba un turbante blanco y una túnica de brocado de colores sobre una vestimenta blanca. El caftán insinuaba un cuerpo delgado y no cabía duda de que el emir era alto. Tenía la tez oscura, y el cabello y la perilla de un negro intenso. En ese momento estaba ocupado con dos peticionarios o mediaba en la discusión entre dos hombres que vestían humildemente.

A Aenlin se le escapó la risa cuando, para tranquilizar a ambos contrincantes, citó unos versos de su mejor amigo, el poeta de la corte, Ibn Ammar. Un hombre, algo más grueso, que estaba a su lado, también sonrió. Posiblemente era el poeta. La muchacha había oído decir que se contaba entre los más próximos consejeros del Al Mutámid.

Mientras un cortesano llamaba a los siguientes burgueses —los peticionarios se retiraron visiblemente satisfechos—, Aenlin inspeccionó la estancia. Su mirada se sintió atraída por una galería en lo alto que rodeaba el salón de audiencias. Una celosía de madera afiligranada dejaba tan solo insinuar lo que se escondía detrás. Creyó percibir allí movimiento. ¿Sería cierto que las esposas del gobernante podían contemplar y escuchar desde arriba las deliberaciones del emir? Se decía que los dignatarios de Al Ándalus a menudo discutían sobre sus decisiones con sus esposas o concubinas de alto rango. Las mujeres ejercían su influencia en la política y la estrategia militar. Aenlin estaba impaciente por saber más.

Tariq al Granada esperó pacientemente más de una hora hasta que por fin le tocó el turno de arrojarse sobre la costosa alfombra que cubría el suelo delante del trono del emir.

Aenlin, quien se mantenía obediente a sus espaldas, a tres pasos de él, también se arrodilló a una distancia conveniente del gobernador.

Al Mutámid dio muestras de conocer al comerciante. Lo saludó benévolo, le preguntó por su último viaje de negocios y sonrió agradecido cuando al final Tariq le notificó que le había llevado un bello regalo del emirato de Toledo.

Tariq hizo una seña a Aenlin para que se acercara; ella se puso en pie vacilante y se aproximó. Mantenía la cabeza baja y se estremeció cuando el comerciante agarró la capa negra que la había mantenido oculta para la audiencia. Con un rápido gesto, su cara quedó al descubierto. Aenlin no pudo evitar sonrojarse. Claro que su cabello todavía seguía cubierto, pero ese tejido tan ligero en realidad no ocultaba nada. No solo el emir, sino todos los demás hombres de la sala que quisieran lo podían ver.

Por el rostro de Al Mutámid pasó una sombra de desagrado, pero después de lanzar una mirada complacida a Aenlin se volvió cortésmente a Tariq.

—Un obsequio realmente regio —elogió al comerciante—. Una belleza exquisita que adornará mi harén. Por supuesto, te eximo de los aranceles tal como habías solicitado. Te expreso mi más sincero agradecimiento y espero que en adelante sigas contribuyendo a la riqueza de Sevilla con tus exitosos viajes de negocios.

Con ello despachó a Tariq. Aenlin encontró que todo se había desarrollado con demasiada facilidad. Seguramente el emir también le habría eximido de los pagos si le hubiera obsequiado con unas costosas alfombras u objetos decorativos de oro.

Aenlin se quedó inmóvil sobre la alfombra hasta que el emir le dirigió la palabra.

—Puedes volver a cubrirte el cabello —le indicó él amablemente, y de nuevo la joven creyó intuir en sus palabras su desaprobación hacia el paso en falso de Tariq—. Mi primer eunuco te conducirá enseguida a los aposentos de las mujeres. Eres ciertamente muy hermosa.

Dicho esto, llamó con un gesto al siguiente peticionario.

Aenlin volvió a cubrirse el rostro y esperó sumisa el comienzo de su nueva vida.

7

El primer eunuco del harén del emir de Sevilla era un hombrecillo insignificante. Menos obeso que la mayoría de los castrados, su cabellera blanca ya era rala, al igual que su deshilachada perilla. Aenlin solo captó una breve mirada de unos ojos castaños, vivos pero dulces, antes de que el siervo ejecutara una profunda inclinación ante ella.

—Mi nombre es Kizlar, eunuco de los aposentos femeninos de nuestro señor Al Mutámid. Es un placer para mí poder servir a la *sayyida*. —Aenlin también se inclinó, sabedora de que el deber del primer eunuco no consistía en servir, sino en vigilar a las mujeres del harén. Ejercía el mando sobre los otros eunucos y sirvientas, así como sobre las esposas y concubinas—. Sígueme, por favor, y dame tu nombre y procedencia. ¿Vienes de Toledo?

Kizlar probablemente ya reconoció que ese no era el caso por su acento cuando le contestó.

—Originalmente procedo del norte, de Colonia, en Renania. Pero me he educado en casa de la señora Zulaika.

El castrado mostró su satisfacción al respecto.

—Entonces ya debes de estar preparada para lo que te espera aquí —dijo. Aenlin se preguntó a qué se referiría. ¿La vida en un harén como tal? ¿La vida en un gran harén? En cualquier caso, no sonaba especialmente alentador. Por el rostro del eunuco asomó una sombra de preocupación que enseguida dejó paso a una amable sonrisa de bienvenida—. ¡Ya hemos llegado! —Kizlar abrió una puerta algo escondida, pero profusamente decorada con tallas de madera oscura. Daba a un pasillo que se abría a un jardín rodeado de muros—. Las dependencias femeninas tienen sus propios parques —señaló Kizlar—. Son casi tan extensos como los del emir, y maravillosamente concebidos. Hace un año se plantó un campo de almendros especialmente para la señora Rumaikiyya. Cuando están floridos evocan las Alpujarras nevadas, de cuya vista ella no puede disfrutar ahora que reside en el palacio.

Al menos el lugar de favorita del emir ya estaba ocupado. Aenlin no creía que el emir dispensara tanta atención a todas las concubinas.

Kizlar mostró a su nueva protegida los baños, por los que correteaban diversas mujeres jóvenes y maduras, y en un vestuario le pidió que se desprendiera de los velos que resguardaban vagamente su cabello y su rostro de las miradas curiosas. Ya se había quitado la capa negra al entrar en el harén. Una esclava corrió a ayudarla. Otra de las jóvenes depositó seductoramente por su espalda el cabello adornado con piedras preciosas.

—Podemos soltar las trenzas, *sayyida* —sugirió amablemente.

Aenlin no sabía si debía permitirlo. Era posible que el emir pasara a verla después de la audiencia.

Pero en un principio solo fue Kizlar quien se inclinó ante su belleza.

—¡Qué cabello! —exclamó admirado—. Tan suave, tan sutil como oro hilado. Y tus ojos... tus pestañas... —Suspiró—. Casi da pena... —Se llevó rápidamente la mano a la boca como para retener lo que acababa de escapársele. Con otra ligera inclinación indicó a la esclava que dejara suelto el cabello de Aenlin—. Así te será más cómodo, *sayyida* —explicó—. Pero una pregunta más antes de conducirte a tus aposentos. ¿Hay algo, además de tu belleza, que pueda satisfacer a tu señor? ¿Eres acaso una bailarina especialmente dotada o tocas algún instrumento?

El eunuco se alegró cuando Aenlin respondió afirmativamente y le habló de su formación como cantante y música.

—También me gusta recitar poesía. Incluso he aprendido de memoria algunos de los versos que ha escrito nuestro señor Al Mutámid.

Así era: el emir escribía poemas, y su fama como poeta en todo Al Ándalus no era un simple halago. Aenlin encontraba sus palabras muy conmovedoras y sus poemas de amor a menudo la habían invitado a soñar. ¿Qué ocurriría si ese hombre realmente se enamorara de ella?

—Mañana te presentaré a las otras músicas. A lo mejor primero podrías cantar y tocar para mí alguna que otra canción —le sugirió el eunuco, otra fórmula de cortesía para poner a prueba a la recién llegada antes de permitirle actuar ante el emir—. Casi cada noche se celebran veladas musicales. Si realmente tienes la voz tan bonita como el semblante, aquí hallarás tu sitio.

Aenlin encontró algo extrañas estas palabras, pero las entendió mejor cuando el eunuco la condujo a «sus aposentos», como él los llamaba, una expresión que en este caso solo se refería a la asignación de un dormitorio. El harén del emir de Sevilla albergaba a más de trescientas mujeres, junto a la esposa del señor, sus hijas y parientes femeninas de todas las edades. En realidad, Aenlin ya debería haberse hecho a la idea de que no habría una habitación para cada una, pero no había contado con el sobrio dormitorio que iba a compartir con otras nueve mujeres.

—Si despiertas el interés del emir, pueden encontrarse otras dependencias más adecuadas... —intentó consolarla el eunuco cuando se dio cuenta de su expresión escandalizada—. Pero primero tienes que contentarte con esto... Ya entiendes... cuando uno es nuevo...

Las recién llegadas, ya fueran jóvenes o de más edad, se encontraban en el nivel inferior de la jerarquía. Aenlin asintió. Era ilustrativo. Ignoraba cómo despuntar en medio de todas esas mujeres del harén para elevar, aunque fuera un poco, su rango. Ya con el primer vistazo a las concubinas que estaban en los baños había comprobado que prácticamente todas eran de una belleza exquisita. Al Mutámid había reunido toda una selección de muchachas que abarcaba desde las de piel pálida con el cabello claro, casi plateado, hasta las sensuales morenas, pasando por beldades de un rubio dorado, como Aenlin, y por unas atractivas pelirrojas, además de mujeres de las más diversas nacionalidades y colores de piel. Las había negras como el tizón, con el cabello corto y crespo y el cuello largo; otras de tez chocolate con suaves redondeces, labios llenos y ojos brillantes... A Aenlin le pareció que el emir había congregado a las mujeres más hermosas del mundo. ¿Cómo iba a fijarse precisamente en ella? Si es que se interesaba, sería únicamente a través de la música.

Aenlin hizo un esfuerzo.

—¿Dónde se guardan los instrumentos, señor? —preguntó tímidamente—. El señor Tariq no me permitió coger mi laúd. A lo mejor me lo envía o a lo mejor no. Me gustaría pedir prestado un instrumento para familiarizarme con él y tocar mañana para ti.

El eunuco se inclinó hacia ella sonriendo.

—A tu servicio, *sayyida*. —Se volvió hacia la mujer de cabello oscuro que en ese momento sacaba un pergamino del armario privado que cada una tenía a su disposición en el dormitorio.

—Laila, por favor, enseña a Aleyna la sala de ensayos de las músicas.

La joven lanzó a Aenlin una mirada despreciativa.

—¿La nueva ya va a tocar para el emir? —preguntó con un deje de envidia—. ¿Esta misma noche? ¿Cómo es eso, Kizlar? ¿Qué va a tocar? ¿Y cuándo vas a dejar de una vez que yo baile ante el emir? Llevo semanas esperando, yo...

—Laila, ya sabes que el emir adora la música, pero en pocas ocasiones expresa el deseo de veros bailar. La próxima vez que lo haga tú estarás ahí, seguro... —Suspiró—. En lo que respecta a Aleyna... Ni yo mismo la he oído todavía. Y tú tampoco tienes que llevarla ante la presencia del señor, sino solo a las habitaciones en las que ensayan la *sayyida* Walada y la *sayyida* Damaris...

¿Damaris? El corazón de Aenlin dio un vuelco cuando el eunuco mencionó ese nombre. Luego se dijo que su amiga no sería la única portadora de ese sonoro nombre.

Laila se puso en movimiento de mala gana después de que Kizlar se hubo marchado. El eunuco pareció aliviado cuando Aenlin no se quejó por el alojamiento que le habían asignado.

Aenlin siguió a Laila por diversos pasillos y patios interiores hasta escuchar la música de un arpa, cristalina, virtuosa, apasionante. No se lo podía creer, ¡pero solo había una persona que tocara de ese modo! Se dejó guiar expectante por la melodía hasta llegar a un pequeño patio abierto donde dos mujeres estaban ensayando. La arpista tenía la espalda vuelta hacia la puerta, pero por su delgadez y cabello rojo era inconfundible. Aenlin no podía decir nada, se sentía al borde de las lágrimas. Pero no quería interrumpir a Damaris, y menos aún cuando una joven de piel oscura empezó a cantar. Escuchó con atención. La cantante tenía unos ojos enormes, unos rasgos nobles y el cuello de un cisne. Su piel era color café con leche; los ojos, verdes, y los labios como las fresas. Los pómulos, inusualmente altos, y la frente despejada y lisa le daban un aspecto aristocrático. El cabello, de un negro intenso, estaba peinado con trencitas pequeñas pegadas al cuero cabelludo. Su forma de cantar impresionó menos a Aenlin, y Damaris no tardó en interrumpir la melodía para señalar un error.

—Esa nota mucho más alta, Walada. Tu voz debe ascender como la canción de una alondra... Y liviana... debe sonar liviana, como si la canción fuera una nube pasando por el cielo. —La voz suave y oscura de Damaris... Aenlin la habría reconocido entre miles. Además, se notaba cierto disgusto; la cantante estaba poniendo a prueba la paciencia de su antigua condiscípula.

—Inténtalo otra vez —pidió a su compañera—. El poeta habla de la liviandad del amor... que no tiene peso y cuyas cadenas de seda son más sólidas que el hierro más pesado. Es esto lo que debes expresar...

Walada miraba a Damaris sin llegar a comprenderla. Aenlin, por el contrario, conocía el poema y dejó que las indicaciones de su amiga la inspiraran. Cantó la canción muy bajito, y cuando Walada no alcanzó la nota más alta, dejó resonar su voz por encima. La arpista levantó al principio la cabeza, maravillada, y luego se dio cuenta de que no era Walada quien, ligera como una nube, evocaba el amor del poeta hacia su esposa.

—¡Aleyna! —Damaris dejó el arpa y se dio media vuelta.

Sus ojos resplandecieron al ver a su antigua amiga. Unos segundos después las dos muchachas se abrazaban.

—¡Damaris! ¿Qué haces aquí? —preguntó Aenlin—. Pensaba que estabas en el harén de Al Qádir, en Toledo...

Una sombra atravesó el rostro de Damaris.

—Es una larga historia —respondió—. Luego, cuando tomemos un té, te la cuento... Oh, Aleyna, ¡qué contenta estoy de volver a verte! Por Allah que nunca me habría atrevido a esperar que nuestros sueños se hicieran realidad. —Rio—. Pero acabemos el ensayo. Mañana tocaremos ante el emir y... —Se interrumpió para no ofender a Walada y se volvió de nuevo hacia la bella muchacha—. Un intento más, y si no sale, practicaremos otra canción.

Walada negó con la cabeza.

—No sale, Damaris, ya lo sabes. Mañana es el cumpleaños de la señora Rumaikiyya, y Kizlar nos ha indicado expresamente que interpretemos los poemas que nuestro soberano ha compuesto en honor de su amada.

Damaris asintió resignada.

—Él todavía no sabe a cuáles he puesto música —musitó—. No tiene que ser precisamente este. En fin, probémoslos otra vez en otra tonalidad. —Interpretó la canción con toda desenvoltura y sin cometer ningún error en un tono más bajo, aunque no parecía del todo contenta. También Aenlin encontraba que la otra versión era más etérea y su sonido más dulce. Pero al menos ahora Walada llegaba a los tonos más altos, nadie se daría cuenta de los pocos errores que cometiera. Sin embargo, Damaris hizo repetir dos veces la canción a su compañera antes de estar satisfecha. Fijó otro ensayo para el día siguiente.

—Mañana, después de la oración de mediodía, la repasamos otra vez —anunció a una poco entusiasmada Walada.

La cantante se despidió fríamente, también de Aenlin. Era evidente que le había desagradado que interviniera.

—¡Pero mañana temprano me acompañas tú primero! —le pidió Aenlin sin darse cuenta de la partida de Walada—. Tengo que cantar delante del primer eunuco, con la esperanza de poder tocar luego también un instrumento para el emir.

Damaris asintió tranquila.

—Pues claro, encantada. Y en lo que se refiere a la actuación para el emir, no tengo duda. Tu canto... Incluso has mejorado desde que me fui. Claro que formarás parte de las intérpretes musicales. Tocamos en distintos grupos y acompañamos a las bailarinas cuando el emir desea verlas. Lo más frecuente es que nos mande interpretar música de fondo mientras come o conversa con Ibn Ammar. Es su amigo y también poeta. Y, claro, cuando se reúne con la señora. —Y con esto llevó a su amiga a través de un patio interior hacia una gran sala en la que tres mujeres tocaban y cuatro muchachas bailaban. Desde allí se salía por una puerta con arco a un jardín, y entre arriates de flores y por debajo de unos plátanos de sombra enormes se llegaba a un rincón formado por ramas de magnolio. Un podio invitaba a sentarse y Damaris se instaló grácilmente en él. Con un gesto indicó a una esclava que se acercara y pidió moca para Aenlin y ella—. ¿O prefieres té? ¿Zumo de frutas? ¿Julepe? Extraen hielo de las montañas y lo guardan en el sótano para refrescar el zumo. Puedes pedir lo que quieras.

Aenlin encontró muy impresionante la oferta, pero la voz de Damaris sonaba indiferente e incluso un poco resignada. No parecía estar extremadamente contenta en el harén de Al Mutámid, y eso que las dependencias ofrecían todo tipo de lujo. El jardín era de ensueño, el aire suave y cargado de perfumes. Y era evidente que ahí las mujeres podían pedir cualquier deseo. La esclava llegó a los pocos segundos y sirvió un refresco a las amigas.

—¡Y ahora cuéntame! —pidió Aenlin a Damaris en cuanto la sirvienta se hubo retirado—. ¿Qué te ha traído de Toledo aquí? ¿No le gustaste a Al Qádir? ¿No disfruta con la música?

Damaris contrajo el rostro.

—Al Qádir es un niñito de mamá, caprichoso, malo, tonto y cruel —declaró con voz cargada de odio.

Aenlin rio.

—¿Así hablas de tu antiguo señor? —la reprendió en broma—. La señora Zulaika te reñiría.

—Estoy segura de que la señora Zulaika estaba al tanto. Cuando me vendió ya debía de saber que ese mentecato va a destruir Toledo —respondió Damaris con vehemencia—. Casi cayó cuando mandó matar a ese ministro... Pero pactó con todas las demás fuerzas posibles, en especial con los cristianos...

—¿Así que nada de protector de la música, la poesía y respetuoso con las mujeres? —preguntó de nuevo Aenlin.

No era propio de Damaris interesarse por los problemas políticos. En casa de la señora Zulaika siempre se había mantenido aparte de ese tipo de discusiones.

La arpista resopló enfadada.

—En lo que respecta a las mujeres —contestó disgustada—, solo se interesa por su propia satisfacción rápida, carente de alegría y de imaginación. Le importa bien poco si entretanto suena o no la música. La mayoría de las veces hace llamar a varias mujeres y les pide que le satisfagan todas a la vez. También le gusta ver a dos mujeres manteniendo relaciones, besándose y tocándose, para demostrarles al final que es mucho más bonito cuando un hombre entra en acción. Yo no lo encontré mucho más bonito... —Damaris bajó la cabeza avergonzada.

—Entonces ¿te ha desflorado? —preguntó Aenlin. Esto todavía hacía más improbable el cambio de Damaris de un harén a otro.

La arpista suspiró.

—Nos desvirgó a todas —contestó—. A toda mujer de la que pudiera apropiarse, incluso las esclavas de la cocina. Suponía que entonces estaba en el paraíso... Ya sabes, lo de los mártires... —El Profeta del islam prometió a todo hombre que muriese luchando por su religión setenta vírgenes en el paraíso—. En cualquier caso, fue horrible —prosiguió Damaris—. Me alegré muchísimo cuando se le ocurrió enviar un mensaje de saludo al emir de Sevilla. Por supuesto, unido a costosos obsequios, entre ellos tres mujeres. Una de ellas una talentosa flautista, la segunda una bailarina, y la tercera, yo. El primer eunuco, Allah lo bendiga para siempre, nos escogió.

—¿Pese a que ya no erais vírgenes? —Aenlin no se lo podía creer. Si Al Mutámid se enteraba de que le habían enviado con todo el ceremonial unos «artículos usados», lo consideraría una afrenta y respondería más furioso que benigno al saludo, en realidad una solicitud de apoyo, del joven emir.

—Oh, no hay ningún peligro —exclamó Damaris cuando Aenlin le comunicó lo que pensaba—. Al Mutámid nunca se dará cuenta. No sé si Al Qádir lo sabía o si corría un alto riesgo, pero nuestro actual señor, Allah le dé una larga y dichosa vida, nunca llama a sus aposentos a una muchacha de su harén.

Aenlin arrugó la frente.

—¿Nunca? —preguntó desconcertada.

Damaris se encogió de hombros.

—Bueno, de vez en cuando, si la señora está encinta, manda llamar a alguna mujer cuando tiene necesidad. Pasa con ella una o dos noches, luego la colma de regalos y la deja, pero no le otorga más concesiones. Aquí no hay ninguna mujer que tenga posibilidades de ascender a favorita o ni siquiera a segunda esposa. El señor Al Mutámid ama a la señora Rumaikiyya. Con todo su corazón. Pasa con ella las noches, ella engendra sus hijos. Nosotras adornamos su harén. Nada más.

8

Aenlin necesitó un par de minutos para asimilar las consecuencias de esa noticia. No era que hubiese esperado en serio convertirse en esposa del emir, pero un hombre sin el menor interés por su harén... Comprendió entonces lo que el primer eunuco había querido decir con sus compasivas palabras al percatarse de la belleza de Aenlin. Lamentaba que derrochara juventud y belleza junto a Al Mutámid.

Lo que la sorprendía era la amargura que se traslucía en la voz de Damaris. El gran amor de Al Mutámid hacia su esposa habría tenido que inspirar a la arpista en lugar de entristecerla. A fin de cuentas era materia para poesías, para canciones... Precisamente lo que la muchacha había estado soñando en casa de la señora Zulaika. Claro que ellas siempre se habían visto en el papel de la amada. ¿Acaso Damaris se había enamorado del emir?

—¿Repercute esto en ti? —preguntó Aenlin a su amiga seriamente—. ¿Te consumes de amor por él?

Damaris negó con la cabeza, en su boca se asomaba una leve sonrisa.

—Yo no me consumo por nadie —aclaró—. A mí me basta con la música, y respeto al emir como conocedor del arte. Me causa un placer inmenso poner música a sus poemas y tanto me da para quién los ha escrito. —Suspiró—. Lo que me complica tanto las cosas es que Al Mutámid sea de aspecto tan agradable y tan cordial. Para todas nosotras sería más fácil si fuera malo y re-

pelente. Aleyna, en este harén viven más de trescientas mujeres...
—Damaris se frotó la frente.

Aenlin asintió.

—Comprendo.

Trescientas mujeres jóvenes y maduras, todas hermosas, muchas sin duda inteligentes, en parte sumamente cultivadas. Y ninguna de ellas tenía la posibilidad de casarse, tener hijos o, a lo mejor, llevar un negocio como la señora Zulaika. Todas ellas pertenecían a un único hombre que era deseable pero que no quería nada de ellas. La mayor parte de las mujeres de Al Mutámid vivía una vida en la opulencia, pero también una vida sin expectativas e infinitamente aburrida.

—No tienen nada más que hacer que estar al acecho las unas de las otras y urdir intrigas —siguió diciendo Damaris—. La atmósfera de este harén es ponzoñosa. No puedes confiar en nadie...

Aenlin tomó un sorbo de zumo de granada y esperó que no estuviera envenenado. Recordó las miradas de odio que le había lanzado Walada.

—Si de todos modos no tienen posibilidades, ¿qué es lo que mueve a las mujeres a pelearse entre sí? —preguntó—. ¿Qué pretenden con eso?

Damaris se encogió de hombros.

—A lo mejor no quieren, simplemente, perder la esperanza —opinó—. Sea como fuere, no te puedes creer lo que llegan a hacer con el fin de que las escojan para cantar o tañer el laúd o aunque sea para bailar delante del emir. Y cómo acechan a la señora Rumaikiyya... No tiene ni un minuto de tranquilidad cuando va a los baños o al jardín. Todas la halagan y la adulan... Se dice que ella es quien elige a las mujeres que van a satisfacer al emir cuando está indispuesta. No sé si es cierto, pero sí es posible. Salvo ella, ninguna ha tenido un hijo del emir; a lo mejor toma precauciones. Pero todo esto no son más que chismes, Aleyna. Y los desvelos de esas empalagosas nunca se ven premiados. La señora no tiene ni una sola amiga en el harén. Más bien parece desagradarle que le den coba.

—¿La conoces? —preguntó Aenlin.

Damaris hizo un gesto negativo.

—Apenas. Le gusta mi música. Y creo que es una persona agradable, una poetisa inteligente, aunque por lo visto sus orígenes son humildes. Se rumorea que fue una esclava que Al Mutámid compró a su dueño después de enamorarse de ella. Conmigo, en cualquier caso, es amable y bondadosa, aunque distante. Para ser sincera... Me da pena. Claro que posee el amor del emir, pero en el fondo está sola. —Un grupo de mujeres se acercó al retirado rincón donde estaban y Damaris se puso en pie—. Voy a enseñarte una parte del jardín —propuso, lanzando una mirada elocuente a las recién llegadas. No quería que nadie escuchara la conversación confidencial con su amiga—. Dicho de paso, esas eran la señora Soraya y algunas de sus admiradoras —explicó cuando nadie podía oírla—. Es la prima del emir.

—¿Y a qué aspiran las chicas al entrar en el círculo de la prima? —preguntó perpleja Aenlin—. No debe de tener influencia sobre el emir.

Damaris volvió a levantar las manos sin saber qué responder.

—No lo sé. Al menos a las parientes jóvenes las asedian tanto como a Rumaikiyya. Puede que esperen que si las primas se casan un día, se las lleven consigo. Podrían pedir a sus futuros esposos que comprasen a sus amigas y compañeras para no sentirse solas en su nuevo harén.

Aenlin suspiró.

—¿Para pelearse entonces por sus esposos? Estarían locas si se llevasen a sus competidoras.

Damaris rio.

—Los diversos intentos todavía no han tenido nunca éxito —le confesó—. Ah, es estupendo que estés aquí, Aleyna. Siempre resulta tan placentero conversar contigo...

No solo la charla de las amigas era estimulante, sino también ensayar juntas. El primer eunuco se mostró encantado por el modo en que cantó la recién llegada, así como por su forma de tocar el laúd y la flauta... Aenlin casi se había atrevido a aprovechar el momento para pedirle que las alojara juntas a Damaris y a ella.

No le gustaba mucho su dormitorio. Casi todas las muchachas eran más jóvenes que ella y algunas habían estado charlando hasta bien entrada la noche. Otras se habían peleado y dos habían sufrido pesadillas. No había disfrutado de un momento de tranquilidad.

Sin embargo, decidió no pedir nada el primer día, y más por cuanto Kizlar enseguida le dio la espalda e indicó a Damaris y Walada que ejecutaran la canción que habían pensado interpretar por la tarde ante el emir y su señora Rumaikiyya. Naturalmente, Walada había estado presente durante la actuación de Aenlin, como casi todas las otras músicas del harén. La mayoría habían aplaudido amistosamente su intervención, pero Aenlin también había percibido expresiones de preocupación y de envidia, en especial la de la exótica Walada.

Tal como se había señalado, le llegó el turno a la joven y Damaris empezó a tocar el preludio de la primera canción. Aenlin también conocía ese poema de Al Mutámid, pues por indicación de la señora Zulaika se había familiarizado con sus obras en cuanto la habían comprado para su harén. La versión musical de Damaris era preciosa y, puesto que la canción tampoco era demasiado difícil, también Walada pudo brillar. En realidad tenía una voz bonita, pero le faltaba formación. Aenlin pensó si su relación con ella y las otras mejoraría si se ofrecía a practicar con ella.

Después de otra balada más, siguió la canción que habían ensayado el día anterior. Damaris pasó directamente a un tono más bajo, pero, para sorpresa de Aenlin, Kizlar las interrumpió al cabo de unos pocos compases.

—*Sayyidas*, no pretendo interferir en su interpretación —empezó a hablar con una ligera inclinación—, pero ¿no tenía un sonido más claro y cristalino hace dos días? Creía ver emprender el vuelo a la alondra con la que nuestro señor compara su amor, mientras que ahora solo aletea.

Aenlin reprimió una sonrisa. Nadie podría haberlo expresado mejor que el eunuco. Por lo visto, Kizlar no era simplemente el guardián del harén, sino un hombre cultivado y conocedor de la música y la poesía.

Damaris se encogió de hombros.

—La *sayyida* Walada —expuso— está un poco indispuesta. Una ligera afonía le impide alcanzar las notas más elevadas. Por eso hemos ajustado la tonalidad.

Walada la fulminó con la mirada, y eso que la explicación de Damaris había sido sumamente diplomática. No podía disculparse mejor el defecto de la cantante.

El eunuco arqueó las cejas.

—Hay que ser prudente, entonces —indicó—. No vaya a ser que la voz de la *sayyida* sufra algún perjuicio. Pero ¿por qué debe exponerse a la fatiga de esta actuación? ¿No hay aquí ninguna cantante que pueda sustituir a Walada esta noche? ¿Qué tal la *sayyida* Aleyna, que acaba de deleitarnos con su intervención? Por supuesto, no estará familiarizada con el texto, pero hasta esta tarde...

Aenlin se inclinó.

—Los poemas que nuestro señor ha dedicado a su esposa son de una belleza extraordinaria —dijo, con cierto sentimiento de pesar. Si aprovechaba esta oportunidad, seguro que atraería sobre sí la cólera de su rival Walada—. No me será en absoluto difícil aprendérmelos. De hecho, ya me resultan en parte conocidos. Damaris...

Dirigió una mirada a su amiga, quien comenzó de nuevo a tocar la canción que superaba las capacidades de Walada. Aenlin la cantó con expresividad y suma facilidad. El eunuco asintió satisfecho cuando hubo concluido.

—Ya está decidido, señoras mías. Os recogeré tras la primera oración de la tarde. —Y dicho esto, se dio media vuelta para irse.

También Walada se marchó, no sin antes mirar enfurecida a Aenlin y Damaris.

—Te arrepentirás de esto —siseó.

Damaris arqueó las cejas.

—Y de este modo ya tienes a tu primera enconada enemiga —dijo con un suspiro—. Pero no podíamos hacer otra cosa. Ahora ven, vamos a ensayar las otras canciones. No tenemos mucho tiempo, las esclavas necesitarán media tarde para arreglarnos para la actuación ante el emir.

Aenlin contuvo la explicación de que, naturalmente, habría podido decir que no sabía las canciones o fingir que no llegaba a las notas. Pero todo en ella se negaba a someterse. ¡Si había que luchar para abrirse paso en el harén, no se arredraría!

Tanto Aenlin como Damaris estaban deslumbrantes cuando se presentaron ante el emir. Puesto que este se encontraba a solas con su esposa, no tuvieron que tocar detrás de una cortina, ni siquiera tuvieron que ocultarse la cara tras un velo. Las dos iban maquilladas, llevaban trajes tejidos con hilo de oro y piedras preciosas. Dos esclavas se habían ocupado durante horas de cada una de ellas, les habían recogido el cabello en un complicado peinado y lo habían adornado con pasadores, les habían renovado los dibujos con alheña en manos y pies, y habían limado y abrillantado sus uñas. Kizlar estuvo encantado al verlas y no se cansó de elogiar su belleza cuando las condujo a las estancias privadas del emir.

Rumaikiyya ya se hallaba presente. Parecía haber rezado con su esposo, y en ese momento permanecía sentada a su lado en un diván de brocado, mientras dos sirvientas desplegaban ante ellos unos manjares exquisitos. La esposa del emir dedicó una sonrisa a las músicas cuando estas entraron y susurró algo a su marido.

El emir se fijó en la presencia de Aenlin y Damaris y las saludó con una afable inclinación de cabeza.

—Si vuestra música es tan bella y edificante como vuestro aspecto, sin duda nos espera una dichosa velada —dijo Al Mutámid.

Acto seguido volvió a concentrar toda su atención en su esposa. No se cansaba de mirarla y bebía todas las palabras que salían de sus labios.

Mientras Damaris volvía a afinar su arpa, Aenlin tuvo tiempo para observar con mayor atención a la señora Rumaikiyya. Había evitado ser curiosa cuando un par de horas antes se habían cruzado en los baños. También Rumaikiyya había tenido que engalanarse y arreglarse para cenar con su marido.

Aenlin enseguida confirmó que, aunque Rumaikiyya era hermosa, no superaba en absoluto a las otras bellezas del harén. Era de tez clara, cabello de un castaño dorado y ojos castaños rasgados y muy separados. Tenía los labios carnosos y una cara más bien redonda. Una preciosa túnica de distintos tonos dorados envolvía la figura entrada en carnes de la mujer.

Aenlin enseguida llegó a la conclusión de que no era la apariencia de Rumaikiyya lo que tanto cautivaba al emir. Después de varios partos, su cuerpo debía de tener sus defectos. Más bien debía de fascinarlo con su inteligencia y su naturaleza afable, de la que enseguida dio muestra cuando Aenlin y Damaris concluyeron su actuación. Llamó a una de las esclavas que habían servido la cena y le susurró algo después de consultar brevemente a su marido. Inmediatamente después, dos sirvientas entregaron a Damaris y Aenlin unos costosos brazaletes de oro.

—Habéis complacido enormemente a mi esposa con vuestras canciones —dijo el emir, que no había prestado mayor atención a las intérpretes durante su actuación—. Y también a mí me ha gustado mucho vuestra interpretación. Os pido que aceptéis este modesto regalo como una pequeña muestra de nuestro agradecimiento.

Rumaikiyya sonrió cuando Damaris y Aenlin se ruborizaron de sorpresa y alegría.

—Naturalmente, han sido los versos de mi marido lo que más dichosa me ha hecho —puntualizó después—. No hay ninguna mujer cuya felicidad y agradecimiento sean comparables a los míos ni ningún hombre capaz de escribir poemas más hermosos para la mujer de su corazón. Vuestra música ha añadido profundidad a las palabras del poeta y las han acercado todavía más a mi corazón. A lo mejor podríais tocar para mí de vez en cuando en el harén... Me gustaría volver a oír estas canciones.

Aenlin y Damaris se inclinaron acatando esa sugerencia y luego Rumaikiyya las despidió con un leve gesto. El resto de la noche les pertenecía exclusivamente a ella y a su marido.

9

Aenlin estaba atónita de lo deprisa que cambió su vida el hecho de haberse ganado las simpatías del emir y su esposa. No solo porque Kizlar la trataba todavía con más amabilidad y solicitud, sino porque al día siguiente ya le asignó otro alojamiento. Por supuesto, la joven aún no tenía una habitación propia, pero compartía su nueva vivienda con tres jóvenes más, entre ellas, Damaris. Sus otras compañeras eran también músicas y la convivencia era menos complicada, pues disponían de más espacio. Además del dormitorio común, contaban con una pequeña sala de estar que se abría sobre un diminuto patio interior.

Lo único que podía desear Aenlin era no haber echado de ese lujoso aposento a otra mujer, pero Damaris le aseguró que su antecesora había cambiado de buen grado de ubicación y que ahora vivía en un lugar igual de bonito y junto a sus amigas más íntimas. Esto la tranquilizó relativamente. En el harén había poco espacio y las pequeñas viviendas seguramente estaban hasta los topes. Alguna mujer había tenido que desplazarse por Aenlin y era probable que pronto averiguara de quién se trataba. La popularidad de Aenlin en el harén se vería perjudicada por este asunto. Le costaba ignorarlo.

Pese a ello, en los días que siguieron, Aenlin y Damaris pudieron disfrutar de su reencuentro sin que nadie las molestase. Ensayaban, conversaban y paseaban por los jardines. Aunque era invierno, en Sevilla hacía un tiempo agradable. El sol brillaba cada día y siempre había algo floreciendo en los jardines de palacio. Las naranjas y limones maduraban y Aenlin estaba maravillada de poder coger los frutos directamente del árbol.

Tal como había anunciado, Rumaikiyya no tardó en convocar a las artistas en sus dependencias privadas para que volvieran a interpretar las canciones que no había podido escuchar atentamente durante la velada con su marido. Aenlin no se cansaba de contemplar la espléndida decoración de los aposentos de la esposa del emir, mientras esta conversaba con Damaris sobre la posibilidad de poner música a uno o dos de sus propios poemas.

—Así podría dar una sorpresa a mi esposo la próxima vez que me llame para reunirme con él —explicó con su dulce voz.

Era evidente que correspondía al amor de Al Mutámid y, además, también demostró ser una buena poetisa. Aenlin se sentía conmovida casi hasta las lágrimas por la forma en que Damaris había transformado en melodía las palabras y sentimientos de Rumaikiyya, y cuando interpretaron sus canciones ante el emir este las obsequió con un nuevo y valioso regalo.

—Si esto sigue así —dijo alegre Aenlin— llegará el día en que tendremos oro suficiente para comprar nuestra libertad.

—Somos muy caras —objetó Damaris, realista—. ¿Y qué íbamos a hacer con nuestra libertad? ¿Piensas fundar una escuela y comerciar con esclavas, como la señora Zulaika?

Desde luego, Aenlin no quería eso, por muy a gusto que se hubiese sentido en casa de la señora. Todavía recordaba vivamente cuán desgraciadas habían sido Básima y Mariam.

Las jóvenes no hacían más planes. Les iba bien en el harén de Al Mutámid, hasta que la envidia de las demás mujeres empezó a manifestarse. Las preocupaciones de Aenlin estaban justificadas: se había ganado enemistades. Walada y otras pronto empezaron a urdir intrigas contra ella. La campaña se inició con peleas de poca importancia. Alguien derramaba zumo en el traje de fiesta antes de que ella tuviera que acudir en presencia del emir, con lo cual apenas si conseguía arreglarse para llegar a tiempo al concierto. En varias ocasiones seguidas rasgaron las cuerdas de su laúd, siempre antes de actuaciones importantes; luego le desaparecieron velos y joyas, lo que era desagradable porque las artistas tenían que devolver justo después del concierto las alhajas que Kizlar les prestaba para que se acicalasen.

Aenlin se percató aliviada de que el eunuco ya estaba acostumbrado a tales tonterías, de modo que no sospechaba en absoluto que ella hubiera cometido un robo, sino que se limitaba a esperar que el objeto apareciera inopinadamente en algún otro sitio del harén. Pero ella estaba inquieta. Se sintió horrorizada cuando una de sus compañeras le confesó que hablaban mal de ella.

—Son tonterías, por supuesto —intentó tranquilizarla de inmediato la flautista que venía de Toledo con Damaris—. Pero alguien ha hecho correr el rumor de que no es posible que te hayas ganado tan deprisa el favor del emir de un modo... correcto.

—¿Hablan de brujería? —preguntó Aenlin, aterrada.

En Colonia levantar esta sospecha casi siempre significaba el encarcelamiento de la mujer y un interrogatorio sumamente desagradable, y también en el islam se perseguía con dureza a las brujas.

—No hay nadie que se lo tome en serio —intentó sosegarla la joven—. Son chismes estúpidos. Walada también hablaba de las arpas de guerra que supuestamente se tocan en el país de procedencia de Damaris para debilitar al enemigo. Y comentaba que con ese tipo de magia tal vez también se pueda echar a perder una voz.

Aenlin suspiró.

—En este caso, la maga sería Damaris —dedujo abatida—. Walada tampoco alcanzaba la nota antes de que yo llegase.

La otra asintió.

—Por eso a nadie se le ocurrirá comunicar esta idea a Kizlar. No te preocupes, nunca se realizará una investigación oficial. Pero hay por aquí un par de mujeres supersticiosas, entre ellas dos primas del emir. Huyen despavoridas cuando oyen a Damaris tocar el arpa o te oyen a ti cantar. A la larga esto podría influir sobre vuestra posición en el harén...

Pese a que Damaris se había burlado de esos chismes, Aenlin durmió mal la noche siguiente.

—No sé absolutamente nada de mi pueblo, salvo que fue vencido por los romanos mucho tiempo atrás y luego por los normandos. Si de verdad existieron las arpas de guerra, su fracaso fue estrepitoso. Si quieres, podemos informar a la señora Rumaikiyya sobre este asunto. Ella se ocupará de reñir a las primas.

En general, la amada del emir era afable y dulce, pero los muchos años pasados en el harén le habían enseñado a imponerse. La parentela femenina del señor se mostraba respetuosa ante a ella, sobre todo porque Al Mutámid consideraba determinante la opinión de su esposa a la hora de establecer con quién y cuándo debían casarse las primas.

Pero Aenlin negó con la cabeza.

—No quiero agobiarla —dijo—, ya nos las apañaremos nosotras solas.

Esto era válido para Damaris, cuya posición en el harén era sólida. Las músicas la respetaban y reconocían su gran talento sin envidiarlo. Era ella quien coordinaba la mayoría de las actuaciones y formaba los grupos de intérpretes dando muestras de su gran maestría. Nadie osaría decir nada contra ella en serio y los rumores pronto se desvanecían en el aire. Aenlin, sin embargo, era nueva en esa comunidad femenina. Walada y las primas tenían amigas suficientes para enrarecer la atmósfera. Cada vez eran más las mujeres de todas las edades que evitaban a la recién llegada y la acusaban de ser una intrigante.

Un día, Aenlin encontró debajo de sus sábanas una muñequita, rubia y vestida de seda verde... y con unos alfileres clavados.

—Esto sí que es magia —exclamó Damaris disgustada cuando se la enseñó—. ¡Ve y muéstrasela a Kizlar!

A Aenlin no le gustaba recurrir al eunuco, pero siguió la indicación. El guardián del harén movió la cabeza mientras daba vueltas a ese objeto en sus manos.

—Vudú... Es probable que tu enemiga venga de África. Allí es donde se practican este tipo de hechizos. Pero sea quien sea, es evidente que no tiene poderes mágicos, pues gozas de muy buena salud. ¿Quieres que le cuente al emir este desagradable suceso, *sayyida*? Tomará cartas en este asunto, quiere que reine la paz en su harén. Aunque este tipo de investigaciones... suele ser muy desagradable, *sayyida*.

Aenlin, que recordaba los interrogatorios de Colonia, siempre ligados a la tortura, movió la cabeza negativamente.

—Tienes razón, señor —respondió—, no es más que un juego infantil. La mujer que ha hecho esto no es una bruja. Olvidémonos pues de este asunto...

Kizlar suspiró.

—Aun así mantendré bien abiertos los ojos y las orejas, *sayyida*. A mí no me da miedo la magia, pero... Hay mujeres en esta casa cuyo odio las lleva muy lejos.

Aenlin, por su parte, aumentó su prudencia. Ponía cuidado en comer únicamente platos que también se ofrecían a otras mujeres, jamás iba sola a los baños y frecuentaba los lugares de los jardines donde había otras personas, nunca buscaba rincones apartados. Esto suponía un lastre para su vida, que tan despreocupada y feliz habría podido ser. Solo esperaba que con el tiempo la situación mejorara. En algún momento su rivales encontrarían a otra muchacha a quien dirigir su furia y envidia.

Intentaba relajarse mientras el invierno dejaba primero paso a la primavera y luego a un ardiente verano. Las mujeres del harén vestían ropas ligeras. Se destinaron tropas de eunucos y esclavos a refrescar el ambiente con abanicos, y las bebidas se enfriaban con el hielo obtenido en las montañas que rodeaban Granada. En realidad hacía demasiado calor para confabulaciones, pero las envidiosas no descansaban. De hecho, la situación empeoró. Mientras que la mayoría de las intérpretes de música del harén se entregaban a la apatía y reposaban más que ensayaban, Aenlin y Damaris estaban acostumbradas a la disciplina de la casa de la señora Zulaika. Siguieron trabajando en sus canciones aprovechando el frescor del amanecer o de la noche, de modo que siempre eran las primeras a las que Kizlar recurría cuando se trataba de actuar delante del emir. Bajo la dirección de su amiga, Aenlin acabó de perfeccionar en esos meses su forma de tocar diversos instrumentos, así que podía participar en cuartetos o tríos para acompañar a las bailarinas. Esto creó mala sangre: las músicas, que al principio habían estado del lado de Damaris y Aenlin, también temían ahora por sus privilegios y se unieron a la campaña de difamación contra Aenlin.

—Esto ya no me hace ninguna gracia —se quejó Aenlin antes de comenzar una actuación más importante de lo habitual. El emir tenía un invitado de gran categoría y pensaba rendirle honor con un grupo de bailarinas. Damaris había formado una pequeña orquesta que iba a acompañar a las muchachas. Y Aenlin volvió a encontrar las cuerdas de su laúd rasgadas—. Tal vez no deberías darme ningún trabajo durante un par de semanas. Que Walada vuelva a cantar solos cuando el emir nos llame.

Damaris frunció el ceño.

—¿Y si el emir se da cuenta de que se desempeña mucho peor que tú? —preguntó—. Sería un escándalo, la reñiría y exigiría que la cambiaran. Es posible que perdiera sus privilegios. Todavía está viviendo en el mismo discreto lujo que nosotras.

—Pero como miembro del coro no tiene posibilidades de que el emir se percate de ella, se olvide de inmediato de doña Rumaikiyya y la ponga en su lugar como queridísima esposa. Esto la enfurece. —Inquieta, Aenlin tensó las cuerdas nuevas y pasó a afinar el instrumento.

—A lo mejor lo intenta con una pócima de amor —se burló Damaris. Estaba convencida de que la hermosa negra era la responsable de haber colocado la muñequita de vudú entre las sábanas de su amiga—. En cualquier caso no deberíamos irritarla más. Procuraré darle al menos un solo esta noche... A lo mejor el dignatario que hoy visita al emir se interesa por ella y la compra para su harén.

—Imposible, es un cristiano —terció la flautista que se contaba entre las pocas que todavía respaldaban a Aenlin y Damaris—. Un enviado del rey de Castilla. Ha venido a reclamar las parias.

Desde la época del rey Fernando, Sevilla se encontraba bajo el protectorado del rey cristiano. El significado de esta situación era algo vago. Nadie sabía si Al Mutámid realmente podría contar con la ayuda armada de Castilla en el caso de que a otro gobernante moro se le ocurriera atacarlo. De todos modos, podía estar seguro de que ningún cristiano lo asaltaría siempre que pagase regularmente las llamadas «parias». Al Mutámid estaba dispuesto a hacerlo. Su territorio era rico, no le dolía desprenderse de una parte de su caudal. En cualquier caso, siempre recibía a los enviados del rey Alfonso con todos los honores.

Damaris se encogió de hombros.

—Mejor. Entonces solo podrá casarse con una mujer y, si eligiera a Walada, ella ya no tendría ninguna razón para ir haciendo muñequitas de cera y asustarte. Y ahora vámonos, tenemos que colocarnos detrás de la cortina antes de que lleguen los señores.

Como era costumbre, el invitado del emir solo vería veladamente a las músicas. Si Al Mutámid permitía que las mujeres de su harén bailaran ante sus ojos, debía de tenerlo en gran estima... o temerlo. Fuera como fuese, le interesaba complacerlo.

Esa noche, Damaris y Aenlin formaban parte de un grupo más grande de lo normal de músicas y cantantes. Ya estaban tocando una melodía de fondo cuando Al Mutámid entró con su invitado. Por lo que Aenlin distinguía detrás de la cortina, el emir iba espléndidamente vestido para la audiencia, llevaba el turbante y una túnica de brocado. El enviado, de Occidente, también se había vestido de gala. Cubría las calzas marrón claro y la saya azul noche con un costoso abrigo oscuro provisto de pieles, sujeto mediante un cinturón ancho con una hebilla dorada. No llevaba nada en la cabeza y el cabello negro y rizado le caía suelto hasta los hombros.

Aenlin sentía curiosidad. No había visto a ningún cristiano más desde que se había despedido, tiempo atrás, de don Rodrigo y Meletay en el mercado... y tal vez fue por eso que al entrar ese sujeto alto, delgado aunque musculoso, enseguida pensó en el Campeador. Un escalofrío le recorrió la espalda cuando el caballero dirigió al emir unas educadas palabras de agradecimiento por su invitación. Su voz profunda y melodiosa era inconfundible.

—Es Rodrigo Díaz de Vivar —susurró a Damaris.

La amiga le dirigió una mirada inquisitiva.

—¿Cómo quieres que...?

—Nuestra más sincera bienvenida, don Rodrigo. —Las palabras del emir alejaron cualquier duda—. Espero que la modesta comida que os he hecho preparar satisfaga vuestro paladar y que también el vino sea de vuestro gusto.

Con un gesto de la mano, el emir indicó a una esclava con velo que sirviera el vino. Si bien el Profeta prohibía a sus seguidores que tomaran bebidas alcohólicas, en Al Ándalus no eran muy estrictos. Incluso a las mujeres del harén se les servía con frecuencia licor o vino de dátiles.

—Y ahora contadme acerca del rey Alfonso, vuestro señor. Hemos oído decir que está asegurando localidades a lo largo del Duero. —El emir tomó al mismo tiempo alguno de los manjares servidos.

—Le preocupa vuestra anexión de Córdoba —respondió con franqueza don Rodrigo—. Os estáis volviendo demasiado poderoso para él, Al Mutámid. A lo mejor deberíais conteneros.

El emir rio.

—O tal vez vuestro señor debería abstenerse de conquistar tierras. Pero dejemos esto. Cualquier gobernante ansía ampliar su espacio de poder y soy un amigo fiel a vuestro rey. Probad un poco de *daud basha*. Estoy seguro de que vuestros cocineros cristianos no os sirven estas especialidades.

Don Rodrigo se sirvió las albóndigas en aceite de cilantro y luego su mirada se detuvo en la cortina. Era evidente que intentaba entrever la belleza de las mujeres.

—Hay algo en lo que Al Ándalus aventaja a nuestros reinos —observó—. Vuestra música...

El emir sonrió.

—Y nuestras mujeres —añadió—. Y ahora que pienso... ¿Son ciertos los rumores respecto a que vuestro rey ha disuelto su matrimonio y está pensando en tomar una nueva esposa?

Rodrigo Díaz de Vivar se encogió de hombros.

—El matrimonio se ha anulado —confirmó—. Oficialmente por razones religiosas. En realidad...

—Ella no ha tenido hijos —intervino el emir, completando la frase—. Vuestra esposa, por el contrario, ya ha sido bendecida con un varón, ¿no es cierto?

—Y una hija —añadió el Campeador.

Eso era nuevo para Aenlin, quien casi se concentraba más en la conversación entre el emir y el caballero que en su interpretación. Por fortuna tañía el laúd con facilidad, aunque Damaris le lanzó una severa mirada cuando se equivocó de nota.

Los comensales concluyeron sus platos. El emir mandó servir más vino e hizo una seña a las bailarinas.

—He pedido a un par de muchachas de mi harén que bailen para vos —anunció—. Sé que os gustan las mujeres.

Rodrigo Díaz de Vivar se volvió hacia las bailarinas envueltas en espesos velos que respondían diligentes al gesto del emir. El corazón de Aenlin se aceleró, aunque no sabía si la causa era la inquietud o una especie de alegría por el reencuentro. El Campeador no había cambiado mucho en los últimos seis años. Tal vez tenía el rostro más lleno, los rasgos menos angulosos, pero acaso eso se debiera a que la cortina de gasa suavizaba la imagen.

—¿A quién podrían no gustarle vuestras mujeres? —preguntó don Rodrigo mientras seguía obviamente complacido la danza de las muchachas, su artístico juego con los ligeros velos de los que no se desprendían totalmente pero que dejaban adivinar sus siluetas y sus rostros. Cada una de ellas era extraordinariamente hermosa, y sus movimientos, perfectos. A fin de cuentas se habían ganado el honor de poder actuar ante el emir tras una enconada competición. No obstante, Aenlin se percató de que Al Mutámid no les prestaba la menor atención. El emir observaba a su invitado.

—Vuestra esposa también está dotada de una gran belleza —observó—. ¿Cuál es su nombre? ¿Jimena?

Don Rodrigo asintió sin apartar la vista de las bailarinas.

—No solo es muy hermosa, también de alta alcurnia —confirmó desapasionadamente—. Y de nuevo en estado de buena esperanza.

El emir sonrió.

—Para los cristianos debe de ser difícil tener que reprimirse durante meses. ¿Sois todos realmente tan fieles? ¿No hay cortesanas en la corte del rey?

Don Rodrigo contrajo el rostro.

—Sin duda habréis oído hablar de esa moda que llaman el amor cortés —dijo en tono burlón—. Anima a los jóvenes caballeros precisamente a seducir a mujeres de alta cuna. Y sí, por supuesto también hay... damas... en la corte del rey que no se toman al pie de la letra lo de la fidelidad a sus esposos. Pero quieren ser trabajosamente seducidas..., algo que no me resulta demasiado apetecible.

—¿Preferiríais dar unas palmadas simplemente y que el harén se abriera para vos? —bromeó con él el emir.

Don Rodrigo sonrió.

—Ya he mencionado que hay unas cuantas cosas en Al Ándalus que me gustan. Pero no cabe duda de que esta no es del agrado de Dios. Para un cristiano, el matrimonio es sagrado.

—Hasta que se anula —señaló secamente el emir—. Pero está bien, bebamos por la fidelidad y a la salud de doña Jimena...

Las músicas, que habían seguido al menos una parte de la conversación de los hombres, soltaron unas risitas cuando Kizlar las llevó de vuelta al harén.

—¿Dejará nuestro señor en el dormitorio del solitario caballero una pequeña esclava esta noche? —preguntó Jadisha con picardía—. ¿Y mañana por la mañana a un sacerdote para que se confiese?

Las demás rieron mientras Aenlin se mantenía sumida en sus pensamientos. ¿Acaso don Rodrigo no era feliz con doña Jimena? ¿Qué tipo de vida llevaría en la corte del rey? El reencuentro, aunque había sido unilateral, la había agitado.

Por la noche soñó con Meletay. Galopaba por el cielo y llevaba un oscuro jinete.

10

El día después del concierto para el emir y su invitado, Aenlin se sorprendió un poco cuando la llamaron para que se presentara ante Kizlar. Todavía estaba algo cansada por la brevedad de la noche y no se tomó la molestia de arreglarse especialmente. Con un ligero vestido de andar por casa acudió a ver al responsable del harén.

Aun así, Kizlar la contempló con satisfacción.

—*Sayyida*, eres como siempre un deleite para los ojos y no hace falta que te diga cuánto agradó a los señores vuestra actuación.

Aenlin asintió. A esas alturas los halagos de Kizlar le eran de sobras conocidos. El primer eunuco solía introducir todas las conversaciones con ellos, incluso si tenía que hablar de un tema desagradable con la persona en cuestión. En ese momento, señaló un almohadón frente a él y una garrafa de sidra en la que flotaban unos cubitos de hielo. Otra infracción más contra las normas del islam. Si bien la sidra confeccionada en Granada contenía poco alcohol, cuando se bebía en exceso podía llegar a embriagar.

—Siéntate, Aleyna, y bebe... —Kizlar le llenó un recipiente de cristal—. Con ello no traicionas a tu religión. Eres cristiana, ¿no es así?

La joven asintió, pero se extrañó un poco de que Kizlar mencionara el tema. En el harén del emir había varias cristianas y judías que eran toleradas del mismo modo que los cristianos y judíos que vivían por Al Ándalus bajo el gobierno de los musulmanes. A los pertenecientes a las llamadas religiones del libro no se les prohibía practicar su fe, y de hecho un par de mujeres del harén que se sentían desarraigadas encontraban consuelo con las demás. Sin embargo, Aenlin rara vez se unía a sus plegarias. Lo había intentado un par de veces, aunque fuera para encontrar por fin a un par de amigas y protectoras. Pero luego la habían mirado con tal recelo que había renunciado. La joven no echaba nada de menos. Dios nunca había escuchado sus oraciones y ella siempre había sido de la opinión de que Endres ya rezaba por los dos.

—Así es —respondió—. ¿Por qué lo preguntas, señor? ¿Quieres que me convierta al islam? —En principio estaba dispuesta a hacerlo, pero no veía ninguna razón, a no ser que el emir pensara en casarse con ella. Solo de pensarlo, a Aenlin casi se le escapó la risa.

—Lo pregunto porque... Me gustaría saber si podrías imaginarte sirviendo a un caballero cristiano. —Kizlar jugueteaba nervioso con su vaso.

Aenlin lo miró atónita.

—Los caballeros cristianos no tienen harén —apuntó.

El eunuco se secó el sudor de la frente.

—*Sayyida*, sucede... sucede que el emir piensa hacer un generoso obsequio a un dignatario cristiano. Quiere ofrecerle a una mujer de su harén y me ha pedido mi parecer. Y puesto que... Bueno, *sayyida*, naturalmente puedes rechazarlo, pero yo... yo he pensado en ti. —Kizlar la miró expectante.

Aenlin estaba demasiado estupefacta para contestar. Se preguntaba si realmente le estaban pidiendo su parecer o si una vez más solo se trataba de una fórmula de cortesía. Por mucha deferencia que se le dispensara como preciosa del harén, a fin de cuentas no era más que una esclava. ¿Y quién podía ser el hombre a quien el emir quería regalar una muchacha? ¿El rey Alfonso? O... ¿don Rodrigo? Aenlin sintió que se le aceleraban los latidos del corazón.

—Mira, Aleyna, yo... Ya hace algún tiempo que estoy preocupado por ti —siguió diciendo Kizlar—. La inquina que te tienen... Aleyna, yo... Me temo que aquí no tienes futuro.

Aenlin se lo quedó mirando.

—¿Qué significa esto? —preguntó—. ¿Me estás advirtiendo en serio de que corro peligro?

El eunuco asintió cabizbajo.

—Ya te lo dije en una ocasión, mantengo los ojos y las orejas bien abiertos. No hay mucho que se me pueda escapar aquí. Pero ahora... ha habido amenazas de muerte, Aleyna. Algunas de tus enemigas poseen cierta influencia.

—¡Tengo el favor de la señora Rumaikiyya! —protestó altiva Aenlin.

La esposa del emir seguía teniendo en gran estima las actuaciones de ella y Damaris, y con frecuencia llamaba a las artistas para que acudieran a sus dependencias y tocaran para ella.

Kizlar suspiró.

—Precisamente por eso te envidian —expuso—. Y me temo... Naturalmente, intento protegerte, pero si una de tus opositoras consigue un veneno...

—¿Cómo iba a prepararlo? —preguntó Aenlin. Las mujeres estaban aisladas en el harén.

Kizlar hizo un gesto de ignorancia.

—Ya ha sucedido. No en este harén, pero sí en otros. Y en la próxima luna, la señora está planeando que vengan un par de comerciantes.

—Oh...

De vez en cuando se celebraba una especie de mercadillo dentro de los muros del harén. Unos comerciantes escogidos de los *suqs* de la ciudad podían mostrar sus mercancías a las *sayyidas*, que por supuesto permanecían totalmente envueltas en velos y bajo la vigilancia de los eunucos. El emir era en eso sumamente generoso. Incluso las más insignificantes de sus mujeres podían escoger telas o pequeñas joyas; las intérpretes de música, a las que se les había dado dinero como agradecimiento por sus servicios, hasta podían comprar ellas mismas de forma autónoma. No podía descartarse que una redoma de veneno acabara entre los pliegues de una túnica.

—Lo dicho, *sayyida*, yo no quiero obligarte. También puedo proponer al señor otra muchacha, aunque sería difícil. —El eunuco bebió un trago de vino—. A fin de cuentas, no quiero hacer a ninguna mujer desgraciada. Aunque mi deber principal es cuidarme de que el señor esté satisfecho...

Aenlin entendía el dilema en que se hallaba. Si enviaba a una musulmana creyente a una corte cristiana, tal vez acabaría tan desesperada como Zoraida. Si escogía a una de las mujeres cristianas que estaban descontentas con su vida en el harén, se corría el peligro de que huyera de la persona a quien se había obsequiado y buscara quizá protección en un convento. Pero ella, primorosamente educada en la casa de la señora Zulaika, le parecía ideal. Aenlin sabía cómo comportarse entre cristianos y era lo bastante disciplinada como para no huir de su señor.

Se controló.

—¿Quién es? —preguntó—. ¿El rey de León y Castilla? He oído decir que busca una nueva esposa. ¿Crees que nuestro señor cuenta con la posibilidad de que yo pueda ganarme su corazón?

El eunuco movió negativamente la cabeza.

—Respecto a esto, ya se ha tomado una decisión..., una hija del duque de Borgoña —le informó—. No. Lo siento, Aleyna, no se te ha brindado la oportunidad de ascender a la categoría de esposa. El hombre del que hablamos ya está casado. Claro que su esposa podría fallecer un día...

Aenlin pensó que Kizlar se ofrecería a proporcionarle una redoma de veneno como compensación.

—¿Quién es? —repitió, pensando que iba a estallar de emoción cuando el eunuco confirmó sus pensamientos o más bien... esperanzas.

—Don Rodrigo Díaz de Vivar. Ayer tocasteis para él. Un caballero de muchos méritos y gran dignatario de la corte real. Tiene poder. Tiene influencia.

—¿Tanto como para abrir un harén en la corte cristiana? —preguntó mordaz Aenlin.

—No todo un harén —puntualizó Kizlar—. Pero por una esclava... por una esclava se lo perdonarán.

—Y bien, con ello habrás llegado a cumplir uno de tus más secretos deseos —comentó decepcionada Damaris después de que

Aenlin le hablara de las pretensiones de Kizlar. Las amigas se habían retirado a uno de los jardines para poder conversar sin que nadie las molestara—. La señora Zulaika tenía razón. Nunca has olvidado a ese don Rodrigo.

—No ha sido idea mía irme a su harén..., me refiero a irme con él —replicó Aenlin vehemente.

Damaris hizo una mueca.

—Y no es una buena idea... —dijo—. Aunque proceda del emir, a quien Allah tenga eternamente en su gracia y le conceda una larga y dichosa vida. Como tú misma has expresado, tu próximo dueño no tiene un harén. Su esposa no solo reina sobre las dependencias femeninas, sino que le pertenecen a ella. Es de origen noble, su familia es influyente. Tu Campeador se pondrá en un compromiso si aparece en la corte del rey de León contigo. Es posible que inmediatamente después se deshaga de ti. En el mejor de los casos te enviará a un convento, pero por la opinión que me merece, te venderá en el siguiente mercado de esclavos. Y entonces ya no serás virgen, Aleyna...

Aenlin bajó la cabeza.

—Kizlar cree que a pesar de todo sería más seguro para mí que...

—Bah, Kizlar... Ese solo piensa en sí mismo —respondió indignada Damaris—. Sabe exactamente quién te amenaza y su obligación sería protegerte. No tiene más que investigar en serio ese asunto de la hechicería y contárselo al emir o al menos a la señora Rumaikiyya.

—No quiero ser la culpable de que lapiden a Walada —dijo Aenlin con voz sofocada.

Damaris hizo un gesto de rechazo.

—Aquí no se lapida a nadie tan deprisa, y menos cuando no hay nada probado. Pero se la podría vender, regalar... Hay otras posibilidades. Seguro que don Rodrigo estaría encantado con una esclava negra... —El rostro consternado de su amiga arrancó a Aenlin una sonrisa torcida—. Reflexiona, Aleyna —prosiguió—. ¡Aquí no solo tienes rivales! Si se preguntara a la señora Rumaikiyya..., ¿de quién crees que se desprendería? ¿De Walada o de ti?

—No es solo Walada... —murmuró Aenlin.

Damaris gimió.

—Las otras cerrarán a toda prisa el pico cuando se dé un castigo ejemplar —aseguró—. Kizlar solo ve el conflicto. No quiere que le echen en cara que no controla el harén. ¡Y así lo verías tú también si no fuera porque se trata de Rodrigo Díaz de Vivar! Esa admiración infantil que sientes por él...

—Me salvó —afirmó Aenlin por enésima vez—. Le estoy agradecida.

—No le debes nada —respondió Damaris, imperturbable—. Solo actuó por su propio interés y no me cabe la menor duda de que ya hace tiempo que te ha olvidado.

—Tiene a Meletay... —señaló Aenlin—. Él...

—¿Y ella conserva tu recuerdo? —se burló Damaris—. ¡Venga, Aleyna, no me digas que todavía esperas encontrar a ese caballo en sus cuadras!

—¿Por qué no? —preguntó Aenlin—. Un caballo tan hermoso...

De hecho no pensaba en otra cosa desde que había dejado a Kizlar con la promesa de que meditaría su oferta. A fin de cuentas, le resultaba más fácil justificarse ante sí misma diciéndose que añoraba al caballo y no al caballero.

Damaris movió la cabeza.

—Me rindo, Aleyna —dijo con un suspiro—. Te estás buscando tu propia ruina, ya sea por amor a un caballo o por amor a un hombre. Aunque entiendo mejor lo de la yegua... He escuchado el golpeteo de sus cascos en cada canción que has escrito y sé que has cantado para ella. Guardamos en el corazón a aquellos para quienes cantamos, sin importar que sean personas o animales. Aleyna..., ¿cantarás alguna vez para Rodrigo Díaz de Vivar?

Aenlin ya iba a replicarle que el día anterior había cantado para el Campeador y que sin duda volvería a hacerlo a menudo cuando lo siguiera a sus tierras y a la corte de su rey.

Pero decidió callarse, sabía perfectamente que no era lo mismo. Las canciones de las que hablaba Damaris eran mágicas, unían las almas. Y, por el momento, ella nunca había turbado el alma de don Rodrigo.

Aenlin abrazó a su amiga.

—Te echaré de menos —dijo en voz baja cuando Damaris le devolvió el abrazo—. Nunca te olvidaré.

Damaris asintió después de haberse desprendido lentamente de ella. Cogió su arpa.

—Cantaré para ti.

11

Aenlin sabía que era una actitud infantil, pero se sentía como una novia cuando al día siguiente la llevaron a los baños para prepararla y entregarla a su nuevo señor. Como antes de cualquier evento importante, la depilaron y la deleitaron con un masaje con aceites esenciales aromáticos. Esta vez, de eso era consciente, no se trataba simplemente de un mero ritual: alguien tocaría su cuerpo, la estaban preparando para entregarse a su nuevo dueño.

Sentía un vago temor al pensarlo. Claro que estaba preparada. Fuera como fuese, conseguiría hacer de esa una noche inolvidable para don Rodrigo. No obstante, sabía que el amor físico podía ser el cielo para una mujer, aunque también el infierno. Un buen amante podía llevarla a las regiones más secretas del deseo, pero un zafio como el comerciante que había comprado a Mariam haría de su vida un martirio. Aenlin esperaba que el Campeador no fuera uno de esos hombres que disfrutan torturando a las mujeres. Aunque no podía estar segura, por su aspecto los hombres no desvelaban sus deseos. Al Qádir, por ejemplo, parecía a primera vista amable y atractivo.

Finalmente, volvieron a cubrirla de elegantes ropajes y trenzaron con piedras preciosas sus cabellos antes de volver a llevarla al harén. Kizlar ya estaba esperándola para presentarle a su nuevo señor.

—¡Deseo tanto que te ame! —susurró Damaris cuando las dos amigas se despidieron.

—El dueño de la *sayyida* seguro que estará cautivado —intervino Kizlar—. ¿Quién no iba a amar a una criatura tan hermosa? Ahora ven, Aleyna, no hagamos esperar a tu señor. El emir le está entregando regalos para su rey... —En las negociaciones con el enviado nunca se hablaba de tributos. Las parias se consideraban oficialmente obsequios—. Y para él mismo...

El corazón de Aenlin latía con fuerza cuando siguió al eunuco. De momento don Rodrigo no sabía nada del honor que se le concedía. ¿Qué ocurriría si decidía no aceptar el regalo?

Entró con Kizlar en la sala de audiencias, una estancia en la que no había estado desde que la entregaron al emir. Ese día no estaba tan llena como en aquel entonces. Solo el Campeador se encontraba delante del emir, y dos caballeros, la escolta del enviado, se habían apostado junto a la puerta. Llevaban armadura y túnica. Don Rodrigo vestía una indumentaria más sencilla que la noche anterior. No se había puesto la armadura.

Habían cubierto con un velo a Aenlin para la ocasión, pero no la habían envuelto totalmente en la capa negra de viaje. Cuando Kizlar la llevó ante el emir, ella podía ver a través del fino tejido de la gasa, pese a mantener la cabeza virtuosamente inclinada. Ansiaba observar la expresión del rostro del caballero cuando el emir le entregara su regalo. Y eso que no sabía exactamente qué deseaba. Que el Campeador aceptara el regalo significaría para ella una vida incierta. Si lo rechazaba podría al menos quedarse con Damaris. Sin embargo, el emir podía retirarle su favor si ella no conseguía cautivar al caballero. Y eso todavía haría más difícil su posición en el harén.

Con el corazón desbocado escuchaba las benignas palabras del emir cuando la condujo a don Rodrigo, y suspiró aliviada cuando este pareció sorprendido, al principio también un poco preocupado; pero luego una expresión maliciosa, casi divertida se deslizó por su rostro. El caballero formuló unas palabras sumamente corteses de agradecimiento mientras su mirada se deslizaba curiosa por la silueta de Aenlin.

—No soy digno de tal favor...

Don Rodrigo se inclinó ante el emir, quien le aseguró a continuación que sus modestos regalos no podían expresar en absoluto la gran estima en que lo tenía.

Aenlin pronto perdió interés en el interminable intercambio de formalismos y miró furtivamente en dirección a los caballeros que habían acompañado a don Rodrigo. ¿Cómo iban a reaccionar ante ese asunto? En los días siguientes tendría que cabalgar con ellos. ¿Serían respetuosos con ella, como seguramente harían los jinetes acorazados moros, o la tratarían con el desprecio propio de los creyentes cristianos?

La joven observó primero al caballero que estaba a la izquierda y reconoció aterrada a don Gonzalo, el hombre al que se había enfrentado a espada antes de caer cautiva. Había estado a punto de matarla y luego había colaborado en que casi la deshonraran. Verlo la aterrorizó, pero pensó que ya no podía hacerle nada. Él ni siquiera parecía identificarla, aunque no podía esconder su regocijo ante el extraño obsequio del Campeador. Parecía envidioso, una muestra para Aenlin de que seguramente no era un cristiano ejemplar.

Dirigió la mirada hacia el segundo caballero y casi se le cortó la respiración. Tuvo que hacer un esfuerzo para mantener la vista baja y no quedarse mirándolo. No era otro que don Álvaro. En esos últimos años, el caballero había envejecido, su rostro estaba más arrugado y delgado que en la época de Colonia. En su cabello y en su barba, tan imponente como entonces, se entreveían ahora las primeras hebras grises. Pese a ello se lo veía fuerte y tan firme como antes, aunque en su rostro anguloso pugnaban la preocupación y la pena. No cabía duda de que esa escena le recordaba a Zoraida. Una vez más debería acompañar a una mujer salida de un harén al territorio cristiano.

Aenlin le habría susurrado palabras de ánimo. Esta situación era distinta. Don Rodrigo sabría valorar el regalo. No era un obispo que debía rechazarlo para conservar su reputación. Y la mujer a la que ahora se arrojaba a un futuro incierto tampoco era una musulmana creyente sin experiencia con los cristianos. Aenlin sonrió bajo el velo. Ya se alegraba de poder revelar al viejo caballero su auténtica identidad.

Lo que todavía no tenía claro era cuándo tendría que hablar al respecto con Rodrigo Díaz de Vivar. Mentalmente había construido distintas situaciones, la preferida de las cuales era que el caballero la reconocía en cuanto ella se quitaba el velo delante de él. Entonces expresaría su admiración y elogiaría su belleza...

Ensimismada en unas esperanzadas ensoñaciones, Aenlin se sobresaltó cuando llegó la hora de la verdad. Kizlar le indicó que se retirara un momento el velo para saludar a su nuevo dueño dignamente. Haciendo una profunda reverencia, la joven apartó la fina gasa.

Don Rodrigo la contempló con mucho interés y satisfacción, pero no pareció reconocerla.

—Si el señor lo permite... —dijo Kizlar respetuosamente—, la *sayyida* lo esperará en sus aposentos.

Con ello comunicaba al caballero que sería allí donde se desvestiría totalmente. El primer eunuco del emir no cometería una equivocación como tiempo atrás el comerciante Tariq. Quedaba así a salvo el honor de la *sayyida*.

Don Rodrigo pareció entender y dirigió a Aenlin una sonrisa de complicidad. Como entonces, cuando la capturó, casi parecía como si fuera a guiñarle un ojo.

—Por supuesto que el señor lo permite —respondió—. *Sayyida...*

A Aenlin casi se le paró el corazón cuando el caballero se volvió hacia ella e hizo una leve inclinación. Su gesto amable la tranquilizó. Sería para él algo más que una esclava.

Kizlar condujo a Aenlin lejos del área del harén, hacia la zona del palacio destinada a hospedar a los invitados del emir. Don Rodrigo ocupaba una habitación suntuosamente amueblada. Las alfombras que la joven pisaba eran mullidas, los divanes invitaban a sentarse, los candelabros de bronce estaban provistos de pesadas velas. La tarima que en las casas moras sustituía el armazón de la cama disponía de unos acogedores almohadones y colchas, las paredes estaban cubiertas de tapices y por todas partes se veían pequeños tesoros, como una diminuta maqueta de plata del palacio finamente cincelada.

—Mandaré que te traigan vino y algún tentempié para aligerar la espera —le prometió Kizlar, y, efectivamente, enseguida aparecieron unas sirvientas que colocaron delante de Aenlin un plato con unas pequeñas albóndigas y una jarra de un vino exquisito sobre una mesa baja.

¿De cuántos velos debía desprenderse antes de que entrara su nuevo señor?, meditó la joven. ¿Preferiría contemplar su belleza ya en todo su esplendor o desearía tal vez que bailara para él y fuera quitándose los velos progresivamente? Por el momento se desembarazó solamente del velo de la cara para poder comer y beber.

Se colocó nerviosa en el diván y tomó un sorbo de vino, pero no consiguió comer ni un bocado. Oscilando entre la expectación y el miedo recordó lo que la señora Zulaika le había enseñado respecto a esa primera noche con su señor. Se obligó a pensar en los poemas de amor que Al Mutámid había escrito para Rumaikiyya y no en las lágrimas de la pequeña Mariam.

Transcurrió un largo tiempo antes de que por fin se abrieran las puertas de los aposentos de su nuevo dueño y señor. El emir había cenado con don Rodrigo otra vez y Damaris y las otras músicas habían vuelto a tocar para ellos. A lo mejor las bailarinas habían ejecutado sus danzas para preparar al caballero para la noche. En cualquier caso, era tan tarde que incluso el cielo estival de Al Ándalus se había oscurecido. Las sirvientas habían encendido las velas de las habitaciones de don Rodrigo así como algunas lámparas de aceite. Las dependencias quedaron bañadas por una suave y misteriosa luz, una luminosidad que daba brillo al ropaje de seda de Aenlin y confería calidez a su belleza. El caballero se detuvo brevemente con expresión absorta cuando miró por vez primera a la joven que estaba esperándolo.

—Vive Dios, una imagen como salida de un cuento —observó. Aenlin se alejó grácilmente del diván y le ofreció una copa ya llena de vino.

—Me alegro de que mi visión os complazca, señor —dijo en castellano—. Mi único anhelo consiste en satisfacer todos vuestros deseos.

El Campeador rio halagado.

—Podrías en primer lugar desprenderte de algunos de tus velos —respondió—. Te sientan estupendamente, aunque... Pero, ¿cómo te llamas?

Aenlin se preguntó si debía confesarle su nombre auténtico o insistir en que era mora. Se decidió por esto último. El caballero no querría ahora conversar ni intercambiar recuerdos. En sus ojos asomaba el mero deseo, le daba igual que fuera Aenlin o Aleyna quien compartiera lecho con él...

—Me llaman Aleyna, señor —contestó suavemente—. ¿Deseáis... deseáis que baile para vos? ¿La danza de los siete velos?

Don Rodrigo negó con la cabeza.

—Ya he visto bastante baile por hoy. Y velos también. Así que desnúdate simplemente, muchacha. Enséñame tu cabello... y toda esa belleza con que vuestro Allah te ha agraciado.

Aenlin renunció a comunicarle cuál era su religión.

—Entonces permitidme que os abra las puertas del paraíso por una noche —dijo ella quitándose los velos.

El miedo venció a la feliz expectativa. Lo que don Rodrigo pedía no presagiaba que tuviera previsto tomarse su tiempo para convertirla con mimos y paciencia en mujer.

Pero el caballero la sorprendió. Se quitó rápidamente el jubón antes de dejarse caer en la cama e hizo una seña con la cabeza a Aenlin, que estaba delante de él desnuda, luciendo solo las joyas del emir.

—Entonces muéstrame lo que sabes hacer, Aleyna. Dicen que las mujeres del harén se instruyen desde jóvenes en el arte del amor. No alcanzo a imaginar cómo se une esto con salvaguardar su virginidad... Todavía... ¿todavía eres virgen?

Aenlin asintió cohibida.

—Solo os pertenezco a vos, señor —contestó—. Y espero que mis modestos conocimientos os satisfagan.

Se arrodilló y empezó a abrir las calzas de don Rodrigo, deslizó con destreza los dedos por su pectoral y se alegró de que tuviera un cuerpo macizo y no fláccido, moreno y señalado con cicatrices de antiguas batallas, y no blanco como una cresa. Aenlin lo acarició con un mechón de su cabello, pasó las manos pintadas de alheña por su sexo, lo besó... y vio crecer su miembro. Don

Rodrigo alcanzó su primer clímax antes de que pudiera penetrarla y ella enseguida empezó a excitarlo de nuevo.

Entretanto ella misma también se había excitado. No habría necesitado el ungüento que se había aplicado previsoramente para no sufrir dolor. El Campeador estaba ahora tranquilo, se tomó su tiempo para excitarla antes de unirse cuidadosamente a ella. Disfrutó de la alegría de abrir completamente las puertas del deseo de la joven. Pero luego la penetró con más ímpetu y Aenlin notó un breve dolor. No era una sensación desagradable tenerlo dentro, y de repente también ella empezó a arder. La pasión se apoderó de ella, era como si se le abriera una puerta a un mundo de sensaciones totalmente nuevas. Aenlin gimió de placer... Nunca había imaginado que el «servicio» que las mujeres tenían que prestar sin protestar la llevaría a esa suerte de éxtasis. Parecía como si su cuerpo solo hubiera estado esperando a Rodrigo Díaz de Vivar. Él siempre había hecho vibrar algo en ella. Se preguntó si eso era lo que llamaban amor o si tan solo reaccionaba como una yegua en celo ante un caballo entero. También los caballos se trataban tiernamente con frecuencia. Pero ¿realmente estaba implicado su corazón?

Respirando con dificultad se arrimó a su señor, pero al recordar su deber de excitarlo continuamente, se enderezó de nuevo y empezó a acariciar y masajear al hombre que estaba a su lado al tiempo que le susurraba palabras cariñosas y elogiosas. Don Rodrigo se las devolvía y se notaba que estaba sumamente contento con ella, de modo que no fue difícil llevarlo de nuevo a los terrenos del deseo. Pasaron horas hasta que se durmió exhausto en los brazos de Aenlin.

No menos agotada, la joven se acurrucó feliz contra él, recordando todas las palabras llenas de ternura que él le había susurrado esa noche. Ella había dado lo mejor de sí misma. El Cid tenía que amarla.

A la mañana siguiente la despertó la sombra del caballero proyectándose sobre ella. Don Rodrigo se había levantado y parecía haberla estado observando mientras dormía. Aenlin le hizo el favor de no moverse primero. No abrió los ojos hasta que él le apartó un mechón de su cabello rubio del rostro.

—Mi señor —dijo—, los rayos de sol palidecen ante la visión con que me bendecís. Ojalá pudiera despertar siempre templada por vuestra luz.

Don Rodrigo sonrió.

—No solo dominas el arte del amor, sino también el de la oratoria, Aleyna. Aquí todo el mundo es poeta. Menos mal que los moros no batallan tan bien como hacen poesía...

Aenlin se desperezó.

—Yo no tengo ganas de luchar, señor...

En realidad tenía ganas de desayunar, aunque no se opondría a volver a excitar a su señor. Se acercó a él sonriente y casi se sintió un poco ofendida cuando el caballero no aceptó enseguida su ofrecimiento.

—Tú no eres mora —dijo el Cid con expresión pensativa—. Ni tampoco de Castilla. Hablas bien mi lengua, pero con acento. A pesar de todo, tengo la impresión de haberte visto antes. En realidad, no puede ser, pero me resultas vagamente familiar... —El corazón de Aenlin lo amó, tan repentinamente como se habían amado sus cuerpos esa noche. ¡Se acordaba! Él tampoco la había olvidado...—. ¿Tal vez vienes del norte? ¿León? ¿Aragón? ¿Acaso nuestro honorable emir te ha secuestrado en una pequeña *ghazah*? —Sonrió irónico.

Aenlin intentó no mostrar su desilusión. Sin duda él se acordaba, pero no de los detalles, no de la chica a lomos del caballo dorado ni de su despedida de Meletay. No de que él la había salvado. Había llegado el momento de llamar al pan, pan y al vino, vino.

—A mí no me secuestraron, señor, me confiscaron —informó la voz serena—. ¿No os acordáis del día en que el rey Sancho murió?

Lejos de sentirse culpable, Rodrigo Díaz de Vivar se echó a reír cuando ella hubo concluido su narración.

—¡Menuda historia! —exclamó con desenvoltura—. ¡La chica que se disfrazaba de muchacho y que luchó contra don Gonzalo! ¡Estuvo a punto de hincarte su espada! Ah, sí, es cierto, ahora lo recuerdo. Te compró esa tal señora Zulaika. Me contaron que tenía una especie de instituto para formar esclavas de harén. Y lo cierto es que hizo un estupendo trabajo contigo. No se puede decir de otro modo.

Aenlin tuvo que forzar una sonrisa, aunque tenía un nudo en el estómago. Y eso que no sabía qué otra respuesta había esperado a su explicación. ¿A lo mejor una especie de disculpa? ¿O un comentario acerca de la fatalidad del destino? Lo único que sabía era que algo en su interior le dolía.

—El... el caballo —consiguió musitar—. ¿Todavía lo tenéis? —El corazón le latía enloquecido.

Don Rodrigo asintió despreocupado.

—Sí, sí. Un caballo tan especial... además de útil. Lo probé cuando fui a Toledo en él. Rápido como el viento...

—¡Ya lo decía yo entonces! —exclamó vehemente Aenlin—. Solía...

Pero el caballero no parecía interesado en más explicaciones.

—Se lo di a mi mensajero —siguió diciendo—. Me ha prestado buenos servicios en muchas batallas.

—Así que... ¿no lo tenéis con vos? —preguntó desilusionada Aenlin.

Había abrigado la esperanza de poder conservar a Meletay como su caballo particular.

El caballero negó con la cabeza.

—Claro que no. Es una yegua. Pero quién sabe, a lo mejor me da el próximo semental de batalla. La ha cubierto mi caballo blanco. Pronto parirá. —Sonrió—. Podrás verla cuando lleguemos a León. Está en las caballerizas del rey.

—¿Vais... vais a llevarme con vos hasta allí, señor? —preguntó vacilante Aenlin.

Por el momento no lograba imaginarse viviendo con don Rodrigo en una corte cristiana.

El caballero rio y se desperezó en la cama.

—¡Puedes tenerlo por seguro, preciosa! A fin de cuentas eres mi regalo. ¡Y el mejor que me han dado! Una noche como esta...

Es increíble lo que os enseñan en el harén... Todavía no sé cómo voy a hacerlo, pero te conservaré mientras me sigas haciendo tan feliz.

Dicho esto la atrajo contra sí y la llevó casi demasiado deprisa al clímax. Aenlin estalló en sus brazos y luego empezó a conducirlo también a él mediante sus artes amatorias a nuevas cumbres de placer. Al mismo tiempo pensaba en Meletay... La vería de nuevo. Sentiría su aliento, acariciaría su sedoso pelaje. Claro que no podría volver a montar en el caballo, pero a pesar de todo ella y la yegua dorada tenían ahora más cosas en común que antes.

Ambas pertenecían al mismo dueño.

EL CAMPEADOR

Sevilla, León
Verano 1078 – Verano 1081

1

Rodrigo Díaz de Vivar y Aenlin dejaron al emir de Sevilla colmados de regalos, lo que consoló a Aenlin de que don Rodrigo se olvidara de la tradicional compensación que se pagaba a la amada. En el harén era corriente que cuando un señor reclamaba a una muchacha y esta perdía la virginidad, él la recompensara con una joya. Si era verdad que lo había hecho tan feliz como don Rodrigo se jactaba, ella habría merecido un pequeño regalo. En cualquier caso, un obsequio de ese tipo expresaba la estima del señor hacia su concubina y era muy importante para las mujeres.

Después de pasar la noche con don Rodrigo, cuando llegó al harén sus amigas enseguida la acribillaron a preguntas.

—¿Cómo ha ido? —quiso saber Jadisha, quien enseguida confirmó que en el cuerpo de Aenlin no había morados ni heridas—. Por tu aspecto no debe de haber ido mal.

Al igual que Damaris, la flautista siempre temía los maltratos. A fin de cuentas, Al Qádir había sido el primer y desconsiderado amante de ambas.

Pero en el rostro de Aenlin asomó una sonrisa cuando las amigas la acompañaron a los baños.

—Ha sido... —No sabía cómo describir la experiencia de esa noche—. Ha sido... bonito —admitió—. Y mi señor se quedó satisfecho.

—Entonces, seguro que te habrá dado un buen regalo, ¿no? —preguntó Damaris.

Las mujeres solían tasar enseguida el valor del obsequio. La fortuna que iban amasando en forma de joyas contribuía a su estabilidad económica. Cuando alcanzaban ahorros suficientes, podían comprar su libertad, una medida urgente si el harén en el que vivían se disolvía por la razón que fuera. En un caso así, Damaris se negaba rotundamente a que volvieran a venderla en el mercado, y lo mismo había pensado Aenlin hasta la fecha.

Las alegrías de la noche con don Rodrigo y las especulaciones en torno a Meletay la habían agitado hasta tal punto que no había dedicado ni un minuto a pensar en el obsequio de compensación. Fue en ese momento cuando tomó conciencia del descuido del caballero.

—Creo... creo que no es habitual en tierras cristianas... —musitó.

Jadisha rio.

—Tampoco es habitual que te regalen una concubina —observó—. Pero si un caballero acepta un regalo así, debería atenerse a las costumbres del lugar. Rodrigo Díaz de Vivar no es pobre, y no es la primera vez que está en Al Ándalus. Debería saber lo que es propio hacer en estos casos.

—A lo mejor simplemente se ha olvidado. Y... me regala algo más tarde —dijo Aenlin, disculpando a su señor—. Ha sido... ha sido una noche... movida.

Las dos mujeres se echaron a reír.

—En cualquier caso, el señor tiene una esclava sumisa —se burló Jadisha— a la que nunca se le escapará un crítica contra él.

Damaris miró con el ceño fruncido a su amiga.

—¿De verdad estás enamorada de él? —preguntó sin dar crédito—. La señora Zulaika lo sospechaba y yo siempre bromeaba con tus veleidades. Pero escuchándote hablar ahora... ¡Va en serio, Aleyna! ¡Eres tú quien debía seducirlo, no él a ti!

—Solo estoy cansada —dijo Aenlin—. Ha sido... ha sido agotador.

Damaris asintió.

—Justamente por eso, tu señor debería dar muestras de lo mucho que valora tus esfuerzos —insistió con determinación—. No es bueno que... que no signifiques nada para él.

—Estaba muy satisfecho —insistió Aenlin—. Y quiere llevarme con él a la corte del rey. De algún modo conseguirá que me acepten. Esto demuestra...

Se interrumpió. Y agradeció a Damaris y Jadisha que no concluyeran la frase pese a que era evidente que las dos tenían una réplica en la punta de la lengua.

En el transcurso del día, Kizlar apareció para entregar a Aenlin las joyas que Al Mutámid le había cedido para el primer encuentro con el Campeador. Le dio las gracias en nombre del emir, pero no mencionó a don Rodrigo. Al Mutámid también la obsequió con una mula castaño claro, de buena casta y con el paso más suave que Aenlin jamás hubiera visto en una montura. Le daba asiento una silla de seda de amazona. De ese modo, la joven casi no demoraría a la comitiva de don Rodrigo, que por otra parte tampoco podría avanzar demasiado deprisa. Los presentes para el rey Alfonso llenaban dos carros pesados tirados por dos fuertes mulos. El viaje de don Rodrigo y su caravana se prolongaría durante semanas.

Algo preocupada, Aenlin se preguntaba dónde pernoctarían durante ese tiempo. Ignoraba si los *funduqs* árabes acogerían al caballero, pero sí sabía bien que cuando llegasen a tierras cristianas todavía sería más difícil encontrar albergues limpios, acogedores y que además ofrecieran cierta intimidad. Don Rodrigo seguro que no renunciaría a compartir el lecho con ella, y la joven evocaba horrorizada los cobertizos en los que Mariam había tenido que someterse a la voluntad del señor Tariq.

Kizlar, quien siempre se preocupaba del bienestar de sus protegidas, también demostró en este caso una sabia previsión. Además de todos los costosos regalos, proporcionó a don Rodrigo una espléndida tienda que ofreciera a él y su amada todas las comodidades. Aenlin, que todavía recordaba el viaje a Zamora y lo pesado que resultaba después de las agotadoras etapas diarias montar el campamento de noche, sintió cierta compasión hacia los criados y mozos que habrían de montar cada noche esa espléndida carpa. Contaba con torrecillas y balconcitos y era más apropiada para torneos que para un viaje largo.

En lo que a ella respectaba, y pese a todos los imprevistos, empezaba a alegrarse de emprender el viaje. Por fin volvería a montar, por fin vería algo más que los mismos jardines, baños y estancias del harén de siempre. Esperaba impaciente y contenta las conversaciones que se sostendrían durante el trayecto. Guardaba un buen recuerdo de sus charlas con don Álvaro camino de Zamora e incluso durante el trayecto a Salamanca. Aunque no estaba segura de cómo se tomaría su señor que ella pusiera su mula junto al caballo de don Álvaro. Un dueño moro no habría permitido en absoluto que en su presencia cruzara más de tres palabras de cortesía con sus hombres. Solo por eso ya podía ponerlo en un brete y provocar su deshonra. Pero don Rodrigo no parecía tomarse muy en serio la vigilancia de su esclava, ya que la presentó sin ceremonias poco antes de partir.

—Don Álvaro, don Gonzalo, esta es la *sayyida* Aleyna. Ya sabéis en qué circunstancias ha acabado entre nosotros. Agradecemos su compañía a un generoso gesto del emir de Sevilla. Os pido, pues, que la tratéis con respeto. Está bajo mi protección y goza de mi más alta consideración.

Al pronunciar esas últimas palabras se quedó mirando no solo a los caballeros, sino especialmente a dos mozos que también pertenecían a su comitiva y a los criados que guiaban los carros. Estos últimos eran esclavos cristianos elegidos por el emir. No podían contener su alegría por el hecho de que los enviaran de vuelta a Castilla y no se atreverían en ninguno de los casos ni a mirar de reojo a una *sayyida* del harén de su anterior señor. Pese a todo, Aenlin se alegraba de que don Rodrigo hubiera dejado las cosas claras. A ella, la frase «está bajo mi protección» le llegó al alma. ¿De qué otro modo podría el caballero haber expresado mejor que había empezado a amarla?

Al Mutámid puso a disposición de sus invitados una escolta que los acompañaría hasta que hubieran dejado Sevilla y sus alrededores. Después los caballeros serían los únicos que protegerían el tesoro que llevaban. Pero en principio no corrían ningún peligro. A fin de cuentas seguían encontrándose en la jurisdicción del emir, ningún bandolero se atrevería a arrebatar sus parias a los cristianos.

Así pues, Aenlin disponía de tiempo para hablar con don Álvaro, aunque no sabía cómo empezar. Viajaba envuelta en velos, por supuesto, y el caballero no podía reconocerla, pero a ella le parecía muy atrevido dirigirle sin más la palabra. Con ello se dio cuenta de lo mucho que el tiempo pasado en Al Ándalus había influido sobre su comportamiento. Cuando años atrás había cabalgado junto a don Álvaro, no se había preocupado ni una pizca por su honor. ¿Cambiaría eso cuando volviera a vivir entre cristianos? ¿Cuánto había en ella todavía de Aenlin y cuánto de Aleyna?

Sin embargo, no tardó en recibir una primera respuesta a esta algo temida pregunta. Don Álvaro acercó con toda naturalidad su semental a la mula.

—*Sayyida*, perdonad que me dirija a vos —se disculpó el caballero en la lengua materna de la joven y para gran sorpresa de ella—. He oído que vuestro nombre es Aleyna, pero ¿es posible que ya os haya conocido anteriormente con el nombre de Aenlin de Colonia? ¿Hija de Linhard de Colonia?

—¿Cómo lo habéis sabido? —preguntó llena de perplejidad Aenlin, descuidando toda discreción cortés. Levantó la cabeza y miró al veterano caballero directamente a los ojos.

En el rostro de don Álvaro apareció una sonrisa resplandeciente. La joven vio brillar en él bondad, alivio, auténtica alegría y cierta picardía.

—Oh, señora, me ha bastado con observar el modo en que sujetáis las riendas de la mula. Y lo derecha que os sentáis en la silla, aunque sea de amazona. Además, ya abrigaba cierta sospecha cuando os vi en el palacio del emir. Estos tenues velos no esconden demasiado, y un cabello tan hermoso como el vuestro...

Aenlin sonrió.

—¡Oh, no me halaguéis! —bromeó con el caballero—. Antes me habéis reconocido por mi forma de caminar. ¿Acaso no me enseñasteis vos mismo a evaluar por la forma en que uno pisa cuáles serán sus futuros movimientos al luchar con la espada?

El viejo caballero rio.

—Me habéis pillado, señora. Aunque ahora os movéis con mucha más elegancia que antes. Sin duda os han enseñado a bailar.

—Me han enseñado muchas cosas —dijo Aenlin—. Y vos teníais razón: no he sido infeliz en Al Ándalus. ¿Cómo os ha ido a vos, don Álvaro? Por aquel entonces me... me pareció que no entrabais demasiado contento al servicio del Campeador. ¿Os habéis arrepentido alguna vez de ello?

Aenlin miró disimuladamente a su alrededor, buscando a don Rodrigo en el grupo. Se quedó tranquila cuando lo vio a lo lejos y él le devolvió una mirada relajada. Por lo visto no le incomodaba que estuviera hablando con don Álvaro.

Este frunció el ceño.

—Pues bien, ya sabéis que don Rodrigo entró al servicio del rey Alfonso poco después de la muerte de Sancho. No alcanzó allí una posición tan elevada como la que tenía bajo las órdenes de Sancho, pero demostró su valía. Yo libré junto a él muchas batallas, con las que contribuimos a conquistar para el rey Navarra, La Rioja y parte del País Vasco. Obtuvimos de ese modo unos abundantes botines y viajamos mucho. No puedo quejarme, llevo la vida que cualquier caballero desearía.

—¿Pero no tenéis ningún feudo a la vista? —preguntó Aenlin con cautela.

Era evidente que don Álvaro estaba llegando a esa edad en la que uno desearía una existencia tranquila en sus propiedades en lugar de la vida nómada de un caballero andante.

Él se encogió de hombros.

—Soy un hombre de Rodrigo. Sirvo al rey, pero presté juramento a la casa Vivar. Y don Rodrigo no concede feudos. Con la parte que me corresponde de todos esos botines podría comprarme una parcela de terreno. Pero por desgracia yo no soy un campesino.

Aenlin entendía lo que quería decir. Cuando el rey otorgaba un feudo solía tratarse de un burgo o de una fortaleza, con frecuencia en un territorio fronterizo. El caballero mantenía la posición, protegía a los habitantes del lugar en caso de que se produjeran ataques y podía contar a cambio con tributos. De agricultura no tenía que saber mucho.

Lo miró por debajo de su velo esperando que él percibiera su expresión sonriente.

—Bien, todavía no sois viejo —dijo ella.

Don Álvaro asintió.

—Y como todo auténtico caballero amo la aventura —afirmó—. Aunque no tanto como para buscar el enfrentamiento con vuestro dueño y señor. Voy a volver a colocarme al final de la caravana antes de que se ponga celoso. ¿Ha dicho ya lo que piensa hacer con vos cuando lleguemos a León? Os... ¿os enviará de vuelta a Colonia?

Aenlin frunció el ceño. Ni se le había pasado por la cabeza esa posibilidad. Era evidente que tampoco a don Rodrigo.

—Quiere conservarme —respondió, pero sin el orgullo que había intentado demostrar, sino con un tono apagado—. Él... él me ama.

Don Álvaro arqueó las cejas.

—¿En serio? —preguntó—. ¿Y vos...?

—Me alegro de poder servirle —contestó Aenlin.

El caballero hizo una mueca con los labios.

—Pues os deseo suerte, señora. Y ahora, como he dicho, permitid que me retire. Reanudaremos más tarde nuestra conversación.

Aenlin inclinó la cabeza. Sin duda su viejo conocido sondearía en las próximas horas si don Rodrigo estaba de acuerdo con que conversara un poco con su concubina durante el largo viaje... y lo mismo haría ella por la noche a más tardar. De todos modos, suponía que su señor no desaprobaba su relación con el caballero, de lo contrario habría intervenido posiblemente ese mismo día. Seguro que a don Rodrigo Díaz de Vivar no le pasaba inadvertido lo que ocurría en su comitiva.

En efecto, Rodrigo no reprendió ni a Aenlin ni a don Álvaro por haber mantenido una conversación, pero no hubo noche en que no dejase claro a quién pertenecía la mujer que acompañaba su caravana. Aenlin compartía la tienda con él, y el Campeador no se tomaba la molestia de cederle formalmente una de las dos habitaciones como dependencia femenina, tal como probablemente habría hecho un señor moro. Tampoco daba ningún valor a que ella se retirara a la tienda mientras él se sentaba junto al fuego y bebía vino con los otros jinetes, sino que la dejaba participar con toda naturalidad en las comidas de los hombres. Eso originaba ciertas dificultades para la joven. El velo que le ocultaba la mitad inferior del rostro le hacía casi imposible llevarse una cuchara a la boca o roer un hueso sin ensuciarse. En un momento dado se limitó a retirarse el velo y Rodrigo no planteó ninguna objeción.

—En León tampoco podrás ir toda tapada —señaló cuando ella le pidió formalmente disculpas por lo que había hecho—. Por mí, puedes mostrar la cara en cuanto pasemos la frontera. Aquí es mejor que conserves el velo para que la gente no se nos quede mirando.

Todavía se encontraban en Al Ándalus, pero la frontera con Castilla ya no quedaba lejos. Aenlin se preguntaba qué experimentaría al volver a sentir el viento en el rostro.

En cuanto a sus noches con Rodrigo, experimentaba sentimientos contradictorios. Había aprendido que una concubina tenía que estar contenta si su señor la requería: eso reafirmaba su posición en el harén y le aportaba beneficios. Nunca se había hablado de si ella misma disfrutaba al unirse con su dueño, solo había aprendido a fingir el orgasmo y con qué palabras halagar a su señor después de haberla poseído. Ahora estaba en cierto modo contenta de no tener que mentir cuando susurraba palabras de amor, apenas si podía expresar el placer que le dispensaba él cuando la llevaba al clímax. Pero todavía le gustaba más que la besara, la acariciara y le dijera palabras cariñosas. Se sentía llena de ternura, protegida y amada, y perdía el miedo al futuro.

Su corazón daba un vuelco cuando él le dirigía una sonrisa durante el viaje o la rozaba al pasar. Sin embargo, las palabras cariñosas que ella tanto ansiaba no salían de los labios del caballero. Cuando elogiaba las artes amatorias de la joven lo hacía como si ponderara una obra de artesanía.

Al cabo de pocas semanas la comitiva llegó al norte. El calor de Al Ándalus dejó lugar a temperaturas más moderadas, por cuanto además se acercaba el otoño. También cambió el paisaje.

Alrededor de Sevilla había habido pinares, algarrobos o granados aislados, y en la mayoría de los casos la tierra sin cultivar estaba cubierta de arbustos espinosos o hierbajos. En tierras más septentrionales, en cambio, volvían a verse árboles de hojas anchas. Avanzaban por prados cercados por muros de piedra, y era frecuente que en los pastizales hubiera más vacas que ovejas y cabras. De tanto en tanto llovía. Por primera vez en años, Aenlin sintió en su piel las gotas de lluvia. Casi con ansia, se retiró unos minutos el velo para tenderles el rostro. Don Álvaro, el único que se dio cuenta, sonrió.

—Dentro de poco necesitaréis indumentaria cristiana —observó—. En León no pasaréis inadvertida si lleváis pantalón.

Aenlin se sentía extraña cuando cruzaron Salamanca. Era casi como si el tiempo hubiera retrocedido. La ciudad le recordaba sus primeros días en Al Ándalus, en casa del tratante de esclavos Ibn Arón, y además volvió a pernoctar en un harén. Don Rodrigo y su caravana fueron hospedados en la casa del alcalde, y Aenlin, por supuesto, se alojó en las dependencias femeninas. Disfrutó de los baños, un privilegio que había echado dolorosamente de menos durante el viaje. Pensó nostálgica que era probable que nunca más tuviera la oportunidad de nadar y flotar en aguas calientes. También había baños en las tierras cristianas, pero no alcanzaban el esplendor de las instalaciones árabes.

Finalmente volvieron a cruzar el Duero, esta vez por el camino oficial y por un puente ancho y estable. En Zamora seguía reinando doña Urraca, y don Rodrigo, como honrado caballero de su «querido hermano», tal como lo llamó ella, disfrutó de la hospitalidad de su palacio. Sin embargo, el mayordomo no sabía exactamente qué hacer con Aenlin. Al final la llevó a una habitación de servicio y como allí ni los caballeros de la señora ni los criados y mozos podían evitar quedarse mirando boquiabiertos a la mora profusamente envuelta en velos, don Álvaro sugirió montar su lecho en la entrada. Todos hablaban de la mujer que el emir le había regalado a don Rodrigo. Aenlin se sintió profundamente avergonzada cuando oyó que la llamaban «la puta mora».

Don Rodrigo no se dejó ver esa noche. Ni reclamó a Aenlin en sus aposentos ni la visitó en su triste habitación. Ella se alegró de reanudar el viaje a la mañana siguiente, pero, en contra de lo que había esperado, no se sintió contenta cuando el Cid le permitió desprenderse de los velos que le cubrían el rostro. Se sentía humillada y el blanco de todas las miradas cuando pasaban por los pueblos, y pensó que a lo mejor en las regiones fronterizas era normal que también las mujeres cristianas se cubriesen. Fuera como fuese, Aenlin no se cubrió únicamente a causa de la lluvia incesante que ese día caía sobre su pesada capa de viaje, y bajaba la vista castamente cuando se cruzaban con otras caravanas.

Con el tiempo iba acostumbrándose a sentir el viento en el rostro, a disfrutar contemplando a los hombres a la cara y a mostrar su semblante cuando cabalgaba junto a ellos. El semental solía adelantarse, el Campeador era inagotable. Conversar cortésmente con una mujer durante el viaje no era lo suyo y no parecía muy interesado en departir con Aenlin. Don Álvaro, por el contrario, le hablaba con agrado de los territorios por los que circulaban, de su historia; la mayoría de ellos habían pasado con frecuencia de una mano a otra y unas veces habían sido ocupados por moros y otras por cristianos. También se refería al futuro que el rey Alfonso había planeado para Al Ándalus.

—El próximo objetivo es tomar Toledo —explicaba el caballero ganándose toda la atención de Aenlin. En esa ciudad se encontraba la casa de la señora Zulaika—. Ahora que han echado a ese cabroncete de Al Qádir, gobierna Al Mutawákkil de Badajoz y el pueblo está la mar de contento con el nuevo emir. Es un vividor, amante del arte de la poesía y glotón; en cualquier caso un gobernador suave. Se dice que ha desviado un río para que pase por el palacio y que así la comida se sirva en sus aposentos llevada por unos barcos desde la cocina. Seguro que es muy ingenioso... Pero no un enemigo para nuestro rey Alfonso.

—Entonces, ¿Toledo será cristiana? —preguntó Aenlin.

Álvaro se encogió de hombros.

—Depende de si el rey Alfonso la anexiona o de si vuelve a colocar a Al Qádir. Este reside por el momento en sus propiedades y apela a todos los tributos que ha pagado con anterioridad para exigir la protección del monarca. Naturalmente, para Alfonso es la justificación ideal para emprender un ataque que afiance su poder. Además, está el tema de la evangelización... Los reyes la utilizan como pretexto para atacar Al Ándalus. Pero va unida a costes y problemas, y al final reduce los beneficios. En este sentido es probable que el monarca prefiera dejar las cosas como están y mantenga a Al Qádir como sumisa marioneta.

Viajar por el reino de Castilla y León resultó ser más agotador que hacerlo por Al Ándalus. Las calzadas estaban peor pavimentadas y se corrían grandes riesgos de caer en manos de asaltantes. Además, hacía mal tiempo y era difícil conducir los carros por los caminos embarrados. Aenlin se acordaba a menudo de su viaje a Zamora, aunque ningún criado se hubiera atrevido a pedir a la *sayyida* de Sevilla que empujara el carro como había sucedido entonces con el joven Endres. Don Rodrigo y sus caballeros no cooperaban en nada, de modo que a veces se tardaba horas en desatascar los vehículos.

Cuando por fin llegaron a la ciudad de León, toda la comitiva estaba agotada y hecha polvo. Ya era otoño y durante los últimos días del viaje había llovido sin cesar. Las tiendas no habían podido secarse bien y Aenlin en especial se sentía sucia y exhausta. Anhelaba alojarse en un lugar limpio y resguardado del agua, aunque estaba preparada para entrar en un terreno incierto. En las últimas semanas del viaje habían pernoctado en dos ocasiones en burgos, pero nunca le habían pedido que entrara en la casa, y mucho menos había recibido un trato deferente. El copero y la mujer que daban la bienvenida a don Rodrigo y sus caballeros en el patio del castillo y les ofrecían un vaso de vino tan solo le habían lanzado miradas airadas y no le habían dirigido la palabra. Una de las señoras del castillo la había enviado a que durmiese en una capilla; otra, en la cocina. Esto último habría sido sin duda más desagradable, pues era un hormiguero de cocineros y mozos. Pero don Álvaro se había cuidado de que la alojaran en el establo donde él también había preparado su lecho a una prudente distancia.

—Todavía era más difícil cuando viajaba con la señora Zoraida —recordó—. No teníamos tienda para ella y en los burgos no nos ofrecían alojamiento, así que nos dirigíamos a pequeñas posadas. ¡Bien podéis alegraros de no haber pasado por eso! Si hay habitaciones especiales para mujeres están llenas de piojos y pulgas.

—¿Tenéis... tenéis alguna idea de dónde me hospedaré en León? —preguntó intranquila Aenlin cuando a la mañana siguiente reemprendieron el viaje.

En realidad se lo quería haber preguntado a don Rodrigo, pero parecía malhumorado tras pasar la noche en el burgo. El señor del castillo le había hecho notar claramente que desaprobaba que viajase con una concubina mora.

Don Álvaro se encogió de hombros sin saber qué decir.

—No tengo ni la más mínima idea, señora. Solo sé que se encontrará algún lugar para vos en la corte. Ahí no podréis vivir oficialmente como la esclava de don Rodrigo.

—¿Os referís a que me enviarán a la cocina como a Zoraida? —preguntó con voz ronca Aenlin.

Don Álvaro negó con la cabeza.

—Esto tampoco, señora; en tal caso vuestro dueño debería desprenderse de vos. Nunca se rebajaría tanto como para ir a las dependencias de las mozas de cocina para dormir con vos, y seguro que prefiere que sigáis oliendo a rosas que a grasa quemada. No, no, alguna solución intermedia debe de haber. Y para ello tendrá que involucrar a Jimena, su esposa, quien no estará especialmente entusiasmada...

Aenlin suspiró. Estos eran precisamente los problemas ante los que Damaris la había advertido. Se preparó para una relación difícil y solo pudo consolarse con el sujeto del tan ardientemente anhelado reencuentro: Meletay.

2

León, la residencia del rey Alfonso, era una importante y antigua ciudad comercial. Aenlin ya había oído hablar a su padre del lugar, donde se hospedaban cada año un gran número de peregrinos camino de Santiago. Dado que estos necesitaban comida y ropa, el comercio floreció y la ciudad no tardó en reconstruirse aproximadamente un siglo después de haber sido destruida durante una de las incontables luchas entre moros y cristianos. La residencia del rey era muy extensa. Además de los edificios administrativos y el palacio, disponía de caballerizas y cobertizos para los carros, así como de viviendas suficientes para los cortesanos y sus familias. Parejas como don Rodrigo y Jimena también tenían, por supuesto, espléndidas propiedades en otros lugares, pero cuando se alojaban en la corte ocupaban las habitaciones de un ala del palacio. Debido a ello, Aenlin esperaba encontrarse con la esposa de su señor en cuanto llegase.

De todos modos, se alegró de que el viaje terminara cuando llegaron a la ciudad real la noche de un frío y lluvioso día de otoño. En cuanto don Rodrigo lo ordenó, se abrieron inmediatamente las puertas de un gran patio, en el que se introdujeron los carros con las mercancías, mientras don Rodrigo y los caballeros recibían la bienvenida de los empleados de la corte. El senescal enseguida mandó llevar bebidas y de inmediato los caballeros saborearon un vino especiado y caliente. Aenlin volvió a cosechar miradas de indignación. Por su parte, el senescal no daba muestras de percatarse de su presencia. Al final fue don Álvaro quien la ayudó a bajar de la silla aun sin poder responder todavía a la pregunta de qué iba a ser en adelante de ella.

—Tendréis que esperar hasta que vuestro señor os dedique su atención —le comunicó el anciano caballero. Parecía desolado, le habría gustado darle una información más clara.

—¿Y vos? —preguntó Aenlin. Estaban recogiendo las monturas de los caballeros y don Gonzalo ya bromeaba con los mozos.

—Nosotros nos vamos a nuestros alojamientos —contestó don Álvaro—. Y a lo mejor los baños ya están templados, necesitaría un baño de vapor después del viaje a caballo.

También Aenlin lo habría necesitado. Llevaba semanas lavándose por encima en lagos o ríos y anhelaba sumergirse en un baño caliente y ponerse ropa limpia y seca. No solo tenía la capa de viaje sucia y empapada, sino que los ligeros pantalones de lino y la túnica que llevaba debajo estaban sudados y con salpicaduras de barro. Se sentía fatal.

Pero don Rodrigo por fin se acordó de ella. Había intercambiado las últimas novedades con el senescal y lanzó una mirada a su exótico regalo que tan mísero aspecto ofrecía.

—Espera aquí —indicó a Aenlin—. Cuando vuelva te diré dónde vas a alojarte.

La joven se mordió el labio. El patio no le parecía el lugar más apropiado para estar esperando a su señor. No se sentía segura, y además el ambiente frío y húmedo era de lo más inhóspito. Kizlar jamás habría exigido a una de sus protegidas que aguardase en un lugar así.

—¿No puedo irme ya con vos? —preguntó en voz baja—. Aquí... el entorno no es... el indicado...

—No tardaré mucho —respondió el caballero sin atender a sus reparos.

Y dicho esto se dio media vuelta para encaminarse a uno de los edificios. Aenlin se retiró entristecida bajo el alero de uno de los cobertizos para los carros, esperando no quedar expuesta a las miradas de todo el mundo. Cuando empezara a correr la voz sobre el insólito regalo de don Rodrigo entre los caballeros y el servicio, todo el mundo acudiría para quedársela mirando con la boca abierta. Aenlin se sentó sobre el pértigo de un carro de carga e intentó esperar pacientemente.

Cuanto más tiempo pasaba, más difícil le resultaba. Cuando empezó a oscurecer, a su resignación ante su incierto destino se iba añadiendo la indignación. ¿Qué se había pensado ese caballero para tenerla abandonada durante horas ahí sola?

No obstante sentía más aburrimiento que miedo. No parecía que nadie fuera a molestarla. Las instalaciones de servicios y las caballerizas parecían desiertas, y Aenlin no pudo contenerse. Una y otra vez dirigía la vista a los edificios donde se habían llevado las monturas de los caballeros. ¿Estaría ahí Meletay? Don Rodrigo no le había prohibido que fuera a verla. Al contrario, le había prometido que se la mostraría. Pero Aenlin ya estaba harta de esperar. Y ya que desobedecía a su señor marchándose del patio, el establo sería un lugar tan bueno como cualquier otro a donde ir.

Se encaminó decidida al modesto edificio. Las puertas estaban abiertas, pues los caballos necesitaban aire fresco. Aenlin inspiró hondo cuando entró en el establo. ¡Cuánto había echado de menos esa mezcla de olor a estiércol, sudor de caballo, heno, paja y cuero! ¡Y el sonido de fondo! Ninguna música era tan hermosa como el ruido de los caballos masticando satisfechos la avena o el heno. Aenlin se internó en el pasillo del establo como en un sueño.

Al principio pasó junto a las redondas nalgas de los caballos de trabajo que estaban atados uno al lado del otro en amarraderos. Muy pocos volvieron la cabeza hacia ella. Después de un largo día con los arreos, ya estaban hartos de seres humanos. A continuación seguían los puestos algo más amplios de los corceles de guerra. También ellos estaban atados en fila. No era algo que se diera por entendido, puesto que los caballos enteros preferían poner distancia entre sí. Pese a ello, los caballos de silla con experiencia, como el semental de don Álvaro, estaban bien educados y habían aprendido en las innumerables campañas de guerra que más valía reservar las fuerzas que gastarlas peleándose con el caballo de al lado. Eso era válido al menos cuando no había cerca ninguna yegua por cuyos favores luchar.

Aenlin apretó el paso. No iba a encontrar a Meletay en el establo de los sementales. Si la yegua estaba ahí, debía de hallarse en un lugar aparte. Finalmente llegó a otro pasillo y la saludó su mula con un suave relincho. Durante el largo viaje se había hecho amiga de Malia. Se acercó a ella, la acarició y le susurró un par de palabras cariñosas. Al mismo tiempo, comprobó que estuviera bien alimentada y que tuviera paja limpia y no quedara ninguna huella de la silla ni de las bridas. Lo cierto es que tenía muy buen aspecto. Alguien debía de haberla cepillado. Aenlin pensó con una pizca de amargura que se habían ocupado más de la mula que de ella. Impaciente, siguió adelante. En ese corredor únicamente había yeguas y unos pocos castrados. Se trataba de caballos más pequeños y ligeros en general: palafrenes, los caballos de las damas y los de los religiosos.

En el extremo del corredor se encontraba un espacio separado del establo. El cobertizo era pequeño, pero aun así el animal disponía de espacio para moverse. Una cuadra para una yegua preñada.

Casi se le paró el corazón cuando reconoció entre los barrotes la cabeza fina y bien perfilada. ¡Los ojos enormes, los ollares anchos, la crin más bien escasa y el pelaje puro oro!

¡Meletay! Una exclamación ahogada, pero el animal pareció notar algo a pesar de todo. La yegua levantó las orejas y desvió la vista del heno para volverse hacia Aenlin.

—Meletay, amiga mía. ¿Te acuerdas de mí? Estuvimos tan unidas...

El caballo se aproximó, sus ollares se ensancharon y cuando percibió el olor de Aenlin emitió un sonido profundo y suave, casi un suspiro de alivio, como si se hubiese despojado de un peso. Aenlin abrió la puerta de la cuadra, se aproximó a la yegua y le sopló delicadamente en los ollares. Inspiraron cada una el aliento de la otra hasta que Meletay bajó la cabeza y Aenlin apoyó el rostro contra la frente de la yegua. Con qué facilidad se fundían sus espíritus. ¡Era como entonces, como si nunca se hubiesen separado! Rodeó el cuello de Meletay con el brazo y sintió su calor, su pelaje sedoso. Experimentó una ligereza infinita, ternura, amor..., también ella emitió un sonoro suspiro.

Y entonces empezó a cantar. Y mientras cantaba la canción de Meletay, tuvo la sensación de compartir con ella los latidos de su corazón. Por un breve y extasiado momento, en la penumbra de la cuadra, no hubo nada más en el mundo que su caballo y ella, hasta que la voz de un hombre la arrancó de su ensimismamiento.

—¿Qué hacéis aquí?

Aenlin se sobresaltó y Meletay se separó de ella, aunque sin dar muestras de temor. Al contrario, miró amistosa al recién llegado e incluso le dirigió un suave relincho.

A la luz de la lámpara del establo, Aenlin distinguió a un hombre muy joven y vestido con la sencillez propia de un criado. Parecía tener el cabello castaño e iba peinado como los sirvientes: como si le hubiesen colocado un cazo en la cabeza y le hubieran cortado el pelo que sobresalía por los bordes. Debajo vio un rostro dulce y bondadoso pero que ahora reflejaba preocupación y desconfianza.

—¡No podéis entrar sin más en un establo y poneros a cantar! —exclamó enfadado—. Esta yegua es muy sensible... Habría... habría podido cocearos... o algo peor... —Por su voz se notaba que esto último era muy poco probable. Meletay siempre había sido pacífica—. Pero ¿quién sois vos?

Aenlin le dirigió una sonrisa de disculpa. Se había quitado la capucha de la capa, que se le había resbalado al abrazar a Meletay. Se la colocó mejor.

—Sé lo sensible que es —respondió—. La primera vez que la vi casi saltó por encima de mi cabeza solo porque un gato salió inesperadamente de detrás de un carro...

El joven la estudió con la mirada y su desaprobación dejó paso al interés.

—¿La primera vez que la visteis? ¿Así que ya la conocéis? ¿De antes? Ella... Se dice que viene de tierras eslavas.

Aenlin asintió.

—De Rusia, de Kiev. Y... y una vez fue mía... —Salió de la cuadra. Meletay soltó un bufido triste cuando cerró la puerta tras de sí.

—De hecho, se diría que os ha reconocido —comentó el criado, sorprendido—. Pero... ¿cómo puede ser? —Se rascó la frente—. ¿Quién sois? —preguntó de nuevo—. ¿Cómo habéis llegado hasta aquí?

—Es una larga historia —respondió Aenlin, que pasó la mano entre los barrotes y volvió a acariciar la suave nariz de la yegua—. He venido con don Rodrigo Díaz de Vivar desde Al Ándalus. Mi nombre es Aleyna. Yo...

El rostro del mozo se iluminó.

—Sois la... ¿sois la mora? —Por lo visto había conseguido reprimir un calificativo menos amable... y todos los demás comentarios que sin duda habría escuchado sobre la historia de la recién llegada—. Me he ocupado de vuestra mula.

Aenlin asintió.

—Sí, ya he visto que la han cepillado y tiene paja fresca. Parece contenta. Te lo agradezco. Me gustaría darte un par de monedas, pero no tengo dinero.

El chico se encogió de hombros.

—Es mi trabajo, Aley... señora... ¿Cómo debo dirigirme a vos?

Aenlin sonrió.

—En realidad como *sayyida* —contestó—. Aunque creo que esa época ya ha pasado. Y no sé cómo será la que me espera. ¿Cómo te llamas? ¿Estás al servicio del rey?

El criado negó con la cabeza.

—Estoy al servicio de don Rodrigo. Como él soy de Burgos, el lugar al que pertenece su familia. Cuando pidió que le enviaran su semental de las caballerizas de su padre, me mandaron a mí con él. Me llamo Jaime.

Sonrió.

—Jaime de Vivar. —Y al mismo tiempo que lo decía hizo una reverencia.

—¿Jaime? —Una voz femenina resonó desde la puerta—. ¿Has visto por aquí a una muchacha? ¿A esa mora de don Rodrigo...? Tengo que... ¡Ah, ahí está! —Había cierto alivio en sus palabras y la mujer también se dejó ver a la luz de la lámpara del establo. Era baja, tenía el rostro puntiagudo y el cabello moreno recogido en un moño tirante en la nuca. El vestido oscuro y sobrio que llevaba era de paño de calidad y de corte ceñido, como prescribía la moda del momento en tierras cristianas. Aenlin había visto vestidos de ese tipo en las señoras de los burgos que habían visitado durante el viaje—. Tienes que venir —dijo sin formalismos a Aenlin—. Doña Jimena quiere verte.

Aenlin se sobresaltó y se miró la indumentaria. No solo iba sucia y sudada a causa del viaje, sino que también olía a caballo. De la capa colgaban briznas de heno y paja.

—Quisiera... quisiera lavarme antes un poco —se atrevió a decir.

La mujer, que no debía de ser mayor que Aenlin, hizo una mueca.

—Si la señora quiere verte, quiere verte «ya» —contestó con aspereza.

Aenlin se mordió el labio.

—Al menos debería vestirme según las costumbres del lugar —insistió, esforzándose por parecer segura de sí misma—. No quiero ofender el pudor de la señora con mi indumentaria.

La joven frunció el ceño.

—¿El pudor? Tú bromeas. —Pero pareció dispuesta a ceder—. ¿Tienes ropa adecuada?

Aenlin se frotó la frente.

—No, yo... yo no tengo nada. Pensaba...

—Que la señora Jimena te la iba a regalar loca de alegría por tu llegada —se burló la muchacha—. Olvídate. Te presentarás ante ella tal como estás.

Jaime había estado escuchando la conversación en silencio, pero lanzando miradas compasivas a Aenlin. En ese momento intervino.

—*Say*... Aleyna... Si prefirieseis ir con una falda y una blusa... Por supuesto no es una indumentaria que responda a vuestra condición. Matilda... es algo limitada, pero una chica amable. Seguro que...

La mujer rio.

—Es de lo más adecuado. La ropa de una pastora de cerdos...

Aenlin miró a Jaime desamparada y el chico se encogió de hombros.

—Matilda es la única chica que duerme en el establo y de ahí que también sea la que guarda aquí sus cosas —expuso para justificar su sugerencia—. Y sí, es la que cuida de los cerdos, pero también cuida como un tesoro su ropa de los domingos. Puede que lleve algún que otro zurcido, pero a cambio seguro que está limpia.

Aenlin tomó una decisión. Cualquier cosa mejor que presentarse con la ropa del harén gastada y sucia ante la esposa de su señor. Con mirada majestuosa se volvió hacia Jaime.

—Si la señora Matilda pudiera sacarme de este apuro dejándome ropa limpia os estaría tanto a ella como a ti muy agradecida —dijo con serenidad—. Por favor, consúltaselo en mi nombre.

Poco después entraba en un cobertizo contiguo a la pocilga en la que un par de animalitos negros retozaban en paja limpia. Matilda se ocupaba de sus protegidos tan bien como Jaime de los suyos, y no parecía descuidada. Claro que su delantal mostraba huellas de su trabajo y que su cabello, de un rubio oscuro, estaba desaliñado y sin peinar, pero el rostro y las manos estaban limpios. Aenlin se propuso regalarle uno de sus peines como muestra de agradecimiento.

Matilda era muy amable. Cuando vio a Aenlin, el asombro asomó en su ingenuo rostro de luna llena, y al sonreír dejó al descubierto unos dientes marrones y torcidos. Sin embargo, escuchó con atención lo que Jaime le pedía y señaló primero una fuente en el patio en la que Aenlin podía lavarse sucintamente. Al instante sacó de un arcón de madera basta una falda de lino marrón y una blusa blanca. Para sorpresa de Aenlin, las prendas olían a lavanda. La muchacha había colocado las flores entre la ropa, al igual que hacía siempre la madre de Aenlin en Colonia para conservar el olor fresco. La joven sonrió a la pastora. Por primera vez desde que había vuelto a tierras cristianas se sentía en casa.

Jaime dejó el cobertizo sin que se lo pidieran para que Aenlin pudiera cambiarse y Matilda se dispuso a ayudarla. Era evidente que estaba encantada con esa exótica visita y aplaudió cuando vio a la recién llegada con su ropa.

—Eres mucho más bonita que Matilda —dijo la porqueriza con una sonrisa resplandeciente y paseando la mirada entre ella y Aenlin—. ¿Eres una princesa?

Aenlin lo negó cariñosamente.

—Solo soy una sirvienta, como tú —dijo—. Y te doy las gracias con todo mi corazón por haberme ayudado.

Matilda hizo un gesto de rechazo.

—Solo tienes que devolverme la ropa antes del domingo —le pidió—. Para ir a la iglesia. Matilda quiere presentarse pulcra y sin una mancha ante Nuestro Señor Jesús.

Aenlin sonrió. Toda mujer necesitaba a un hombre ante cuyos ojos ser bella.

3

Naturalmente, no había ningún espejo en el cobertizo de Matilda, junto a la pocilga, pero Aenlin ya podía imaginarse que su peinado tampoco contribuiría demasiado a rendir los honores del harén de donde procedía. Durante el viaje se había acostumbrado a hacerse una gruesa trenza que le caía por la espalda y a soltársela y cepillarse el pelo por la noche, antes de que llegara su señor, y como resultado exhibía una melena suave y ondulada. Pero ahí no había ningún cepillo, así que debería contentarse con lo que tenía. Aenlin se soltó la trenza a toda prisa y se alisó los mechones con los dedos. Luego salió del establo y vio en el rostro de Jaime la misma sorpresa y admiración que la que expresaban los hombres cuando les presentaban a una muchacha de la casa de la señora Zulaika, aunque sin duda el mozo de cuadras era más fácil de impresionar que un visir, un comerciante rico o un emir. No obstante, Aenlin se sintió reconfortada. Todavía conservaba sus encantos, no tenía que amilanarse delante de Jimena de Vivar.

La joven que había llegado para recogerla no se dejó impresionar. Cuando vio el cabello suelto de Aenlin, emitió un sonido burlón. ¿Sería habitual cubrirse el pelo en las casas nobles? El hecho de que su acompañante no llevara pañuelo en la cabeza demostraba lo contrario. Tampoco parecía que fuera a explicar la causa de su disgusto; simplemente mostró una expresión hostil cuando Aenlin la siguió tras dar las gracias de nuevo a Matilda y Jaime y cubrirse otra vez con su capa de viaje. Le habría gustado saber qué función desempeñaba la muchacha en la administración de la casa de los Vivar. En realidad, mostraba demasiado aplomo e iba demasiado bien vestida para ser una sirvienta. La cruz que llevaba colgando de la cadena alrededor del cuello era con certeza de oro. Por otra parte, las jóvenes de la nobleza solían preferir vestidos de colores. Aenlin se preguntó si estaría de luto, pero se olvidó de ello cuando dejaron las dependencias de servicios y entraron en el edificio contiguo al palacio en el que residían don Rodrigo y su familia. La joven condujo a Aenlin a través de unos oscuros corredores y adarves, hasta que abrió una puerta soberbiamente decorada con tallas de madera y trabajos de taracea.

—Los aposentos de doña Jimena —indicó lacónica, y dirigió unas palabras al interior—: ¿Tía Jimena? La... mora está aquí...

Así que era una pariente de los Vivar. Al menos ya tenía respuesta a su primera pregunta. Aenlin siguió a la joven acompañante por una pequeña antesala en la que solo había un arcón presidido por un crucifijo, y llegó a una estancia suntuosamente amueblada que contaba también con unas mullidas alfombras. Ante una acogedora chimenea en la que ardía un pequeño fuego se veían sillones y taburetes con unos cojines que invitaban a tomar asiento. En un rincón había un reclinatorio de madera tallada sobre el que descansaba una costosa Biblia, y en la pared colgaba un no menos valioso crucifijo. Sobre una pesada mesa de madera oscura había un bordado sin terminar y, al lado, una jarra con vino y dos vasos. Unas pinturas tenebrosas que plasmaban escenas bíblicas cubrían las paredes. Si bien llameaban un par de velas, unas cortinas tapaban las pequeñas ventanas para no dejar pasar el frío otoñal del exterior, así que reinaba la penumbra. Pese a ello, y para regocijo de Aenlin, la habitación estaba caldeada.

Justo entonces descubrió por qué. Junto a la mujer que estaba sentada en un sillón al lado del fuego había una cuna. Al parecer Jimena de Vivar había dado a luz a su hijo mientras Rodrigo estaba ausente. Tal vez esa era la causa de la larga demora del caballero, que sin duda había tenido que admirar a su hijo o a su hija antes de comunicar a su esposa la noticia de la incorporación de un nuevo y menos deseado miembro a la familia. Los otros hijos, una niña de unos tres años y un niño de tal vez dos, estaban jugando a los pies de su madre. Eran muy sumisos, lo que Aenlin casi encontró extraño. Los hijos de la señora Rumaikiyya eran mucho más movidos.

Aenlin les dedicó una breve mirada antes de concentrarse en la consorte de don Rodrigo. Jimena, sentada muy derecha en el sillón, tenía sobre el regazo una labor de bordado. También ella llevaba un vestido de corte moderno con unas mangas largas y anchas y, por supuesto, estaba más llena que su joven pariente. Sin embargo, los tres partos, pese a haber sido tan seguidos, no habían dañado su figura. La esposa de don Rodrigo le recordaba un poco a la señora Rumaikiyya, aunque era evidente que carecía de su carácter alegre. Sus rasgos eran severos. Tenía los pómulos altos, al igual que la frente, enmarcada por el nacimiento del cabello en forma de corazón, y la boca más bien pequeña. Su tez era cetrina y con esa iluminación mortecina los ojos parecían profundamente negros. Aenlin no distinguió en ellos la menor emoción. Jimena miró fríamente a la mujer que tenía enfrente. Su cabello, muy oscuro, estaba recogido como el de la sobrina en un moño en la nuca.

—Gracias, María —dijo con voz oscura.

Una voz muy hermosa. Seguro que habría sido una buena cantante si la hubieran instruido para ello. Aenlin esperaba que despachara a la joven pariente, pero no fue así. María tomó asiento en otro sillón y cogió el bordado que había estado encima de la mesa. Lo había dejado allí cuando Jimena la había enviado a buscar a Aenlin. ¿O tal vez cuando había llegado Rodrigo? Con toda probabilidad esto último. Jimena seguramente había querido quedarse a solas con su marido.

Aenlin se quedó de pie delante de la mesa, preguntándose qué se esperaba de ella. Al final, se inclinó.

—Señora —susurró con un deje inquisitivo.

Jimena torció un poco la boca antes de tomar la palabra.

—Me pregunto qué tienes tú de tan especial —dijo gélida—. ¿Acaso sabes de hechizos para retener a los hombres a tu lado?

Aenlin la miró horrorizada.

—¡No! ¡Por supuesto que no, señora! Yo... yo lo que sé es tocar el laúd... y cantar... tocar la flauta...

Jimena rio sardónica.

—¿Te refieres a que debemos la alegría de tu presencia al hecho de que mi marido ha descubierto su amor hacia la poesía y la música? También eso sería el resultado de la brujería... Pero está bien, tampoco necesitamos entrar en detalles respecto a tus habilidades especiales. ¿Cómo te llamas?

—Aleyna, señora —respondió la interrogada con serenidad.

Jimena torció el gesto.

—Es posible que tenga algún significado entre los musulmanes...

—Soy cristiana, señora —puntualizó Aenlin.

Jimena suspiró.

—Eso simplifica las cosas por un lado, pero las complica por el otro. Está bien, chica. Mi esposo desea que te admitamos en casa en una... um... posición... adecuada. Me ha pedido que te acoja como dama de compañía. Diremos que eres pariente del emir de Sevilla y que te ha enviado a la corte del rey para que te eduques y aprendas los modales de la buena sociedad. En realidad, para ello deberías servir en la corte de la reina, pero en la actualidad su puesto está... vacante. Así que es justificable que yo me ocupe de ti. En cuanto a tu hospedaje... lo propio sería que compartieras habitación con María... —La mencionada levantó escandalizada la vista de la labor—. Pero esto no es posible por razones obvias —siguió diciendo Jimena apretando los labios—. Así que te proporcionaré una habitación en otra zona del edificio. En realidad con ello quiero demostrar que no se le puede exigir a María que viva con una musulmana..., pero da igual, la gente hablará de todos modos. —Suspiró—. ¿Cómo vas de ropa? Se diría que no dispones de una vestimenta adecuada para no llamar la atención en la corte.

Algo empezó a agitarse en el interior de Aenlin. Por supuesto, entendía que Jimena no estuviera especialmente entusiasmada con su presencia, pero esa no era razón para tratarla tan despectivamente. La dama sin duda sabía que ella no estaba allí por propia iniciativa. ¿O acaso Rodrigo se la había presentado como su amante y no como un regalo? En cualquier caso, se había ocupado de que no fuera considerada una esclava. Aenlin sintió de nuevo agradecimiento hacia el caballero, aunque su esposa la disgustaba.

—Dispongo de ropa adecuada para no llamar la atención en la corte del emir de Sevilla —observó, esta vez con un tono más cortante—. De momento mi nuevo señor no ha tenido a bien equiparme con una indumentaria para mi llegada a esta corte.

Jimena se echó a reír.

—¡Eso ni se le ocurriría, chica! Te verá sobre todo a oscuras y pocas veces con un casto camisón. El resto de las tareas en torno a tu llegada me las deja a mí. ¿María? —Se volvió hacia la joven—. Seguro que tienes un par de vestidos que ya no llevas o que te pones pocas veces. A ella le irán bien...

María frunció el ceño.

—No tengo tanta ropa, tía Jimena, los vestidos no son más que vanidad. Las prendas que tengo las llevo yo misma, y no me gustaría...

—¡De todos modos deberías dejar de vestirte como un cuervo! —la interrumpió Jimena con voz cortante—. Por más que deba compartir mis aposentos con una monja en potencia y una furcia camuflada, insisto en que ninguna de las dos lo parezca. Así que le das a ella uno de tus vestidos, María, y mañana te tomarán medidas para hacerte un par de nuevos. De colores claros. Tienes que agradar a tu futuro marido. ¡Ya ves lo que pasa cuando no lo consigues! —Al decir esto señaló a Aenlin, quien había bajado la cabeza asustada ante el nuevo improperio—. Ah, sí, y mañana quiero que te sueltes el pelo, María; en cuanto a ti, Aleyna... —balbuceó—, por el amor de Dios, cúbretelo. No puedes llevarlo suelto como una virgen, y no voy a consentir que lo lleves como si... como si estuvieras desposada con él. —Su voz se quebró, pero se recuperó enseguida—. Ya podéis iros las dos —ordenó, dándoles la espalda a ambas y ocupándose de la cuna con el bebé.

Aenlin se alegró de poder salir de allí, aunque las palabras de su señora le planteaban nuevos enigmas. Sopesó la posibilidad de preguntar a María acerca de la observación sobre su peinado, pero lo dejó estar porque tampoco se encontraban solas.

En el pasillo, delante de los aposentos de Jimena, las esperaba una muchacha todavía muy joven con un sencillo delantal de sirvienta.

—¿Doña María? —preguntó tímidamente—. He arreglado la habitación tal como me ha indicado la dueña. Para la nueva joven señora. ¿No... no tiene doncella?

María puso los ojos en blanco.

—No, Paqui, no tiene doncella —respondió a la jovencita—. También de eso habrá de encargarse la señora... Seguro que no puede vestirse sola.

Aenlin la fulminó con la mirada.

—Si vos podéis, yo también lo conseguiré.

María volvió a mirarla con hostilidad.

—Podría hacerlo, pero no está bien visto en una mujer joven de posición. Por eso tengo a Paqui. —No miró a la jovencita con más benevolencia que a Aenlin—. Llévala ahora a su alcoba —indicó a su doncella mientras señalaba a la recién llegada, y escupió la palabra «alcoba» como si fuera algo infame—. Y a mí me traes después algo para cenar. No mucho, solo pan y leche.

—¿Nada de vino, señora? —preguntó la jovencita.

Nada de vino. Aunque, pensándolo bien..., tráeme la cena dentro de una hora. Iré a la capilla para la misa de la noche. Necesito purificarme.

Y dicho esto se precipitó por el pasillo en dirección a la escalera.

—¡Yo también! —se le escapó a Aenlin—. Bueno, no necesito ir a misa, pero si pudieras traerme algo de agua. Tengo que sacarme de encima el polvo del viaje y quitarme estas prendas... —Aunque cabía en la ropa de Matilda, la falda le iba un poco estrecha.

La joven doncella asintió.

—Por supuesto, doña...

—Aleyna —se presentó Aenlin—. Y si a mí también pudieras traerme algo que cenar... Pero primero llévame a mi habitación. Estoy muy cansada.

Paqui volvió a asentir.

—¡Habéis hecho un largo viaje a caballo! —dijo maravillada—. Sevilla... está muy lejos... y es pagana... —Se santiguó—. Yo habría pasado miedo allí.

Aenlin sonrió.

—Al principio yo también —le confió—. Pero no está ni mucho menos tan mal...

En comparación con el trato que había recibido de doña Jimena, hasta las intrigas de Walada le parecían soportables.

Sin embargo, se vio gratamente sorprendida por la habitación que le habían asignado. Estaba, en efecto, algo retirada. Luego se enteró de que estaba pegada a los alojamientos de los sirvientes. No era demasiado pequeña, contenía una ancha y cómoda cama sobre la que se combaba un dosel de seda y brocado, así como dos sillones y una mesa, alfombras y tapices. Aenlin no estaba segura, pero sospechaba que debía este lujo relativo a don Rodrigo. Jimena seguro que no la hubiese alojado en un lugar tan confortable. Se enterneció de nuevo. Él no la había olvidado. A pesar del bebé...

—Paqui, el bebé de la señora Jimena... —preguntó a la joven doncella—. ¿Es niña o niño?

La jovencita, que acababa de darse cuenta de que alguien había subido las cosas de Aenlin y se disponía a abrir las alforjas y ayudarla a desempaquetar, sonrió.

—Una niña, la pequeña María. Es un encanto. ¡Y esos vestiditos tan preciosos que lleva...! Me recuerda a mi hermana pequeña. Ella también es tan dulce... aunque no tenga vestiditos tan bonitos... —Los ojos de Paqui se ensombrecieron. Probablemente añoraba su hogar.

—Entonces ¿te encargas tú de cuidar de la pequeña? —preguntó Aenlin para que la muchacha siguiera hablando. Esa cháchara ligera le animaba el espíritu. Además, si planteaba las preguntas correctas, seguro que obtendría información sobre la casa en la que había ido a parar. Pero primero su mente divagó. Jimena había vuelto a dar a Rodrigo una hija en lugar del hijo que él esperaba—. Y también de los otros niños, imagino.

Paqui hizo una mueca con los labios.

—No. Yo solo soy doncella de cámara, no soy el aya. ¡Y naturalmente, tampoco la nodriza! —Sonrió, y al hacerlo dejó al descubierto una dentadura mellada. Sin embargo, no debía de tener más de diez años—. Pero cuando doña María tiene que cuidar de doña Cristina y don Diego, siempre me deja jugar con ellos.

—¿A doña María no le gustan especialmente los niños? —preguntó Aenlin. No le habría extrañado nada.

Paqui movió la cabeza negativamente.

—¡A doña María solo le gusta Dios! —respondió en un tono grave—. Cada día reza un montón de horas. A veces hasta se olvida de comer. —Eso le parecía de lo más raro. Paqui estaba delgada y desnutrida. Aenlin se preguntaba si no llevaba demasiado tiempo en la corte o si era simplemente que nadie se ocupaba de ella. Las cocineras del harén no habrían mimado solo a los hijos de la señora, sino también a las esclavas pequeñas.

—Pero no se ha ordenado religiosa, imagino. O al menos todavía no —expuso Aenlin, para confirmar sus suposiciones.

Jimena la había llamado «monja en potencia». Poco a poco iba entendiendo la situación.

—Le gustaría ingresar en el convento, pero no puede —explicó solícita Paqui—. Está prometida con un pariente de la señora Jimena. Don Rodolfo es de alta alcurnia...

—¿Entonces la señora no es realmente su tía? —preguntó Aenlin.

—No. —Paqui también estaba enterada de eso. Aenlin la encontró una niña extremadamente despierta, lo que también demostró por el empeño con que sacó la ropa de las alforjas. Miró fascinada las sedas y la extraña indumentaria—. Es una prima de don Rodrigo. ¿Esto son unas calzas, señora? ¿Las mujeres las llevan en tierras de los musulmanes? Y esto... esto es un laúd, ¿verdad? Escuché una vez a un trovador tocando el laúd. Pero doña Jimena dice que es pecado. Solo podemos cantar para alabar a Dios...

Aenlin prometió a la jovencita que tocaría para ella el laúd cuando se presentara la ocasión, pero en ese momento la envió a por agua y comida. Tenía mucha hambre y estaba muy cansada. Esperaba que don Rodrigo no requiriese esa noche sus servicios, aunque la señora Zulaika la habría amonestado por su actitud.

Por supuesto, don Rodrigo estuvo bebiendo primero con el rey y sus caballeros. Tenía que informar a Alfonso de lo ocurrido durante el viaje, y si además había de ir a los baños seguramente llegaría a la habitación de Aenlin muy tarde. Así que ella tuvo tiempo de lavarse a fondo —Paqui olió incrédula los jabones y esencias aromáticas que desenvolvía— y de disfrutar después de una estupenda comida. La doncella debió de sospechar que la nueva joven señora de la casa de los Vivar no tenía ninguna intención de mortificarse. Le llevó un gran plato con pan y asado frío, un sabroso queso, jamón y un par de rodajas de una salchicha picante. En Al Ándalus no había jamón ni salchicha, y Aenlin los saboreó con deleite. Suponía que se habían elaborado con la carne de los parientes de los cerditos negros que cuidaba Matilda. En Al Ándalus no se criaban cerdos, pues la carne de esos animales era considerada impura entre musulmanes y judíos. Paqui también le sirvió vino con toda naturalidad, y Aenlin lo paladeó sin aguar, excepcionalmente. Después de ese día lleno de acontecimientos necesitaba comer. Se preguntaba en qué consistiría el «servicio» que debía dispensar a doña Jimena. ¿Le permitiría escaparse de vez en cuando a las caballerizas? Pensó dichosa en ver de nuevo a Meletay.

Y soñó con volver a volar con ella.

4

Esa primera noche en León, Aenlin durmió tranquila. Rodrigo no fue a visitarla, probablemente permaneció con su mujer. A la mañana siguiente, al amanecer, Paqui volvió a llamar a la puerta. Le llevaba gachas con miel para desayunar, así como un sencillo vestido marrón oscuro y una especie de cofia con unas puntillas blancas y un velo corto con que cubrirse la cabeza.

—He soltado un poco el dobladillo —explicó la jovencita mirando la liviana blusa de encaje con que Aenlin había dormido— porque vos sois algo más alta que doña María.

Aenlin le dio las gracias enternecida. Con cierta sensación de culpa pensó que la muchacha se habría quedado media noche despierta para arreglar el vestido. Ahora la ayudaba a ponérselo, lo que sin asistencia resultaba realmente difícil. Era voluminoso, ceñido y con botones en la espalda. La pequeña también sabía cómo colocar la cofia y se ofreció a cepillarle el pelo y a trenzarlo de modo que una parte de su esplendor al menos quedara escondida bajo la cofia. Esta prenda no servía para cubrir completamente el cabello en público, como era usual entre los moros. Era más bien un accesorio a la moda y no una prenda obligada de la indumentaria.

—¿No deberías estar ocupándote de doña María? —preguntó con prudencia antes de aceptar el ofrecimiento de la pequeña. No tenía ningunas ganas de volver a meter la pata.

Paqui sonrió.

—Doña María ya hace un buen rato que está en la misa de la mañana —contestó—. Se despierta antes de que amanezca.

Aenlin suspiró. Ella consideraba que se había levantado muy temprano. En Al Ándalus solían hacerlo más tarde. Antes de las diez no empezaba la vida pública.

Pero ahora se entregó a las manos extraordinariamente diestras de Paqui y buscó a continuación el espejo. En el harén todas las mujeres disponían de espejos venecianos y Aenlin se había llevado el suyo. Paqui lo miraba fascinada, como si nunca antes hubiese visto ninguno. Y eso que al menos doña Jimena debía de tener uno, por más que en el reino de Castilla y León fueran más escasos. Don Rodrigo viajaba con frecuencia a Al Ándalus, sería impensable que jamás le hubiera regalado un espejo a su esposa. En el caso de María veía posible que considerase que el hecho de contemplarse a uno mismo con agrado era una muestra de soberbia.

Una vez que Paqui se hubo cansado de mirar su propia imagen en el espejo, Aenlin comprobó qué aspecto tenía y quedó agradablemente sorprendida. Con ese vestido oscuro, María había parecido un ratón gris, pero con el cabello claro de Aenlin contrastaba favorablemente. La sobriedad de la prenda subrayaba los rasgos delicados y la silueta de la joven. Lo encontró casi provocativo, pues enfatizaba su feminidad mucho más que la ropa holgada del harén. La cofia, más que esconder el cabello, lo adornaba. Paqui había trenzado algunos mechones, los había sujetado a los lados de la cabeza, y ahora la mitad de ellos asomaba bajo la cofia. El traje castellano era raro y un poco incómodo, pero sumamente elegante. Aenlin se preguntó cuándo la vería su señor con su nueva apariencia y si le gustaría.

Dio de nuevo las gracias a Paqui y le tendió las prendas que había llevado el día anterior, tanto las del viaje como la ropa de domingo de la joven Matilda.

—Y por favor, que devuelvan esto al establo —le pidió, para rectificar a continuación—. No, deja, yo misma lo devolveré en cuanto esté libre. Quiero dar las gracias personalmente a esa muchacha...

«Y de paso echaré un vistazo a Meletay», añadió mentalmente.

Casi se echó a reír cuando volvió a reunirse con María en las dependencias de doña Jimena, donde las jóvenes debían hacer precisamente el trabajo que Paqui acababa de realizar para Aenlin. Se esperaba de ellas que despertasen a doña Jimena con un pequeño desayuno, la asesorasen a la hora de escoger su indumentaria y la ayudasen a vestirse. La señora no se comportaba con especial afabilidad. Criticó el atuendo de María, pues la joven volvía a llevar un vestido oscuro y se había puesto una mantilla sobre el cabello. Aunque lo había dejado suelto, según le habían indicado, el velo de encaje negro le cubría la cabeza y el cuello hasta los hombros. De ese modo, María burlaba las órdenes de Jimena. De hecho ahora se parecía más a una monja que el día anterior. La señora no pudo hacer ninguna objeción a la ropa de Aenlin, aunque tuvo que darse cuenta de que su intento de convertir a la esplendorosa belleza del harén en una mujer normal y corriente mediante la severidad de la vestimenta había fracasado.

María ayudó a la esposa de don Rodrigo a ponerse un traje de brocado con el cuerpo laboriosamente bordado. Aenlin se limitó a ataviarla con un sencillo collar de perlas y no tardó en ganarse una regañina por su falta de habilidad. No obstante, Jimena pidió a continuación que la peinara y, aunque Aenlin tenía mucha práctica en esta labor, no hacía nada del agrado de la señora. Al final la dama se cubrió también la cabeza con una mantilla y cogió su libro de oraciones.

—Espero que sepas comportarte en la casa del Señor —le dijo a la recién llegada mientras se dirigía a la capilla precediendo a las dos damas de compañía. Por lo visto, toda mujer noble empezaba la jornada con una misa matinal... que para María ya sería la segunda del día. Aenlin, que en Al Ándalus siempre había pensado que los musulmanes tal vez rezaban demasiado, cambió de opinión sobre el tema. Cualquier hombre y cualquier mujer podía integrar fácilmente las cinco oraciones en el curso de la jornada. En cambio, entre los cristianos solo los nobles tenían tiempo suficiente para alabar a Dios como era debido. La familia de Aenlin siempre se había limitado a asistir a misa solo los domingos.

Pero ir a la iglesia no se restringía a cumplir el culto religioso, era también una especie de actividad social. Jimena se encontraba con las mujeres de otros dignatarios que también estaban alojadas en el palacio real, y la reina, a su vez, solía asistir a la misa. Su asiento alto estaba vacío esa mañana, pues el matrimonio de Alfonso con Inés de Aquitania se había anulado debido a la falta de descendencia. Después de la misa, las presentes intercambiaron novedades acerca de cuándo llegaría la nueva prometida del rey, la condesa Constanza de Borgoña, y en qué consistirían las ceremonias del enlace. Durante el servicio religioso las miradas de las orantes se concentraron en Jimena y su séquito. Todas aprovecharon la oportunidad para contemplar a través de su mantilla a «la mora».

Aenlin mantuvo la cabeza baja cuando Jimena la presentó más tarde como la prima del emir de Sevilla que había sido confiada a la reina para mejorar su educación. La esposa de don Rodrigo contó que ella asumía esa responsabilidad en representación de su nueva majestad. Aenlin no creía que las mujeres fueran a tragarse esa historia, pero al menos una —la condesa Ordóñez, cuyo marido era uno de los grandes competidores de Rodrigo en la corte, según averiguó Aenlin después— sí se atrevió a plantear una pregunta con falsa cordialidad.

—Entonces ¿no debería pertenecer a la religión musulmana? —inquirió con fingida preocupación—. ¿Estará de acuerdo el emir en que la llevéis con vos a misa?

Jimena hizo una mueca.

—¡Educación, doña Urraca, significa para mí educación cristiana! Dios nos ordena que convirtamos a los paganos...

Aenlin decidió intervenir. Recordaba ese movimiento que ahora se le había hecho extraño de flexionar la rodilla —en Al Ándalus solo se limitaban a inclinarse para mostrar respeto— y lo insinuó delante de la condesa.

—Me honra que os preocupéis por mí —dijo con voz dulce—, pero estoy bautizada. Mi dueño y señor, Dios lo guarde de todo peligro, me prometió a un dignatario cristiano. De ahí que me pareció acertado adoptar su religión.

Probablemente el emir se habría dejado descuartizar antes de permitir que una de sus primas fuera bautizada, pero a Aenlin no le dio ninguna vergüenza mentir. A fin de cuentas, el mismo Al

Mutámid la había puesto en esa situación. Fuera como fuese, doña Urraca aceptó la evasiva y la conversación de las mujeres inmediatamente giró en torno a otros temas. Jimena se despidió pronto para ocuparse de sus hijos y sorprendió a Aenlin al regresar a sus aposentos con unas palabras de reconocimiento.

—Una inteligente explicación para tu asistencia a misa —observó—. Doña Urraca pasará el resto del día dándole vueltas a cuál cortesano del rey piensa contraer matrimonio con una mora.

—Estará más bien pensando en si son verdaderos o falsos los rumores que sin duda han llegado hasta el último rincón de palacio —se burló María—. Y muy pronto extraerá la conclusión de que la excusa de la boda no es más que una insolente mentira.

Aenlin se reprimió el comentario de que en realidad la mentira había consistido en presentarla como prima del emir. Ella, en cambio, había dicho en su mayor parte la verdad.

Aprovechó el momento para pedirle a Jimena que la dejara salir un instante para devolver a Matilda su ropa. Sorprendentemente, la dama se lo concedió sin hacerle más preguntas y Aenlin ya encontró en su habitación las prendas limpias de la porqueriza.

Se dirigió hacia las caballerizas. Le parecía sumamente extraño, pero emocionante también, moverse por el palacio sin velos y sin la compañía de un eunuco. Los sirvientes con los que se cruzó en el trayecto la saludaron respetuosamente, así como los caballeros que montaban sus caballos en el patio. Mientras buscaba con la mirada el corcel blanco de don Rodrigo, descubrió a Jaime, que en ese momento sacaba del establo el semental ensillado. Al verla, el muchacho se quedó literalmente con la boca abierta.

—*Say...* —De nuevo se quedó atascado con esa extraña palabra.

—Doña —pudo decirle ahora—. Doña Aleyna. Sirvo a la señora Jimena como... como... No sé, dama de compañía, doncella...

—¡Estáis preciosa! —dijo Jaime con adoración, pero luego se mordió el labio—. Disculpad, doña Aleyna, por supuesto no soy nadie para dirigiros la palabra, y menos aún... menos aún...

Aenlin sonrió.

—De todos modos, te agradezco el cumplido —respondió—.

Y que me ayudases ayer con la ropa. He venido para devolvérsela a Matilda.

Jaime sonrió agradecido.

—Está en el bosque, con los cerdos —explicó—. Pero puedo coger yo sus cosas y guardárselas.

Mientras él hablaba, Aenlin vio salir a don Rodrigo al patio. Jaime se interrumpió sobresaltado y se inclinó ante el caballero.

El Campeador llevaba la armadura, pero solo iba ligeramente armado. Tenía un aspecto descansado y limpio, saltaba a la vista que el día anterior había disfrutado de los baños. El viento jugueteaba con su espesa caballera y acababa de recortarse la barba.

Miró desconfiado a la mujer que estaba hablando con su mozo de cuadras y tuvo que fijarse antes de reconocer a Aenlin. Entonces se echó a reír.

—¡Increíble! La *sayyida* Aleyna... transformada. ¿O debo decir convertida en una doncella castellana? Mi esposa trabaja deprisa. Se encarga de preservar mi honorabilidad. Y... me esperas esta noche... —añadió en voz baja—, con una ropa menos casta... —Le dirigió una sonrisa de medio lado, más de complicidad que de concupiscencia, según le pareció a Aenlin. Montó en el caballo y le dijo al mozo—: Ah, sí, Jaime, enséñale la yegua rusa. La conoce de antes. Todavía no ha parido, ¿verdad?

Jaime negó con la cabeza.

—¡Os habría informado de inmediato! —exclamó, algo dolido.

Don Rodrigo contrajo la boca.

—Sin duda habrías encontrado la forma de comunicarme el nacimiento incluso si hubiera estado en Sevilla. A diferencia de mi mujer —observó con expresión avinagrada, por lo visto parecía molesto por el hecho de que Jimena no le hubiera hecho llegar la noticia del nacimiento de su hija—. En fin, a ver si la yegua al menos pare un macho... —Dicho esto puso en movimiento su corcel y se unió al grupo de caballeros que abandonaba en ese momento el patio.

Jaime dirigió a Aenlin una sonrisa irónica. Parecía un muchachito muy listo. Aenlin se percató de que tenía los ojos vivos, de color castaño claro, enmarcados por unas cejas pobladas y unas largas pestañas. Sin embargo, el bigote por encima de los labios carnosos y sensuales todavía era algo escaso.

—Entonces, venid, doña Aleyna —dijo diligente—. Meletay se alegrará de veros.

Esa mañana el establo estaba más iluminado, aunque seguía sin entrar demasiada luz del día en los cobertizos. Las ventanas eran altas y pequeñas, Aenlin sabía que era así para proteger a los caballos de las corrientes de aire. Por otra parte, la atmósfera sofocante y con olor a estiércol y orina de los animales tampoco era positiva para la salud de estos. En Al Ándalus las caballerizas solían ser más luminosas y aireadas, pues allí era más importante que los ejemplares pudieran guarecerse tanto de los rayos del sol como, luego, del frío y la humedad.

En ese lugar, por el contrario, los caballos que permanecían en la penumbra daban pena, y además Meletay tenía que aburrirse. La yegua ansiaba que se produjera algún cambio y así lo manifestó cuando oyó las voces de Aenlin y Jaime. La joven no sabía si ese relincho claro y suplicante estaba dirigido a su cuidador o a ella misma, pero se alegró cuando el animal volvió a tender la cabeza y ella pudo acariciarla y susurrarle palabras cariñosas. Advirtió entonces también el enorme vientre de Meletay. No habría que esperar mucho para que el potro llegara al mundo.

—A lo mejor nace esta noche —dijo Jaime, esperanzado.

Aenlin arrojó una mirada experta al vientre de la yegua.

—No creo —objetó—. Todavía no ha subido la leche, no se ven gotitas de resina en las mamas. Así se reconoce un parto inminente.

Jaime arrugó la frente.

—¿Gotitas de resina?

—Bueno, es que recuerda a la resina —explicó Aenlin—. De hecho es algo así como la primera leche. Aún no lo parece del todo, pero anuncia que pronto subirá. Y la cría también tiene que bajar antes de nacer. Esos músculos —señaló la zona trasera por encima de la grupa de Meletay— se ablandan...

Jaime volvía a contemplarla con adoración, pero ahora ya no la admiraba por su belleza, sino por sus conocimientos.

—¿Cómo es que sabéis todo esto? —preguntó—. ¿Se les enseña a la señoras en Al Ándalus?

Aenlin rio.

—Esto se puede estudiar en libros y manuscritos —explicó—, si uno se toma la molestia de buscar estos escritos. Yo tuve la suerte de que alguien lo hizo por mí. De vez en cuando también hay que entender otros idiomas para leerlo todo, y eso se enseña a las damas escogidas de Al Ándalus.

La mente de Jaime se puso a trabajar. Dio la espalda a Meletay y señaló a otro caballo, una pequeña yegua gris.

—Entonces, tal vez entendáis también de cojeras —comentó—. Esa yegua de doña Rosalía tiene una pata hinchada desde la última partida de cetrería. Y no hay manera de curarla por mucho que el caballerizo rece por ello. Incluso ha recurrido a hechizos... en secreto, claro.

Aenlin suspiró.

—Nunca he oído decir que los conjuros y las plegarias curen tendones hinchados. Vale más que le pongas una compresa de col. Un par de hojas de col alisadas y un buen vendaje. Espera tres días y luego ya veremos...

Jaime asintió.

—Lo probaré. Aunque corra el riesgo de que el caballerizo me regañe. En realidad solo soy responsable de los caballos de los Vivar, pero me sabe mal que los otros animales no estén bien. Como el semental de don Lorenzo; ese tiene pus en el casco y la úlcera no revienta...

Aenlin habría preferido pasar el tiempo en el establo con Meletay, pero en lugar de ello se dedicó al semental de guerra, que, en efecto, se apoyaba, digno de piedad, sobre tres patas solamente. Recomendó un emplaste caliente de salvado y un vendaje de yute para conservar el calor en el casco.

—A lo mejor el herrero puede cortar el casco simplemente para que salga el pus. Pero luego hay que mantener muy limpia la herida...

Jaime la escuchaba con atención y parecía retenerlo todo. Aenlin se preguntó cómo era posible que siendo mozo de cuadras supiera tan poco sobre las enfermedades equinas. Aunque don Rodrigo había dejado su ciudad natal hacía tiempo. Jaime debía de ser todavía un niño de muy corta edad cuando lo enviaron a León con el semental. Y el caballerizo no parecía ser tan experto como Hans *el Jamelgo*, el caballerizo de las cuadras de su padre en Colonia. El muchacho no podía aprender mucho de él.

Estaba algo preocupada porque se demoraba más tiempo del que le había indicado doña Jimena, pero hacía mucho que no se sentía tan feliz como en ese momento con los caballos. Volvió a echar un vistazo a Meletay antes de marcharse e hizo prometer a Jaime que cada día la sacaría un poco del establo.

—El movimiento les hará bien a ella y a la cría —explicó, evocando con tristeza lo mucho que había disfrutado Meletay de las largas galopadas—. Así el parto será más fácil. Intentaré venir a verla de vez en cuando, pero... En fin, no sé si doña Jimena me dejará salir.

Jaime la miró extrañado.

—¿Por qué no? Las damas siempre vienen al establo. Decid simplemente que queréis ver a vuestra mula y montar. ¿Sabéis también algo de cetrería? Ahora las damas cabalgan pocas veces, pero a la reina Inés le gustaba cazar... Lo único que se temía antes era que fuera a perder a su hijo con esa práctica, cuando estaba embarazada.

De hecho Aenlin pronto comprobó que su pasión por los caballos iba a encontrar muchos menos obstáculos en la corte del rey que tiempo atrás en casa de su padre. Al menos las muchachas nobles aprendían a temprana edad a sostenerse a lomos de un caballo dócil. A diferencia de las burguesas, que por regla general se casaban en su ciudad de origen, a las novias de alta cuna se las enviaba a recorrer medio mundo. Normalmente las jóvenes circulaban por esos caminos a caballo. Las calzadas, con frecuencia en mal estado, dificultaban los viajes en coches de caballos y el transporte en litera todavía demoraba más la marcha. Algunas mujeres como María odiaban las largas cabalgadas; pero a otras les gustaban. Tenían sus propios palafrenes o mulos, que también servían para la caza con halcones. Si la señora del burgo en que vivían compartía esta pasión, salían con frecuencia en grupo acompañadas de jóvenes caballeros, halconeros y palafreneros.

Aenlin lamentó no haberse interesado nunca por la cetrería, pero en Al Ándalus era inconcebible que las mujeres cazaran. Cuando doña Rosalía u otras cortesanas de la reina Inés hablaban sobre ello, escuchaba con atención. Las jóvenes esperaban que la futura reina compartiese esa pasión con su antecesora. Se aburrían bordando y cosiendo en casa.

Sea como fuere, o bien encontraba casi cada día un pretexto para hacer una breve escapada a las caballerizas o bien aprovechaba los ratos en que Jimena no la requería y se presentaba allí sin permiso. En realidad, las damas de compañía no tenían mucho que hacer, y encima Jimena nunca estaba sola aunque María y Aleyna no la acompañasen. Las esposas de los cortesanos se reunían regularmente en la iglesia o para charlar y hacer labores. Por regla general realizaban finos bordados o cortaban vestidos de telas nobles. A Aenlin le costó al principio integrarse en estos grupos. En Colonia solo había tenido que aprender a remendar las medias o a alargar los vestidos. Zulaika no había enseñado a coser a las muchachas, y más tarde, en el harén, había tenido suficiente con la música como pasatiempo. El mantel para el altar en que trabajaba en ese momento avanzaba lentamente y Jimena no perdía la oportunidad de reñirla por ello. María llegó incluso a sostener que pretendía ofender a Dios cada vez que se pinchaba el dedo y manchaba el paño de sangre.

Pero un día una mujer llevó un libro escrito en francés que trataba de un caballero y una sirena. Eran varias las cortesanas que procedían de tierras francesas y entendían la lengua, así que empezaron a alternar la lectura en voz alta de la historia mientras las demás bordaban. Naturalmente, Aenlin también podía hacerlo, y muy pronto las mujeres insistieron en que fuera ella quien se ocupara de entretenerlas. No solo leía con más fluidez que las demás, sino que también recitaba los versos de una forma más bella y los traducía al castellano. Al cabo de muy poco tiempo esto le deparó cierta popularidad, pese al desagrado que eso causaba en Jimena y María.

Llegó un día en que Aenlin se atrevió a llevar su laúd y distraer a las damas con canciones. Ya en la misa había destacado por su hermosa voz, pero ahora las mujeres escuchaban entregadas las canciones de amor en árabe y en castellano. A partir de entonces se renunció por acuerdo tácito a que Aenlin colaborase en el bordado de tapices y manteles de altar. Y solo cuando estaba a solas con Jimena y María tenía que coger la aguja.

Sin embargo, eso no ocurría con mucha frecuencia, pues al anochecer, cuando se solía pasar el tiempo libre con la familia en los aposentos, Aenlin pertenecía a su señor. Jimena aceptaba rechinando los dientes que justo después de la misa vespertina la recién llegada se retirase a su habitación, donde lo más rápidamente posible se transformaba en la preciosa del harén que le habían regalado a don Rodrigo en Sevilla. Se esforzaba por dar a su aposento un aire un poco exótico, calentando esencias olorosas en lámparas de aceite, colgando velos en la estructura de la cama y recibiendo a su señor con orientales canciones de amor cuando la visitaba.

Don Rodrigo lo hacía a menudo. Seguía complaciéndole que Aenlin lo mimara, y la sumisión que le profesaba sin duda era un cambio bien recibido frente a la indiferencia que Jimena y María le dispensaban. No cabía duda de que la primera era una esposa obediente —de lo contrario no habría tolerado la presencia de Aenlin—, pero manifestaba claramente su desaprobación. María le ponía las cosas difíciles a su tutor negándose a fijar una fecha para su boda con don Rodolfo. Lo rechazaba rotundamente, lo que a él parecía espolearlo a pedir su mano con apasionada insistencia. Por lo visto era afecto a la poesía cortesana, y Aenlin solía encontrar casi cómico que intentara imitar a los héroes de las historias que ella leía en voz alta durante las horas de bordado. El hombre dedicaba a María sus hazañas de caballero, le escribía poemas y por las noches tocaba el laúd bajo su ventana. Espantosamente, por desgracia.

En cualquier caso, a don Rodrigo el gustaba reunirse con Aenlin, quien nunca le contradecía y siempre se alegraba de verlo.

Y no tenía que fingirlo, pues disfrutaba tanto del juego amoroso como el caballero. Cada vez tenía más confianza con él, sabía cuáles de sus artes para excitarlo le hacían más feliz y descubrió sus propias predilecciones. Además, el Campeador se volvió más accesible. De hecho ella conseguía que le hablase de lo que hacía durante el día. De esta forma se enteró de que posiblemente no tardaría en tener que volver a Al Ándalus.

—En los emiratos no se anuncia nada bueno —confesó a su amante—. Sevilla y Granada se acechan mutuamente y nosotros pronto invadiremos Toledo. El rey quiere echar a ese grasiento poetastro de Al Mutawákkil y reponer a ese bribonzuelo de Al Qádir. Este hace mejor el papel de marioneta. Le ha prometido para su protección las fortalezas de la frontera. Soria... Brihuega... Canales...

Aenlin se preguntó qué efectos tendría en la gente de esas poblaciones cambiar de Al Ándalus a León de golpe y porrazo. ¿Deberían los moros convertirse al cristianismo? ¿O acaso se alegrarían del cambio, dado que la mayoría de la población era cristiana? A don Rodrigo parecía darle igual, o al menos no pudo responder a las preguntas que le planteó ella al respecto. Siempre estaba dispuesto a luchar por su rey y no ponía en cuestión sus motivaciones. El Campeador no se preocupaba por lo que significaba para los toledanos que el pacífico Al Mutawákkil fuera sustituido por el brutal e injusto Al Qádir.

5

Pero antes de que el caballero volviera a marcharse, el día en que Meletay debía traer al mundo su potro por fin llegó. Las señales del inminente parto eran evidentes y Jaime se preparó para hacer guardia durante la noche junto a la yegua. Aenlin se rebeló de nuevo contra su destino. Le habría encantado estar presente y ayudar a Meletay, pero no podía, pese a toda la libertad de que disfrutaban las mujeres cristianas en comparación con las musulmanas. Para una mujer de la casa de un caballero era absolutamente imposible ir al establo por la noche y reunirse allí con un criado. Al menos así se interpretaría su escapada nocturna: nadie creería que lo único que a Aenlin le interesaba era la yegua.

De hecho, no había entre ella y Jaime nada que debieran ocultar. Si bien sentía simpatía por el criado y le complacía su admiración, eso no tenía nada que ver con la emoción y excitación que experimentaba cuando pensaba en don Rodrigo. Seguía sin estar segura de si se trataba de amor, al menos no se atrevía a reconocerlo, pues la señora Zulaika siempre había advertido a sus pupilas que no se enamorasen demasiado de sus dueños. En cualquier caso, con toda certeza esa emoción era algo distinto a la amistad que la unía con Jaime. A los ojos de Aenlin, el mozo de cuadra solo aventajaba en un aspecto al caballero: Jaime compartía su amor por los caballos; el Campeador, sus conocimientos como mucho.

Como tantas otras mujeres de la corte, Aenlin disfrutaba viendo cómo los caballeros se ejercitaban luchando entre sí y entrenando a los caballos. Así había confirmado su primera impresión: Rodrigo Díaz de Vivar era un excelente jinete. Manejaba la lanza y la espada sobre su montura como ningún otro y dominaba su montura en cualquier situación. Pero no era sensible con el animal. Nunca dirigía una palabra amable a su espléndido Orgulloso. Cuando los ejercicios de guerra eran muy duros devolvía el animal al establo sangrando a causa de las espuelas.

Aenlin estaba contenta de que montar yeguas no fuera digno de su condición de caballero. Al menos Meletay no estaba a su alcance.

Y esa noche tendría un potro...

Aenlin estuvo indecisa hasta el último momento. Realizó sus tareas en la casa de Jimena, distraída y sin concentrarse, y recibió con desgana las caricias de don Rodrigo por la noche. Naturalmente, él no debía darse cuenta, de modo que tuvo que emplear todas las artes de la señora Zulaika para satisfacer a su señor. Por suerte se marchó pronto porque al día siguiente tenía que mediar en nombre de su rey en una disputa entre un obispo y un conde en Oviedo. Dada la situación, no podía pasar toda la noche entre los brazos de su amante.

Tras la marcha del caballero, permaneció intranquila y nerviosa en su habitación. Miraba hacia el patio con ansiedad... Sus aposentos estaban cerca de la escalera de servicio que daba a la cocina. Unos pasitos apenas y estaría en el establo con Meletay...

Cuando se acercó la medianoche y cabía esperar que hasta el último de los caballeros borrachos ya estuviera en sus aposentos, no aguantó más. Sin pensárselo dos veces se puso la ropa de viaje musulmana. En el establo los pantalones de lino eran mucho más cómodos que un vestido. Renunció al velo, pero se cubrió de la cabeza a los pies con la capa negra antes de dejar sus dependencias y descender con sigilo por la escalera.

En uno de los cobertizos captó unas risitas reprimidas y suspiros. Ahí se estaba entregando una de las mozas de la cocina a un criado. Aenlin les deseó suerte a los dos y, sin que la vieran, se deslizó por su refugio hacia el establo. Cerró aliviada la puerta tras de sí. Estaba oscuro como boca de lobo, pero ya se había familiarizado con el corredor entre los amarraderos de los caballos de trabajo y los establos de los sementales de guerra, y lo recorrió sin luz. En el establo de las yeguas vio brillar la lámpara de Jaime. Oyó también a Meletay nerviosa dando vueltas en su cobertizo.

Aenlin iba a llamar a la yegua, pero Meletay ya se había dado cuenta de su presencia. Dejó ir un relincho de saludo y resopló contenta cuando la joven se aproximó.

Jaime no parecía tan entusiasmado.

—Doña Aleyna..., por todos los cielos... Señora, si nos descubren aquí a los dos juntos nos habremos metido en un buen lío...

—Nadie nos descubrirá —respondió Aenlin sin hacerle caso. Solo tenía ojos para la yegua, que se aproximó y se dejó acariciar. La joven notó que tenía el cuello empapado—. Está sudando, enseguida vendrá —dijo emocionada.

Jaime asintió sumiso.

—Os ha estado esperando —afirmó—. Lleva horas intranquila, pero ahora...

De hecho, Meletay dirigió una vez más su suave aliento al rostro de Aenlin, exhaló una especie de gemido y de su vagina salió un chorro de líquido amniótico. Justo después la yegua se tendió sobre su mullido lecho de paja.

Aenlin y Jaime observaron fascinados cómo respiraba pesadamente y empezaba a empujar. Tenía todo el pelaje cubierto de sudor, pero el potro estaba bien colocado. Aenlin vio salir dos cascos, todavía en la bolsa amniótica, y poco después la naricilla del potro entre las dos patas delanteras. Meletay empujó con fuerza y con la segunda o tercera contracción salió al exterior la cabecita. Todo pareció detenerse después, pero al final la yegua hizo acopio de todas sus fuerzas y, poniéndose en pie, ayudó a su potro a nacer. El cuerpo del pequeño se deslizó suavemente sobre la paja.

—Ya está, oh, Dios mío, ¡qué rápido ha ido! Sabía que no duraba mucho, pero que fuera así...

Necesitaba expresar su emoción. Había leído acerca de cómo nacían los potros, pero nunca había presenciado un parto. Ahora estaba realmente sorprendida de la facilidad y velocidad con que las yeguas traían al mundo a sus crías.

Jaime enseguida quiso acercarse al potro, pero Meletay lanzó una mirada de advertencia a los humanos, les dirigió un breve aviso inclinando las orejas hacia atrás y se dedicó a su hijo. La bolsa amniótica ya se había abierto, los ollares del pequeño estaban libres, respiraba. La yegua ayudó al potro, que pataleaba, a desprenderse de toda la bolsa y empezó a lamerlo para limpiarlo.

Aenlin estaba tan entusiasmada que no sabía qué hacer. Le habría encantado unirse a madre e hijo, pero la yegua necesitaba tomarse su tiempo. ¡Si al menos pudiera ver el color del pelaje del pequeño! Era oscuro, eso sí se podía distinguir en la penumbra. A lo mejor negro o castaño, no había heredado la capa dorada de Meletay.

—Voy a buscarle salvado —dijo Jaime, que tampoco podía contener la emoción. Pero a él le interesaba más el sexo del potro que el color de su capa, pues sabía que su señor esperaba que fuera un semental—. Así recobrará fuerzas después del parto.

Aenlin asintió. Habían estado hablando durante días de qué modo agasajar a Meletay cuando pariera. Ya tenían preparada para ella una papilla caliente de salvado y avena.

Mientras Jaime se dirigía a la fragua, donde la comida se mantenía caliente al fuego, Aenlin miraba fascinada los primeros intentos del potro para ponerse en pie. Al principio el animalito se movía con torpeza y se caía una y otra vez después de haberse puesto fatigosamente en pie. Meletay lo ayudaba con paciencia y lo empujaba cuando se detenía agotado. La yegua ya tenía leche y el pequeño debía alimentarse tan pronto como fuera posible.

Cuando Jaime regresó ya estaba sobre sus cuatro patas, rígido y tambaleante. Meletay se volvió complacida hacia la comida cuando el pequeño intentó dar su primer paso y se desplomó de nuevo sobre la paja. Demasiado deprisa, por desgracia, para que los curiosos humanos consiguieran echar un vistazo entre sus dos patas traseras y determinar qué sexo tenía. El segundo intento salió mejor. El potro caminó hacia las ubres y con ello volvió hacia Aenlin y Jaime el trasero. La diminuta cola se balanceaba inquieta de un lado a otro dejando al descubierto el ano.

—¡Un semental! —exclamó Aenlin—. Un pequeño semental. No hay duda posible. ¿O ves tú una vagina?

Jaime rio.

—Veo su miembro pequeñito —respondió, y entonces ella también descubrió el diminuto sexo del potrillo—. ¡Y qué fuerte y hermoso es este animal! El señor estará contento.

Aenlin asintió, aunque con sentimientos encontrados. Si el potro se parecía al padre y se desarrollaba lo suficientemente bien para servir de corcel de guerra, don Rodrigo querría en algún momento librar batallas con él. Por primera vez pensó que ambos podían morir en combate. Sintió un miedo difuso que a partir de entonces ya no la abandonaría. Pese a toda su alegría, habría deseado que Meletay hubiera tenido una potrilla.

Sin embargo, en un principio el pequeño no corría ningún peligro, naturalmente. Llenos de dicha y fascinación, Aenlin y Jaime observaron cómo se acercaba para probar las ubres y bebía finalmente su primer trago de leche con tal avidez que luego le quedó un bigotito de espuma blanca. Entretanto habían comprobado que era castaño.

—Casi con toda seguridad que va a ser un caballo blanco —pronosticó Jaime—. Hasta ahora todos los potros de Orgulloso han sido blancos; su padre y su madre, sus hermanos y hermanas también son blancos.

Aenlin asintió. Los blancos eran en su origen castaños, negros y alazanes, y a lo largo de los primeros años de vida se volvían primero grises y luego blancos.

—Mira qué rápido va —exclamó encantada cuando el pequeño, recién alimentado, intentaba dar sus primeros saltos.

Ni Aenlin ni Jaime se cansaban de mirar al potro y ambos perdieron la noción del tiempo. Ella ya hacía tiempo que debería haberse retirado a sus aposentos, así que se sobresaltó cuando se oyeron unos ruidos en la puerta del establo.

—¡Jaime! —Aenlin se llevó un susto de muerte y el mozo no menos cuando don Rodrigo lo llamó enfadado—. ¿Dónde te has metido, pedazo de haragán? ¿No tenían que estar los caballos preparados al amanecer?

El rostro de Jaime adquirió un tono ceniciento y Aenlin tomó conciencia de que una hora antes no lo habría distinguido. Pero ahora... no cabía duda de que estaba amaneciendo. Don Rodrigo y su escolta iban a partir y Jaime había desatendido sus obligaciones, al igual que Aenlin se había olvidado de escapar a la hora adecuada.

El mozo se levantó de un salto. La joven también.

—No le digas... no le digas...

Se interrumpió. Le habría pedido automáticamente a Jaime que no comunicara todavía a su señor el nacimiento del potro, pero se dio cuenta de que informarle del pequeño semental era la única disculpa que el criado podía presentar por su negligencia. Naturalmente, tendría que salvarse con esta excusa y seguro que no pensaría que así le cerraba a Aenlin la vía de escape. Si don Rodrigo iba a ver a Meletay para conocer al potro, sería inevitable que la descubriera allí.

Desesperada, buscó un lugar en el que esconderse y se acuclilló detrás de dos gavillas de paja. Se cubrió con la capa de viaje, pero no se hizo ilusiones: verían la capa y don Rodrigo haría preguntas. Si no era que él mismo la levantaba y miraba qué había debajo.

Aenlin se echó a temblar y se preparó para encontrarse con su señor, que aparecería en cualquier momento. Seguro que Jaime había presentado su pretexto presa de pánico y sin pensar en las consecuencias que podía acarrearle el hecho de que descubrieran a Aenlin. Con toda certeza, don Rodrigo lo culparía de haber tonteado con su cortesana y le impondría un duro castigo. Y ella... todavía más que el castigo, temía oír la palabra «puta» en labios de su dueño.

Pero entonces oyó los golpes de unos cascos y unos fuertes relinchos y gritos que salían del establo de los sementales. Los ruidos típicos de los caballos peleando, algo debía de haber pasado allí. Probablemente se habían soltado uno o dos ejemplares y había comenzado la pelea. Aenlin oía las voces furiosas de los hombres. Caballeros y criados intentaban separar a los animales.

Solo una persona parecía ajena a todo ello. Aenlin oyó los pasos de un hombre en el establo de las yeguas. Primero esperó que fuera Jaime, a lo mejor se le había ocurrido una idea para ocultarla de las miradas de los caballeros, pero enseguida se dio cuenta de que el criado llevaba zuecos, mientras que la persona que se acercaba calzaba unas botas de cuero. ¿Don Rodrigo? En realidad el sonido de esos pasos le resultaba conocido...

Entretanto, el hombre ya había llegado al establo de Meletay, se detuvo para mirar alrededor y luego levantó la capa de viaje que cubría a Aenlin.

—¡Ya me lo temía yo! —Era la voz de don Álvaro, el veterano caballero. Desde que Aenlin estaba en palacio solo lo había visto desde lejos, pero ahora se alzaba delante de ella con cara de mal humor—. En cuanto he oído la palabra «potro» en relación a la yegua y, luego, cuando he visto la cara de culpabilidad del pequeño mozo de cuadra... ¿Es que te has vuelto loca? —Tuteó a Aenlin de forma automática.

La muchacha levantó la cabeza con sentimiento de culpa.

—Yo... no he hecho nada... Bueno, con el chico, yo...

—Claro que no. —Don Álvaro hizo un gesto de rechazo—. Solo pensabas en el caballo. ¿Cómo se puede ser tan insensata? ¿Y tan imprudente? Seguro que el potro ya tiene dos horas de edad, ya hace rato que podrías haberte marchado. ¡Ahora agáchate!

Aenlin vio un montón de mantas para los caballos en los brazos de don Álvaro. La taparían totalmente si la cubría con ellas y nadie sospecharía que ella estaba debajo.

—Gracias...

No sabía si don Álvaro la había oído debajo de las pesadas mantas. Aenlin temía no poder respirar allí, pero luego se dio cuenta de que había quedado abierta una rendija a través de la cual hasta podía ver el cobertizo de Meletay.

—¡Cierra el pico! —siseó don Álvaro—. Y reza para que a nadie se le ocurra examinar la cuerda de la que se ha soltado mi semental. De lo contrario se dará cuenta de que se ha cortado limpiamente con un cuchillo...

La muchacha se quedó sentada sin moverse. De ahí no se marcharía hasta que don Rodrigo y sus hombres hubieran partido.

Poco después volvió a oír unos pasos y botas. Don Rodrigo y sus caballeros se dirigían a ver al potro mientras Jaime les ensillaba los caballos. Estaban discutiendo acerca de cómo habría conseguido soltarse el semental de don Álvaro. Por fortuna no había ocurrido nada grave. Los caballos no se habían lastimado durante su breve pelea.

Ella todavía se encogió más bajo las mantas cuando los jinetes se aproximaron al establo de Meletay. La yegua y el potro miraron con desconfianza a los visitantes.

—¡Un precioso jovencito! —exclamó don Álvaro, refiriéndose al recién nacido—. Y ya se sostiene seguro en pie.

El pequeño semental volvió a envalentonarse por la paja, pero todavía no le salía demasiado bien. Aenlin vio que tras dar un torpe saltito volvía a caerse. Los caballeros rieron.

—¡Más bien un pequeño bobalicón! —observó don Rodrigo.

—Esperemos que cambie con el tiempo.

Nadie dudaba de que el hijo de Meletay pronto se trasformaría en un caballo de paso seguro y elegante. Pero el nombre de «bobalicón», Babieca, no lo abandonó.

6

Unos meses después del nacimiento de Babieca —pronto haría una año que Aenlin residía en León—, el rey volvió a enviar a Rodrigo Díaz de Vivar a Al Ándalus. De nuevo había que cobrar las parias y se hablaba de contiendas entre Al Mutámid y el emir de Granada. Era posible que como compensación por los tributos el rey Alfonso tuviera que cumplir sus promesas de prestar ayuda armada al emir para luchar contra sus enemigos. Al principio, Aenlin esperaba que el Campeador tal vez la llevara con él para volver a ver a sus amigas del harén. A menudo echaba de menos a Damaris y su música, cada vez se sentía peor en la casa de Jimena de Vivar. La esposa de don Rodrigo todavía no estaba encinta y culpaba de ello, no del todo sin razón, a la presencia de Aenlin. Y eso que ella quería a toda costa darle más hijos a su marido. Este le había hecho notar lo decepcionado que estaba por el nacimiento de una segunda hija.

Doña Jimena cada vez estaba más insoportable con su rival, y más ahora que faltaba María como blanco de sus exigencias. Pese a todas las protestas de esta última, don Rodrigo la había casado y el marido se la había llevado a sus posesiones en el norte. María había llorado a mares y, pese a que Aenlin nunca había sentido simpatía por la joven, se compadeció de ella.

Pero por mucho que ella se esforzara por hacérsele indispensable por las noches, don Rodrigo no daba muestras de pedir a Aenlin que lo acompañara a Al Ándalus. Tal vez le había resultado molesto en el trayecto de Sevilla a León tener que retirarse al anochecer con su amante mientras sus hombres se sentaban junto al fuego y reían sarcásticos. Siempre se esforzaba por tener una buena relación con ellos y sabía que esta empeoraría si como comandante abusaba de sus privilegios. Los caballeros habían aceptado de buen grado el transporte de un «regalo» desde Al Ándalus hasta León, pero llevarse a una concubina a un viaje que el rey había ordenado... Aenlin comprendía que eso enrarecería la atmósfera, así que se despidió a disgusto de su señor después de darle sus saludos para el emir y cartas para sus amigas del harén. Esperaba que Damaris y Jadisha realmente las recibieran.

En las semanas que siguieron, Aenlin se encontró que con la partida de don Rodrigo empezaba un período de desgracia para ella. Doña Jimena aprovechaba cualquier oportunidad para reñirla o fastidiarla. Ya hacía tiempo que no la trataba como a una dama de compañía, sino como a una sirvienta. Las otras señoras que vivían en el palacio, incluida la nueva reina —el rey Alfonso ya se había casado entretanto con Constanza de Borgoña—, no le eran favorables. Por mucho que la apreciasen cuando les leía o tocaba para ellas, su relación con el marido de doña Jimena había sido objeto de habladurías. Las mujeres miraban a la mora, como siempre la llamaban, con curiosidad, pero sobre todo con desconfianza. No tenía amigas en el palacio de León.

De ahí que se escapase siempre que le era posible al establo con Jaime, aunque no se atrevía a permanecer mucho tiempo allí. Doña Jimena sabía exactamente cuánto tiempo necesitaba para ir a recoger un vaso de leche con miel para su hija pequeña o madera para la chimenea, y no dejaba de inventarse nuevos castigos por desobediencia. Aenlin pasaba horas de rodillas en los duros bancos de la iglesia haciendo penitencia. Bordaba, cosía y se pinchaba los dedos. Cuando las finas labores de Jimena se ensuciaban con gotas de sangre, la señora no dudaba en abofetearla.

—¿Por qué no te vas? —le preguntó Jaime un día, cuando Aenlin pasaba unos minutos con Meletay y Babieca en el cobertizo.

Tenía que volver a acompañar a Jimena a la iglesia, y en realidad solo había querido llevar un ungüento para las heridas que había preparado en secreto según una receta de Hans *el Jamelgo*. Pero era irresistible ir a ver al potro.

Aenlin frunció el ceño.

—¿Irme? ¿Qué imaginas con eso? —En el harén nunca había pensado en escaparse, la señora Zulaika había enseñado a sus pupilas a aceptar sin protestar el destino que les había tocado—. ¿A dónde voy a ir sola?

Jaime se encogió de hombros.

—¿A Colonia, tal vez? —sugirió—. Sabes escribir. ¿Por qué no intentas enviar una carta a tu padre? Aquí hay suficientes mercaderes que pueden hacérsela llegar... y peregrinos que van a Colonia. A lo mejor llega a pesar de todo. ¿No crees que tu padre te rescataría?

Ella se mordió el labio. No estaba del todo segura. A fin de cuentas ya no era la hija obediente del comerciante que sus padres recordaban. Por otra parte... no cabía duda de que ellos la habían querido y su pérdida les habría entristecido. Al menos intentarían que volviera a su casa.

—Don Rodrigo no me dejaría marchar —respondió sin embargo.

Jaime arqueó las cejas.

—Don Rodrigo está ahora muy lejos —señaló—. Y doña Jimena aprovechará cualquier oportunidad para deshacerse de ti.

Desde que había nacido Babieca, Jaime hablaba sin ambages de tú a tú con su exótica amiga y Aenlin se alegraba de ello.

—Pero yo... Meletay está aquí... y Babieca... —Aenlin se dio la vuelta—. Don Rodrigo...

El rostro de Jaime se ensombreció.

—En realidad no quieres dejarlo a él.

Aenlin suspiró.

—Sí... No... Es... complicado. Él... es mi señor... y no me trata mal...

Jaime se frotó la frente.

—Tampoco me trata mal a mí —explicó—. Aun así yo me iría si... si hubiera una vida mejor. Si pudiera ser libre, tener una familia...

—Eso es distinto —objetó Aenlin—. Él... yo...

Jaime negó con la cabeza.

—Eres su esclava y yo soy su siervo. Lo único que cambia en tu caso... es que él significa algo para ti —susurró—. Más de lo que tú significas para él.

Aenlin lo miró con desaprobación.

—Tú eso no puedes saberlo —afirmó—. Me... me ha dicho alguna vez que yo le hago feliz.

—Pues tiene una forma la mar de rara de demostrártelo —señaló Jaime, pero no continuó. Se volvió hacia otro lado—. Gracias por el ungüento —dijo formalmente.

Aenlin se despidió, la misa estaba a punto de empezar. Una vez más se arrodilló aburrida en la oscura y fría capilla, intentando no pensar en el último comentario de Jaime y en lo mucho que se parecía al de Damaris cuando don Rodrigo se había olvidado de darle su regalo de compensación. «No es bueno que... que no signifiques nada para él.»

Pasados unos meses, Rodrigo Díaz de Vivar regresó a León armando un escándalo considerable en la corte del rey. Empezó porque llevaba con él un pequeño ejército. Debía de haber reclutado a los soldados por el camino y ninguno de ellos daba la impresión de ser digno de confianza. Aenlin observó la llegada de su señor desde la ventana de la habitación que daba al patio y vio que don Álvaro, que estaba con él a la cabeza del grupo, no parecía muy satisfecho. El caballero había envejecido y parecía enfadado. Ella creyó oír que increpaba a los nuevos hombres que, por su parte, se diría que ya se sentían como en su casa.

Don Rodrigo fue llamado de inmediato a presencia del rey y esa noche no visitó a Aenlin, tal como ella ya esperaba. Tampoco satisfizo a Jimena, quien se comportó con extrema severidad, enfadada, cuando llamó a la joven por la mañana para que la atendiera.

—Ha pasado algo —dijo Jaime. Aenlin volvió a aprovechar un encargo de la señora para hacer una breve visita a las caballerizas—. Todos los caballeros... Conozco a algunos, pero antes no estaban al servicio de don Rodrigo, sino del conde Ordóñez... También deben de haberse producido enfrentamientos en Al Ándalus. Hay un par de caballos con heridas sin cicatrizar todavía.

El mozo no sabía nada más, y de los rumores en los aposentos femeninos tampoco se podía extraer gran cosa. Aenlin solo se enteró de que el rey estaba furioso. Se propuso preguntar a don Rodrigo al respecto cuando volviera a visitarla, pero cuando lo hizo por la noche, estaba tan absorto y lacónico que ella apenas se atrevió a dirigirle la palabra. Él tampoco disfrutó de las artes amatorias como acostumbraba, sino que la poseyó rápidamente y como si quisiera descargar en ella su cólera. La penetró sin consideración, llegó enseguida al clímax y no se tomó la molestia de excitarla.

—Tengo que volver a ver al rey —explicó.

Como cada noche, los caballeros celebraban un banquete y bebían en el palacio del burgo, y esta vez don Rodrigo no quería quedar excluido. Aenlin permaneció en sus aposentos inquieta y dolida, pero también acuciada por la curiosidad. Tenía que saber a toda costa qué había ocurrido en Al Ándalus.

Por la mañana no atendió a la llamada de Jimena y pretextó estar enferma. Desde su habitación vigilaba el patio que había delante de las caballerizas. Esperaba que en algún momento apareciese don Álvaro. Había planeado salir al encuentro del caballero y preguntarle.

En efecto, no tardó en descubrir a su amigo. Don Álvaro estaba encargado de controlar los ejercicios de lucha de los jóvenes caballeros. Mandó ensillar su caballo, así como los de los cuatro nuevos miembros de la comitiva, y se dirigió con ellos a la plaza de prácticas que había detrás del palacio. Aenlin esperó impaciente su regreso, con la esperanza de que el veterano guerrero permaneciera después un poco más de tiempo en las caballerizas. No quería dirigirse a él en presencia de los demás, pero salió al patio cuando los caballeros entraron en él. Para que no la reconocieran enseguida, escondió el cabello rubio bajo un sencillo pañuelo. Desde que Jimena le pedía cada vez con más frecuencia que se encargara de labores pesadas relacionadas con la limpieza, como la de limpiar su chimenea, solía llevar ropa vieja y gastada que apenas se diferenciaba de la de las criadas. No llamaría la atención entre las lavanderas o las mujeres que recogían agua de la fuente situada en la plaza del patio.

Cuando llegó, Jaime estaba metiendo los últimos dos caballos de los jinetes en el establo.

—¿Se ha ido ya don Álvaro? —preguntó decepcionada al mozo.

Jaime negó con la cabeza.

—No. Está con Meletay. Puedes ir a verlo si quieres. En la cuadra de las yeguas no hay nadie más.

Buena noticia. Aenlin no había esperado encontrar un lugar tan tranquilo para hablar con el caballero. Era posible que don Álvaro la hubiera estado aguardando, o al menos eso sugería la pícara expresión que apareció en sus ojos cuando ella se quitó el pañuelo de la cabeza y se dirigió hacia él.

—El pequeño ha crecido —comentó el hombre, señalando a Babieca en lugar de saludarla—. Y está claro que no tiene nada de torpón.

Aenlin sonrió al potro.

—No, ¡será un caballo estupendo! Más fuerte que la madre. Pero ¿veis el brillo dorado de su pelaje? No puede negar su linaje.

En efecto, Babieca ya había cambiado su suave pelaje de potro y, con él, el color de la capa. Ahora era gris oscuro, por lo que sería un caballo blanco como su padre. Sin embargo, el brillo metálico, típico de la raza de Meletay, persistía en el pelo. En algún momento sería de un blanco tan luminoso que casi cegaría a quien lo mirase.

Aenlin apartó la vista del caballito y la levantó para saludar al caballero.

—Me alegro sobremanera de volver a veros sano y salvo, don Álvaro —dijo—. Y más por cuanto ha habido... escaramuzas durante vuestro viaje.

—¿Escaramuzas? —El caballero frunció el ceño—. Yo no lo llamaría así.

Aenlin hizo un gesto de impaciencia.

—Pues batallas —dijo—. Algo debe de haber pasado... que ha contrariado a mi señor... y a doña Jimena... y al rey... —Se interrumpió.

Don Álvaro sonrió.

—Este último sí está disgustado. En realidad don Rodrigo estaba la mar de contento hasta que el rey lo amonestó. A fin de cuentas, para él había sido una aventura muy exitosa. Como veis, ha reclutado nuevos caballeros y se ha hecho con abundantes botines...

—¡Pero en realidad solo tenía que ir a buscar las parias! —no pudo evitar decir Aenlin—. ¿Qué «aventura» es esa?

El viejo caballero alzó las manos.

—Las parias no se pagan porque sí. Los emires esperan algo a cambio de los tributos que entregan al rey. Por regla general, ayuda armada contra otros emiratos. No es que se tengan una simpatía mutua especial, aunque compartan el mismo dios.

—Que tengan un mismo dios tampoco evita que los cristianos peleen entre sí —observó Aenlin.

Don Álvaro rio sardónico.

—En cualquier caso, Al Mutámid está querellado ahora con su vecino, el emir de Granada.

—¿Y por eso ha pedido la intervención de don Rodrigo? —preguntó Aenlin.

El caballero asintió.

—No necesitó insistir mucho —contestó—. Pero no quiero ser injusto. La agresión partió de Granada. El emir Abdalá envió su ejército a Sevilla.

—¿Y don Rodrigo contribuyó a repeler el ataque? —preguntó Aenlin—. ¿Cómo ha podido enfurecer al rey por eso?

Don Álvaro hizo una mueca.

—El rey procura mantener buenas relaciones con todos los emiratos —expuso—. Este año, don Rodrigo no era el único a quien mandó recaudar parias en Al Ándalus, había otros emisarios. En Granada, por ejemplo. El conde García Ordóñez dirigía la delegación...

—Oh...

Aenlin sospechaba que algo malo había sucedido. ¿Acaso no se había extrañado Jaime el primer día de que los nuevos caballeros de don Rodrigo hubieran peleado pocos meses antes junto al conde Ordóñez?

—Ya lo intuís. Abdalá aprovechó la oportunidad para pedir ayuda en su lucha contra Sevilla a los enviados castellanos que estaban de viaje con todas las tropas de caballeros, pues el conde no confiaba demasiado en los moros. Y Ordóñez fue o demasiado insensato o demasiado audaz para no negársela. A lo mejor tampoco sabía nada de la misión de don Rodrigo con Al Mutámid. No es que sepa mucho precisamente de cómo están las cosas en Al Ándalus. En fin, se libró una batalla entre dos ejércitos que estaban dirigidos ambos por hombres del rey Alfonso. Se encontraron en Cabra. Sevilla ganó el combate...

—Con ayuda del Campeador —concluyó Aenlin.

Don Álvaro asintió.

—Quien no se abstuvo de sacar provecho de su victoria. Ya sabéis que don Rodrigo y Ordóñez no son lo que se dice amigos.

La joven había oído hablar de ciertas rivalidades, pero no se lo había tomado muy en serio. Rodrigo Díaz de Vivar había sido el portaestandarte del rey Sancho, el primero de sus caballeros. El rey Alfonso lo tenía en alta estima, pero su predilecto era el conde Ordóñez.

—¿Os referís a que mi señor aprovechó la derrota de Granada para iniciar algunas batallas personales? —preguntó concernida.

Don Álvaro suspiró.

—Capturó al conde. Al igual que a López Sánchez y Diego Pérez, ambos hombres influyentes en la corte. No los dejó libres hasta al cabo de tres días, cuando pagaron por su rescate, y después de haber reclutado a la mayoría de sus caballeros. Ya sabéis cómo ocurren estas cosas.

Aenlin asintió. Todavía recordaba exactamente en qué circunstancias don Álvaro había jurado lealtad a don Rodrigo. Seguramente los nuevos miembros de su comitiva no habían tenido otra elección.

—De todos modos, la batalla le ha aportado una fortuna a vuestro señor —señaló el caballero—. Botín, dinero de rescate... Hemos sacado beneficio de todo.

—Pero, aun así, vos no parecéis especialmente satisfecho —observó Aenlin.

El caballero se alzó de hombros.

—No me corresponde a mí criticar las decisiones de don Rodrigo, y menos cuando el resultado es tan lucrativo. También yo he aumentado mis bienes. De todos modos, no considero aconsejable ganarse enemigos con influencia, y en absoluto cuando no se los puede combatir abiertamente. Don Rodrigo volverá a encontrarse muy pronto con Ordóñez, Sánchez y Pérez. En la corte del rey, no en el campo de batalla. Y todos ellos son astutos conspiradores.

—¿Y qué ocurre con el rey? —preguntó preocupada Aenlin. Don Álvaro parecía ver los peligros más bien en el futuro, mientras que don Rodrigo y Jimena se resentían del actual descontento del monarca. Ella, por su parte, era incapaz de valorar cómo reaccionaría el rey. Pese a que vivía en su palacio nunca lo había visto de cerca—. Castigará... ¿castigaría a mi señor?

Don Álvaro negó con la cabeza.

—No. El mismo Alfonso es en parte culpable de cómo se han desarrollado los acontecimientos. ¿Cómo ha podido garantizar al mismo tiempo ayuda militar a dos emires rivales? Este asunto le resulta sumamente lamentable y ha reconvenido a vuestro señor, pero esto no tendrá mayores consecuencias. Al menos si el Campeador se comporta más comedidamente en el futuro. —El caballero la miró taciturno.

Aenlin ya intuía la razón: Rodrigo Díaz de Vivar no era un hombre de comportamiento comedido y dado a contenerse. Ni siquiera delante de un monarca.

7

Aenlin no se sorprendió demasiado cuando la primavera de 1080, unas semanas después del regreso de Rodrigo, no le llegó la menstruación. Y eso que había intentado sin mucho entusiasmo prevenir el embarazo, en parte para no enfurecer más a Jimena. Sin embargo, los lavados e infusiones que Zulaika había recomendado con este fin no eran demasiado seguros. Aenlin no podía emplear el método anticonceptivo más efectivo, es decir, la abstinencia en los días fértiles. Una mujer del harén jamás se habría atrevido a rechazar a su señor y, en general, habría sido innecesario: era un honor y una alegría alumbrar a un hijo, y para una mujer significaba elevar su estatus en la jerarquía del harén.

Ignoraba cómo respondería Rodrigo Díaz de Vivar ante su embarazo y cómo iba a explicárselo ella a las demás mujeres del palacio sin que la etiquetaran de prostituta.

Al segundo mes sin el período, Aenlin hizo de tripas corazón y le confesó a Rodrigo que se hallaba en estado de buena esperanza. Esa noche, el caballero estaba relajado y de buen humor. En cuanto a su relación con el rey, las predicciones de don Álvaro se habían cumplido: Alfonso enseguida se había calmado y el Campeador seguía gozando de los mismos favores que antes del infeliz altercado con el otro enviado. Respecto al conde Ordóñez y los señores Sánchez y Pérez, ellos eran de otro parecer, naturalmente. Todos habían vuelto a la corte y desde entonces trataban a Rodrigo Díaz de Vivar con una fría cortesía o con un gélido silencio. Al Campeador eso no le importaba, se limitaba a ignorar la animadversión de los cortesanos.

Ante la confesión de Aenlin, don Rodrigo reaccionó con una espléndida sonrisa.

—¿Un hijo, preciosa? ¿Vas a darme un varón?

Aenlin asintió y suspiró aliviada. Cuando su señor la llamaba «preciosa» era que todo estaba bien, utilizaba ese nombre cariñoso cuando se sentía totalmente satisfecho por sus servicios. Sin embargo, ella tenía sentimientos encontrados ante ese tratamiento. Una cosa era el significado de «preciosa» en castellano y otro su significado en Oriente. Allí, cuando se llamaba así a una mujer se solían referir al valor material de una preciada esclava del harén.

—Si Dios lo quiere, señor, será un varón —confirmó obediente—. No puedo hacer más que rezar para que así sea.

—En el caso de Jimena eso no ha sido de gran ayuda —refunfuñó Rodrigo—. ¡Pero da igual, me alegro de que estés embarazada! ¿Para cuándo será? No se te nota nada...

—En invierno, señor... Por Navidad...

Rodrigo rio.

—¡Un niño Jesús! —exclamó, contento.

Aenlin aprovechó la oportunidad para señalar los aspectos más delicados de su embarazo.

—Pero que no es fruto de una inmaculada concepción —observó—. Al menos las mujeres del palacio no me creerán si se lo explico así. ¿Dónde he de tener al niño, señor? Pronto se me notará y entonces la gente hablará...

No pronunció el nombre de Jimena, pero Rodrigo se podía imaginar, naturalmente, cómo actuaría su esposa cuando viera redondearse el vientre de Aenlin.

—Te compraremos una casa —determinó—. De hecho, hace tiempo que pienso en adquirir una propiedad en León. También para albergar a mis caballeros...

Las críticas de que era blanco el ejército privado de Rodrigo en la corte no eran insignificantes. El rey siempre había tolerado que el Campeador reuniera en torno a sí a algunos caballeros que le habían jurado lealtad a él y no a la Corona, pero para entonces eran ya docenas los que reclamaban la hospitalidad del palacio.

Por supuesto, Alfonso preferiría que Rodrigo se ocupase personalmente de ellos.

Aenlin se sobresaltó.

—¿Vais a dejarme sola conviviendo con vuestros caballeros? —preguntó sin dar crédito.

Rodrigo rio.

—Claro que no, preciosa. ¿Cómo iba a hacer eso? Esos tipos enloquecerían y tú estarías indefensa. No, a ti te construiré una sólida casa y te daré los sirvientes adecuados para ayudarte, preferentemente mujeres. Tienes que sentirte tan segura como en el harén... aunque aquí no puedo encontrar un eunuco para ti. —Sonrió irónico—. En cualquier caso..., tal vez podría destinarte un guardián... ¿Qué te parecería don Álvaro? Está envejeciendo y ya no maneja la espada con la misma velocidad que antes; además, me saca de quicio con sus protestas. No deja de hacerme reproches, advertencias... Me alegraría no tenerlo constantemente al lado. En cambio, tú siempre te has llevado bien con él, ¿no es así? Y él nunca tratará de acercársete demasiado.

El corazón de Aenlin dio un brinco de alegría al oír el nombre del anciano caballero. Una residencia propia, una servidumbre propia y todo eso bajo la custodia de su viejo amigo. Comunicó su aprobación a don Rodrigo y su humilde agradecimiento.

—¿Podría llevarme también a Paqui? —preguntó tímidamente.

María había dejado a la doncella de cámara con Jimena y la pequeña era el único ser de la corte en quien Aenlin depositaba cierta confianza.

Don Rodrigo hizo un gesto benigno.

—Llévate lo que necesites. Mañana me pondré a buscar una residencia conveniente.

Pocos días después, don Rodrigo reclamó ante sí la presencia de Aenlin y de don Álvaro. La joven ingresó inquieta en los aposentos privados del ala de habitaciones que su señor compartía con Jimena y sus hijos. Hasta ese día nunca había estado allí. Cuando atendía a la esposa de su dueño se mantenía alejada de esas dependencias. Observó interesada el mobiliario sencillo pero costoso: sillones de piel, una pesada mesa y el inevitable reclinatorio que seguramente no se utilizaría mucho allí. Las paredes exhibían los trofeos de anteriores combates del Campeador, espadas y escudos. Su propia espada, la legendaria *Tizona*, estaba apoyada en la pared.

Rodrigo ya se encontraba allí con don Álvaro, que bebía un vaso de vino. Ni huella de Jimena, lo que tranquilizó a Aenlin.

—Siéntate, *sayyida* —ordenó Rodrigo tras un lacónico saludo—. Ya sabrás por qué he requerido tu presencia.

—En realidad, no, señor —respondió ella con una inclinación—. Pero, naturalmente, abrigo la esperanza de que tenga relación con la conversación que mantuvimos hace poco.

Rodrigo asintió e informó someramente a don Álvaro sobre sus intenciones de apartar a su amante del palacio. Había encontrado un lugar apropiado.

—Y había pensado nombraros a vos, don Álvaro, su caballero. Su protector. Además... este año me dará un hijo.

Aenlin se ruborizó. También Álvaro, aunque en su caso fue más la ira que la vergüenza lo que provocó que la sangre fluyera a su rostro.

—¿La habéis dejado embarazada? ¡Esto todavía emponzoñará más el ambiente, don Rodrigo! Vuestra esposa ha sido hasta el momento sumamente paciente, pero si ahora tiene que asumir la presencia de un bastardo... Su familia protestará.

—Por eso estoy alejando a la *sayyida* de su campo visual —replicó agriamente don Rodrigo—. Aunque me resulta totalmente indiferente que su familia proteste. Pero está bien, don Álvaro, si tanto os preocupa mi nombre y el suyo, podéis casaros con la *sayyida*, por mí no hay problema. —Aenlin levantó la vista perpleja y don Álvaro apretó los dientes—. No sería una mala solución —prosiguió tranquilamente Rodrigo—. Es habitual que un rey case a su concubina cuando espera un hijo... Por supuesto que con un hombre que le es fiel. Y vos me sois fiel, ¿no es cierto, don Álvaro?

El rostro del caballero se contrajo en una mueca de cólera reprimida.

—Lo soy, señor, pero os he entregado mi espada, no mi corazón ni mi mano —dijo implacable—. Soy yo quien decide con quién he de casarme. Y además no sois un rey. No podéis elevar a la *sayyida* Aleyna a la categoría de la nobleza. Yo me vería privado de mi rango de caballero si... aceptara vuestra... propuesta.

Aenlin se frotó la frente. Era cierto. Si un miembro de la nobleza se casaba con una burguesa, su nivel social descendía.

Rodrigo levantó las manos en un ademán sosegador.

—Está bien, está bien, don Álvaro. Tenéis razón. Si no queréis protegerla...

Don Álvaro negó con la cabeza y se inclinó ante Aenlin.

—Por supuesto, no rechazaré el privilegio de poner mi espada al servicio de la señora Aleyna —dijo solemnemente—. Siempre que ella lo pida y esté convencida de que al instalarme en su casa mis intenciones no son deshonestas.

Aenlin también se inclinó.

—He disfrutado a menudo de vuestra protección y amistad, y he aprendido a valorarlas. Deposito con alegría mi confianza en vos y estoy totalmente segura de vuestra honestidad —respondió con el mismo comedimiento.

Rodrigo asintió satisfecho.

—Asunto resuelto —intervino—. ¿Por qué no lo habéis dicho antes? No debéis hacer una novela de caballerías de todo, don Álvaro. Esto no es más que un sencillo acuerdo. La residencia es además muy bonita, está en las afueras, hacia el norte. No es un palacio, más bien una casa de campo. Cuenta con caballerizas, así como pajares donde hospedar a mis caballeros. También dispone de un jardín. No es tan espléndido como los del emir, pero creo que os gustará, Aleyna. Y ahora debo pediros que os vayáis. Mi esposa se ha retirado discretamente cuando le he anunciado que nos íbamos a reunir. Ahora la misa ya debe de haber terminado.

A Aenlin le habría gustado saber si Jimena no solo estaba al tanto de su encuentro, sino también de su embarazo y de la nueva vivienda, y si no habría preferido ser ella misma la que se mudase allí con sus hijos en lugar de estar sirviendo a la joven reina como cortesana, tal como venía haciendo diligentemente desde que Alfonso se había casado. Por otra parte, una casa de campo tampoco habría sido el entorno adecuado para una dama de su estatus.

La joven no sabía qué pensar y no se atrevió a plantear ninguna pregunta, convencida de que no le correspondía. Debía confiar en que su señor lo arreglara todo para ella y eso fue lo que hizo el Campeador. Él mismo parecía estar totalmente satisfecho de las decisiones que había tomado. Casi parecía orgulloso. Seguro que eran pocos los cortesanos que podían escapar de la influencia directa del rey comprándose una residencia propia.

—Iré a verte más tarde —comunicó a Aenlin cuando esta se despidió.

Aenlin sintió de repente el deseo de acudir a los baños del palacio del emir. No podía explicárselo, porque aunque la mudanza, y con ella la posibilidad de alejarse de Jimena, deberían haberla contentado, la había sorprendido el comportamiento de Rodrigo. Se avergonzaba ante don Álvaro. ¿Cómo había podido animarlo Rodrigo a casarse con su concubina sin renunciar al mismo tiempo a sus favores? ¿Cómo había podido esperar que ella y el anciano caballero fueran a permitir tal acuerdo? Por primera vez desde que había aceptado que la comprasen o regalasen como si fuera un caballo, se sintió sucia.

La nueva propiedad de Rodrigo en el límite septentrional de León resultó ser un baluarte con muros de piedra caliza de un gris antracita y cubierto de ripias oscuras. Las ventanas eran pequeñas y a Aenlin le produjo a primera vista una impresión amenazadora. Sin embargo, era una construcción típica de la región y los muros conservarían en invierno el calor si se calentaba como era debido. Las habitaciones, provistas de chimeneas, le parecieron agradables, y la nueva servidumbre ya se había ocupado de prepararlas. Para su gran regocijo, Rodrigo había llevado una parte de los objetos adquiridos en sus viajes a Al Ándalus. Aenlin podría amueblar y decorar sus aposentos con divanes y almohadones y llenar la casa de los aromas que todavía tenía en su equipaje. Podría tocar el laúd tanto como quisiera y volver a practicar con la flauta. Tras estas reflexiones, decidió que su nuevo hogar le gustaba mucho más que su alojamiento en el palacio.

Paqui enseguida empezó a guardar sus vestidos en los arcones de marquetería. La joven doncella estaba emocionada a causa del traslado y muy agradecida de que Aenlin hubiese pensado en ella y se la hubiese llevado. Le gustaba la atmósfera rural, aunque tenía algo de miedo de los caballeros que debían montar su campamento cerca de la casa. En la corte había sido con demasiada frecuencia objeto de sus groseras bromas y de sus indecorosos intentos de acercamiento.

—Si lo permitís, señora, yo me encargaré del huerto —sugirió después de asegurarse de que este se hallaba adosado a la casa de campo. Tal como había supuesto Aenlin, venía de pueblo y, aunque el trabajo de doncella de cámara era mucho más llevadero que el de criada, había echado de menos el campo.

Rodrigo había seleccionado a las otras mujeres que debían estar al servicio de Aenlin y que a partir de entonces se ocuparían de preparar la comida a sus hombres. Tanto la cocinera Marta como Lola, la criada, eran todavía unas jovencitas regordetas. Ellas no tenían ningún miedo de los jinetes, más bien al contrario. Respondían a sus vulgaridades con bromas igual de bastas.

Don Álvaro supervisó cómo se instalaban los caballeros, que se pusieron sin demora a convertir el pajar en una especie de gran sala improvisada. Ahí podían comer, beber e instalar sus jergones por la noche. Don Rodrigo apoyó la iniciativa colgando en las paredes blasones y escudos de su familia, como en los salones de los castillos y palacios en los que residían barones y condes. El anciano caballero se instaló, a su vez, en unas sencillas habitaciones algo apartadas que antes se habían destinado a la servidumbre.

Aenlin prefería tener cerca a Paqui, Marta y Lola para no perderlas de vista. La cocinera y la criada le parecían realmente descocadas, y no se equivocaba. A medida que su embarazo fue avanzando, hasta don Rodrigo empezó a intercambiar ardientes miradas con la morena Lola durante sus frecuentes visitas, pero prefirió no saber si había llegado más lejos cuando su cuerpo se deformó y entorpeció demasiado como para satisfacer a su señor de la forma acostumbrada.

Salvo por esos pequeños inconvenientes, Aenlin inició una época feliz al trasladarse a la casa de Rodrigo. Nadie la molestaba y disponía de unas libertades que ya había dejado de tener cuando abandonó la casa paterna. Así que nadie le impedía, por ejemplo, ir al mercado de León y hacer las compras. Claro que Paqui la acompañaba, y suponía que don Álvaro la vigilaba tan discretamente como cuando emprendieron el viaje a Zamora y ella paseaba por las ciudades con la ropa de su hermano. Cuando se vestía como una buena burguesa no llamaba la atención, y disfrutaba de esos paseos como si emprendiera una pequeña aventura.

Con el tiempo llegaron a conocerla en el mercado y tuvo la posibilidad de charlar con las vendedoras o con otras amas de casa. Las leonesas no rehuían el contacto con ella. Si bien sabían que vivía en la casa de Rodrigo Díaz de Vivar, suponían que la joven embarazada era esposa de uno de sus caballeros o criados. Los rumores en torno a su posición, que eran el tema principal de palacio, no habían salido de la corte. Los caballeros nunca hablaban con los habitantes del castillo y, en cuanto a Lola y Marta, aunque se las podía censurar en algún aspecto, no eran unas chismosas.

Por las tardes, Aenlin solía sentarse en el jardín y tocar el laúd mientras Paqui se ocupaba de los arriates, y cuando llegó el otoño, don Álvaro la solía visitar en sus aposentos, donde juntos se arrimaban a la chimenea para entrar en calor y conversaban sobre asuntos divinos y terrenos. No quería admitir que esta íntima convivencia con el caballero le resultaba más valiosa que las visitas de don Rodrigo. El Campeador no era amigo de largas conversaciones. Aunque respondía a las preguntas de Aenlin cuando estaba de buen humor, nunca hablaba de su juventud o de su familia, de sus proyectos y deseos. Pese a la gran cercanía que creía sentir por él, no salía a la luz nada personal. Pero al menos el Cid esperaba con alegría al hijo que iba a tener. Jimena seguía sin hallarse en estado de buena esperanza, sobre todo porque unos negocios importantes habían llevado a su marido a desplazarse al sur. El caballero pasó junto con el rey los meses de verano del año 1080, en un campo de batalla de Toledo.

La única gota de tristeza en la nueva vida de Aenlin era haberse separado otra vez de Meletay y su potro, y también de Jaime. En secreto, había esperado que don Rodrigo lo destinase a su nueva residencia para ocuparse de las monturas de los caballeros. Sin embargo, los caballos propiedad de Rodrigo —junto a Meletay y Babieca, poseía dos sementales de guerra, así como una yegua palafrén que Jimena nunca montaba— se quedaron en las caballerizas del rey, y para el Campeador era importante que Jaime se encargara de esos valiosos animales. Los caballeros se ocupaban de sus propias monturas y el mozo que don Álvaro había empleado para las tareas más toscas les daba de comer y limpiaba el estiércol de las cuadras. También se encargaba de Malia, la mula de Aenlin.

Aun así, Paqui visitaba el palacio con frecuencia para charlar con sus amigas y mantener el contacto con Jaime, de ahí que Aenlin supiese que Meletay y Babieca se hallaban en buen estado. El potro ya tenía edad suficiente para que lo separasen de la madre, y don Rodrigo pensaba confiar su cuidado a un pastor de caballos que vivía en el bosque con los animales jóvenes de las caballerizas reales. Los sementales disfrutaban allí de su libertad, jugaban y se peleaban entre sí, y buscaban alimento en prados y pastizales. Aenlin sabía que era la preparación ideal para una vida posterior como corcel de guerra, pero temía por su querido potro. Los jóvenes caballos podían hacerse daño jugando o sufrir algún percance en la agreste naturaleza que rodeaba León.

Además, añoraba tanto a Meletay que empezó a urdir unos atrevidos planes. Quería volver a tener a la yegua cerca de ella. Pero antes debía darle un hijo varón a don Rodrigo.

8

En efecto, el hijo de Aenlin nació en los días de la Navidad. Fue el 20 de diciembre cuando sufrió las primeras contracciones. Por fortuna estaba bien atendida. No solo Paqui, sino también Marta y Lola, procedían de familias numerosas y habían ayudado a sus madres y hermanas en las horas más duras, así que tranquilas y con conocimiento se ocuparon de Aenlin. Esta se encontraba en una cama limpia y en una habitación bien caldeada cuando Paqui salió corriendo a la ciudad para ir en busca de la comadrona.

En contra de lo que Rodrigo había sugerido, Aenlin había decidido que no trajeran a la mujer que atendía a las parturientas de palacio. El peligro de que la comadrona se dejase involucrar en confabulaciones le parecía excesivo; temía que la mujer fuera especialmente leal a Jimena y estuviera dispuesta a hacer daño al bebé. En cambio pidió consejo a las mujeres del mercado, que le recomendaron a Ana Rodríguez Molino. Era una mujer fuerte y en la mediana edad que respondió diligente a la llamada de Paqui y enseguida estuvo apoyando a la futura madre. Ya tenía infusiones preparadas para mitigar los dolores y le pidió que se fuera levantando y moviendo para que el niño se colocara. Ana era tan eficaz y segura de sí misma que los temores de Aenlin pronto desaparecieron. Había esperado el parto con miedo, pues sabía que la ciencia de la medicina no estaba ni mucho menos tan avanzada en tierras cristianas como en Al Ándalus. Tan solo en el tiempo que había permanecido en palacio dos mujeres habían muerto al dar a luz. Pero Ana no estaba preocupada por nada.

—Sois una mujer joven y sana —consoló resoluta a la parturienta, mientras le palpaba el vientre—. Y el niño está bien colocado. Mirad, en dos o tres horas ya habrá salido.

Pasó seis horas con dolores hasta que el niño se deslizó en las grandes manos de la comadrona tras un último y doloroso empuje.

—¡Un precioso hombrecito! —exclamó alegremente Ana.

Aenlin se enderezó. El bebé que tenía entre las piernas estaba rojo y arrugado, cubierto de sangre y de una grasa blanquecina, pero ya pataleaba cuando Ana le cortó el cordón umbilical y justo después se puso a llorar a pleno pulmón. Lola tenía preparada agua para bañarlo y poco después se encontraba entre los brazos de su madre, limpio y envuelto en un paño. Incrédula, Aenlin contemplaba su rostro diminuto, todavía algo contraído y muy rojo, y sus delicados dedos de las manos y los pies.

—¡No le falta nada! —Ana rio—. Es fuerte y guapo. ¿Qué nombre vais a ponerle?

Aenlin se encogió de hombros. Todavía no había pensado en ello, había estado demasiado preocupada intentando adivinar su sexo. Además, no creía tener derecho a decidirlo.

—Eso lo determinará mi señor —dijo al final, acariciando la cabecita del niño. Todavía estaba cubierta por una pelusilla oscura, pero podía ser que más tarde fuera rubio como ella y Endres. A lo mejor habría podido ponerle el nombre de su hermano si le hubieran permitido escoger. Pero ese privilegio le pertenecía a Rodrigo.

Aenlin llamó a Paqui en cuanto la comadrona salió de la habitación.

—Ve a buscar a don Álvaro, por favor, y dile que ensille su caballo y vaya a ver a don Rodrigo. Debe saber que su hijo ha nacido.

Rodrigo Díaz de Vivar no apareció hasta la noche del día siguiente, pero estaba encantado con su hijo, que ya se veía más sonrosado y no tan arrugado como después del parto. Aenlin lo encontraba irresistible, no se cansaba de mirarlo y se alegraba de que el niño cerrara su boquita alrededor de su pecho para empezar a mamar. El pequeño había actuado así con toda naturalidad en cuanto Ana se lo dio por primera vez a su madre.

—Este no se hace de rogar, coge lo que necesita —observó la comadrona.

Aenlin asintió. En este aspecto, ya se parecía a Rodrigo.

—¡Un niño precioso! —afirmó también el Campeador—. Fuerte y tranquilo. Cuando Jimena me presentó a sus hijos siempre estaban llorando.

Dirigió una sonrisa a Aenlin, que esta a su vez correspondió. Esperaba que le gustase lo que veía cuando la miraba. Paqui le había desenredado el cabello y se lo había cepillado tanto que hasta en las sábanas flotaban algunos finos rizos dorados como aureolas. Aenlin también se había animado a ponerse algo de colorete para disimular la fatiga del parto. No era corriente en Occidente, por lo que, desde que se había instalado en León, había empleado polvos de maquillaje, alheña, kohl y perfumes solo en las horas que pasaba con su señor. Él sabía apreciar esos momentos en que evocaba el harén, se arreglaba y vestía sus ropas árabes para él. Ese día, no obstante, llevaba un holgado camisón bordado, colocado de tal modo que apenas ocultaba sus turgentes pechos. Rodrigo depositó sobre ellos una mirada de admiración antes de besarla dulcemente en la frente.

—¡Lo has hecho bien! —dijo, pasando con mucho cuidado la mano sobre la cabecita del niño.

Aenlin dejó intuir una inclinación.

—El mérito es solo vuestro —dijo con humildad—. ¿Cómo vais a llamarlo?

Rodrigo reflexionó unos segundos. Por lo visto no había pensado en ello hasta el momento.

—Sancho. Lo llamaré Sancho —respondió finalmente. El tono de su voz era decidido, casi triunfal.

Aenlin no necesitó ver a don Álvaro, que esperaba junto a la puerta, para saber que había contraído el rostro. Y también ella sintió reparos ante la elección de ese nombre.

—¿Por... vuestro amigo el rey, señor? —preguntó dubitativa.

Suponía que Rodrigo había mantenido una estrecha relación con el rey Sancho, asesinado. Pero ¿qué pensaría el monarca Alfonso, quien nunca había podido probar que no había tenido nada que ver con esa muerte? ¿No sería una provocación que Rodrigo llamara a su hijo como al hermano del soberano?

—¡Como mi rey! —contestó orgulloso Rodrigo—. ¡Sea tan fuerte y decidido como él y eternamente invencible! —Y dicho esto desenvainó la espada y colocó la diminuta mano de Sancho sobre el puño adornado de piedras preciosas. El niño no protestó. Parecía haber heredado también la intrepidez de su padre.

La madre asintió sumisa, pero enseguida empezó a preocuparse. El rey Sancho había sido la víctima de una guerra fratricida. ¿Acaso el nacimiento del pequeño Sancho sentaba las bases para librar otra nueva contienda? ¿Emprenderían en el futuro Diego, el hijo de Jimena, y el ahora recién nacido una batalla tan encarnizada como la de Alfonso, Sancho y García? Pero no quería pensar en eso ahora. Había llegado el momento en que ella, Aenlin, quería luchar para defender sus propios intereses.

—Entonces se llamará Sancho —dijo, besando al niño. A continuación alzó la mirada hacia su señor—. Rodrigo... —susurró. Era extraño que lo llamara por su nombre de pila, pero ahora que había nacido su hijo, él debía permitírselo—. En Al Ándalus, cuando una mujer regala un hijo varón a su señor, es habitual que él le conceda un favor.

Rodrigo frunció el ceño, como intentando recordar las costumbres de los emiratos. Entonces su rostro se iluminó.

—Por supuesto. Yo mismo debería haber pensado en ello, a fin de cuentas he llevado varias veces a los emiratos regalos en nombre del rey Alfonso con motivo del nacimiento de los príncipes. ¿Qué quieres, preciosa? ¿Una joya bonita? ¿Una cadena de oro? ¿Una diadema? Mañana te traeré algo.

Aenlin negó con la cabeza.

—Tengo joyas suficientes —dijo con determinación—. Y ninguna oportunidad de lucirlas. Naturalmente, puedo regocijaros la vista con ellas...

Rodrigo rio.

—Por mí no es necesario que lleves ningún diamante. Lo que

más me gusta es verte como Dios te trajo al mundo, aunque de vez en cuando resulta excitante entrever las joyas bajo los velos antes de que te los quites... Pero si no se trata de joyas..., ¿qué es? ¿Dinero? —Su rostro se endureció.

Aenlin se apresuró a negarlo.

—¿Qué iba a hacer yo con el dinero, señor? —preguntó. En ningún caso podía mencionar frente a don Rodrigo la posibilidad de comprar su libertad. Además, eso tampoco habría sido posible en el harén después de haber dado un hijo a su señor. Las madres de los príncipes y princesas gozaban de gran respeto, pero a cambio se quedaban en el harén hasta que morían—. No, yo... Señor, no sé si es un ruego demasiado petulante, pero los señores en Al Ándalus obsequian a sus mujeres hasta con cinco mil dinares en joyas por el nacimiento de un hijo, y creo que esa es la cantidad que puede costar un caballo.

Rodrigo la miraba perplejo mientras que, junto a la puerta, don Álvaro apenas si podía contener la risa.

—¿Quieres... un caballo? —Rodrigo no daba crédito.

A Aenlin le dolió que no se percatara de que no le estaba pidiendo un caballo cualquiera.

—Quiero a Meletay —respondió sin perder la calma—. La yegua dorada. Ya recordáis que era mía cuando me capturasteis. Y yo no la he olvidado nunca. A veces la he ido a ver en las caballerizas del rey... Me estaba permitido, ¿cierto?

Pensó de repente que aunque Rodrigo le había prometido la primera noche que habían pasado juntos que volvería a ver a la yegua, nunca la había acompañado a los establos. Solo el primer día le había pedido a Jaime que se la enseñara.

Rodrigo se encogió de hombros.

—¡Pues claro! ¿Por qué no? Pero... ¿por qué te interesas ahora por ella? Tienes a la mula si quieres montar. Está aquí, ¿no?

Aenlin movió la cabeza en un gesto negativo.

—No quiero mulas ni palafrenes, quiero a Meletay. Siempre ha sido especial para mí. —Le dirigió una mirada que la señora Zulaika había trabajado muchas horas con sus pupilas: desgarradora, suplicante y... excitante—. Si realmente soy algo especial para vos, señor... —musitó—, concededme este deseo.

Rodrigo pensó unos segundos. Luego asintió.

—Aunque no entiendo este anhelo tuyo por un caballo, si tanto significa para ti... —Rio—. De hecho, me sale más barato que una joya. Mañana haré que traigan el caballo a este establo. A lo mejor encontramos un rincón apartado para que no vuelva locos a los sementales. Lo que hagas luego con ella... —Se volvió al anciano caballero, que seguía estando allí—. Don Álvaro, me temo que debo dejar también bajo vuestra custodia a una damisela yegua. Ocupaos de que se mueva al animal y que la *sayyida* no se exponga a las miradas curiosas cuando vaya a verlo. Hay que recordar a los caballeros su buena educación, si es que alguna vez la han tenido. Ahora debo marcharme, preciosa. Y Sancho... —Deslizó suavemente el dedo por la mejilla de su hijo—. Gracias, Aleyna, por haberme dado a este hijo.

Aenlin se quedó con las mejillas ardiendo. No podía creer que todo hubiera sido tan sencillo. Pronto volvería a ver a Meletay y ahora nadie podría separarlas.

Al principio don Álvaro refunfuñó un poco —la repentina presencia de una yegua en medio de todos los sementales de los caballeros complicaría las cosas en el establo—, pero muy pronto encontró en el límite de la propiedad un cobertizo abandonado. Meletay se instalaría lejos de las cuadras de los caballos enteros y de ese modo Aenlin quedaría fuera de las miradas de los hombres cuando fuera a por ella. El veterano caballero hizo vallar el cobertizo, así como un espacio delante para Meletay y Malia. La mula había estado hasta ese momento en lo que antes había sido un corral de ovejas y, sin duda, se alegraría de trasladarse a un domicilio más amplio.

Por supuesto, Meletay debía permanecer en las caballerizas del rey hasta que todo estuviera listo, pero Aenlin tampoco habría sido capaz de dar la bienvenida a su yegua tan poco tiempo después del parto. De hecho, se celebraron las fiestas de Navidad antes de que pudieran trasladarla a su nuevo hogar. Aenlin pasó los días festivos tranquila, de forma mucho más agradable que el año anterior, bajo las órdenes de Jimena. Las mujeres del palacio asistían a varias misas al día. Aenlin había tenido la sensación de que se dedicaban solo a rezar, y encima las iglesias nunca se caldeaban. Esta vez solo acompañó a don Álvaro en una ocasión a misa, pues su estado, debilitado tras el alumbramiento, le brindaba un buen pretexto para evitar el esfuerzo de ir a rezar.

Así que disfrutó de la época navideña con Sancho en brazos, en su confortable y calentita casa, deleitándose con el niño y con las exquisiteces que Marta había preparado para la celebración. Don Álvaro le hacía compañía y le informaba de las novedades que se desarrollaban en el reino de Alfonso y en los emiratos moros bajo su influencia. En los últimos meses, Aenlin apenas se había interesado por los acontecimientos políticos, pero cuando don Álvaro le habló de Toledo, lo escuchó con atención.

—El emirato vuelve a estar bajo el gobierno de Al Qádir —informó el caballero—. El rey Alfonso ha vuelto a colocarlo en el trono después de haber invadido Toledo en verano, como yo ya sospechaba que ocurriría. Pero solo se mantiene en el poder porque lo apoya el rey. En el fondo, Alfonso es el gobernador real y así amplía su influencia. Cada vez se interna más en tierras fronterizas, levanta pueblos y fortalezas que ocupa con cristianos. Por supuesto, también cobra tributos. En algún momento se apropiará de esas tierras. Únicamente teme los esfuerzos y costes que le deparará la cristianización.

Rodrigo Díaz de Vivar pasó los días de Navidad con su familia. El último año se había escapado varias veces para visitar a la joven madre, pero en ese momento ya no era tan sencillo. Aunque tal vez se abstenía de ello porque creía tener que expiar sus culpas ante Jimena. Aenlin se preguntaba si ella ya sabría que había dado a luz un hijo varón. En cualquier caso, estaba segura de que Rodrigo procuraría por todos los medios dejar de nuevo embarazada a su esposa. Venció los vagos celos que sentía. Sin duda él tenía que cumplir sus obligaciones para con Jimena, aunque al menos, por de pronto, Aenlin gozaba sin duda de mayor consideración.

Después de las festividades, Jaime llevó a Meletay. Le complació que Malia ya la esperase en su nuevo establo.

—Me alegro de que la dorada no haya de estar sola, así no tendrá que andar dando gritos —explicó el mozo, manifiestamente contento de volver a ver a Aenlin. Miraba al pequeño Sancho, al que la madre había llevado al establo, con la misma adoración con que en el pasado había contemplado al recién nacido Babieca, mientras la joven acariciaba dichosa los suaves ollares de Meletay. Jaime sonrió—. Te echaba de menos, cada día te buscaba. En especial desde que le quitaron al potro. No le gustó nada. Pero había que hacerlo.

Aenlin lo tenía claro. La mayoría de los potros no se quedaban más de medio año con sus madres, y a los sementales había que alejarlos, a más tardar, a los diez meses. De lo contrario, se corría el peligro de que cubrieran a su propia madre.

Sopló suavemente los ollares de su yegua y estrechó a Sancho contra sí. Entendía al animal. Solo de pensar que alguien intentara arrebatarle a Sancho...

—Cantaré para ti —susurró a Meletay consolándola—. Y a partir de ahora siempre me quedaré contigo. Vendré cada día a verte. Todavía no sé cómo lo haré, pero no solo te miraré, también te montaré. ¡Volveremos a volar!

9

Tras el nacimiento de Sancho, Aenlin pasó las semanas de su recuperación trazando planes para sí misma y Meletay. En principio, en León no se prohibía que las mujeres fueran a caballo, pero se esperaba que las damas montaran los palafrenes en sillas de amazona y que las mujeres sencillas viajaran a lomos de burros o de mulos. De ahí que las campesinas fueran solo al paso y que para las nobles se criaran animales especialmente tranquilos y dóciles. Debido a ello, el precio de los palafrenes para las damas de la nobleza y los religiosos era tan elevado como el de los corceles de guerra de los caballeros.

Pero Meletay era a simple vista más alta que el palafrén medio y no mostraba ninguna predisposición hacia aires especiales. La yegua de Kiev había sido creada para correr, era fogosa y veloz como el viento, y resultaba imposible controlarla desde una silla de amazona. Con un vestido decoroso, Aenlin no podía sentarse a horcajadas a lomos de un caballo, y por otra parte habría armado un escándalo si la hubieran visto montando con los anchos pantalones moros. A esas alturas de la vida ya no podía disfrazarse de varón. Aunque su cuerpo ya no mostraba las voluptuosas curvas de la mayoría de las mujeres de un harén, nunca más volvería a tener la delgadez de una adolescente. No le quedaba otra alternativa: cabalgaría de noche.

Decidida, adquirió en el mercado ropa ancha de hombre para ocultar sus formas en la oscuridad y ante miradas fugaces. Pidió una silla para Meletay a Jaime, quien pasaba de vez en cuando por la casa y visitaba a su anterior protegida. Por orden de don Rodrigo, según decía, y bajo la envidiosa mirada de Aenlin, solía montar la yegua un par de horas. Un animal con tanto brío no podía permanecer quieto demasiado tiempo, de lo contrario se volvería insoportable e incluso podía caer enfermo.

Jaime miró incrédulo a Aenlin cuando ella le pidió que dejara allí la silla que había llevado.

—¿Vas a montarla? ¡Es una locura! Es imposible, el señor no lo permitirá. Es un caballo salvaje.

Aenlin se llevó la mano a la frente.

—Jaime, viajé con ella desde Colonia hasta Zamora. Cuando todavía era más joven y salvaje, si quieres llamarlo así. Y es mía. Así que no voy a pedirle permiso al señor.

—A pesar de eso, si se entera se pondrá furioso —objetó Jaime.

Aenlin se encogió de hombros.

—No se enterará. Nadie lo sabrá. La montaré de noche por el bosque. Por la mañana ya habré vuelto.

—En el bosque hay carboneros —objetó Jaime—. Tal vez eremitas.

Ella hizo un gesto de rechazo con la mano.

—Don Rodrigo no se disfrazará ni de lo uno ni de lo otro. Además, ni se atreverán a salir de sus cabañas cuando oigan el ruido de los cascos. Normalmente es mejor no bromear con caballeros noctámbulos. Y si salen, me tomarán por un fantasma. No voy a detenerme amablemente, saludar y arrojar un par de monedas a los niños como hacen los nobles desde sus palafrenes.

Jaime movió alarmado la cabeza.

—No quiero saber nada de eso —dijo—. Es muy atrevido, solo vas a meterte en problemas. Y es posible que yo también.

—No tienes nada que temer —lo tranquilizó ella—. Como has dicho, no has de saber nada. Tú limítate a dejar la silla aquí.

Hasta el último momento estuvo dudando de que Jaime fuera a obedecerla, pero cuando el muchacho se marchó, Aenlin encontró la silla escondida bajo unas mantas en el establo. Conmovida y agradecida, pensó en su joven amigo. El mozo había cumplido su deseo aunque ella no había utilizado ninguna de las artes aprendidas en el harén para convencerlo.

Naturalmente, le resultó algo incómodo ensillar a Meletay la noche siguiente. Llevaba años sin montar a horcajadas en una silla y ya no era tan flexible como de niña. Por otra parte, Meletay se había apaciguado con los años y Aenlin estaba totalmente convencida de que montar no se olvidaba. Así que solo se puso un poco nerviosa cuando subió a la yegua y salió del patio a la luz de la luna. Era consciente de que corría algunos riesgos. Si le pasaba algo fuera, en el bosque, nadie la encontraría. La única que sabía lo que hacía era Paqui, bajo cuya cautela dormía el pequeño Sancho después de que ella le hubiera dado de mamar. La joven doncella estaba aterrada ante las intenciones de su señora y le había pedido entre lágrimas que renunciara a salir a caballo a escondidas. También ella tenía miedo, no solo por Aenlin sino por sí misma, por si esa secreta operación llegaba a oídos de Rodrigo Díaz de Vivar. Pero Aenlin consideraba que eso era imposible. El caballero había vuelto a visitarla después del nacimiento de Sancho, pero no solía aparecer a horas tan tardías. No creía que fuera a descubrirla. Si había algún peligro, era más bien que sufriera un accidente.

No obstante, Aenlin se olvidó de todo cuando Meletay cruzó al paso la puertecilla que en la parte posterior de la propiedad daba a los campos y al bosque. La vigorosa yegua levantó las orejas y la amazona recogió un poco las riendas para mantenerla atenta. A continuación dio las ayudas para que se pusiera al trote y Meletay enseguida obedeció. No había olvidado nada. Aenlin no se sentía insegura sobre su lomo, sino más bien como si hubiera regresado a casa tras un largo viaje. Como si hubiera sido el día anterior, recordó la primera salida con Meletay por Colonia y el largo camino a Zamora... Era como un sueño, tener el largo y esbelto cuello delante de sí, revolver las ralas crines y acariciar el sedoso pelaje. Y no tardó en cumplirse el deseo durante tanto tiempo contenido de galopar con la yegua. Meletay voló con saltos regulares y largos por un camino del bosque, hacia lo alto de una colina y a lo largo de la cresta de una montaña. Sentada sobre su grupa, experimentaba pura alegría, un éxtasis perfecto. En todo este tiempo no había disfrutado de nada que pudiera compararse con esa vivencia, ni siquiera las noches entre los brazos de don Rodrigo.

Galopó durante largo tiempo, pero fue lo suficiente sensata para volver antes de que las estrellas empalidecieran y se acercara el alba. Dirigió satisfecha los pasos de su caballo de vuelta a la casa de campo y se llevó un susto de muerte cuando oyó a sus espaldas el ruido de unos cascos. Sonaron de repente, casi como si el otro jinete hubiera estado esperándola. Su primera reacción fue huir, convencida de que Meletay podía escapar de cualquier otro caballo. Pero el camino hasta la granja no era lo suficientemente largo y su perseguidor la encontraría allí. Por otra parte, si volvía a alejarse de la finca no podría regresar antes de que saliera el sol.

—¡Espero que ahora no salgas corriendo otra vez!

Aenlin todavía no había decidido qué hacer cuando oyó la voz de don Álvaro. El veterano caballero se acercó veloz con su semental.

—¿Vos? —Aenlin oscilaba entre la preocupación y el alivio. Estaba segura de que don Álvaro no la traicionaría. Como mucho intentaría impedir que volviera a salir en el futuro—. Me habéis asustado. ¿Qué hacéis a estas horas por aquí? —Intentaba parecer enfadada, como si don Álvaro la hubiese sorprendido en una actividad totalmente legítima.

El caballero puso al semental junto a ella.

—¿Que qué hago aquí? —preguntó—. Por supuesto te he seguido... Desde que trajeron la yegua ya imaginaba que pasaría algo así. Y como el mozo dejó ayer la silla aquí... —Don Álvaro volvía a tutearla con familiaridad. Lo hacía casi siempre que estaban a solas.

—¿Os habéis dado cuenta? —preguntó Aenlin sintiéndose culpable.

Don Álvaro hizo una mueca.

—*Sayyida*... o Aenlin, a veces me sale tu nombre de niña cuando vuelves a comportarte como un potrillo desbocado. Solo una vez me has engañado, aquel día en Colonia en que tuve que constatar que mi alumno Endres tenía una hermana melliza. Pero desde que te conozco eres para mí un libro abierto. Aunque no habría pensado que consiguieras pedirle a don Rodrigo el caballo... Con lo sumisa que eres con él... —Esto último casi sonó como una crítica.

—Es mi señor —respondió Aenlin, obstinada—. Claro que le debo obediencia. ¿Y por qué no habría él de regalarme algo? Él... él me ama.

El caballero hizo un gesto de rechazo.

—Mejor no hablemos de lo fiel que eres a don Rodrigo o de lo fiel que él te es a ti. No es asunto mío. Yo solo sé que te trata como si fueras de su propiedad, con lo cual viola todas las leyes que le imponen su religión y su juramento hacia Jimena. Pero esto... esto sí es de mi incumbencia. He jurado cuidar de ti. ¿Eres consciente de lo imprudente de tu comportamiento? Si te pasa algo... si te caes, si el caballo tropieza...

—Yo no me caigo por nada —respondió Aenlin, segura de sí misma—. Y Meletay no tropieza. Además... —Lo miró a los ojos—. Además, me habéis seguido.

Su protector negó con la cabeza.

—A esta yegua no la puede seguir ningún caballo en León, Castilla y Navarra —replicó—. He podido vigilarte durante un par de kilómetros quizá. Luego has desaparecido. Te he esperado aquí, rezando para que llegaras sana y salva a casa. ¡No vuelvas a hacer esto nunca más, Aleyna! Aunque sea por mí, por la pequeña Paqui y por ese inútil bonachón de Jaime. Rodrigo Díaz de Vivar nos haría pedazos si te ocurriera algo.

Aenlin se sintió culpable, pero también incontenيblemente orgullosa. Por primera vez alguien le confirmaba lo mucho que significaba para Rodrigo.

—A pesar de todo quiero montar a caballo —insistió—. Rodrigo me ha regalado a Meletay. No puede tener nada en contra.

Don Álvaro apretó los labios.

—Sí que puede tenerlo. Y apuesto a que cuando te lo regaló ni se le pasó por la cabeza la idea de que salieras a pasear de noche con él. Consideró tu deseo como un capricho. Así como otras mujeres piden una joya de oro, tú le pediste un caballo dorado...

—Pero si me conoce... —replicó Aenlin.

Don Álvaro suspiró.

—Espera al menos a que se haya ido —le pidió sin ahondar en su respuesta—. Uno de estos días partirá a Toledo. Unos bandidos moros han entrado en Castilla, han asaltado el burgo de Gormaz y se han hecho con un buen botín. Don Rodrigo tiene que comprobar que está todo en orden y averiguar si el emir intenta rebelarse, por improbable que sea. El rey supone que eran unos simples asaltantes con los que Al Qádir no tiene nada que ver.

—¿Así que no se trata de una expedición de castigo? —preguntó Aenlin preocupada. No hablaba de ello, pero durante las campañas siempre temía por la vida de Rodrigo.

—Al menos no está pensada como tal —contestó el caballero—. De todos modos, Rodrigo parte con medio ejército, quiere llevarse a todos sus hombres. Así que deja primero que se marche y luego... Yo te acompañaré de vez en cuando si te limitas a salidas nocturnas y no vuelves a alejarte de mí. Deja que el caballo corra, pero al final del camino nos esperas a Chano y a mí. —Dio unos golpecitos en el cuello de su semental castaño.

Aenlin lo miró, conmovida de nuevo por la lealtad de su amigo.

—Es muy generoso por vuestra parte —dijo en voz baja.

El caballero se encogió de hombros.

—Solo pretendo salvaguardarme —afirmó—. De lo contrario volverías a intentarlo a escondidas y yo no puedo responsabilizarme de ello. Tampoco de que el polluelo crezca sin su madre. Con lo infeliz que ya es ahora..., lastrado con un nombre de pila demasiado grande y sin un apellido como es debido...

—¡Don Rodrigo reconocerá a Sancho! —exclamó Aenlin triunfal.

Don Álvaro volvió a suspirar.

—Don Rodrigo ya tiene un heredero —le recordó—. Puede que se sienta inseguro con un solo hijo varón, por eso ha recibido a Sancho con alegría. Pero el pequeño no es de la misma categoría que el hijo de Jimena, ni siquiera tiene el rango de un hijo legítimo más joven. Es la reserva, Aleyna. Si Diego muriera y todos los hombres con quienes piensa casar a sus hijas demostraran ser unos inútiles, entonces tal vez tu hijo podría tomar posesión de la herencia de Rodrigo. Mientras esto no ocurra, tú eres la única que puede evitar que tu hijo se malogre. Debes proteger a Sancho, tal vez incluso llegar a pelear por él. ¡Así que cuida de ti, Aleyna! Tu hijo no puede perderte.

No le gustaba admitirlo, pero las palabras del anciano caballero la habían afectado profundamente. Aun así seguía estando segura de que don Rodrigo cuidaría de ella y se haría responsable de su hijo. Por el momento, sin embargo, no había tomado precauciones con respecto a ella. Si algo le ocurría, Aenlin carecería totalmente de recursos. A fin de cuentas, ahí, a diferencia de en el harén, no formaba parte de los bienes del emir. Nadie se sentiría obligado a cuidar de la esclava de Al Ándalus y su hijo. Sería libre, pero Jimena la pondría de patitas en la calle sin contemplaciones.

Aenlin comprendió que le urgía ponerse manos a la obra. A lo mejor Rodrigo podía transferirle la casa de campo en la que vivía o dejar un legado para Sancho. Sin embargo, era imposible hacer nada antes de su partida hacia Toledo, aparte de que sabía que no bastaría con pedírselo. Debería hacer uso de todas sus artes de seducción para que sus deseos se hicieran realidad. Rodrigo tal vez pensaría que si ella contaba con seguridad económica, podría ocurrírsele la idea de abandonarlo. Aunque no era eso lo que ella planeaba, él podía tener miedo de perderla. Tenía que dejarle claro que no le amenazaba tal peligro.

—Por decirlo de algún modo, tiene que elevarme a la categoría de segunda esposa —explicó a su hijo—. Al menos debe verme como tal. Y ha de darte un nombre. A lo mejor hay alguna aldea en Burgos, de donde viene, que puede concederte oficialmente como feudo, con ello tal vez te llamarías... Sancho de la Peña o algo similar. —Sonrió al imaginar a su bebé como caballero y señor feudal—. La espada ya casi te la ha ceñido.

Debido a los reproches de don Álvaro y a sus propias reflexiones, Aenlin no solo se preocupaba ante la nueva partida de Rodrigo, sino que se veía invadida por el pánico. Cada día se temía que le llegaran malas noticias, y aún más por cuanto el Campeador permanecía mucho más tiempo fuera de lo que el anciano caballero había supuesto. Lo único que la apartaba de tales oscuros pensamientos eran los paseos con Meletay. Don Álvaro cumplió con su palabra y la acompañó, y Aenlin también cumplió con la suya y no huía de él. Claro que dejaba volar a Meletay, pero cuando la yegua ya había hecho una larga carrera, se detenía en el claro más cercano del bosque y dejaba que el caballo pastara hasta que don Álvaro y su semental se reunían con ella. La mayoría de las veces todavía rebosaba felicidad y emoción cuando el caballero por fin la alcanzaba. Ella lo miraba sonriente.

—Pareces una niña colmada de regalos —dijo en una ocasión don Álvaro cuando la vio junto a la yegua que pacía—. Este caballo parece conocer el secreto de la eterna juventud.

Aenlin rio. En el harén o conversando con don Rodrigo se lo habría tomado como un refinado cumplido al que hubiera respondido con similares bellas palabras, pero para don Álvaro ella no era una preciosa. Opinaba justo lo que decía: para él era una niña encantadora aunque también algo testaruda. Y en la misma posición se situaba ella: lo consideraba un amigo paternal, no un hombre a quien debía complacer.

—Mi caballo conoce el secreto del olvido —explicó—. Cuando lo monto no tengo que estar devanándome los sesos pensando en qué estará haciendo mi señor en Toledo. Don Álvaro, ¿podríais acercaros mañana a palacio y enteraros de si hay novedades? Paqui ha estado hoy allí y ha preguntado a Jaime, pero a él nadie le cuenta nada. De todos modos, ha dicho que han llegado caballeros procedentes de Al Ándalus. A lo mejor traen noticias de Rodrigo.

Don Álvaro se encogió de hombros.

—También pueden haber llegado de cualquier otro emirato —admitió—. No te hagas muchas ilusiones; por lo que yo sé de Rodrigo, nunca enviaba mensajes a casa cuando estaba en una misión. Va y viene cuando le apetece y no le preocupa especialmente que su esposa y sus hijos se preocupen por él.

Aenlin se mordió el labio. Le habría gustado señalar que hasta entonces se había tratado solo de Jimena y sus hijos y que a lo mejor el caballero se interesaría más por ella y Sancho. Unos minutos después volvió a tranquilizarse. Si hubiera habido algo importante que notificar, los caballeros se habrían dirigido directamente a su casa y no al palacio del rey Alfonso.

Tal como había prometido, don Álvaro se dirigió al castillo a la mañana siguiente y unas pocas horas después acudió a ver a Aenlin, quien lo esperaba en el jardín. Había llegado la primavera y estaba preparando con Paqui los arriates que pensaban sembrar, mientras Sancho dormía tranquilo en su cestito. En cuanto el caballero entró en el jardín, Aenlin abandonó su trabajo. El aspecto de su amigo la alarmó: había renunciado a librarse de la capa y la espada y a refrescarse antes de acudir en su presencia. Además, su rostro no dejaba suponer nada bueno. Aenlin hizo un gesto a Paqui para que se retirase.

—¿Podrías traernos algo de vino? —indicó a la doncella—. Parece que don Álvaro necesita un trago.

El caballero asintió.

—En efecto, *sayyida* —respondió—. Esta mañana en la corte..., en fin, ha sido...

Aenlin no estaba dispuesta a andarse con rodeos.

—¿Se trata de Rodrigo? —barbotó, interrumpiendo sus palabras de introducción—. Le... ¿le ha pasado algo? —El corazón le palpitaba con fuerza y tenía el estómago encogido de miedo.

Don Álvaro negó con la cabeza.

—Por lo que he oído decir, se encuentra bien —dijo rabioso—. Pero... Esos caballeros que han llegado de Al Ándalus no eran de don Rodrigo. De hecho, son guerreros moros enviados por Al Qádir para quejarse de él. Al parecer, nuestro señor está robando y saqueando sus tierras.

—¿Cómo? —Aenlin arqueó alarmada las cejas. Unos momentos antes se había tranquilizado, pero tras esa información...—. ¿No habíais dicho que no iba a dirigir ninguna expedición de castigo?

—Por lo visto don Rodrigo es de otra opinión —observó el caballero—. Se ha internado en tierras moras, hasta el valle del Henares, como lo llaman, y allí está arrasando pueblos y fortalezas. Naturalmente, después de haberlos saqueado completamente. Sus caballeros están consiguiendo abundantes botines.

Aenlin se mordió el labio.

—Esto no puede gustarle al rey —susurró.

—Gustar no es la palabra —profirió don Álvaro—. El rey está furioso, sumamente disgustado, según me ha informado el duque Ordóñez, no sin una sombra de alegría por la desgracia ajena. Me temo que en esta ocasión la iniciativa que don Rodrigo ha tomado por su cuenta y riesgo no quedará sin consecuencias.

—¿Le ordenará el rey que vuelva? —preguntó Aenlin atemorizada.

Don Álvaro hizo un gesto de ignorancia.

—Si lo encuentra... No sé si enviará mensajeros o si se limitará a esperar a que don Rodrigo regrese por su propia iniciativa. Pero tendrá que demostrar de algún modo a Al Qádir que realmente protege Toledo. Nuestro señor no saldrá de esta con una simple reprimenda.

«Y pocos intercederán por él en la corte —pensó Aenlin—, más bien todo lo contrario.» El conde Ordóñez y los señores Sánchez y Pérez harían cuanto estuviera en su poder para vengarse por fin de la humillación de haber sido capturados.

10

Los temores de Aenlin se vieron confirmados cuando en el mes de junio el rey Alfonso concedió al hermano del conde Ordóñez un alto cargo en la corte. De ese modo honraba a otro miembro de la familia haciendo de él un confidente especial. De Rodrigo Díaz de Vivar seguía sin haber ni rastro. Por lo visto, el rey no había salido en su persecución, algo que don Álvaro desaprobaba. Si bien no hablaba de ello con Aenlin, era evidente que el monarca lo había decepcionado tanto como el Campeador. Ni los saqueos de Rodrigo le hacían honor como caballero, ni tampoco la espera al rey Alfonso. En los pueblos incendiados y saqueados morían inocentes, se esclavizaba a las mujeres... Era injusto y, fuera cual fuese el castigo que el rey impusiera a los autores, cuando se dignara de una vez a actuar, no desharía lo que ya se había hecho.

En julio de 1081, el Cid regresó por fin a la corte. Primero visitó a Aenlin, a quien llenó de satisfacción pese a todas sus preocupaciones. Feliz porque era evidente que los prefería a ella y a Sancho en lugar de a Jimena y sus hijos, corrió hacia él. Pero Rodrigo solo le dedicó un breve abrazo y ordenó luego a sus caballeros y criados que descargaran los cuatro carros llenos de abundantes botines. Quería seguir inmediatamente su camino hacia palacio.

—¿Está bien el niño? —preguntó como de paso, y asintió relajado cuando Aenlin le dio una vehemente respuesta afirmativa. Por lo visto él no había esperado otra cosa. Tampoco dedicó mucha atención a Sancho cuando Paqui lo sacó de la casa para mostrárselo a su padre—. Bien alimentado y limpio —elogió al menos, inclinando la cabeza hacia Aenlin—. No tardaré en visitaros. ¡Por Dios, cuánto he añorado el abrazo de una mujer sumisa!

Ella se sintió desconcertada cuando justo después Rodrigo volvió a montar en el caballo. ¿Cómo debía interpretar ese último comentario? ¿Había poseído a otras mujeres, pero en contra de su voluntad? No lograba imaginárselo. A fin de cuentas, en el pasado había sido él quien había impedido que la deshonrasen.

Mientras Lola y Marta servían a los hambrientos caballeros que se instalaban de nuevo en su improvisado albergue, don Álvaro y Aenlin examinaron los bienes que Rodrigo había obtenido en Toledo.

—Estos objetos no proceden de casas de campesinos —observó Aenlin, señalando los paquetes de telas de brocado, miniaturas de palacios de oro puro y plata, arcones llenos de joyas y piedras preciosas—. Quizá no se trate más que de rumores y mi señor ha peleado honorablemente contra otros caballeros.

Don Álvaro negó con la cabeza.

—En el campo no se obtienen joyas —confirmó—. Ahí solo se consiguen esclavos que luego se cambian por monedas contantes y sonantes. Esto proviene sin duda de fortalezas... y mezquitas. Aleyna, ¡ha recorrido el Henares en dirección a Guadalajara y Alcalá saqueando! Ahí residen gobernadores del emir, que sin duda contaban con caballeros a los que enviaron contra Rodrigo. Pero ya fuera contra caballeros o campesinos, sus ataques no estaban justificados. No había ninguna querella entre don Rodrigo y los caballeros moros, y no se libra ninguna batalla entre León y Toledo. El rey tiene que castigar su comportamiento y nuestro señor bien lo sabe. No ha venido aquí para verte, Aleyna, por mucho que quieras creerlo y por muy feliz que evidentemente eso te haga, ya que se te ve radiante de alegría. A él le interesaba sobre todo descargar su botín. Si el rey no conoce su existencia, no podrá confiscarlo. Mañana iré al palacio, a ver si consigo más información.

Aenlin durmió mal esa noche y todavía se inquietó más cuando los caballeros de Rodrigo empezaron a volver a cargar los carros con el botín una hora después de que don Álvaro se hubiese marchado. Alguien debía habérselo mandado, probablemente Rodrigo les había enviado un mensajero. Y por lo visto era urgente, pues en general los caballeros se negaban a realizar tareas vulgares, que solían encargar a los criados. ¿Habría exigido el rey al Campeador que le entregara el botín? ¿Pretendía embolsarse las ganancias como reparación por la mala actuación del Cid o acaso devolvérselas al emir?

Aguardaba impaciente el regreso de don Álvaro, pero este se hacía esperar. Hasta bien entrada la tarde no oyó los cascos de su caballo en el patio.

—Lo siento, Aleyna —se disculpó el caballero cuando por fin se presentó ante ella. La joven había evitado correr directamente al patio para preguntarle, pues los edificios de servicios todavía bullían de atareados caballeros. Parecía como si los hombres se estuvieran preparando para emprender un viaje—. Habría podido enterarme de la decisión del rey esta misma mañana, pero me pareció más sensato esperar a saber las consecuencias. —El caballero bebió un buen trago de vino. Aenlin ya le tenía preparado un vaso.

—¿Le ha impuesto el rey una multa? —preguntó Aenlin, esperanzada—. ¿Perdona a Rodrigo a cambio de que le entregue el botín?

Don Álvaro movió la cabeza en un gesto negativo.

—No —respondió abatido—. El rey es implacable. Hasta nuevo aviso, Rodrigo Díaz de Vivar queda desterrado de la corte. Esta propiedad será confiscada.

Aenlin empalideció, le temblaban las manos.

—Esto... esto me afecta —susurró—. ¿Qué... qué van a hacer conmigo?

—¿Contigo? —preguntó sorprendido el caballero, mostrando

en su rostro una sonrisa irónica—. Ah, te refieres... No, a ese respecto..., el «regalo» del emir no se ha mencionado oficialmente. Tú eres la concubina de Rodrigo, lo que naturalmente es sabido en la corte. Pero nadie te va a arrastrar al mercado de esclavos más cercano. Sin embargo, esta casa se adquirió de forma oficial y el rey se apropiará de ella. Así que tienes que marcharte de aquí.

—¿A dónde? —preguntó Aenlin con voz ronca.

Se había sentido tan segura en esa granja con su hijo... y ahora todo volvía a desmoronarse a su alrededor.

Don Álvaro hizo un gesto de ignorancia.

—No lo sé. Creo que don Rodrigo no ha tenido tiempo de ocuparse de ello. Primero ha tomado precauciones para su familia.

—¿Jimena también ha de marcharse? —preguntó Aenlin—. Pero... siempre ha servido lealmente a la reina.

—Es su esposa —respondió lacónico don Álvaro—. Para lo bueno y para lo malo. Don Rodrigo la enviará a un convento cerca de Oviedo. La familia de ella lo fundó, así que el abad tendrá que acogerla bajo su protección. Y, por supuesto, también a los niños.

—¿Y Rodrigo? —Aenlin sintió que la invadía un miedo atroz. Para ella y Sancho no habría ningún convento.

—Piensa dirigirse primero a Berenguer, el conde de Barcelona. Tiene una estrecha relación con él y le pedirá asilo, a cambio del cual pondrá a su disposición su espada y las de sus caballeros. —Don Álvaro agarró ensimismado el mango de su arma. De repente Aenlin cayó en la cuenta de que él también pertenecía al ejército privado de Rodrigo—. Ya veremos si el conde acepta. Es probable que dependa de con quién sostenga ahora alguna contienda. Y de si puede permitirse incomodar al rey Alfonso.

—¿Os marcharéis con Rodrigo? —preguntó Aenlin en voz baja—. ¿Hacia el norte?

El caballero se la quedó mirando.

—Haré lo que me ordene —respondió—. Es mi deber y tú lo sabes, le presté juramento. Y tampoco tengo demasiado dinero. Ningún caballero andante se enriquece, al menos si lucha honestamente. —Don Álvaro lanzó una mirada desdeñosa desde la ventana. Si bien no se podía ver a los jóvenes caballeros de Rodrigo, Aenlin entendió. Don Álvaro no había participado en saqueos e incendios—. En cualquier caso no lo suficiente para... para mantener esa casa...

Bajó la cabeza y, una vez más, Aenlin sintió hacia él un profundo respeto y agradecimiento. Si don Álvaro hubiese podido, habría garantizado la huida de la joven. Puso la mano en el brazo del anciano caballero. Nunca lo había tocado hasta ese momento, pero ahora necesitaba hacer ese gesto. Con él consolaba al caballero y se ayudaba sí misma a evitar esa sensación de estar cayendo más y más profundamente.

—Tengo que hablar con él —dijo—. Debe haber una solución. Para mí y Sancho... y para Paqui... y.... y... y Meletay... Todavía sigue siendo mía, ¿no?

Don Álvaro le lanzó una mirada entre incrédula y compasiva. No alcanzaba a comprender que en tal situación siguiera pensando en la yegua.

—Claro que sí, Aleyna —concluyó—. Yo puedo confirmar que te la regaló. Nadie te quitará el caballo. Pero tendrás que venderlo. Junto con tus joyas... Al menos ese dinero te bastará para volver a Colonia. O como dote para un pequeño convento.

Aenlin negó con la cabeza.

—¿Qué estáis diciendo, don Álvaro? ¿Un convento? ¿Voy a ser monja? ¿Una monja con un hijo pequeño?

El caballero se frotó la frente.

—Tomará precauciones con respecto al niño —dijo desolado—. Pero en cuanto a ti...

Rodrigo apareció a la mañana siguiente a plena vista, para hablar. Se le habían pasado las ganas de abrazar a una «mujer sumisa».

—Supongo que ya te habrán llegado noticias —empezó, como siempre, sin grandes rodeos—. Debo irme de León y trabajar como mercenario en algún lugar. Eso significa, por muy lamentable que me resulte, que debo separarme de ti, al menos temporalmente.

—¿Y a dónde tenemos que irnos? —preguntó Aenlin, que sostenía a Sancho en su regazo.

—Dentro de dos días mis hijos se marcharán con Jimena a Oviedo —respondió Rodrigo—. Ya he hablado con mi esposa. Educará a Sancho como su propio hijo.

—¿Qué? —preguntó Aenlin, escandalizada. Había contado con cualquier cosa menos con eso—. ¿Vas a darle a Jimena nuestro hijo? ¿Mi hijo? ¿Vas a separarme de él?

—No hagas una montaña de un grano de arena, Aleyna. Jimena es una buena mujer. Sancho no tiene nada que temer. —Rodrigo parecía estar firmemente convencido de haber hallado una solución.

—¡Pero es mío! —exclamó Aenlin, que se debatía entre la indignación y el horror—. No lo daré. —Estrechó al bebé contra su pecho—. ¡Te lo advierto, Rodrigo, si quieres arrebatármelo será por encima de mi cadáver!

Rodrigo observó desconcertado ese arrebato.

—Pensaba que querías lo mejor para él —dijo inflexible—. Y no cabe duda de que lo mejor es que crezca junto a su hermano.

—¡Hermanastro! —protestó Aenlin—. ¡Y con una madre adoptiva que lo odia! ¡Yo no quiero eso, Rodrigo! No te lo daré. No... no es un potro al que se separa simplemente de la madre.

—Apenas unas pocas semanas antes se había compadecido de la apenada yegua y, pese a ello, no había podido imaginar el dolor de una madre al verse separada de su hijo. En ese caso el alejamiento era imprescindible, y un potro de medio año no era equiparable por su desarrollo a un bebé, sino a un niño de siete u ocho años. A esa edad también se separaban en el harén a los hijos de las madres. Las mujeres lo encajaban con dignidad y conservaban pese a ello una muy estrecha relación con ellos. Meletay había gritado y alborotado... Aenlin, en cambio, se contuvo. En cierto modo, la comparación la ayudó a serenarse. De nada servían los gritos y los alborotos, tenía que actuar con la cabeza clara—. Si va a Oviedo, tienes que enviarme a mí con él —pidió—. Como su nodriza o su niñera. Yo no me achico ante el trabajo duro o las humillaciones. ¡Pero no me quites a mi hijo!

Rodrigo hizo un gesto de impotencia.

—Jimena se niega —respondió lacónico—. Ya se lo he sugerido y se ha negado en redondo. Educará a Sancho como si fuera su propio hijo, pero solo si me desprendo de ti. Voy a preparar las cosas. Viajarás con un par de comerciantes a Al Ándalus.

—¿De vuelta con Al Mutámid? —preguntó Aenlin.

La caravana mercantil podía tener el encargo de acompañarla al harén o de deshacerse de ella en un mercado de esclavos. No quería creer que Rodrigo urdiera ese plan, pero incluso si así era, los mercaderes podían actuar por cuenta propia. Todavía valía una pequeña fortuna.

Rodrigo asintió y pareció quitarse un peso de encima.

—Sí. Le devuelvo su regalo. En vista de las circunstancias lo comprenderá. Y si no... Me da igual que se lo tome a mal, de todos modos ya no tengo nada más que ver con él.

Aenlin se rascó la frente. Le habría gustado llorar, pero tanto su educación como el bloqueo que sentía se lo impidieron. La señora Zulaika se lo había enseñado a sus pupilas. Aenlin recordaba un dicho de su profesora: «Las lágrimas pueden ser un medio para alcanzar un objetivo. Aprended a utilizarlas para lograr vuestros fines, pero no dejéis que lleguen a enrojecer vuestros ojos ni a hinchar vuestro rostro. Contad más bien con vuestra belleza y vuestro atractivo. Solo así dominaréis a vuestros señores».

La joven intentó recobrarse. Depositó a Sancho en su cuna y se volvió hacia Rodrigo. Se dejó resbalar sensualmente de su asiento, postró a los pies de él y le abrazó las piernas.

—Señor mío, entiendo vuestra situación y la lamento profundamente. Pero ¿no hay otra posibilidad que la de repudiarme? Os acompañaré a donde quiera que vayáis. —Deslizó la mano hacia arriba y notó el miembro endurecido.

Rodrigo respiraba más deprisa, pero al hablar soltó una risa áspera.

—¿A ti qué te parece? Debo irme mañana, preciosa. Salgo con mis caballeros y viajaré deprisa. Yo mismo he de informar al conde de Barcelona del destierro. Así podré corregir algunas cosas. Solo me faltaría tener que llevar a una mujer con una mula.

Aenlin jugueteó con las cintas de sus calzas.

—No tendréis otro caballero que galope más veloz que yo —le prometió—. Y el niño tampoco os molestará, lo llevaré en mi caballo y lo mantendré tranquilo. —Últimamente se había llevado alguna vez a Sancho y emprendido con él algunos paseos breves y tranquilos. El niño parecía disfrutar con ello, y si para conservarlo no tenía otro remedio que aturdirlo con unas gotas de adormidera, Aenlin no se echaría atrás.

—Mis hombres lo encontrarían extraño. —Rodrigo la ayudó a abrir las calzas. Se relajó bajo sus acariciantes manos.

Aenlin intentó alejarlo de sus pensamientos.

—¿Acaso no viajan todos los ejércitos con una caravana? —preguntó—. ¿Qué ocurrirá con vuestros bienes? Querréis llevarlos a Barcelona, ¿no es cierto? Así que tampoco podréis avanzar tan deprisa. —Interrumpió su argumento, pues Rodrigo ya no parecía estar en disposición de poder pensar en nada más que en sus manos y sus labios. Aenlin empleaba todas las artes que Zulaika había enseñado a sus chicas. El corazón de Rodrigo podía ser de piedra, pero su cuerpo era moldeable como la cera bajo las caricias de la joven. Al final estalló de placer. Aenlin siguió acariciándolo suavemente hasta que se hubo sosegado—. ¿Deseáis realmente renunciar a esto en el futuro, señor? —preguntó en un susurro—. Por supuesto que me someteré a vuestra voluntad, aunque... ¿acaso no habíais previsto algo así cuando me regalasteis a Meletay? —Sabía que no era así, pero formaba parte de las artimañas que había aprendido. Volvió a escuchar la voz de la señora Zulaika: «Haced creer a vuestros señores que fue ocurrencia suya concederos cualquier favor. Si habla con vosotros sobre sus negocios, nunca le recordéis que fue gracias a vuestro consejo que los llevó a buen término. Haced que sienta vuestra admiración sin importar si la merece o no»—. ¿No queríais darme la oportunidad de acompañaros con ese caballo tan veloz? ¿De montar a vuestro lado a donde fuera que os dirigieseis?

Aenlin tomó la mano del caballero y lo llevó al dormitorio. Esperaba que Paqui se ocupase de Sancho. Lo último que le faltaba en ese momento era un bebé llorando.

—Mañana salgo con un par de caballeros; las mercancías y el oro que he tomado como botín llegarán separadas a Barcelona —explicó más tarde Rodrigo, cuando yacía junto a Aenlin. Ella había reanudado cautamente la conversación sobre el viaje—. Con veinte caballeros de escolta y un par de criados dignos de confianza en el pescante del carro.

Los dedos expertos de Aenlin dibujaban círculos sobre su torso desnudo.

—Entonces tenéis dos opciones para no desprenderos de la felicidad, mi señor —dijo suavemente—. Puedo salir con vos y vuestros caballeros, y tened por seguro que yo mantendré el ritmo. O puedo partir más tarde con la caravana, y vuestros hombres no tendrían nada que decir. Soy de vuestra propiedad, al igual que el oro es vuestro. Me lleváis con vos como lleváis la plata que habéis tomado como botín. No olvidéis que soy un regalo con el que os obsequiaron... —Empezó a excitarlo de nuevo—. Podríais poner la caravana bajo el mando de don Álvaro —propuso—. Sabéis que podéis confiar en él. Pero si se marcha antes con vos y los caballeros... acaso él y su viejo semental detengan más vuestro veloz avance que Meletay y yo.

Se sintió algo culpable por haber hecho ese comentario. Don Álvaro no era una carga en absoluto, como tampoco lo era su caballo. Pero estaba dispuesta a jugar cualquier carta para lograr su objetivo.

Para su sorpresa, Rodrigo asintió.

—Pensándolo bien, sería factible —respondió—. Pues, como bien dices..., me cuesta renunciar a tus servicios. No hay en Occidente nada equiparable. Solo el niño...

Aenlin lo fulminó con la mirada.

—El niño se queda conmigo. Es mi condición. Si me lo quitáis, me clavaré un puñal en el corazón y os quedaréis sin nada. Sin mujer en vuestro lecho y sin el dinero de la venta de una esclava en el mercado de Sevilla.

Estas últimas palabras casi se le escaparon sin querer y, en el mismo momento en que las pronunciaba, esperó que don Rodrigo rechazara indignado ese planteamiento.

Sin embargo, él se limitó a reír divertido.

—Me gusta cuando te pones temperamental —observó—. Ese cambio de la esclava sometida a guerrera, de belleza delicada a leona fiera... No dejas de sorprenderme. —Reflexionó unos segundos—. De acuerdo, Aleyna —decidió—. Tú y mi hijo podéis ir a Barcelona con la caravana. Ya veremos qué sucede allí, pero estoy seguro de que encontraré una solución.

De eso a Aenlin no le cabía la menor duda. Las mercancías del carro servían para comprar diez propiedades como la que tenían junto a León y, por otra parte, en algún sitio habría de alojar Rodrigo a sus hombres. Era muy improbable que el conde fuera a ocuparse de todos ellos.

Suspiró aliviada. Se sentía exhausta y la idea de acabar en un mercado de esclavos la corroía. Pero en un principio supuso que tenía el futuro asegurado.

GUERRA Y RECONCILIACIÓN

Zaragoza, Gormaz, Vivar
Verano 1082 - Primavera 1089

1

Aenlin esperaba que Jaime formara parte de los hombres de confianza que conducirían los carros de Rodrigo, pero el Campeador envió al mozo de cuadras con Babieca al pueblo, junto a Burgos. El potro iba a crecer en el criadero de caballos de la familia del Cid para servir después al caballero como semental de guerra. Jaime prometió a Aenlin que cuidaría bien de él.

—No me molesta que el señor no me lleve con él, ni mucho menos —le confesó a Aenlin—. Por una parte, hace años que no veo a mi familia; será bonito volver a casa. Y por otra..., esos carros, esos bienes que don Rodrigo va a llevarse, el rey los quería para sí. ¿Qué ocurrirá si el rey envía a sus caballeros tras él? ¿Y si se inicia una batalla? No me gusta pelear, *sayyida*, nunca me ha gustado. En Vivar reinará la paz. —Se mordió el labio inferior—. Lo único que me apena de ese viaje —desveló— es que... no volveré a verte... ni a ti ni a Meletay.

Aenlin sonrió. En esos momentos le recordó a su hermano, aunque Jaime era, por supuesto, mucho más decidido que Endres y la idea de ingresar en un convento todavía le resultaría más aborrecible que la de una batalla.

—A lo mejor volvemos a encontrarnos —lo consoló—. ¿Quién conoce los designios del señor?

No sabía si se estaba refiriendo a Dios o a Rodrigo.

A Paqui, por el contrario, sí podía llevársela, y la joven doncella, que tan bien se ocupaba de Sancho, se alegró mucho de emprender el viaje. Sentía afecto por Aenlin y el pequeño y demostró también tener un espíritu aventurero. Empaquetó diligente sus pocas posesiones, así como las de Aenlin, que no eran mucho mayores. Habría podido montar en la mula, pero prefirió ocupar con Sancho un asiento en el carro, que los protegería de la lluvia a ella y al niño. Por el momento, el tiempo durante el viaje prometía ser bueno. Era verano y, aunque en León y Barcelona no hacía tanto calor como en Al Ándalus, se podía contar con que el sol brillaría en casi toda la península Ibérica. Aenlin se alegraba de ello, pues esa precipitada salida no permitía hacer grandes preparativos.

Ya la noche siguiente, Rodrigo mandó que los carros con su botín se pusieran en camino. Él mismo partió después de despedirse de Jimena y los niños. Mucho tiempo después, Aenlin escucharía cantar a los trovadores acerca de las lágrimas derramadas en esa emotiva despedida, aunque no podía ni imaginárselo. Jimena tal vez había llorado al ser desterrada de la corte, pero, a su manera, estaba tan educada para dominar sus sentimientos como Aenlin. Probablemente solo se habían pronunciado unas ceremoniosas palabras de despedida y tal vez se habían besado fríamente.

Durante los primeros días del viaje, don Álvaro mantuvo a los caballeros de la escolta en estado de alerta máxima. Le habría gustado avanzar más deprisa, pero las calzadas entre León y Zaragoza no eran óptimas. Cuando los caballeros cristianos viajaban de León a Barcelona, por lo general evitaban el emirato de Zaragoza y transitaban por Navarra y Aragón. Pero Rodrigo prefería que la caravana circulase por el reino moro. Conocía al emir de una campaña anterior con el rey Sancho en la cual los ejércitos de Aragón habían luchado con los de Zaragoza. Mantenía buenas relaciones con Al Muqtádir, así que el emir los dejaría pasar por sus tierras sin contratiempos. Aenlin esperaba que eso también fuera aplicable a su caravana; a fin de cuentas transportaban bienes por un reino moro que habían sido robados en otro reino moro. Pero Al Muqtádir no parecía especialmente solidario con Al Qádir y sus súbditos. Los caballeros del emir enseguida les franqueaban el paso cuando don Álvaro mencionaba el nombre del Campeador en los controles de las carreteras. Los alcaldes de los pueblos y los señores de las fortalezas por las que la caravana pasaba invitaban a la comitiva a pernoctar en sus casas.

Aenlin volvió a disfrutar de unos baños moros, y Paqui, a quien también se le concedió ese placer, no salía de su asombro. Naturalmente, ambas viajaban con velo después de haber pasado la frontera con los territorios moros, lo que en un principio desorientó a Meletay. La voluminosa vestimenta, que crujía y ondeaba al viento, la asustaba, y Aenlin tuvo que poner al principio los cinco sentidos para tranquilizarla. Aun así, no aceptó la invitación de trasladarse a uno de los carros con Paqui. Disfrutaba demasiado sintiendo bajo ella el movimiento de la yegua, cabalgando trayectos largos y descubriendo nuevos paisajes, en unas ocasiones abruptos, en otras suaves. El Duero, cuyo curso siguieron la mayoría del tiempo, transcurría unas veces entre montañas y otras por fértiles valles.

Este viaje le recordaba en cierto modo su primera cabalgada a Zamora. De nuevo los carros demoraban el avance y de nuevo estaba don Álvaro a su lado, conversando con ella de buen grado. Gracias al veterano caballero se enteró de que Zaragoza había pertenecido hasta hacía unos decenios a Córdoba, pero que luego se había escindido; que el emir era un hombre justo y cultivado y vivía en una palacio extraordinariamente hermoso. En el pasado había emprendido algunas guerras para ampliar considerablemente su territorio, pero en los últimos tiempos reinaba la paz en Zaragoza. El emirato estaba bien cuidado. Las carreteras se mantenían en buen estado y las tierras se cultivaban, la población parecía abierta y bien alimentada.

Llegaron finalmente a Zaragoza, una de las ciudades más grandes e importantes de Al Ándalus, junto con Sevilla, Córdoba y Toledo. Gracias a los libros de la señora Zulaika, Aenlin sabía que Zaragoza se conocía como la Ciudad Blanca a causa de sus palacios y mezquitas revestidos de alabastro, y le habría encantado contemplar todo ese esplendor. Pero don Álvaro vaciló. Entrar en la ciudad con tantos carros habría llamado inútilmente la atención. Por más que el emir sintiera simpatía por Rodrigo, no había que abusar de su generosidad. Al principio mandó instalar el campamento nocturno de los viajeros en un bosquecillo de las afueras, pero cuando aún no se habían montado las primeras tiendas, los alcanzó un mensajero, un joven noble moro a lomos de un caballo veloz y ligero.

—¿Don Álvaro? —preguntó en castellano después de presentarse y saludar cortésmente a los hombres—. Os traigo un mensaje de vuestro señor, Rodrigo Díaz de Vivar, Dios lo bendiga. Os pide que acudáis al palacio de nuestro querido emir Ahmad Al Muqtádir, Alá lo proteja. Don Rodrigo ha encontrado allí asilo y alojamiento para vos y sus caballeros. Si me lo permitís, os acompañaré. —Desplegó un escrito que tendió a don Álvaro. Rodrigo confirmaba en él lo que el mensajero había anunciado.

Don Álvaro respondió al joven con la misma cortesía, se mostró honrado por dicha invitación y ordenó a sus hombres que volvieran a desmontar el campamento. Mientras él supervisaba los trabajos, Aenlin se acercó para hacerle un par de preguntas.

—¿Cómo es que todavía está aquí? —susurró al caballero—. Mi señor, Rodrigo. ¿Por qué está en Zaragoza? Ya hace tiempo que debería haberse marchado del emirato. En realidad ya tendría que estar en Barcelona. Sin los carros avanza mucho más rápidamente que nosotros.

Don Álvaro asintió.

—Yo también me lo estaba preguntando —admitió—. ¿Habrá sucedido algo? En cualquier caso, no se me ocurre qué puede haber detenido a Rodrigo y sus caballeros. Yo suponía que habrían llegado a su meta hace ya días.

Aenlin estaba tan inquieta que no disfrutó de la soberbia muralla de la ciudad, de los portones adornados de estuco y de los edificios urbanos, blancos como la leche y resplandecientes. En cambio, el palacio del emir la dejó maravillada. Desde fuera parecía una fortaleza no muy distinta de los burgos cristianos, pero en cuanto se entraba en él se convertía en un sueño extraído de *Las mil y una noches*. Había jardines, pasillos porticados y surtidores que no tenían nada que envidiar a los del palacio de Al Mutámid. Al contrario, ahí todo parecía más delicado, más elaborado y laboriosamente trabajado.

Pero Aenlin tenía que separarse de don Álvaro. Metieron los carros en los establos y cobertizos, y un eunuco, que se inclinó ceremoniosamente ante la joven, ya estaba esperándola a ella y a su doncella, e invitó a las mujeres del honorable visitante de su señor al harén de palacio. Aenlin contestó a la inclinación y respondió al guardián del harén que estaban muy complacidas de aceptar su hospitalidad. Paqui se sentía aturdida.

—¿Van a encerrarnos? —preguntó nerviosa—. Me refiero a... si nos encierran en el harén... Ahí está todo enrejado, y...

—Nos dejarán volver a salir —la tranquilizó Aenlin—. Somos de don Rodrigo. En cuanto se marche nos llevará con él. Si quieres considerar el harén como una cárcel..., será la más lujosa que imaginar te puedas.

En efecto, el eunuco enseguida mostró a Aenlin sus aposentos —a la esposa de un visitante noble se le otorgaba el mismo trato que a la esposa o a la favorita del emir— y la invitó a los baños. Allí no tardaron en presentarse tres esclavas para ocuparse de ella y otra que cuidó de Sancho mientras Paqui se refrescaba. En el harén había para la sirvienta unos baños separados.

Dos horas más tarde, Aenlin seguía sin saber qué había detenido a Rodrigo en Zaragoza, pero la habían depilado y lavado, y le habían peinado el cabello y pintado las manos y los pies con alheña como si fuera a reunirse de inmediato con su señor. Escogió la mejor de sus vestimentas de seda, que se había llevado de Sevilla tres años atrás y que en León no había podido lucir, pero las esclavas y eunucos la desestimaron al considerar que estaba pasada de moda. Vistieron a Aenlin con unos pantalones anchos y una túnica verde esmeralda. Paqui no podía apartar la vista de ella cuando se reencontraron en sus aposentos. También habían vestido a la doncella, aunque por supuesto con una indumentaria de algodón más sencilla.

—Señora, soy una mala doncella —no pudo evitar decir—. Pensaba que os podía peinar y vestir muy bien, pero lo que han hecho con vos esas chicas... A fe mía que parecéis... Bueno, siempre me parecéis una princesa, pero ahora sois como... como un hada.

Aenlin se echó a reír.

—A lo mejor esas muchachas te enseñan un par de trucos —dijo, traduciendo a las esclavas las elogiosas palabras de Paqui. Las chicas también rieron y, entre aclamaciones, señalaron a Paqui que con mucho gusto la introducirían en sus artes y que también pintarían sus manos con alheña.

Entretanto habían llevado unos refrescos. Aenlin cogió un sorbete y Paqui probó un pastel de miel. Sancho comió una papilla de miel y fruta. Pero la primera seguía sin poder relajarse de verdad. Cuando finalmente apareció un guardián de las mujeres para preguntar si estaba satisfecha, ella le pidió si podría dar las gracias personalmente a una de las señoras del harén. Las esposas y favoritas del emir con certeza sabrían algo más sobre la permanencia de Rodrigo en el palacio.

El eunuco se alegró de sus intenciones, lo que no sorprendió a Aenlin. Seguro que las otras residentes del harén ardían en deseos de conocerla. Toda visita y todo ingreso allí eran bien recibidos, pues conllevaban información sobre ese mundo exterior que a las mujeres les estaba vedado.

—Yo no habría osado pedíroslo, puesto que seguramente necesitáis descanso tras el viaje, y más cuando es posible que vuestro señor os reclame hoy mismo —explicó el eunuco—. Pero si vos lo sugerís... Las mujeres del emir estarán dichosas de recibiros. Tal vez deseéis cenar con ellas antes de la oración de la noche.

Poco después, Aenlin estaba sentada en círculo con diez mujeres, seguramente pertenecientes a los rangos más elevados del harén, contemplando cómo las sirvientas depositaban unas bandejas con los más exquisitos manjares sobre una mesita baja. Para comer se utilizaban las puntas de los dedos de la mano derecha. Aenlin todavía recordaba cuánto le había costado aprender los armoniosos movimientos con los que formaban bolitas de arroz que se llevaban grácilmente a la boca con trocitos de carne o de verdura. En esa ocasión se desenvolvió con tanta naturalidad como sus anfitrionas, consciente de que con sus modales en la mesa impresionaba a esas damas.

—Se podría pensar que habéis sido educada en el harén —observó una de las mujeres del emir en un castellano intachable.

Aenlin sonrió y se inclinó modestamente. Describió después con toda franqueza su educación en casa de la señora Zulaika —de cuya escuela todas habían oído hablar—, su estancia en el harén de Al Mutámid y, finalmente, su relación con Rodrigo Díaz de Vivar.

—Debe de teneros en muy alta estima si os ha llevado incluso en su destierro —comentó una de las hijas del emir. Era muy hermosa y sus ropajes, en distintos matices de azul, resaltaban el brillo de sus ojos azules como zafiros, que provocaban un desconcertante contraste con sus cabellos de un negro intenso. Todas las mujeres iban tan elegantemente vestidas y enjoyadas como Aenlin, un signo del gran respeto que les inspiraba su invitada—. ¡Y le habéis dado un hijo varón! ¡Alá os ha bendecido! Mañana tendréis que enseñarnos al niño. ¿Tiene el cabello rubio como vos o moreno como su padre?

Aenlin les contó que al pequeño Sancho le estaba saliendo una pelusilla rubia, así que se parecía más a ella. Al mismo tiempo tomó nota de que las mujeres ya sabían que habían desterrado al caballero. Así que sus suposiciones eran ciertas: también en ese harén las mujeres tenían acceso a las salas de recepción y de audiencia de su señor. Les estaba permitido seguir las negociaciones desde una galería elevada cuyas delicadas celosías les ofrecían una buena visión, al tiempo que las mantenían ocultas. Después de que Aenlin hablara un poco de Sancho y recibiera los deseos de las otras mujeres de que su hijo creciera sano y bien educado, empezó a preguntar con prudencia.

—Estoy un poco preocupada por mi señor —reconoció—. Su larga estancia en casa del emir me resulta comprensible por la belleza y comodidades del palacio, pero aun así no encaja con el carácter de don Rodrigo. Me temo que esté herido o enfermo.

—Se encuentra muy bien —informó la hija del emir despreocupadamente. Aenlin recordó en ese momento que se llamaba Shadia—. Un apuesto caballero, todas lo hemos admirado... Deberíais dar cada día las gracias a Alá por poderlo servir. Pero ¿por qué habláis de su larga estancia? De hecho llegó ayer, y el emir, Alá le conceda salud y paz, enseguida le ofreció su hospitalidad.

Aenlin levantó la vista alarmada.

—¿Ayer? Pero... —Sonrió con complicidad a las mujeres—. ¿No habréis presenciado por casualidad la audiencia?

Las mujeres rieron.

—Eso hicimos —respondió Shadia—. Ayesha y yo. —Señaló a otra joven cuyo rango Aenlin había olvidado—. Queríamos ver al Campeador. Se oye hablar tanto de él...

Aenlin asintió.

—¿Y? —inquirió impaciente—. ¿De qué trató?

—De que prestaba servicio a nuestro señor —respondió la joven Ayesha—. Rodrigo Díaz de Vivar ha puesto su espada al servicio de Al Muqtádir. Se queda en Zaragoza.

2

Aenlin obtuvo noticias más precisas cuando Rodrigo reclamó sus servicios la tarde del siguiente día. Esa jornada también había disfrutado ampliamente de las distracciones de las dependencias femeninas, había explorado los jardines y tenido un primer contacto con las intérpretes musicales del harén. Tocaría con ellas en caso de quedarse allí más tiempo, algo que era posible, pues a fin de cuentas ignoraba cómo se desarrollaba la vida de los mercenarios cristianos en las cortes de los gobernadores moros. ¿Dispondría Rodrigo de una casa propia o compartiría con los caballeros un alojamiento? Ella misma desconocía qué sería mejor. En general, el harén era atractivo, pero después de la libertad de que había gozado en su casa de León se le haría difícil encontrarse a gusto en una jaula de oro. Además, los aposentos femeninos estaban hasta los topes, y a veces ella apreciaba la soledad.

Pero antes que nada estaba Meletay. En el harén eran muy permisivos con las esposas y favoritas del señor: bien cubiertas podían pasear de vez en cuando por los bazares de la ciudad o ir a merendar a la orilla del río, pero era impensable que tuvieran un caballo propio con el cual salir cuando les apeteciera. Mientras Aenlin se quedase en el harén no podría entrar en los establos y no tendría contacto con ningún otro hombre que no fuera su señor. Echaría de menos las conversaciones con don Álvaro casi tanto como las cabalgadas con Meletay.

De todos modos, Rodrigo pronto disipó todas sus incertidumbres.

—No nos quedaremos aquí —le anunció—. Yo no sirvo para cortesano, y menos aquí, con tanta ceremonia empalagosa.

A ella se le escapó la risa. No habría podido describir mejor las exageradas alabanzas y fórmulas de cortesía con que se acompañaba cada frase que se dirigía al emir.

—Encontraré una casa para nosotros en la ciudad o le pediré al emir que me proporcione una. Tanto Al Muqtádir como su hijo Al Mutamán, quien muy pronto asumirá el gobierno, se esfuerzan mucho por complacerme. Creo que fue idea de este último reclutarme.

—¿De modo que fue el emir quien se dirigió a vos? —se sorprendió Aenlin—. ¿No conseguisteis llegar a Barcelona?

Acababa de hacer muy feliz a Rodrigo; era su primer encuentro realmente relajado después de su regreso de Toledo, y él había disfrutado de las artes de su amante y de esa atmósfera especial del harén con la que ella lo había recibido. Las habitaciones daban a pequeños patios interiores amenizados por el susurro de las fuentes y esencias de flores y canela. De algún lugar del harén salía una música que se alcanzaba a intuir hasta en las estancias privadas. Rodrigo yacía satisfecho boca arriba, apoyado en almohadones, saboreando unos granos de uva y bebiendo vino dulce. Aenlin se sentía lo suficiente segura para sacar provecho de la intimidad y plantear a su señor alguna pregunta posiblemente incómoda.

—Claro que llegué a Barcelona —respondió Rodrigo. Su voz adquirió un tono cortante y su frente se ensombreció—. Pero ese perro, el conde Berenguer, no quiso ni escucharme. Me hizo saber que él no se mezclaba en los asuntos del rey Alfonso, y cuando le pedí una audiencia me soltó a la cara que no le gustaba que sus hombres se insubordinaran. Quien contraviene una vez una orden, vuelve a hacerlo en una segunda ocasión, y él no quería ser engañado. ¡Engañado...! Me trató de hecho como si yo hubiese roto un juramento y fuese un estafador. ¡Estuve a punto de retarlo en duelo! Como me lo encuentre un día en una batalla...

Aenlin empezó a acariciar a su señor para serenarlo; sabía que enseguida montaba en cólera y temía que después de enfurecerse soltando una sarta de insultos no se sincerase ante ella.

—¿Así que volvíais de Barcelona cuando os sorprendió la llamada del emir? —siguió preguntando con voz dulce.

El caballero asintió.

—Quería ir a Burgos —dijo—, pero entonces me convocó el emir. Muy cortésmente, casi con humildad. Enseguida comprendí que aquí me necesitaban urgentemente. —A continuación informó a Aenlin sobre el estado actual de la corte del emir, que, por lo que habían contado las mujeres, ella misma había podido valorar un poco. Al Muqtádir ya no era joven y su salud flaqueaba, por lo que había planeado ceder el control del emirato a su hijo ese mismo año, si bien quería permanecer nominalmente en el cargo. El hijo mayor, Al Mutamán, se quedaba con la mitad occidental del reino con capital en Zaragoza, y Al Mundir, el más joven, obtenía la mitad oriental con las regiones de Lérida, Tortosa y Denia, si bien ya gobernaba esta última—. Pero uno sabe en qué acaba todo esto —opinó Rodrigo, bebiendo otro trago de vino—. Es poco probable que los hermanos lo acepten, sobre todo Al Mundir, un hombre, por lo visto, irritable e impulsivo. En cualquier caso, Al Mutamán necesita asesores experimentados y comandantes con experiencia.

Aenlin sonrió.

—Os necesita a vos, mi señor —dijo ella, intentando imprimir humildad y admiración en su voz—. Dará gracias a Alá por poder contar contigo.

Aenlin nunca habría imaginado que algo así fuera posible, pero su estancia en Zaragoza le proporcionó más libertad y autonomía de la que había disfrutado en toda su vida. En efecto, el emir suministró a su nuevo mercenario una casa, relativamente modesta, al lado del barrio cristiano. Estaba construida según el típico estilo moro y por ello constaba de unas habitaciones distribuidas alrededor de un pequeño patio interior. En la zona exterior se hallaban las caballerizas y los alojamientos de los esclavos, en uno de los cuales estaba instalado don Álvaro, quien de nuevo fue nombrado protector de Aenlin. A la sazón el mismo Campeador podría haber desempeñado este papel, pero tenía que viajar con frecuencia al servicio del emir. Ella le agradecía que no hubiera destinado a ningún eunuco para su seguridad, pero Rodrigo había dejado claro en varias ocasiones que aborrecía a los castrados y que no quería tener a ninguno de ellos en su casa. Tampoco existía convención alguna que lo forzase a ello. Como en todas las ciudades moras, había en Zaragoza unas grandes comunidades cristianas y judías, y sus representantes no aislaban a sus mujeres con tanto rigor como sus vecinos moros.

A nadie le parecía mal que Aenlin visitara los zocos y bazares de la ciudad siempre que se cubriese con un velo. Tampoco las salidas a caballo en compañía de su caballero le estaban prohibidas. Cierto que la gente la miraba con incredulidad cuando atravesaba la ciudad montada a horcajadas su yegua dorada, pero nadie puso el grito en el cielo, entre otras cosas porque Aenlin se ocupó de dejar a sus vecinos en la incertidumbre con respecto a su persona y su religión. Nunca hablaba con nadie por las calles ni en los baños públicos. No cabía duda de que la gente cuchicheaba acerca de ella, pero nadie sabía si era mora o cristiana, la esposa de don Rodrigo o su concubina. En León esa reserva le había supuesto la soledad, pero en Zaragoza, para su sorpresa, cada vez le llegaban más invitaciones del palacio del emir.

En efecto, había simpatizado con las esposas e hijas de Al Muqtádir, quienes la convidaban a comer, a conciertos, a la fiesta de final del Ramadán o a otras festividades moras. Para llevarla de forma adecuada hasta el harén, le enviaban dos eunucos a caballo y una litera en la que también había lugar para Paqui y Sancho. El pequeño era recibido con deleite por las anfitrionas y pasaba de un brazo a otro. Por supuesto, las mujeres preguntaban a Aenlin por su nueva vivienda y por el personal, y así supieron de la existencia de don Álvaro, lo que provocó un gran revuelo. Sus nuevas amigas encontraban sumamente atrevido que su señor dejara en manos de un caballero cristiano la protección de su concubina, pero nada hizo dudar de su virtud. Aenlin no hablaba de Meletay, no les confió que tenía un caballo al que montaba cuando le apetecía. Los rumores de las calles de Zaragoza pocas veces atravesaban los muros del harén.

Por lo visto, Jimena y sus hijos eran mucho menos afortunados en Burgos que Aenlin. Los cuatro vivían con sus servidores en el albergue de un gran convento de monjes y por supuesto no les faltaba nada. Sin embargo, la esposa del Cid no dejaba de quejarse: de la comida del convento, de los frecuentes ayunos en los que ella creía necesario participar y en la falta de distracciones. Rodrigo leía sus cartas cada vez con más desagrado.

—En León no podía ir a misa todo lo que quería —observó disgustado después de leer varias páginas en las que su esposa se quejaba de la soledad y del aburrimiento, así como de que las largas oraciones de los monjes y las campanas de la iglesia del convento no dejaban dormir a sus hijos ni a ella—. Y ahora echa de menos los devaneos de los trovadores. ¡Esta mujer no sabe lo que quiere! ¿Acaso no pude asumir su destino con dignidad?

Aenlin sabía que lo mejor que podía hacer era callarse, pero entendía muy bien la insatisfacción de Jimena. Ignoraba si la esposa de Rodrigo sabía que ella, en cambio, sí había podido acompañar al Campeador en el exilio, pero podía imaginar lo mucho que consumía a Jimena el hecho de estar separada, quizá por años, de su marido y por ello no tener posibilidades de darle más herederos.

—Sobre todo os echa de menos a vos, mi señor —declaró, defendiendo a su rival con voz dulce—. Deberíais escribirle con más frecuencia. La consolaría saber lo que pensáis y lo que hacéis.

—¿Escribirle? —Rodrigo resopló—. ¿Crees que no tengo nada mejor que hacer que pensar unas bonitas frases y eternizarlas en el papel? ¿Acaso soy un poeta? ¡Ya sabrá de mis hazañas cuando los trovadores las canten! —Entonces se acordó de que Jimena se había quejado precisamente de que en el convento lo tenía prohibido. Se frotó la frente y se pasó la mano por el espeso cabello—. Pero está bien, si crees que lo necesita..., ¿por qué no le escribes tú?

Aenlin lo miró desconcertada.

—¿Yo? —preguntó sin dar crédito—. Bueno, no creo que tenga ganas de recibir mis cartas, yo...

—¡Le escribirás en mi nombre, por descontado! —Rodrigo estaba encantado con su ocurrencia—. ¿O es que no sabes? Creía que os enseñaban esas cosas en la... en la escuela para odaliscas.

—¡Pues claro que sé escribir! —exclamó ofendida Aenlin—. Y también hacer poesía, aunque no es mi punto fuerte; me gusta más interpretar música. Pero no puedo... no puedo escribir a vuestra esposa por vos. Se daría cuenta por la caligrafía...

—¡Qué va! —Rodrigo movió la cabeza—. Nunca ha recibido demasiadas cartas mías. Soy caballero, no un escritor. Cuando he tenido que mandarle una nota, la mayoría de las veces la he dictado.

A Aenlin le parecía inconcebible que nunca hubiese enviado unas palabras personales a su prometida y más tarde esposa. En Al Ándalus, escribir cartas hermosas formaba parte de la educación básica de un noble, y hombres como Al Mutámid se consagraban con ello como poetas.

—No sabría qué decir... lo que os estimula...

Rodrigo gimió.

—Invéntatelo —dijo—. Lo principal es que todo el mundo esté contento.

Así que Aenlin tomó obedientemente una pluma y dudó entre si empezar la misiva con un «mi querida esposa» o un «mi honorable señora», hasta que al final se decidió por un «mi fiel compañera». Con unas serenas palabras la informó acerca de la afable acogida de Rodrigo en la corte del emir y de los deberes que debía cumplir, para luego dar fe de todo su cariño, comunicarle que lamentaba su insatisfacción en el exilio y señalarle que podía consolarse con la presencia de sus queridos hijos así como la protección de la Iglesia.

«Confío en que Dios —añadió al final— nos dé a ambos fuerzas para superar este aciago período y nos ayude a volver a reunirnos pronto.»

Rodrigo no podía parar de reír cuando leyó esas líneas.

—Estás hecha toda una maestra de las bellas letras —se burló—. Tu señora Zulaika creó auténticas preciosas. ¡Por lo visto no he explorado totalmente las múltiples facetas de mi noble obsequio ni agotado todas sus posibilidades! ¿Qué más sabes, preciosa? ¿Estrategia y arte de la guerra?

Aenlin no le confesó que *La guerra de las Galias* y *El arte de la guerra* habían formado parte de las lecturas recomendadas en la casa de la señora Zulaika. Cerró la carta con el sello de su señor y se la dio a un mensajero para que la llevara a Oviedo. Ese fue el principio de una animada correspondencia con Jimena, su rival. Rodrigo no se interesaba por sus misivas. Al cabo de un tiempo tampoco leía las notas de Aenlin, así que ella podía escribir lo que quisiera. Intentar introducirse en el mundo interior de su dueño le daba alas. Cuando cogía su pluma, lo transformaba en el hombre soñado por las muchachas de la casa de la señora Zulaika: un noble caballero, tan elocuente como diestro con la espada. El Cid se convirtió en amante comprensivo, padre devoto y caballero sin tacha.

Jimena siempre contestaba a vuelta de correo y Aenlin fue conociendo más a fondo a su adversaria. En el fondo confirmó de ese modo la impresión que la esposa de Rodrigo le había causado en León: era una mujer fuerte y mucho más esforzada de lo que parecía a primera visa. Para ser cristiana, estaba bien instruida y educada para servir a su marido, pero también para gobernar a su lado. Jimena era de sangre noble y al casarse con Rodrigo había contraído matrimonio con alguien de un rango inferior al suyo. Cuando por orden del rey se había desposado con él, tanto Alfonso como su padre estaban seguros de que el Campeador demostraría su valía al servicio del monarca. De ese modo habría obtenido un gran feudo: un pequeño reino para Jimena. Que el desenlace hubiese sido tan distinto le dolía y la enfurecía; aunque por otra parte parecía amar realmente a Rodrigo. Seguro que nadie le había preguntado si quería casarse con él, pero ahí parecía darse el extraño caso de que una joven novia se enamorase al instante del hombre que habían elegido para ella.

Jimena escribía unas cartas tiernas, pero siempre dejaba entrever que a la larga esperaba que Rodrigo enmendase la desagradable situación en que se hallaba. Constantemente le pedía que hiciera las paces con el rey Alfonso, que volviera a un reino cristiano y que pusiera de nuevo su espada al servicio de Dios y de la santa Iglesia. Aenlin no podía comprender qué idea exacta se hacía de todo aquello, pero en nombre de Rodrigo aseguraba que se esforzaba en aumentar su fama y riqueza para así tal vez volver a ganarse los favores del rey.

Mientras, el Cid mostraba su destreza en la guerra. Ese primer verano en Zaragoza, cuando Al Mutamán acababa de asumir el gobierno, consiguió las primeras victorias militares. Al Mundir había firmado una alianza con el rey de Aragón así como con el conde de Barcelona, y amenazaba a su hermano por el flanco oriental del reino. Todo empezó con un par de escaramuzas, que Rodrigo sofocó, y el asunto fue a más con el asedio de la ciudad de Almenar. Al Mutamán intentó negociar, pero el ejército que habían reunido los atacantes era grande y su hermano, seguro de triunfar, rechazó todos los intentos diplomáticos. El Campeador atacó entonces y obtuvo una victoria rotunda con la que logró apresar al conde de Barcelona con su séquito de caballeros.

—Seguro que ahora le habría gustado tenerme entre su séquito —dijo triunfal el Cid cuando volvió con Aenlin. Pero al menos no había llevado a término sus amenazas en contra del conde, sino que lo había entregado al emir tal y como debía.

«De este modo se sirvió Dios de mi espada —escribió piadosamente Aenlin a Jimena— para terminar con una guerra fratricida y castigar a los deshonestos. El caballero que me negó alojamiento en su corte cuando le pedí ayuda estando yo sumamente necesitado de ella se encuentra hoy privado de libertad. Estoy seguro de que el Señor seguirá protegiéndome y, naturalmente, también a ti, mi fiel esposa, de modo que toda la deshonra que nos aflige desaparecerá un día.»

Don Álvaro, que leía por encima del hombro lo que escribía, estalló en una sonora carcajada.

—Sabes que el conde no está en absoluto privado de su libertad, sino que negocia con el emir su rescate, ¿verdad? Dentro de unos pocos días lo dejarán en libertad. Y también la señora Jimena debe de estar al corriente de que su esposo combate ahora junto a un infiel. ¿Cómo iba a servirse Dios de su espada?

Aenlin se encogió de hombros.

—¿Quién conoce los designios de All... bueno... del Todopoderoso? —respondió ella. Lo decisivo es que Rodrigo ha vencido. Y si Dios ha intervenido en ello, Jimena se alegrará.

El emir recompensó al Campeador con oro y plata, así como con abundantes obsequios, entre otros una casa en las afueras de la ciudad que parecía un palacio. Aenlin se deslizaba por sus amplias dependencias como en éxtasis. Había salas de recepción, baños y espacios privados separados para hombres y mujeres. Un estanque y una fuente decoraban un precioso patio interior y para mantener todo esto a punto, el emir envió a una cocinera, tres esclavas y unos cuantos criados. Además, Rodrigo le hizo un regalo a Aenlin: dos esclavas a las que había capturado como botín de guerra durante la conquista de Almenar.

—Jóvenes sirvientas del harén —explicó despreocupadamente—. Doncellas para que mi preciosa siga siendo la preciosa que me regalaron.

Rodrigo creía decir una galantería, pero a Aenlin le dolió. ¿Quería realmente hacerle un favor llevándole unas muchachas que estaban especializadas en peinar, vestir y perfumar a las damas del harén, o más bien intentaba que no disminuyera su valor?

Pese a ello le dio las gracias sumisa; a fin de cuentas se trataba de un valioso obsequio. Ese tipo de jóvenes sumamente instruidas no eran baratas. Y, claro está, se tomó todas las molestias para demostrar con hechos su agradecimiento y su alegría por el regreso de su señor a casa, mientras Paqui se encargaba de las recién llegadas. Aenlin le indicó que les ofreciera un baño y alojamiento. Ella misma les daría la bienvenida al día siguiente.

Pero en cuanto Rodrigo se hubo ido, Paqui irrumpió en sus aposentos.

—Gracias a Dios que se ha ido, señora, no sé qué hacer —soltó, y siguió hablando antes de que Aenlin pudiera regañarla por lo que había dicho respecto al señor de ambas—. Esas chicas... No sé qué les ha sucedido, pero una está sentada en un rincón balanceándose adelante y atrás, y la otra no para de llorar. No puede parar. Y yo apenas me entiendo con ellas. Con las dos palabras que sé de árabe...

Aenlin se frotó la frente.

—¿Don Álvaro no ha podido traducir? —preguntó.

Paqui lazó las manos en un gesto de impotencia.

—Naturalmente, se lo he pedido. Pero en cuanto lo han visto se han puesto todavía peor. Se han abrazado la una a la otra sollozando... No se mueven del rincón del patio... donde, donde... el señor las ha dejado. Y eso que ahora empieza a hacer frío. Y están tan sucias... y llenas... llenas de sangre, creo yo. Don Álvaro ha puesto una cara muy rara cuando las ha visto, y ha dicho que, como hombre, no estaba en su mano hacer nada. Que me dirigiera a vos cuando hubieseis acabado.

Aenlin suspiró. Eso no auguraba nada bueno, tendría que ocuparse de las chicas enseguida. Paqui la ayudó a vestirse rápidamente y la acompañó al patio que había delante de los establos donde Rodrigo había desmontado y había dejado el caballo al mozo de cuadras para que se encargara de él. Aenlin le había dado la bienvenida junto al portalón que daba a la vivienda y desde allí solo había echado una ojeada a las muchachas. Estaban en un rincón del patio y parecían desamparadas. ¿Y se suponía que no se habían movido de allí?

Inquieta, siguió a Paqui por las salas de recepción hasta el patio y comprobó aliviada que las jóvenes habían conseguido evitar que el Campeador las viese cuando había ido a recoger su caballo. Se había marchado, al igual que el mozo de cuadras que había ensillado su semental. Tampoco Aenlin habría visto a las muchachas entre los naranjos, que regalaban su sombra y su aroma en un lateral del patio, de no haber oído la voz grave y acariciadora de la cocinera Fida, que susurraba palabras sosegadoras. Don Álvaro debía de haberla llamado. Cuando Aenlin se acercó con su lámpara de aceite, distinguió que una de las muchachas había salido de su inmovilidad y se dejaba consolar. Esa muchacha tan joven y tierna se estrechaba sollozando contra el voluminoso pecho de Fida. La otra seguía sentada, encogida, rodeándose las rodillas con los brazos y escondiendo el rostro.

—*Salam aleikum* —saludó Aenlin amablemente a las tres.

La cocinera levantó la cabeza.

—Qué bien que estéis aquí, señora. Debéis asegurarles que

aquí no les pasará nada malo. No sé exactamente qué les ha ocurrido, pero deben de haber vivido un infierno. Al menos una de ellas todavía sangra... —Señaló a la chica que estaba sentada y Aenlin vio que sus bombachos estaban manchados de sangre.

—¿Os referías a que las han... deshonrado? —preguntó en voz baja Aenlin.

—Y no solo una vez —confirmó inmóvil la cocinera—. En cualquier caso, el tratante de esclavos del mercado no las quiso. Carecían de valor, según le ha dicho al caballero. Y se enfadó mucho porque las dos... Esta pequeña dice que las dos todavía eran vírgenes. Y son doncellas instruidas. Vuestro señor ha perdido una buena cantidad de dinero. —Frida no tenía pelos en la lengua.

Aenlin se mordió el labio. Imaginaba perfectamente lo que les había ocurrido a las dos jóvenes; a fin de cuentas, ella misma había escapado por los pelos de un destino semejante unos años atrás. Esas muchachas, en cambio, habían corrido peor suerte. Rodrigo no había podido intervenir a tiempo, antes de que sus hombres se abalanzaran sobre ellas. ¿O acaso no controlaba del todo el gran número de caballeros que a la sazón estaban su servicio?

Dio gracias a la cocinera y se dirigió a las muchachas.

—Siento mucho lo que os ha ocurrido —dijo dulcemente—. Y puedo entender muy bien el miedo que ahora os embarga. Pero este es un lugar seguro y yo... yo haré todo lo posible para que os sintáis mejor. Aun así, tenéis que entrar con nosotros. Tenemos que lavaros y curaros las heridas. Además, ¡tenéis que estar hambrientas!

La chica que estaba abrazada a la cocinera dijo algo que Aenlin no entendió.

—Se avergüenza —explicó Fida—. Ambas sienten una inmensa vergüenza. Y lamentan... lamentan no solo lo que han vivido, sino también lo que han visto. Esos tipos han violado en toda regla el harén del gobernador de Almenar. Algunas mujeres están muertas, entre otras su señora, que era la madre del alcalde. Después de que los hombres la abandonasen, se ha colgado, y las chicas lo han presenciado. Por cierto, esta se llama Namika. La otra Nur.

Aenlin se acercó a la chica que estaba senada y le acarició el cabello negro y enredado tras el cual escondía su rostro.

—Nur, significa «luz» —dijo amablemente—. Y Namika, «escribana». Debes de ser una chica lista puesto que te han llamado así. Soy la *sayyida* Aleyna, y a partir de hoy ambas estáis bajo mi protección. Nunca más os harán daño.

—¿Tenéis pues a un señor poderoso? —Namika levantó la cabeza y le dirigió la palabra por primera vez.

Aenlin asintió.

—Y un caballero que me protege —explicó—. En mi casa no tenéis nada que temer.

Nur salió también de su inmovilismo.

—¿Nos lo prometéis? —preguntó con una voz infantil. Aenlin calculó que no tendrían más de quince años como mucho.

—Os lo prometo —dijo con voz firme, esperando poder mantener su palabra.

Maldijo en silencio a Rodrigo por su negligencia con respecto a los caballeros y por su regalo. Ahora tenía bajo su responsabilidad dos vidas más.

Nur y Namika necesitaron varias semanas para curar sus heridas y para que el horror de la conquista de Almenar fuera desvaneciéndose lentamente en su memoria. Al principio solo parecían niñas atemorizadas y trastornadas que se asustaban por cualquier ruido y a las que invadía el pánico en cuanto oían la voz de un hombre. Con el tiempo, sin embargo, fueron tomando confianza y lentamente volvieron a ser unas jóvenes alegres y abiertas que cumplían sus tareas con gran entusiasmo. Ciertamente, demostraron ser unas doncellas de cámara maravillosamente formadas. El cabello de Aenlin nunca había brillado tanto como tras los tratamientos que Nur le dispensaba, su piel nunca había sido tan suave y flexible, y nadie había dibujado mejor que Namika unos motivos tan elegantes y finos con alheña en sus manos y sus pies.

Rodrigo se mostró sumamente satisfecho cuando la encontró tan bien cuidada y arreglada, pero ella no volvió a darle las gracias por las chicas. «El tratante de esclavos ya no las quería...» No se quitaba de la cabeza las desoladoras palabras de Fida, por más que quería convencerse de que había sido la piedad lo que había movido a Rodrigo a no asesinar a las chicas o a dárselas a un proxeneta, sino a llevárselas a ella: no había querido obsequiarla con un costoso regalo, sino más bien enmendar una desgracia.

Ahora que Nur y Namika se encargaban de Aenlin y su guardarropa y que otras esclavas eran responsables del mantenimiento de la casa, Paqui confirmó abrumada que no tenía otra cosa que hacer en el futuro que ocuparse de Sancho. A esas alturas, el pequeño ya sabía andar y empezaba a decir las primeras palabras. Era un niñito encantador que a Aenlin le recodaba a su hermano Endres. Solo esperaba que fuera un poco más recio y valiente que su tío. Rodrigo todavía se enfurecería más que el padre de Aenlin si su hijo se convertía en un pusilánime ratón de biblioteca. De ahí que le preocupaba que se malcriara demasiado a su hijo. Las mujeres de Al Ándalus amaban a los niños e idolatraban a sus hijos varones. Siempre que iban al harén llenaban a Sancho de mimos y golosinas, las esclavas lo colmaban de caricias en sus dependencias y la cocinera de dulces. De vez en cuando hasta a Paqui le parecía que se pasaban de castaño oscuro. Ella intentaba educarlo y hacerle entender el significado de la palabra «no».

—¡Apenas puede hablar y ya sabe replicar! —se quejaba la niñera, apoyada por don Álvaro.

El caballero indicaba a las mujeres que en la formación militar que esperaba al niño imperaba una severa disciplina. Allí se vería forzado a obedecer y, cuanto antes aprendiera, mejor.

—¡Ay, ya tendrá tiempo de aprender! —afirmaba Shadia, cuando Aenlin le explicaba con cautela que tal vez sería beneficioso para el pequeño no mimarlo tanto—. Enseguida se hacen mayores, los chiquititos...

En el harén separaban a las madres de sus hijos varones cuando estos cumplían cuatro años, siete a lo sumo, y hacían responsables de ellos a unos preceptores. Aenlin no tardó en comprender el sentido de esa norma. Esas mujeres aburridas habrían educado a los principitos como verdaderos monstruos indisciplinados.

Pensar en el futuro de Sancho la llevó a preguntar a Jimena cómo estaba Diego, el hijo mayor de Rodrigo. Tendría en esa época unos seis años y habría empezado su formación como caballero. Como era de esperar, la esposa del Cid se quejó de las escasas oportunidades que había en el convento para educar al joven en la lucha con espada. Por supuesto, tenía un maestro de armas, pero carecía de compañeros de su misma edad.

«En cambio seguro que aprende a dominar las artes de la lectura y escritura —la consoló Aenlin en nombre de su amante—. Y en lo que respecta a su formación en la disciplina de la guerra, soy optimista. No sería hijo mío si con una instrucción adecuada no aprendiera volando a manejar hábilmente la espada.»

Rodrigo no solía permanecer largos períodos en su nueva y elegante casa. Estaba mucho tiempo de viaje reforzando el poder de su emir. Al Muqtádir falleció en el otoño del año 1082 y Al Mutamán estaba muy ocupado destapando intrigas y rechazando ataques.

De Toledo volvieron a llegar noticias inquietantes: Al Qádir no había cambiado. Seguía gobernando como una marioneta del rey sembrando el terror. Su pueblo lo odiaba y constantemente se producían intentos de destronarlo. La gente de su reino estaba tan desesperada —explotada mediante unos impuestos asfixiantes y agotada por estar jugándose constantemente la vida— que estaba dispuesta a someterse directamente a un gobierno cristiano. Con el rey Alfonso, eso esperaban los dignatarios moros y los burgueses judíos, se podría negociar. Sería un hombre duro de corazón, sin duda, pero no era un demente.

Los cristianos estaban encantados ante la perspectiva de anexionar Toledo a sus tierras, así que se urdieron unos planes secretos que, naturalmente, llegaron a oídos de Al Qádir. Al instante empezaron a correr rumores. En Zaragoza y en los otros emiratos se decía que, en secreto, el emir de Toledo se había puesto en contacto con el rey Alfonso el verano de 1084. Se ignoraba si ambos habían llegado a un acuerdo, pero en Toledo pronto se produjo agitación. Mientras Al Qádir se atrincheraba en su palacio, el rey sitiaba su ciudad.

3

—Ese rey Alfonso es una amenaza para todos nosotros —advirtió Al Mutámid, el emir de Sevilla—. Si Al Qádir le cede Toledo, no cejará hasta someter todo Al Ándalus.

El emir se alojaba en el palacio de Zaragoza para asistir a una boda. El hijo de Al Mutamán, Áhmad al-Mustain, se casaba con la hija de Abu Bakr, el emir de Valencia. Las mujeres del harén, así como algunas damas de las capas altas que habían sido invitadas, y entre las cuales se hallaban Aenlin, habían contribuido a preparar a la novia para la noche de bodas. En ese momento celebraban su propia fiesta en los aposentos femeninos mientras los hombres comían en la sala de recepciones. Aenlin y Shadia se escaparon un momento para poder ver desde la galería a todos los hombres vestidos de gala. Fue entonces cuando oyeron el amargo comentario de Al Mutámid sobre el sitio de Toledo por parte del rey Alfonso.

—¿No estamos todos vinculados a León? —preguntó Abd Allah, el emir de Granada. Esta era la formulación diplomática de la pregunta: «¿No estamos pagando todos parias al rey Alfonso para que nos deje en paz?».

—No pagamos parias —respondió Al Mutamán, mordaz.

Al Mutámid lo miró burlón.

—Entonces, cuidaos de no ser los próximos de quienes intente apropiarse —le advirtió el emir—. No, si queréis saber mi opinión..., tanto da si pagamos las parias como si no, a la larga nuestros reinos solo sobrevivirán si nos unimos. Tenemos que enterrar nuestras rivalidades y pelear en nombre de Alá contra los cristianos. No nos queda otra posibilidad que recurrir a los almorávides. Y no estoy seguro de que esa opción sea de mi agrado.

—¿Quiénes son los almorávides? —preguntó Aenlin a Shadia.

La joven mora no parecía muy interesada. Más que las conversaciones de los regentes, eran los jóvenes que había en la sala quienes atraían la atención de la hermana del emir. Iba a ser la próxima en casarse y aprovechaba la ocasión para observar tranquilamente a sus posibles pretendientes. Siendo una pariente cercana del emir podía intervenir en la elección.

—Una tribu de Marruecos —respondió a pesar de todo—. Al principio estaban asentados muy lejos, en el África profunda, pero en estos últimos años han realizado grandes conquistas. Tal vez porque Alá está con ellos. Se dice que son muy creyentes.

Esto no se aplicaba íntegramente a los habitantes de Al Ándalus. Claro que todos reconocían su pertenencia al islam, cumplían con las oraciones diarias y ayunaban en Ramadán. Pero en las pequeñas cosas de la vida cotidiana, tanto pobres como ricos pasaban por alto los mandamientos del Profeta. De ahí que en la sala del trono de Al Mutamán siempre se sirviese vino y que los pocos convidados cristianos —entre ellos Rodrigo Díaz de Vivar, que con esa invitación alcanzaba el rango superior de los asesores más importantes y estimados del emir— no eran los únicos que lo consumían. En los aposentos de las mujeres se bebían licores dulces.

—En cualquier caso son grandes guerreros —prosiguió Shadia—. Y se dice que no muy instruidos. Espero no tener que casarme con ninguno de ellos si es que llegan a Al Ándalus.

—¿Están planeando invadirlo? —preguntó Aenlin, preocupada. Confiaba en las aptitudes de Rodrigo, pero aunque estuviera bajo su mando, el ejército de Zaragoza tal vez tampoco lograra imponerse a una ruda tribu de guerreros procedente de África.

—Algunos de nuestros emires están pensando en pedirles ayuda para combatir a los cristianos en caso de que ese rey Alfonso adquiera demasiado poder —contestó Shadia—. Vaya, allí detrás está Hafid ibn Ali, el hijo del emir de Granada. Es atractivo, ¿verdad? Shadia se había hecho amiga de Aenlin, con quien ya se tuteaba—. Seguro que algún día llegará a emir —siguió—. Ah, y tienes que contarme qué dice tu señor sobre Mohammad ibn Hadi. También me gusta...

Este último pertenecía a una de las mejores familias de Zaragoza y era miembro del alto mando militar. Sin duda era uno de los posibles candidatos a esposo de la joven.

Aenlin asintió ausente y bajó la vista hacia don Rodrigo, quien en ese momento tomaba otro vaso de vino y contestaba a las preguntas del emir acerca de la eficacia del ejército del rey Alfonso. Recordó un comentario que don Álvaro había hecho mucho tiempo atrás sobre las fuerzas armadas cristianas. Según la opinión del caballero, los emiratos estaban muy por debajo de ellos. Los reyes cristianos renunciaban a someterlos simplemente porque temían los costes y complicaciones que conllevaba la cristianización. Pero ahora el rey Alfonso parecía decidido a tomar Toledo. Al Mutámid tal vez tenía razón. Si salía victorioso y si la población del emirato, extenuada por el gobierno de terror del Al Qádir, se mostraba dispuesta a adoptar la nueva religión, planearía más incursiones.

El invierno de 1084 a 1085 transcurrió pacíficamente en Zaragoza. Puesto que no había que rechazar a auténticos enemigos, Rodrigo y el sucesor al trono Al Mustain pasaron el tiempo en busca de botines a través de razias que los llevaron lejos, en dirección a Aragón.

«Pese a la lluvia y la nieve no descansaremos hasta que el último extremo de la frontera de Aragón no esté pacificado —escribió Aenlin a Jimena en nombre de Rodrigo—. Las campañas de invierno han presentado ciertas dificultades, pero confiscar los bienes de los rebeldes llena el tesoro público y debilita a los enemigos del emir.»

—Llena sobre todo los bolsillos de Rodrigo Díaz de Vivar —comentó con amargura don Álvaro. Al caballero le resultaba duro que el Campeador cometiera los mismos estragos inmisericordes con la población cristiana de las tierras fronterizas que tiempo atrás entre los súbditos de Al Qádir—. Aquí no se trata de confiscar, Aleyna, y esas gentes a las que nuestro señor común mata y esclaviza tampoco son rebeldes. Son fieles súbditos del rey de Aragón y cuanto más los encolericen Rodrigo y el emir, más dispuestos estarán a apoyar al rey Alfonso contra Zaragoza.

—Rodrigo ha batido al ejército de Aragón —replicó Aenlin. Por supuesto, era consciente de que maquillaba sus acciones. Rodrigo cometía injusticias, como había hecho anteriormente, pero esta vez el señor a quien prestaba servicio con su espada lo apoyaba. Sin embargo, la tentación de conservar al menos en su fantasía la imagen de su amante como la de un noble caballero era demasiado grande. Aenlin disfrutaba de las cartas que escribía a Jimena.

—Las tropas de Aragón y Barcelona son una cosa —refunfuñaba don Álvaro—. El ejército del rey Alfonso es otra.

El ejército del monarca cristiano salió victorioso por el momento. Toledo cayó el mes de mayo de 1085 tras un asedio que duró meses. La población se había visto diezmada por un invierno duro y lleno de privaciones. El hambre y la peste habían menoscabado a todos los habitantes, así que estos no se rebelaron cuando el rey Alfonso dejó de cumplir los de momento moderados acuerdos para una futura convivencia de musulmanes y cristianos. A él mismo le habría dado igual si los moros seguían utilizando sus mezquitas y si vivían según su religión, pero el arzobispo que la Iglesia nombró de inmediato en Toledo era de una opinión totalmente distinta. Pese a todos los convenios, convirtió la mezquita principal en una catedral y presionó a la población judía y musulmana para que se bautizara.

Esto casi originó mayor preocupación en el resto de Al Ándalus que la caída de Toledo. Si no quedaba otro remedio, el pueblo podía encajar que sus emires perdieran poder, pero le invadía el pánico ante un bautizo forzado y la quema de paganos en la plaza del mercado de Toledo. Se produjo una escalada de terror cuando el monarca envió justo después un ejército contra Valencia. El pequeño principado no podía oponer una gran resistencia, y a los otros gobernadores moros solo los consoló un poco que el rey Alfonso no asumiese de inmediato el poder, sino que colocase a Al Qádir como gobernador.

—Se dice que hay un trato entre el rey y Al Qádir —informó Shadia durante una visita de Aenlin al harén. Las mujeres de la familia real siempre estaban bien informadas—. Al Qádir se acordó de que su abuelo reinó en Valencia hace unas décadas y pidió al soberano que le devolviera su legado. ¡En contrapartida le cedió Toledo!

—¿Seguro? —preguntó Aenlin, indignada.

Shadia se encogió de hombros.

—Al menos eso dicen los espías de mi hermano y de otros emires. Parece lógico: en Toledo ya estaba fuera de juego, había un alzamiento tras otro. A la larga habría acabado siendo víctima de algún atentado. En Valencia tiene la posibilidad de empezar de nuevo.

—¿Crees que aprovechará esta oportunidad para hacerlo mejor? —preguntó escéptica Aenlin.

Shadia negó con la cabeza.

—No lo creen ni los demás emires ni sus asesores. Doblegará Valencia como hizo con Toledo y así le abrirá el camino al rey Alfonso.

—¿Y prevén alguna consecuencia de esto? —inquirió Aenlin—. Tu hermano y todos esos emires moros... ¿van a hacer de una vez algo todos juntos y a luchar unidos contra el rey Alfonso?

Por la noche también planteó esta pregunta a Rodrigo, pero él respondió negativamente.

—No se atreven —afirmó el caballero desdeñoso—. Están demasiado enemistados para hacerlo. ¿Cómo iban a ponerse de acuerdo simplemente en quién sería el jefe del ejército bajo cuyo mando estarían sus hombres?

—¿Y si fuerais vos? —preguntó Aenlin, estrechándose contra él.

Al mismo tiempo pensaba en si planteaba esta pregunta solo para adularlo o si lo estaba animando para hacerse con el poder.

Rodrigo rio.

—Tal vez pensaría en ello si me lo encargasen. Pero esto sería como propinar un golpe mortal a la reconciliación con el rey.

Aenlin se estremeció.

—Estáis... ¿estáis pensando en reconciliaros con el rey? —Pese a que a menudo había dejado esa posibilidad abierta en las cartas a Jimena, nunca la había considerado realmente. De repente vio ante sí el palacio de León. Sus humildes aposentos, su convivencia con Jimena... Incluso la casa de campo en las afueras de la ciudad, en caso de que Rodrigo volviera a obtenerla, era peor que el pequeño palacio de Zaragoza.

—No se ha de excluir nada —observó Rodrigo—. Y siempre es más conveniente estar al lado del vencedor. Sin contar con que estar sirviendo siempre a los moros acaba siendo un peso en la conciencia de un caballero cristiano...

Por una vez, esa era una afirmación que Aenlin habría podido citar literalmente en una carta a Jimena, quien a lo sumo habría podido percibir entre líneas el sarcasmo que resonaba en su voz. Pero Aenlin no lo hizo, sino que escondió la cabeza bajo el ala. Si ignoraba las palabras de Rodrigo, a lo mejor era como si no se las hubiese dicho nunca.

Por supuesto, Alfonso se percató de la vacilación de los emires a la hora de tomar medidas contra la cesión de poder de Valencia a Al Qádir y se vio confirmado en sus ansias de expansionismo. En consecuencia envió tropas de saqueadores a Granada, en una insolente misiva exigió a Al Mutámid de Sevilla que le entregara su reino sin librar batalla y buscó una nueva víctima para un asedio. Tanto si era verdad que el emirato no pagaba parias como si consideró que estaba demasiado debilitado a causa del reciente cambio del emir, la elección del rey recayó sobre Zaragoza. A principios de verano de 1086 reunió a sus tropas delante de la ciudad.

Aenlin se enteró a través de una inquieta Paqui de que tal vez la invasión fuera inminente. La muchacha había ido al mercado y le habló de la gran alegría que expresaban allí los miembros de la comunidad cristiana.

—Dicen que el rey Alfonso quiere liberar Zaragoza —explicó preocupada—. Volveríamos a vivir bajo un gobierno cristiano y todo iría mejor. Pero ¿qué pasará entonces con nosotros, *sayyida*, si nuestro señor todavía está peleado con el rey?

Aenlin se encogió de hombros. En lo que a ella respectaba, no ansiaba en absoluto la «liberación» de Zaragoza. Se sentía muy contenta con el emirato moro, donde seguía gozando de todas las libertadas de una mujer cristiana, saliendo y entrando del harén cuando quería. Su hijo, que ya tenía cinco años, iba a la escuela del palacio con el príncipe, y volvía cada tarde con su madre después de ir a clase de lectura y escritura, y de recibir sus primeras lecciones sobre el manejo de la espada. Rodrigo compartía el lecho con Aenlin siempre que estaba en Zaragoza y ella sabía cómo seguir seduciéndolo. Por supuesto, él iba con otras mujeres durante sus campañas, pero a los ojos de la comunidad cristiana eran un matrimonio. Nadie miraba a Aenlin por encima del hombro cuando asistía a misa los días de fiesta con Rodrigo. Ella y su señor eran respetados y se los tenía en alta estima. Si el rey Alfonso realmente conquistaba la ciudad eso podría cambiar. Quizá debería volver a huir, o Rodrigo acabaría reconciliándose con el rey y regresaría con él a León. En cualquier caso, Aenlin contemplaba al ejército que estaba ante las puertas de la ciudad con el mismo terror que sus amigas moras.

Inquieta, esperó a Rodrigo la primera noche del asedio, pero solo don Álvaro le hizo compañía. El anciano caballero compartía su preocupación. También él se sentía a gusto en Zaragoza y no tenía la menor necesidad de emprender nuevas aventuras.

—Claro que pelearé —anunció dignamente, aunque en los últimos años no había acompañado a Rodrigo en sus campañas. Había estado ocupado en palacio con la formación de los jóvenes príncipes y sus compañeros de juegos, y a Aenlin le gustaba la idea de que introdujera a Sancho en el manejo de la espada y el escudo—. Todos combatiremos. Los caballeros de Zaragoza no se lo pondrán fácil al rey. ¡Esto no es Toledo! Aquí el pueblo apoya al emir y todos son conscientes de lo que perderían.

—A lo mejor nos ayudan los otros emiratos —dijo esperanzada Aenlin—. En algún momento se darán cuenta los emires de que Al Mutámid tenía razón desde un principio. Cualquiera de ellos podría ser el próximo cuando Zaragoza haya caído.

Don Álvaro se encogió de hombros.

—Sería un milagro —observó.

Aenlin sonrió.

—¿Sería un sacrilegio que rezáramos por ello? —preguntó.

El anciano caballero se frotó la frente.

—Depende de a quién —respondió con una sonrisa torcida—. Yo no invocaría a la Santa Virgen.

Aenlin suspiró.

—De todos modos, nunca me ha apoyado. Pero no hagáis caso de mis paganas palabras, don Álvaro. Decididamente, me siento demasiado vinculada a los moros.

El caballero asintió y tomó un trago de vino.

—Si nos sentimos unidos a una persona no preguntamos si es mora o cristiana —dijo reflexivo—. Da igual estar ligados por el amor y el respeto o en el campo de batalla con la espada en la mano. Al final todos sangramos igual, y en qué acabará todo esto... No puedo creer que alguien sea arrojado al fuego del infierno solo por llamar «Alá» al Todopoderoso.

Aenlin sabía que al pronunciar estas palabras pensaba en Zoraida, la mujer a la que tanto había amado y que nunca había renunciado a su fe pese a haber sido bautizada a la fuerza.

Reposó suavemente una mano sobre el brazo del veterano.

—Recemos, pues, por aquellos a quienes amamos —susurró.

Y esa noche realmente rezó para que Dios los ayudara. Rezó por las mujeres del palacio, por la gente de las calles de Zaragoza, por los defensores de las murallas. Y por Rodrigo Díaz de Vivar, a quien realmente no podía respetar pero todavía seguía amando.

4

—No sé a quién habrás rezado, pero por lo visto ha oído tus ruegos.

Don Álvaro irrumpió en la casa de Aenlin cuando ella estaba cortándole a Sancho la fruta para el desayuno y el niño recitaba un poema que había tenido que escribir para su profesor de árabe. La madre no desaprovechaba ninguna oportunidad de elogiar al pequeño, aunque este no mostraba mucho talento para la oratoria. En cambio, no lo animaba a enseñar el resultado de sus esfuerzos a su padre: por mucho que Rodrigo apreciase a Al Mutámid y otros gobernadores moros dedicados a la poesía, los niños poetas y compositores le parecían un horror.

—Yo también os deseo un buen día, don Álvaro —saludó afectuosamente Aenlin a su leal acompañante—. ¿Puedo preguntaros por qué tenéis tanta prisa y de qué estáis hablando?

Desde la llegada del rey Alfonso ante las puertas de Zaragoza y la conversación nocturna entre ella y el caballero, habían pasado algunos días. El rey cristiano los había aprovechado para apostar a sus soldados alrededor de la ciudad mientras Rodrigo y las tropas del emir intentaban dejar libres al menos algunas vías de abastecimiento. Como consecuencia de ello se habían producido algunas escaramuzas entre guerreros moros y cristianos, aunque la batalla por la ciudad todavía no había comenzado. No se habían producido ni ataques ni asaltos. La gente de Zaragoza mantuvo al principio la calma y se preparó para un largo asedio.

—El rey... —respondió don Álvaro con la respiración entrecortada. Se había marchado pronto al palacio para que sus estudiantes realizaran los ejercicios de espada antes de que Rodrigo desplegara sus tropas en el campo de batalla y distribuyera a los guardias por la muralla. Cuando le llegó la inaudita noticia, había corrido a compartirla con Aenlin—. El rey Alfonso... ¡se marcha! No hay duda posible, sus hombres están desmontando las tiendas, sus tropas se están formando para retirarse... Parece como si no encontrase el momento de escapar.

Aenlin frunció el ceño.

—¿Estáis seguro? ¿No serán rumores?

El caballero negó con la cabeza.

—A mí también me costaba creerlo, por eso he ido hasta las murallas de la ciudad. Es cierto, Aleyna, lo he visto con mis propios ojos. Cuál es la causa, nadie lo sabe. Don Rodrigo y los otros comandantes ya están reunidos con el emir, deliberando acerca de las motivaciones del rey y sobre las posibles consecuencias. No me extrañaría que el Campeador propusiera intentar atacar ahora, aprovechando que en este momento los sitiadores están en una situación vulnerable.

Aenlin no creía que fuera así. Mientras Rodrigo estuviera considerando la posibilidad de reconciliarse con Alfonso no forzaría ningún enfrentamiento.

—¿Importa realmente saber la razón de su partida? —preguntó—. Es decir, ¡que se vaya con Dios, con tal de que se vaya!

El caballero hizo una mueca.

—Sí, tiene su importancia. Si huye de algo, tal vez eso también represente una amenaza para nosotros. Y si lo que está haciendo es cambiar su estrategia... Por ejemplo, podría estar pensando en devastar primero el interior del reino y luego dejar morir de hambre a la ciudad. Deberíamos evitar que lo hiciera. Pienso que el emir enviará exploradores e intentará averiguar sus objetivos. O espías... En un par de días deberíamos saber algo más.

Al final Rodrigo Díaz de Vivar no esperó a utilizar esos medios tan complicados para informarse acerca de cuál era la situación: salió de la ciudad con un puñado de hombres por una puerta escondida, acechó a un grupo de caballeros que se retiraba y los capturó tras una breve escaramuza.

En las mazmorras del palacio de Zaragoza, los cautivos respondieron a sus preguntas y finalmente se adhirieron a él para que los liberasen sin tener que perder su caballo y sus armas. Rodrigo no dudó de la veracidad de sus informaciones, que luego comunicó al emir.

Aenlin, que ansiosa de más novedades fue a visitar a sus amigas del harén por la tarde, presenció la conversación desde la galería. Escuchó atenta junto a Shadia lo que el Cid contaba.

—El rey Alfonso nos ha dejado porque se le precisa en otro lugar —explicó sarcástico Rodrigo—. En el sur, en el emirato Al Mariyya, se han visto guerreros. Hablan de un ejército enorme, del norte de África. Hombres... caballos... avanzan hacia el norte, se sospecha que hacia Toledo.

—Los almorávides —dijo Al Mutamán—. Al Mutámid debe de haberles pedido ayuda. Es inconcebible... sin informar a nadie al respecto...

—Bueno, tampoco puede decirse que lo haya mantenido en secreto —intervino el joven Mohammad ibn Hadi, que también había sido incluido en el debate, una señal de que el emir habría visto con buenos ojos una posible petición de la mano de Shadia. Aenlin sabía que su amiga se había decidido por él y atosigaba a su hermano para que concertara el matrimonio, aunque no acababa de entender por qué. A fin de cuentas, la joven casadera nunca había intercambiado una palabra con él y solo lo había visto de lejos—. Ya en la boda de tu hijo habló de ello, mi señor.

—Pero tenía reparos —señaló Al Mutamán.

Rodrigo asintió.

—En tierras cristianas hay un dicho —anunció—: «Es peor el remedio que la enfermedad». Ese cabecilla de los almorávides... Yúsuf, creo que se llama, Yúsuf ibn Tashfín puede ser más peligroso para los emiratos que todos los reyes cristianos juntos.

—Para los emiratos seguro que no —susurró Aenlin a Shadia—. En cualquier caso para los emires. Para la gente no cambiará gran cosa si Ibn Tashfín asume el poder.

—Al Mutámid es consciente de ello —intervino el visir, un hombre mayor y en general discreto. Por orden del emir había visitado la corte de Sevilla hacía un tiempo y había hablado con

Al Mutámid. Aunque entonces el tema principal que se trataba era el dominio sobre Denia y las amenazas a Zaragoza por parte de Barcelona, también se había hablado del rey Alfonso. Y entonces fue como si el visir hubiera oído la observación de Aenlin—. Dijo que, en todo caso, si tenía que vivir sometido, prefería ser un camellero en Marruecos que un cabrero en Castilla.

Los otros hombres rieron, pero con un deje de angustia.

—¿Y ahora qué hacemos? —preguntó el emir.

Rodrigo se encogió de hombros.

—Nada —contestó—. Esperar a ver qué sucede, estar atentos a si ambos ejércitos se encuentran en algún lugar y observar qué ocurre. Mientras, reforzaremos nuestras rutas de abastecimiento y almacenaremos víveres y municiones. Si Alfonso regresa, al menos no nos cogerá de improviso.

—Y daremos las gracia a Alá —añadió el visir, piadosamente.

—Y a Al Mutámid —observó Aenlin.

El rey Alfonso no volvió a sitiar Zaragoza. En cambio, sí encontró el ejército de los almorávides en un lugar llamado Sagrajas, cerca de Badajoz, y fue derrotado. Por el momento se retiró a León a lamerse las heridas al tiempo que el jefe almorávide Yúsuf se volvía a Marruecos para regocijo y alivio general.

«Aparentemente, la paz volverá por fin a reinar en las tierras de cristianos y moros, por lo que todos damos gracias a Dios —escribió esperanzada Aenlin a Jimena, sabiendo que Rodrigo no se sentiría tan feliz como ella por eso. Suponía que Jimena también temía por su marido y que se alegraría de que no estuviera combatiendo duramente—. En lo que a mí respecta, sigo disfrutando de una alta estima en la corte del emir de Zaragoza. Mi riqueza va en aumento y espero que el destino sea amable y vuelva a unirnos un día.»

Aenlin escribió estas últimas palabras de forma rutinaria y, como siempre, con un poco de mala conciencia. Si bien le habría concedido a Jimena una vida menos aburrida —la familia de Rodrigo llevaba cinco años alojada en el convento, donde la esposa del Campeador no disfrutaba de tanta vida social como las mujeres del harén—, a esas alturas Rodrigo la trataba a ella como a su consorte. Si por ella fuera, nunca más volvería a compartirlo con Jimena.

En los siguientes meses, efectivamente muy pacíficos, intentó aprovechar esa oportunidad para que su señor todavía se sintiera más vinculado a ella. Rodrigo por fin tenía tiempo para pasar las noches con Aenlin en su casa y ella lo mal acostumbraba cuanto podía. El caballero parecía abrirse un poco más, ahora respondía a algunas de sus preguntas e incluso hablaba de su juventud en la corte de Fernando y de su amistad con el rey Sancho. Aenlin esperaba que se tranquilizara un poco, pero la paz era engañosa.

Don Álvaro fue el primero en expresar su descontento cuando Rodrigo volvió a marcharse de Zaragoza, se ausentó varios días y no informó de su paradero.

—Yo sospecharía que está ocupado en hacer pequeñas incursiones —observó quien con los años se había convertido en el protector de Aenlin—, pero para eso se habría llevado más gente. No, está viajando solo o únicamente con uno o dos caballeros confabulados con él. Don Gonzalo y don Roberto... forman parte de su comitiva desde tiempos del rey Sancho. Seguro que saben mantener el silencio sobre cualquier operación secreta.

—¿A dónde suponéis que está yendo? —preguntó alarmada Aenlin.

Lo primero que pensó fue que se hubiera marchado con otra mujer, pero Rodrigo no estaba obligado a rendirle cuentas. Si quería estar con otra, no solía hacer de ello un secreto. Como mucho, podía suceder que su nueva amante perteneciera a otro hombre. ¿Tal vez al emir? Sintió un escalofrío ante la idea de que su señor profanara el harén. Un gobernador moro podía perdonarlo todo, pero entrar en los aposentos de las mujeres se penaba con la muerte.

—Qué va —la tranquilizó don Álvaro cuando ella le comunicó sus temores—. Nunca ha sido imprudente en los temas del amor. Al contrario, siempre se ha burlado de los hombres que han corrido grandes riesgos por las damas de su corazón. Lo siento,

Aleyna, pero el mundo de un Rodrigo Díaz de Vivar siempre está lleno de mujeres a las que puede seducir fácilmente. No necesita competir por la esposa de otro.

Aenlin sabía que tenía razón y muy pronto también ella se enteró de a dónde lo habían realmente llevado sus cabalgadas. El Campeador estaba a punto de romper un juramento, pero no aquel que había hecho a Jimena. Una noche, de regreso de una de sus excursiones secretas, cuando ella le sirvió vino se la quedó mirando largo tiempo.

—Puedes escribir una carta a Jimena —dijo, como si no supiera que ella lo hacía cada quince días— y comunicarle que regresamos a León. Me he reconciliado con el rey Alfonso. Nos encontraremos en Toledo y volverán a aceptarme y reintegrarme formalmente con una misa y una recepción con todos los honores.

Aenlin miró a Rodrigo. No se lo podía creer.

—¿Y el emir? —preguntó con voz ahogada.

Rodrigo se encogió de hombros.

—Espero que acepte mi partida de buen grado —respondió, pero no dejó ninguna duda respecto a que, si no era así, igualmente se iría de Zaragoza—. Tiene que comprender que hay vínculos más antiguos que me unen a León y, por otra parte, necesitará tener todos los amigos que pueda en la corte del rey Alfonso.

—Viejos vínculos... —Don Álvaro rio con desprecio cuando Aenlin le contó desolada la decisión que Rodrigo había tomado. El veterano caballero la acompañó al día siguiente a dar un paseo a caballo, pero en esta ocasión ni los briosos escarceos de Meletay ni el galope sobre sus lomos pudieron disipar las sombras oscuras que se cernían sobre el corazón de la joven—. ¡Como si a Rodrigo le hubiera importado alguna vez la fidelidad y los compromisos! No, el rey Alfonso simplemente le ofrece más: más dinero, más bienes, más batallas, más honor. ¿Te ha explicado en qué consiste su acuerdo con el rey?

Aenlin negó con la cabeza. De hecho, Rodrigo solo le había encargado que informara a Jimena de que iba a tener un feudo a orillas del Duero, donde podría disponer de una corte apropiada.

Aenlin sospechaba que ella y su hijo se alojarían en algún lugar cercano, pero no había osado preguntarle al respecto.

—Pues bien, obtendrá como feudos el burgo de Duáñez, así como el de Gormaz, las poblaciones de Ibia y Campoo, Eguna y Briviesca... —enumeró tranquilamente don Álvaro.

—¡Pero si no puede vivir en más de un burgo! —exclamó Aenlin, sorprendida.

Don Álvaro rio.

—No se trata de mantener una finca por encargo del rey. Cualquier caballero que haya hecho méritos puede conseguirlo con un par de hombres que haya formado él mismo. No, se trata de ingresos. Todos esos burgos o fincas abarcan pueblos cuyos habitantes pagan diezmos a su señor, si es que este se conforma con eso. Puede pedir también tributos mucho mayores; los campesinos no son más que siervos. —Al oír estas palabras, Aenlin pensó en Jaime, que procedía de uno de esos pueblos. ¿Lo vería dentro de poco?—. Y eso no es todo —prosiguió don Álvaro—. Para evitar que don Rodrigo se asiente tranquilamente como noble rural en algún burgo, el rey Alfonso le concede el derecho de propiedad de todas las tierras que arrebate a un emir moro. ¡La propiedad, Aenlin, no un feudo! Podrá gobernar en esos territorios, dejarlos como herencia... Aleyna, si Rodrigo apuesta por ello y disfruta además de algo de suerte, ¡conseguirá un reino!

Aenlin se rascó la frente. ¿Conocería el rey Alfonso el dicho que Rodrigo había mencionado al emir? Ser peor el remedio que la enfermedad... ¿El monarca estaría pensando únicamente en desterrar a los moros, sin tener en cuenta que quizá se estaba creando un perseverante rival que ansiaba poder en los reinos cristianos? En un principio, todo eso le daba miedo, pero considerándolo de forma objetiva tenía sus ventajas. Rodrigo poseía ahora muchas tierras e ingresos muy elevados... suficientes para casar a sus hijas como princesas y asegurar a Diego, al igual que a Sancho, una gran herencia. No habría motivos de celos entre dos hermanos que probablemente no tardarían en conocerse. Pese a lo que era ya sabido —la historia de las dinastías moras y cristianas estaba llena de guerras fratricidas— alimentaba esperanzas con respecto a su hijo.

Al Mutamán puso al mal tiempo buena cara y, con todos los honores, exoneró a Rodrigo de sus obligaciones. Lo colmó de obsequios, incluso podía quedarse con la casa. Según dijo, ese gesto era signo de que Rodrigo siempre gozaría de la hospitalidad de Zaragoza. Aenlin osciló durante un par de días entre la esperanza y el miedo de que Rodrigo los dejara a ella y a su hijo viviendo allí y fuera a visitarlos de vez en cuando. Pero eso estaba lejos de las intenciones del caballero. Bajo la protección de don Álvaro y de cincuenta caballeros con don Gonzalo al mando, envió a Aenlin y Sancho a Gormaz del Duero, el mayor feudo que le habían otorgado. En su origen el burgo había sido construido por los moros, aunque luego lo habían conquistado los cristianos, y disponía de espacio más que suficiente para establecer allí una gran corte, así como alojamientos para medio ejército de caballeros con sus monturas.

—No cabe duda de que antes hubo aquí un harén... —Aenlin suspiró. Todavía no sabía qué posición tendría ella en el castillo. En cualquier caso, de las dos mujeres del Campeador sería la primera en entrar allí. Jimena y su familia viajaban primero a Toledo para reunirse con el caballero y participar en las ceremonias de recuperación de sus cargos y del favor del rey—. A lo mejor puedo arreglarme algunos aposentos apartados sobre los que Jimena no tenga ningún derecho.

—A lo mejor hay baños... —dijo esperanzada Paqui, quien se despedía de muy mala gana del estilo de vida moro.

Aenlin había pensado en casar a la muchacha, que ya había cumplido dieciocho años, en Zaragoza. Seguro que Shadia y sus amigas habrían encontrado a un joven que estuviera al servicio del palacio dispuesto a tomar por esposa a la hermosa sirvienta. Pero Paqui no estaba dispuesta a renegar de la religión cristiana. Tenía demasiado miedo de ir por ello al infierno.

También Sancho protestó a la hora de marcharse de Zaragoza. Le gustaba su casa, su escuela y sus compañeros de juegos. La perspectiva de tener que compartir estudios y distracciones con un hermano que hasta el momento le resultaba desconocido no lo atraía en absoluto.

—¿No puede marcharse el Cid sin nosotros? —preguntó a

Aenlin cuando ambos se pusieron por última vez en camino hacia el palacio para despedirse de Shadia y las otras mujeres, así como de los profesores y amigos de Sancho.

Aenlin hizo un gesto negativo.

—No, ya lo hemos hablado. Tu padre, tú y yo no vamos a separarnos. Puesto que sus obligaciones lo llevan a Castilla, lo seguiremos. Y no lo llames «Cid». Es tu padre, no un señor.
—Siempre le disgustaba que Sancho hubiese adoptado el tratamiento oficial con que ella misma se refería a Rodrigo («mi señor», *cid* en árabe) y que este no se opusiera.

—Pero todos lo llaman así —replicó Sancho, y tenía razón.

Desde hacía un tiempo, el Campeador permitía que lo llamara de este modo tanto la servidumbre como sus caballeros más jóvenes. La gente también hablaba cada vez con más frecuencia del Cid Campeador. Aenlin no sabía decir por qué le resultaba desagradable, pero lo encontraba arrogante, aunque Rodrigo fuera a ser señor de extensas propiedades, lo que justificaba el título.

—Los otros pueden llamarlo así, pero tú tienes el privilegio de llamarlo «padre», y deberías utilizarlo. ¡Precisamente dentro de poco en Castilla!

Aenlin hablaba muy en serio y esperaba que su hijo obedeciera sus indicaciones. ¡No quería ni plantearse que en el futuro Diego llamara «padre» a Rodrigo y Sancho modestamente se refiriese a él como «mi señor»!

En el palacio la recibió el eunuco para conducirla entre palabras de elogio a los aposentos, pero antes se dirigió a ella con una petición fuera de lo habitual.

—*Sayyida*, uno de los profesores de vuestro hijo me ha pedido que, después de la reunión con vuestras amigas, sostengáis con él una breve conversación. Naturalmente, siempre que estéis de acuerdo. Todo, sin excepción, ocurrirá según vuestros deseos.

Se inclinó respetuosamente. Era evidente que no sabía cómo se tomaría ella las pretensiones del profesor. Seguro que hasta entonces nunca se le había pedido algo similar a una de las mujeres del harén, pues solo el padre era responsable de la educación de los muchachos de más de catorce años.

Aenlin se sorprendió, pero por supuesto dio una respuesta

positiva al guardián del harén. Naturalmente, estaría encantada de escuchar lo que Hafid ibn Ali tenía que decirle.

Después de despedirse entre abundantes lágrimas de Shadia y sus otras amigas, se cubrió como era debido y siguió al eunuco a la escuela de palacio. Nunca había estado allí, pero se maravilló ante las aulas amplias y luminosas que daban a extensos patios interiores. La escuela de los príncipes estaba entre el harén y la mezquita; el Corán desempeñaba una función muy importante en las clases, lo que a veces inquietaba a Aenlin. Siempre reñía a Sancho cuando introducía arbitrariamente latiguillos como «en nombre de Alá» o «Alá lo bendiga». Como contrapunto, lo enviaba a las clases dominicales que ofrecía el sacerdote a los niños de la comunidad cristiana, pero Sancho no acudía allí de buen grado. Los otros muchachos iban en general peor vestidos que él y no estaban tan bien alimentados, no sabían expresarse y solían arreglar con los puños sus desavenencias. Sancho eludía ir a la iglesia siempre que podía, así que su educación cristiana era incompleta. Aenlin esperaba que eso no le causara problemas en Castilla.

Hafid ibn Ali la recibió en una de las aulas y aceptó sin poner reparos que el eunuco se apostara junto a la puerta; por más que ese señor mayor y enjuto, vestido formalmente con túnica de brocado y un turbante sobre el cabello ya hacía tiempo canoso, estaba lejos de cometer cualquier acto de insubordinación. Se inclinó respetuosamente delante de Aenlin y fue directo al grano.

—*Sayyida*, he oído decir que vuestro señor abandona esta corte y con ello también vuestro hijo deja la escuela de los príncipes. Os ruego que me creáis cuando os digo que todos lo lamentamos profundamente.

Aenlin asintió.

—Mi hijo también se va a regañadientes de Zaragoza —admitió—. Su escuela, sus profesores y sus compañeros de estudios significan mucho para él.

—Lo sé —dijo el profesor—, por eso me permito presentaros por su bien este ruego. He oído que vos habéis recibido una educación que... tal vez os haga más receptiva que don Rodrigo a mis peticiones. —Aenlin miró al hombre con atención y él prosiguió—. Sé que en tierras cristianas se confiere poco valor al aprendizaje de otras disciplinas que no sean el manejo de la espada y el escudo.

—Algunos aprenden un poco más —observó Aenlin—. Por ejemplo, mi marido domina la escritura y, además del castellano, habla también árabe y un poco de latín.

El profesor hizo una pequeña reverencia.

—Sin duda, don Rodrigo posee una elevada educación —concedió—. Pero Sancho ya sabe árabe, seguro que castellano también, y para su edad lee con fluidez y recita con soltura.

Aenlin sonrió.

—Y yo que pensaba que la poesía no era su fuerte... —replicó.

El profesor contestó con otra sonrisa.

—Algo saldrá de ahí —dijo con cautela—, pero si no sigue cultivando este aspecto el mundo tampoco perderá una obra innovadora. En cambio, desearía recomendaros encarecidamente que permitáis al niño tomar clases de aritmética y más tarde quizá también en álgebra. Sé que en la caballería cristiana no es importante, pero Sancho aprende en un abrir y cerrar de ojos todo lo que tenga que ver, aunque sea lejanamente, con los números. En la actualidad ya hace cálculos con centenas.

Aenlin reflexionó. Hasta entonces eso nunca le había llamado especialmente la atención, pero ahora que lo pensaba recordó que, ya de pequeño, Sancho siempre andaba contándolo todo: los animales del establo, las baldosas de los baños, los pasos que daba Meletay en un trayecto cuando salían a pasear juntos...

—Su abuelo era mercader —señaló—. A lo mejor le viene de él.

El profesor asintió, interesado.

—Es posible que también su naturaleza afable —reflexionó—. No es una simple fórmula de cortesía si digo que lo echaremos de menos. Claro que todavía es muy joven, pero ya muestra buen juicio y voluntad de conciliación. Un mediador nato... o un mercader.

Aenlin suspiró.

—Eso no complacerá a mi señor —confesó—. Sancho es hijo de un caballero y se espera de él que siga los pasos de su padre.

Hafid ibn Ali se encogió de hombros.

—En fin, eso está en manos de Alá —dijo—. Una cosa no excluye la otra. Si Sancho obtiene un feudo, sabrá administrarlo sabiamente. Y si su rey lo envía en misiones diplomáticas, representará sus asuntos con conocimiento de la materia y hará que su país tenga aliados por todo el mundo.

Aenlin le dio la razón.

—Deseo de corazón que pueda seguir una carrera profesional que se ajuste a sus inclinaciones —dijo—. Y en cuanto a la aritmética... haré lo que esté en mis manos. Pero le agradezco sobre todo sus sinceras palabras. Sancho ya puede considerarse feliz por haber tenido un profesor tan generoso y perspicaz.

No quería ni pensar en lo que le esperaba a su hijo en Castilla. Era verdad que para ser caballero Rodrigo estaba bien educado. La mayoría de sus hombres eran incultos y apenas sabían escribir su nombre. En cuanto a ella misma, no creía que pudiera ejercer una gran influencia sobre los profesores de su hijo. Jimena era quien los elegía... Sancho compartiría las clases con Diego. No le quedaba otro remedio que esperar que no se limitaran al manejo de la espada y el escudo.

5

Una vez más, Aenlin tenía ante sí un viaje de varios días a caballo cuando su comitiva partió hacia Gormaz, en la provincia de Soria. Salió de nuevo con una gran caravana. Los bienes y objetos de valor que Rodrigo quería trasladar desde la cámara del tesoro de su casa en Zaragoza hasta su nuevo burgo ya ocupaban cinco carros. Aenlin supuso que los vehículos estaban cargados de oro, plata y otras mercancías valiosas. ¿Por qué otra razón iba a haber cincuenta caballeros custodiándolos? Don Álvaro, a quien consultó al respecto, no pudo contestarle.

—Yo no pertenezco al círculo más estrecho de don Rodrigo —admitió—. En realidad nunca he pertenecido a él... Nuestra... concepción de la caballería es demasiado distinta. Claro que confía en mí, de lo contrario no dejaría la custodia de su hijo en mis manos. Pero nunca me ha hecho partícipe de sus planes y mucho menos ha dejado que lo asesorase.

También en esta ocasión don Gonzalo era el encargado de supervisar el transporte de los bienes. Don Álvaro custodiaba únicamente la «corte» de la señora Aleyna, como Rodrigo llamaba con toda naturalidad a la servidumbre doméstica, a pesar de su reducido número. Aparte de Paqui, Nur y Namika, solo la acompañaba un joven esclavo bastante sobrecogido que había sido capturado por unos piratas en el trayecto entre Grecia e Italia. Oficialmente era el mozo de cuadras, pero en realidad el primer eunuco del harén lo había adquirido para Aenlin por razones totalmente distintas. Agapios se desenvolvía bien en el arte de la aritmética, el álgebra y la astronomía. Jugueteaba maravillado con el astrolabio que Aenlin también le había comprado en Zaragoza y explicaba cada noche las constelaciones a Sancho.

—Espero que Rodrigo no se lo prohíba —comentó acongojada, pero don Álvaro hizo un gesto de rechazo.

—Puedes decirle que el chico se interesa por la astrología —propuso para su sorpresa el caballero—. El mismo don Rodrigo interpreta o pide que le interpreten el futuro por el vuelo de las aves, de modo que no rechazará las estrellas.

—¿El vuelo de las aves? —Aenlin volvía a cabalgar junto a don Álvaro... a lomos de Meletay. En contra de lo que esperaba, nadie había puesto objeciones a que se ensillara la yegua. Por su parte, Sancho montaba orgulloso la mula Malia. Ya era un muy buen jinete para su edad—. ¿No son esas supersticiones?

Don Álvaro sonrió.

—Se lo reprocharon varias veces en la corte del rey Alfonso —explicó—. Decían que creer en esas cosas no era propio de un caballero cristiano. Pero el Cid se aferra a ello. Antes de cada batalla observa lo que ocurre en el cielo.

Aenlin se preguntaba si no habría más peculiaridades de su señor que todavía desconocía. Ella consideraba absurdo cualquier tipo de adivinación, aunque en el harén era corriente que las mujeres se leyeran las manos unas a otras.

El viaje a Soria transcurrió sin incidentes. Cada noche montaban una confortable tienda para Aenlin y su hijo, aunque este protestaba porque habría preferido dormir con los caballeros. Estaba tan impresionado por ellos como encantado con ese primer contacto con su forma de vida libre: dormir en la tienda, y cocinar y asar en un fuego de campaña constituían para él una aventura, y don Álvaro lo complacía contándole historias de osados caballeros y damas nobles, en las que de vez en cuando aparecía algún que otro dragón al que había que matar. Las calzadas estaban cuidadas, al menos en Zaragoza, y en León y Castilla la mayoría de ellas eran anchas y se transitaban cómodamente.

—Con lo que circulan por aquí los ejércitos, sería un milagro que fuera de otro modo —opinó don Álvaro—. En los últimos siglos, moros y cristianos se han desplazado continuamente de un sitio a otro.

Aenlin asintió. Todavía recordaba muy bien la primera vez que cruzó la frontera por el Duero y la extraña atmósfera que reinaba en tierra de nadie.

El burgo en el que Rodrigo iba a instalarse, situado en la orilla septentrional del río, sobre un altiplano y pegado a la montaña, era enorme. Ni siquiera el palacio de Al Mutámid se igualaba a esa construcción monumental, y Rodrigo se había jactado incluso de que el castillo de Gormaz era aún más grande que la Alhambra de Granada. La muralla, alta y de casi novecientas yardas de longitud, contaba con veintiocho torres que habría que dotar de hombres y con seis puertas que precisaban guardianes. Aunque estaba en manos de cristianos desde hacía años, todavía conservaba un aire moro. Los viajeros guiaron sus caballos a través de una puerta en forma de herradura que en Zaragoza habría pasado inadvertida. Estaba provista de adornos rojos y blancos y se abría a un gran patio interior con una cisterna. El área dedicada a la vivienda del señor del burgo era amplia, y además había caballerizas y alojamientos para los caballeros.

Aenlin decidió instalar a Meletay y la mula antes de ocuparse de sus propios aposentos. A fin de cuentas, las yeguas necesitaban un establo separado para no inquietar a los sementales y, por el momento, nadie se había ocupado de ello. Todavía no había damas nobles en el castillo y, como consecuencia, ninguna tienda.

Tomó en ese momento conciencia de que ella y sus sirvientas eran las únicas mujeres allí, y esperó que los hombres tuvieran el suficiente respeto hacia su señor como para no molestarlas. Hasta el momento no las habían incordiado, pero evidentemente durante el viaje se habían mantenido sobrios. En cambio, querían celebrar su llegada al castillo esa misma noche. Para sorpresa de Aenlin, ya estaba todo dispuesto: en el burgo había cocineros, criados y doncellas, así como un copero y un senescal responsable de atender a los caballeros. Ella se preguntaba quién habría empleado a todo ese personal. ¿Se habría encargado Jimena de organizarlo?

Ella misma ató a Meletay y la mula delante de los establos y se puso a inspeccionar las instalaciones. Sancho acosó a don Álvaro para que subiera con él a una de las torres y desde allí admirar la distribución del castillo, y el veterano cedió después de entregar su montura a un criado.

Aenlin siguió al joven a las caballerizas, donde la esperaba una sorpresa. Como en la mayoría de los castillos, los corceles de guerra de los caballeros estaban amarrados en fila. Pero había más construcciones donde alojar a los caballos y a lo mejor uno de esos establos estaba vacío. Así que examinó primero uno y luego un segundo establo, que le gustó mucho más. Era más luminoso y estaba dividido en departamentos, cada uno con su propia puerta. Ahí no era preciso atar al caballo y parecía haber también mucho espacio.

A primera vista el lugar le pareció vacío, pero de pronto se oyó un sonoro relincho. Un semental blanco asomó la cabeza por una de las divisiones del establo y Aenlin se quedó cautivada ante el caballo más hermoso que jamás hubiera visto. Era muy alto y fuerte, aunque no tan pesado como la mayoría de los sementales de guerra. Seguro que podía cargar con un caballero armado, pero sería más manejable que los demás. Tenía la crin y la cola abundantes y onduladas, el cuello fuerte y arqueado; la cabeza no era pequeña, como la de la mayoría de los caballos árabes, sino extraordinariamente noble. Los ojos, inmensos, estaban rodeados por unas pestañas largas y finas. El pelaje era de un blanco luminoso, con un brillo metálico, como si siempre estuviera expuesto a un sol resplandeciente. Aenlin sintió como una especie de remordimiento cuando le pasó por la cabeza esa idea, pero tenía que admitir que ese caballo todavía era más bello que Meletay. Y... ¿acaso no se parecía en cierto modo a ella?

—¿Qué, te gusta?

La voz de Jaime la arrancó de sus pensamientos antes de que llegara a la única conclusión correcta. Ante ella se encontraba Babieca, el hijo de Meletay.

—¡Jaime!

Ni siquiera ella misma se esperaba la alegría que la invadió al ver a su viejo amigo. Y al mismo tiempo debía admitir que no lo hubiera reconocido si se lo hubiera encontrado en otro lugar del burgo. No solo el semental, sino también su cuidador había madurado en los años transcurridos en Burgos. Jaime parecía más alto que entonces, pero a lo mejor solo estaba más erguido. Su cuerpo era más robusto, parecía más duro y musculoso que el de un caballero. Y su rostro, siempre con esa mirada bondadosa, había perdido su redondez infantil. Don Rodrigo había enviado a Burgos a un adolescente y el que había regresado de allí era un hombre.

Por primera vez Aenlin cayó en la cuenta de que Jaime tenía unos ojos bonitos, color avellana con chispitas verdes. Antes nunca le había llamado la atención su color.

—Tienes buen aspecto —le dijo con franqueza.

Jaime sonrió.

—Tú también —le devolvió el cumplido—. ¿Y feliz...? —Las últimas palabras oscilaban entre la afirmación y la pregunta.

Aenlin se encogió de hombros.

—Me siento feliz de volver a ver a Babieca —contestó—. Y a ti. Por lo demás, no sé qué me espera aquí. En Zaragoza todo era más fácil.

—¿Así que sigues siendo su... esclava? —preguntó Jaime con un deje de desaprobación.

—En Zaragoza yo era la esposa de don Rodrigo —contestó Aenlin con un suspiro—. Y aquí... No sé cómo se imagina él dos cortes en un castillo. Pero háblame primero de Babieca. ¿El señor os ha ordenado que volvierais?

Jaime asintió.

—Va a ser su semental de batalla —dijo comedido—. Era lo que estaba planeado, y ahora... Tiene todo lo que necesita el caballo de un campeador: es valiente, rápido, fuerte... muy inteligente, muy fácil de montar...

—¿Lo has montado? —preguntó emocionada Aenlin.

Jaime asintió.

—Lo he montado —respondió con orgullo—. En Burgos era

preparador, no un simple mozo de cuadras. La familia de don Rodrigo cría caballos, los acostumbran a ser montados y luego los venden. Me asignaron la tarea de domarlos y he disfrutado mucho haciéndolo. Ya sabes cuánto me gustan.

Aenlin asintió.

—Tienes buena mano. Y Babieca está espléndido. Muy bien musculado, bien alimentado, un poco brioso pero manso. —Acarició los blandos ollares del caballo, sopló y olió el aliento perfumado de avena.

—Nunca ha tenido una mala experiencia —indicó Jaime—. El campo de batalla... será algo nuevo para él. —Su voz se entristeció. Aenlin comprendió cómo se sentía; a ella le habría ocurrido lo mismo si se hubiese visto obligada a deshacerse de Meletay. Y sin embargo la yegua no había estado ni una sola vez en peligro con su hermano Endres. Era frecuente que los sementales de los caballeros tuvieran una vida corta. También el padre de Babieca había muerto hacía un año durante un combate.

—Me gustaría montarlo una vez —dijo Aenlin nostálgica y esperando que Jaime protestara. Pero el joven realmente había cambiado y le dirigió una sonrisa traviesa.

—Mañana por la noche, cuando los caballeros estén de fiesta —susurró—. En cualquier caso, antes de que don Rodrigo regrese. Te concede muchas libertades con Meletay, pero no toleraría ver a una mujer a lomos de su corcel de guerra.

—Todavía no es un corcel de guerra —apuntó Aenlin, acariciando suavemente el liso cuello de Babieca—. Hasta que vuelva Rodrigo, el potro puede seguir siendo mío y de Meletay. Tú qué crees, ¿reconocerá a su madre?

Jaime se encogió de hombros.

—Está acostumbrado a las yeguas. Podemos instalar a Meletay aquí en el establo.

—Necesito dos compartimentos, uno para Meletay y otro para Malia, mi mula.

Enseguida Jaime preparó dos lugares lo más alejados posible de Babieca.

Pese a ello, el semental soltó un relincho de advertencia cuando las yeguas entraron y Meletay se detuvo al oír su voz. Levantó la cabeza olfateando, lo miró desde lejos y emitió un suave y tierno relincho. Como tiempo atrás, cuando había dado la bienvenida a su potrillo.

A Aenlin casi se le saltaron las lágrimas. Meletay no había olvidado a su hijo y ahora volvían a estar juntos. Miró a Jaime y supo que compartía sus sentimientos. En los ojos de su amigo se reflejaba su propia alegría, y por unos minutos se olvidó de todos sus miedos ante el futuro. Qué más daba lo que pudiera ocurrir: por unos instantes, ese día había sido feliz.

6

Cuando poco después Aenlin se ocupó de su propio alojamiento, comprobó que no era en absoluto la primera que tomaba
decisiones en ese lugar. Las habitaciones que antes habían pertenecido al señor del castillo ya estaban listas para Jimena y su familia. Jaime le contó que él y Babieca habían llegado a Gormaz
procedentes de Burgos con una gran caravana, de modo que el
burgo no solo contaba con el personal que Aenlin ya había visto,
sino también con los objetos domésticos y los pesados muebles,
así como con alfombras y cortinajes. Se preguntó si la esposa del
Cid por fin había podido reunir así todo su ajuar en una casa
propia. A fin de cuentas, después de contraer matrimonio había
vivido primero en la corte del rey y luego en el albergue del convento. Ahora por fin podía ocupar un castillo propio, aunque
tendría que asumir que su esposo también tenía allí alojada a su
concubina mora.

Aenlin casi sentía pena por Jimena. Decidida a mantener la
mayor distancia posible con ella, buscó una vivienda adecuada
para sí misma y su hijo. Si la planta del castillo coincidía con la de
los palacios moros habituales, los aposentos que Jimena había
elegido como futura residencia corresponderían a los aposentos
del anterior señor de un extenso harén. Debía de haber pasillos
de comunicación y aposentos femeninos confortables. Aenlin
acabó encontrándolos, pero estaban bastante derruidos. Suspirando, se instaló provisionalmente en las dependencias que ori-

ginalmente habían pertenecido a una de las esposas o de las concubinas preferidas del señor del castillo, donde había espacio suficiente para Aenlin, Sancho, Paqui, Nur y Namika. Al día siguiente tenía que ocuparse de que vaciaran, limpiaran y encalaran la nueva vivienda, y de que se habilitaran otras habitaciones para don Álvaro así como para Agapios, el griego.

El día siguiente transcurrió, pues, cargado de trabajos, y Aenlin se sorprendió cuando por la tarde Paqui le llevó un mensaje de Jaime.

—«Ven a la puerta lateral de la derecha», ha dicho —soltó Paqui algo airada, repitiendo las palabras del chico—. Y me ha hecho un guiño la mar de extraño. ¿Qué os está rondando otra vez por la cabeza, *sayyida*? ¡No me digáis que vais a montar el semental! ¿O es que esta vez es el hombre el que os atrae para hacer algo secreto? Jaime está tan cambiado que no lo he reconocido.

Aenlin la miró con severidad.

—¡Pero tú qué te has creído! No vuelvas a decir esas tonterías delante de nadie jamás. ¡Si don Rodrigo albergara alguna sospecha, despedazaría a Jaime! Y ahora dame corriendo los pantalones de montar y una túnica ancha.

Durante su estancia en Zaragoza, se había confeccionado unas prendas especiales para montar. Llevaba unos pantalones holgados como en el harén, pero reforzados con piezas de cuero para no sufrir rozaduras. Además, un velo la ocultaba de miradas curiosas. Ya iba a cambiarse cuando se acordó de la ropa masculina que había adquirido en el mercado para dar su primer paseo con Meletay en Zaragoza. Se la puso rápidamente y se echó un velo por encima.

—Lleva a Sancho a la cama —indicó a Paqui, que la miraba con desaprobación—. Y no te preocupes, volveré pronto.

Salió a toda prisa y enseguida encontró la puerta algo escondida en la muralla septentrional del castillo. Jaime la esperaba allí con Babieca y Meletay.

—Si quieres montar el semental, yo montaré la yegua —explicó antes de que ella pudiera preguntar o protestar—. Quiero saber cómo está, lo que la diferencia de Babieca y lo que tienen en común.

Aenlin estuvo conforme.

—Pero cambiamos de caballo en el bosque —propuso—. Así, si alguien nos ve, podremos decir que me acompañas a dar un paseo con mi yegua.

Jaime abrió los ojos como platos cuando ella montó.

—¿Montas a horcajadas en una silla de hombre? —preguntó maravillado.

Ella asintió.

—Mi señor me permite en estos últimos años muchas cosas que antes eran imposibles. Parece... no reconocer ya los límites.

Mientras lo decía admitió que eso no solo era válido para las libertades que le concedía su amante a ella. También se lo aplicaba a sí mismo. De repente le pareció que tampoco era tan inconcebible que coexistieran las dos cortes, una para cada mujer del Cid.

Babieca permaneció quieto como una estatua cuando Jaime lo montó, una característica imprescindible en un corcel de guerra. Era complicadísimo subir con toda una armadura a la silla de montar; la mayoría de las veces era preciso utilizar unos artefactos para izar a los jinetes, y el caballo no tenía que asustarse. Meletay, por el contrario, hacía escarceos. Estaba nerviosa. Salir a la luz de la luna, el semental junto a ella... Y, por supuesto, también percibía la agitación de Aenlin. No quería que la viesen, la compañía de un joven como Jaime la pondría en un compromiso. Así que enseguida puso a Meletay en movimiento y Babieca las siguió con un tranco igual de largo.

—¿Hacia dónde? —preguntó Aenlin—. ¿Hacia el río?

—Mejor hacia el sur —contestó Jaime—. Así no nos verán desde las torres de vigía, si es que ya las han ocupado los centinelas. Por el momento, los caballeros piensan más en celebrar fiestas que en pelear. Por el sur solo tenemos que rodear el pueblo.

Al feudo de Rodrigo pertenecían varios pueblos cuyos habitantes pagaban los impuestos suficientes para mantener el castillo.

La mayoría de ellos eran campesinos, y Aenlin y Jaime condujeron las monturas a través de sus campos de cultivo y pastizales. Distinguieron vagamente el pueblo más cercano. A esas horas ya no ardía ninguna hoguera y todas las lámparas estaban apagadas. Los campesinos volverían al trabajo cuando saliera el sol y necesitaban descansar.

Aenlin se puso al trote en un prado grande e invitador, Jaime hizo lo mismo. Ella admiró los movimientos amplios y altos del semental. Meletay solía flotar, Babieca bailaba. Y sin embargo no parecía tener un asiento difícil, Jaime apenas si recibía el impacto del bote.

—Los movimientos suaves de la madre unidos a los elevados del padre —confirmó Jaime cuando Aenlin le preguntó—. Realmente ha heredado lo mejor de cada uno. Por allí hay un bosquecillo. Cuando quieras podemos cambiar.

¡Por nada del mundo habría renunciado Aenlin a ello! Con gran expectación dejó a Jaime la yegua y cogió las riendas del semental blanco.

—¿Hay algo en concreto que deba tener en cuenta? —preguntó.

Jaime negó con la cabeza.

—No, es perfecto. Lo único que no le gusta es que lo cojan con brusquedad, pero eso ya lo conoces tú por Meletay.

Aenlin levantó con cuidado las riendas en cuanto estuvo sentada. El asiento le resultó un poco raro, pues Babieca era más ancho que Meletay. Además, Aenlin tenía la sensación de estar montando un caballo mucho más alto y fuerte.

—Engaña —indicó Jaime—. No es más grande que la yegua. Pero tiene el cuello potente. Eso infunde respeto y asusta al rival. Y además está el color... Hará famoso a don Rodrigo.

Aenlin rio y dio las ayudas a Babieca para que se pusiera en movimiento.

—Rodrigo ya es célebre —recordó a su amigo—, pero Babieca aumentará su fama.

Jaime dejó que Aenlin se pusiera a la cabeza, lo que el semental aceptó sin temor. Caminaba con seguridad por senderos irregulares, sin asustarse de las sombras ni de los árboles y arbustos que obraban un efecto fantasmagórico a la luz de la luna. Babieca era tranquilo y estaba atento. Con el mínimo de ayudas se puso al trote al abandonar el bosque y cuando los caminos se ensancharon. Meletay, por el contrario, se inquietaba mucho más fácilmente, tendía a dar pequeños saltos laterales y a subir la cabeza cuando se asustaba de algo.

—Aquí podemos doblar hacia el río —propuso Jaime. Ya en Colonia, Aenlin había utilizado los caminos de sirga para hacer largas galopadas. Cuando llegaron al Duero, a unos kilómetros más al este del castillo, animó a Babieca a ponerse a galope. El semental enseguida obedeció y la amazona volvió a sumergirse al instante en la fantástica sensación de galopar. Babieca era totalmente distinto de Meletay. No transmitía a la amazona la sensación de estar volando, sino de estar meciéndose. Con unos saltos serenos y regulares la acunaba, ella estaba tan tranquila ahí sentada que habría podido tocar el laúd o sostener un vaso de vino e ir bebiéndolo sin salpicar. También esa era una cualidad impagable para un corcel de batalla. El caballero, al clavar la lanza o luchar con la espada, no tendría que compensar los movimientos incómodos de su montura.

Al principio Aenlin puso al semental a un galope lento y disfrutó de ese aire, pero entonces Jaime la adelantó haciendo volar a Meletay, y Babieca no quiso quedarse atrás. Animado por la amazona, aceleró y alcanzó una velocidad asombrosa. Ya no se sentía mecida, por supuesto, y estaba muy lejos de volar. El galope rápido de Babieca hacía temblar la tierra bajo sus cascos. Transmitía potencia y seguridad. Unidos a la fuerza y habilidad de un caballero como Rodrigo, sería invencible en la batalla.

—Y bien, ¿te gusta? —preguntó Jaime con un asomo de orgullo en la voz cuando cambiaron de aires volviendo al paso y recorrieron lentamente un tramo más junto al río.

Aenlin asintió.

—Es fantástico. No solo es precioso, sino que es una maravilla cabalgar con él. Me encantaría quedármelo.

Jaime le dio la razón.

—A mí también. Y tú... —Sus amables ojos volvieron a posarse rebosantes de admiración sobre Aenlin. Y eso que ella tenía la sensación de ir bastante desarreglada. Con la veloz galopada se le había soltado el cabello, que previamente se había recogido sin mucho cuidado y en ese momento le caía por encima de los hombros. Se había quitado la capa al cambiar de caballo y solo llevaba la ropa de hombre. Sin embargo, en la mirada de idolatría de Jaime se reflejaba la imagen de una princesa—. Pareces salida de un cuento —dijo en voz baja—. A la luz de la luna, el semental brilla igual que tu cabello. Y el río... —En efecto, la luna llena transformaba el Duero en una cinta de plata y el pelaje de Meletay resplandecía como oro pálido—. Así es como siempre me había imaginado a la muchacha del cuento del caballero encantado —siguió hablando con añoranza Jaime—. Ella está encerrada en un castillo y nadie puede alcanzarla. Pero el caballero está hechizado, durante el día se convierte en un halcón. Así que en el crepúsculo vuela hasta la torre, abre la puerta y los dos galopan durante la noche...

Aenlin sonrió.

—Nunca hubiera creído que en ti se escondía un poeta.

Jaime hizo una extraña mueca.

—¡Yo tampoco lo creo! Es un cuento que mi abuela nos contaba de niños en el pueblo y mediante el que nos amenazaba con transformarnos en una bandada de cuervos si no nos portábamos bien. Siempre estábamos pensando en qué pájaro nos gustaría ser... —Una vez más dirigió a Aenlin una mirada de admiración—. Por supuesto, tú serías un cisne...

Ella negó con la cabeza.

—No, yo sería una alondra. O un ruiseñor. Un pájaro cantor. Y Meletay sería un jilguero dorado. Babieca sí que es el cisne. ¿Y tú?

Jaime se encogió de hombros.

—¿Una golondrina, quizá? ¿No muy atrevida e instalada en un establo?

Aenlin negó con la cabeza.

—En invierno emigran a países más cálidos —explicó—. Aunque solo si tienen que hacerlo. Cuando no encuentran más alimentos. —Sonrió—. A lo mejor la golondrina hembra también sigue a su compañero.

—O al revés —dijo Jaime, alejando a Meletay del río por un

camino rural. Podría haberse puesto a trote, pero dudó—. Alguna vez... ¿alguna vez has montado con don Rodrigo? —preguntó con timidez.

Aenlin iba a responder que sí espontáneamente. Claro que había montado con él a caballo. Todavía recordaba perfectamente el viaje de Zamora a Salamanca. Pero entonces entendió lo que Jaime quería decirle. No se trataba de montar en una caravana ni tampoco, desde luego, de llevar a una cautiva al mercado de esclavos más cercano. Jaime le preguntaba si alguna vez había compartido con su señor la alegría que sentía a lomos de Meletay.

—No —respondió en voz baja—. Nunca he montado a caballo con Rodrigo.

Aenlin no repitió su paseo a la luz de la luna con Jaime, aunque tuvo oportunidades de hacerlo. Y sin embargo había disfrutado de la atmósfera de ensueño, del paso suave del semental y de la compañía del hombre afable y algo romántico que nunca hubiera sospechado en el insignificante joven con quien había compartido secretos tiempo atrás en León. Pero eso justamente hacía peligrosa la aventura. Rodrigo pronto volvería y a él no se le escapaba nada. Jaime no podía esconder la inclinación que sentía hacia ella. Podría traicionarse por el brillo de sus ojos cuando la veía, por la sonrisa de complicidad... Y también a ella le costaría simular indiferencia ante él, si volvía a surgir cierto galanteo como en la conversación sobre el cuento del caballero encantado.

A ello se sumó el hecho de que en los días siguientes no paró de llover. El cielo estaba cubierto y la magia se había disipado. Aenlin lo tomó como un aviso: nada de cabalgadas secretas; a cambio se esforzaría más por hacer habitables sus aposentos antes de que regresara el Cid de Toledo. Se trataba también de que Jimena se encontrara con hechos consumados. Rodrigo no le permitiría que la echara del antiguo harén si lo esperaba allí una cama blanda, lámparas de aceite en cuyas esencias se evocaban los perfumes de Oriente y los secretos del harén, y las sartenes de carbón que daban calor y a cuya luz centelleante Aenlin bailaba para él.

7

Jimena parecía feliz cuando entró en Gormaz al lado de su esposo. La pareja y su escolta, compuesta de cincuenta caballeros, había pasado antes a caballo por el pueblo, donde la gente había vitoreado frenética a su nuevo señor, su bella esposa y sus hijos. María y Cristina montaban palafrenes detrás de sus padres, Diego estaba sentado a lomos de un pequeño caballo blanco. Aenlin se preguntó dónde habría encontrado Rodrigo ese caballo. Por su tamaño se ajustaba al niño, que ya había cumplido los once años, pero parecía un corcel de guerra en miniatura. Diego lo manejaba con destreza. Aenlin se percató de que se parecía más a su padre que su hijo Sancho.

Rodrigo llevaba una armadura brillante y también los hijos y Jimena iban vestidos de gala. La nueva señora del castillo se había puesto un traje de montar marrón de un paño exquisito y encima un abrigo de lana del color dorado de la miel. El color de la ropa acentuaba el brillo de sus ojos, que se apagó al ver a Aenlin y su hijo algo apartados de los sirvientes del castillo. Habían salido a saludar a sus señores.

—¿Qué hace esta aquí? —dijo Jimena con inesperada aspereza a su esposo, señalando a Aenlin. Parecía lo bastante furiosa como para empezar una pelea allí mismo, delante de todos los caballeros.

El Cid respondió impasible a su colérica mirada.

—Es la madre de mi hijo. No pienso repudiarla. —Hablaba relajado, como si fuera la cosa más natural del mundo.

—Yo soy la madre de tu hijo —dijo arrogante Jimena—. De tu legítimo hijo, que te honrará. La madre de tu heredero. Ella es...

—¡Calla! —ordenó Rodrigo amenazador—. Tengo suficiente legado para siete hijos. ¡Si fueras capaz de dármelos!

—¿Mientras tú estabas exiliado en Zaragoza? —preguntó sarcástica Jimena—. ¿No habrías dudado entonces de la paternidad?

A ese respecto, Aenlin daba gracias al creador porque sus intentos para evitar un nuevo embarazo se hubieran visto coronados con el éxito. Aunque sabía que Rodrigo habría recibido con satisfacción la llegada de otros hijos, eso no habría sido favorable para su situación. Ella sabía que su belleza y las habilidades de que daba muestra en el juego amatorio eran su capital y su seguridad. Solo con ellas mantenía sujeto a Rodrigo, en cambio él podía apartarla fácilmente de sus hijos. Recordaba muy bien que había ido de un pelo que Rodrigo la separase de Sancho durante el destierro.

—Estabas en un convento, Jimena —señaló Rodrigo—. Con buen motivo.

Jimena se estremeció y Aenlin se compadeció de ella. Confirmó una vez más lo que ya sabía por el intercambio epistolar: la esposa de Rodrigo sentía mucho más que solo respeto y admiración por Rodrigo. Lo confirmaba también el arrebato de ese día. Había sido educada como una rigurosa creyente, así como en el autocontrol y el sacrificio personal. Si había llegado al punto de discutir con su marido delante de todo el castillo tenía que estar profundamente ofendida. Y ahora Rodrigo le atribuía también posibles infidelidades de no haberla enviado al convento. Aenlin no se habría sorprendido de que rompiera en llanto, pero Jimena se enderezó.

—Yo jamás os sería infiel, esposo mío —declaró ceremoniosamente—. Y haré lo que esté en mi mano para daros más hijos. Pero para ello tendré que esperar a que renunciéis a seguir reproduciéndoos con esa... esclava.

Por el rostro de Rodrigo asomó una sonrisa.

—Antes de exigir, mi querida esposa, deberíais cumplir vuestras promesas. Y ahora, comportaos. —Sonrió irónico—. O para citar a mi amigo el emir de Zaragoza: no soporto insatisfacción en mi harén.

Jimena empalideció y Aenlin captó una mirada de don Rodrigo. En los ojos del caballero se reflejaba desaprobación, sí, desprecio.

Al borde del grupo de servidores del castillo estaba Jaime, visiblemente enojado.

Jimena se recobró de nuevo.

—Esta es una corte cristiana, Rodrigo —apuntó—. El capellán no lo permitirá...

El Cid se encogió de hombros, desmontó del caballo y buscó con la mirada a Jaime, que se lo cogió de mal grado.

—Entonces encontraremos un capellán que sea menos severo. Esta es mi corte, Jimena, mi castillo. Tú tienes tus aposentos, son más que espaciosos. También encontraremos un alojamiento adecuado para Aleyna. Evitaos la una a la otra. Y ahora dame un vaso de vino, copero. Tengo la garganta seca después de la larga cabalgada y he hablado demasiado. —Después de que el copero le hubiera servido, el caballero tomó un largo trago y dirigió unas palabras a sus hombres—. Señores: he asumido formalmente el gobierno de este castillo y sus tierras. El rey y yo nos hemos reconciliado. En los próximos años emprenderemos grandes hazañas en su nombre. Y hoy por la noche celebraremos una fiesta. Os espero a todos en la gran sala.

»Y tú me esperas en tus habitaciones —susurró a Aenlin después de que Sancho se hubiera inclinado ceremoniosamente y hubiera saludado a su padre. El niño parecía temeroso. La pelea con Jimena le había creado inseguridad. A Aenlin tampoco le habían pasado por alto las miradas que el joven Diego había lanzado a su hermanastro. Se preguntaba cuánto sabría ese niño de su relación con Rodrigo, probablemente lo suficiente para no alegrarse de conocer a Sancho.

Tendría que hablar de eso con Rodrigo por la noche, así como de contratar a profesores y maestros de armas, en cuyo manejo esperaba que don Álvaro instruyera a su hijo. Pero primero tenía que volver a ganarse la confianza de don Rodrigo. Al pensar en ello, sintió de repente un malestar y tomó conciencia de que sus sueños se habían desvanecido. Siempre había querido creer que significaba algo para él, que incluso tal vez la amaba un poco. Pero ahora que lo oía hablar tan decidido sobre su corte, su castillo y su harén... Tendría que asumir que, en realidad, solo la consideraba una esclava de su propiedad.

Al día siguiente Rodrigo tomó posesión del semental Babieca, igual como se había apropiado de su castillo y sus mujeres. Desde la muralla, Aenlin lo observó a él y a los otros caballeros jugando a la guerra, un entretenimiento popular entre las mujeres y muchachas nobles en tierras cristianas. En los reinos moros eso habría sido impensable. Ahí nadie habría permitido que la visión de unos cuerpos viriles y musculosos excitara a las mujeres o incluso las condujera a la infidelidad.

Observó interesada cómo los caballeros calentaban sus caballos, se ejercitaban en el uso de las lanzas y el combate con espada, y cómo Rodrigo montaba a Babieca. Jaime le llevó el semental ensillado y pareció querer explicarle algo, pero el caballero hizo un gesto de rechazo y enseguida se puso en movimiento. Naturalmente, Babieca obedecía sus ayudas, y Aenlin, una vez más, se quedó fascinada por la belleza del semental y la gracia de sus movimientos. De todos modos, el Cid lo manejaba con mucha más dureza y exigencia que Jaime y ella. Al principio el caballo reaccionó disgustado con algún bote, pero luego obedeció enseguida e incluso hacía escarceos más ligeros sin moverse de lugar y reaccionaba aún más deprisa a las ayudas. Rodrigo dibujó unos giros rápidos, se acercó a un aparato de entrenamiento que simulaba una espada revoloteando y pasó por debajo con Babieca.

Por último retó a uno de sus caballeros para un combate con lanza y al instante lo derribó de su montura. Actuó del mismo modo con otros contrincantes. Babieca se lanzaba hacia sus rivales veloz como una bala. Nada podía detenerlos ni a él ni a su jinete. Rodrigo asintió con reconocimiento cuando dejó el caballo en manos de Jaime. Aenlin no alcanzaba a oír lo que decía, pero parecía satisfecho.

Babieca, por su parte, no daba muestras de estar tan contento. Bajó la cabeza cuando Rodrigo volvió a confiarlo al cuidado de

Jaime y trotó abatido tras este para ir al establo. Aenlin descubrió horrorizada marcas de sangre en su pelaje blanco. Rodrigo montaba con unas espuelas afiladas. Entristecida, se marchó al establo para hablar con Jaime y consolar al semental.

—Necesitarás un poco de mi ungüento para caballos —musitó cuando se reunió con el mozo en el corredor del establo, donde estaba cepillando a Babieca—. ¿Qué ha dicho?

Jaime la miró, y sus ojos plasmaron su desconsuelo. Ni siquiera Aenlin podía levantarle ese día los ánimos.

—«Un caballo estupendo, aunque algo afeminado» —declaró, repitiendo en voz baja las palabras del Cid—. Lo montará a él preferentemente en el futuro. Babieca se convertirá en su corcel de guerra.

Rodrigo Díaz de Vivar no pasaba mucho tiempo en Gormaz. Las obligaciones relacionadas con sus nuevas propiedades eran demasiado diversas. En las primeras semanas estuvo ocupado visitando, en compañía de Jimena, todos los castillos y propiedades que el rey tan generosamente le había cedido. La gente tenía que conocer a la señora del castillo, aunque no fuera a vivir de forma permanente en Duáñez, Ibia, Campoo, Eguna o Briviesca. El viaje acabó siendo una marcha triunfal, según le contó más tarde Jaime a Aenlin. Rodrigo insistió en que el mozo lo acompañara para que cuidara de Babieca y de las monturas de sus hombres. El joven habló con orgullo de la sensación que había causado por todas partes el semental de capa plateada.

—La gente vitorea al Cid como si fuera un salvador —describió Jaime tras su regreso—. Corren tras él, le aplauden y arrojan flores delante de los cascos de su caballo.

Aenlin se encogió de hombros. La fascinación que siempre le había inspirado su señor había desaparecido en el momento en que vio las heridas y cicatrices en los flancos de Babieca. También la boca mostraba señales de que habían utilizado las riendas con brusquedad. Jaime aplicaba cada día un ungüento para curar las comisuras desgarradas.

—Precisamente porque estas son tierras fronterizas —expuso,

intentando explicar el entusiasmo general—. La gente aquí siempre se siente amenazada. Se alegra de tener un protector que sea fuerte.

Sobre todo cuando ese protector habría sido una amenaza de haber luchado en el lado contrario. Ese pensamiento pasó por su cabeza, pero no lo expresó. En cualquier caso, por el momento ningún peligro intimidaba a los habitantes de la orilla del Duero. Ningún emir se enfrentaría a Rodrigo Díaz de Vivar. El Cid distribuyó a sus hombres por sus castillos y él mismo decidió realizar controles a caballo de forma regular, así que después de la primera expedición siguió ausentándose con frecuencia, ya sin la compañía de Jimena y sus hijos.

Aenlin tenía que apañárselas con ellos, lo que habría sido sencillo de no ser por Diego y Sancho, hermanastros muy distintos que tenían que crecer y estudiar juntos. El castillo era grande, las dependencias de las mujeres se encontraban en zonas distintas, incluso para ir a misa habrían podido evitarse. Jimena era casera y controlaba la cocina y la bodega cuando no estaba en misa, mientras que Aenlin prefería estar en las caballerizas o ver a los hombres ejercitándose para la guerra. Ella y su rival habrían podido fingir que la otra no existía.

El capellán de la corte se encargaba de enseñar a los chicos a leer y escribir, y Aenlin enseguida confirmó que los monjes del convento no se habían esforzado mucho con Diego. El hijo mayor de Rodrigo no leía mejor que Sancho, que era mucho más joven, y eso a pesar de que este último había aprendido las letras árabes aparte del alfabeto latino, que ella misma le había enseñado. Tal como se había temido, Sancho carecía de las bases de una educación cristiana. El capellán se escandalizó al percatarse de que no sabía de memoria ni siquiera el padrenuestro. Ahora Aenlin pasaba mucho tiempo con él leyendo la Biblia y repasando el libro de oraciones que don Álvaro le había procurado a petición suya. Ambos volúmenes, cuya adquisición le había costado sus dos joyas más caras, se encontraban sobre un reclinatorio en su sala de estar, igual que en los aposentos de Jimena y tiempo atrás en la habitación de María. A veces se preguntaba qué habría sido de la prima de don Rodrigo. Solo le habían llegado noticias de que había dado dos hijos a su marido. ¿Sería feliz o aún lamentaría no haber ingresado en un convento?

Sancho, un niño dócil en general, aprendía deprisa y enseguida recitó las oraciones con tanta fluidez como antes los versos árabes. Más difícil era la instrucción de los chicos en el arte de las armas. Diego ya había tenido un maestro de armas en el convento, quien cedió de buen grado su cargo a don Álvaro, pues prefería con mucho viajar con don Rodrigo por sus territorios que enseñar. El veterano caballero se esforzaba por ser justo con los dos alumnos, pero la mera diferencia de edad ya le ponía las cosas difíciles. Sancho era cuatro años y medio menor que Diego y, además, de complexión más delgada. Cuando se enfrentaba a su hermanastro con la espada de ejercicios era inevitable que se llevara la peor parte y Diego no se mostraba nada dispuesto a tener un poco de consideración. Los primeros días, el hijo de Aenlin salía con frecuencia de la clase llorando, sangrando o con cardenales. Después dejó de llorar para que Diego no se burlara de él. Pero aun así seguía recibiendo palizas, por lo que Aenlin necesitaba tanto ungüento para él como Jaime para Babieca.

La única solución para ese problema consistía en que hubiera la posibilidad de acoger a otros chicos como pajes en la corte del Cid, de modo que Diego tuviera la oportunidad de medirse con jóvenes de su edad o mayores. Pero Jimena y Rodrigo tenían que estar de acuerdo, una prueba de diplomacia que intentaron superar tanto Aenlin como don Álvaro. El caballero describió a Jimena las ventajas que tendría eso para Diego, mientras que Aenlin comunicó sus deseos a Rodrigo. Cuando estaba en el castillo pasaba la mayoría de las noches con ella, y solo de vez en cuando visitaba a Jimena, que, por consiguiente, todavía no volvía a encontrarse en estado de buena esperanza.

—No soporto tanta queja —explicó cuando Aenlin se refirió con mucho cuidado a ello—. Con Jimena todo son reproches. Que si está muy sola, que si las niñas se aburren en el campo sin amiguitas con las que jugar, y lo mucho que Diego carece de educación en sociedad porque está creciendo aquí y no en la corte del rey.

—Pensaba que se alegraría de tener un castillo propio —dijo

Aenlin, extrañada. En sus cartas, Jimena siempre soñaba con tener su propia corte.

Rodrigo se encogió de hombros.

—No sabe lo que quiere —opinó—. Tampoco en lo que respecta a Diego. Podríamos enviarlo como paje a la corte del rey, pero ella se niega. Tampoco quiere acoger a ninguna muchacha como compañera de juegos de sus hijas, se supone que por culpa tuya. Afirma que aquí no está garantizada una educación cristiana. A esta mujer no hay forma de tenerla contenta.

Aenlin no hizo ningún comentario, pero podía imaginarse la vergüenza que sentía Jimena. Por el momento, las damas de la corte del rey seguramente no sabían nada del «harén» de Rodrigo, pero si sus hijas iban a Gormaz hablarían del tema. Del mismo modo entendía el miedo a separarse de su hijo. Los enemigos acérrimos de Rodrigo, los condes Ordóñez y Pérez, seguían ejerciendo mucha influencia en la corte, y la esposa del Cid podía temer que Diego no estuviera allí seguro.

Acoger a otros chicos como pajes era una solución intermedia, así que pronto se mudaron al castillo diez muchachos entre los diez y los trece años, todos de la nobleza y orgullosos de aprender a manejar las armas en la corte del Cid Campeador. Diego enseguida disfrutó con ellos, mientras que Sancho, siendo el más joven, poco podía hacer. Pese a todo, don Álvaro se encargaba de que los chicos no se unieran contra él, y en los ejercicios formaba parejas de tal modo que Sancho cruzara la espada con el paje más débil o con aquellos mayores que comprendían que era mejor no apabullar con demasiada frecuencia al hijo del señor del castillo.

De lo que más provecho sacaba Sancho era de las clases privadas de su profesor griego Agapios. El joven estudioso —su malogrado viaje debería haberlo llevado de la universidad de Alejandría a la de Salamanca— era feliz en la corte de Aenlin. Sancho era un estudiante que aprendía fácilmente y Agapios tenía tiempo para ampliar sus propios estudios además de dedicarse a la docencia. Disfrutaba todas las noches, primero con Sancho y el astrolabio y, cuando el muchacho ya se había ido a dormir, solo. Aenlin también asistía a sus clases con frecuencia. Observar las estrellas era cautivador y, para su sorpresa, Paqui también descubrió su fascinación por el cielo nocturno.

Nur y Namika se burlaron de ella cuando, extrañada, se lo comentó.

—Señora, Paqui no está buscando estrellas en el cielo, sino en los ojos del griego. —Namika soltó unas risitas—. ¿No las habéis visto brillar también en los suyos? Algo se está cociendo entre los dos. Si queréis impedirlo, tendrá que ser pronto.

Aenlin no vio ninguna razón para evitar que Paqui y el profesor griego intimaran. No consideraba a Agapios un esclavo y sabía que permanecería en su casa durante un tiempo limitado, pues ya notaba, no sin preocupación, que a Sancho le interesaba más la ciencia que el arte de la guerra. El joven cumplía con sus deberes aplicadamente, pero no le entusiasmaba pelear. En cuanto Rodrigo se percatara de ello, se acabarían las clases de álgebra y astronomía.

Pero en principio, Aenlin estaba contenta en el castillo de Gormaz. Pasaba mucho tiempo con sus instrumentos y volvió a recuperar su pasión por el laúd y el canto. Con ayuda de Nur y Namika conservaba su belleza, incluso había hecho restaurar un baño de vapor en los antiguos baños del palacio y lo utilizaba regularmente. Sabía que Jimena lo consideraba un acto de vanidad, pero Aenlin seguía pensando que su belleza era su capital. Cuando Rodrigo regresaba, la encontraba en unos aposentos caldeados y perfumados, vestida con sedas ondulantes, el pelo bien peinado y las manos y los pies pintados con alheña. Intentaba no cargarlo con problemas cotidianos, sino que lo mimaba y lo satisfacía con todos los ardides que Zulaika le había enseñado. Pero su corazón ya no se aceleraba cuando veía entrar en el castillo al Cid montado en su caballo. Ya no lo esperaba con impaciencia ni tampoco la invadía la alegría cuando él la embaucaba con palabras de amor y le dedicaba motes cariñosos.

Lo que sí le daba que pensar y solía inquietarla era que con cierta frecuencia pensaba en Jaime cuando yacía con Rodrigo y se excitaba. El paseo a caballo a la luz de la luna... el caballero encantado... Jugaba con la idea de en qué pájaro se convertiría Rodrigo si era víctima de un hechizo. Él mismo se consideraría un águila, Aenlin, en cambio, pensaba en un azor...

8

En los días siguientes, Rodrigo cumplió con sus obligaciones como servidor de la Corona. Controló las fronteras, administró sus propiedades, dictó sentencias y efectuó concienzudamente los servicios y pagos al rey Alfonso. No hizo ningún uso del derecho, que al principio tanto había inquietado a don Álvaro, a saquear arbitrariamente las tierras de los moros. Transcurrieron dos años sin que el Cid cruzara seriamente espadas con nadie. Entonces el rey volvió a enviarlo a territorio moro. Se trataba de recaudar las parias y, además, de liberar Valencia.

Esa ciudad seguía bajo el gobierno del emir Al Qádir, quien con el tiempo había conseguido hacerse tantos enemigos allí como antes en Toledo. El rey Alfonso tenía que enviar constantemente fuerzas armadas para sofocar las revueltas, pero en ese momento la situación era amenazadora. Berenguer, el conde de Barcelona, se había aliado a distintas fuerzas moras y asediaba Valencia, probablemente con la intención de anexionársela, tal como había hecho Alfonso con Toledo. En cualquier caso, se trataba de derrocar a Al Qádir, algo que Alfonso quería evitar a toda costa.

Rodrigo cruzaría con todo su ejército de caballeros el Duero, y Aenlin se preparó para una larga ausencia. Eso la intranquilizaba, aunque no temía del todo por la seguridad del Campeador. En los últimos años lo había estado observando en las prácticas de guerra y no había ningún caballero que ni de lejos pudiera medirse con él. Se preocupaba por Babieca, que era la primera vez que iba a una guerra en serio con su señor, y también por Jaime. El joven ya no admitía tan ingenuamente su miedo y aversión hacia la violencia como cuando era adolescente, pero los llevaba escritos en el semblante cuando se preparaba para el viaje.

—Seguro que no tendrás que pelear —lo consoló Aenlin—. A Rodrigo le sirves mucho más como cuidador de su caballo. No va a enviarte a luchar con los soldados de a pie.

—Al menos mientras Babieca esté vivo —objetó Jaime, realista—. Nadie se desenvuelve tan bien con él como yo, y eso lo sabe el Cid. —Tenía razón. Babieca era igual que Meletay, solo estaba realmente unido a una persona. Pero en el caso del semental eso era mucho más evidente que en el de la yegua de Aenlin, acaso porque carecía de la compañía de otros caballos. Meletay podía consolarse con su amiga de largas orejas Malia si Aenlin no tenía tiempo para estar con ella, pero el corcel de guerra estaba siempre solo, su único confidente era su cuidador. Cuando Jaime le daba de comer y lo limpiaba estaba contento. Si Rodrigo salía con él de viaje sin el mozo, el caballo comía mal y estaba insoportable, no era más que una sombra de sí mismo. Parecía estar realmente en duelo—. Si a Babieca le pasa algo, no me necesitará más y quién sabe qué idea se le ocurrirá.

Infeliz, Jaime preparó su hatillo y lo guardó en las alforjas de Severo, el segundo caballo de Rodrigo, también un ejemplar blanco pero ni mucho menos tan imponente como el hijo de Meletay.

—A Babieca no le pasará nada —contestó Aenlin esperanzada—. Y si le ocurre algo, todavía tendrá a Severo. Así que seguirá necesitándote. —Acarició la frente del caballo de capa blanca y patas largas. El animal frotó la cabeza contra ella. Era afectuoso, como todos los ejemplares de los que cuidaba Jaime. Aenlin se percató en ese momento de la tranquilidad y cariño que irradiaba el joven. Ella misma con frecuencia creía poder unirse con el espíritu del caballo, y en esos momentos compartía el sentimiento de protección y seguridad que Jaime les proporcionaba. Le resultaría duro pasar meses separada de su amigo—. Sea como fuere, te echaremos de menos, Meletay y yo —dijo Aenlin, reprimiendo el deseo de besar a Jaime. No como a Rodrigo, claro; no en la boca, no tan hábil y seductoramente como había aprendido. Solo un beso en la mejilla, un leve roce de despedida... Se llamó al orden con rigor. Eso era impensable. Si alguien veía que besaba al criado y se lo contaba a Rodrigo, todo se habría perdido. Rápidamente arrancó una cinta verde claro de su vestido y se la dio al joven siervo—. Toma, te dará suerte. A ti y a Babieca... —Y sin pensárselo dos veces cogió otra cinta para el semental—. Trénzala en sus crines antes de que vaya a la guerra. Y tú... tú lleva la tuya en el corazón.

Por el rostro de Jaime pasó un destello.

—¿Es una prenda, Aleyna? ¿Como... como la doncella del castillo a su caballero?

Aenlin sonrió.

—Solo es un juego —puntualizó—. La muchacha salida de un cuento y un caballero encantado. Solo un cuento de otros tiempos.

Jaime se llevó la cinta a los labios.

—Será una cinta entre tú y yo, entre Babieca y Meletay. Nos traerá de vuelta a vuestro lado.

Rodrigo no le pidió ninguna prenda antes de marcharse, pero tampoco se la solicitó a Jimena, de la que siempre se despedía oficialmente delante de sus caballeros con un beso. El Cid se iba a la guerra sin miedo y sin reparos. Al cruzar el Duero, no volvió la vista atrás.

En los meses siguientes, las mujeres raras veces tuvieron noticias de Rodrigo. Eventualmente pasaba un mensajero que llevaba las novedades al rey Alfonso y que pernoctaba en el castillo camino de León. Solicitaba entonces presentarse ante Jimena, pero Aenlin estaba bastante segura de que no le daba ninguna carta personal. Rodrigo solo informaba del estado de las cosas y Aenlin oía las mismas noticias más tarde gracias a don Álvaro. El anciano caballero compartía la vigilancia del castillo con unos pocos ministeriales, como el copero y el senescal, y algunos hombres que Rodrigo había dejado. Por la noche cenaba con el mensajero, quien, por descontado, también le comunicaba los últimos lances.

Así fue como las mujeres se enteraron de que Rodrigo había concluido exitosamente la primera parte de su misión, un encuentro con el emir Abu Marwan de Albarracín. Este había firmado uno de los habituales contratos de protección que le obligaban a pagar tributos al rey Alfonso. A continuación, el ejército del Campeador había cruzado las montañas en dirección al Mediterráneo hasta llegar a la costa norte de Valencia.

Desde la muralla, Aenlin apartó la vista de los ejercicios de lucha de los chicos cuando el siguiente mensajero cruzó el Duero. Su corazón enseguida empezó a palpitar con fuerza: debía de traer noticias de las operaciones militares con que Rodrigo contaba al partir. Descendió nerviosa al patio y no pudo evitar dirigirse al joven jinete antes de que el copero le ofreciera una bebida.

—¿Venís de Valencia? ¿Tenéis noticias del Cid?

El mensajero la miró desconcertado. Parecía nuevo en el ejército de Rodrigo y todavía no sabía nada de las dos mujeres del Campeador.

—¿Sois la señora Jimena? —preguntó perplejo.

Aenlin negó con la cabeza, pero en ese momento los interrumpió la aparición de la esposa del Cid.

—Yo soy Jimena de Vivar —dijo lacónica y autoritaria—. Informadme a mí. ¿Está con vida? ¿Ha vencido?

Aunque la situación le pareció lamentable, Aenlin agradeció que Jimena no se hubiese retirado con el mensajero para interrogarlo. Posiblemente estaba tan preocupada como ella, si bien la esposa del Cid temía por Rodrigo y no por un siervo y un caballo.

El mensajero rio.

—Claro, está con vida y bien —contestó despreocupado—. También podría decirse que ha vencido. Y eso que no necesitó desenvainar ninguna espada. El conde Berenguer, ese cobarde, retiró sus tropas en cuanto oyó que llegaba el Campeador. Así que entramos en Valencia, don Rodrigo recogió el tributo del emir...

—¿Y vuelve ahora a casa? —preguntó Jimena ansiosa.

El mensajero negó abatido con la cabeza.

—Por desgracia todavía no, señora. El emir... Bueno, tiene

problemas con sus tierras y su pueblo. Amenazas de dentro y de fuera. Pidió a vuestro señor que se quedara todavía unos meses más para imponer una paz duradera en los alrededores de Valencia. —Aenlin se preguntó cómo. ¿Hacía Rodrigo el trabajo sucio para Al Qádir, robando y saqueando en todos aquellos lugares donde el emir sospechaba que había resistencia?—. En cualquier caso, se ha instalado en la fortaleza de Requena —prosiguió el mensajero—, desde donde puede operar. Seguro que pronto volverá con vos, señora, en cuanto le sea posible.

En un principio, Jimena se dio por satisfecha, pero pidió al caballero que se presentara más tarde en sus aposentos para saber más acerca de Rodrigo y su expedición. Aenlin supuso que Babieca y Jaime también estarían sanos y salvos. Después tampoco le llegaron más noticias de importancia acerca de los acuerdos de Rodrigo con el emir. El mensajero no sabía más. Por lo que don Álvaro explicaba, se había marchado antes de que el Cid hubiera podido empezar a establecer la paz en Valencia.

Rodrigo pasó el invierno en Requena, y era posible que no estuviera solo, como ya sospechaba Aenlin y seguramente también Jimena. Se daba por sentado que el emir pondría a su disposición mujeres que lo relajaran entre las distintas campañas de guerra.

—Esperemos que no se las traiga a todas después —gruñó don Álvaro.

El veterano caballero consideraba absurda la política del rey Alfonso de mantener por encima de todo en su cargo a un emir inepto y cruel como Al Qádir. Temía que al Cid se le subiera la fama a la cabeza y que violara más reglas.

Aenlin alzó las manos en un gesto de resignación.

—En el castillo hay espacio suficiente —se limitó a decir. Jimena sin duda lo habría visto de otro modo.

El siguiente mensajero que se detuvo en el castillo llegaba de León y era portador de noticias que inquietaron profundamente a todos los habitantes de Gormaz.

—Han vuelto los almorávides —informó don Álvaro tras conversar con el joven jinete—. Al Mutámid por fin consiguió que algunos emires se unieran para enfrentarse al rey Alfonso. Y para que su plan se viera coronado con el éxito, volvió a pedir ayuda a Yúsuf ibn Tashfín. Ahora ya ha llegado, se ha reunido con los ejércitos de Al Ándalus y se dirigen en primer lugar a Aledo.

El burgo de Aledo se hallaba entre Murcia y Lorca y constituía el puesto avanzado más exterior de los reinos de Castilla y León ante las puertas de Al Ándalus.

—¿Puede resistir? —preguntó Aenlin—. Alfonso tendrá como mucho una guarnición estacionada allí.

Don Álvaro compartía sus reparos.

—Por eso necesita apoyo lo antes posible —explicó—. El rey ya ha puesto en marcha un ejército y el mensajero ha pedido a don Rodrigo que también se dirija con sus hombres hacia Aledo para unirse a las fuerzas del rey. La situación se está poniendo realmente seria.

Aenlin se mordió el labio inferior y volvió a inquietarse por Jaime y Babieca; aunque también por Rodrigo. Si a este le sucedía algo, ella no tendría ningún tipo de seguridad. Se maldijo a sí misma por no haber insistido más. El caballero habría podido tomar precauciones hacía tiempo con respecto a Sancho, lo que también habría asegurado unos ingresos para Aenlin.

En las semanas posteriores siguió con mayor atención las interminables misas de la capilla del castillo e intentó rezar por Rodrigo tan fervorosamente como lo hacía Jimena. Pero antes fueron escuchados sus ruegos por Jaime y Babieca. En el mes de mayo de 1089, un joven mozo de cuadras llamó a la puerta de los aposentos de Aenlin.

—¿Señora? Señora, debéis venir. Jaime ha vuelto. ¡Quiere hablar con vos, inmediatamente!

—¿En plena noche? —se sorprendió Aenlin, y notó que el miedo se apoderaba de ella—. ¿Jaime solo? ¿Sin el Cid? —Eso solo podía significar una cosa: que habían matado a Babieca y que Jaime había huido antes de sufrir las consecuencias que eso podía tener para él.

—Con dos caballos —informó el joven—. El semental plateado y el otro caballo blanco...

Aenlin experimentó un increíble alivio. Así que a Babieca no
le había pasado nada. ¿En cambio al Cid sí? Dio apresuradamente las gracias al mozo y cerró la puerta para cambiarse. Solo se
había echado un chal sobre el camisón.

Poco después estaba en el patio, donde encontró igual de alarmado y apresuradamente vestido a don Álvaro.

—¡Por ahí! —indicó el mozo de cuadras, que había estado
esperándolos en el patio, al tiempo que señalaba el establo que
Babieca había compartido los primeros días en Gormaz con
Meletay y Malia. Jaime estaba esparciendo paja en ese momento; Babieca y el caballo blanco Severo ocupaban dos cobertizos,
uno al lado del otro. El cuidador había arrojado descuidada-
mente las sillas en el corredor, una de montar y otra de carga.
En efecto, el joven había llegado solo y con uno de los caballos del
ronzal.

—¡Jaime! —Pese a todas las preocupaciones, Aenlin sintió
descanso y una profunda alegría al volver a ver a su amigo—.
¿Qué ha sucedido?

Jaime se dio media vuelta y sus ojos resplandecieron como
siempre que la veía. Por lo demás permaneció serio y al principio
mudo. Parecía abrumado por haber llegado al castillo y volver a
estar frente a Aenlin. Había adelgazado, tenía el rostro cincelado
por las primeras arrugas de preocupación y se lo veía totalmente
agotado y con cara de no haber dormido.

—¡Gracias a Dios que estás bien! —exclamó—. No llego demasiado tarde.

Aenlin se preguntó qué querría decir con eso, pero en ese
momento don Álvaro tomó la palabra.

—¡Cuéntanos de una vez, mozo! —El caballero no se entretuvo en saludos—. ¿Qué pasa con el Cid? ¿Por qué apareces aquí
en mitad de la noche con sus dos caballos? ¿Te has escapado?

Una vez más, Aenlin admiró la perspicacia de don Álvaro. Al
caballero no se le había pasado por alto la aversión de Jaime hacia
las campañas militares, como tampoco su gran afecto hacia Babieca, al que habría preferido alejar del campo de batalla.

Jaime negó con un gesto resoluto, la acusación le hizo volver en sí.

—No, señor, claro que no, señor —puntualizó rápidamente—. Me envía don Rodrigo. Para... bueno, proteger, por decirlo de algún modo, lo que hay que proteger. El rey ha confiscado todas sus propiedades... y quiere volver a apropiarse de lo que un día le regaló. Pero no iba a quedarse con Babieca, el semental plateado. Por eso nuestro señor me ha enviado lejos. Y además con un par de objetos de valor... —Don Álvaro miró las alforjas de la silla de carga. Tal como era de esperar, estaban llenas de oro y plata. Jaime había corrido un riesgo enorme transportando toda esa fortuna varios días y sin protección a través del reino—. He cabalgado noche y día, señor —prosiguió—. También para advertiros a vos. No sé lo que el rey se plantea hacer con la señora Jimena y los niños... ni contigo, Aleyna.

Aenlin esperaba que Alfonso no supiera nada de ella y su «corte». Pese a ello, Jaime tenía razón: corrían peligro en el castillo. Más valía dejar Gormaz antes de que los ejércitos del rey llegasen.

—¿Qué ha hecho esta vez —preguntó don Álvaro con la voz impregnada de cólera— Don Rodrigo... el... Cid? ¿Cómo ha enfurecido tanto, una vez más, al rey?

Jaime iba a responder, pero Aenlin pidió con un gesto a los dos hombres que callaran.

—No hablemos de esto aquí —los amonestó—. Si llamamos la atención, todo el castillo estará en pie enseguida. Los caballos tienen comida y agua, ¿verdad, Jaime? Entonces vale más que vayamos a mis aposentos y hablemos allí con tranquilidad.

En las habitaciones de Aenlin había vino, y encontró también algo de pan y queso para el famélico Jaime. Habría preferido llevarle algo caliente de la cocina, pero en un principio era mejor ocultar su llegada.

—En realidad don Rodrigo no ha hecho nada —respondió Jaime entre dos bocados de pan y un gran trago de vino—. En cualquier caso, nada equivocado. Tenía que llevar su ejército a

Aledo y es lo que se disponía a hacer. Esperábamos en Villena al ejército del rey Alfonso para unirnos a él, pero no llegó. El rey marchó a la fortaleza por otra ruta.

—¿Y? —preguntó Aenlin—. ¿Cuándo se dio cuenta de ello Rodrigo?

—Tarde —contestó Jaime—. Bastante tarde. Cuando el Cid volvió a poner en marcha su ejército, el rey Alfonso ya volvía a estar de regreso a Toledo. Los moros se fueron en cuanto supieron que llegaba, no sé si por miedo o por otra razón escondida. Pero el ejército del Cid no fue necesario. El rey Alfonso pudo levantar el cerco de Aledo y reforzar las tropas de ocupación, antes de marcharse.

—Un malentendido sin consecuencias, por fortuna —resumió don Álvaro—. ¿Qué es entonces lo que tanto ha enfurecido al rey?

Jaime tomó otra copa.

—No lo sé, señor —dijo sencillamente—. Don Rodrigo cree que alguien lo ha incitado a ponerse contra él. Sea como fuere, el rey cree que se ha escondido adrede en Villena y lo acusa de traición. Está muy, muy enfadado. Don Rodrigo también, como es natural. Y preocupado.

Aenlin también bebió un sorbo de vino. Estaba tomando lentamente conciencia del alcance de los sucesos. Pero debía dominarse.

—¿Qué más ha indicado el Cid? —preguntó—. En lo que... en lo que respecta a mí. Y a Sancho.

Jaime se rascó la frente.

—El señor solo me ordenó que llevara el oro a la señora Jimena para que... para que no se encuentre sin medios en caso de que el rey la obligue a abandonar el castillo. Creo que debe volver primero al convento, y los monjes querrán que les pague por darle alojamiento.

Naturalmente, Jimena también necesitaba una escolta y se llevaría a sus sirvientes, así como a un maestro de armas para Diego... Todo eso era caro.

—Comprendo —dijo Aenlin—. Pero ¿qué hago yo?

—De ti no ha dicho nada en absoluto —admitió Jaime—. Aunque yo le pregunté. —El joven se mordió el labio. Era evi-

dente que le sabía mal tener que herir a Aenlin—. También intenté averiguar qué iba a suceder con Sancho, pero él me increpó y
me preguntó que qué era lo que no entendía de que Jimena debía
marcharse a Oviedo «con los niños».

Aenlin empalideció.

—Se lo da a Jimena —susurró.

—No me he atrevido a volver a mencionarte a ti —dijo entristecido Jaime—. Estaba muy disgustado. Y pensé... En fin, si él no
ha determinado nada, tampoco es que podamos contravenir sus
indicaciones. —Levantó la vista y una chispa de picardía apareció
en su rostro—. Tenemos que huir, Aleyna. ¡Podemos huir!

Aenlin asintió decidida.

—¡Y antes de que Jimena se lleve a Sancho! Huiremos con él.
La pregunta es: ¿hacia dónde?

9

Don Álvaro sugirió acompañar a Aenlin y su hijo a Zaragoza. El emir seguía siendo amigo de Rodrigo y el palacio en el que había vivido todavía estaba a disposición de este. Además, era bastante posible que Rodrigo volviera a exiliarse allí.

Aenlin encontró sumamente tentador recuperar su antigua vida en el emirato, pero vacilaba ante la idea de enfurecer de ese modo a Rodrigo. Si tenía que volver a buscar refugio con Al Mutamán, se encolerizaría y tal vez descargaría su rabia en ella. Además, ¿sería bien recibida si llegaba sola? Seguro que el emir no aprobaría que hubiese tomado por sí misma la decisión de regresar a Zaragoza. Se pondría en contacto con Rodrigo y le arrebataría sin titubear a Sancho si el Cid se lo pedía.

Por todo ello, más bien se inclinaba a aceptar la propuesta de Jaime, quien se había ofrecido a llevarla junto con sus servidores a su pueblo, en Burgos: Vivar, el lugar donde había nacido el Cid.

—La familia de Rodrigo nunca pasa por ahí —explicó Jaime—. El pueblo es propiedad de los Díaz de Vivar, pero casi nunca lo visitan. El hermano mayor de don Rodrigo, don Miguel, dirige en Burgos la yeguada de donde proviene Babieca, yo puedo volver allí a trabajar. Don Miguel es una persona pacífica y afable. Seguro que es un caballero, pero está muy satisfecho con su feudo en el campo. Si quieres puedes presentarle a Sancho, o no. En mi pueblo os acogerán. Puedes esconderte allí de él.

—¿De don Miguel o de don Rodrigo? —preguntó Aenlin con una sonrisa de medio lado.

Jaime se encogió de hombros.

—De los dos, si es lo que quieres. Pero lo dicho, don Miguel es afable. Si quieres que tu hijo crezca como un caballero...

Aenlin había creído que no iba a decidirlo esa misma noche, pero Jaime tenía razón: el aburrido pueblo de Burgos era el que le ofrecía las mejores opciones para conservar a su lado a Sancho.

—Entonces vamos a despertar a Paqui, Agapios y las chicas para que lo empaqueten todo —dijo con determinación—. También una parte del oro, eso debe concedérnoslo Rodrigo. Sancho se habría beneficiado de él si se hubiese ido con Jimena. En cualquier caso, hemos de apresurarnos. Nos vamos mañana a primera hora.

Don Álvaro se frotó la frente.

—¿Y Jimena? —preguntó.

Aenlin suspiró.

—Antes de marcharnos la informaré de la situación y de las consecuencias que he previsto de ella. Luego que decida si huye o se queda aquí.

»No es que tenga ganas de conversar con ella, pero no quiero que acabe mal por ignorancia. Cuando los reyes se enfurecen, enseguida suelen rodar cabezas.

—¿Y por qué no ha venido el criado a verme a mí directamente? —preguntó Jimena indignada. Había dejado entrar a Aenlin de mal grado cuando esta había llamado a la puerta de sus dependencias y había escuchado irritada su informe. Entre las mujeres se encontraba la alforja con el oro que Rodrigo había enviado a su esposa. Aenlin solo había desviado una pequeña cantidad para sus necesidades. Jimena no se había dignado a mirar el tesoro y aún menos había hecho gesto de cogerlo y esconderlo en algún lugar—. ¡Debería haberme avisado!

Aenlin se encogió de hombros.

—A lo mejor no se ha atrevido a despertaros. Y eso tampoco

habría cambiado nada. Durante la noche tampoco podríais haber actuado.

Jimena contrajo el rostro y Aenlin se percató por vez primera de que había envejecido. Tal vez en esos últimos minutos.

—Y según tu opinión, ¿qué puedo hacer hoy a la luz del día? —preguntó. En su voz había un deje de rabia—. No está en mi mano ayudar a mi esposo...

—Según dice Jaime, don Rodrigo no es culpable de nada —explicó Aenlin—. Seguro que se justifica y lo aclara todo. Pero hasta entonces... Sería más seguro que nos retirásemos. También vos con vuestros hijos.

Jimena la fulminó con la mirada.

—No hay nada de lo que yo tenga que temer —advirtió—. Yo no soy culpable de nada, ni ante mi marido ni ante el rey. Este siempre fue bondadoso conmigo.

Aenlin hizo un gesto de impotencia.

—Entonces quedaos aquí —dijo—. A mí me da igual. Pero yo... yo me voy... —Dejó abierto si se iba sola o con su hijo. Don Álvaro se lo había advertido. Tal vez el Cid no había hablado con Aenlin, pero sin duda sí habría aleccionado a Jimena respecto a qué había que hacer si a él le pasaba algo. Era posible que le hubiese hecho jurar que se llevaría con ella a su hijo menor.

Pero Jimena no parecía estar pensando en absoluto en Sancho. Miró a Aenlin llena de odio.

—Entonces, algo de bueno hay en todo esto —dijo con voz cortante—. Vete, desaparece de mi vista. ¡Y no vuelvas nunca más!

—¿*Sayyida*? —Aenlin oyó la voz inquieta de Paqui en el pasillo ante los aposentos. La joven parecía sumamente alarmada.

Aenlin se inclinó rápidamente antes de acudir a la llamada.

—Eso dependerá de mi señor —dijo en voz baja. Todavía no podía imaginarse fuera de la influencia de Rodrigo—. Siempre depende de la voluntad de vuestro esposo que yo vaya o venga.

Y dicho esto dejó la habitación y se topó con Paqui.

—¡Tenéis que venir, *sayyida*! Debemos marcharnos enseguida. Unos caballeros están cruzando el Duero... son caballeros del rey. Entrarán por la puerta principal, nosotros nos vamos por la lateral. Los caballos ya están ensillados.

Aenlin sabía que Jaime iba a preparar los caballos y un carruaje mientras ella se dirigía a ver a Jimena. Don Álvaro había estado controlando el río desde una torre de vigía. Ella ya llevaba su ropa de montar bajo una túnica holgada. Corrió hacia los establos y encontró a toda su comitiva lista para partir. Jaime montaba Babieca y Sancho estaba sentado, algo desconcertado pero muy orgulloso, a lomos de Severo, el segundo corcel de su padre. Meletay esperaba a Aenlin, y la mula tiraba de un carro en el que habían tomado asiento Paqui y las chicas. Agapios iba en el pescante con las riendas de Malia en la mano. Don Álvaro montaba en ese momento su semental.

—¿Estaremos muchos días de viaje? —preguntó Aenlin cuando cruzaron la puerta lateral, justo a tiempo, antes de que se abriera la principal para los caballeros del rey.

—Como mínimo tres, si no son cinco —contestó Jaime—. El carro nos demora. Pero espero que los hombres del rey no nos sigan. Buscarán a Jimena y sus hijos..., y el oro de don Rodrigo.

—¿Y si doña Jimena nos traiciona? —preguntó Paqui, temerosa. Se había sentado en el pescante junto a Agapios y se apretujaba contra él buscando protección.

Aenlin negó con la cabeza.

—No lo hará, más que nada para no tener que admitir que compartía la casa con la concubina de su marido. Tal vez podrían desvelar algo los caballeros o el capellán de la corte. Si es que les preguntan...

En realidad, Aenlin se sentía bastante segura cuando llegaron a los espesos bosques que flanqueaban la mayor parte del camino hacia Burgos, y tenía razón. Nadie incordió a los fugitivos. Sin embargo, esa huida fue uno de los viajes más agotadores que había realizado. El camino era complicado en su mayor parte, pues transcurría por un terreno escarpado y el tiempo era inestable. Con las prisas, Jaime no había cogido ninguna tienda de campaña, de modo que solo contaban con mantas para protegerse del frío y de la humedad nocturnos. Aenlin, Paqui y las chicas se acurrucaban juntas bajo el carro, pero Sancho insistió en dormir al raso con los tres hombres.

Por consiguiente, los viajeros estaban agotados, iban sucios y estaban faltos de sueño cuando llegaron a Burgos al anochecer del sexto día de su huida. Jaime evitó el lugar donde vivía el hermano de Rodrigo y se dirigió hacia la aldea de Vivar, un pueblecito diminuto, rodeado de campos de cultivo y prados delimitados por muros de piedra. También las casas y cabañas, al igual que una sobria y resistente iglesia, eran de piedra gris y estaban cubiertas con toscas lascas de pizarra negra. El gris daba al pueblo un aire desolado, y encima volvía a lloviznar cuando el grupo entró en él. La plaza del pueblo, sin pavimentar, estaba desierta, únicamente un par de cerdos y cabras rebuscaban por ahí hierbajos o desechos. Un burro saludó a los caballos de los recién llegados con un rebuzno fuerte y gutural.

Solo cuando Jaime golpeó una de las puertas se produjo movimiento en el lugar. Los habitantes salieron de sus casas y el joven se encontró al instante rodeado por un grupo de personas que querían abrazarlo y besarlo.

—Mi hermano, mi hermana, mi tío...

Jaime intentaba presentar al menos a una parte de esa gente. Parecía estar emparentado con la mitad del pueblo. Aenlin se sentía exhausta y algo perdida, pero se convirtió en el centro de todas las miradas cuando alguien se percató de su «caballo dorado». Todos los aldeanos que no estaban en ese momento ocupados en abrazar a Jaime contemplaron maravillados a Meletay. Aenlin atrajo menos miradas de sorpresa que en el resto de sus viajes. La gente la miró interesada y con cierta timidez, pero a pesar de su agotamiento, del cabello recogido con negligencia en la nuca y de la ropa de montar sucia y mojada, su belleza se intuía.

—A lo mejor pueden hacer algo para que la señora se resguarde de la lluvia —señaló don Álvaro, haciendo volver a la realidad a Jaime, a quien el reencuentro con su familia había hecho olvidarse de todo lo demás.

El rostro resplandeciente del joven enseguida adquirió una expresión de culpabilidad.

—Claro que sí, señor —dijo compungido—. Debéis entender... Cuando me fui a la guerra con don Rodrigo ni siquiera osé pensar que un día volvería a ver a mi familia. —El tono de su voz era humilde y contenido, y Aenlin encontró esa confesión conmovedora.

Desmontó a Meletay y se acercó a él.

—Tómate tu tiempo —dijo amablemente—. No tenemos derecho a pedir nada. Al contrario, si tu gente nos acoge le debemos nuestro agradecimiento y un poco de paciencia.

Pero mientras hablaba, una anciana salió de una de las cabañas apartadas. Quizás acababa de recibir la noticia de la llegada de Jaime o tal vez había necesitado más tiempo para abrigarse, pero la cuestión es que en ese momento se acercaba y su rostro redondo resplandecía.

—¡Jaime! ¡Mi nieto!

—¡Abuela! —Jaime corrió a su encuentro y la abrazó con tanto cuidado como si fuera de una delicada porcelana—. ¡Abuela Rosa! Estás bien... No me atrevía a imaginar que estuvieras... —Aenlin vio lágrimas en el rostro del joven, al igual que en el de la anciana.

—¡Qué va! —dijo alegre la anciana pese a todo—. Mala hierba nunca muere. ¡Todavía estaré aquí para sentar en mi regazo a mi biznieto!

Acto seguido soltó a Jaime y sus ojillos vivaces y negros se deslizaron por Aenlin y su comitiva. Su mirada se detuvo en el cabello claro de la amazona y en su yegua dorada.

—¡Así que te la has traído, Jaime! ¡Qué valor tienes!

Aenlin no entendió el comentario, pero pensó que tenía que saludar a la anciana. Se decidió por una reverencia cortés, no tan profunda como ante un emir, pero lo suficiente respetuosa como para saludar a una favorita.

—¿Sois vos la abuela que contaba a Jaime el cuento de la princesa y el príncipe encantado? —preguntó.

La abuela Rosa sonrió y todas sus arrugas parecieron ponerse a bailar.

—Y vos sois la mujer que habéis convertido a mi pequeño en un halcón —observó.

—¡Abuela! —Jaime estaba manifiestamente abochornado.

Don Álvaro hizo una mueca.

—¿Podríamos ponernos a cubierto de una vez? —preguntó de nuevo implacable, y de pronto Aenlin cayó en la cuenta de que, tras el viaje, al anciano caballero debían de dolerle todos los huesos a causa del frío y la humedad.

Los aldeanos se apresuraron a hacer sitio en sus establos para los caballos y a distribuir a los visitantes por las cabañas. Don Álvaro, Sancho y Agapios fueron bien recibidos en la casa del jefe del pueblo; las mujeres, en el hogar de una viuda. Aenlin también quería unirse al grupo de la robusta mujer que se presentó como Juana Gómez, pero la anciana Rosa movió la cabeza negativamente.

—Ella se viene conmigo —determinó—. Tú también, Jaime, cuando hayas acabado con los caballos. Y no temáis —dijo, dirigiéndose a don Álvaro y al jefe del pueblo—. Velaré por su virtud. Enviaré a Jaime a dormir en el establo cuando haya entrado en calor. Pero a esta hermosura quiero tenerla un par de horas para mí.

Poco después, Aenlin estaba sentada junto a la chimenea de la mísera cabaña de la anciana y bebía una reconfortante y vigorizadora infusión de hierbas. Rosa removía un puchero.

—Si hubiera sabido que veníais, habría matado un pollo —comentó—. Así que solo hay verdura. Pero ahora, contadme, mi preciosa señora. ¿Habéis escapado de las garras de ese caballero?

Aenlin frunció el ceño. Sonaba como si la anciana estuviera tejiendo otro cuento.

—Don Rodrigo no me tenía presa —dijo envarada y dispuesta a explicar las razones de su fuga.

Sin embargo, Rosa la interrumpió.

—Rodrigo ya cautivaba a la gente cuando era un niño pequeño —explicó—. Lo sé, lo vi crecer. Tenía algo que atraía a las personas, aunque no lo quisieran. Era un niño guapo y bravío que obtenía lo que quería, con palabras amables o por la fuerza. Un jefe nato. —Aenlin la escuchaba con interés. Era la primera vez que le hablaban de la infancia de Rodrigo. Rosa rio cuando se dio cuenta de lo atenta que estaba—. Sí, jugaba aquí con mis propios hijos antes de que lo enviaran a la corte del rey para educarlo. Era salvaje y peligroso, me alegré de que se fuera. Inducía a los otros a juegos arriesgados, siempre andaba metido en peleas. La mayoría de las veces con su pobre hermano, que no lo superaba en nada pese a ser el mayor. Rodrigo era inteligente y previsor, pero falto de toda consideración. Pese a ello, siempre encontró personas sumisas. Como también lo sois vos.

Aenlin se mordió el labio.

—Tal vez lo era antes —admitió—. Pero últimamente...

—¿Intenta un halcón abrir las puertas de vuestra torre? —Rosa sonrió—. ¿Seréis... prudente?

—¿Prudente con qué? —preguntó Aenlin, desconcertada.

—Con el caballero encantado —respondió Rosa—. No voy a aconsejaros que permanezcáis en vuestra torre. Pero Rodrigo Díaz de Vivar no da de buen grado lo que le pertenece. Así pues, tened cuidado... también por él...

Señaló con la barbilla la puerta que se abría en ese momento. Jaime entró. Llevaba un pan recién horneado que una mujer del pueblo le había dado para su abuela y la invitada, y una bota de vino.

—Seguro que estás acostumbrada a algo mejor de la bodega del Cid —se disculpó ante Aenlin—. Pero también este vino calienta y consuela.

Aenlin sonrió.

—No necesito consuelo —respondió—. Estoy la mar de contenta aquí, especialmente si te sientas con nosotras y comemos y bebemos juntos. ¿Hemos comido y bebido juntos alguna vez? ¿Salvo en este viaje con lluvia y frío?

Jaime negó con la cabeza y le devolvió la sonrisa.

—Una *sayyida* no come con un criado —dijo.

—Bien, pues hoy nos transformaremos —anunció Aenlin—. El ruiseñor comerá con el halcón.

EL CABALLERO ENCANTADO

Vivar, Burgos, Valencia
Primavera 1089 – Verano 1096

1

Al día siguiente por fin volvió a brillar el sol y Vivar enseguida adoptó un aspecto más acogedor. Nur y Namika calentaron agua para ayudar a Aenlin a lavarse el cabello y el cuerpo y a cepillar su ropa de viaje. La anciana Rosa observaba sin dar crédito el baño improvisado y olisqueaba atónita las esencias y perfumes que tan bien olían.

—No necesariamente un ruiseñor, pero sí una princesa —dijo la abuela, comentando la transformación que había experimentado Aenlin cuando se sentó con ella delante de la cabaña con ropa limpia y el cabello primorosamente peinado y empezó a pelar verdura mientras la anciana desplumaba un pollo—. Sin duda una metamorfosis. Tus pequeñas doncellas convierten mi cuento en realidad.

Divertida, Aenlin rio y su risa obró una vez más su encanto habitual. Se encontraba ya recuperada, y también los otros aprovecharon ese día tranquilo y cálido para relajarse. Sancho ya se había hecho amigo de los niños del jefe del pueblo y chapoteaba con ellos en un arroyo. Paqui y las chicas moras se dieron mutuamente un tratamiento como el de Aenlin y se presentaron ante los perplejos aldeanos igual de restablecidas. Nur y Namika tampoco habían renunciado a pintarse las manos y los pies con alheña y ahora disfrutaban de la admiración de las chicas del pueblo, mientras que Paqui volvía a encender los ojos de Agapios. El griego se había lavado en el arroyo, solo don Álvaro renunció a sumergirse en el agua fría. Parecía sentirse algo perdido en el pueblo. El caballero no tenía nada que hacer con los campesinos.

—Lo mejor sería que me fuera a Burgos para buscarme trabajo en la corte de don Miguel —le confesó a Aenlin al anochecer.

—De ese modo nos delataríais —señaló—. Nos habíamos puesto de acuerdo en escondernos al principio.

Don Álvaro se encogió de hombros.

—A la larga no saldría bien —dijo—. ¿O vas a obligar a toda esta gente a que se mantenga en silencio? Si no llamáramos la atención... Pero con el espectáculo que montamos aquí...

Señaló a las muchachas moras que reían con las hijas de los campesinos y les adornaban las manos con zarcillos de alheña, y a Agapios, que había reunido a su alrededor a Sancho y los chicos del pueblo para explicarles las constelaciones.

—Además, Jaime querrá visitar a sus padres —añadió don Álvaro—. ¿Va a tener que hacerlo en secreto?

El padre de Jaime era caballerizo en el criadero de caballos de los Díaz de Vivar y vivía con su esposa en Burgos.

Aenlin suspiró.

—Dadnos un par de días —le pidió—. ¡El poder del rey seguro que llega hasta Burgos, don Álvaro! A saber si su cólera no alcanzará también al hermano de Rodrigo...

A continuación el caballero la siguió de mala gana hasta la chimenea de la anciana. Junto con Aenlin y Jaime comió un plato de arroz con pollo y escuchó tan fascinado como los otros dos el relato que Rosa, a petición de Aenlin, hizo de la juventud de Rodrigo Díaz de Vivar. Pintó el cuadro de un niño travieso que se había convertido en un hombre incontrolable.

—¿Pensáis que ahora está acabado? —se atrevió a preguntar Jaime a don Álvaro después de que ambos vaciaran juntos la primera jarra de vino—. Que... ¿que el rey tal vez lo arroje al calabozo?

Don Álvaro negó con la cabeza, y con él también lo hizo la anciana Rosa.

—Rodrigo no se rinde tan deprisa —presumió la anciana.

—No se dejará apresar —añadió don Álvaro—. ¿Crees que Rodrigo Díaz de Vivar va a permitir que lo encarcelen? Si se presenta ante el rey, lo hará como mínimo después de que le garanticen un salvoconducto. Y el rey se cuidará de romper su juramento en este caso. ¡Si los moros inician en serio una revolución, necesitará hombres como el Cid!

A la mañana siguiente, Aenlin estaba llevando agua al cercado en que Meletay y Malia mordisqueaban la hierba de primavera, cuando oyó el sonido de unos cascos. Al ver al hombre que se acercaba sobre un caballo blanco casi dejó caer el cubo. El asiento recto y altivo del jinete, su figura alta y su rostro anguloso recordaban en demasía a Rodrigo Díaz de Vivar. Fue al mirar con más atención que distinguió que el recién llegado era más corpulento que el Cid; tenía el rostro más lleno y las facciones menos aguileñas, la barba hirsuta en lugar de tan rigurosamente recortada, y el pelo más corto. Por lo demás, el parecido era sorprendente. Tenía que ser don Miguel, el hermano del Cid. Antes de que ella pudiese inclinarse para saludarlo, el hombre tomó la palabra.

—¡Es cierto, un caballo dorado! —exclamó en tono solemne—. No me podía creer esos chismorreos de la gente, pero esto... ¡Un caballo como labrado en oro!

El jinete no podía apartar la vista de Meletay. Solo se percató de la presencia de Aenlin cuando esta habló.

—Procede de Kiev, señor. Es una raza especial. Los hay de todos los colores, pero su capa siempre irradia un brillo metálico. Estos caballos son rápidos y poco pedigüeños. E inteligentes.

Don Miguel la miró en ese momento. Percibió la calidez de la voz de la mujer y lo reflejó en la expresión soñadora de sus ojos. Algo más que lo diferenciaba de su hermano. La mirada de Rodrigo siempre era aguda y penetrante.

—¿Y vos sois...? —preguntó entonces—. Disculpadme, tengo que presentarme antes, por supuesto. Me llamo Miguel Díaz de Vivar. Tengo un criadero de caballos.

Aenlin inclinó la cabeza e hizo una pequeña reverencia.

—Lo sé, señor, y este pueblo es de vuestra propiedad. Espero que no tengáis nada en contra de que hayamos encontrado aquí refugio. Soy Aleyna de Toledo...

Don Miguel frunció el ceño.

—La... ¿mora? —preguntó interrumpiendo la presentación—. ¿Es cierto entonces lo que se cuenta sobre mi hermano? ¿Una esclava mora le ha dado un hijo?

Aenlin bajó la cabeza y asintió.

—Sí, señor —dijo humildemente—. El emir de Sevilla me regaló a Rodrigo.

Don Miguel puso cara de no saber si echarse a llorar o a reír.

—Pero en realidad vos no sois mora —constató después de observarla con más detenimiento.

—Procedo de la santa Colonia —desveló Aenlin—. Pero me raptaron siendo adolescente y fui educada en Toledo. —Omitió prudentemente en qué circunstancias se produjo el secuestro y la intervención de Rodrigo en la historia de su existencia.

—¿Y habéis convivido con Rodrigo? —Don Miguel parecía seguir sin poder dar crédito—. ¿En el burgo de Gormaz? ¿Con... Jimena?

—Más bien junto a Jimena —puntualizó Aenlin.

Don Miguel se echó a reír en ese momento.

—¡Increíble! Y decidisteis huir cuando os llegó la noticia de su nuevo destierro. Muy sensato. Os habéis librado de una buena. Capturaron a Jimena y sus hijos.

—¿Qué? —preguntó horrorizada Aenlin—. Señor, debéis creerme, yo le quise advertir, pero ella estaba firmemente convencida de que obtendría la clemencia del rey...

Don Miguel hizo un gesto de rechazo.

—No la habrán arrojado a ningún cuchitril infestado de ratas. Es probable que la acojan en algún lugar confortable. Lo veo más como un intento...

—¿De mover a Rodrigo a que haga acto de presencia? —intervino Aenlin, concluyendo la frase. A ella se le había pasado la misma idea por la cabeza—. No creo que lo consigan.

Don Miguel suspiró.

—Yo tampoco —admitió—. ¿Y vuestro hijo? ¿Se encuentra con vosotros?

Aenlin asintió y señaló a Sancho, que estaba jugando con sus nuevos amigos en el barro.

—El chico rubio —indicó.

Don Miguel observó interesado a Sancho.

—No debería jugar con los hijos de los campesinos en el lodo —observó—. Tiene edad suficiente para recibir la educación que corresponde.

Aenlin apretó los labios.

—Tiene un profesor privado —replicó casi ofendida—. Y un maestro de armas. Hasta ahora lo han educado junto a su hermanastro, pero lee y escribe mejor que él. Antes asistió a la escuela de los príncipes de Zaragoza. Habla árabe, algo de griego...

Don Miguel levantó la mano a modo de disculpa.

—De acuerdo, doña Aleyna, no era mi intención reprocharos que descuidarais su formación. Lo que quiero decir es que... Debería crecer entre sus congéneres. Podría acudir a clase junto con mis hijos. Tengo dos de su edad. Aunque... debéis comprender... Puedo acoger en mi casa al joven, pero a vos no puedo brindaros asilo. Mi esposa... bueno, ella no es tan magnánima como al parecer lo es Jimena.

Aenlin pensó que don Miguel tampoco era tan autoritario como don Rodrigo.

Levantó el rostro y le sostuvo la mirada.

—No voy a abandonar a mi hijo —advirtió—. Si es necesario, iré a Al Ándalus y quizá me acoja el emir de Zaragoza.

Don Miguel se mordió el labio.

—¡El chico es cristiano! ¡Como también lo sois vos! ¡No pensaréis en serio dárselo a los paganos! —El hermano de Rodrigo no parecía tener mucha idea de cómo era la vida en Al Ándalus. Pero entonces transigió—. ¡De «abandonar» nadie ha dicho nada! Podéis permanecer aquí en Vivar, doña Aleyna, si es lo que deseáis. Os pondré una casa. No será un palacio, claro, pero tendréis lugar para vos y una o dos sirvientas. ¿Tenéis séquito?

Aenlin le informó acerca de sus doncellas moras, Paqui, Agapios y don Álvaro.

—Además, Jaime de Vivar también vino con nosotros —dijo—. Es el mozo de cuadras de Rodrigo. Sugirió que Sancho y yo nos instaláramos en este pueblo.

El rostro de don Miguel se iluminó.

—¿Jaime? ¿Ha vuelto Jaime? ¿Puede ser que con el semental plateado del que siempre se ocupa? Claro, Rodrigo debe de haberlo enviado lejos... ¡Mi hermano nunca permitiría que Babieca cayera en manos del rey! ¡Y ese granuja deja pasar dos días sin decirme nada! Decidle que lo espero mañana en el criadero para trabajar. ¡Tengo veinte jóvenes sementales que domar y necesito ayuda de todo tipo!

Aenlin reunió valor.

—Yo también os podría ayudar en eso, señor —se ofreció.

Don Miguel frunció el ceño.

—¿Vos? ¿Vais a domar nuestros sementales? ¡No lo diréis en serio! Y ahora que lo pienso..., ¿a quién pertenece en realidad la yegua dorada? ¿También a Rodrigo? Entonces me gustaría llevármela a mi criadero. Alguien tiene que ocuparse de ella hasta que él... vuelva.

Aenlin contuvo la pregunta de si lo creía posible. En ese momento lo más importante era confirmar de quién era propiedad Meletay.

—La yegua es mía —anunció con la misma determinación con que había hablado de su hijo—. Fue el presente de Rodrigo cuando nació nuestro hijo. Puedo probarlo...

Don Miguel repitió su gesto sosegador.

—No os enfadéis, os creo. Solo que... ¿qué hacéis con ella? Por supuesto, es un regalo para la vista...

—La monto —respondió Aenlin.

Don Miguel se echó a reír.

—Ya, me gustaría verlo —dijo burlón—. No os lo toméis a mal, doña Aleyna, pero una mujer en un caballo así...

Aenlin hizo una mueca.

—Mañana mismo seréis testigo de ello —le anunció—, cuando lleve a mi hijo a vuestra propiedad, si es que llegamos a un acuerdo. Para mí sería muy importante que conservara a su profesor particular y también vuestros hijos podrían beneficiarse de las clases de Agapios. Siempre que no consideréis improcedente que un caballero aprenda a contar.

Don Miguel levantó los ojos al cielo.

—¿Improcedente? Doña Aleyna, aunque sé manejar una espada y he pasado dos años en la corte del rey Sancho, ahora administro un feudo que mi primogénito heredará un día. Y también tengo un par de propiedades para mi hijo menor. Soy rico, pero el dinero no me cae del cielo. Criamos caballos, los montamos y los vendemos. Sería triste que considerase improcedente el saber contar. No, enviadme a vuestro griego y al caballero bajo cuya protección os halláis para que enseñe al muchacho el manejo de las armas. Si ha servido a Rodrigo debe de saber más que el adolescente que he contratado como maestro de armas. Por otra parte, este no tiene ningunas ganas de enseñar. Suspira por partir con el rey a la guerra. ¡Así pues, hasta mañana!

Y dicho esto puso su caballo en movimiento, para lo cual no tuvo que coger las riendas: el caballo blanco, excelentemente instruido, reaccionó simplemente con el cambio de su peso, y don Miguel se marchó.

Aenlin permaneció algo perpleja. No podía comprender el giro que había dado su vida. Una breve conversación y ya tenía casa, un puesto para Agapios y don Álvaro, y un lugar para Sancho donde esperaba que fuera bien recibido y nadie lo odiara.

—¡Parece que hemos tenido suerte, Meletay! —susurró a la yegua, y empezó a cantar para ella—. A lo mejor por fin encontramos aquí la paz.

No se confesó a sí misma ni tampoco a su caballo que también estaba pensando en el hombre que imperaba en sus sueños y al que llamaba para sí su «caballero encantado».

A la mañana siguiente Aenlin se dirigió a caballo con el entusiasmado Sancho y los muy satisfechos don Álvaro y Jaime hacia Burgos. Este último estaba pletórico. No solo volvería a ver a sus padres, sino que también trabajaría de nuevo con los caballos de don Miguel, lo cual le hacía mucha más ilusión que las meras tareas en el establo con Rodrigo. En cualquier caso, miraba a Aenlin emocionado, dejaba que Babieca hiciera escarceos junto a Meletay como si dirigiese un desfile y parecía tan dichoso y relajado como Aenlin solo lo había visto aquella noche en que ella montó el corcel blanco.

Agapios se veía inseguro y tenso sobre Malia y no parecía tan contento. Le dolía separarse de Paqui. Aunque entre Burgos y Vivar solo había unos pocos kilómetros, ninguno de los dos montaba a caballo y no podrían verse con tanta frecuencia.

—La traeré conmigo cuando venga a visitar a Sancho —prometió Aenlin, aunque eso suponía ir en carro de tiro y que el viaje durase más tiempo—. Y a lo mejor... si demuestras tu eficacia como profesor... No sé cuánto te pagará don Miguel, pero a lo mejor puedes mantener con ello a una esposa.

El joven griego la miró sin comprender.

—¿El sueldo no es para vos? —preguntó—. A fin de cuentas... soy vuestro esclavo...

Aenlin hizo un gesto de rechazo.

—Te doy la libertad —dijo—, con la condición de que te quedes aquí mientras Sancho te necesite. Naturalmente, el aliciente todavía sería mayor si tuvieras esposa y un par de hijos. —Sonrió y se avergonzó cuando unas lágrimas asomaron en los ojos del griego.

—Señora, yo... Señora...

Solo su inseguro asiento sobre la mula parecía impedir a Agapios arrojarse al suelo ante Aenlin de puro agradecimiento.

Ella hizo un gesto quitando importancia a sus palabras.

—Ya no estamos en Al Ándalus, Agapios —explicó—. Aquí no hay mercados de esclavos.

Todavía no había acabado la frase cuando advirtió que el rostro de Jaime se ensombrecía y de repente supo cómo se sentía el joven. El pueblo de Vivar pertenecía a la familia Díaz de Vivar y con él la gente que lo habitaba. Don Miguel tal vez no podía vender a sus campesinos y siervos, pero eso no los hacía ni mucho menos libres. Aenlin sintió un vago temor. ¿Qué sucedería si Rodrigo buscaba refugio ante la cólera del rey y reclamaba su caballo y a su mozo de cuadras? ¿Y a su esclava y su hijo?

El feudo de Miguel de Vivar era una finca fortificada, no un castillo, pues no se encontraba cerca de la frontera y no solían disputárselo. Don Miguel tampoco tenía caballeros en su propiedad, alguna vez contrataba a un par de caballeros andantes que le servían y que mantenían la finca preparada para defenderse hasta que se habían ganado un caballo como compensación. Los caballeros andantes estaban perdidos cuando se quedaban sin su semental de batalla en un torneo o en una misión y no tenían dinero para pagar un rescate o para comprarse un nuevo ejemplar; por eso se mostraban sumamente agradecidos cuando don Miguel les brindaba la oportunidad de adquirir uno nuevo trabajando en el criadero.

Los mejores jinetes de entre ellos colaboraban de buen grado en la doma de los caballos. En total eran cinco los hombres que estaban en la gran pista de arena que había entre los establos, a lomos de unos sementales de extraordinaria estampa. En el fondo no hacían otra cosa que los hombres de don Rodrigo cuando practicaban el manejo de las armas: montaban con lanzas enfrentándose unos a otros y peleaban con las espadas. Pero en la propiedad de don Miguel todo eso tenía por objeto educar a los corceles de guerra, enseñaros a obedecer y acostumbrarlos al fragor de la batalla. Don Miguel cabalgaba sobre un elegante ejemplar castaño, que se movía de una forma casi tan elegante como Babieca, y enseguida se dirigió a Aenlin y su comitiva cuando se acercaron.

—¡Doña Aleyna! —exclamó sorprendido al ver a la joven a lomos de su yegua—. Es cierto que montáis el caballo dorado... y os sentáis como un hombre... —No sabía si debía expresar admiración o reproche.

Aenlin se encogió de hombros.

—Ya os lo dije.

Luego, para confirmar sus palabras, puso a Meletay al trote y al galope, y de nuevo cambió de aire al paso y se detuvo.

—¡Mi madre es la mejor amazona del mundo entero! —aseguró Sancho después de saludar cortésmente a su tío—. Y además canta a los caballos.

Don Miguel lo miró escéptico.

—¿Canta?

Jaime asintió y acudió en ayuda del chico.

—Sí, señor. Doña Aleyna tiene un don especial. Su voz puede sosegar al caballo más salvaje. Es un poco como si hiciera... magia...

Don Álvaro arqueó las cejas.

—¡Ahora no vayas a decir que es una bruja, jovencito! —lo reprendió—. En eso no hay magia, sino cierto... —carraspeó— talento. Tiene mano con los animales. Siempre la ha tenido.

—¿La conocéis desde hace tiempo? —preguntó asombrado don Miguel—. Entonces tendréis que contarme algunas cosas. Y en cuanto a la magia... Debo confesar que yo mismo utilizaría ungüentos de bruja si con ellos pudiera conseguir que mi semental de cría, Macao, se dejase herrar. Es un caballo espléndido, tú bien lo sabes, Jaime...

—Es el abuelo de Babieca —explicó Jaime a Aenlin, que se había unido de nuevo a ellos con Meletay después de armar un revuelo considerable en la pista.

Los jóvenes sementales se habían mostrado bastante díscolos cuando la yegua había aparecido entre ellos. Algunos hasta habían intentado desprenderse de sus jinetes dando botes.

Jaime, don Miguel y don Álvaro contemplaban con desaprobación esos movimientos. Aenlin, por el contrario, estaba orgullosa de Meletay, que no se había dejado desconcertar por esos pretendientes.

—Macao no es malo —siguió diciendo don Miguel—. En general es dócil y obediente. Solo en la herrería se transforma en una fiera que muerde y cocea. Si queréis intentarlo con vuestras artes, doña Aleyna...

Aenlin se frotó la frente.

—Es cierto que no practico la magia —aclaró—, pero con gusto examinaré al caballo. Si además es un pariente de Babieca...

Dirigió una mirada cariñosa al semental plateado. Jaime bajaba en ese momento de su montura. Los otros también desmontaron. Don Miguel dio su semental a un mozo y se volvió hacia Sancho, que sostenía las riendas de Severo.

—Pero primero, sobrino mío, vamos a presentarte a tus primos. Y tú qué opinas, ¿te buscamos también un caballo? ¿O prefieres conservar el semental de tu padre? Ya debes de saber montar bien si te has apañado con él. Aunque pienso que con un caballo más pequeño montarías mejor. ¿Tal vez uno más joven?

Naturalmente, con esa propuesta el propietario del criadero se había ganado a Sancho. El chico lo siguió curioso a otra pista de arena en la que un joven caballero vigilaba con poco interés a cuatro jóvenes que practicaban la lucha con espada. Su mirada se deslizaba constantemente hacia el picadero; era probable que prefiriese estar entrenando caballos. Don Álvaro enseguida se dispuso a asumir sus tareas.

—¿Tenéis cuatro hijos varones? —preguntó entretanto Aenlin, que acompañaba a los hombres—. ¿No me hablasteis ayer de dos?

Don Miguel asintió.

—Los otros proceden de fincas fortificadas más pequeñas cuyos padres son vasallos de los Vivar. Tienen que celebrar junto con los míos su espaldarazo. Y con el vuestro, si Dios quiere.

No por primera vez, Aenlin tuvo la sensación de que en su vida y la de Sancho, Dios y Rodrigo se hallaban en el mismo nivel.

En cualquier caso, los muchachos eran todos más o menos de la misma edad que Sancho y no abrigaban ningún tipo de resentimiento hacia él. Lo aceptaron en su grupo sin cuestionar nada. El joven recién llegado se olvidó de Aenlin en cuanto don Álvaro hubo formado nuevas parejas de combatientes, y él mismo se puso a luchar contra el hijo mayor de don Miguel, Rodolfo.

—Enseñadme ahora vuestro semental —pidió Aenlin algo triste, pues era la primera vez que dejaba a su hijo en manos de un extraño, y al mismo tiempo aliviada porque no se habían derramado lágrimas—. ¡El abuelo de Babieca! Debe de ser bonito tener una yeguada y conocer la ascendencia de los caballos.

Don Miguel asintió, aunque no parecía sentirse muy a gusto.

—No sé, doña Aleyna. ¿Realmente queréis hacerlo? A lo mejor es peligroso.

Aenlin hizo un gesto de rechazo.

—No seré yo misma quien le ponga la herradura —respondió con una sonrisa cuando entraron en el establo.

Jaime ya había sacado de su cobertizo al imponente semental, blanco como la nieve, y también había preparado los útiles para herrarlo. Macao estaba atado junto a la pared del establo y miraba con desconfianza la forja, el martillo, las pinzas y la escofina.

Aenlin se dirigió a él y se preparó para abrirle su corazón. Le sería fácil. Al observar su noble cabeza, sus grandes y oscuros ojos y los ollares rosas, reconoció su parentesco con Babieca.

—¡Qué guapo eres! —Habló al caballo e intentó vaciar su mente de todo, salvo de los sentimientos de amor y admiración en los que mezcló la compasión cuando advirtió el pavor con que el animal miraba las herramientas para herrar—. No tienes nada que temer —le susurró—. Lo sé, alguien te infundió en una ocasión un miedo horroroso. ¿Qué hizo? ¿Te golpeó con el martillo? ¿O te inmovilizó? Aquí nadie lo hará. Y ahora tampoco tienes que recordarlo.

Se acercó al caballo y tocó su hombro. Todos los músculos del semental estaban en tensión. Aenlin empezó a acariciar a Macao y a cantarle su canción para ahuyentar de él pensamientos, temores, prevenciones. Sentía auténtica empatía, genuina compasión por el atemorizado animal, y notó que los músculos de Macao se relajaban bajo su mano.

Se diría que la melodía, monótona y uniforme, casi adormecía al semental. Aenlin deslizó la mano del hombro a la pata delantera, la acarició y alzó el casco. Macao se puso rígido de nuevo, pero no se levantó de manos ni intentó soltarse. Temblando, pero sin resistirse, permitió que Jaime recortara y limara el casco. Luego, por acuerdo tácito con este, Aenlin dejó que el caballo bajara de nuevo el casco.

—Yo no haría nada más por ahora —dijo el joven dirigiéndose a su señor, quien estaba casi tan hipnotizado por la canción de Aenlin como el semental—. Deberíamos practicarlo un rato cada día hasta que se tranquilice más.

Aenlin siguió canturreando y levantó el segundo casco. Al final, Macao estaba tranquilo y confiado, con las pezuñas delanteras bien recortadas y limadas.

—Las posteriores las haremos mañana —determinó Aenlin mientras se apartaba lentamente de los pensamientos del caballo, abandonaba la unión con su espíritu, la fusión en el entendimiento y el amor—. No hay que excederse.

Don Miguel se la quedó mirando como si hubiera sido testigo de un milagro.

—El caballero tiene razón: poseéis un don —dijo en voz baja—. Si... si quisierais emplearlo alguna vez por el bien de nuestros caballos me sentiría muy dichoso y honrado.

Aenlin sonrió y se despidió del semental soplándole suavemente en los ollares.

—A mí también me haría muy dichosa —respondió invadida por un abrumador sentimiento de felicidad.

Había llegado al lugar donde pertenecía. Estaba haciendo lo que quería hacer. ¡Por fin le dejarían poner en práctica aquello para lo que había nacido! Aenlin miró agradecida a don Miguel. Jaime le lanzó uno de sus conocidos guiños. Sin que don Miguel las oyera, en los labios del joven se formaron unas palabras:

«Y yo... —entendió Aenlin— yo seré más dichoso que nadie.»

2

El período posterior a su huida fue para Aenlin el más hermoso de su vida. Don Miguel preparó una casita en el pueblo para ella y sus sirvientes. Estaba bastante desmoronada y no era muy cómoda, ni siquiera después de que los aldeanos la reparasen, pero a Aenlin le daba igual. No pasaba mucho tiempo allí. Casi cada día se iba a Burgos a ocuparse de los caballos de don Miguel. El criador dejaba que ayudara a poner la cabezada a los potros, que tranquilizara a los caballos jóvenes más díscolos cuando tenían que acostumbrarse a llevar la silla y la cabezada, y que cuidara de los animales enfermos con ungüentos e infusiones. Aenlin limpiaba los arreos, mezclaba alimentos, hacía todo lo que había que hacer en un criadero de caballos... salvo montar, a pesar de que ella siempre deseaba hacerlo cuando veía a un jinete montar torpemente a uno de los jóvenes y sensibles sementales. Pero una mujer sentada a horcajadas en una silla para hombres y a lomos de un semental de guerra habría armado todo un escándalo. Por el contrario, era normal ver a muchachas ocupándose de animales, aunque habitualmente no en las cuadras, sino en los corrales de cerdos y vacas.

Aenlin se acordaba de Matilde, la porqueriza que le había prestado su ropa el primer día que pasó en León. También ella llevaba ahora un delantal sobre un sencillo vestido de algodón y el cabello recogido en una trenza que cubría con un pañuelo. Los criados la respetaban como a una de los suyos, y aunque de vez en cuando le gastaban bromas, no la molestaban ni se metían con ella. Evitaba siempre que podía a los caballeros de la propiedad, más para no llamar la atención que por temor a sus impertinencias. Los hombres sin duda sabían que estaba bajo la protección de don Miguel. Por su parte, el caballero tampoco hacía gestos de querer intimar con ella. Por lo visto era ajeno a la curiosidad que solían sentir los hombres hacia una mujer que había vivido en un harén. Don Miguel estaba satisfecho con su esposa Margarita, que casi nunca aparecía por el criadero, sino que centraba sus actividades en la cocina y la bodega. Él solo tenía ojos para sus caballos. El retorno de Babieca le había dado alas. Enseguida le llevó seis de sus mejores yeguas, que quedaron embelesadas por el semental plateado.

—¿Servirá otra vez como corcel de guerra cuando haya cubierto a las yeguas? —preguntó escéptica Aenlin a Jaime, pese a que se alegraba de la llegada del hijo de Meletay y estaba tan impaciente como don Miguel por ver los potros.

Jaime se encogió de hombros.

—Ahora seguro que no —contestó—. Se volverá más difícil de manejar y no soportará fácilmente la presencia de otros sementales. —Rio—. A los caballos se les sube a la cabeza tener su propio harén.

—No solo a los caballos...

Aenlin suspiró y pensó en que Rodrigo se opondría a que Babieca se dedicara a la crianza. En realidad, cada día tenía miedo de que su señor se pusiera en contacto con don Miguel y reclamara al semental y a Jaime. Habían llegado noticias de Rodrigo. Estaba en Elche, en el emirato de Murcia, después de haber fracasado en varios intentos de justificarse ante el rey. Había llegado incluso a pedir que lo sometieran al proceso judicial de la prueba del desafío, una especie de juicio divino en el cual el caballero luchaba por su honor. Aunque Alfonso no había contestado a la solicitud de Rodrigo, ordenó al menos que dejaran en libertad a Jimena y sus hijos. Todos volvieron a cobijarse en un convento.

Se ignoraba si Rodrigo tenía algún otro plan, pero don Miguel tampoco creía que fuera a darse totalmente por vencido. En algún momento volvería a pelear y, naturalmente, lo haría sobre su semental plateado.

—A lo mejor no sabe que estás aquí con Babieca —decía Aenlin, intentando consolar a Jaime y a sí misma cuando ambos se planteaban esa posibilidad—. Quizá crea que el rey lo confiscó en Gormaz.

Jaime alzó hombros.

—Tenía indicaciones de traerlo aquí —dijo—. El Cid no puede saber si lo he conseguido, pero sí puede preguntar. ¿Y le mentirá don Miguel?

Aenlin creía al propietario del criadero capaz de hacerlo. Un semental de cría como Babieca valía más que el oro. Además, don Miguel manifestaba su total lealtad hacia el rey siempre que se presentaba la oportunidad. A lo mejor ni siquiera recibía las cartas de su hermano.

—Más vale no pensar en eso —recomendaba a Jaime, al tiempo que procuraba aplicarse a sí misma este consejo.

A esas alturas, la idea de perder a Jaime todavía le daba más miedo que tener que separarse otra vez de Babieca. Entre ellos no había coqueteo, pero cada vez confiaban más el uno en el otro. Cuando se trataba de caballos, trabajaban juntos como si se leyeran mutuamente el pensamiento. Cuando don Miguel les preguntaba su opinión acerca de algún asunto del establo, los dos daban al mismo tiempo la misma recomendación; otras veces Jaime ya había ido a buscar un caballo con el que Aenlin quería ir a trabajar antes de que ella hubiese llegado y se lo hubiese pedido.

Todo eso ocurría con una tranquila naturalidad. Solo cuando se tocaban al trabajar, la mayoría de las veces sin querer, era como si a los dos les cayese un rayo encima. Se separaban entonces rápidamente, casi como con temor, y justo después cruzaban una mirada y se sonreían con timidez. Aenlin nunca empleó un ardid con Jaime, nada de seductoras caídas de ojos ni de labios humedecidos a escondidas. Su cariño y lento acercamiento eran auténticos... y francos.

Aenlin no tenía ni idea de lo que podría salir de allí, no hacía planes ni tenía objetivos. La situación en ese momento le parecía demasiado irreal y fantástica. El trabajo con los caballos, Jaime, Meletay... Sancho, de quien ya no tenía que preocuparse. El muchacho era totalmente feliz en casa de su tío. Sus primos y los otros chicos lo apreciaban y él se había ganado su respeto al demostrar que no solo sabía mucho más de cálculo que ellos, sino que también montaba mejor. Esto último enorgullecía enormemente a Aenlin; a fin de cuentas, ella misma le había enseñado los conceptos básicos y de ella había heredado sus dotes. Claro que también su padre era un diestro jinete, pero Sancho era más sensible y dominaba al caballo empleando menos la fuerza. Don Álvaro lo ayudaba a afianzar esas cualidades. El caballero, que siempre hallaba la forma de elogiar y potenciar las virtudes de sus alumnos, se dedicaba en cuerpo y alma al oficio de maestro.

También Agapios estaba satisfecho. Enseñaba a los chicos las bases de la aritmética y les transmitía su entusiasmo por la astronomía. Don Miguel consideraba esta última como una disciplina nada rentable y ponía los ojos en blanco cuando los chicos bautizaban a sus caballos con los nombres de las constelaciones, pero les permitía que las aprendieran como pasatiempo. Sobre todo pagaba a Agapios de forma razonable y, después de que el griego pidiera la mano de Paqui, enseguida puso una casa a su disposición.

La pareja celebró alegremente su enlace en Vivar y todos bailaron en la plaza del pueblo. Jaime hizo revolotear a Aenlin al son del violín, lo que la anciana Rosa contempló con una mezcla de alegría y preocupación. El mozo había necesitado una copa de vino antes de atreverse a sacar a bailar a la dama, pero ahora no podía parar. Agapios no habría necesitado ningún astrolabio para ver las estrellas que titilaban en los ojos de ambos bailarines. Sin embargo, todavía mantenían en pie los muros que ambos habían levantado a su alrededor. No hubo ni tiernas caricias ni besos. La sombra de Rodrigo era larga. Ninguno quería arriesgarse a que sus estrellas se apagaran.

El Cid también pasó el invierno en Elche, se rumoreaba que sus caballeros lo habían abandonado. Para el jefe de un ejército eso era una catástrofe y Aenlin se asombró. Hasta entonces los jóvenes ponían todo su empeño en entrar al servicio del Cid Campeador.

—Pero también tienen que comer —señaló secamente don Álvaro cuando ella le habló del asunto—. Ya sabes lo que cuesta mantener una corte así. En primavera se le ocurrirá alguna idea...

Aenlin pasó un invierno tranquilo. Se ocupaba de Meletay y de la yeguada y miraba cómo Jaime entrenaba a Babieca. Don Miguel también lo observaba sin hacer ningún comentario, si bien los tres sabían, naturalmente, que sería un esfuerzo inútil si el semental volvía a cubrir en primavera. Pero la posibilidad de que Rodrigo reclamase su caballo colgaba sobre ellos como una espada de Damocles y don Miguel no parecía tener la intención de negarle a su hermano lo que pedía.

—¿Puedes leer el futuro en las estrellas? —preguntó Aenlin a Agapios en una ocasión en que se había demorado más tiempo en Burgos y se preparaba para regresar a su casa a la luz de la luna. El joven griego había montado el astrolabio y les hablaba a sus alumnos de las Pléyades.

Agapios sonrió.

—Yo solo puedo comprometerme a deciros, señora, que el Sol volverá a salir mañana temprano y que en la próxima noche la Luna será un poco más redonda. Nada de lo que hagamos en la Tierra podrá cambiarlo. Pero tal vez nos consuele que a las estrellas no les importe que temamos que nuestro mundo se derrumbe. Ellas seguirán ahí. Y siempre tendrán una sonrisa para nosotros...

Aenlin todavía se alimentaba de estas bellas palabras al guiar a Meletay a la puerta y creyó sentir la sonrisa de las estrellas cuando Jaime condujo inmediatamente a Babieca a su lado.

—No deberías marcharte sola, está anocheciendo —dijo, y ella de nuevo vio a su caballero encantado a lomos del reluciente caballo.

Aenlin sonrió.

—A lo mejor no voy a caballo. A lo mejor me transformo en ruiseñor y me voy volando a casa —fantaseó.

Jaime respondió a su sonrisa a medias.

—Eso no está bien —dijo con una voz dulce en la que resonaba cierta melancolía—. Deberías escoger un pájaro que cantara durante el día. Si yo debo ser un halcón y tú fueras un ruiseñor, nunca estaríamos juntos.

Aenlin suspiró.

—Podríamos vernos al amanecer o en el crepúsculo vespertino —sugirió—. Para así escondernos del día. Porque Agapios tiene razón: cada mañana sale el sol y el día es del azor. Esperemos, Jaime. Esperemos a ver qué nos trae la primavera.

La primavera les llevó unas noticias inquietantes. Por lo visto, Rodrigo Díaz de Vivar ya no intentaba convencer al rey de su inocencia. Le importaban bien poco las leyes; aunque, por supuesto, habría hecho valer la carta blanca del rey para saquear a su antojo si lo hubieran llevado a juicio. Su asalto al emirato de Denia —un éxito pese a su diezmado ejército— no fue condenado. Al contrario, Rodrigo no solo saqueó la cámara del tesoro del emir Al Múndir, sino que además lo forzó a negociar la paz. El emir prometió pagar tributos si de ahí en adelante lo dejaba tranquilo.

Rodrigo siguió su marcha rumbo a Valencia, donde obtuvo generosas donaciones en dinero en varios lugares. No solo el emir Al Qádir pagó para que se mantuviera la paz, sino que también pagaron sus rivales con la esperanza, en su caso, de que el Cid derrocara al odiado emir.

—¿Hasta ahora no ha estado rindiendo tributo Al Qádir al rey Alfonso? —preguntó Aenlin a don Álvaro, que la informaba de las novedades. Un caballero andante había hecho una parada en la propiedad de los Vivar y les había comunicado entusiasmado que se marchaba a Valencia para unirse a Rodrigo. Los caballeros volvían a arremolinarse en torno al Cid, quien de nuevo prometía fama y riqueza—. Es él quien tendría que ir a ayudar al emir.

Don Álvaro se alzó de hombros.

—Al Múndir ha pagado a Berenguer de Barcelona —observó—, que por el momento tampoco se mueve. Pero tendría que formar un ejército contra Rodrigo antes que el rey, simplemente porque está más cerca y además se halla bajo amenaza. Al rey, en cambio, lo paraliza el miedo a los almorávides.

Yúsuf ibn Tashfín y sus hombres habían vuelto a Al Ándalus

y sitiaban Toledo. De momento la ciudad resistía, pero era posible que el rey tuviera que enviar un ejército para levantar el cerco.

Efectivamente, en verano los ejércitos de Rodrigo y de Berenguer libraron una batalla en la que venció Rodrigo. El de Vivar volvió a capturar al conde de Barcelona y en esta ocasión Berenguer pagó el rescate directamente al Cid. Además renunció a interferir en cualquier emirato del Mediterráneo.

—Es increíble —observó don Álvaro—. El año pasado Rodrigo parecía estar acabado y ahora manda en medio Levante. Ese hombre tiene muchísima suerte. Se podría pensar que Dios está realmente a su favor.

—O el demonio —replicó Jaime, cuando se quedó solo con Aenlin. No iba a pronunciar este osado comentario delante de un miembro de la caballería—. Aun así, no parece que eche mucho de menos a Babieca, se las arregla sin él. ¿Te quedas aquí esta noche? Ya sabes que esperamos al primer potro.

Aenlin asintió. A fin de cuentas llevaba varios días revisando a las yeguas que Babieca había cubierto el año anterior en busca de señales de un parto inminente y por fin había detectado las reveladoras gotitas de resina en las ubres de la yegua Alegría.

—Quiero quedarme. Pero no sé... No es muy decente que pase la noche en el establo contigo...

Jaime soltó una risa traviesa.

—¡Pues eso no te molestó cuando parió Meletay!

Aenlin puso los ojos en blanco.

—Allí no estaba don Miguel controlando tres veces cada noche sus yeguas de cría. —El hermano de Rodrigo era un criador de caballos de la cabeza a los pies y cuando llegaba el período de parición de las yeguas no delegaba en sus siervos, sino que iba él mismo al establo para poder ser el primero en ver al potro recién nacido—. Además... Si don Álvaro no me hubiera protegido, en esa ocasión nos habrían sorprendido a los dos. No sé si podemos arriesgarnos. Pero tengo tantas ganas...

Mientras hablaba se dirigió al cobertizo de Alegría. La yegua, una castaña fuerte, mordisqueaba tranquilamente el heno y de vez en cuando lanzaba una mirada asombrada al lecho de paja sobre el que don Álvaro y los mozos acababan de extender una manta.

—¡Madre! —Sancho descubrió a Aenlin y la llamó agitado—. ¡Madre, imagínate, don Miguel nos deja dormir esta noche en el establo! ¡Doña Margarita ha protestado un poco, pero don Álvaro cree que tenemos que ver por una vez cómo llega al mundo un corcel de guerra si más tarde queremos montar uno!

Aenlin habría corrido a abrazar a su protector. A la mayoría de los caballeros no les importaba lo más mínimo si su caballo de batalla nacía de una yegua o si caía ensillado del cielo. El anuncio de que esa noche el establo se ponía a disposición de la educación de unos futuros caballeros solo tenía una finalidad: convertirlo en un lugar abierto donde Aenlin no se viera en un compromiso si estaba sentada con Jaime en la paja.

—¡Pero no podéis decir ni pío! —advirtió a los chicos—. Si la yegua se siente observada, tal vez detenga el parto y el potro no nacería hasta mañana.

—¡Pues entonces dormiremos otra vez en el establo! —exclamó entusiasmado Gismundo, el hijo menor de don Miguel.

Efectivamente, los chicos estaban entusiasmados con esa aventura y pasó un buen rato hasta que por fin volvió la calma al establo. Aenlin y Jaime temían de verdad que abrumaran a Alegría, pero la yegua se mantuvo tranquila y hacia eso de la medianoche los muchachos estaban durmiendo profundamente en el suelo de paja. Aenlin y Jaime, sentados en la paja, guardaban distancia para no despertar sospechas, envueltos cada uno en su manta y sumidos en sus propios pensamientos.

Aenlin pensaba en el nacimiento de Babieca, de eso hacía ya tantos años... Por entonces ella todavía ardía de amor por Rodrigo, temía sus celos y pese a ello se enorgullecía de ser una valiosa propiedad suya. En la actualidad no quedaba mucho de todo aquello. El enamoramiento que Aenlin había sentido por el Cid, un sentimiento que Damaris había calificado de «extraña especie de amor», se había debilitado, se había deteriorado a causa de innumerables pequeñas decepciones. No ansiaba la muerte del caballero, pero sí anhelaba librarse de una vez de él.

Jaime siempre lo había deseado. Miró a su amigo y pensó en su delgada figura, sus cálidos ojos, su danza con el semental a la luz de la luna; mientras, él daba retoques a una cabezada rota para mantenerse despierto. Después de estar trabajando todo el día tenía que estar agotado. Cuando sintió la mirada de ella, el mozo levantó la suya y le sonrió. Ella nunca tendría que sentir miedo de Jaime.

Bien entrada la noche, la yegua Alegría empezó a intranquilizarse y el característico sonido que anunciaba el parto despertó a Aenlin de su duermevela. El líquido amniótico se derramó y se oyó como si alguien arrojase un cubo de agua en la paja. Acto seguido la yegua se tendió. Aenlin, Jaime y el pequeño Sancho, que había sido el único de los muchachos que se había despertado, observaron conteniendo el aliento cómo empezaba a empujar. No le resultó difícil, pues el potro que se deslizó en la paja era de patas finas, aunque muy vivaz. Se desprendió él mismo con toda naturalidad de las membranas, mientras Alegría se recuperaba y Aenlin y Jaime reprimían su impulso de entrar en el establo para ver más de cerca al pequeño.

—¡Una yegua! —susurró Aenlin cuando el potro dejó que le echara un vistazo debajo de la cola.

Entretanto, Alegría se había levantado y empezó a lamerlo para limpiarlo.

Jaime encendió un candil.

—Una yegua clara, creo, aunque no estaremos seguros hasta que se seque. ¡Pero creo que es una pequeña Meletay!

A Aenlin le saltaron lágrimas de felicidad. Sabía que don Miguel habría preferido un semental, pero había cinco yeguas más fecundadas por Babieca. Siguió mirando a la pequeña mientras Jaime preparaba una papilla de salvado para Alegría. Un refuerzo después del parto sería bien recibido.

Entretanto, la primera fascinación de Sancho se había desvanecido y el joven decidió despertar a sus amigos para mostrarles el potrillo y jactarse de haber sido el único en ver cómo llegaba al mundo. En la hora que siguió, yegua y potro no disfrutaron de demasiada calma mientras los chicos admiraban al pequeño y proponían nombres. Al final apareció don Miguel y contempló satisfecho al recién nacido.

—Otro miembro más para mi yeguada —comentó, en absoluto decepcionado por el sexo del potro, y la enorme alegría de Aenlin creció aún más. La pequeña yegua se quedaría en Burgos, le esperaba una vida segura y protegida. Aenlin estaba como en éxtasis cuando todos salieron de la cuadra.

Don Miguel inspeccionó los otros establos antes de volver a la cama y don Álvaro, que tampoco se había perdido el parto, mandó a sus alumnos a dormir.

Nadie preguntó dónde iba a pasar el resto de la noche Aenlin, si iba a irse a caballo a Vivar o si iba a preparar un lugar donde pasar la noche en el establo junto a los caballos. Lo pensó un momento y se decidió por lo primero.

—Esta noche estaban todos eufóricos, pero si mañana por la mañana todavía sigo aquí, la gente sospechará —explicó con un suspiro a Jaime—. ¿Me ensillas a Meletay? —Esperó delante del cobertizo, concentrada en la pequeña yegua que acababa de descubrir las ubres de su madre y empezaba a beber los primeros sorbos de leche. Y no se quejó cuando Jaime volvió y la rodeó suavemente con un brazo—. Es un milagro —susurró.

El mozo la estrechó contra sí.

—Lo es —afirmó él—. Pero ahora ven, no vamos a seguir molestándolas. Necesitan tranquilidad.

Aenlin asintió. Todavía estaba como hechizada, se sentía parte de ese milagro. Sin recelos y sin miedo salió con Jaime... y besó a su caballero encantado bajo las estrellas.

3

Aenlin y Jaime guardaron en secreto su amor, aunque estaban seguros de que la abuela Rosa y probablemente también don Álvaro ya sospechaban algo. Delante de Paqui y las chicas moras, Aenlin no podía ocultar el brillo de sus ojos, los encuentros a escondidas y las miradas que cruzaba con Jaime. Las dos sirvientas no entendían por qué su señora no se arreglaba y perfumaba antes de cada cita, ya fuera al amanecer o al anochecer.

—Podríais estar bellísima, brillaríais más que la aurora —la halagó Nur, pero Aenlin hizo un gesto de rechazo.

—Y después voy a caballo hasta Burgos y don Miguel me pregunta a qué semental quiero seducir —bromeó. Y le susurró a Jaime—: Tienen que dejarme ser como soy, simplemente. Los ruiseñores tampoco usan afeites.

En los primeros tiempos, después de que ambos por fin admitieran que se amaban, Aenlin siempre tenía mucho miedo, casi pánico, de levantar sospechas. Y eso que los dos se lo tomaban con calma. Al principio no fue mucho lo que ocurrió. Los dos paseaban cogidos de la mano entre la niebla matinal, se besaban y simplemente se alegraban de poder estar tan bien juntos. Aenlin hablaba de su infancia en Colonia, de su hermano, a quien Jaime siempre le recordaba, y de Hans *el Jamelgo*.

Jaime tenía menos que contar. Salvo por sus expediciones con Rodrigo y el tiempo que había pasado en León, apenas había salido de Burgos. Naturalmente, tampoco había aprendido otra cosa que a trabajar con caballos, le avergonzaba no estar a la altura de Aenlin en cuanto a su formación. No obstante, gracias a la abuela Rosa disponía de un verdadero tesoro de cuentos y leyendas, y a menudo se sentaban en un claro del bosque, dejaban que los caballos pacieran y Jaime le hablaba de san Jorge, que mató un dragón de cuya sangre surgieron rosas; de amantes que no se encontraban y de brujas que tocaban flautas mágicas.

—Yo también sé tocar la flauta —le desveló Aenlin. Y la siguiente vez que se reunieron lo cautivó con melodías de Al Ándalus.

Jaime se tomó la revancha con otros relatos, y Aenlin pensó en Al Mutámid y en cómo las muchachas del harén habían envidiado a Rumaikiyya por los poemas que él le escribía. Ahora era ella quien recibía el amor de un hombre cariñoso, un afecto que la envolvía como si de una suave seda se tratara. Jaime no la atosigaba, no le exigía nada que ella no quisiera dar. Su paciencia era infinita, o quizás era que compartía sus mismos miedos. Mientras Aenlin no se entregara a él, podía convencerse a sí misma de que era inocente de la infidelidad que el Cid seguramente sospecharía.

El verano regresó de nuevo y con cada mes que pasaba sin que Rodrigo volviese, sin que se pusiera en contacto con su familia en Burgos, Aenlin se sentía más segura. Finalmente se dejó llevar por el deseo, y Jaime y ella se amaban sobre la hierba, a la luz de la luna, o cabalgaban junto al río y escuchaban su murmullo mientras se acariciaban y besaban.

Sin embargo, un día llegaron noticias que reavivaron los temores de la pareja. El Cid, se decía, se había reconciliado con el rey, o más bien el rey con el Cid. La iniciativa de negociar la paz había partido de Alfonso. La razón de ello era el temor que le inspiraban los almorávides, que el año anterior habían vuelto a cruzar el mar, aunque esta vez para quedarse. Los emires de Al Ándalus, en primer lugar los de los emiratos del sur, ya se habían arrepentido amargamente de haber pedido ayuda a Yúsuf ibn Tashfín. Después de que surgieran desavenencias entre el jefe de los sarracenos y Abd Allah de Granada, Yúsuf no había dudado en capturar al emir, robarle sus tesoros y exiliarlo a Marruecos. El pueblo de Granada lo aclamaba por ello. Como todos los pobladores de Al Ándalus, sufrían bajo el peso de los impuestos con que los cargaban los emires para, a su vez, poder pagar los tributos a los cristianos.

Yúsuf ibn Tashfín declaró que pensaba acabar con las parias. Conquistó Málaga en primer lugar y poco después la pequeña Baza, así como Almería y Córdoba. Por último, los almorávides sitiaron Sevilla y también Al Mutámid tuvo que rendirse. Yúsuf desterró al emir al otro lado del mar.

Aenlin estaba preocupadísima por sus amigas de Sevilla. Un harén se disolvía en el momento en que su señor era derrocado. Se exiliaban con él las esposas legales y las hijas, pero nada se podía hacer con las esclavas. Para Damaris eso significaba que volverían a venderla, y a la sazón ya no era joven. Aenlin solo podía esperar que gracias a sus conocimientos como intérprete musical encontrara un buen hogar. Lamentablemente, los almorávides no eran conocidos por su refinamiento. Al contrario, se decía que Yúsuf era grosero y poco educado.

El rey Alfonso, que vio desaparecer sus fuentes de ingresos en Al Ándalus, envió en dos ocasiones un ejército contra los almorávides, una primera vez para levantar el cerco de Sevilla y una segunda para echar a Yúsuf de Granada. Las dos campañas fracasaron pese a que Alfonso contaba con la ayuda del Cid cuando atacó Granada. Rodrigo aceptó su oferta de firmar la paz y accedió a su petición de unir su ejército con el del monarca. Sin embargo, cuando estaban montando las tiendas delante de la ciudad cercada, el rey y el caballero volvieron a pelearse.

—Como niños pequeños —comentó don Álvaro perplejo cuando le llegó la información. Por lo visto Rodrigo se había ido cuando el rey Alfonso había insistido en montar las tiendas en un lugar elevado—. Como si no diera lo mismo dónde levantas las tiendas.

Aenlin descubrió preocupada que eso a los hombres no les era en absoluto indiferente. No se trataba de dónde colocar las tiendas, sino de la posición en el ejército. Ya hacía tiempo que Rodrigo había dejado de poner su espada al servicio de un rey o de un emir. Él ya no se consideraba un súbdito, sino que quería disfrutar de los mismos derechos de un soberano. Naturalmente, Alfonso no podía permitirlo. Furioso, dejó que Rodrigo se marchara y perdió la batalla.

Mientras Aenlin y Jaime vivían su amor en Burgos, don Miguel iba obteniendo un descendiente tras otro del plateado Babieca, y Sancho empezaba a esperar con impaciencia su espaldarazo, que debía celebrar a los trece años, el Cid volvió a marcharse, de momento a Zaragoza. Alfonso intentó sitiar Valencia para llamar al orden a Al Qádir, pero tuvo que retirarse a defender su propio reino. La noticia de que Rodrigo Díaz de Vivar había irrumpido en Castilla y que devastaba La Rioja no solo le cayó como un puñetazo en el estómago al rey, sino que también preocupó enormemente a don Miguel.

—¡Exagera! —exclamó, dirigiéndose directamente a Aenlin como excepción, pues consideraba que debía estar informada de las barbaridades que cometía el padre de su hijo—. Uno de estos días la cólera del rey caerá sobre toda la familia de Vivar, es un milagro que todavía no haya ocurrido... Claro que lo mío me cuesta... —Don Miguel se preocupaba de auspiciar el milagro enviando regularmente un buen número de caballos al rey sin esperar que le pagara por ello—. Sin contar con los otros deberes que habré de cumplir. Me guste o no, cuando mis hijos hayan celebrado el espaldarazo —siguió lamentándose—, tendré que ponerlos a su servicio. Y él posiblemente los envíe a la próxima batalla. Sabe Dios cómo procederemos a este respecto con Sancho...

Aenlin se sobresaltó.

—¿Sabe el rey de su existencia?

Don Miguel hizo un gesto de ignorancia.

—Yo no se lo he dicho, pero es de esperar que algunos rumores le hayan llegado. Estará en contacto con Jimena. Esperemos que ella al menos esté segura en su convento.

—Diego ya debe de haberse ordenado caballero —dijo Aenlin—. Es cuatro años y medio mayor que Sancho.

Don Miguel negó con la cabeza.

—No creo. ¿Quién iba a darle el espaldarazo? ¿El señor de algún castillo de la región? Es improbable, nadie quiere perder el favor del rey ennobleciendo al hijo de un proscrito. Aunque puede que lo hayan hecho en un círculo reducido. Tienen suficientes religiosos para bendecir su espada y el espaldarazo lo puede dar en caso necesario el maestro de armas mismo...

Los hijos de don Miguel serían ordenados caballeros por don Álvaro, y Sancho esperaba obtener ese privilegio por parte de su tío.

—Si queréis saber mi opinión —siguió hablando don Miguel—, Jimena está esperando. El rey puede tener escrúpulos a la hora de hacer algo a los hijos del Cid. Pero ¿y si de repente un hijo adulto es... caballero? Podría ocurrírsele capturarlo. U obligarlo a ponerse a su servicio... Creo que Jimena espera que el rey Alfonso no haga cálculos de cuándo nacieron los hijos de Rodrigo.

No cabía duda de que el rey tenía otras cosas en que pensar. Aenlin intentaba consolarse con la idea de que el hijo ilegítimo de Rodrigo todavía le interesaría menos. Sin embargo, no tardaría en tener que plantearse qué sucedería con Sancho después de que se hubiese ordenado caballero. Por fortuna era un chico dócil y no estaba muy ansioso de partir a la guerra. En realidad le habría gustado más dedicarse al estudio de las ciencias en una universidad que a las armas.

Agapios apoyaba los sueños del chico. Entretanto le había enseñado casi todo lo que él mismo sabía sobre aritmética, álgebra y astronomía. Si Sancho quería seguir aprendiendo, tendría que ingresar en uno de los centros del saber. Don Álvaro fingía que eso no le convenía, pero ya hacía tiempo que había confirmado a Aenlin lo que ella misma había observado en los últimos años: Sancho era un buen jinete, pero no un guerrero excepcional con la espada. El veterano caballero se habría negado a admitirlo, pero la idea de enviar al chico a la guerra le provocaba malestar.

En los meses que siguieron, Rodrigo se concentró en saldar antiguas cuentas, incendiando y saqueando los condados de sus antiguos enemigos. El más perjudicado fue García Ordóñez, el cortesano que siempre había malmetido al rey con el Cid.

—Aquí, quien paga los platos rotos es sobre todo la gente de los pueblos que devasta —dijo apenado Jaime cuando Aenlin le habló de las operaciones de Rodrigo—. Cuando un caballero así acaba en prisión, compra su libertad. En cambio, los campesinos y sus mujeres terminan en el mercado de esclavos, si es que no los matan al momento.

Rodrigo operaba desde Zaragoza, donde sin duda vendería a sus prisioneros.

—Afirma que lucha para recuperar su honor —indicó Aenlin, repitiendo lo que le había contado don Miguel.

Jaime negó con la cabeza.

—Pelea para obtener botines —dijo con el rostro impasible—. Hazme caso, yo he viajado en su caravana y he visto saquear más de un pueblo. No soy caballero, pero no puedo creer que el honor de un hombre crezca agrupando a campesinos desamparados y mostrándoles cómo quema sus casas y sus hombres violan a sus esposas.

Cuatro años habían transcurrido ya desde que Aenlin había huido de Gormaz al campo, y a esas alturas ya le parecía casi imposible que Rodrigo reclamara a su esclava, su caballo y su criado. También don Álvaro se preparaba para una vejez al servicio de don Miguel. Si bien pronto no habría más muchachos a los que enseñar, el anciano caballero sabía lo suficiente de caballos para trabajar en el criadero. Aenlin y Jaime trazaban intrépidos planes. Fue Paqui quien un día planteó la pregunta de por qué, simplemente, no se casaban.

—Seguro que don Miguel te da permiso, Jaime —dijo la que un día fuera niñera y a esas alturas ya era madre de una niñita—. Y vos podríais volver a llamaros Aenlin de Colonia, *sayyida*. Como hija de comerciante sois libre, ni siquiera necesitáis a ningún señor que decida por vos. —Las mujeres y muchachas nobles estaban bajo la tutela de un pariente varón.

—¿Y dónde viviríamos? —preguntó vacilante Aenlin.

Paqui se encogió de hombros.

—Pues aquí, ¡está claro! Don Rodrigo no vuelve, apostaría

que no. Con la de sitios donde ahora gobierna... y toda la riqueza que tiene...

—Ahora ya no son tantas sus propiedades —observó Aenlin.

En los últimos meses los almorávides estaban avanzando y amenazaban el predominio de Rodrigo en Levante. El hijo de Yúsuf ibn Tashfín, Mohámmed, había conquistado Denia y se dirigía a Valencia. Animados por ello, los súbditos de Al Qádir por fin se habían atrevido a dar un golpe de Estado y habían decapitado al emir. Desde entonces gobernaba para satisfacción general un poderoso y querido cadí, Ibn Yahhaf, quien no tenía la menor intención de pagar parias al Cid.

—Bien, cuando ya no le queden más tendrá que volver a conquistarlas —dijo Paqui, despreocupada—. Ese ya no se acuerda de vos, *sayyida*.

Pensativa y alterada, Aenlin dejó a su antigua confidente. Sería un sueño vivir con Jaime en Burgos sin tener que esconderse. Él seguro que heredaría el puesto de caballerizo mayor, vivirían con sencillez y serían dichosos trabajando con los caballos. A sus treinta y cinco años, Aenlin todavía estaba en edad de dar hijos a Jaime. Sería bonito tener uno por cuyo futuro no estar sufriendo constantemente.

4

En la primavera de 1094 parecía que Paqui iba a tener razón: Rodrigo estaba ocupado en reafirmar su posición en Levante y cercó Valencia.

—Se propone conquistarla. —La noticia había llegado a oídos de don Miguel gracias a un caballero que iba de paso en busca de un puesto más tranquilo que en el ejército del Cid—. Como hizo el rey Alfonso tiempo atrás con Toledo.

—Eso significa su cristianización —observó Aenlin sorprendida—. ¿No sería más sencillo dejar al gobernador en su cargo y cobrar parias?

—Creo que Rodrigo quiere asentarse —apuntó don Miguel—. Ya no es joven y no puede dejar eternamente a Jimena y sus hijos en el convento. Si se convierte en el gobernador de Valencia, podrá llamarla. La cristianización significa, además, una especie de rehabilitación. La Iglesia lo celebraría enormemente y lo apoyaría frente al rey Alfonso.

Esa hipótesis aterró a Aenlin. Estuvo a punto de proponerle a Jaime que huyeran, pero tanto él como don Álvaro permanecieron serenos.

—Es imposible que por una parte se las dé de caballero cristiano en guerra santa contra los moros y que por otra parte tenga un harén —la tranquilizó el caballero.

—Y ya no necesita un caballo de batalla si gobierna la ciudad —añadió Jaime.

En cuanto a esto, don Álvaro no estaba tan seguro.

—Si llega a conquistar la ciudad, tendrá que conservarla. Por el momento eso no es tan seguro. Si Yúsuf ibn Tashfín envía un ejército para liberarla, se retirará. En cualquier caso, la ocupación de Valencia no sería el final de todas las batallas. Que para ello pida su antiguo caballo de batalla, me atrevo a dudarlo. Ya hace tiempo que debe de tener uno nuevo.

—Monta un caballo blanco tras otro —señaló Jaime. Se lo había preguntado a los caballeros que pasaban por allí—. Y los llama Babieca a todos. Así que no se ha olvidado del semental.

—¿Quién iba a olvidarse de un caballo como él? —preguntó Aenlin—. Está bien, me habéis convencido. Me quedaré aquí hasta que conquiste Valencia. Luego ya volveremos hablar del tema. Tal vez para entonces Sancho ya pueda opinar...

Se había planeado que Sancho recibiera el espaldarazo en verano. El joven caballero podría por primera vez tomar decisiones por sí mismo.

Rodrigo Díaz de Vivar no se limitó a sitiar Valencia. Ocupó una pequeña población cercana y la utilizó como base de operaciones desde la cual hacer incursiones en los alrededores. El objetivo era bloquear los suministros y desmoralizar a los defensores.

Don Miguel y don Álvaro escuchaban asqueados las crueldades que se cometían contra los aldeanos. Rodrigo ya no capturaba a nadie, a veces sus hombres aniquilaban a todos los habitantes de un pueblo. El gobernador en funciones no podía hacer nada al respecto, puesto que estaba encerrado en la ciudad. Y Yúsuf ibn Tashfín, cuya ayuda reclamaba desesperado, reaccionaba solo a medias. Cuando por fin enviaba un pequeño ejército, su capitán se daba media vuelta en cuanto le advertían que Rodrigo contaba con más hombres.

—Muy hábil por su parte —observó don Álvaro—. Los almorávides no luchan por causas perdidas. Les da totalmente igual que se los acuse de cobardes. El capitán informará a Yúsuf y luego atacarán más.

—Y para entonces es posible que Rodrigo ya haya matado a Valencia de hambre —apuntó preocupada Aenlin—. Es increíble la suerte que tiene...

En junio volvieron a acercarse unos caballeros a las propiedades de los Vivar. Los oteadores de don Miguel informaron de la llegada de seis hombres totalmente armados.

—Qué raro que vengan a caballo con todo el armamento —observó don Miguel, dejando de mala gana el picadero para avisar a su esposa de la llegada de los extraños. Los visitantes seguramente querrían comer.

Jaime se quedó en su sitio, moviendo a Babieca. Seguía ocupándose de que el semental se mantuviera en forma y siguiera siendo obediente pese a los apareamientos. Aenlin estaba ocupada delante del establo con unos potros añales. Los pequeños sementales tenían que aprender los principios fundamentales de ser conducidos por el ronzal y dar la pata antes de que los dejaran sueltos durante los siguientes dos años en el gran pastizal, donde también Babieca había disfrutado de su juventud. Ninguno de los dos prestó atención a los hombres que desmontaron en el patio y se presentaron a don Miguel.

Aenlin y Jaime se quedaron atónitos cuando uno de los criados apareció poco después en el establo para ir a buscarlos.

—¿A casa de don Miguel? —preguntó sorprendida Aenlin.

Hasta entonces nunca había estado en la casa señorial: parecía formar parte de la estrategia de la esposa de don Miguel evitar en lo posible a la concubina mora de su cuñado.

Desconcertado, Jaime se frotó las manos en las calzas, pues tampoco solía reclamarse la presencia de los criados en las salas de los caballeros. Siguió cohibido a Aenlin bajo el arco que formaba la entrada a la casa principal. Contempló fascinado el mobiliario oscuro y pesado, el artesonado en el techo y las pinturas que cubrían las paredes. A ella, que en el palacio del rey había visto mucho más lujo, todo eso no la impresionaba tanto. Más bien estaba preocupada acerca de qué iba a decirles don Miguel, y su presentimiento no la engañó. El señor les salió al paso cuando entraron en la sala de recepciones. Dos caballeros desconocidos estaban junto a la ventana que daba al patio.

Don Miguel parecía alterado.

—Doña Aleyna, yo... yo no sabía... Me resulta tan inesperado como para vos... Y vos... Por supuesto no tenéis que...

Aenlin sintió que se quedaba fría.

—Decidme lo que tengáis que decir, don Miguel —advirtió.

Aunque en realidad ya no era necesaria ninguna explicación cuando miró de reojo a los dos caballeros. No conocía al más joven, pero el mayor era don Gonzalo, la mano derecha de Rodrigo.

Don Miguel consiguió en ese momento recobrarse.

—Doña Aleyna, los señores vienen de parte de don Rodrigo Díaz de Vivar. Tienen el encargo de conduciros a Valencia.

—A la *sayyida* Aleyna; su hijo Sancho, al retoño del Cid; al semental Babieca y al mozo que se encarga de la montura, ese sin el cual el caballo no resiste ninguna pelea. ¿Cómo es que se llama? —Don Gonzalo hablaba de Jaime como si no estuviera presente e ignorando también a Aenlin—. Jaime, eso es. Y lo antes posible, porque el Cid está a punto de entrar en Valencia. Las negociaciones para la rendición avanzan a buen paso y exige el semental plateado para entrar en la ciudad.

Jaime había empalidecido; Aenlin hacía un gran esfuerzo por controlarse. Se le agolpaban los pensamientos en la mente.

—¿Y qué... sucede con doña Jimena? —preguntó—. Ella también...

—Por supuesto, doña Jimena y sus hijos también se trasladarán a Valencia —respondió don Gonzalo—. Otro grupo de caballeros ha ido a recogerla. Tomará posesión de la ciudad en compañía de su esposo.

El caballero no desveló qué planeaba hacer el Cid con Aenlin, posiblemente no lo sabía. Esta se aferró a las palabras de don Miguel: «Por supuesto no tenéis que...».

—¿Y si no quiero ir? —replicó.

Don Gonzalo la miró atónito.

—¿Vais a rebelaros contra el Cid? —preguntó incrédulo—. Bien, yo tengo el encargo de conduciros a él, no de encadenaros y arrastraros ante su presencia. Así que si insistís en ello... deberéis separaros de vuestro hijo. En lo que respecta a Sancho, las órdenes de don Rodrigo son claras: nos acompañará a Valencia. Así que vayamos a buscar al chico, don Miguel, y preparad todo para el viaje. Partimos mañana temprano, tanto si nos acompañáis como si no venís, *sayyida*.

Y dicho esto se dio media vuelta hacia el copero, que llegó con una jarra de vino y le llenó la copa.

Aenlin salió con Jaime. Estaba destrozada, todo en ella se rebelaba contra su destino. Pero sabía que haría el equipaje. Enviar a Valencia a Sancho solo quedaba descartado, y por otra parte tampoco quería separarse de Jaime y Babieca. Claro que apenas vería a Jaime allí, y menos aún podría tener relaciones con él. Pero como mínimo la consolaría saberlo cerca.

En cualquier caso, quedarse sola en Burgos no era una opción, y además estaba expuesta a la cólera de Rodrigo. En las palabras de don Gonzalo resonaba inequívocamente la advertencia de que más le valía no enfurecer al Cid.

—¿Te veré esta noche? —preguntó Jaime en voz baja cuando ella ensillaba a Meletay para volver a Vivar y recoger sus cosas.

Ella negó con la cabeza.

—No. Es demasiado peligroso. Mira... —Hizo un gesto en dirección a la puerta del patio donde dos caballeros estaban, aparentemente sin ningún objetivo, sobre sus monturas—. No van a quitarme el ojo de encima —sospechó—. Y estoy segura de que tienen a otros dos preparados para ti también. Don Gonzalo no se separará de Sancho para evitar que algo salga mal y no consigan devolver sus posesiones al Cid. No vuelvas a hablar conmigo, Jaime, y no me mires. Aquí están los ojos y los oídos del Cid, afilados como cuchillos e igual de mortales.

Paqui y Agapios no acompañaban a Aenlin a Valencia, dado que Sancho ya no necesitaba a su profesor. Sin duda Rodrigo pronto armaría caballeros a sus hijos, y lo último a lo que se dedicaba un vasallo suyo era a las matemáticas. Por otra parte, Paqui volvía a estar encinta. Ya hacía tiempo que no trabajaba para Aenlin; Nur y Namika se encargaban de la casa y el huerto.

Tanto Paqui como Agapios se despidieron con lágrimas en los ojos de Aenlin, Sancho y Jaime, con el convencimiento de que no volverían a verse. Tampoco sabían qué les depararía el futuro; a fin de cuentas, los hijos de don Miguel tampoco necesitarían en breve un profesor particular. Agapios había ahorrado y esperaba que eso fuera suficiente para empezar de nuevo en alguna ciudad. Podía volver a trabajar de profesor. Era libre. Aenlin no podía menos que envidiar a sus antiguos criados. Nur y Namika, por el contrario, se alegraban de acompañarla a Valencia.

—Es Al Ándalus, señora, podremos volver a rezar a Alá —dijo Nur entusiasta.

Aenlin frunció el ceño.

—¿Alguien os ha impedido rezar aquí?

De hecho, las muchachas se inclinaban regularmente hacia la Meca. Agapios les habían indicado con precisión hacia dónde tenían que mirar.

Namika negó con la cabeza.

—No es solo rezar, señora. Es más... Bueno, sobre todo... ¡es que aquí no se encuentra a ningún hombre creyente!

Nur y Namika se habían recuperado de las traumáticas experiencias que habían vivido durante la conquista de Almenar, y sin duda la huida a Burgos había contribuido a ello. En Vivar se habían visto obligadas a salir de casa y tratar con hombres. Ya no habían podido acurrucarse en un rincón, como en la casa de Aenlin en Zaragoza, y pronto se habían dado cuenta de que no tenían nada que temer de los campesinos del pueblo. Claro que suscitaban miradas de admiración, pero los muchachos no se atrevían a dirigirse a esas exóticas beldades y menos aún a acosarlas. Las dos habían entablado amistad con mujeres de su misma edad en el pueblo, reían y bromeaban con ellas y al final habían vuelto a soñar con historias románticas. Sin embargo, para ellas un cristiano no entraba en consideración, tenían demasiado profundamente arraigado el recuerdo de lo que los caballeros de Rodrigo les habían hecho. Ambas soñaban con un poeta como Al Mutámid que las llevara en bandeja y que las tratase con la debida prudencia. Tenían mucha más confianza en un musulmán que en cualquiera de los toscos jóvenes que habían conocido en Burgos.

—Espero que todavía haya suficientes musulmanes en Valencia —dijo con un suspiro Aenlin—. El Cid se dispone a ser gobernador de la ciudad. Esto significa que será cristiana. Si pone todo su empeño en esta tarea, más valdrá no tardar en bautizarse.

En un principio, Nur y Namika no se podían imaginar algo así. Seguían estando eufóricas y se ocuparon solícitas del equipaje de su señora. No era mucho, la ropa de Aenlin estaba raída y descolorida por el sol. En los últimos tres años no se había comprado nada nuevo y solo las antiguas túnicas del harén, que no había tocado después de dejar Gormaz, conservaban su esplendor habitual. Casi se sorprendió de conservarlas todavía, pero para Nur y Namika había sido tan importante poder volver a convertir a su señora en una odalisca, si era necesario, que habían puesto a buen recaudo las prendas incluso al huir de Gormaz.

Amaneció y llegó el momento de partir. Aenlin abrazó a la abuela de Jaime, Rosa, y se despidió de las otras mujeres del pueblo.

—Cuida de mi halcón —le dijo la anciana—. Puede que vuelva a reposar sobre el brazo del halconero y que pase mucho tiempo a oscuras, encapuchado. Pero un día volará... y tú también.

—El ruiseñor tendrá que cantar para el azor —susurró Aenlin—. Él le cortará las plumas.

Rosa hizo un gesto de rechazo.

—Las plumas crecen —contestó—. Y ahora ve. ¡Id con Dios, hijos míos! ¡Y también vos, señor caballero!

Esas últimas palabras iban dirigidas a don Álvaro, que en ese momento conducía su caballo hacia la plaza del pueblo para reunirse con Aenlin. Llevaba consigo otro ejemplar, Destello, un semental de dos años. Este era gris, pero su pelaje tenía un brillo metálico que había heredado de su padre, Babieca. En breve sería de un blanco tan resplandeciente como el hijo de Meletay.

—¿Venís con nosotros? —preguntó atónita Aenlin—. ¿Y habéis comprado a Destello?

Había supuesto que el anciano caballero se quedaría al servicio de don Miguel. Por la noche no se había dado cuenta de que además de los caballeros de Rodrigo, también don Álvaro la había seguido. Los primeros habían acampado antes de llegar al pueblo, pero el veterano seguramente se había albergado en la casa del jefe del lugar.

—Yo soy vuestro leal caballero, *sayyida* —dijo don Álvaro digna y de nuevo ceremoniosamente, pues había mucha gente escuchándolos—. Estáis bajo mi protección. Nunca os dejaría partir sola. Y puesto que la vida en Valencia no va a ser muy tranquila, necesito otro corcel de guerra. Mi Chano está envejeciendo. Don Miguel ha sido tan amble de confiarme a Destello.

—Pero ya hay muchos caballeros encargados de protegerme —objetó Aenlin—. No me pasará nada, yo...

En su interior luchaban el deseo de conservar a su confidente con la compasión que le inspiraba el anciano guerrero, quien había de emprender de nuevo un fatigoso viaje y enfrentarse a un futuro incierto.

Don Álvaro sonrió.

—Yo nunca me eximiría de mis obligaciones —contestó—. Y ya sabéis que me tomo mis deberes en serio.

Aenlin se inclinó conmovida.

—Entonces os doy las gracias por acompañarme —dijo—. Me siento protegida y honrada. Y me encantará tener en mi establo al hijo de Babieca.

Don Miguel abrazó a Sancho antes de apartarlo de su custodia. Tío y sobrino estaban a punto de llorar.

—Es como un hijo para mí —dijo don Miguel a Aenlin—. Un buen chico. Lo echaré de menos.

—Os debe mucho —reconoció Aenlin, inclinándose ante el hermano del Cid—. Al igual que yo. Sois... sois un buen señor.

Bajó los ojos inmediatamente para no desvelar sus pensamientos. Había pronunciado con frecuencia la palabra «señor» en su vida, pero pocas veces tan sinceramente.

Don Miguel la miró con igual respeto.

—Os deseo mucha suerte, doña Aleyna. Que vuestro camino sea liviano.

El camino hacia Valencia era sobre todo largo. Al principio transcurría por un territorio boscoso, luego montañoso, y puesto que volvían a llevar un carro avanzaban con lentitud. Don Gonzalo había protestado, pero Aenlin insistió en llevarse a sus sirvientas y tiendas suficientes para que todo el mundo pudiera dormir a cubierto y sin pasar frío. El viaje duraba entre veinte y treinta días y ella no podía presentarse agotada ante los ojos de Rodrigo. Así que Jaime conducía el carro con las muchachas y las tiendas, y, a su vez, tenía a Babieca atado al vehículo. Aenlin montaba a Meletay y llevaba la mula con una cuerda. Ahora, Sancho ya no cabalgaba con ella. El muchacho iba orgulloso a lomos de un semental tordo al que había puesto el nombre de Sirius. En realidad don Miguel había pensado regalárselo cuando fuera armado caballero, pero dada la situación se lo había entregado antes.

—Desgraciadamente, no hay todavía ningún hijo de Babieca —se había lamentado el hermano del Cid a Aenlin—. Hasta el año que viene no ensillaremos los primeros y Sancho no tendrá tiempo de acompañar un caballo joven a dar sus primeros pasos.

—Lástima que no podáis darle a Melisanda —había contestado Aenlin con una sonrisa triste, refiriéndose a la primera potrilla de Babieca que había heredado el brillo dorado de Meletay. No mencionó qué otra ocupación iba a tener su hijo si no era el entrenamiento de su caballo—. Estoy segura de que la habría amado.

Don Miguel había movido la cabeza negativamente.

—Un caballero no tiene que amar su montura, doña Aleyna —le había dicho con gravedad—. Debe apreciarla y, naturalmente, cuidarla. Pero si muere en la guerra no ha de llorar por ella. Sancho tendrá que aprenderlo. Y espero que no sea demasiado pronto.

Pero en un principio nadie impedía que el joven amase a su caballo. Sancho mimaba a Sirius con restos de pan, montaba su tienda cerca de donde estaba él amarrado y se alegró sobremanera el día que el animal lo saludó con un relincho.

—En adelante, si debéis acercaros a los caballos por la noche sin que el enemigo se dé cuenta, os traicionará —criticó don Gonzalo.

Don Álvaro, en cambio, lo negó con la cabeza.

—Por la noche no nos acercamos a nuestros caballos sin que nadie se dé cuenta. Cabalgamos abiertamente contra el enemigo y le mostramos con orgullo nuestros escudos y cimeras para que vea contra quién se enfrenta.

Don Gonzalo soltó una carcajada, como si el caballero hubiese contado un chiste.

—No andáis falto de razón —opinó—. Pues cuando es el Cid quien se enfrenta al enemigo, este suele retirarse por sí solo.

—¿Harán lo mismo cuando yo vaya? —preguntó Sancho amedrentado más tarde, cuando cabalgaba al lado de Aenlin—. ¿Huirán también de mí los almorávides?

Aenlin suspiró.

—Me temo que tampoco huirán siempre de tu padre. Hasta el momento ha tenido mucha suerte. En cualquier caso, tú recurre a tus artes militares. Hoy en día es más importante que nunca que manejes la espada con seguridad. Tu padre será más severo que don Miguel, y con razón. Si eres un caballero, tu vida depende de tu destreza en combate.

Sancho apretó los labios, un gesto que recordó a Aenlin la expresión de Endres cuando se hablaba de dominar el manejo de las armas. Por lo demás, el parecido entre su hijo y su hermano mellizo se había ido difuminando a medida que Sancho crecía y su rostro adquiría los rasgos marcados del Cid. Tenía el cabello más fuerte que el de Endres, aunque al parecer iba a ser rubio como Aenlin y su hermano. Con unos ojos de un verde oscuro, más grandes y más dulces que los de Rodrigo, Sancho era un joven bien parecido y no tardaría en ser lo que las mujeres de la corte llamaban un «apuesto caballero». A Aenlin le habría gustado enseñarle a tocar el laúd, pero don Álvaro se había negado rotundamente.

—¡No lo conviertas en un trovador! Ya se encarga él de buscar razones para evitar el manejo de las armas. ¡No le haces ningún favor dejándole creer que siendo caballero tendrá más posibilidades de tañer un instrumento que de pelear con un arma!

Aenlin pensaba, con una sonrisa triste, en las palabras del veterano, quien siempre le había hecho poner los pies en la tierra.

También durante ese viaje fue don Álvaro un compañero atento y amable, a diferencia de los demás caballeros, que no se ocupaban nada de ella. En cuanto a Jaime, Aenlin se esforzaba por no dirigirle la vista, pero sentía de vez en cuando que sus ojos la buscaban. Su amado parecía preocupado, tal vez hasta algo cabizbajo. Le habría gustado animarlo, pero se lo prohibió enérgicamente y casi se alegró cuando volvieron a cabalgar por territorios moros y el velo le brindó la posibilidad de ocultarse de él.

En los primeros días del viaje, don Gonzalo y sus hombres estaban muy alerta y casi no querían descansar por las noches, pero se relajaron cuando abandonaron el territorio del rey Alfonso y llegaron al emirato de Zaragoza. El emir seguía siendo amigo de Rodrigo y en esas tierras los hombres del Cid no tenían nada que temer. Cuando el viaje estaba llegando a su fin, sin embargo, los alcanzó un mensajero de Rodrigo.

—Yúsuf ha puesto en marcha un ejército de liberación —informó a don Gonzalo—. En realidad no puede llegar a Valencia antes de que el Cid haya entrado, pero debo advertíroslo y apremiaros. En cuanto la hayamos conquistado, la ciudad deberá ser capaz de defenderse inmediatamente.

—¿Todavía no lo es? —preguntó Aenlin a don Álvaro, quien se encogió de hombros.

—La población debe de estar en las últimas, muerta de hambre y azotada por las epidemias. Esas gentes estarán cansadas de la guerra. Es posible que aclamen a don Rodrigo cuando entre y se ocupe de una vez de restablecer la paz. Si es que lo consigue. Ya veremos, *sayyida*. En cualquier caso, seguro que Rodrigo cuenta con suficientes guerreros que apostar en las murallas y las torres de vigía. Dejará que los almorávides los asalten o los atacará él. No lo sé. Se le pueden criticar muchas cosas, *sayyida*, pero es un estratega y capitán extraordinario. Si hay alguien que pueda parar a Yúsuf, ese es él.

5

Valencia se encontraba en una curva del río Turia, no lejos de su desembocadura en el mar. La ciudad estaba rodeada de campos fértiles, situada en un territorio elevado, la Huerta. En los últimos días del viaje, Aenlin y sus compañeros pasaron por pinares en las estribaciones de las montañas, luego por arrozales y campos de cítricos, de cereales y olivares. Un lago, una laguna poco profunda, posibilitaba el riego de los campos de cultivo. El paisaje habría sido acogedor y agradable de no ser por los pueblos que Rodrigo había quemado y devastado a su paso hacia Valencia. En medio de tanta fertilidad y belleza parecían monumentos conmemorativos. Aenlin se preguntó quién cosecharía la fruta, las verduras y los cereales que la gente había plantado y sembrado llena de esperanza pocos meses atrás.

—Es posible que nadie —opinó furioso don Álvaro después de que ella hubiera expuesto sus pensamientos—. Los próximos que pasarán por aquí probablemente sean los almorávides y estoy seguro de que no sienten ninguna inclinación hacia la agricultura.

—Pero también tendrán que comer —señaló Aenlin—. Y por eso deberían felicitarse por lo que se les ha dejado aquí. De hambre no se morirán. Pueden sitiar la ciudad durante una eternidad.

Finalmente, se alzaron ante ellos los muros de Valencia, una obra de construcción sólida y a la vez elegante. Varios puentes atravesaban el río, de los cuales en ese momento no quedaba demasiado a la vista. Delante se encontraba una especie de ciudad de tiendas, donde estaba acampado el ejército del Cid.

—¿Tenemos que montar nuestras tiendas por aquí? —preguntó nerviosa Aenlin a don Gonzalo.

Se sentía insegura entre tantos caballeros y soldados de a pie. Claro que se hallaba bajo la protección del Campeador, pero era imposible que todos esos hombres lo supiesen.

—Seguro que os han preparado algo —respondió el caballero, conduciendo la caravana hacia el centro del campamento, donde se encontraban las tiendas de los jefes.

Algunas de las lujosas y coloridas carpas estaban adornadas con torrecillas y estandartes. Aenlin supuso que la tienda palaciega con la gran plaza frontal era del Cid y se planteó si Jimena ya habría llegado.

Quien recibió a los caballeros y su comitiva fue otro compañero de camino de Rodrigo: don Roberto. A Aenlin le gustaba tan poco como don Gonzalo, él también había sido uno de los hombres dispuestos a abalanzarse sobre ella tantos años atrás, en Zamora.

—Hoy el Cid solo quiere ver el caballo —indicó a don Gonzalo, después de inclinar brevemente la cabeza en dirección a Aenlin, Sancho y don Álvaro—. Y al chico, su hijo. Mañana mismo quiere entrar en la ciudad, todo lo demás puede esperar.

Don Gonzalo sonrió con aire burlón.

—Pero en algún lugar tendrá que hospedarse la mora. ¿Dónde está el harén?

Don Roberto esbozó un gesto obsceno.

—En el extremo sur del campamento se ha montado una tienda para ella por indicación de la señora —respondió—. Debéis apostar al menos cuatro caballeros para que vigilen, dice el Cid. Creo que le habría gustado tenerla más cerca, pero por el momento no puede negarle nada a la señora.

Aenlin suspiró. Jimena había llegado y ya estaba intrigando contra ella. Por lo visto, tendrían que convivir enemistadas como en Gormaz, aunque en Valencia esperaba que dispusieran de más sitio.

Jaime condujo el semental —y a Sancho— ante el Cid. Aenlin, Nur y Namika, así como don Álvaro, siguieron a don Gonzalo, quien parecía saber hacia dónde dirigir sus pasos. Muy pronto señaló tranquilamente una tienda que parecía grande y acogedora y que sin duda ofrecía todo tipo de comodidades. Aenlin estaba satisfecha. Lo único que deseaba era instalarse enseguida en ella, tomar un baño a ser posible y poder presentarse al día siguiente limpia y descansada ante su señor. No se preocupó del entorno de su vivienda temporal, pero don Álvaro, que ya había visto muchos ejércitos, enseguida se percató de a dónde había ido a parar.

—¡Qué insolencia! —exclamó enfurecido el anciano caballero—. Os han colocado junto a las furcias y los barberos. Esto no es el ejército, Aleyna, esto es la caravana que lo sigue. Aquí es donde la escoria espera a sus clientes o a tener oportunidad de desvalijar a alguien.

De hecho, delante de las hogueras que se habían encendido frente a las míseras tiendas o junto a los carros entoldados no había soldados ni desde luego ningún caballero, sino hombres, mujeres y niños desarrapados y sucios.

Aenlin frunció el ceño.

—¿Son familias? —se extrañó—. ¿Cómo han llegado hasta aquí?

—Esta es la chusma que viaja con todos los ejércitos —explicó furioso don Álvaro—. En parte, las mujeres de los mercenarios y sus hijos, pero la mayoría son las llamadas soldaderas. Lavan para los mercenarios y cocinan para ellos, después de las batallas expolian los cadáveres de los caídos, y por la noche se venden a quien les pague un par de dinares o un maravedí. Luego están los barberos, más o menos unos carniceros, y un par de timadores que se llevan el sueldo de los mercenarios jugando. Montar vuestra tienda en este entorno, es... es...

—La primera jugada de la señora Jimena en la partida sobre mi posición en la corte del Cid. —Aenlin suspiró—. Dejadlo estar, don Álvaro, la tienda preserva del frío y la humedad y me protege de las miradas ajenas. Y como habéis oído, el Cid ha ordenado que la vigilen. Solo debo renunciar a mi baño. No puedo enviar a Nur y Namika a por agua a través de este burdel.

Don Álvaro la miró.

—Enviaré a estos caballeros a por agua —dijo rabioso—. O a sus criados. Tenéis derecho a vuestro baño, *sayyida*, ¡mañana os presentaréis bella como la aurora!

Nur y Namika estaban listas para hacer cuanto estuviera en sus manos a fin de que la promesa de don Álvaro se cumpliera. Y los caballeros, todavía muy jóvenes, que don Gonzalo había destinado a la guardia cargaron encogidos con el agua. Al principio les había parecido divertido que el Cid colocase a su concubina al lado de las prostitutas, pero cuando don Álvaro les ordenó enérgicamente que se pusieran al servicio de la señora se avergonzaron ante esa ofensa a su dignidad.

Esa noche Sancho no volvió con su madre, pero Aenlin ya había contado con ello. Rodrigo haría armar caballero a su hijo lo antes posible y mientras tanto este se alojaría, en el mejor de los casos, con otros muchachos y, en el peor, en la casa de doña Jimena con Diego. Si bien Aenlin esperaba poder hablar con su hijo antes de que se integrara en el séquito del Cid, se había despedido del joven cuando este se disponía a ir al campamento del ejército.

—Cuando te hayan armado caballero me vienes a ver siempre que tengas ganas —consoló al muchacho, que se separaba de mala gana de ella y del veterano caballero—. Ahora tienes que arreglártelas sin mis consejos y sin don Álvaro. Limítate a hacer lo que has aprendido con don Miguel. Sé amable y respetuoso, pero no te dirijas a tu padre con la palabra «señor».

No pudo averiguar dónde pasaban la noche Jaime y Babieca, pero seguro que había establos acogedores para los caballos del jefe del ejército y el cuidador también se hospedaría allí. Don Álvaro ató a Meletay y sus dos caballos delante de la carpa de su protegida y montó su pequeña tienda de viaje al lado. No bajaría la guardia. Aenlin no tendría que preocuparse por su yegua.

La noche transcurrió con relativa tranquilidad. Un par de prostitutas recibieron a su clientela, pero ese último día del asedio no había mucha concurrencia. Los mercenarios seguramente estaban ocupados empaquetando sus cosas y los caballeros puliendo sus armaduras. Al día siguiente todos pernoctarían en la ciudad, pues Rodrigo planeaba entrar en la población con todos los honores y celebrar después un solemne acto religioso. El obispo —como la mayoría de las ciudades moras, Valencia tenía una gran comunidad cristiana— lo celebraría en el jardín del alcázar, la fortaleza del emir. Rodrigo había considerado inapropiada la iglesia cristiana. Era pequeña y sencilla, estaba en una parte retirada de la ciudad y no ofrecía en absoluto espacio suficiente para el ejército. El Campeador había prometido al obispo que más tarde la mezquita principal de Valencia se transformaría en una catedral.

—En el convenio de rendición seguramente pone lo contrario —gruñó don Álvaro—. Los conquistadores aseguran a los moros que pueden conservar sus lugares de culto. Me pregunto por qué siempre se dejan engañar. ¡Hasta ahora todos los reyes han acabado con las oraciones de los viernes en un abrir y cerrar de ojos!

Lo mismo se podía aplicar a casi todo lo que se negociaba trabajosamente antes de una capitulación: los nuevos gobernadores rompían su promesa de inmediato. El propósito de los acuerdos era más salvaguardar la dignidad de los vencidos y apaciguar al pueblo llano que alcanzar convenios vinculantes.

—¿A dónde tenemos que ir? —quiso saber Aenlin interesándose por cuestiones más prácticas.

Tanto ella como don Álvaro ya estaban a lomos de sus caballos, dispuestos a unirse al desfile del ejército. Nadie les había dado indicaciones, pero ella suponía que Rodrigo no querría que se colocase a la cabeza con su familia. El caso de Sancho era distinto. Aenlin reconoció su caballo tordo al frente del grupo. Rodrigo conducía el desfile sobre Babieca, junto a él iba orgullosa Jimena en la grupa de un palafrén blanco. Detrás de los dos se hallaban las hijas, Cristina y María, y los hijos, Diego y Sancho. Los chicos guiaban ordenadamente sus caballos uno al lado del otro. Incluso desde muy lejos se apreciaba lo mucho que Diego, que a la sazón ya había cumplido dieciocho años, se parecía a su padre. Estaba sentado muy erguido y consciente de sí mismo sobre su semental y ya llevaba una espada, pese a que en realidad eso todavía no le correspondía.

Sancho, por el contrario, se veía más relajado. Claro que también él iba derecho sobre su caballo blanco, pero Aenlin y don Miguel le habían enseñado un asiento más flexible. Los dos jóvenes iban elegantemente vestidos, y Aenlin tuvo que volver a pensar agradecida en el hermano de don Rodrigo, que había proporcionado a Sancho, como a sus propios hijos, una ropa de gala para la inminente ceremonia del espaldarazo, sin reparar en gastos. Sancho estrenaba ese día su nueva indumentaria.

Los caballeros más meritorios de don Rodrigo desfilaban en formación detrás de la familia. Don Gonzalo y don Roberto iban a la cabeza, seguidos de la infantería, una tropa indisciplinada, por más que algunos de los caballeros más veteranos intentaban en vano que marcharan ordenadamente en fila.

—Esperemos que al menos eviten que se pongan a saquear —dijo don Álvaro acerca de los inútiles esfuerzos de los caballeros por controlar a la masa—. Y ahora ven, Aleyna. Nos colocaremos detrás de los caballeros y delante de esta chusma.

—¿Y si Rodrigo no lo considera conveniente? —preguntó insegura Aenlin.

El caballero hizo un gesto de rechazo.

—No se dará cuenta de nada. ¡En cualquier caso no vamos a desfilar con las furcias y los barberos!

Para diferenciarse de ellos, don Álvaro había insistido en dejar el carro en el campamento. A Nur y Namika las había sentado sobre la mula, donde ahora las dos chicas cubiertas con sus velos se agarraban la una a la otra.

Rodrigo dirigía su ejército a través de la puerta principal de la ciudad, conocida como Puerta del Puente o Puerta de Levante. Antes había que cruzar un puente de piedra profusamente ornamentado. Contemplar a Babieca avanzando por ahí haciendo escarceos era una imagen imponente. Delante de la puerta Ibn Yahhaf, el cadí al tiempo que gobernador, esperaba al Cid para entregarle la llave de la ciudad. El obispo de la comunidad cristiana bendijo la entrada del Campeador. Los religiosos del ejército entonaron cantos de alabanza, a los que se unieron el obispo y sus seguidores.

Como en la mayoría de las ciudades moras, también en Valencia se cruzaban dos calles principales cerca de la mezquita central y del palacio del emir. En esos momentos Rodrigo y su ejército pasaban por una de ellas envueltos de un silencio sepulcral. Normalmente reinaba allí un animado ajetreo, pero en ese momento los moros estaban escondidos en sus casas. Los cristianos que acababan de ovacionar a Rodrigo no vivían en el centro. Los mozárabes, como se los llamaba, solían ser pobres y tenían sus casas en las afueras. Así que ese 15 de junio de 1094 solo resonaron los cánticos de los sacerdotes por las calles y el tintineo de las armas de los vencedores. Aenlin no encontró que se estuviera realizando una marcha triunfal por Valencia. En su opinión, ese desfile tenía más bien un cariz funerario para la ciudad.

Acto seguido estaba previsto que Rodrigo y Jimena subieran a la torre del alcázar y desde allí saludaran al ejército y a los habitantes de Valencia. Desde ese lugar disfrutarían de una maravillosa vista de la ciudad, hasta el mar, el río y la Huerta, el fértil territorio que se extendía entre la ciudad y las montañas. Los caballeros y los mercenarios los vitorearon, como era su obligación, después de que llegaran al mirador, pero apenas aparecieron valencianos. Jimena agitó la mano desde lo alto como si fuera una reina.

A continuación el obispo celebró la misa, en la que se rezaron numerosas oraciones de agradecimiento y se entonaron himnos. Aenlin podría haber cantado con todos las canciones religiosas, pues cada domingo había hecho las delicias de los habitantes de Vivar con su bonita voz en la iglesia del pueblo, pero en esa ocasión se contuvo. No deseaba llamar la atención.

Finalmente, cuando concluyó el acto festivo, el Cid y doña Jimena ocuparon sus aposentos en el palacio. Por la noche proseguirían con un opíparo banquete, si es que eso era posible en una ciudad durante largo tiempo sitiada y con hambruna. Don Álvaro se había enterado de que Rodrigo había enviado «a cazar» a alguno de sus caballeros para completar las provisiones.

—¿Dónde piensan cazar aquí? —había preguntado ingenuamente Aenlin.

Toda la tierra que rodeaba Valencia era de uso agrícola, de modo que los caballeros tendrían que cabalgar hasta llegar a las montañas para dar con sus presas.

—En los establos de los campesinos de alrededor —contestó don Álvaro indignado—. En los silos de los molineros. En los corrales de los pastores de cabras y ovejas. Algo encontrarán que llevar a la mesa del señor. Habrá también puestos de comida para la población, para que la gente pueda volver a hartarse y querer como es debido a sus nuevos señores...

Pero antes los caballeros y mercenarios debían distribuirse los alojamientos. Por su parte, Rodrigo y su familia se instalarían en el alcázar.

—Y allí habrá sin duda un harén —suspiró Aenlin.

El palacio de Valencia no era ni mucho menos tan grande como el castillo de Gormaz. Sería mucho más difícil para Aenlin y Jimena evitarse mutuamente.

De hecho, otra cuestión hacía de Valencia un lugar bastante distinto de Gormaz. Había un obispo, no un sumiso sacerdote de la corte al que se podía obligar a tolerar un harén en una vivienda cristiana. A Rodrigo tampoco le resultaba indiferente la opinión del clero, pues era de suma importancia que lo considerasen un buen cristiano y un leal padre de familia. Dada la situación, no instaló a Aenlin y su séquito en su casa, sino en la anterior residencia del cadí Ibn Yahhaf. Era extraordinariamente bonita, situada entre la mezquita y la muralla central y tenía un mirador que era casi tan alto como el del alcázar. Aun así, Aenlin no rebosaba alegría.

—La casa parece haber estado habitada hasta hoy mismo —observó con cierta culpabilidad—. ¿Dónde estarán sus inquilinos ahora?

Todavía se sintió peor cuando se enteró de en qué había consistido el primer acto oficial de Rodrigo en su nueva ciudad.

Sancho había aparecido inesperadamente al anochecer para contarle a su madre lo ocurrido, acompañado de Jaime. El chico había salido a hurtadillas de la sala del banquete y se había encontrado con el criado en las caballerizas. Con el pretexto de no dejar solo al hijo del Cid, Jaime se había unido a él y en ese momento miraba cómo madre e hijo se saludaban. También él se interesaba por lo que Sancho tenía que contar, al igual que don Álvaro. Aenlin esperaba encontrar más tarde tiempo para estar a solas con su hijo y su amado.

—El Cid ha mandado encarcelar al cadí y a otros notables —explicó afligido—. Él...

—¡No lo llames «señor»! —lo interrumpió Aenlin.

Sancho se encogió de hombros.

—¿Qué tengo que hacer, madre? Todos lo llaman así, los caballeros y los criados, hasta Diego. Creo que las únicas que no lo hacen son Cristina y María. Él lo quiere. Le... le gusta.

—Sigue contando —lo animó don Álvaro—. ¿Por qué lo ha hecho?

—Bueno, tal como habían acordado, llevaron oro al palacio —prosiguió Sancho, mirando complacido la nueva vivienda de su madre, pues Ibn Yahhaf había vivido en el lujo—. Hay mucho, mucho oro y plata, arcones llenos. Se podría llenar toda una habitación. Pero el Cid cree que todavía hay más. Considera que le tienen que dar todo el tesoro. Tiene que haber más escondido, dice. Quiere saber dónde, pero los hombres no se lo dicen. Así que los ha apresado. Ahora están en el calabozo y no los dejará en libertad hasta que le paguen setecientas monedas de oro.

—Nunca reunirán esa cantidad —sospechó don Álvaro—. Esta exigencia es...

En el último momento calló la palabra que iba a pronunciar. Delante de Aenlin no tenía pelos en la lengua, ella lo sabía, pero no era aconsejable que Sancho se enterase de lo que su maestro de armas pensaba de su padre.

—Qué codicioso —sentenció Aenlin, implacable —. Nunca tiene suficiente.

—Dice que necesita todo ese dinero para defender Valencia —expuso Sancho, disculpando a su padre—. Además, mantener a un ejército tan grande es caro. Si se calculan tres maravedíes al día solo para la alimentación de un mercenario, entonces...

—Está bien, no hace falta que nos hagas la cuentas —lo interrumpió su madre. Sabía que si no le cortaba la palabra, el joven seguiría con un cálculo detallado de los costes diarios del ejército que seguramente sería cierto hasta en el más mínimo detalle—. ¿Ha dicho algo más? ¿Cómo se plantea organizar la defensa? Corre el rumor que está en marcha un ejército enorme.

—El domingo que viene nos armará caballeros a mí y a Diego —respondió con orgullo Sancho, lo que provocó el regocijo de los mayores.

—¿Y vosotros solos defenderéis la ciudad por vuestra cuenta? —preguntó don Álvaro—. Creo que tendrá que ocurrírsele algo más.

—Dice que necesita a todos los hombres posibles —respondió dignamente Sancho. El primer día con su padre le había desconcertado por una parte pero, por la otra, el carisma del Cid le había influido. Rodrigo siempre había sabido dar a cada uno de sus caballeros la sensación de que eran importantes. Sus hombres siempre lo habían obedecido ciegamente—. Y a lo mejor también llega ayuda del rey —añadió el joven.

—¿Del rey?

—¿Del rey Alfonso?

Don Álvaro y Aenlin hicieron la pregunta casi al mismo tiempo. Sancho asintió.

—Diego cree que el Cid se reconciliará con él y, cuando eso ocurra, quiere entrar al servicio del rey Alfonso. Pero yo no puedo porque soy un bastardo. —El joven hizo entristecido un mohín.

—Bien, gracias a Dios —se le escapó a Aenlin.

Ya le disgustaba que Sancho estuviera en el ejército de Rodrigo, pero todavía tenía menos confianza en las cualidades del rey Alfonso como capitán.

Don Álvaro entendía mejor la decepción de Sancho.

—Al rey debería darle igual quién es tu madre —dijo tranquilamente—. Cuando seas armado caballero nadie volverá a hablar de eso. Y a Alfonso le ocurre lo mismo que a Rodrigo: necesita a todos los hombres que estén a mano. Si desearas unirte a él, tu origen no sería un obstáculo. De todos modos, yo me lo pensaría bien. ¿Se celebrará un torneo con motivo de vuestro espaldarazo? En ese caso, te mostraré un par de fintas en la lucha con espada. ¿Os parece bien, Aleyna, que salga al jardín con Sancho y lo entrene un poco?

Aenlin dirigió al anciano caballero una mirada agradecida. Era probable que creyera tan poco como ella que pudiera aportar gran cosa para preparar a Sancho en la lucha con otros jóvenes caballeros. Se trataba más bien de dejarla a solas con Jaime un rato. Aenlin no había querido volver a ver a su caballero encantado, pero ahora que estaba allí, ansiaba un poco de intimidad con él.

Jaime la estrechó entre sus brazos en cuanto el caballero y el joven salieron de la habitación, y ella lo besó apasionadamente. Cuando se separaron el uno del otro para recuperar la respiración y Jaime iba a desabrocharle la blusa, ella volvió a poner reparos.

—Jaime, ¡no puede ser, no debemos hacerlo más! Es demasiado peligroso. A Rodrigo podría ocurrírsele venir a verme esta noche...

En efecto, ella contaba con esto y había pedido que Nur y Namika la preparasen. Jaime veía por primera vez a su amada con la vestimenta del harén, su cuerpo envuelto en telas brillantes y ligeras como plumas, el cabello trenzado, adornada con piedras preciosas y con velos que insinuaban más que ocultaban.

Jaime hizo un gesto de rechazo.

—El Cid está comiendo con su esposa y los caballeros en la gran sala del alcázar —explicó—. Corren ríos de vino. Han saqueado la bodega de los hombres a los que han metido en el calabozo y han conseguido un gran botín, a pesar de que todos son musulmanes... En cualquier caso, hoy el Cid no sale. Estamos seguros... —Se llevó a los labios las manos pintadas de alheña de su amada.

—Aquí no estamos seguros en ningún lugar —declaró—. Ya sea hoy o mañana, el Cid volverá a extender su mano hacia mí, y entonces...

—¿Has vuelto a enamorarte de él? —preguntó Jaime en un susurro. En su voz resonaba el miedo y el dolor.

—¿Qué? —preguntó Aenlin, desconcertada.

—Si has vuelto a abrirle tu corazón como entonces —prosiguió—, como en León. Allí eras suya, y no solo porque te habían regalado a él... Nunca lo entendí...

Aenlin se ruborizó.

—Entonces... todavía no lo conocía —musitó.

Jaime la atrajo hacia sí.

—Nadie lo conoce —dijo—, pero todos se someten a él. Tiene... el don de fascinar a la gente. Habla con las personas como tú con los caballos. Los tiene a todos cogidos por las riendas...

Aenlin iba a reír, pero en el fondo sabía que estaba en lo cierto. Rodrigo seducía a los seres humanos como ella seducía con su canto a los caballos. Y sin embargo...

Se desprendió de Jaime.

—Tú nunca te has dejado someter por él —reconoció casi admirada. Ya de adolescente, Jaime había temido a Rodrigo, nunca lo había querido.

Su amado hizo una mueca de desagrado.

—A mí nunca me gustó cómo sujetaba las riendas —contestó—. No es que no sea un buen jinete. Al contrario. Los caballos obedecen, maduran cuando él los monta. Pero al final tienen heridas en las comisuras de la boca y los flancos muestran las huellas de sus espuelas.

Aenlin reflexionó sobre la comparación. Quien era subyugado por Rodrigo corría el peligro de salir lastimado. Ella lo sabía por propia experiencia, y también Jimena.

—Pero es algo distinto... —objetó—. No actúa como hago yo con los caballos. Cuando canto para ellos, yo... les abro mi corazón y ellos me abren el suyo. Es algo recíproco, que no puedo forzar. Y nadie sale herido.

Jaime se encogió de hombros.

—Tal vez porque la llave con que abres su corazón es el amor —indicó—. Su llave es afán de protagonismo. Y la codicia. Se aprovecha de las ansias de dinero y poder de los individuos que lo siguen...

—Yo solo ansié amor —quería objetar ella—. Tal vez en realidad yo soñé con un príncipe sobre un caballo blanco, invencible y junto a quien yo gobernaba el mundo. —Sonrió afligida.

Jaime asintió con seriedad.

—Es lo que digo, estabas hambrienta. ¿Todavía lo estás?

Aenlin negó la cabeza y colocó las manos en las mejillas de su amado.

—Tú me has dado todo lo que podía desear —respondió—. Lo suficiente para alimentarme de ello el resto de mi vida si así tiene que ser. Nunca más volveré a someterme a Rodrigo Díaz de Vivar. Pero debes olvidarme... o no, no olvidarme... Tienes que renunciar a mí. —Miró a Jaime y tuvo la sensación de que le desgarraban el corazón. Por última vez acercó sus labios para besarlo—. Renuncia a mí —susurró—, ¡pero no me olvides!

6

Ya al día siguiente Rodrigo empezó a gobernar Valencia con mano de hierro para protegerla, según afirmaba. Durante su entrada triunfal había notado el rechazo de la población, lo que lo había afectado o al menos inquietado. Temía un alzamiento: si en breve había un ejército almorávide delante de la ciudad, los musulmanes de Valencia reunirían valor suficiente para rebelarse contra el invasor. Así que los primeros esfuerzos defensivos de Rodrigo se dirigieron contra sus opositores en el interior de la ciudad. Nur y Namika, que el primer día de su estancia en Valencia habían pedido poder ir a visitar las calles y mercados y buscar una mezquita, regresaron agitadas y aterradas.

—Por todas partes se están leyendo edictos —informó Nur a su señora—. El Cid está confiscando todas las herramientas de hierro y amenaza con la pena de muerte a quien no obedezca sus órdenes. Y los jóvenes moros tendrán que estar mañana al amanecer junto al mar.

Aenlin se quedó helada. ¿Qué iba a hacer Rodrigo en la costa? No tenía barcos. ¿Pensaba desterrar a todos los musulmanes aptos para la lucha? Esperaba que no llegara tan lejos como para asesinar sin más a todos esos jóvenes.

A lo largo de la jornada fueron llegando otros rumores. Por lo visto, Rodrigo había anunciado que haría matar a toda la población musulmana de la ciudad si se acercaba el ejército de los almorávides. Los jardineros que habían llegado por la mañana para realizar sus tareas en la casa del nuevo gobernador se vieron invadidos por el pánico, pero no se atrevieron a confiar sus preocupaciones a Aenlin o a don Álvaro. En lugar de ello hablaron con Nur y Namika, quienes pusieron a su señora al corriente del estado de las cosas. Esta intentó calmar a las muchachas.

—Los jardineros no deben inquietarse, pero harían bien en reflexionar si no les conviene bautizarse —fue su consejo pragmático—. De buen grado o por la fuerza, a la larga la ciudad será cristianizada. Y mañana, que se queden aquí pase lo que pase. Ya están al servicio del Cid, así que no tienen que acudir a esa convocatoria general para poder trabajar. ¿Viven aquí, en los alojamientos para los criados? Si no es así, entonces tienen que venir y dejarse ver lo menos posible en la ciudad por el momento.

Por la noche por fin recibió a Rodrigo, un encuentro que esperaba con el corazón en un puño. Habían pasado años desde Gormaz y seguramente el Cid habría conquistado más de un harén. ¿Satisfaría ella todavía sus exigencias? Ya hacía tiempo que había superado la treintena, y entretanto él debía de haber poseído a mujeres mucho más jóvenes. Sin embargo, sus temores eran injustificados. Rodrigo estaba de un humor estupendo y la saludó entusiasta.

—¡Preciosa! Cuánto tiempo... —La cogió suavemente de los brazos, la acercó a él y la miró complacido—. Tu belleza sigue intacta. —Rodrigo inspiró el olor de su cabello—. Te he echado de menos —afirmó—. Ah, sí, y esta vez... incluso te he traído un regalo. —Sacó una pesada cadena de oro de un bolsillo de su larga túnica. Iba formalmente vestido, tal vez había tenido un juicio o había presidido un consejo. Con esas prendas de brocado oscuro, las calzas rojas y las botas ligeras parecía algo más viejo y distinguido que antes, pero seguía estando delgado y musculoso. Las arrugas que el tiempo y la guerra habían cincelado en su rostro aguileño le conferían un aire más serio, quizá más amenazador cuando no sonreía como en ese momento. Aenlin cogió la cadena, de la que colgaba una cruz con piedras preciosas engarzadas—. Deberías llevarla —le advirtió—. En estos tiempos es importante confesarse cristiano.

Sorprendida, distinguió una cruz igual de pesada en el cuello de él.

—¿Debemos rezar para que los almorávides se vayan? —se le escapó.

El Cid soltó una sonora carcajada.

—Eres una pequeña pagana —bromeó—. Y eres ingeniosa con la palabra. Ahora igual que antes.

—Es mi deseo y alegría complacer a mi señor —respondió Aenlin comedida—. Ahora igual que antes. Yo también os he echado de menos, mi Cid. Y he asistido a misa y me he esforzado por educar a vuestro hijo como un buen cristiano. ¿Os gusta nuestro hijo, mi Cid?

Mientras hablaba empezó a quitarle la túnica por los hombros y a desatarle los calzones.

Rodrigo asintió.

—Un chico educado, cortés, inteligente..., tal vez un poco blandengue... Hoy mismo tuvimos que ejecutar a un par de rebeldes, lo que para él... Bien, al parecer le aflige que debamos derramar sangre.

También la afligía a ella. Se preguntaba a quién, ya el primer día como gobernador de la ciudad, había tenido que enviar al cielo o al infierno.

—Nunca ha tenido que presenciar algo así, no está acostumbrado a la violencia —dijo ella en defensa de su hijo mientras deslizaba sus diestros dedos por el cuerpo de don Rodrigo. El Cid se tendió en el lecho de almohadones y pétalos que ella le había preparado de bienvenida—. Era feliz en Burgos.

—Aquí su espada pronto tendrá que saborear la sangre —advirtió Rodrigo, relajado—. Yúsuf envía un ejército y creo que esta vez se enfrentará a mí. —Hasta entonces los almorávides habían peleado con el rey Alfonso, pero siempre habían huido ante Rodrigo—. Mis hijos estarán entonces a mi lado —sentenció el Cid con orgullo.

Aenlin experimentó un miedo horrible.

—Sancho es tan joven todavía... —susurró.

Lentamente dejó caer el velo que le cubría los hombros. Rodrigo le puso la cadena y ella percibió la cruz entre los pechos. ¿Qué pretendía el Cid con ese gesto? ¿Tomaba posesión de ella en nombre de su Dios con toda gravedad? ¿Se consideraba bendecido? ¿O acaso disfrutaba enfrentándose a las normas de su Iglesia?

—Yo no era mayor que él cuando me batí en duelo por primera vez —respondió él, arrogante—. Mis hijos han desperdiciado mucho tiempo. A la edad de Diego, yo ya mandaba un ejército. Pero lo recuperará. Tiene mi sangre...

Era evidente que Diego no había pestañeado cuando decapitaron a los traidores. Aenlin se esforzaba por no pensar cómo debía de sentirse ahora Sancho.

—También Sancho tiene tu sangre —dijo—. A su manera seguirá tus pasos. Deja que te quite las botas para que pueda saludarte como a un rey. ¿Te he enseñado alguna vez cómo se comporta una virgen cuando se presenta por vez primera ante el señor de un harén?

En realidad era un ritual humillante para la mujer, por eso Aenlin había renunciado a adular a Rodrigo con él, pero en ese momento seguro que lo halagaría y lo llevaría a otros pensamientos que el del futuro empleo militar de su hijo menor. Reunió fuerzas e interpretó el papel de una chica muy joven y tímida que entrara por primera vez en los aposentos del califa, se acercara de rodillas a la cama y le besara los pies antes de deslizarse bajo su manta y seguir acariciándolo. Nunca había podido imaginar que un hombre como Al Mutámid o incluso Al Mutamán esperasen este servicio de una mujer; Damaris, en cambio, le había contado lo mucho que Al Qádir se había divertido con él.

Se convenció de que para Rodrigo no era más que un juego e intentó no sentir o al menos no mostrar desprecio cuando él estalló de placer.

—No hay mujer que se te iguale, preciosa —murmuró él cuando una hora más tarde, relajado y satisfecho, y de un humor más que benévolo, se marchó. Al final hasta le permitió que presenciara el espaldarazo de Sancho en el alcázar—. Que te acompañe don Álvaro y ponte velo —le ordenó—. Y sé discreta. Esperamos a un enviado del rey y tiene que encontrarse con una corte auténticamente cristiana.

—¿El rey ennoblece tu fiesta enviándote a un representante? —preguntó Aenlin—. Entonces ¿es cierto que quieres reconciliarte con él?

—El rey Alfonso está formando un ejército y vendrá en nuestra ayuda en la defensa de Valencia —explicó el Cid—. Luchamos juntos contra la amenaza de la cristiandad.

Era patético; Aenlin no se hubiera sorprendido si se hubiese santiguado al decirlo. Don Álvaro tenía razón: el Cid se congraciaba con la Iglesia. Ya no quería ser un rebelde ni un caballero bandido. Si debía presentarse ante el monarca, que fuera como soberano, como señor de su propio reino, apoyado por la Iglesia.

Aenlin hizo acopio de todo su valor y preguntó por los hombres moros que al día siguiente tenían que reunirse en la orilla.

—Me he permitido dispensar a mis jardineros de la obligación de acudir —reconoció, mientras acompañaba a Rodrigo por un jardín hasta una puerta lateral del muro—. Me echaría las manos a perder si en el futuro tuviera que ocuparme yo de arrancar las malas hierbas.

El Cid rio.

—No vamos a arriesgarnos a que suceda algo así —dijo generosamente—. Conserva entonces a tus chicos. No serán peligrosos. Los jardineros no suelen ser grandes guerreros.

Aenlin vio entonces confirmadas sus sospechas.

—¿Qué piensas hacer con esos hombres... ahí en la costa? —preguntó con cautela.

—¿Qué voy a estar pensando? ¿Que remuevan la arena con la pala? —Rodrigo negó con la cabeza—. No, esos tipos han de desaparecer. No quiero despertarme uno de estos días con una daga mora en la espalda.

—Vas... ¿vas a matarlos a todos? —preguntó horrorizada.

Rodrigo negó con un gesto.

—Había pensado hacerlo —admitió—, pero eso solo alimentaría la discordia. Las mujeres y los niños también se pueden armar si oyen que sus maridos y padres han sido aniquilados. No, los dejo ir. Que se vayan a Marruecos o huyan a cualquier emirato...

—Pueden unirse al ejército de los almorávides —señaló Aenlin.

Rodrigo hizo un gesto de rechazo.

—Sus esposas e hijos, sus padres y hermanos, están en la ciudad. Nadie osará levantarse contra mí. No te preocupes, Aleyna. Tengo Valencia y la conservaré. Ya sea con ayuda de Dios o con el fuego del diablo. Últimamente siempre he conseguido lo que quería. ¡Lo lograré!

Aenlin vio que cerraba los puños decidido, y casi sintió lástima por los almorávides. En cualquier caso, se compadecía de la gente de Valencia. Si Rodrigo conjuraba el fuego del demonio y la Iglesia encendía sus piras, los valencianos añorarían el gobierno de Al Qádir.

Al día siguiente las puertas de Valencia se cerraron definitivamente tras los grupos de jóvenes que los caballeros de Rodrigo sacaban de la ciudad. En las plazas se amontonaban todos los objetos que habrían podido pasar por armas. A quien protestaba por ello, lo azotaban con el látigo.

Hacia finales de la semana llegó el enviado del rey Alfonso y con él un monje llamado Jerónimo, un adepto del abad Bernardo de Cluny.

Don Álvaro supuso que sería nombrado futuro arzobispo de Valencia.

—Rodrigo y Alfonso consideran que el obispo mozárabe no es lo suficiente severo. Hasta ahora ha vivido en paz con los moros y no quiere convertirlos a toda costa. Incluso es posible que haya apoyado con firmeza a Ibn Yahhaf y los otros presos. En cualquier caso, reina mal ambiente en la ciudad. El espaldarazo de Sancho no está bajo una buena estrella.

Aenlin reprimió el comentario de que las estrellas daban tan poca información sobre el futuro como el vuelo de las aves, que, en opinión de Rodrigo, auguraban una vida especialmente feliz para el joven caballero. Don Álvaro tenía razón y el entusiasmo de Sancho por su inminente ordenación como caballero había disminuido.

—Ya está harto de su padre —dijo ella—. Los drásticos juicios de Rodrigo y los tributos que piensa imponer a la población le repugnan.

Don Álvaro asintió.

—Le ha demostrado a su padre haciéndole las cuentas que un herrero, por ejemplo, no puede ganar de ninguna de las maneras lo suficiente para pagar sus impuestos, y se ha mostrado preocupado por quién herrará las monturas de los caballeros si los artesanos abandonan sus oficios porque tienen que mendigar —explicó, describiendo divertido los intentos de Sancho para apelar a la sensatez de su padre—. Sin contar con que el Cid acaba de confiscarles todas sus herramientas. Don Rodrigo lo ha mirado como si no estuviera en sus cabales y le ha explicado que se obligará a los herreros a trabajar. Sancho se ha puesto a hablar acto seguido de los sastres y los molineros... Y su visión es totalmente realista, por supuesto. Al Qádir ya era una sanguijuela, pero los impuestos que exige el Cid arruinan a la gente. Las cuentas son sencillas, ahí no es necesario haber estudiado durante años como tu hijo. Solo hay que tener los ojos y los oídos alerta y abrir el corazón. Pero Rodrigo no está preparado para ello, lo que Sancho tampoco concibe. No hay manera de que se entiendan mutuamente.

—De todos modos, en adelante tampoco se hablará mucho, sino que se peleará. —Aenlin suspiró—. Fue una equivocación quedarse en Burgos esperando. Debería haber escapado con Sancho. En ningún otro sitio habríamos corrido tanto peligro como aquí.

Pese a la situación, Sancho y Diego fueron armados caballeros con todo el ceremonial, que además estuvo sumamente impregnado de cristiandad. La fiesta empezaba la víspera con una misa solemne, esta vez en la iglesia cristiana, lo que causó las protestas de Rodrigo porque el edificio era pequeño y muy modesto. Los chicos pasaron la noche antes de la ordenación rezando y ayunando en el presbiterio, una tradición que provenía de Francia y cada vez se estaba imponiendo más. El domingo por la mañana se encaminaron formalmente al alcázar, donde habían habilitado una de las salas de recepción como iglesia. Se necesitaba más espacio, pues todos los caballeros del ejército estaban invitados. Tras otra misa, se fue llamando a los chicos uno detrás de otro para darles el espaldarazo. En total eran ocho muchachos entre trece y dieciocho años. Aenlin, que presenció la ceremonia desde uno de los asientos posteriores, se preguntaba si los otros jóvenes habían llegado con Jimena y Diego o si habían recibido su formación militar directamente en el ejército de Rodrigo.

Diego había pedido a don Gonzalo que lo armara caballero; Sancho, a don Álvaro. Los demás chicos se presentaron orgullosos ante el Cid; probablemente toda su vida se jactarían de haber sido ordenados caballeros por el Campeador en persona. Contenidos y serios, todos se arrodillaron vestidos de un blanco inmaculado para recibir el pequeño golpe con la espada en los hombros y la cabeza, el espaldarazo, y calzar las espuelas. El Cid regaló tanto a Diego como a Sancho unas espuelas de oro y una costosa espada. Tal como era habitual, los caballeros veteranos dirigieron unas animosas palabras a los neófitos. Don Álvaro se refirió a las virtudes de la caballería; Rodrigo, a la defensa de la cristiandad, y don Gonzalo deseó a sus pupilos que alcanzaran fama y riqueza.

Después de la ceremonia se celebraron diversas competiciones, aunque Rodrigo renunció a organizar un auténtico torneo. No habría sido aconsejable en una ciudad que acababa de ser conquistada y que se veía amenazada por un nuevo cerco. Aenlin se sintió aliviada por ello, pues había temido que Sancho saliera mal parado en la lid. Los caballeros que luchaban en un torneo solían poner como prenda el caballo y la armadura. Si perdían, o bien tenían que desprenderse de ellos o bien desempeñarlos. Sancho había dejado claro a su madre que él no estaba preparado para algo así.

—El riesgo es demasiado grande, cualquiera puede calcularlo —explicó el joven—. Seguro que no voy a ganar, y eso implica que habría de entregar a Sirius a otro caballero. Y todos lo admiran. Así que quién sabe si podría recuperarlo.

—Tu padre te regalaría otro caballo —indicó don Álvaro, aunque sabía que eso no era un consuelo para el joven. Sancho enseguida puso el grito en el cielo.

—No permitas que tu padre se dé cuenta de lo mucho que quieres a Sirius —le aconsejó Aenlin—. Piensa que ya te considera un blandengue. No vaya a ser que se le ocurra endurecerte vendiendo el caballo.

Por fortuna ese problema no se planteó. Los jóvenes caballeros compitieron amistosamente unos con otros y obtuvieron sus premios solo de la mano de Jimena o de sus hijas. El resultado del encuentro fue poco sorprendente: Sancho luchó con valentía, pero hasta Aenlin se dio cuenta de que su contrincante era benévolo con él. Al hijo del Cid no lo arrojaban del caballo con la lanza de forma tan inmisericorde como a los de su condición. Diego, por el contrario, ganó merecidamente la competición, luchando seguro de sí mismo y con un brillante dominio de la técnica, pero también era el mayor de los flamantes caballeros, mientras que Sancho estaba entre los más jóvenes. Aenlin esperaba que Rodrigo lo considerase del mismo modo y que no riñera a su hijo por no llegar al nivel de su hermano.

Aenlin y don Álvaro siguieron las justas desde la pista de precalentamiento. Mientras que los jóvenes se enfrentaban y entrechocaban las espadas, tuvieron tiempo para contemplar más de cerca a los hombres y mujeres de las tribunas de honor. Aenlin observó a Jimena y sus hijas y encontró que el rostro de la primera era más duro que nunca. Ya se habían dibujado en él las primeras arrugas, testimonios de preocupaciones y no de risas. Aun así, seguía siendo bonita e irradiaría una gracia y dignidad aristocrática hasta edad avanzada. La esposa de Rodrigo, sentada muy derecha, llevaba una mantilla negra que sostenía con una peineta de marfil clavada en el cabello recogido en un moño alto.

Las chicas, Cristina y María, se parecían tanto a Jimena como al Cid, que les había legado los rasgos faciales bien dibujados. Tenían los ojos grandes y expresivos, seguro que los hombres con quienes iban a casarlas en breve no se verían decepcionados.

El enviado del rey, sentado junto a la familia de Vivar, iba vestido de gala y parecía un hombre muy agradable. Conversaba animadamente con Jimena y sus hijas y parecía tener una relación estupenda con Rodrigo. Los dos religiosos —el obispo mozárabe de Valencia y el monje Jerónimo, de negro y con aspecto severo— no tenían mucho que decir. Los dos callaban y seguían con la misma expresión crítica lo que ocurría en la plaza. También se había pedido a don Gonzalo y don Roberto que subieran a la tribuna como portavoces de la caballería. No se había invitado a representantes de la población mora ni judía.

—En general ha sido una bonita fiesta —sentenció don Álvaro cuando al final del día acompañó a casa a su protegida. Ni él ni ella participaban en el banquete—. Dejando aparte el hecho de que nadie de la ciudad ha querido participar en el evento. —En las calles se habían instalado puestos de comida, pero exceptuando un par de mendigos, nadie se había presentado para hartarse de comida a cuenta del nuevo gobernador.

Aenlin hizo una mueca.

—Después de todo lo que Rodrigo se ha permitido hacer con esta gente, yo tampoco comería nada —observó—. Deben de tener miedo de que los envenene.

7

En las semanas siguientes, el ejército de los almorávides fue aproximándose. Rodrigo mantuvo imperturbable su postura frente a la población mora, esperando que otros gobernadores cristianos lo apoyaran. El rey de Aragón se negó y, por razones obvias, el Cid no quería dirigirse al conde de Barcelona. Su mayor baza era el rey Alfonso, quien en efecto estaba reuniendo un ejército para levantar el cerco de Valencia. Pero no estaba en absoluto seguro de llegar antes que las fuerzas de los almorávides.

—En caso de duda tenemos que vencerlos nosotros solos —dijo furioso Rodrigo a Aenlin.

La visitaba regularmente y hacía lo que hasta entonces nunca había hecho: le contaba sus avances en el gobierno de la ciudad y sus planes para su defensa. Ella escuchaba con atención y volvía a leer todas las obras sobre táctica de guerra para poder discutir con él como una entendida. Posiblemente fuera eso lo que empujaba al Campeador a volver con ella. Sus asesores eran totalmente incultos y Jimena no era una interlocutora de su nivel cuando se trataba de intereses políticos. Antes había discutido con dirigentes moros notablemente instruidos, como Al Mutamán, pero los dignatarios moros seguían entre rejas. También hablaba de eso con su concubina.

—No despegan los labios —se indignaba Rodrigo—. Y nosotros necesitamos urgentemente el oro de Al Qádir. Hacer una guerra es caro. Tendremos que imponer castigos ejemplares.

Aenlin suspiró. Desde su punto de vista, Rodrigo ya lo hacía. Llevaban días torturando a Ibn Yahhaf y a otros anteriores dignatarios que supuestamente conocían el paradero del tesoro.

—Ya tienes mucho dinero —le señaló— y ninguna posibilidad de gastártelo. Ya no puedes reclutar a más mercenarios. ¿De dónde iban a venir? Y has conseguido suficientes armas, a fin de cuentas has confiscado todos los cuchillos de la ciudad. ¿No deberías dar paso a la compasión? Saca a esa gente de la cárcel, aprópiate de la fortuna que todavía les quede, ¡pero no los mates!

Rodrigo rio.

—Tienes mucho entendimiento en tu bonita cabeza, pero un corazón demasiado grande, preciosa. Por muy experta que seas en el arte de la guerra, nunca podrías dirigir un ejército. Todo esto lleva su tiempo. De Ibn Yahhaf y de los otros me ocuparé cuando haya acabado con los almorávides. Y ahora vamos a jugar, preciosa. Tú eres una bonita doncella virgen y yo soy el príncipe que te espera en su dormitorio...

Aenlin asintió frustrada. El ritual de la primera noche de la joven concubina había dado alas a su señor. Justo cuando había aprendido a valorarla como consejera le gustaba hacerla retroceder al papel de la pequeña esclava, amedrentada y sumisa.

—Mi señor... —dijo ella impasible. Fue a la puerta y se acercó haciendo profundas reverencias antes de arrodillarse.

Ya no intentaba contener su repugnancia.

El ejército del rey Alfonso no consiguió llegar a Valencia antes que las fuerzas armadas de los almorávides, dirigidas por un sobrino del caudillo Yúsuf. Empezaron el cerco en octubre. Montaron las tiendas en una explanada llamada Cuarte y se dedicaron a amedrentar a los defensores de la ciudad. Día y noche, los almorávides daban vueltas a las murallas con sus veloces caballos, chillaban, aullaban y gritaban, y lanzaban flechas a todo aquel que se asomaba por los adarves.

Esto enfurecía a los caballeros de Rodrigo, que ansiaban atacar, pero el Cid conservaba la calma. Aenlin se preguntaba si todavía esperaba que los ejércitos de Alfonso abordaran al enemigo por la espalda. Los sacerdotes de la ciudad se superaban organizando misas rogativas y procesiones. En Valencia resonaba una cacofonía de gritos de guerra árabes y cánticos cristianos.

Jimena y sus hijas hacían acto de presencia en la mayoría de los servicios religiosos y rezaban fervientemente por la victoria del Cid, y este mantenía conversaciones diarias con sus hombres durante las cuales subrayaba que solo con la ayuda de Dios lograrían vencer a los infieles.

—Antes nunca había hecho algo así —refunfuñó don Álvaro—, más bien mencionaba a los caballeros el tamaño del botín que podían obtener en las ciudades conquistadas. Creo que eso los motivaba más.

Aenlin se encogió de hombros.

—Antes quería ser rico, ahora además desea escribir la historia. Planea un ataque...

La noche anterior Rodrigo le había contado su estrategia y en ese momento estaba distribuyendo sus tropas.

—Muy hábil, pero que sea Diego quien dirija el primer ejército es, a mi parecer, osado —observó don Álvaro.

Según el plan de Rodrigo, su primogénito dirigiría un ataque por la puerta principal de la ciudad en el cual participaría la mayor parte del ejército. Diego montaría a Babieca para que los almorávides creyeran que era el mismo Cid quien encabezaba a las tropas. Diego y sus hombres tenían que enzarzarse en una batalla con sus enemigos y distraerlos.

—Y entonces Rodrigo se abalanzará —anunció Aenlin—. Saldrá por una puerta lateral y los sorprenderá por detrás. Una treta clásica... Se describe en distintas obras sobre el arte de la guerra.

Don Álvaro sonrió.

—¿No habrás sido tú por casualidad quien lo habrá inducido a emplearla? —preguntó—. Raras veces se ve a Rodrigo con un libro. ¿Y qué sucede con Sancho?

—Se queda con Rodrigo —contestó Aenlin—. Con él espero que corra menos peligro que con el ejército mayor. Lo mejor sería que lo dejara aquí, pero esto ni entra en consideración. El Cid quiere volver victorioso a Valencia con sus dos hijos...

Don Álvaro suspiró.

—Entonces, esperemos que cuide del pequeño —dijo.

La vigilia de la batalla se celebró una misa a la que asistió toda la población cristiana. El obispo ofició el servicio delante del alcázar y Aenlin acudió para ver a su hijo una vez más y, tal vez, también a Jaime. De Sancho captó solo una visión desde lejos, lo que lamentó enormemente, pero el preparador del caballo estaba cerca, con los sirvientes. A ella casi se le rompió el corazón cuando lo vio tan triste y preocupado. Le costaba admitir que Babieca tuviera que librar batallas montado por el Cid. Y ahora por Diego... Pero al menos Aenlin no tenía que temer por Jaime. Si Rodrigo lo había destinado a una tropa, seguro que sería a una unidad de soldados de infantería que se desplazaría mucho más tarde. Cuando el mozo descubrió a Aenlin esbozó una sonrisa y levantó discretamente el brazo. La cinta que ella había regalado tiempo atrás a su caballero encantado estaba atada a su muñeca. Estaba segura de que él trenzaría la otra en las crines de Babieca.

Por la noche, los gritos y aullidos de los almorávides disminuyeron un poco, mientras que los cristianos se dedicaron a un rezo silencioso. Aun así, Aenlin era incapaz de conciliar el sueño. Por la mañana había llegado a tal punto de preocupación que habría preferido participar ella misma en la batalla que estar sufriendo por su hijo. Cuando salió el sol, se levantó y subió a la torre que coronaba la elegante casa de Ibn Yahhaf. Desde allí abarcaba con la vista una parte de la explanada que se abría delante de la ciudad. Una extensión sobre la cual se derramaba en ese momento el ejército del Cid, conducido por un caballero alto sobre un semental plateado.

Ese día, Rodrigo Díaz de Vivar obtuvo una victoria que lo hizo inmortal a los ojos de la cristiandad. El ataque de Diego pilló a los almorávides totalmente desprevenidos. Antes de que el último guerrero árabe subiera a su montura, el joven comandante ya casi había alcanzado el campamento. Por supuesto, en ese punto los hombres lucharon con todo su ímpetu, de modo que Diego no habría conseguido rechazarlos él solo. Entretanto, sin embargo, Rodrigo ya había llegado a sus tiendas deparándoles una emboscada. Empezó a devastar el campamento y a aniquilar a los rezagados. Apretujados entre los dos ejércitos de los cristianos, los almorávides intentaban escapar, pero su estrategia de retirarse raudos cuando amenazaba la derrota fracasó. Los hombres de Rodrigo masacraron a cientos de guerreros y tomaron presos a un número similar. Además saquearon el campamento y robaron los caballos y los mulos. La ciudad casi no podía contener tal cantidad de presos y animales. Rodrigo requisó establos para los caballos e internó a los hombres en un campamento montado a toda prisa. Los dejó cuidadosamente vigilados y justo al día siguiente los llevó al mercado de esclavos más cercano.

Los cristianos de la ciudad alabaron a Dios. Los caballeros y mercenarios desearon larga vida al Cid. Esa batalla había enriquecido a todos los caballeros y había llenado considerablemente las bolsas de los mercenarios.

Aenlin había seguido en la medida de lo posible la lucha desde su torre. Por desgracia, la vista no llegaba hasta el campamento de los almorávides, donde corrió la mayoría de la sangre, así que no pudo ver si Sancho estaba entre los guerreros que volvían triunfales a la ciudad. Distinguió a Babieca a la cabeza, pero el joven Sirius todavía era demasiado indistinto como para destacar entre la masa de sementales de batalla.

Movida por la inquietud pensó en salir al encuentro de los hombres. Luego, sin embargo, la detuvo el caos de la ciudad, las procesiones para dar gracia que se habían convocado al instante, los cautivos y los caballos, los victoriosos soldados y los carros que recogían hombres heridos y agonizantes del campo de batalla. Probablemente tampoco habría podido llegar hasta el alcázar y menos aún hasta su hijo. Al final, esperó temblorosa a don Álvaro. El anciano caballero no había salido de la ciudad, pero sí que había capitaneado a una parte de los defensores de la muralla, así que había visto llegar a los caballeros y se apresuró a ir junto a Aenlin en cuanto se liberó de sus obligaciones.

—Todo ha ido bien, a Sancho no le ha pasado nada, tampoco a Diego ni al Cid —anunció, quitándole así un peso de encima—. Los dos últimos están ebrios de éxito, mientras que Sancho... más bien parecía deprimido. O tal vez horrorizado. En cualquier caso, no le ha gustado su primera batalla.

Aenlin se lo quedó mirando, aliviada pero abatida por la descripción del estado de ánimo de su hijo.

—¿Existen personas a las que pueda gustar una carnicería así? —preguntó en un susurro.

Don Álvaro gimió.

—Es una borrachera total a la que uno se entrega fácilmente, Aleyna. Incluso yo me arrojaba contento a pelear cuando era joven. A estas alturas, lo veo de otro modo, pero entonces... ¡Es pura vida! Te atrapa, eres parte de tu espada, de tu semental, gritas, ríes... Nunca estás tan vivo, ni tan en unión contigo mismo y el mundo, como durante la batalla.

Aenlin negó con la cabeza.

—¿No debería experimentar un hombre algo así al amar a una mujer? —preguntó—. A fin de cuentas ahí sí puede crear vida. La batalla es... una danza con la muerte.

Don Álvaro rio.

—Lo defines exactamente, una danza salvaje y embriagadora con la muerte, comparable a la conquista de una mujer. Algunos incluso prefieren lo primero a lo segundo.

Aenlin pensó en Rodrigo. Seguro que ese era su caso. Sancho, por el contrario...

Para sorpresa de Aenlin alguien golpeó a su puerta por la noche, igual que pocos meses atrás, el día de su llegada a Valencia. Y de nuevo eran los dos mismos hombres los que estaban ante la puerta: Jaime y Sancho.

—No corremos ningún riesgo, Aleyna —dijo Jaime en lugar de saludarla—. El Cid está comiendo con los caballeros; el obispo no para de oficiar misas, donde el Campeador también tiene que dejarse ver, y además bebe un vaso después de otro a la salud de su maravilloso Diego. Seguro que esta noche no viene a verte.

Aenlin ya se lo había imaginado y había renunciado a arreglarse tan primorosamente. En ese momento no sabía si abrazar primero a Jaime o a Sancho. El joven decidió por ella, lanzándole los brazos alrededor del cuello y llorando desconsolado sobre su hombro.

—He matado a alguien, madre. Creo que he matado a una persona... Pero iba a clavarle la espada a... a Sirius, y yo...

—Ya estaba así antes, cuando los caballeros saqueaban el campamento de los moros —advirtió Jaime señalando al lloroso joven—. Tuve que intervenir. Yo formaba parte de una de las tropas de a pie y lo encontré en una tienda establo, totalmente fuera de sí. Por suerte nadie lo ha visto. Lo... lo... siento, Aleyna, pero he tenido que darle un bofetón y pegarle un grito. Después se ha recuperado y tranquilizado. Ahora se ha marchado discretamente del banquete porque quería venir a verte. ¿Qué podía hacer yo?

Aenlin meció a su hijo entre sus brazos para consolarlo.

—Ya pasó, Sancho, ya pasó... Lo principal es que estás vivo. Y Sirius y Babieca han salido ilesos. Eso está bien...

Le acariciaba el cabello como si fuera un niño. Lo tenía húmedo, Sancho debía de haber tomado un baño. Aenlin se preguntó dónde y cuándo. El joven también tenía frío, le temblaba todo el cuerpo.

—He matado a ese hombre... —se lamentaba Sancho.

Jaime miró a Aenlin con aire impotente.

Don Álvaro, por el contrario, separó enérgicamente al muchacho de los brazos de su madre.

—Ya basta, Sancho, compórtate como un hombre —le increpó—. No hay ninguna razón para que aparezcas aquí llorando como una niña. Y si en una batalla como la de hoy solo has matado a un único enemigo, entonces... entonces me pregunto cómo has conseguido sobrevivir. ¡El propósito de un combate es matar, muchacho! ¡O matas tú al enemigo o el enemigo te mata a ti!

Sancho gimió, pero se recobró.

—Yo no quería hacerle nada —dijo abatido—. Solo pretendía

tirarlo del caballo y... y seguir galopando. A lo mejor derribar a otro más. Era lo que iba a hacer. Pero él... el moro desenfundó la espada e iba a hundírsela a Sirius. Entonces le clavé... —El joven empezó a temblar de nuevo—. Le clavé la lanza en el cuello. Y todo se llenó de sangre... todo era sangre. No... no puedo. No quiero volver a hacerlo.

—¿Y en el caos general te has escapado del campamento que tu padre asaltaba en ese momento y te has escondido? —resumió don Álvaro las confusas explicaciones de Sancho y Jaime.

Sancho asintió.

—Sé... sé que no es propio de un caballero.

Jaime le puso una mano sobre el hombro.

—Yo también me he escondido allí —reconoció—. Les he dicho a todos los que pasaban que estábamos confiscando los caballos para el Cid. Nadie ha preguntado más, allí todo era un desbarajuste, entre los caballeros que luchaban, los moros que huían y la infantería que ya empezaba a saquear...

Don Álvaro se llevó las manos a la cabeza.

—El hijo del Cid Campeador llora porque ha matado a un enemigo y se esconde en la tienda establo de los almorávides durante su primera batalla. ¡Reír para no llorar! ¿Yo te he educado así, Sancho de Vivar?

El joven lo miró con aire desafiante.

—Me habéis enseñado a luchar, don Álvaro, y lo habéis hecho muy bien, de lo contrario no habría matado a ese hombre. No depende de vos, porque... lo mismo le habéis enseñado a Diego y a él le gusta. —Se rascó la frente—. ¿Esto que me pasa no será porque soy un bastardo...?

Aenlin lo abrazó de nuevo.

—No. ¡No tienes que pensar así! No eres un bastardo, don Rodrigo te ha reconocido.

Don Álvaro hizo una mueca.

—Y según mi experiencia, la capacidad para luchar de un hombre no tiene absolutamente nada que ver con la cama en que fue engendrado —dijo con severidad—. Un bastardo puede ser un héroe o un cobarde.

—Yo tampoco soy valiente —dijo Jaime, con la intención de

volver a echar una mano al chico. Aenlin sentía un agradecimiento ilimitado hacia él.

Don Álvaro se contentó con encogerse de hombros.

—Tú no eres un caballero —objetó.

El mozo iba a replicar, pero calló.

Sin embargo, los labios de Aenlin sí formaron una palabra inaudible: «Sí».

Jaime le sonrió con cautela.

—¿Y ahora qué hago? —preguntó Sancho, desorientado.

—Ahora descansas —contestó Aenlin—. Te quedas aquí. No creo que en el alcázar se den cuenta de tu ausencia. Y te calientas. ¿Qué has hecho para estar temblando así?

—Se ha bañado en el abrevadero de los caballos —desveló Jaime—. En el agua fría como el hielo. Para limpiarse la sangre.

También se habrían podido calentar y abrir los baños, pero a Jimena nunca se le ocurriría algo así. El Cid y los otros caballeros habían asistido a la misa con su ropa empapada en sangre y seguían llevándola mientras bebían.

Aenlin suspiró. Sus baños estaban calientes.

Antes de que pudiera enviar a su hijo a lavarse, don Álvaro le hizo una advertencia.

—¡Y ahora no lo mandes a los baños del harén! Si tantas ganas tenía de lavarse, que pase ahora frío. No le haces ningún favor permitiéndole que se comporte como un blandengue.

Aenlin no respondió, pero condujo obediente a su hijo a uno de los dormitorios y le proporcionó varias mantas.

—Te calentarán lo suficiente —le dijo con ternura mientras lo besaba en la frente—. Mañana ya veremos qué hacemos. Por hoy la batalla ha terminado... A lo mejor ahora reina la paz.

Sancho no contestó. No podía dejar de temblar. A continuación, Aenlin cogió su laúd y estuvo tocando hasta que él por fin se durmió.

Cuando volvió a la sala de recepciones, Jaime y don Álvaro estaban sentados en silencio, pero en buena armonía y bebiendo vino.

—Por otra parte, lo han elogiado oficialmente —contó Jaime cuando Aenlin entró—. Bueno, el Cid a Sancho. Porque hemos cogido todos los caballos como botín. Era una tienda establo muy grande. Naturalmente, don Rodrigo ha pensado que se estaba defendiendo. Poco después de que yo entrase para escapar de saqueadores y profanadores de cadáveres, llegó Sancho. Pero no tenía por qué contárselo al Cid.

Aenlin lo miró agradecida. Al menos nadie se había dado cuenta de que Sancho se había derrumbado. A su pregunta sobre qué hacer a partir de ese momento, ambos respondieron con un gesto de ignorancia.

—No hay nada que hacer, Aleyna —contestó conciso don Álvaro—. Sancho es caballero en el ejército de su padre, quien supongo que le habrá hecho jurar fidelidad. E incluso en el caso de que se marchase..., ¿a dónde irá? ¿Qué puede hacer? No tiene ni catorce años; salvo a pelear, no ha aprendido nada más...

—Aunque... —Aenlin iba a intervenir, pero el caballero hizo un gesto de rechazo.

—Sí, claro que tiene formación —dijo quitándole la palabra de la boca—. Habla varias lenguas, sabe aritmética... Pero ¿quién va a pagarle por ello? De algo tendrá que vivir, Aleyna. Aunque vendieras tus joyas, lo que ganaras no duraría toda la vida. Tampoco querrá desprenderse del caballo. No le queda otro remedio, Aleyna, tiene que llevar la vida a la que pertenece. Al menos por un par de años. Más adelante encontrará un feudo en el que poder criar caballos, contar guisantes o lo que sea. Se acostumbrará a librar sus batallas. —Don Álvaro se levantó, dispuesto a marcharse a sus aposentos—. Ha sido un largo día —dijo en voz baja, invitando a Jaime a seguirlo. Sin embargo, el cuidador no hizo ningún gesto de ir a despedirse él también, sino que se sirvió un poco más de vino. Don Álvaro suspiró—. Sed al menos prudentes —les advirtió antes de marcharse.

Aenlin se estrechó contra los brazos de Jaime en cuanto su protector hubo salido de la habitación. Pese a toda la prudencia, esa noche necesitaba un poco de consuelo.

—¿Puede uno acostumbrarse a eso? —preguntó sobre el hombro de Jaime—. ¿A todo ese derramamiento de sangre? ¿A toda esa muerte?

Jaime le acarició el cuello.

—En el reino de la hadas no corre la sangre —le susurró—. Solo hay paz, música y baile, y las hadas viven eternamente.

Aenlin sonrió.

—Y uno permanece para siempre allí si come y bebe con ellas.

Jaime le tendió una copa de vino.

—Entonces, deja que esta noche te lleve a ese lugar —le dijo cariñosamente—. Olvidémonos de la realidad, de la sangre y la muerte por un par de horas.

8

Durante las semanas que siguieron, Valencia se vio obligada a acostumbrarse a la sangre y la muerte. Rodrigo cimentaba su poder y lo hacía con puño de hierro. Cualquier alzamiento, la más mínima rebeldía de la población, se cortaba de raíz. Casi cada día se realizaban ejecuciones y se llevaba a la gente a la picota por delitos menores. Aenlin, que antes había disfrutado tanto paseando por los mercados y por los zocos, no tenía ningunas ganas de salir a la calle. Ya no había charlas alegres, ningún cotilleo. La gente hacía sus compras y desaparecía de inmediato para meterse en casa. Naturalmente, esto se aplicaba solo a moros y judíos; los miembros de la comunidad cristiana no tenían nada que temer. Sin embargo, con frecuencia parecía como si su euforia inicial se hubiera desvanecido. Muchos mostraban compasión hacia sus conciudadanos moros y el obispo intercedía a menudo hablando con Rodrigo a favor de los individuos a los que había encarcelado o a los que torturaba por una nadería. El Cid se quejaba mucho de él. Le gustaba mucho más el monje Jerónimo, que se esforzaba por cristianizar a la población, predicando en las plazas y calles de la ciudad.

De nuevo, Rodrigo no aguantó mucho tiempo en su ciudad, precisamente porque seguía buscando el tesoro de Al Qádir y también a causa del abastecimiento, pues por muchas riquezas que acumulase, cada vez había menos alimentos en Valencia. El ejército de Rodrigo tenía que comer, pero en los combates con los almorávides se habían destruido grandes extensiones de la Huerta, se había expulsado a los campesinos o se los había hecho esclavos. Dadas las circunstancias, Rodrigo pensó en ampliar sus dominios. Se marchó hacia el norte y conquistó el burgo de Olocau. Sancho, que ya se había recuperado y que entendía que en su situación no había alternativa posible, tuvo que ir con él, mientras que Diego, lleno de orgullo, emprendió el camino hacia León, donde en los años siguientes iba a servir en el ejército del rey Alfonso. Para Rodrigo era muy importante que su hijo adquiriese experiencia en un sistema de mando en el que no gozaba de una posición privilegiada. No obstante, daba por sentado que su primogénito iba a destacar.

Pese a que don Álvaro la tranquilizaba, Aenlin sufría por Sancho.

—Ese burgo apenas está habitado. Al Qádir solo tenía una cámara del tesoro y un par de sujetos para vigilarla. Y estos no irán a ofrecerse en sacrificio por el oro, al contrario. Es probable que se pasen a las filas de Rodrigo en cuanto lo vean desfilar delante del castillo. Por lo demás, Rodrigo saqueará los almacenes de provisiones y aterrorizará a los campesinos. Como siempre. A Sancho no le gustará, pero no va a pasarle nada.

Pese a ello, a Aenlin la espera le resultó dura, hasta que un día, en el invierno de 1095, tuvo un encuentro que la afectó hasta lo más hondo. En la plaza, delante de la gran mezquita, acerca de cuya rehabilitación como catedral cada día se hablaba más, se habían levantado patíbulos y picotas. Casi siempre había ladrones o individuos que no podían o no querían pagar sus tributos expuestos en un poste a las burlas de los viandantes. Los valencianos solían tratarlos la mayoría de las veces con indulgencia. Si alguien no tenía fama de ser un canalla, más bien lo veían como una víctima del despotismo de Rodrigo y circulaban en silencio por su lado. Sin embargo, cuando Aenlin pasó junto al poste, vio que se había formado un pequeño grupo de personas alrededor que insultaban y escupían al malhechor.

Aenlin confirmó enseguida que los presentes eran cristianos, y al mirar con más atención vio que no era un hombre quien estaba en la picota, sino una mujer. Estaba sucia —probablemente la habían arrastrado por el polvo de las calles— y desnuda, solo su cabello rojo y desgreñado, que le caía hasta la cintura, cubría piadosamente gran parte de su delgado cuerpo. Mantenía la cabeza gacha, para proteger el rostro de las piedras e inmundicias que le arrojaban los niños de la calle.

Aenlin se volvió hacia una valenciana entre el gentío.

—¿Qué ha hecho? —preguntó.

La mujer la miró con hostilidad. Iba pobremente vestida y lanzó una mirada de envidia al abrigo, de un paño exquisito, de Aenlin. Tal vez le pareció sospechoso que llevara velo. No habría tenido que hacerlo, pero estaba acostumbrada y no quería que la reconocieran en Valencia. Hasta el momento nadie relacionaba directamente con el Cid a la nueva propietaria de la casa de Ibn Yahhaf. Cuando hablaban de ella, suponían que era la esposa de don Álvaro.

—¡Es una puta! —respondió la mujer—. Y además ha robado al cliente. ¡Qué depravada! ¡Y mirad qué pelo! —Se volvió hacia la mujer de la picota—. Tan rojo como el fuego... Cabellos de bruja... Esperad a que llegue el Cid y pronuncie una sentencia justa. ¡Mujerzuela! ¡Ojalá te quemes como una bruja!

Los otros viandantes rieron mientras la víctima, en cuyo cuerpo Aenlin también reconoció huellas de bastonazos y de otros maltratos, fue levantando la cabeza.

—¿Estaría yo aquí si fuera una bruja? —preguntó una voz cantarina que Aenlin habría reconocido entre miles.

Se abrió camino entre la multitud para ver mejor a la mujer y contempló los ojos grandes y de un color verde mar de su amiga Damaris. Se quedaron mirándose en silencio, Aenlin llena de horror por la que otrora había sido una beldad del harén, y Damaris con una chispa de esperanza en sus suplicantes ojos. Al final, sus labios formaron este ruego: «¡Ayúdame!».

Aenlin habría querido abrazar a su amiga, cubrirla con su capa y luego emprender las negociaciones para su puesta en libertad, pero mientras esa gentuza estuviera alborotando a su alrededor no tenía ninguna posibilidad. Ni siquiera podía dar ánimos a su compañera. Cualquier palabra que dijera enfurecería más a la gente.

Así que se limitó a asentir discretamente y se volvió para marcharse, dispuesta a regresar en cuanto la muchedumbre se hubiera dispersado. Era por la mañana temprano y las mujeres pronto irían a los mercados y los hombres a sus puestos de trabajo. Poco después, Aenlin, que se había escondido a la sombra de la mezquita, estaba a solas con Damaris y su guardián. Los pocos transeúntes moros que pasaban ignoraban la picota.

Aenlin habló resoluta con el vigilante.

—¡Dime, esbirro, qué quieres para darme a esta mujer!

El hombre, un soldado mayor, gordo y rubicundo, se echó a reír.

—No te la puedo entregar. Está condenada por ley. Algo habrá de hacer el juez con ella...

Aenlin contrajo el rostro.

—Ahora Valencia no tiene ningún juez —explicó—. El único que juzga aquí es Rodrigo Díaz de Vivar, el Cid.

—Veo que estáis al corriente —se burló el hombre—. ¿Es un buen conocido vuestro, el Cid? —Rio irónico.

—Yo era la dama de compañía de su esposa —contestó Aenlin con altivez—. Una amiga. Y sé que doña Jimena no está de acuerdo en que se exhiban mujeres desnudas en la plaza del mercado, sea lo que sea lo que hayan hecho.

—Entonces que sea doña Jimena misma quien me lo diga —contestó el vasallo con toda serenidad—. Yo he detenido a esta miserable hoy por la noche, y no llevaba mucho más puesto. Se vendía por las calles, a la sombra de la santa Iglesia. Y encima quería robarle la bolsa al tonto que se ha acostado con ella. Me ha arañado y mordido. Puede que sea cierto lo que acaba de decir la mujer y que esta sea una bruja.

—Entonces os habría echado una maldición, no os habría mordido —observó Aenlin—. ¿Y quién ha ordenado que la pusieran en la picota?

El esbirro se volvió.

—En algún sitio había que dejarla. Los calabozos están llenos, todo hombres. A ellos seguro que les habría endulzado el día...

Aenlin dirigió una compasiva mirada a Damaris, que se había dejado caer y colgaba inerte de sus ataduras. No podía sentarse del todo en la picota. Cruzaba los brazos delante del pecho. Además de vergüenza, debía de pasar mucho frío.

—Nadie la ha juzgado —confirmó satisfecha Aenlin—. ¿Y el hombre a quien ella quería robar ha recuperado el dinero?

El esbirro asintió.

Aenlin mostró decidida la cadena de oro con la cruz que llevaba bajo la capa y la sostuvo delante del guardián.

—Entonces a nadie debería preocupar que la dejases en libertad en un acto de misericordia. Dios te recompensará. Se sacó la cadena del cuello.

El esbirro la miraba sin dar crédito.

—Vais... ¿Vais a dármela?

—Como ya os he dicho, quien es generoso y magnánimo con aquellos que han pecado tendrá la gracia del Señor. —Aenlin se santiguó, enojada por no llevar otra joya de menor valor. El hombre también habría dejado a Damaris en libertad por un pedazo del oro que ella le ofreciera. Pero no podía dejar ahí a su amiga esperando a que ella consiguiera la cantidad adecuada para sobornar a ese tipo—. Y Jesucristo —añadió—. Acuérdate de cómo protegió a María Magdalena de quienes iban a apedrearla... —En ese caso, habían bastado las palabras. Aenlin al menos no recordaba que Jesús hubiera dado ninguna bolsa con dinero a nadie—. ¿Quieres imitar al Señor o prefieres que me lleve la cruz y que la ponga en la capilla de mi casa y rece delante de ella por esta pobre pecadora?

Hizo el gesto de volver a colgarse la cadena. El esbirro se la arrebató de tal modo que casi se le cayó al suelo.

—No, señora, no... Yo... Claro que me comportaré según la voluntad divina... —El hombre se sacó del cinturón un manojo de llaves y abrió la argolla de hierro que había mantenido sujeta a Damaris por el cuello a la picota. La joven cayó extenuada al suelo. Aenlin la ayudó a levantarse.

—Ahora tienes que ser fuerte —le murmuró—. Tenemos que irnos de aquí a toda prisa. Cuanto más rápido, mejor.

Se quitó la capa y cubrió con ella el cuerpo enflaquecido de Damaris. El esbirro sonrió irónico y se metió la cruz en el bolsillo.

—¡Vayan con Dios! —gritó a la espalda de las mujeres mientras la arpista se enderezaba y seguía vacilante a su amiga.

Aenlin suspiró aliviada, cogió una calle lateral en cuanto pudo y desapareció así de la vista del hombre. A su lado, Damaris empezó a sollozar y Aenlin le pasó un brazo alrededor.

—Calla ahora —susurró—. Tú ven conmigo, no tenemos que llamar la atención. No tardaremos. Enseguida llegaremos a mi casa y allí todo irá bien.

Damaris la siguió en silencio hasta la residencia del cadí. De repente se detuvo como si hubiese visto un fantasma.

—¿Esta es tu casa? —musitó—. ¿Esta? No puede ser, es...

Aenlin tiró de ella.

—Claro que lo es. Vivo aquí, conmigo estarás segura...

—A mí me echaron de aquí —susurró Damaris—. A mí y a las otras... y nos tiraron a la calle. Antes, antes... abusaron de nosotras. Para mí era la primera vez después de Al Qádir... Y luego...

—Cuéntamelo más tarde —dijo dulcemente Aenlin—. Primero báñate; mis chicas te peinarán y te vestirán... Comeremos... y hablaremos...

Rápidamente, metió a Damaris en el recinto y suspiró aliviada cuando la puerta se cerró a sus espaldas. Su amiga se apoyó agotada contra el muro.

—Podría... —murmuró—, ¿podría comer algo antes? No sé cuándo fue la última vez que comí... Sabes, sabes que no soy una ladrona, pero ese hombre... ese hombre no quería pagarme. Y yo tengo que comer.

Aenlin asintió impresionada, condujo a su amiga por el patio hasta la sala de recepciones y corrió a la cocina mientras Damaris se dejaba caer en uno de los almohadones que servían de asiento. La cocinera, una robusta esclava mora, tenía en ese momento un curri al fuego. Aenlin le llevó un plato a Damaris y algo de pan. Miró escandalizada cómo la antes refinada y cultivada flor del harén cogía la comida con las dos manos y se la metía en la boca muerta de hambre. Unos buenos tragos de vino empujaron los bocados. Damaris había sido antes muy comedida con las bebidas alcohólicas, a fin de cuentas era musulmana.

—Gracias —dijo con el rostro vuelto—. Gracias, nunca había

pensado que saldría con vida de esta. Alá debe de haberte enviado en mi ayuda. Qué... ¿qué haces aquí? Tú...

Aenlin sonrió abatida.

—Pertenezco al Cid... Ya sabes que me ofrecieron a él como regalo. Pero como el obispo le prohíbe tener un harén en el alcázar me ha instalado en esta casa, algo de lo que no me puedo quejar. He vivido en sitios mucho peores.

—Es la casa de Ibn Yahhaf —dijo en voz baja Damaris—. Yo viví aquí. Le pertenecía.

Eso lo explicaba todo. También el temblor que ahora se apoderaba de ella al pensar en lo que le había sucedido últimamente en esa casa.

—Más tarde hablaremos de ello —señaló Aenlin con determinación—. Ahora ve a bañarte y a calentarte. Tenemos tiempo, Damaris. Aquí sólo vivimos yo y un veterano caballero que me protege. Nadie se acercará a nosotras, nadie te asustará.

—¿Y el... Cid? —preguntó Damaris, preocupada.

Aenlin hizo un gesto de rechazo.

—Me visita por las noches cuando está en Valencia, pero ahora se ha ido al norte y de momento no se le espera. No tengas miedo, Damaris, nada malo te sucederá aquí.

Horas más tarde las dos amigas se sentaron a comer juntas. Damaris había rezado aplicadamente la oración de la noche y Aenlin se había sorprendido a sí misma acompañándola. También ella daba ese día gracias a Dios. Volver a encontrar a su amiga era un obsequio con el que no había contado. No obstante, todavía estaba escandalizada por el estado en que la había hallado. Nur y Namika la habían lavado a conciencia y luego la habían mimado en el baño de vapor y en la bañera, haciéndole un masaje y curándole las heridas con ungüentos. Le habían lavado el pelo, aplicándole huevo y esencias favorables, y se lo habían desenredado pacientemente. Al final, atendiendo a su propia petición, le habían puesto un vestido de su amiga en lugar de la indumentaria del harén. Eso sorprendió un poco a Aenlin. Ella misma prefería llevar en casa los cómodos y holgados pantalones y túnicas de Al Ándalus. Pero

Damaris casi reaccionaba despavorida a todo lo que la definiera como mora.

—Ir con esa ropa por las calles fue... fue horroroso —explicó en voz baja—. Todos los que pasaban por mi lado me insultaban. Los hombres pensaban que... que podían hacer conmigo lo que les apeteciera... Aunque era cierto, podían... —Damaris se sentó cabizbaja en uno de los almohadones y comió con apetito. Todavía no había saciado su hambre—. ¿Y el Cid? —preguntó al cabo de un rato—. ¿Todavía tienes buenas relaciones con él?

Aenlin se encogió de hombros.

—La señora Zulaika nos instruyó bien —contestó—. Me gustaría saber qué ha sido de ella. Le debo muchos conocimientos... En fin, no tengo nada que explicarte, tú aprendiste lo mismo que yo. En cualquier caso todavía sé cómo mantener atado al Cid. En realidad no es tan difícil. No es un hombre al que... al que le guste rodearse de mujeres... O no, eso no es cierto; claro que le gustan las mujeres. Pero no son importantes para él. No busca ir cambiando de una a otra. No pierde tiempo seduciéndolas, conquistándolas... Creo que en los combates se va con las jóvenes que tiene a mano. Por lo demás... Si yo no estuviera, le bastaría con Jimena. Las mujeres no le excitan tanto. Lo que excita a Rodrigo es el poder.

Damaris sonrió tímidamente.

—Ya no pareces estar enamorada de él.

Aenlin suspiró.

—Debía de estar bastante deslumbrada —admitió—. Lo tenía en un pedestal, como tú siempre supiste. Aun así, me hizo más fáciles los primeros años. —Le habló de su vida en León, luego de la época en Zaragoza—. Ahí casi fui feliz —dijo—. Pero entonces... Rodrigo cambió. Tanto que al final hui de él. —Se frotó la frente.

—¿A dónde fuiste? —preguntó Damaris.

Aenlin sonrió.

—Al país de las hadas...

Le gustó poder hablar de Jaime. Damaris escuchó la historia de su amor como si fuera un cuento maravilloso.

—En algún momento lo conseguiréis —sentenció, y casi volvió

a tener la voz de antes, la de la Damaris que ponía música a los poemas de amor de Al Mutámid—. Solo debéis tener paciencia...

Aenlin sonrió con tristeza.

—¿Cómo será posible? —preguntó—. Rodrigo nunca me dejará en libertad.

Damaris la miró con el rostro impasible.

—Rodrigo no vivirá eternamente —dijo—. Hazme caso, los señores no viven siempre, y cuanto mayor es su poder, más dura es su caída...

Aenlin se acercó más a ella. Había llegado el momento de preguntarle por Al Mutámid.

—Bueno, lo han enviado a Marruecos —informó Damaris con voz inexpresiva—. Y lo han separado de su familia. A los hijos los mataron, sus hijas y Rumaikiyya trabajan como hilanderas. Al menos eso se rumorea. Lo oí decir en casa de Ibn Yahhaf. Creo que casarán a las hijas con nobles almorávides. De Rumaikiyya no se oye nada, Al Mutámid escribe unos poemas desgarradores sobre la soledad. Nunca volverán a verse. El resto del harén se disolvió.

Aenlin asintió. Era lo corriente cuando el señor de un palacio cambiaba. Pero con frecuencia se salvaba a mujeres como Damaris, que nunca habían sido concubinas de los antiguos gobernadores, sino que se habían ocupado de entretener con la música y la danza.

—¿Y a ti no te conservaron? —preguntó.

—No —contestó Damaris—. A Yúsuf no le importa ni la música ni la danza ni la poesía. Nos vendieron a todas. Y puesto que los almorávides ya tenían Granada y también Baza y Almería, y allí los gobernantes eran tan poco dados a los placeres como ahora en Sevilla, nos llevaron al norte. Me pusieron a la venta en Zaragoza junto con otras tres mujeres. Tocábamos en el mercado de esclavos. Entonces estaba Ibn Yahhaf en la ciudad. Acababa de asumir el gobierno de Valencia y amaba la música. Nos compró a las tres y nos trajo aquí, y no nos puso un dedo encima, a ninguna de nosotras. Interpretábamos para él, para sus dos esposas... Era un buen señor, Aleyna. Muy amable, generoso, cultivado... No se merece lo que ha hecho tu Cid con él.

Aenlin bajó la cabeza.

—No es «mi» Cid, no lo fue nunca. Y no, no es justo lo que le sucede a Ibn Yahhaf. Tampoco que hayan disuelto su harén. A fin de cuentas, ni siquiera lo han juzgado.

Damaris se frotó la frente.

—Yo no hablaría de disolver —puntualizó en voz baja—. Más bien de... arrasar... Cuando se disuelve un harén aparecen los tratantes de esclavos. El Cid en cambio envía a mercenarios. Son caballeros, pero no tienen nada que ver con los caballeros de las sagas y leyendas. Nos han deshonrado, también a las hijas del señor, y luego tuvimos que irnos. La esposa de Yahhaf y las hijas se alojaron en casa de familiares. Y nosotras... Volví a encontrarme con un proxeneta cristiano.

Aenlin frunció el ceño.

—¿Los hay en Valencia?

Damaris gimió.

—Desde que don Rodrigo se ha hecho con el poder, crecen como setas los burdeles. Piensa un poco: todos esos caballeros y mercenarios... ¡lo que quieren es vino y mujeres! Al principio pensé que podría tocar el laúd y cantar en la taberna. Y podía. Pero también me vendía tres veces por noche. En un momento dado me escapé y empecé a venderme yo misma por cuenta propia. No me fue mejor... —Bajó de nuevo la cabeza.

—¿Aleyna? —Cuando oyó la voz de don Álvaro, Damaris se estremeció como si le hubieran asestado un golpe. Casi desapareció en el vestido verde de su amiga—. ¡Aleyna, ha vuelto el ejército! —Por regla general el caballero no solía aparecer de improviso en la sala de estar, pero quería comunicar la noticia lo antes posible. Entró en la habitación y miró maravillado a la frágil pelirroja que estaba sentada con su protegida junto a una estufa de carbón, como necesitada de ese calor. Aenlin casi sintió físicamente el miedo de Damaris, y lo mismo le ocurrió a don Álvaro—. Oh, disculpadme, señora... Doña —dijo, intentando hallar un tratamiento cortés.

—*Sayyida* —lo ayudó Aenlin—. Es la *sayyida* Damaris, originalmente del harén de Al Mutámid de Sevilla. La encontré... en muy desafortunadas circunstancias... Pero contadme..., ¿está bien Sancho? —Temerosa, dirigiendo la mirada hacia el caballero.

Don Álvaro asintió.

—Tan bien como Jaime, el mozo, los sementales Babieca y Sirius y... don Rodrigo, el Cid.

Aenlin sonrió, aliviada y divertida por el orden con que don Álvaro había enumerado a personas y animales según el cariño que ella les profesaba.

—Olocau ha sido conquistada y han conseguido abundantes botines. Traen doce carros con cereales y otros alimentos, así como todo un rebaño de vacas, cabras y ovejas. El abastecimiento de la ciudad está garantizado por un tiempo. Pero en el campo la gente pasará hambre, algo de lo que salvo Sancho nadie más se preocupa.

Aenlin se mordió el labio.

—¿Está bien? —preguntó—. Perdona, Damaris, que hablemos sin que sepas de qué, pero... Sancho es mi hijo.

Damaris tragó saliva. Don Álvaro la miró y en sus ojos se reflejó una mezcla de admiración y pena. Era evidente que le gustaban el cabello rojo y el rostro de tez clara, pero también debía de ver en esa mujer a un ser humano destrozado.

—Digamos que el chico ya no se esconde ante el fragor de la batalla y ha aprendido a ver sangre —explicó el caballero—. Pero está pálido y tiene un aspecto apesadumbrado. La campaña lo ha afectado. Por suerte tenía a Jaime, que lo ha consolado y de vez en cuando le ha hecho entrar en razón. Sin embargo, el Cid no está contento con él. Lo humilla delante de los otros caballeros, bromea acerca de su sensibilidad y siempre le echa en cara que Diego peleó mucho mejor ya en la primera batalla. Sancho lo lleva con dignidad, pero no es feliz.

—¿Quién os ha contado todo esto, don Álvaro? —quiso saber Aenlin—. Por cierto, este es don Álvaro de Santiago, Damaris. Don Álvaro es mi caballero declarado, mi protector, mi guardián. No sé qué haría sin él.

Don Álvaro sonrió halagado.

—Me honras demasiado, Aleyna —observó, y se volvió hacia Damaris—. Sería para mí un placer estar a vuestro servicio, *sayyi-*

da, mientras permanezcáis en esta casa. Hay... me refiero... ¿quién es vuestro señor, *sayyida*? Estáis... ¿estabais en un harén?

Damaris bajó la cabeza de nuevo. Acababa de levantar el rostro para saludar amablemente a don Álvaro, pero ahora volvía a cerrarse en sí misma.

Aenlin tomó la palabra.

—No tiene señor —respondió—. Tiene... Bueno, por decirlo de algún modo, tiene una señora. La he comprado, o más bien rescatado. Y... en caso de que se os ocurra algo..., voy a necesitar una buena razón que justifique lo que ha pasado con la cruz que el Cid me regaló.

9

Sancho fue a ver a Aenlin el día después de regresar de la campaña de Rodrigo, pero no le lloró sus penas como había hecho tras su primer combate. Se lo veía hosco y triste, pero dispuesto a asumir su destino. Contestaba con monosílabos a las preguntas sobre la batalla. Cuando Aenlin intentó abrazarlo, él la evitó.

Solo al final planteó una pregunta que llevaba tiempo preocupándole.

—Madre, ¿tú crees que aprenderé a ser un hombre? El Cid dice que soy un blando, que no soy digno de él.

Aenlin negó con la cabeza.

—¡Sancho, eres un hombre! Al menos estás en el mejor camino de serlo. Un hombre inteligente, bondadoso y estupendo. Aunque diferente de tu padre. Los seres humanos son distintos. Pero, créeme, un día también tu padre se sentirá orgulloso de ti.

No estaba muy segura de sus últimas palabras. Pero, por otra parte, a la larga se tenían que encontrar otras tareas para Sancho en las que se desenvolviera mejor que asesinando, saqueando e incendiando pueblos. Entonces Rodrigo seguro que lo aceptaría.

Sancho la miró un largo tiempo.

—Pues no sé si quiero serlo... —musitó.

Dos días después de su regreso, Rodrigo fue a ver a Aenlin. Le había anunciado su visita a través de don Álvaro y ella lo esperaba con impaciencia. Ese día por fin se celebraba el proceso contra el anterior gobernador de Valencia, Ibn Yahhaf, en cuya casa estaba instalada ella. El Cid quería ir justo después de que se dictara sentencia y Aenlin esperaba saber de primera mano cómo había ido el proceso.

Rodrigo entró en la casa todavía con la indumentaria de juez, pero ni le sonrió cuando ella se inclinó humildemente y le dio la bienvenida. Se sacó un paquetito del bolsillo y se lo tendió.

—¿Un regalo? —preguntó Aenlin, vacilante.

—¡Ábrelo! —le mandó Rodrigo.

Sacó nerviosa una joya de una bolsita de seda y reconoció la cadena de oro y la cruz que había dado al esbirro por Damaris.

—¿Dónde tienes a la puta pelirroja? —preguntó sin más.

Aenlin se mordió el labio.

—Perdonad, mi señor —murmuró—. Yo... yo os lo quería decir hoy mismo. Es cierto, he rescatado a esa mujer. Pero no es una puta, ella...

—¿Rescatado? Aleyna, ¡sobornaste a uno de mis mercenarios! Que naturalmente se jactó de ello por todas partes. Inmediatamente media guarnición empezó a preguntarse quién era la misteriosa mujer que había regalado esta valiosa joya para sacar a una ladrona de la picota. ¿Cuánto crees que se habría tardado en relacionar la joya conmigo? Sin contar con que ya ahora también se está hablando de si no se trata, en efecto, de una bruja y todo esto se debe a un hechizo.

Aenlin se hincó de rodillas.

—Disculpad, mi señor..., no acerté a pensar en eso. Era... Damaris es mi más antigua amiga. No es una bruja, es una arpista, juntas tocábamos en la corte de Al Mutámid. Nos oísteis, aquella tarde, antes de que os obsequiaran con mi persona. ¿Os gustaría que tocáramos otra vez para vos?

Por el momento todavía no había podido encontrar un arpa para su amiga, pero el día anterior habían tocado juntas el laúd y la flauta y habían rememorado los viejos tiempos, cuando cantaban los poemas de amor del emir en los aposentos de Rumaikiyya. La melodía había conmovido profundamente a su único oyente, don Álvaro. Aenlin supuso que Zoraida habría tañido para él el laúd y cantado en su lengua, y tal vez su voz había sido tan oscura y aterciopelada como la de Damaris. La de Aenlin nunca le había afectado tanto.

El Cid, por el contrario, estaba furioso.

—Aleyna, aquí no se trata de música. Se trata de traidores y brujas y de a quién hay que quemar en la hoguera. Mañana enviaremos a uno, y...

—¿Qué? —preguntó horrorizada Aenlin. Por un segundo se olvidó de Damaris—. ¿Vais a quemar a alguien? ¿Es posible que...? Rodrigo, ¿qué sentencia habéis dictado sobre Ibn Yahhaf?

El Cid resopló.

—Como ya dije, ¡los regicidas han de morir en la hoguera! Y, naturalmente, no soy yo quien ha dictado la sentencia, sino un juez independiente. Se considera probado que Ibn Yahhaf decapitó a Al Qádir.

—Pero esto... —Aenlin tenía la sensación de que la habitación giraba a su alrededor—. Al Qádir se lo tenía bien merecido —no pudo evitar decir—. El pueblo estaba a favor de la sentencia e Ibn Yahhaf era cadí, tenía que dictarla. Además..., ¿desde cuándo se castiga quemando vivo a quien ha asesinado a un rey? ¿Qué ley es esa? —Aenlin sabía que la Iglesia quemaba vivos a brujas y herejes, pero en caso de asesinato la sentencia de muerte se consumaba con la espada o en el patíbulo.

Rodrigo la fulminó con la mirada.

—¡Según nuestra ley! —contestó fríamente—. ¡Según mi ley! Pagará por haberse opuesto a mí, ha perdido el derecho al perdón.

Aenlin se olvidó de medir sus palabras. No había conocido a Ibn Yahhaf, pero pensaba en Damaris y en las expresiones de afecto que había dedicado a su último señor.

—¿No te ha dicho dónde estaba el resto del tesoro de Al Qádir? —se burló.

La bofetada la pilló totalmente desprevenida. El golpe fue brutal y ella cayó al suelo con la mejilla ardiendo.

—¡Tened cuidado! —la amenazó el Cid—. Tú y tu amiga pelirroja. Podéis cantar y tocar el arpa, pero no vuelvas a inmiscuirte en mis decisiones. Pondré en la picota a quien me dé la gana y juzgaré a quien quiera y como quiera. Y ahora te quiero a ti.

¡Desnúdate, quiero que te presentes ante mí desnuda y con humildad, y pagues por tu impertinencia!

Aenlin se puso lentamente en pie.

—¿Qué pasa con el esbirro? —preguntó ella con voz ronca—. El hombre a quien soborné.

Rodrigo pareció preguntarse por unos segundos si valía la pena contestarle, pero hizo una mueca con los labios.

—De ese ya me he ocupado yo —dijo—. Ya he enmendado lo que tú habías malogrado. La Iglesia no se enterará de nada siempre que te comportes bien en el futuro. ¡Y ahora vuelve a ponerte la cruz! —exigió, señalando la joya que había caído al suelo.

Tras recogerla sumisamente y ponérsela, de nuevo se encontró desnuda y con la cadena. Cuando Rodrigo se abalanzó sobre ella para poseerla, la cruz se le clavó en el pecho y las piedras preciosas de cantos afilados le arañaron la piel. Aenlin sufrió en silencio. No era la única sangre que manchaba esa cruz.

A la mañana siguiente —la ejecución de Ibn Yahhaf estaba programada para el mediodía—, don Álvaro apareció con un arpa.

—Es para tu amiga, Aleyna —dijo en voz baja, tendiéndosela—. Puede que hasta sea la suya, en el alcázar hay una habitación llena de instrumentos. Seguro que todos proceden del harén.

—En cualquier caso es un instrumento exquisito —reconoció Aenlin tras un breve repaso—. Damaris os estará muy agradecida. Y es posible que la distraiga un poco de... de...

Don Álvaro se llevó la mano al cabello, ya encanecido pero todavía espeso.

—¿No vas a ir a la plaza de la catedral? —Era más una afirmación que una pregunta.

Aenlin hizo un gesto de negación.

—No. Los cristianos de la ciudad están obligados a asistir, pero yo... yo me encuentro indispuesta.

Bajó la mano con la que antes se había cubierto la mejilla hinchada.

El caballero cerró los puños.

—Ya no sabe lo que hace —dijo abrumado—. Este juicio... y

todavía podría haber sido peor. Trabajo nos costó impedir que enviase a la esposa y los hijos de Yahhaf a la hoguera con él. Incluso a ese monje le pareció excesivo, aunque no se niega a quemar vivos a los musulmanes solo a causa de su religión.

—¿Qué dice Sancho? —preguntó Aenlin—. Supongo que se espera de él que presencie la ejecución.

Don Álvaro asintió.

—Está horrorizado y asqueado.

—Esta noche no puede venir a verme —advirtió Aenlin—. Y tampoco... ya sabéis quién. Supongo que habré de prestar mis servicios al Cid. Querrá... compartir su triunfo conmigo.

Se dio media vuelta avergonzada. La última noche ya había sido dura. En ese momento ya le pareció oler el humo en la ropa del Campeador...

Damaris y Aenlin, Nur y Namika, así como los jardineros y los cocineros, se reunieron al mediodía en la torre de la vivienda. La vista no alcanzaba hasta la plaza de las ejecuciones, ni ninguno de ellos lo había pretendido, pero Aenlin sí deseaba que el viento se llevara los rezos y canciones que con el triste acompañamiento del arpa de Damaris enviaban al cielo junto al alma del antiguo cadí. A esta última le rodaban las lágrimas por la cara mientras cantaba y tocaba. Se acordaba de los plañidos que había escuchado de niña en su país natal y los entretejía con las canciones de duelo y amor que los poetas moros habían escrito. Aenlin tocaba la flauta o la acompañaba al laúd, los demás se sumergieron en la música y sus pensamientos. Ella fue la única que oyó el ruido de la puerta de la escalera al abrirse. Ya iba a detenerse asustada, cuando reconoció a don Álvaro. El veterano caballero entró con sigilo, miró al grupo y posó su mirada en Damaris. Una mirada llena de admiración. ¿Y de amor naciente?

Damaris le dirigió inesperadamente la palabra.

—¿No deberíais estar en la plaza del mercado? —musitó.

El anciano caballero se encogió de hombros.

—Quería estar aquí —dijo por toda explicación—. No creo que nadie vaya a echarme de menos.

Aenlin pensó que Sancho tal vez lo buscaría, pero seguro que no delataría la ausencia de su antiguo maestro de armas.

—Me alegro de que estéis aquí —dijo—. A lo mejor podéis decirle a Sancho más tarde que he cantado para el cadí. Para él y para todos los demás muertos...

Ese día también cantó para Zoraida, el primer amor de don Álvaro, y esperó que esa fuera una despedida a la que siguiera una nueva vivencia.

La rebelión de la gente de Valencia se sofocó definitivamente con la muerte de Ibn Yahhaf. A partir de ahí ya no fue necesario que Rodrigo estuviera presente en la ciudad para mantener su orden e imponer sus leyes. El Cid podía emprender confiado la conquista y ocupación de otras ciudades y pueblos del emirato. En Valencia ya no necesitaba caballeros y mercenarios para cobrar los impuestos, en lugar de ellos empleó a agentes y escribientes judíos. El antiguo visir de Al Qádir suplía al Cid y demostraba que era un entendido en arrestos y castigos. Probablemente ya había trabajado en la época del emir imponiendo el terror.

La única posibilidad que veían los valencianos de salir bien librados era la huida. Quien podía abandonaba la ciudad, entre ellos famosos poetas y músicos. En su lugar llegaban sacerdotes y monjes cristianos. En cada poblado árabe que conquistaba, el Cid mandaba de inmediato construir una iglesia. La cristianización del emirato avanzaba velozmente. El Cid también concedía feudos a caballeros meritorios. Aenlin preguntó a don Álvaro si no debería intentar lograr tierras.

—Habéis estado a su servicio durante mucho tiempo —señaló—. Ya ha llegado el momento de que os premie por ello. Podríais casaros... —añadió, con ademán elocuente.

A esas alturas a nadie se le podían escapar las miradas de veneración que lanzaba a Damaris. Aun así, la arpista mantenía sus reservas. Hasta el momento sus relaciones con los hombres habían sido demasiado traumáticas para prestar ahora atención al caballero. Sin embargo, la constancia y amabilidad de este parecían resultarle beneficiosas. Ya no bajaba la vista amedrentada cuando él entraba, y le dedicaba sus canciones favoritas cuando don Álvaro tenía tiempo para escuchar la música que interpretaban las dos amigas.

Pero en esa ocasión el veterano caballero movió negativamente la cabeza.

—No, Aleyna, no voy a pedirle tierras a Rodrigo. Por distintas razones. Mi servicio todavía no ha terminado, ¿o acaso me estás diciendo que ya no necesitas mi protección?

Aenlin se mordió el labio. En realidad ya no necesitaba que nadie velara por ella. Estaba segura en Valencia, si es que alguien lo estaba. La ciudad se encontraba totalmente pacificada, incluso delitos pequeños como robos o estafas pocas veces se producían, y cuando lo hacían los castigos eran tremendos. Los únicos peligrosos eran el Cid y sus hombres, pero Aenlin seguía disfrutando del favor de Rodrigo. Él le había perdonado el incidente de la cruz, que desde entonces llevaba colgada obedientemente, pero exigía más gestos de humillación y había vuelto a dejar de compartir con ella sus planes y estrategias. A la sazón tampoco sus campañas militares le exigían el arte de la guerra. Los gobernadores de las fortificaciones solían rendirse en cuanto lo veían aparecer delante de sus puertas.

Aenlin depositó dulcemente la mano sobre el brazo del veterano.

—Necesito vuestra amistad —dijo con ternura—. Y la conservaría también si obtuvierais un feudo.

Don Álvaro resopló.

—No creerás que voy a conseguir un feudo aquí en la Huerta de Valencia —contestó—. No, el Cid quiere que aquí se establezcan caballeros como don Gonzalo, con quienes tiene una relación más estrecha. Sin contar con que yo no querría un feudo así. Con lo que llegamos al segundo punto: no creo que don Rodrigo vaya a gobernar para siempre. Cuando muera, a más tardar, la ciudad volverá a ser mora.

—Todavía puede vivir mucho tiempo —apuntó Aenlin—. Y luego Diego tomará el poder. Es de su misma pasta, conservará la ciudad.

De Diego se oían maravillas desde León. Peleaba en distintas batallas al lado del rey Alfonso e iba alcanzando fama al igual que había hecho antes su padre. Rodrigo casi reventaba de orgullo por él, mientras que con Sancho siempre había tensiones. El Cid le confiaba con frecuencia el mando de algunas tropas y una o dos veces el hijo menor había fracasado estrepitosamente. Además, los caballeros no estaban a gusto con él, lo encontraban vacilante y conseguían menos botines bajo sus órdenes. Cuando conquistaba un pueblo, no permitía que lo arrasaran. También prohibía a sus hombres que deshonrasen a las mujeres y torturasen a los hombres para forzarles a entregar tesoros escondidos. Sancho confiscaba aplicadamente las cosechas y el ganado, y a los campesinos los dejaba con vida.

—El año que viene también querréis recoger impuestos de esos lugares —le había señalado a Rodrigo cuando él lo había hecho llamar para pedirle cuentas—. Sí, ya sé, los campesinos cristianos tienen que establecerse aquí a fin de conquistar esta tierra para la Iglesia. Pero ¿quién va a venir voluntariamente desde Castilla, León o Aragón para dedicarse a la labranza? ¿Aquí, donde siempre se corre el peligro de que los almorávides vuelvan a atacar?

—Si vuelven a atacar, de nuevo serán rechazados —había contestado encolerizado el Cid—. Algo en lo que tú no pareces creer. ¡Por todos los cielos, menudo timorato ha hecho de ti esa esclava mora! Debería haberte criado Jimena tal como yo planteé en un principio. Así al menos serías útil. Y ahora vete y haz un inventario del botín, ya que tanto te gustan los números...

Hacía tiempo que Sancho había propuesto a su padre que le permitiera asumir más tareas de administración, y Aenlin iba teniendo lentamente la impresión de que el Cid cedía a sus deseos. A fin de cuentas, él mismo debía de percatarse de que el joven realizaba una labor estupenda si se le permitía hacer lo que sabía. Como combatiente solo decepcionaba a su padre.

—Consideradlo de este modo, mi Cid... —le había dicho humildemente Aenlin con un suave tono de voz—. Dios os ha concedido dos herederos para gobernar vuestras tierras de la forma más excelente posible: Diego conservará vuestras propiedades y las ampliará con nuevas conquistas. Sancho administrará y multiplicará vuestras riquezas porque no dilapida el oro, sino que realiza provechosas inversiones y no gasta en demasía. Si ambos solo quisieran luchar, al final tal vez acabarían peleando el uno contra el otro, lo que no beneficiaría a ninguno de los dos.

Rodrigo había hecho una mueca.

—¿Invertir el dinero? ¿Acaso he engendrado a un judío? Habrá conquistas suficientes para los dos, habrá enemigos suficientes para los dos. Pero está bien, si tiene que ser así... No voy a retirarlo de los combates, debe seguir comportándose como un hombre. Pero no tiene aptitudes de mando, así que habrá de hacer otra cosa.

Aenlin había suspirado aliviada, pues todavía sufría por su hijo con cada asalto. Se preocupaba menos por Jaime y Babieca. El Cid ya no se veía amenazado en sus incursiones. Nadie quería pelear con él.

También habló sobre este tema con don Álvaro. Estaba totalmente convencida de que Rodrigo había fundado una dinastía de gobernadores. Diego lo sucedería y más tarde tal vez los hijos de Cristina o María. Esperaba que Sancho también encontrara su lugar en algún sitio.

El veterano caballero alzó sin embargo las manos.

—Nadie conoce los caminos del Señor, Aleyna, y nadie sabe qué nos depara el futuro. En lo que a mí respecta, no creo que la suerte del Cid sea eterna. Ya ha tenido mucha en la vida. En un momento dado la fortuna se agota... —Sonrió a Aenlin—. Y por otra parte, ¿quién te acompañará en tus cabalgadas nocturnas si me concedieran un feudo? Meletay se quedará anquilosada y envejecerá...

De todos modos, Meletay ya no era joven, aunque disfrutaba paseando con Aenlin por la Huerta de Valencia. No obstante la dama solo salía de la ciudad cuando vigilaban las puertas los caballeros que ya la conocían de Zaragoza. El hecho de que nunca hubiesen desvelado quién era la mujer que montaba el caballo dorado evidenciaba su lealtad hacia el Cid. Por supuesto, Aenlin seguía llevando ropa masculina cuando ensillaba a Meletay. En Valencia se había decidido por la vestimenta de los judíos ricos, una túnica corta y oscura con una especie de abrigo por encima.

Escondía el cabello y parte del rostro bajo un pañuelo oscuro que los hombres llevaban a la cabeza y al cuello a modo de turbante. Si la mayoría de los judíos no hubieran exhibido unas largas barbas, ella habría pasado por hombre en todos los sitios. Pero aun así abandonaba la ciudad solo en las horas crepusculares, por la mañana o al anochecer. Cuando había poco movimiento en las calles, la gente no se fijaba tanto y los sacerdotes y monjes estaban ocupados en misas y oficios divinos.

Era importantísimo que el clero no supiese nada de esas incursiones en solitario. A Rodrigo le daba igual lo que pensaran los moros y los judíos, pero ante los cristianos quería mantener oculta a Aenlin y su relación con ella. Seguía manifestando que era sumamente feliz en su matrimonio con Jimena. Siempre que era posible se mostraba con ella en público y la esposa incluso presenciaba impertérrita las ejecuciones. El Cid dejaba que ella firmase todos los documentos, y todas las donaciones a iglesias o conventos se realizaban en nombre de los dos.

Aenlin sonrió a su caballero protector.

—Tendría que cabalgar con Jaime —bromeó.

Don Álvaro le dirigió una mirada amenazadora.

—Ni se te ocurra...

Pero había en esas bromas un fondo de seriedad. Aenlin y Jaime se consumían el uno por el otro. Ambos sufrían por esa separación forzada y de vez en cuando el deseo superaba la prudencia. La mayoría de las veces se encontraban en las noches de luna llena. Él se escondía mucho antes del ocaso en un bosquecillo de la Huerta y pasaba allí la noche tras concertar una breve cita con ella. Por regla general eran ocasiones en las que no cabía la menor duda de que el Cid estaba ocupado, como cuando tenía como huésped a un representante del rey y debía atenderlo y conversar con él. Jaime incluso aparecía a veces con Babieca para que el semental no se olvidara de Aenlin.

Don Álvaro se ponía furioso cuando se enteraba de esas temeridades e insensateces.

—¿Y qué ocurre si el enviado del rey dice que quiere ver al famoso corcel de guerra del Cid? —preguntó enfadado a Jaime un día—. ¿Ya entrada la noche, cuando los hombres ya están borrachos? ¿Qué crees que sucederá si el caballo no se encuentra en el establo? ¿No puedes llevarte un mulo cualquiera?

Jaime se encogió de hombros.

—Si pasa algo así tendrá que ocurrírseme una idea. A lo mejor, que Babieca tenía un cólico y me lo tuve que llevar... No sé, pero... ¡pero a veces uno tiene que confiar en su suerte!

Don Álvaro se llevaba las manos a la cabeza mientras que Aenlin renunciaba a tomar partido. Claro que era una locura llevarse al semental, pero cuando se encontraba con Jaime en el bosque, no solo veía al mozo de cuadras, sino al caballero encantado... y el semental plateado formaba parte de él.

LA SUERTE

Valencia
Verano 1096 – Verano 1099

1

Al año siguiente don Álvaro tampoco se tomó ninguna molestia por conseguir un feudo, pero en cambio sí que se ocupó de Damaris. La elogiaba por su música, la mimaba con pequeños obsequios y al final descubrió que el modo más efectivo de complacerla era robando los instrumentos del harén que se habían almacenado sin el menor cuidado en una sala. Nadie se interesaba por ellos, así que Damaris pronto dispuso de toda una selección de flautas, tambores e instrumentos de cuerda y emprendió la tarea de volver a arrancarles las mágicas notas que en el pasado habían resonado en el harén de Sevilla. De ese modo se ganó en cierta medida el favor del Cid, a quien le gustaba escuchar la música de fondo que llegaba a los aposentos de su concubina cuando iba a visitarla. Los aromas y sonidos del harén acompañaban sus juegos y contribuían a que Aenlin lograra esbozar mientras tanto una sonrisa.

En agosto del año 1097, Valencia ya llevaba tres años sufriendo el gobierno de Rodrigo. Los fuegos seguían ardiendo en las cámaras de tortura, los patíbulos y picotas se alzaban en las plazas, y la población pasaba hambre, a excepción de unos cuantos privilegiados, como Aenlin, que gozaban de todos los lujos. Ese funesto día en que la suerte abandonó efectivamente al Cid Campeador, Aenlin y Damaris estudiaban unas partituras en el patio interior de la casa. Bebían un té con menta frío acompañado de unos dulces cuando de repente empezaron a repicar las campanas de la iglesia. La campana de la capilla del alcázar empezó a sonar y luego la siguieron todas las de Valencia. Las amigas levantaron la vista asombradas.

—¿Celebran algo hoy los cristianos? —preguntó Damaris.

Aenlin negó con la cabeza.

—Que yo sepa, no. Y es tarde, casi anochece. ¿Qué celebración iba a empezar a estas horas?

—Vamos a la torre a echar un vistazo a la ciudad —propuso Damaris.

Habrían podido salir a la calle, pero la arpista prefería seguir los acontecimientos del mundo desde la seguridad del interior de una casa. Sin embargo, desde la torre no se distinguía nada extraño, solo personas que atraídas por el sonido de las campanas habían salido de sus viviendas y hablaban entre sí en la calle, por lo visto haciéndose las mismas preguntas que Aenlin y Damaris.

Hallaron la respuesta en la entrada de la cocina de su propia casa, pues la rolliza cocinera mora salió jadeando y muy agitada a su encuentro cuando bajaban por la escalera de la torre. La mujer habló precipitadamente en árabe con Aenlin.

—Señora, señora Aleyna..., ¿sabéis lo que ha pasado? El hijo del Cid... ¡ha muerto!

Aenlin tenía la sensación de que un puño frío como el hielo le estrujaba el corazón. Vaciló.

—¿Sancho? —susurró.

En realidad era imposible. Había visto a su hijo el día anterior. Pero los caballeros entrenaban para la guerra cada día y pese a utilizar espadas de madera a veces se producían accidentes.

La cocinera enseguida negó con la cabeza.

—No, no, señora. No vuestro hijo. El otro. ¿Cómo se llama? El que servía en el ejército del rey.

Avergonzada al verse invadida por el sosiego, Aenlin se apoyó en el arco de la puerta que se abría al huerto.

—Diego —dijo en voz baja—. Qué... ¿qué ha pasado?

La cocinera se encogió de hombros.

—No lo sé. Me he enterado por el pescadero. Y él lo ha oído

decir en los zocos que hay alrededor de la mezquita... bueno, de la catedral.

La reconversión de la mezquita acababa de empezar. Se proyectaba consagrarla como iglesia el año siguiente.

—Entonces ¿todavía no es seguro? —preguntó Aenlin.

Damaris arqueó las cejas.

—Claro que es seguro, Aleyna —dijo—. ¿Por qué iban a estar doblando si no las campanas? Bueno, podría haber muerto otra persona, pero...

—¿Pero no es Sancho? —preguntó Aenlin gravemente, al vacío. La mano de hielo volvió a exprimir su corazón.

—Ahora no le des tantas vueltas a la cabeza. —Damaris la rodeó con un brazo—. Si fuera Sancho, la noticia te habría llegado hace tiempo. Al menos don Álvaro habría venido corriendo a verte.

El anciano caballero estaba de servicio en la muralla de la ciudad. Habría sido de los primeros en el alcázar en saber que alguien había muerto. Aenlin inspiró hondo.

—Podemos enviar a Nur y Namika a los zocos. A ver qué se oye por ahí —siguió diciendo Damaris.

Aenlin se miró la ropa que llevaba, la típica de un harén.

—Yo... voy cambiarme deprisa y me voy a la ciudad.

Damaris negó con la cabeza.

—No deberías ir sola y menos aún tan asustada como estás. Haya pasado lo que haya pasado, espera aquí al Cid. Pero sí debes cambiarte de ropa —le aconsejó dulcemente—. Debes ponerte luto.

—¿Al Cid? —preguntó Aenlin.

Damaris asintió.

—Es posible que venga. Si realmente se trata de Diego estará fuera de sí. Quién sabe qué se le va a ocurrir, dónde buscará refugio... O qué le encolerizará... Imagina que oye decir que al enterarte de la noticia de la muerte de Diego has corrido directamente a la iglesia más próxima. ¿Qué va a pensar? ¿Que te ha faltado tiempo para dar gracias a Dios?

Aenlin miró a su amiga desconcertada.

—¿Dar las gracias a Dios?

Damaris se llevó la mano a la frente.

—Aleyna, hasta hoy tu hijo era el segundo. Si Diego está realmente muerto, Sancho es ahora el único heredero del Cid.

El rumor no tardó en confirmarse. También a Mustafa, uno de los jardineros, le había llegado la noticia. Él y su amigo Ali, con quien se ocupaba del jardín, sabían que como musulmanes no tendrían un gran futuro en Valencia, así que habían decidido convertirse. Ali no solía tomárselo muy en serio y simplemente planeaba que lo bautizaran cuando se inaugurara la catedral, pero Mustafa se esforzaba por profundizar más en la comprensión del cristianismo. Ya iba a misa de forma regular y le llegó la noticia desde el púlpito: Diego Rodríguez de Vivar había caído luchando por el rey Alfonso. «Murió por la cruz en la guerra contra los herejes», había dicho el sacerdote explícitamente antes de iniciar unas oraciones interminables por el alma del joven caballero.

—Cuando alguien muere en una cruzada va directo al cielo —se sorprendió Mustafa.

Eso le había extrañado, pero en el fondo coincidía con la promesa que se hacía a los guerreros musulmanes en el caso de que perecieran como mártires.

Poco después, don Álvaro llegó con información más precisa. El veterano caballero parecía agotado y lo primero que hizo fue coger la copa de vino que Aenlin le había preparado. Ella había decorado las salas de acuerdo con el duelo general: los tapices de las paredes eran negros, los cojines de colores donde sentarse estaban cubiertos con un paño negro y un velo apropiado para la ocasión le cubría el cabello. Ya había recobrado la serenidad, pero todavía bajo los efectos de la aciaga noticia preguntó temerosa a don Álvaro por su hijo.

—¿Está bien Sancho?

El caballero hizo una mueca.

—Yo... yo no diría que está «bien». Se ha desmoronado, por fortuna después de que el Cid se marchase...

—¿Rodrigo le ha hecho algo a Sancho? —preguntó asustada Aenlin—. Pero ¿por qué?

—Yo no estaba presente —explicó don Álvaro—. Jaime me lo ha contado. El mensajero llegó cuando don Rodrigo acababa de regresar de una cabalgada de control. Sancho lo había acompañado, se trataba de unos tributos. En cualquier caso, Jaime les recogió los caballos y presenció cómo el caballero se hincaba en el suelo delante del Cid y le daba la noticia de la muerte de Diego.

—¿No le ha cortado la cabeza? —Damaris todavía recordaba muy bien cómo reaccionaba Al Qádir ante las malas noticias.

—No —respondió don Álvaro, vaciando la mitad de su copa de un solo trago—. Pero su cara... se ha quedado inmóvil, los ojos se le han puesto vidriosos... temblaba. Se ha acercado al mensajero, como si fuera a desenvainar la espada en ese momento, y acto seguido se ha concentrado en Sancho. Lo ha mirado lleno de desprecio, cólera, odio... No sé cómo expresarlo. Y ha dicho: «Mi hijo ha muerto. Diego ha muerto... ¡y lo que me queda, lo que me queda no es más que un bastardo afeminado!». Luego se ha marchado para comunicarle la noticia a Jimena. Jaime ya no se ha enterado de nada más. Tenía que llevar los caballos al establo. Luego se ha ocupado de Sancho.

—No lo habrá dicho con tan mala intención —dijo Aenlin, afectada—. Últimamente las cosas van mucho mejor entre él y Sancho.

Don Álvaro levantó las manos.

—En cualquier caso expresaba dolor y tristeza. La pérdida lo ha superado, no era dueño de sí mismo. Por lo demás... No nos hagamos ilusiones: si Rodrigo hubiera podido escoger a qué hijo sacrificar, no se habría decidido por Diego.

Aenlin volvió a sentirse mareada.

Damaris le tendió decidida una copa.

—Bueno, aquí no manda la ley de Rodrigo Díaz de Vivar, sino la mano de Dios —observó cortante—. Tranquilízate, Aleyna, y bebe. Da igual qué hubiera decidido Rodrigo. El destino ha escogido a Diego.

—Es cierto. Pero Diego tampoco huyó de ningún combate, mientras que es sabido que Sancho prefiere resguardarse en un establo —añadió don Álvaro con una sonrisa torcida—. Lo último prolonga la vida, sin que intervenga el destino.

Aenlin se frotó la frente.

—Cómo... ¿cómo ha muerto? —preguntó.

Don Álvaro volvió a llenarse la copa.

—En la batalla de Consuegra, al sureste de Toledo. El rey Alfonso volvió a perder con los almorávides, que tenían a Yúsuf en persona al mando. No sé exactamente cómo cayó... eso se lo han contado a sus padres en privado. Pero siempre sucede lo mismo: los caballeros se lanzan los unos contra los otros, intentan derribar al enemigo, y cuando uno de ellos cae, lo tiene mal. Claro que uno trata de defenderse con la espada, a veces también pasa que coge el caballo de otro y que vuelve a montar, o que un compañero acude en su ayuda. Pero a menudo mueren. De tanto en tanto, un caballero traspasa con su corcel de guerra las líneas de los caballeros enemigos sin verse involucrado en una pelea. O bien un caballo de guerra rompe la línea con su jinete. Los sementales casi no se pueden detener cuando se ponen a correr y a veces los invade el pánico y acaban en un mar de soldados de infantería que no caben en sí de alegría. Entonces golpean y clavan sus espadas en el caballo, lo hacen caer y el caballero es vencido simplemente por el número mayor de mercenarios. Lo que queda de él no resulta agradable de ver...

—Seguro que el hijo del Cid era un buen jinete —observó Damaris.

Aenlin se la quedó mirando.

—Sus caballos siempre llevaban el pánico reflejado en los ojos —señaló—. Es posible que su semental se desbocara con él.

Pensó que al menos eso no le habría ocurrido a Sancho. Su hijo dominaba a Sirius, algo que había demostrado ampliamente a su regreso de la batalla por Valencia.

—¿Qué ocurrirá ahora? —preguntó Damaris.

Don Álvaro se pasó los dedos por su impresionante bigote.

—Ahora se celebrarán misas de difuntos. Esto durará días, y el Cid participará al menos en las primeras diez o veinte. Se anima a la población cristiana a asistir a todas las que sea posible, en toda la ciudad se está rezando. Yo también tengo que irme enseguida, la caballería debe hacer acto de presencia. Al fin y al cabo, durante un tiempo fui maestro de armas de Diego. Mañana hay duelo general. No sé si trasladarán el cadáver aquí. Más bien creo que no, son más de trescientos kilómetros y es agosto...

Las mujeres asintieron. Desde hacía días el calor en Valencia era aplastante y en Consuegra no debía de ser distinto. El rey Alfonso seguramente había mandado enterrar a los caballeros caídos inmediatamente.

—¿Y... Sancho? —preguntó Aenlin.

—También él debe personarse en la misa que se celebra por el fallecimiento de su hermano. Jaime enseguida se lo ha advertido y yo vigilaré que cumpla su obligación. De todos modos, debe de estar bastante afectado por el modo en que ha reaccionado al arrebato de Rodrigo.

—¿Pensáis que tiene algo que temer? —preguntó Damaris.

Don Álvaro la miró confuso.

—¿Que temer? Al contrario. ¡Es el príncipe de la corona, *sayyida*! Puede que Jimena lo odie y que no sea la mejor opción para el Cid, pero eso no cambia el hecho de que es el heredero. Rodrigo considera que el muchacho no está a la altura, pero tenlo por seguro: a partir de mañana destinará a seis caballeros para que lo protejan noche y día.

2

Damaris tenía razón. Aenlin nunca lo hubiera creído, pero el Cid sí acudió esa noche a la puerta de su casa. Sorprendió así a los jardineros, que abrieron asustados al darse cuenta de quién era el que gritaba y alborotaba. Don Álvaro, que era normalmente el responsable de vigilar la puerta, todavía estaba en la capilla del alcázar en una misa de difuntos. Aenlin esperaba que don Álvaro obligase así a Sancho a pasar la noche allí. No quería ni imaginar que el chico se escapase y su padre lo encontrara ahí en su casa. Rodrigo acabaría estigmatizándolo para siempre como un niñito de mamá. Por consejo de Damaris, también había vestido de luto la vivienda.

La arpista nunca había seducido a un hombre, pero había interiorizado mejor que todas las demás los consejos de la señora Zulaika y además poseía una sensibilidad extraordinaria para reconocer a las personas. Aenlin se lo agradeció cuando Rodrigo entró en su dormitorio y extrajo las conclusiones deseadas de su ropa de duelo y del libro de oraciones abierto.

—Rezas... ¿rezas por él? —preguntó.

Al entrar estaba inquieto y furibundo, pero en ese momento parecía más tranquilo.

Aenlin asintió.

—Me da muchísima pena —admitió—. No puedo ni imaginar vuestro dolor y el de Jimena, pero tiene... tiene que ser un infierno. Lo lamento profundamente, Rodrigo. Desearía poder comunicárselo también a vuestra esposa.

La sala de recepciones estaba en penumbra, pero una lámpara de aceite iluminaba la habitación aireada que se abría al jardín. Aenlin distinguió los rasgos marcados de Rodrigo. Tenía el rostro hundido, los ojos inyectados en sangre, había envejecido años.

Pero de repente el Campeador la miró acechante.

—¿No deberías alegrarte? —preguntó sardónico—. ¿No era lo que deseabas?

Aenlin puso la mano sobre el libro de oraciones.

—Juro por Dios y todos los santos que jamás deseé la muerte de Diego —afirmó, y no mentía. Siempre había pensado que para Sancho era una bendición haber nacido el segundo y continuamente había esperado que un día se retirase a una propiedad, mientras Diego administraba la herencia de su padre y libraba sus batallas—. Era un heredero digno de vos.

Rodrigo asintió y de nuevo se avivó en él la furia que don Álvaro había descrito.

—Lo era —explotó—. Y Jimena podría haberme dado más hijos como él. En cambio... en cambio... caí en la tentación y me volví hacia ti... Ahora pago por ello, por haber criado a un bastardo, y tú... tú sales victoriosa. —Lleno de odio le arrancó el velo del cabello.

Aenlin se protegió de un golpe.

—Yo no salgo victoriosa —contestó con toda la serenidad de que fue capaz—. Y no habéis de avergonzaros por Sancho. Es un buen muchacho...

—Debería haberme llevado a Jimena a Zaragoza. Habría sido una mujer como Dios manda, mientras que tú... ¿Por qué solo te quedaste embarazada una vez? —le gritó—. ¡También tú podrías haber tenido más hijos varones!

Aenlin se preguntaba si se daba cuenta de la contradicción que contenían sus acusaciones. ¿Quería hijos varones solo de Jimena o le daba igual la mujer con quien los engendrase?

—Los caminos del Señor son inescrutables —dijo piadosa.

Y volvió a pensar en los consejos de la señora Zulaika y en los muchos lavados con vinagre y las refinadas técnicas amorosas utilizadas para que no la fecundase. Seguro que Dios también había intervenido, pues muchos de esos esfuerzos para evitar un embarazo no eran nada seguros. Pero ella había hecho lo que estaba en sus manos para manejar su destino.

—Dios siempre me ha querido —afirmó Rodrigo—. No puede darme la espalda ahora.

Aenlin se arrodilló y le cogió la mano.

—No lo hará, mi señor —lo consoló—. Os concederá un nieto, enseguida casaréis a vuestras hijas. ¿Y acaso vuestros nietos no llevarán sangre real incluso? —dijo, aludiendo al inminente enlace de Cristina con el infante de Navarra.

La idea del nieto pareció calmar a Rodrigo.

—Por ahora solo tengo a tu bastardo —contestó de malos modos a pesar de todo.

Aenlin le tomó la segunda mano, esperando que la ayudase a levantarse.

—Que te ha sido fiel —afirmó—. Nunca podrá sustituir a Diego, pero tampoco podrá evitar que tus nietos hereden. Nunca emprenderá una lucha fratricida. Te lo pido, mi Cid, lo has reconocido, ahora acepta a tu hijo tal como es.

Rodrigo se la quedó mirando.

—¿Qué remedio me queda? En esta vida ya no haré de él un hombre. —De repente su rostro se tornó diabólico—. ¡Pero a lo mejor engendro otro hijo contigo! Si te poseo como un hombre y no me dejo engañar con tus argucias...

Y dicho esto, levantó a Aenlin de un tirón, la besó brutalmente y le desgarró el vestido. Acto seguido la arrojó a la cama como una muñeca rota y descargó su cólera sobre ella como si así pudiera hacer frente a Dios y el destino. Esa noche, Rodrigo volvió a infringir todas las normas. No se había sometido al rey, había resistido el embate de los almorávides y ahora parecía decidido a rebelarse incluso a la voluntad divina.

Aenlin permaneció quieta, soportando el dolor. Esa noche no había peligro de que concibiera un niño, fuera cual fuese el modo en que el Cid la tomase, así que dejó pacientemente que Rodrigo descargara en ella su cólera. Él destrozaba el regalo del emir como un niño colérico despedazaría un juguete.

Desde el jardín, Jaime observaba consternado lo que ocurría. Había seguido a Rodrigo cuando este salió de la capilla, esperando que se dirigiese a sus aposentos. Jaime tenía intención de ir a ver a Aenlin para consolarla y asegurarle que Sancho se había tranquilizado. Claro que el arrebato de su padre le había afectado profundamente y decepcionado de nuevo, pero Sancho era lo suficiente inteligente para reconocer las oportunidades que le brindaba la muerte de Diego. Estaba preparado para mirar hacia delante y sacar lo mejor de esa situación. Sobre todo, porque Jaime había alimentado en él la esperanza de no tener que librar ninguna batalla más.

—Ahora eres demasiado valioso como para tener que arriesgar la vida en una de esas pequeñas escaramuzas —había dicho al joven—. Tal vez esto cambie cuando los almorávides estén frente a Valencia, pero en principio estás seguro. Esto es al menos lo que cree don Álvaro.

Al final, Sancho le había dado las gracias y desde entonces estaba de rodillas en la capilla delante del altar. Naturalmente, Jaime podría haberse dado media vuelta al ver que el Cid emprendía el camino hacia la casa de Aenlin, tambaleándose después de haber abusado del alcohol, pero había sido muy fácil entrar en el jardín tras él. Los jardineros moros no habían estado especialmente vigilantes, el Cid los había hostigado, y Jaime había podido deslizarse sin que nadie se lo impidiese a través de la puerta que se habían dejado negligentemente abierta. Observar a Aenlin en brazos del Cid era una tortura para sí mismo y algo ruin con respecto a ella. Por otra parte, por fin obtendría respuesta a esa duda que siempre lo corroía: ¿Sentía realmente tan poco por Rodrigo como había afirmado en Burgos? ¿O había todavía cierta magia entre el padre de su hijo y ella?

En ese momento era testigo de cómo Rodrigo quebrantaba la última regla. Consternado hasta lo más profundo de su ser, observó la furia del Cid y, llevado por la desesperación, desenfundó el pequeño cuchillo que llevaba en el cinturón para cortar la carne cuando comía. ¡Tenía que intervenir! Clavaría la hoja en la espalda de Rodrigo...

Fue acercándose al dormitorio cobijado por las palmeras y a

punto estaba de gritar cuando alguien lo agarró por el hombro. Jaime ya iba a desembarazarse de él, pero no era un guerrero. Rodrigo Díaz de Vivar seguro que habría clavado el cuchillo a su atacante directamente entre las costillas. Jaime, en cambio, permitió que la sombra que lo había agarrado lo arrastrara detrás de un seto.

—¿Estás mal de la cabeza? —susurró Damaris—. ¿De verdad crees que así puedes ayudarla?

—¡Al menos he de intentarlo! —susurró Jaime obstinado—. Ella... Yo...

—Dentro de poco la dejará. Ella tendrá magulladuras, algún morado, pero en un par de días se repondrá. Tú, en cambio, estarás muerto. ¿Crees que eso le parecería bien a Aleyna? —Damaris lo miró con atención—. Pero ¿se puede saber quién eres? El... ¿el caballero encantado?

Jaime sintió que se ruborizaba. Menos mal que al menos no podía verlo.

—Tú eres... sois... ¿la bruja? —preguntó él a su vez.

Damaris suspiró.

—Se diría que estamos en un cuento de hadas —dijo sarcástica—. Qué pena que la mayoría de las historias no acaben del todo bien.

—Podría haberlo vencido —afirmó Jaime.

Los suspiros y jadeos habían cesado en el dormitorio de Aenlin. Damaris tenía razón: Rodrigo no había precisado de demasiado tiempo para desfogarse.

—¿Al Cid Campeador? —Damaris rio por lo bajo—. Hasta yo habría podido arrebatarte el cuchillo. Y si hubiera salido bien..., ¿qué crees que habría pasado con el hombre que mató al Cid?

Jaime bajó la cabeza.

—¿Logrará matarlo alguien alguna vez? —preguntó en voz baja—. ¿Se liberará ella algún día de él?

Damaris se encogió de hombros.

—Nadie es inmortal —dijo con voz firme—. Y da igual lo que él crea: los dioses no aman. Ni a él ni a ningún otro. Ante Alá todos son iguales, no tiene favoritos. Así que deja que él juzgue al Cid. Y tú desaparece de aquí cuanto antes mejor. Yo me ocuparé de Aleyna, yo refrescaré sus hematomas, la consolaré con una canción y secaré sus lágrimas. No querrá que otro sea testigo de su humillación.

Jaime pasó la noche en el establo. No podía irse a casa después de que las puertas se cerraran a espaldas del Cid, y no tenía la menor intención de despertar a los jardineros. Así que se ovilló en la paja y su furia se convirtió en tristeza mientras oía los fuertes dientes de los caballos masticando el heno. En un momento dado, llegó hasta sus oídos la canción de Damaris. Ella adormeció al ruiseñor y él, el caballero encantado, se dejó llevar al país de los sueños.

No trasladaron el cadáver de Diego Díaz de Vivar, pues el rey ya lo había sepultado con todos los honores antes de informar al Cid. No obstante, las campanas de Valencia repicaron durante días y Jimena mandó oficiar cientos de misas de difuntos a muchas de las cuales asistió Rodrigo. Debía de costarle permanecer quieto, de rodillas, durante tanto tiempo en los bancos de la iglesia mientras en él la rabia se iba avivando. De vez en cuando, a altas horas de la noche, visitaba a Aenlin y se descargaba en ella. Parecía totalmente decidido a engendrar otro hijo.

—Al menos eso es lo que dice —confesó Aenlin a Damaris, que se encargaba de nuevo de curarle las heridas—. Pero ya debería saber que eso no se consigue con los puños. Creo que se trata más de pegar a alguien. Y yo soy en estos momentos su víctima. Solo espero que no se enteren Jaime y Sancho. Como uno de ellos se acuerde de repente de su condición de caballero...

—Jaime no es caballero —le recordó Damaris—. Y Sancho conoce sus límites. Además, creo que Rodrigo Díaz de Vivar muy pronto tendrá otros en quienes descargar su violencia.

En efecto, el martirio de Aenlin concluyó cuando se celebraron las últimas misas y se rezaron las últimas oraciones. Jimena y

Rodrigo colocaron una lápida conmemorativa y de nuevo lloraron la muerte de Diego, pero entonces el Cid decidió marcharse a la conquista de Murviedro. La ciudad se hallaba a unos veinte kilómetros al norte de Valencia y disponía de una extensa fortaleza, situada junto a una peña, que tenía fama de inexpugnable. De ahí que hasta entonces el Campeador no se hubiera tomado la molestia de sitiar esa población. Sin embargo, cristianizar el lugar constituiría una oportuna distracción para su mente. Haría que los defensores de la ciudad experimentaran toda esa cólera que lo poseía desde que Diego había fallecido.

—¡Por Dios y los mártires cristianos! —exclamó en un apasionado discurso ante todos sus caballeros reunidos—. ¡Incluiré esa ciudad en mi área de dominio! Arrojaremos al mar a los moros y a los intrusos herejes. Saquearemos sus palacios y destruiremos sus mezquitas, y luego construiremos una iglesia en honor de Dios nuestro Señor y Jesucristo su único hijo.

Con «intrusos herejes» se refería a los almorávides. Rodrigo sospechaba que los habitantes de Murviedro habían ofrecido refugio a grupos de fugados después de que él los hubiera vencido delante de Valencia.

Los caballeros lo aclamaron frenéticos y el monje Jerónimo bendijo sus armas. Este último finalmente iba a ser ordenado obispo de Valencia, pues hacía poco que su antecesor mozárabe había muerto. Junto a Jimena, el monje se entregó fervorosamente a la conversión de la mezquita en catedral, lo que el Cid apoyó con generosas donaciones, ya que alimentaba la idea de que también Jimena necesitaba distraerse. El acondicionamiento de la iglesia la tendría ocupada mientras él se dedicaba a su campaña militar.

Ni Aenlin ni don Álvaro habían dudado de que el Cid pronto se embarcaría en nuevas hazañas tras la muerte de Diego. La única sorpresa fue que no quiso llevarse a Sancho, sino que, para pasmo general, le dio el mando de la guarnición estacionada en el alcázar para la defensa de Valencia. Pero el muchacho estaba lejos de alegrarse de ello.

—¿Cómo voy a hacerlo? —preguntó a su madre. Se había

presentado en la casa justo después de que lo nombraran comandante en jefe, dos días antes de que su padre partiera hacia Murviedro, aunque esta vez no lo hizo en plena noche sino en visita oficial al final de la tarde—. Con todos esos caballeros... Todavía no tengo dieciocho años. ¿Quién va a hacerme caso? —Desalentado, paseaba la mirada entre Aenlin y don Álvaro.

El último contrajo el rostro.

—¡Pues claro que te harán caso, Sancho! —exclamó—. ¡Solo faltaría que esos tipos se atrevieran a rebelarse! Y esto de difícil no tiene nada, a fin de cuentas no hay ni un enemigo delante de las puertas de la ciudad. No tienes más que distribuir las guardias, en el alcázar y en las torres de la ciudad. Dependiendo de cuántos hombres te deje el Cid, los repartirás por la muralla, sobre todo por las torres. Los vas controlando periódicamente para que nadie cometa ningún desliz y de vez en cuando vas a ver a Jimena y le dices que todo está en orden.

Sancho se mordió el labio.

—Puedo... ¿puedo prohibir a los caballeros que cometan abusos? Por ejemplo en el mercado, cuando «cobran tributos» de forma arbitraria o cuando ofenden a alguna chica...

Don Álvaro sonrió irónico.

—¡Pues claro que puedes! Pero tienes que intervenir. No basta con decir: «¡No lo hagas!», esto ellos no lo entienden. Tienes que meter a uno o dos en el calabozo y montar todo un número amenazándolos con privarles del rango de caballeros. Al final, los perdonas a cambio de una multa elevada. Y estoy seguro de que ahí se terminará en un abrir y cerrar de ojos con cualquier abuso.

El anciano parecía muy satisfecho de las intenciones de Sancho. También él desaprobaba el comportamiento de muchos de los hombres de Rodrigo que, al ver que un comerciante moro hacía un buen negocio, le «expropiaban» sin el menor pudor a cuenta propia. Aún peor era que molestaran a las muchachas y mujeres que todavía estaban en la calle cuando empezaba a oscurecer. Por supuesto, las familias intentaban protegerlas escondiéndolas en casa, pero a veces eso no era posible. La mayoría eran pobres, de modo que ellas tenían que colaborar en la manutención trabajando en el mercado o sirviendo en las tabernas. Iban a las fuentes o a comprar y los sacerdotes exigían que al menos se asistiera a una misa al día. Los conversos sobre todo, a quienes ya se miraba mal, no se atrevían a dejar de hacerlo. Por regla general iban a misa por la mañana o por la noche y de camino temían por la honra de sus esposas, hermanas e hijas.

—El Cid nunca ha castigado esas faltas —observó Sancho algo desanimado—. En cualquier caso no como debe ser. Cuando los caballeros alegaban que las mujeres los habían provocado, los creía. Y en cuanto a los comerciantes..., la mayoría de las veces todavía tenían que pagar más para que no los azotaran por fraude.

Don Álvaro se lo quedó mirando.

—¡Por Dios, muchacho, tu padre estará muy lejos! ¡A partir de pasado mañana tú eres aquí el Cid! ¡Así que actúa como te corresponde!

—De todos modos, no te dejará aquí a los caballeros con más experiencia —lo consoló también Aenlin—. Se llevará a los más veteranos. Aquí se quedan los jóvenes, los ancianos y los... bueno, los que ya no son tan necesarios.

Sancho le lanzó una mirada ofendido.

—¿Te refieres a que me encarga el mando del poso de su ejército? ¿Y si realmente se produce un asalto a pesar de todo?

Aenlin suspiró.

—Entonces Rodrigo estará de vuelta al cabo de un día. ¡Está sitiando Murviedro, no Sevilla! ¡Sancho, con esta orden está comprobando si eres capaz de imponerte! Y por fin te da una tarea que puedes realizar muy bien. ¡Así que aprovecha esta oportunidad!

Normalmente tenía más paciencia con su hijo, pero esa situación la estaba sacando de quicio. Los malos tratos de Rodrigo, la nueva campaña en la que Jaime y Babieca volverían a correr peligro... Se sentía infinitamente feliz de, al menos, no tener que sufrir por Sancho.

El joven se dominó, se despidió dignamente de su padre en las almenas del alcázar y tomó formalmente el mando sobre las tropas que quedaban en la fortaleza. Don Álvaro había accedido a ayudarlo en la organización de las guardias, pero el joven sorprendió a todo el mundo con un plan bien diseñado para apostar a los hombres en los distintos puestos de vigía y para realizar un cambio periódico de guardia. Destinó a ocho caballeros veteranos para que se mantuviera la disciplina y amenazó con castigar severamente los abusos. Con ello demostró que había heredado el talento de su padre para la oratoria, y la hermosa y sugestiva voz de su madre. Habló de forma serena y convincente a los hombres, sentado erguido en su semental, que estaba obedientemente quieto y miraba majestuoso a los caballeros, y apeló al honor y virtud de los hombres.

—¡Nosotros somos los guardianes de la ciudad! —advirtió Sancho—. La gente tiene que poder confiar en nosotros. ¡Pensad en lo que habéis jurado! Vamos a ser duros con nuestros enemigos, pero clementes y bondadosos con los que precisan de nuestra protección. Y esta precisamente es ahora nuestra tarea. ¡Con ayuda de Dios velaremos por la ciudad!

Los primeros días todavía se cometieron excesos, pero Sancho mandó encarcelar inmediatamente a los caballeros, requisó sus armaduras y sementales de batalla y los presentó ante el juez y el obispo con un sambenito. En ese caso, Jerónimo fue útil. Castigó a los hombres en los reclinatorios de la iglesia hasta que se lastimaron las rodillas. Los jueces en cambio se reprimieron: la caballería de Rodrigo era temida. De todos modos, la mala conducta tuvo por primera vez consecuencias y don Álvaro estaba en lo cierto: de ahí en adelante todos se comportaron mejor.

Aenlin estaba orgullosísima de su hijo. Por fin le sonreía de nuevo la suerte. Una semana después de la partida de Rodrigo, alguien con cuya presencia no había contado llegó ante su puerta. Don Álvaro hizo entrar a Jaime con Babieca de las riendas.

La mujer tuvo la sensación de que su corazón dejaba de latir. ¿Babieca ahí? En realidad eso solo podía significar que Rodrigo había caído en la batalla. ¡Pero entonces habrían doblado campanas, nunca se habría enterado de la muerte del Cid por su mozo de cuadras!

Jaime tampoco tenía aspecto de ser portador de malas noticias. Al contrario, todo su rostro resplandecía. Aenlin le habría arrojado los brazos al cuello. Pero, naturalmente, supo contenerse.

—Me envía tu hijo, Aleyna —dijo el recién llegado—. Me ha mandado traerte el semental del Cid, puesto que tú sabes más que nadie en la ciudad del arte de curar los caballos.

—¿Está herido? —Aenlin miró asustada el pelaje plateado e inmaculado del semental—. Yo no veo nada.

—Cojea —señaló Jaime—. Se ha defendido con vigor... ¡Nuestro señor misericordioso ha hecho un gran esfuerzo para destrozarlo! No te lo creerías...

—Mételo en la cuadra primero —ordenó don Álvaro—, antes de que te vayas de la boca. ¿De verdad que Sancho te ha ordenado que lo dejaras aquí en el establo?

Jaime asintió y Aenlin reconoció en su rostro esa expresión traviesa que tanto amaba.

—Sí, ¿por qué no? Aquí tiene tranquilidad y estará mejor cuidado que en ningún otro sitio. Creo que se ha hecho daño en los tendones, a lo mejor un desgarro. Tardará en curarse, así que no hay motivo para que ocupe un establo de la guarnición cuando aquí las cuadras están vacías.

Jaime condujo a Babieca al patio de la casa. En efecto, el semental cojeaba mucho de la pata anterior derecha. Aenlin comprobó que el tendón estaba muy inflamado.

—Creo que empezaremos con una cataplasma de barro —reflexionó preocupada—. Esto no tiene buen aspecto. ¿Lo has enfriado?

Jaime asintió.

—Inmediatamente lo he metido en un arroyo, pero todavía sigue hinchado. Por supuesto no sé cuánto tiempo ha estado cojeando hasta que el Cid ha llegado con él al campamento... —Parecía estar muy ansioso por contar su historia, ardía de indignación, pero Aenlin lo detuvo.

—Primero vamos a curar al caballo. Preparo la cataplasma y tú cubres de paja un establo que está frente a Meletay. ¿Podéis pedir entretanto que traigan vino, don Álvaro? Y que la cocinera prepare unos platos. Así podremos charlar con calma.

Cuando llevaron al semental al establo, el relincho con que Meletay saludó a su hijo se oyó desde la explanada. Babieca respondió igual de feliz y a sus voces se mezcló el gemido de la mula.

Jaime y Aenlin se sonrieron.

—Sancho es... un señor inteligente —observó el mozo.

Aenlin suspiró.

—Tal vez un poco demasiado sagaz. Yo siempre pensé que no sabía nada de lo nuestro.

Jaime sonrió con aire irónico.

—A lo mejor solo tiene en mente la salud del caballo —dijo, pero no parecía creérselo.

Poco después, Babieca estaba en un establo generosamente provisto de paja, dichoso y masticando heno, con un grueso vendaje en la pata. Meletay apenas si podía contener la alegría por su llegada y le iba enviando unos cariñosos bufidos. El sonido de la yegua llamando a su potro.

—Y ahora entremos en casa —propuso Aenlin, pero Jaime negó con la cabeza.

—Todavía no —contestó en voz baja; se acercó a ella y la atrajo contra sí. Ella respondió tiernamente a su beso, relajada y sin miedo.

—¿Aquí no hemos de tener cuidado? —preguntó Jaime.

Aenlin hizo un gesto negativo.

—Ahora solo están don Álvaro, Damaris y el servicio... Y todos... bueno, me han sido fieles. —Los sirvientes, a quienes no les había pasado inadvertido el modo en que Rodrigo se había comportado con ella, sentían pena e indignación. Aunque se enteraran de la relación entre ella y Jaime, no la traicionarían—. De todos modos, a esta hora no hay nadie en el establo —añadió—. Yo misma suelo dar de comer a los animales, o don Álvaro se ocupa de ello. No tenemos mozo de cuadras. Los jardineros limpian las instalaciones, pero en realidad no les gusta tratar con los animales. —Su expresión era tan traviesa como unos minutos antes la de Jaime—. Creo que se alegrarían si ocuparas el puesto de mozo de cuadras y te instalaras aquí en la vivienda donde está el servicio. ¿O acaso te ha dado Sancho alguna otra indicación?

Jaime la miró radiante.

—Ha hecho la misma sugerencia —respondió.

Aenlin se rascó la frente.

—Nos da su bendición —susurró.

Jaime asintió.

—Quiere verte feliz.

—Pues sí que ha durado eso de vendar al caballo —observó don Álvaro cuando ambos regresaron por fin a la casa. Aunque el anciano caballero seguro que no se había aburrido. Damaris estaba a su lado tocando el laúd, sobre la mesa había pan y vino, y en ese momento apareció la cocinera con un plato fuertemente especiado. Jaime se sirvió hambriento, aunque casi se quemó los dedos de lo caliente que estaba la comida. Nunca había aprendido a coger elegantemente el estofado con un trozo de pan ácimo. La cocinera sonrió a causa de su falta de destreza y sin decir palabra le llevó un cuenco con una cuchara. También don Álvaro comió el guiso con cubiertos y en su propio cuenco—. Como ves, yo tampoco he vivido jamás en un harén —farfulló dirigiéndose a Jaime—. Tómate un trago de vino, chico, ¡y cuéntanos!

El relato que hizo Jaime sobre la incursión de Rodrigo no sorprendió a nadie. El Cid había rodeado la fortaleza y luego había empezado el asedio. Instaló armas de asalto en vano, pues los muros del burgo eran gruesos como hombres. Así que se esforzó por cerrar firmemente alrededor de la ciudad un cerco que debía impedir la entrega de víveres a los sitiados. Sin embargo, eso pocas veces daba buenos resultados. Era casi imposible aislar totalmente del mundo exterior una fortaleza tan grande como Murviedro. Así que Rodrigo apostó por el terror.

—Devasta todos los pueblos de alrededor —informó Jaime—. Con una dureza... Ya antes lo había visto furioso, Aleyna, pero ahora... Como la muerte con su guadaña no deja nada en pie: quema las casas, destruye las cosechas, mata el ganado. Hasta ahora también era... brutal, pero sensato. Requisaba el grano, no lo quemaba. Perdonaba a la gente que servía para ser esclava, registraba las casas en busca de objetos de valor antes de derribarlas. Pero ahora... Lo único que desea es matar y arrasar, como si así pudiera vengar a su hijo. E incita a sus hombres, que galopan por los cultivos o a campo traviesa... Babieca es un caballo de paso seguro, pero en uno de esos pueblos tropezó con una fosa y se cayó. Naturalmente, el Cid se precipitó al suelo, pero no le pasó nada. —Jaime miró a Damaris—. Un favorito de los dioses —añadió con amargura—. Babieca enseguida se levantó y siguió corriendo, pero por la noche cojeaba. Y al día siguiente ya se veía que no podía participar en la batalla, así que el Cid me envió con él a casa.

—¿Durará mucho más ese cerco? —preguntó Aenlin, esforzándose por no parecer esperanzada.

Don Álvaro asintió y respondió en lugar de Jaime:

—Un par de semanas, seguro —dictaminó—. Están preparados, no cabe duda de que cuentan con provisiones en abundancia. E intentarán pedir ayuda a otros gobernadores, sobre todo a Yúsuf y sus almorávides. Así que darán largas a Rodrigo. A lo mejor empiezan a establecer acuerdos para la rendición.

—De los que luego nadie hace caso —intervino Damaris, irónica.

—En cualquier caso, el Cid no —confirmó don Álvaro—. Lo que en realidad la gente ya debería saber. Me parece que todo esto tiene por objeto ganar tiempo. Intentarán sacar de la fortaleza a tantos de los suyos como sea posible. Siempre hay medios y maneras, aunque eso también supondrá un retraso. —Don Álvaro miró a Aenlin y a Jaime—. Creo que tenéis un par de meses. Para curar al caballo, me refiero. Cuando regrese el Cid estará mejor.

Damaris sonrió.

—Estoy convencida de que Jaime atenderá con gran entrega la posesión de su señor —comentó ambiguamente.

Don Álvaro reprimió la risa.

3

En la primavera de 1098, el Cid convirtió Murviedro en un infierno. Devastó el interior de la región, mató de hambre a su población y amenazó con torturar a todos los supervivientes y quemarlos vivos si no le entregaban la fortaleza sin oponer resistencia.

Aenlin y Jaime, en cambio, se sumergieron de nuevo en el mar de su amor, y esta vez el reino de las hadas parecía incluso más cercano que entonces, en Burgos. Vivar había sido un pueblo de campesinos, al que ellos habían encantado a través de sus sueños, pero era polvoriento y pequeño, y apestaba a estiércol y humo. En Valencia, los amantes estaban rodeados por la atmósfera de la lujosa casa y los perfumes del harén, los jardines con sus surtidores y sus discretos rincones. Jaime estaba como hechizado por todo ello. Paseaba de la mano con Aenlin por los jardines, olía los arriates y los árboles en flor y escuchaba el suave sonido del arpa que llegaba hasta ellos desde la casa. Amaba a Aenlin durante el día bajo las palmeras y los magnolios y por las noches interpretaban los contornos de las sombras que danzaban en los estanques, proyectadas por la luz de la luna. Cuando empezó a hacer calor, se instalaron fuera, se bañaban y cubrían sus cuerpos desnudos con flores de almendros. Aenlin contó a Jaime la historia de Al Mutámid, que hizo plantar un campo de almendros para Rumaikiyya. Cuando ella ingresó en su harén se quejó de que echaba de menos la nieve en las montañas. Gracias al emir podía jugar con los suaves y blancos pétalos de las flores del almendro que cubrían el suelo como copos a principios de verano.

—Pero no es lo mismo —objetó Jaime.

Aenlin se encogió de hombros.

—Solo podemos intentar aproximarnos a la perfección —contestó, dándole un beso—. A no ser que conozcamos la entrada al reino de las hadas.

Aenlin y Jaime también tuvieron suerte con respecto al semental, ya que la herida era menos grave de lo que habían considerado al principio. El tendón había sufrido un tirón, pero no se había desgarrado, así que la inflamación pronto descendió con ayuda de las cataplasmas y los vendajes. Jaime no tardó en considerar que Babieca estaba bastante restablecido para dar paseos al paso. Al principio resultó difícil. Los años con el Cid habían vuelto al caballo más impetuoso y duro de boca. Ya no estaba acostumbrado a pasear con las riendas largas como tiempo atrás en Burgos. El Cid exigía atención continua y la disposición para pasar al galope en cualquier momento y lanzarse contra el enemigo. Le encantaba que el semental sobre cuyo lomo iba sentado hiciera escarceos y se levantara de manos, como si no pudiera esperar el siguiente asalto.

Naturalmente, eso era nefasto para una herida que acababa de sanar, sin contar con que Jaime prefería caballos tranquilos en general. Ahora tenía que invertir todas sus fuerzas por contener a Babieca.

—Intenta que se pegue a la cola de Meletay —sugirió Aenlin cuando el semental movía enfadado la cabeza—. Cabalga directamente detrás de ella. Le gustará. Y cuando se haya tranquilizado, puedes volver a intentar con cuidado que te haga caso.

Jaime frunció el ceño.

—¿Va a tranquilizarse colocando la nariz en la cola de una yegua? —preguntó—. Esto todavía lo enloquecerá más.

Aenlin negó con la cabeza.

—No con Meletay. ¿No te has fijado en que no tiene el menor interés por ella como yegua? Por la mula, sí; la cubriría en cualquier momento. ¿Pero Meletay? Estoy segura de que se los podría dejar a los dos juntos en la dehesa y que no pasaría nada. Para él sigue siendo su madre.

—¡Qué va! —exclamó Jaime—. Bien, se han reconocido, en eso te doy la razón. Y eso ya fue sorprendente. Pero que no vaya a cubrirla si tiene la oportunidad...

—Pruébalo —aconsejó Aenlin—. No te digo que los dejes en un pasto, sino que vayan uno detrás del otro. Yo ya me di cuenta hace tiempo, la primera vez que salimos juntos, de lo obediente que era. Claro que entonces era en general más dócil. Pero piensa: ¿has vuelto a sacarlo alguna vez junto a una yegua?

Jaime enseguida tuvo que contestar que no. Habitualmente los sementales de los caballeros solo se entrenaban con otros corceles de guerra, pero podía suceder que un caballero acompañase a dar un paseo a una dama y que esta tal vez montase un palafrén hembra. Desde luego, Rodrigo Díaz de Vivar no tenía tiempo para tales entretenimientos y Jimena aún menos. Además, Babieca había salido del criadero de caballos en aquel memorable paseo. Jaime lo había acostumbrado a la silla unos pocos meses antes. Habría sido totalmente normal que hubiera hecho algunos escarceos y relinchado a la yegua que estaba a su lado.

—En cuanto crucemos la puerta —convino Jaime al final, mientras seguía esforzándose por mantener bajo control al nervioso semental.

Poder pasar a través de las puertas de la ciudad sin complicaciones era otra agradable ventaja para Aenlin. Sancho había indicado a los centinelas que la dejaran salir con Meletay sin hacerle preguntas ni dirigirle ninguna insolencia.

—Doña Aleyna es una entendida en medicina y por indicación de mi padre se ocupa de su semental de guerra —explicó a los hombres—, por lo que es importante que supervise los primeros intentos de andar del animal después de curarle la herida. Así que dejadla pasar a ella y al mozo que cuida del caballo. Sé que no es habitual, pero todos queremos que el semental plateado vuelva a ser el mismo de antes cuando regrese mi padre.

Entretanto los habitantes de Murviedro habían accedido a negociar la rendición, pero seguían batiéndose por un período de reflexión y una prórroga. Rodrigo, que iba perdiendo la paciencia a ojos vistas, estaba ocupado al mismo tiempo rechazando los pocos ejércitos que intentaban acudir en ayuda de Murviedro. Volvía a combatir con su viejo rival, el conde de Barcelona, y venció a algunos grupos de almorávides que huían en desbandada. Se calculaba que no regresaría de inmediato a Valencia, pero sí en breve.

Así que Aenlin montaba a Meletay en su traje de viaje moro. Iba sentada en una silla para hombre, pero tan cubierta de velos que apenas se reconocían las formas de su cuerpo. Sin duda se hablaba al respecto en los círculos de caballeros, pero no había razones para decir impertinencias, de modo que al cruzar la puerta los hombres saludaban amablemente y con sumo respeto. Solo se reían y burlaban de Jaime que, con la cara roja como un tomate, apenas si podía dominar al semental sobre el que iba sentado.

—Ese tipo seguro que no es el Cid —se burló uno de los guardianes, mientras abría la puerta de la ciudad a Aenlin y Jaime—. ¡Con don Rodrigo el semental obedece!

—Tampoco lo ha tenido nunca cuatro semanas sin moverse en el establo —protestaba Jaime prudentemente, cuando ya había pasado la puerta con Aenlin—. Es normal que ahora esté fogoso...

Aenlin reía.

—Ahora no te ofendas —lo tranquilizaba—. Ya me parece bien que no te tomen en serio. Así ni se les ocurre que tú y yo...

Casi se preocupaba un poco por la manera de reaccionar de Jaime. El mozo soportaba antes los improperios con más humildad. Pero a la sazón... En brazos de Aenlin había despertado el halcón, el caballero que había en el criado. Esperaba que fuera lo suficiente sensato para no mostrarlo a los demás.

—¡Y ahora pon de una vez a Babieca detrás de Meletay! —le indicó—. Si sigue haciendo tanto escarceo, estará cojeando cuando volvamos a casa. —Jaime se colocó obedientemente detrás de la yegua y se produjo el milagro. Babieca olisqueó sin mucho entusiasmo el trasero de la yegua, pero cuando Meletay soltó un resoplido de advertencia y le amenazó con darle una coz, guardó distancia. Al cabo de unos minutos caminaba como un corderito detrás de su madre—. ¿Y bien? —dijo Aenlin—. Ella lo mantiene bajo control. Pero de vuelta entraremos por la puerta lateral que ha descubierto don Álvaro. Los caballeros no deben ver cómo el gran Babieca va pegadito a su mamá.

Así pues, Aenlin y Jaime reemprendieron sus paseos juntos. A un ritmo lento se deslizaban por prados y bosques en las afueras de la ciudad, descendían hasta la playa y contemplaban fascinados el juego de las olas. Ninguno de los dos había estado antes junto al mar y ahora se sorprendían ante su extensión y la diversidad de matices de azul, verde y gris con que resplandecía según las distintas horas del día y estados del tiempo.

—Qué bonito debe de ser navegar... —dijo Jaime con aire soñador—. Seguro que es casi como volar cuando el viento sopla de la forma adecuada.

—Aunque entonces los barcos piratas son los que más rápido navegan —observó Aenlin.

Una travesía en barco les había costado la libertad tanto a Damaris como a Agapios. Por eso Aenlin prefería quedarse en tierra, aunque disfrutaba mucho galopando con Meletay por la playa. La yegua seguía siendo veloz. Incluso dejaba atrás a Babieca, que iba pegado a ella como su sombra.

La felicidad de Aenlin y Jaime se prolongó hasta mediados de año. Estaban tan ocupados consigo mismos que apenas se percataron de lo mucho que Valencia cambiaba bajo el sereno gobierno de Sancho. El patíbulo desapareció de delante de la mezquita, solo en escasas ocasiones se veían malhechores en la picota y de las celdas de tortura ya no salían más gritos. Los caballeros que guardaban las murallas podían quejarse de vez en cuando de aburrimiento, pero habían dejado totalmente de aterrorizar a la población. Claro que de vez en cuando se producían incidentes, una riña en una taberna o alguien era acusado de haber hecho trampas en los juegos de azar. Los hombres se peleaban por una prostituta o se negaban a pagar a un proxeneta que luego presentaba una demanda. Sancho se esforzaba por dictar sentencias justas.

El joven cada vez se sentía más seguro en su papel de mandatario. Don Álvaro estaba muy satisfecho de él, y Sancho no tenía conflictos con Jimena. El muchacho coincidía con la esposa del Cid al ir a misa y además la informaba periódicamente sobre el estado de la ciudad. Jimena lo recibía atenta, pero fría. El obispo Jerónimo a menudo se hallaba presente en sus encuentros y también estaba contento del gobierno de Sancho. Solo le pedía que persiguiera con más severidad a los herejes.

—Tenemos ahora a muchos judíos y moros que se han convertido al cristianismo. ¡Demos gracias a Dios nuestro Señor! —Jerónimo se santiguaba y Jimena y Sancho se apresuraban a imitarlo—. ¡Pero hay que comprobar su autenticidad! No puede ser que por las mañanas vayan a la iglesia y por la tarde celebren el *sabbat*, recen en dirección a la Meca o practiquen cualquier otro ritual hereje...

Sancho asentía sumiso y al día siguiente enviaba pregoneros por toda la ciudad para recordar a los cristianos nuevos y viejos sus obligaciones. Además, mandaba colgar carteles para aquellos que sabían leer.

—Espero que con esto baste —le comunicó suspirando a don Álvaro.

El caballero asintió.

—Siempre que hayas insistido lo suficiente en las consecuencias en caso de que renieguen —indicó—. Tal vez deberías dirigirte otra vez a los notables. Diles que al obispo le gustaría inaugurar la catedral con un par de herejes en la hoguera y que el Cid estaría encantado de apropiarse de su fortuna. ¡Así que deberían tener cuidado!

Sancho mantenía un prudente contacto con los pocos judíos y moros ricos que no se habían marchado de la ciudad. Consideraba que todavía ejercían cierta influencia en la población y prefería estar en buenas relaciones con ellos.

Entretanto, los notables que habían sido apresados en su momento con Ibn Yahhaf habían conseguido reunir una parte de la enorme suma de dinero que debían pagar para su rescate. El Cid los había puesto en libertad, pero solo unos pocos habían permanecido en Valencia. La mayoría había huido a toda prisa.

En esos tranquilos meses, Aenlin vio que Damaris y don Álvaro cada vez pasaban más tiempo juntos. El veterano caballero estaba a punto de ganarse el corazón de la bella celta, aunque Damaris tenía miedo de cualquier cosa que estuviera vinculada al amor.

—La cuestión es que no quiero tener relaciones con un hombre —confesó a su amiga—. Siempre que me toca un hombre me acuerdo de Al Qádir y de sus repugnantes jueguecitos, y luego de los clientes de la calle. Todo eso fue horrible, humillante y hacía daño...

—No tiene que ser así —la animó Aenlin—. Si el hombre realmente te ama, es maravilloso. Y tú ya sabes qué hacer para que no te duela.

Damaris sacudió con energía la cabeza.

—No quiero seducir a don Álvaro, y no quiero jugar a ninguno de los juegos que nos enseñó la señora Zulaika. Si... si ocurriera tendría que ser como... como una canción.

Por la noche, Aenlin la oyó cantar una canción de amor que había compuesto para Al Mutámid y Rumaikiyya. Estaba sentada en el jardín, y el anciano caballero, vestido para la cita (llevaba una sobreveste de seda cubriéndole una túnica), se había apoyado en el borde de una fuente para escucharla. Aenlin sonrió a Jaime. Ambos observaron a la pareja desde la torre a la que habían subido para contemplar la puesta de sol. Este impregnaba el cielo sobre Valencia de una brillante luz roja. Damaris y Álvaro parecían ser los personajes de un cuento. Aenlin los miraba soñadora desde arriba y de repente supo qué tenía que hacer.

—Esta noche no cantaré para ti, Jaime, ni para los caballos —dijo ensimismada—. Hoy tengo que poner a prueba mi don en otra persona... —Y dicho esto bajó de la torre, se metió en sus aposentos y afinó el laúd. Entonó la canción que Damaris había interpretado para ella hacía tanto tiempo, la noche antes de que Al Mutámid la ofreciera a Rodrigo como regalo. Cantaba sobre la espera y las promesas, la magia y la melancolía, tejió un capullo de esperanza y comprensión, y del deseo de no estar solo nunca más.

Damaris no habló nunca de esa noche, pero al día siguiente sus ojos, al igual que los del veterano caballero, estaban iluminados. Fue don Álvaro quien rompió el silencio acerca del hechizo de la música de Aenlin.

—Gracias —susurró al día siguiente, cuando fue a buscar el caballo y se encontró con ella en el establo—. Gracias por la canción.

Las demás parejas se encontraron por su cuenta. Nur y Namika se presentaron entre risitas ante su señora y le preguntaron si podían casarse con Ali y Mustafa, los jardineros.

—A pesar de todo nos gustaría quedarnos y seguir a vuestro servicio —declaró Nur—. No tenéis que dejarnos en libertad.

Aenlin sonrió.

—Pronto seréis cristianos, así que de todos modos quedaréis libres —señaló. No estaba explícitamente prohibido tener esclavos cristianos, pero no era lo corriente. En general se procedía como en los emiratos moros, en los que un esclavo cristiano que se convertía al islam obtenía la libertad de inmediato—. Y... siempre fuisteis más hijas que sirvientas. Me alegro de poder organizar vuestras bodas. —Nur y Namika le dieron las gracias, aunque todavía sentían algo de aprensión por tener que renegar de su fe. Ali y Mustafa, en cambio, todavía conmocionados por la expulsión de los moros con la llegada del Cid, estaban firmemente decididos a convertirse y se habían registrado para el bautismo general que se celebraría cuando consagraran la nueva catedral—. Esperaremos hasta que se casen las hijas del Cid —les indicó Aenlin a las chicas de nuevo—. Y si tengo la posibilidad os recompensaré generosamente.

Aenlin todavía conservaba una colección de joyas que había empezado en el harén de Al Mutámid. No se habían añadido demasiadas durante sus años con el Cid. Aunque Rodrigo era rico, también era un rácano. Jimena tampoco llevaba muchas joyas en sus apariciones en público, y no solo desde que llevaba luto por Diego. Aun así, de vez en cuando la había obsequiado con alguna cadena, una diadema o una fíbula. Y de este modo había ido reuniendo con el tiempo algunas piezas. No era una mujer rica, pero hasta cierto punto sí adinerada, y últimamente se sorprendía a sí misma sacando sus joyas y calculando su valor. Ni ella ni Jaime planeaban marcharse, pues eso habría significado separarse de Sancho y de Babieca.

A veces, sin embargo, cuando soñaban que adoptaban las figuras del halcón y el ruiseñor, y que emprendían el vuelo por encima del mar, ambos sabían que uno y otro pensaban en ello. Un día se marcharían, por propia voluntad o por la fuerza. A fin de cuentas, no eran pocos los riesgos que corrían con su amor. Y no sería por falta de dinero que fracasaran.

4

Rodrigo volvió a Valencia en pleno verano de 1098 y llevó consigo un triste grupo de seres andrajosos encadenados entre sí. Como don Álvaro había predicho, la fortaleza de Murviedro estaba casi abandonada cuando por fin entró en ella. Quien había tenido la oportunidad, había preferido huir que capitular. El Cid reunió a los habitantes que habían quedado, casi exclusivamente ancianos, mujeres y niños, se apropió de sus últimas posesiones y se los llevó a Valencia. Allí los vendería como esclavos o los utilizaría para realizar trabajos forzados.

—Ahí tienes a los campesinos que van a cultivar ahora la tierra —anunció sarcástico a su hijo. Todavía se acordaba muy bien de que le había pedido que dejara con vida a los labradores de la Huerta—. Y eso sin gruñir ni pedir nada.

Sancho renunció a señalar que no eran campesinos, sino habitantes de una ciudad o, en el mejor de los casos, artesanos, pero con frecuencia también amanuenses o personas al servicio de la corte, además de mujeres y niños muertos de hambre. Apenas podrían realizar trabajos físicos duros en la Huerta. No quería contradecir a su padre. Al fin y al cabo, no había criticado los cambios que había introducido en la administración de la ciudad, sino que tenía la intención de dejarlo casi todo igual. Rechazó las quejas de los caballeros a los que su hijo había disciplinado, pero pidió cuentas a Sancho.

—Has hecho bien en demostrarles quién manda aquí —explicó—. De este modo te has ganado respeto. Pero todavía tendrás que aprender que necesitas amigos en la caballería y estos los has perdido con tus historias. Sancho, un caballero es como un buen caballo: Tienes que dirigirlo, llevar tú las riendas y de vez en cuando picarle con las espuelas, pero en ocasiones tienes que soltar las riendas. Por más que el caballo pisotee alguna vez un campo de cultivo.

Sancho ignoraba qué decir al respecto y cuando más tarde habló de ello con Aenlin y Damaris, también ellas se quedaron sin palabras ante tal comparación.

—Quizá sea mejor hacerse amigo del campesino que ha cultivado la tierra —observó Damaris—. A la larga podría ser más leal que el caballero.

—Y a un buen caballo —añadió Aenlin— lo guías con el cuerpo. Aunque le sueltes las riendas no tiene por qué pisar un campo.

Sancho asintió, pero no le comunicó nada a su padre. Se sentía feliz porque el Cid estaba más o menos satisfecho de su labor y en adelante iba a dejarlo tranquilo. Siguió organizando las guardias y, puesto que el mariscal, caballerizo y comandante de la caballería había caído en una de las pocas escaramuzas de la última campaña, asumió en silencio el control de las caballerizas. El de mariscal era, junto al de senescal y el de copero, un cargo importante en la corte y totalmente apropiado para el heredero del Cid.

Rodrigo visitó a Aenlin al tercer día de su regreso. Ella había temido el encuentro, pero el Cid se comportó con amabilidad e incluso le regaló una valiosa joya. Era casi como si quisiera presentarle sus excusas. Aenlin se preguntó con un ligero estremecimiento qué habría sido de la mujer que antes de ella había llevado el collar de oro con esmeraldas y los pendientes a juego. Pese a ello dio las gracias entusiasmada y enseguida se puso las alhajas. Su cita con Rodrigo transcurrió de forma más armónica que en las horribles semanas que siguieron a la muerte de Diego. Ella lo halagó, intentó complacerlo con toda la fantasía posible, y esa vez no acabó con heridas y cardenales. En el fondo, sin embargo, se sentía ofendida por el modo casi indiferente en que él aceptaba sus caricias. Rodrigo no devolvía nada, dejó que sus diestras manos lo excitasen y luego la poseyó deprisa y sin cariño. Volvía a tomar posesión de su concubina del mismo modo que había recuperado el control del juzgado y de la administración. Era el señor y no daba pie a equívocos.

Aenlin se quedó insatisfecha y como sucia cuando él por fin se durmió a su lado. ¡Ya estaba harta de ser su propiedad!

Por lo menos Jaime se había ido de casa de Aenlin sin problemas. El Cid había anunciado con tiempo su regreso y había encontrado a Babieca en su establo. El mozo lo informó sumiso de que el semental estaba curado y mencionó con el corazón palpitante los consejos de Aenlin para su tratamiento. Los dos se habían puesto de acuerdo en no hacer ningún secreto de ello. El peligro de que alguno de los caballeros comentase las salidas que habían hecho juntos a caballo y el Cid sospechase algo era demasiado grande. Pero Jaime no habló de la estancia de Babieca en el establo de Aenlin, esperando que Rodrigo no se enterase por otro lado. De hecho, a nadie parecía resultarle algo de suficiente importancia como para comentárselo. Volvió a tomar posesión de su semental plateado y cabalgó por sus tierras con él. Para alivio general permaneció tranquilo en Valencia durante meses. El Cid había superado su dolor y cólera por la muerte de Diego. Se sentía más hombre de Estado que soldado.

En invierno por fin se consagró la catedral. El obispo Jerónimo ofició una misa solemne en la que docenas de moros se convirtieron al cristianismo y fueron bautizados. Jimena estaba orgullosa junto a su marido. Al fin y al cabo su participación en la reconversión de la mezquita en una casa del Señor cristiana había sido enorme. No había ahorrado ni en esfuerzos ni en costes. Los cálices de oro y las custodias procedían de León y Castilla, al igual que las imágenes de santos y las estatuas. Por todas partes brillaba el oro a la luz de cientos de velas. Sobre un altar lateral dedicado a Diego, su hijo muerto, velaba el retrato de san Jorge.

Naturalmente, Jimena seguía llevando luto, al igual que sus

hijas, pero eso pronto cambiaría para las jóvenes. En la primavera de 1099 por fin celebrarían sus nupcias.

Cristina se casaba con uno de los nobles más importantes del reino de Navarra. Ramiro el Joven, infante de ese reino, mandaba en la importante población y fortaleza de Monzón, situada trescientos kilómetros al norte de Valencia. De ese modo, Rodrigo celebraba sus buenas relaciones con las casas reales de Aragón y Navarra. Con el enlace de María, por el contrario, ponía punto final a una vieja enemistad: se casaba con Ramón Berenguer de Barcelona, el hijo del conde con quien el Cid había pasado toda la vida combatiendo. Las dos bodas se realizarían con todo su boato y luego ambas mujeres partirían con sus esposos hacia sus propiedades.

Sancho contó que a Jimena esa separación le resultaba muy dura. Ya no tendría a ninguno de sus tres hijos cerca de ella. El único descendiente del Cid que quedaba en la corte era él, el hijo de su odiada rival.

—No me lo hace notar —contestó Sancho, cuando Aenlin le preguntó intranquila al respecto—. Al contrario, es muy amable y atenta cuando nos vemos en la iglesia o en otros actos oficiales... Yo la encuentro muy rara, madre. Siempre tan contenida, tan fría... Me parece una actitud fingida.

Aenlin asintió.

—Al menos no le des ningún motivo para que intrigue contra ti —le aconsejó.

De todos modos, Sancho no lo hacía. Había demostrado su naturaleza amable y su buena disposición al trabajo. Si bien la primera guardia de caballeros, que había presenciado sus comienzos en el ejército de Rodrigo, lo miraba por encima del hombro, se había ganado totalmente el respeto de los más jóvenes. A fin de cuentas, era un buen jinete y un gobernador bien organizado, al menos en tiempos de paz.

Al parecer, el hijo de Aenlin había encontrado su puesto en la corte de su padre, de modo que poco a poco ella fue perdiendo su temor a dejarlo allí solo un día. Cada vez con mayor frecuencia pensaba en la fuga, se sentía desdichada y sola, añoraba muchísimo a Jaime. Sin embargo, Rodrigo la visitaba menos que antes, se diría que había perdido el interés por ella, tal vez porque tenía una amante más joven. Aenlin esperaba que no la persiguiera si se iba de Valencia. Si se iba sola incluso podía contar con un día de ventaja. Pero era inútil escapar sin la compañía de un hombre y si se fugaba quería estar, por descontado, con Jaime.

Sin embargo, a él el Cid lo veía cada día, pues seguía ocupándose de Babieca. Le sería complicado escapar, sin contar con lo mucho que les costaría tanto al mozo como a ella dejar solo al semental.

—Yo personalmente no entiendo por qué ese animal es tan importante —señaló Damaris con actitud realista cuando Aenlin le habló una vez más de su querido caballo—, pero si es así, tendréis que esperar. ¿Cuántos años vive un caballo?

Aenlin se encogió de hombros. A esas alturas Meletay ya tenía treinta años, como el semental de don Álvaro, al que ella mantenía en su establo.

—Son como las personas —respondió—. Hay unos que mueren pronto y otros sobreviven a sus nietos... Y lo último que todos deseamos, naturalmente, es que Babieca tenga una muerte prematura.

En las semanas siguientes, Aenlin se concentró en la planificación de las bodas de Nur y Namika. Mustafa y Ali habían querido esperar a estar bautizados. La suntuosa ceremonia de la catedral reconcilió un poco a las muchachas con esa nueva religión que en realidad no querían. Namika explicó que la misa era mucho más solemne que el ritual más bien prosaico de los musulmanes. Por último, Aenlin dejó que sus sirvientes celebraran una fiesta en su jardín, donde Damaris y ella tocaron para las parejas.

—¿No tienes la sensación de que hacía años que no tocábamos canciones alegres? —preguntó Aenlin a su amiga después de que hubieran interpretado una danza muy vivaracha.

Damaris asintió.

—Aunque tocamos muy a menudo canciones de amor —señaló.

Aenlin tuvo que darle la razón. Invocaban al amor y alababan la belleza y la dulzura de los amantes, pero las canciones tenían un deje melancólico. En ellas siempre resonaba la certidumbre de que el amor no era eterno y que hasta la mayor felicidad podía destrozarse de un momento a otro.

Pero ese día, Nur y Namika giraban con sus flamantes maridos. Todavía encontraban extraño bailar juntos, pues en el islam hombres y mujeres festejaban por separado. Sin embargo, aprendían deprisa.

Entre los invitados se hallaba, por supuesto, Jaime, el mozo, pero no se atrevía a sacar a bailar a Aenlin como había hecho en la boda de Paqui. Se limitaba a escuchar cómo tocaba y a devorarla con los ojos.

También don Álvaro se mantuvo apartado. Le unía a Damaris una felicidad serena. Aenlin ignoraba con qué frecuencia compartían lecho, pero solían pasar mucho tiempo juntos, se daban la mano y paseaban por los jardines. El anciano caballero parecía haber descubierto su inclinación hacia la literatura y la poesía. Damaris le leía en voz alta y posaba su mano sobre el hombro del caballero cuando este se sentaba a sus pies. No necesitaban mucho más, los dos parecían contentos y satisfechos con lo que tenían. Aun así, Aenlin se sentía inquieta por el futuro de su amiga, si don Álvaro moría y ella se decidía a huir.

—¿No querríais casaros con Damaris, don Álvaro? —preguntó al anciano caballero por la noche, cuando después de la fiesta bebía un copa de vino con él—. El Cid os dejará partir si obtenéis un pequeño feudo y queréis vivir allí con ella. No tiene que ser en Valencia, id a Castilla si allí os sentís más seguro. Pero debéis pensar en Damaris. En ese caso será vuestra heredera, tendrá una seguridad si... —Don Álvaro casi no había gastado nada de sus soldadas en los últimos años, así que tenía algunos ahorros.

—No tengo pensado morir tan pronto —contestó—. Todavía queda algo de tiempo. Hasta...

—No digáis ahora que hasta que vuestro servicio haya concluido —replicó Aenlin—. ¿De qué tengo que protegerme aún? Mientras me quede aquí, estaré segura. Y si me escapo con Jaime y me instalo en otro lugar, ¿creéis en serio que podríais defenderme de los caballeros de Rodrigo?

El anciano caballero se encogió de hombros.

—No lo sé, *sayyida*. Solo sé que ni el Cid ni Dios me han suspendido de mis obligaciones.

Aenlin frunció el ceño.

—¿Dios? —preguntó—. ¿Acaso estáis esperando a que me muera?

Don Álvaro rio.

—Claro que no, *sayyida*. Te deseo de todo corazón una larga y feliz vida. Todavía es para mí un honor y una alegría velar por tu bienestar. Y lo seguiré haciendo. Todo lo demás puede esperar.

Aenlin movió la cabeza ante tanta terquedad y aun así se sintió conmovida por la bondad y lealtad de su protector.

Y entonces los almorávides regresaron a Valencia.

5

No fue un gran ejército el que montó su campamento delante de la ciudad en los primeros días de julio de 1099. Don Álvaro calculó que se trataba de un efectivo de unos doscientos guerreros y consideró la posibilidad de que no fuera el mismo Yúsuf ibn Tashfín el que había enviado esa tropa. Tal vez fuera uno de los incontables hijos, sobrinos o parientes del caudillo, en un intento de destacar peleando con el Cid en plena euforia de juventud. No obstante, los sarracenos armaban escándalo, galopaban arriba y abajo como habían hecho anteriormente los hombres de Yúsuf, gritaban ante las murallas de la ciudad, lanzaban un sinnúmero de flechas y devastaban los campos de cultivo que con tanto esfuerzo se habían reconstruido. En la ciudad, la esperanza de la liberación despertó en los corazones de algunos de sus habitantes que seguían sin sentirse a gusto con el gobierno de los cristianos. Los moros que todavía no se habían convertido comenzaron a llevar la cabeza más alta. En los zocos y mercados se discutía acaloradamente acerca de qué posibilidades tenían los sitiadores de conquistar la ciudad.

Así pues, algo tenía que hacer Rodrigo pese a no tomarse muy en serio ese cerco.

—Mañana atacará, madre —informó Sancho. A la vista de esa nueva amenaza, los cristianos habían vuelto a convocar procesiones y rogativas, y él acababa de asistir a una de estas últimas con Rodrigo y Jimena—. Y está bastante seguro de poder rechazarlos.

—¿Así que esta vez no habrá ningún... ardid? ¿Ninguna complicada estratagema? —«¿Y sobre todo ningún hijo del Cid sin experiencia que tenga que asumir el papel de su padre para desorientar al enemigo?» No hizo esta última pregunta, pero le estaba dando vueltas desde que había aparecido el ejército delante de Valencia.

Sancho negó con la cabeza.

—No. Él mismo capitaneará a sus caballeros y se enfrentarán al enemigo. Cree que no son muchos. Está muy confiado.

—¿Y tú? —preguntó ahora Aenlin—. ¿Qué ha planeado hacer contigo?

El rostro de Sancho se iluminó.

—Yo me quedo en la fortaleza, impartiendo órdenes a los hombres de la muralla. Por decirlo de algún modo, guardamos las espaldas al Cid; bueno, en caso de que el enemigo se encuentre a una distancia accesible con las flechas...

Se lo veía con ganas de actuar, pero en realidad debía saber que eso solo sucedería si el Cid era derrotado. Los hombres de las murallas intentaban entonces asegurar el regreso de su propio ejército a la ciudad. Pero Rodrigo no parecía contar en serio con que eso pasara. Si destinaba a Sancho el control del alcázar seguro que era solo para mantenerlo fuera del campo de batalla.

A la mañana siguiente, Jaime contó que Jimena y Rodrigo habían tenido una fuerte discusión. Él había llevado el semental al Cid y luego se había dirigido a casa de Aenlin para poder seguir el combate desde la torre. En esta ocasión todo quedaría bien a la vista, pues el ejército, más reducido, se había instalado más cerca de la ciudad que tiempo atrás el numeroso efectivo de Yúsuf.

—Lo he presenciado por casualidad, cuando llevaba Babieca al Cid. Doña Jimena ha bajado al patio, algo que muy pocas veces ocurre, y estaba tremendamente enfadada.

—¿Porque Rodrigo deja a Sancho en el alcázar? —preguntó Aenlin.

Jaime asintió.

—Le preguntaba cómo se atrevía a proteger a su bastardo

cuando envió tan despreocupadamente a la batalla a su hijo. No gritaba, pero lo decía con un tono de voz... Uno tenía la sensación de que todo se había cubierto de hielo a su alrededor.

—¿Y el Cid? —inquirió Aenlin.

—Se ha limitado a responder que era asunto suyo a quién enviaba él y a dónde. —Jaime se esforzaba por repetir con exactitud las palabras del Cid—. Él dirige el ejército y no quiere saber nada de asuntos de mujeres.

—Supongo que hablaba con la misma frialdad que ella —señaló Aenlin.

Jaime negó con la cabeza.

—No, se mostraba tranquilo, despreocupado. Como si ella solo se estuviera poniendo pesada. Entonces Jimena ha subido el tono de voz. Bueno, tú debes de conocerla mejor, pero yo era la primera vez que la veía así. El hielo se ha fundido, parecía como si fuera a escupir fuego. En cualquier caso, le ha echado en cara que hubiese ofrecido a Diego en sacrificio, y le ha dicho que había sido una negligencia enviarlo a León, que él tenía la culpa y que ahora ella ya sabía la causa de todo eso: no quería que Diego fuera su heredero, siempre había preferido a Sancho.

—Eso es totalmente absurdo —terció Aenlin.

—El Cid entonces la ha mandado callar. «Tengo que capitanear una batalla», le ha gritado, «que se ocupe el obispo si quiere de tus locuras.» Y ha dado la vuelta a Babieca y se ha marchado. Jimena se ha echado a llorar.

En cierto modo, Aenlin podía comprenderlo, pero a pesar de todo estaba preocupada. Sonaba como si no fuera la primera vez que Jimena le hacía tales reproches. ¿Se había realmente obsesionado con esa absurda idea de que el Cid quería que Diego muriese?

—¿Subimos ya a la torre? —preguntó Jaime—. Los caballeros deben de haber llegado a la puerta de la ciudad. Salen por la del mercado de las sedas.

En contra de lo que sucedía con la puerta de Levante, desde la torre de Aenlin se veía bien ese acceso a la ciudad, ya que estaba cerca de su vivienda. Damaris, Nur, Namika y sus esposos ya habían ocupado sus puestos en la torre. Don Álvaro estaba con Sancho en la muralla.

—Es precioso... —susurró Aenlin cuando Rodrigo Díaz de Vivar pasó por la puerta a lomos de su corcel plateado—. Babieca —añadió—. ¿Habéis visto alguna vez un caballo más bonito?

En efecto, el semental tenía un aspecto magnífico avanzando a la cabeza de las demás monturas. El Cid se acercó a los sitiadores, despacio al principio. Parecía tener en mente una disputa verbal y el jefe de los sarracenos, un joven con una armadura ligera de piel, cabalgó solícito a su encuentro. Sin embargo, reaccionó solo con una risa a lo que el Campeador le planteaba.

—Creo que el Cid le ha propuesto que se marche sin oponer resistencia —presumió Jaime—. Es como actúa siempre..., bueno, cuando emprende un intercambio de este tipo. Solo lo hace cuando sabe perfectamente que ganará la batalla campal.

—En caso contrario no discute, sino que prueba con estratagemas o ataques por sorpresa —completó Aenlin—. No es lo que haría un caballero tal como lo concibe don Álvaro, pero así se limitan las pérdidas. Pérdidas de hombres y de batallas. Solo un caballero noble libra batallas inútiles.

—Pues entonces tengo suerte de que Álvaro haya sobrevivido hasta ahora —observó Damaris—. ¿Quién se inventa toda esta locura?

En el campo de batalla, de repente se percibió movimiento entre los caballeros. La delegación sarracena regresó al campamento y ante ella se formó un ejército. Aenlin contuvo el aliento cuando los soldados se lanzaron unos contra los otros, los cristianos con las lanzas habituales, los moros con unas más cortas pero arrojadizas. Al mismo tiempo, una lluvia de flechas se abatió sobre los hombres de Rodrigo, pero las saetas rebotaron contra las armaduras de hierro sin causar el menor efecto.

Aenlin no sabía cuántas horas llevaban los hombres luchando, solo seguía con la vista y el corazón en un puño el caballo blanco que estaba en el centro. Rodrigo no le ahorraba nada a Babieca, siempre se encontraba en medio del tumulto. El fragor de la batalla, el tintineo de las armaduras y de las armas, los gritos de los heridos y de los agonizantes, las órdenes del capitán, todo ello se mezclaba en una terrorífica cacofonía. En un momento dado, Aenlin se sintió tan agotada como si fuera ella misma quien conducía el semental plateado por ese mar de estruendo y sangre.

Los hombres se separaron de golpe. Alguien del campo de los sarracenos debía de haber decidido que la batalla no se podía ganar. Los hombres dieron media vuelta a sus caballos e intentaron huir para salvarse. Rodrigo y sus caballeros los persiguieron, aunque solo hasta que sus rivales dejaron a sus espaldas el campamento y se internaron en la amplitud de la Huerta. Entonces detuvieron sus monturas y se dispusieron a saquear las tiendas.

Jaime intentaba distinguir cuántos hombres y caballos habían quedado en el campo de batalla, pero tuvo que dejarlo. Rodrigo ordenó que se registrara el campamento.

—Debería marcharme —dijo Jaime—. Volverán dentro de poco y los caballos necesitarán comida y agua. Además, Babieca precisará de tu ungüento, Aleyna. Seguro que hoy lo ha espoleado hasta hacerlo sangrar.

Aenlin descendió con su amado y lo llevó hasta el establo con la esperanza de disfrutar de unos minutos a solas con él. Sin embargo, ambos se separaron al instante cuando oyeron un gemido procedente del cobertizo posterior.

—Es el semental de don Álvaro —dijo Aenlin asustada—. El viejo Chano.

Jaime ya se había precipitado hacia allí. Los dos llegaron al cubículo en el que yacía el viejo caballo, que les dirigió un ronco relincho al tiempo que se miraba impotente el vientre.

—Un cólico —diagnosticó Aenlin—. Tenemos que conseguir que se ponga de pie. Si se queda tendido todavía será peor. ¿Puedes ayudarlo a levantarse?

Jaime ya había cogido una cabezada y se la puso al huesudo alazán. Con ella le ordenó enérgicamente que se pusiera de pie y el dócil caballo lo obedeció con un gemido.

También siguió a Jaime hasta el patio con docilidad y dejó que Aenlin acercara su oído al vientre para escuchar el sonido del intestino.

—Por la izquierda está normal, por la derecha apenas se oye —dijo.

Jaime confirmó lo que Aenlin había comprobado.

—¿Le preparas una infusión? —preguntó—. Lo moveré un poco, si se queda quieto será peor.

Aenlin asintió y corrió a la despensa. Siempre tenía ahí guardado un remedio contra los cólicos, pero no estaba nada segura de poder ayudar al viejo caballo. Los cólicos podían ser mortales, incluso los caballos jóvenes morían por su causa.

—Haremos lo que podamos —dijo Jaime cuando ella le contó lo que pensaba—. A don Álvaro se le partirá el corazón si lo pierde. Sujétalo, voy a intentar hacerle un masaje en el vientre.

Aenlin administró al caballo una infusión de hierbas y luego aceite contra el estreñimiento. Lo cubrieron con unas mantas para mantenerlo caliente, fueron alternándose para pasearlo por el patio, le hicieron masajes en el vientre y al final probaron también unas cataplasmas húmedas y calientes. Dos horas más tarde estaban sudando y agotados, pero Chano empezaba a interesarse por el heno que Aenlin le tendía a modo de prueba, y el intestino volvía a hacer ruido. Jaime y Aenlin gritaron de júbilo cuando el semental levantó la cola y depositó un montón de bosta.

—Se recupera —dijo Jaime con alegría, al tiempo que abrazaba a Aenlin—. Como es natural, todavía no podemos estar seguros, pero creo que a pesar de todo lo conseguirá.

—¿Qué está pasando aquí?

Ni Aenlin ni Jaime habían oído el ruido de los cascos al aproximarse, pero ahora no solo oían la voz cortante de Rodrigo, sino también el relincho de Babieca. El caballo blanco saludaba contento a su cuidador, Aenlin y el viejo Chano, con el que tanto tiempo había compartido establo.

Aenlin y Jaime se separaron de golpe y miraron asustados a Rodrigo Díaz de Vivar, quien todavía estaba sobre su semental de batalla, a todas vistas temblando de furia. Uno de los jardineros debía de haberlo dejado entrar.

—Un cólico —intentó explicarle Aenlin, consternada—. El viejo semental... tenía un cólico. Y nosotros...

El Cid la fulminó con la mirada. Se había quitado el yelmo, pero llevaba todavía la armadura manchada de sangre.

—¿Y los cólicos se curan fornicando? —preguntó en tono amenazador.

Aenlin esperaba distinguir en los ojos de Rodrigo una cólera ardiente, pero de hecho su mirada era extrañamente difusa. Tampoco iba tan recto sobre la silla como solía, parecía exhausto.

—¿Estáis herido, mi señor? —preguntó ella cariñosa.

—No cambies de tema —resopló el Cid—. Claro que no estoy herido. Eso no ha sido... no ha sido una batalla, más bien un juego...

—Sin embargo, no parecía muy divertido, sino más bien cansado.

—Entonces ¿qué es lo que acabo de ver aquí? ¿Abrazas y besas a mi mozo de cuadras, Aleyna?

Ella intentó parecer indignada.

—Claro que no, señor. Solo... solo nos alegrábamos de que... parece que el caballo se está poniendo bien. Y ya veis que es el viejo semental de don Álvaro, que lo quiere mucho...

Rodrigo se deslizó de la silla y dio un paso hacia ella. Aenlin tuvo la impresión de que vacilaba. ¿Habría bebido? Pero sus ojos no parecían velados por el alcohol, sino más bien errantes.

—¿Y tú a quién quieres..., preciosa? —La voz del Cid era cortante—. ¿Se me ha pasado algo por alto? ¿No será el mozo de cuadras lo que despierta tanto tu interés, en lugar del caballo dorado del que se ocupa? —Tosió.

Jaime se inclinó impotente.

—Señor, perdóneme, no debería haberme dejado llevar... Pero no es nada, de verdad... dejad... dejad que os recoja el caballo...

El Cid pareció dudar, pero luego le tendió las riendas y volvió a toser. Quería desembarazarse de Babieca para poder concentrarse en Aenlin.

—Entonces ¿qué tienes que confesarme, preciosa? —preguntó con voz ronca.

Aenlin se percató de que tenía el rostro enrojecido y húmedo de sudor. Optó por no responder.

—Señor, no estáis bien —dijo en lugar de ello—. Por favor... seguidme a mis aposentos, quitaos la armadura...

—¡Primero exijo una respuesta, Aleyna!

Rodrigo puso énfasis en sus palabras, pero su voz no era la de siempre. Era más ronca y débil.

Aenlin hizo acopio de todo su valor, levantó la mano y se la apoyó al Cid en la frente.

—¡Señor, estáis ardiendo! ¿Qué ha pasado? Vos...

—¿Te extraña que esté ardiendo? —Rodrigo volvió a intentar levantar la voz y trató de contener un ataque de tos—. ¿Después de lo que acabo de ver? Me engañas, tú... tú, ¡puta! Con este...
—Se volvió hacia Jaime pero era evidente que perdía el equilibrio—. Con este criado... La última escoria... engaña... engaña al Cid con un... mozo de cuadras...

Era una voz cansina. Estaba claro que luchaba contra la fiebre y no desde que había sorprendido a Jaime y Aenlin. Era probable que ya por la mañana no se sintiera bien, pero la excitación de la batalla le había hecho olvidarse de todo lo demás. En ese momento la enfermedad lo asaltaba.

Aenlin aprovechó la oportunidad.

—Señor, os equivocáis. Es la fiebre la que os hace decir esto... Por favor... debéis acostaros. ¡Permitidme que me ocupe de vos!

Entretanto, también los demás se habían enterado de que algo le pasaba al Cid. Damaris y los jardineros se acercaron, y don Álvaro entró en ese momento en el patio con su joven semental, Destello, el precioso hijo de Babieca.

Rodrigo se aproximó tambaleándose hacia Aenlin.

—Yo... ya me ocuparé de ti —advirtió con un asomo de fuerza renovado—. Ya... ya te daré yo mozo de cuadras... te voy a...

Don Álvaro cruzó una mirada con Jaime, que estaba paralizado de horror.

—Mi Cid... —El veterano se dirigió a Rodrigo. A pesar de que no había entendido todo lo que veía, sacó sin duda las conclusiones correctas—. Mi Cid, parecéis enfermo. Realmente deberíais descansar...

Rodrigo lo miró, de nuevo como si solo lograra verlo borroso.

—Vos... ¿vos lo sabíais, don Álvaro? Esto... ¡esto tendrá consecuencias! —Señaló a Jaime—. Y tú... tú te llevas el caballo y... te quedas a mi disposición. O... Podéis arrestarlo, don Álvaro. ¿Tenemos calabozo aquí? Arrojadlo... arrojadlo al calabozo... —Se balanceó peligrosamente, pero consiguió mantenerse en pie.

Jaime se encogió al oírlo, aunque por supuesto no había calabozos en la casa del antiguo cadí. Una prueba para Aenlin de que Rodrigo alucinaba a causa de la fiebre.

Don Álvaro asintió tranquilizador.

—Yo me ocupo del mozo, señor —prometió—, y vos vais con la señora Aleyna. Descansad un poco. Damaris, di que traigan vino...

—Y yo me ocupo de ti..., preciosa...

Rodrigo pretendía adoptar un tono amenazador, pero en ese momento le flaquearon las piernas. Los dos jóvenes jardineros lo agarraron a tiempo.

—Llevadlo a mi dormitorio —indicó Aenlin, repasando a toda prisa las hierbas curativas que tenía en casa. Si conseguía tranquilizarlo (con extracto de corteza de sauce, algo de lúpulo, melisa y tomillo, mezclados con vino), a lo mejor se dormía y se olvidaba de lo que había visto—. ¿Podéis ayudarme a desvestirlo? —preguntó a los jardineros—. Yo...

—¿Estás mal de la cabeza? —Era Damaris, a quien le había parecido más importante no perder de vista a su amiga y el Cid que seguir las indicaciones de Álvaro. Aenlin no se había dado cuenta de que la seguía—. Si ahora lo desnudamos..., no podremos volver a ponerle la armadura...

—Tampoco lo necesitamos —contestó Aenlin—. Hay que desnudarlo, lavarlo y ponerle un camisón... Es evidente que está enfermo, Damaris. Incluso tal vez herido, aunque no lo creo. En ese caso la fiebre se habría producido más tarde. La cuestión es que necesita tranquilidad, cuidados y...

—¿Y eso se lo brindarás tú aquí? —preguntó burlona Damaris—. ¿Con amor y cariño? Vale más que envíes un mensajero a Jimena. Estará encantada de saber que justo después de la batalla ha venido a verte a ti y que tú cuidas con total abnegación de él.

—No tengo ni idea de por qué ha venido —murmuró Aenlin. Los hombres tendieron a Rodrigo en la cama. Él cerró los ojos y gimió.

Damaris hizo un gesto de indiferencia.

—A lo mejor porque estaba confuso a causa de la fiebre y ha pensado que tú lo ayudarías. O porque estaba buscando a Jaime. Quizá quería dejarle el caballo y alguien le habrá dicho que a lo mejor lo encontraba aquí. A partir de lo cual ha venido enfurecido... Todo esto da igual ahora, Aleyna. Lo importante es que lo llevemos al alcázar cuanto antes. Con un poco de suerte, mucho vino y la ayuda de Alá, mañana no se acordará de nada.

—Puedo mezclar una infusión de hierbas con el vino... —dijo Aenlin.

Damaris asintió.

—Mejor. Cualquier cosa que atonte y haga olvidar. ¡Pero date prisa! Le daremos la bebida y que Jaime y Álvaro lo suban al caballo. Espero que no se caiga. Álvaro puede decir que lo ha encontrado en la calle, cerca de la catedral, desorientado y hundido en la silla. Sobre todo, hemos de sacarlo de aquí lo más deprisa posible.

Poco después, Aenlin colocó una copa junto a los labios del Cid y él bebió ansioso el vino mezclado con la infusión. La fiebre le había provocado sed, aparte de que debía de haberse agotado en la batalla.

—Seguro que ya ha bebido algo durante el saqueo del campamento —señaló don Álvaro, que estaba listo para ayudar a sentar al Cid sobre el caballo—. Eso debe de haberle causado ese colapso. Y si lo pienso bien... Por la mañana ya no estaba del todo a la altura. Las palabras que ha pronunciado ante los caballeros... eran bastante confusas. También tosía.

—A mí me ha llamado la atención que estuviera tan pálido —añadió Jaime—. Uno de los caballeros ha bromeado con él diciéndole lo mucho que debía de haber dormido cuando la noche anterior se había retirado tan pronto. Es posible que ya entonces no se sintiera bien.

Aenlin no contestó. Hablaba sosegadora con Rodrigo y le sirvió de apoyo para que se pusiera en pie.

—Mañana venís a verme otra vez, mi Cid —decía con voz suave e invitadora—. Os esperaré llena de alegría, como os he esperado siempre. ¡A vos, mi señor, solo a vos! Pero hoy tenéis que volver con vuestra esposa. Os espera para aclamaros después de la batalla.

Rodrigo la miraba con ojos vidriosos.

—He ganado la batalla, ¿no?

Aenlin asintió.

—Pues claro que la habéis ganado, mi Cid. Vos siempre ganáis. Los enemigos huyen a la vista de vuestra resplandeciente armadura y de vuestro caballo plateado. ¡Sois el Cid Campeador! ¡Sois invencible!

En el rostro del Campeador se dejó intuir una sonrisa.

—Mañana lo celebraremos... nosotros...

Aenlin le acarició la cabeza.

—Sin duda, mi señor. Pero ahora debéis partir.

Resultó inesperadamente fácil sentar al Cid sobre el caballo y sostenerlo allí hasta que don Álvaro y Jaime hubieron llevado de vuelta a Babieca al palacio. La armadura era pesada, pero había un apoyo para facilitar la subida a la grupa y Jaime y los jardineros eran fuertes. En cuanto el enfermo estuvo en la silla, ya no surgieron más dificultades. Rodrigo estaba acostumbrado a sostenerse sobre su montura, en las contiendas tanto como en largos recorridos, cuando casi lo vencía el sueño. Un caballero no se caía tan fácilmente al suelo. En ese momento, sin embargo, se derrumbó sobre el cuello de Babieca, pero mantuvo el equilibrio. Aenlin solo esperaba que nadie viera a los hombres y al Cid hasta que llegasen a la catedral. Por fortuna las calles estaban vacías. Solo unos poquísimos habitantes de Valencia celebrarían esa noche la victoria de Rodrigo. En los barrios cristianos se oficiarían misas, pero los alrededores de las propiedades del antiguo cadí habían sido habitados por moros y en la actualidad estaban desiertos. Las casas semejaban palacios, pero la mayor parte de sus adinerados habitantes habían sido encarcelados al comienzo del gobierno de Rodrigo y habían huido al obtener la libertad.

Don Álvaro regresó enseguida con buenas noticias.

—Lo hemos llevado a sus aposentos y nadie ha dudado de lo que hemos contado. Jaime ha dicho que había estado buscando al Cid y a Babieca, pues estaba preocupado porque Rodrigo no le había llevado el caballo. Yo he dicho que me había encontrado con él por casualidad cuando quería llegar a la catedral en busca de la ayuda de Dios. —Damaris reprimió una risita—. Sea como fuere, doña Jimena ha dado las gracias. Está más tranquila ahora que ha vuelto, lo echaban de menos. Lo han metido en la cama. Su criado personal ha confirmado además que por la mañana ya tenía fiebre. Es increíble lo bien que ha combatido a pesar de todo. Se le podrán criticar muchas cosas, pero como guerrero con la espada no hay otro que lo iguale.

—¿Van a llamar a algún galeno? —preguntó Aenlin.

Don Álvaro se encogió de hombros.

—No lo sé y tampoco quería preguntar tanto. Primero la señora ha pedido vino, un vino caliente especiado. Esperemos que eso propicie aún más el olvido.

—¿Significa que estaba más o menos consciente? —quiso saber Damaris—. ¿Se podía mantener en pie? ¿Caminar?

Don Álvaro negó con la cabeza.

—No sin ayuda. Pero podía beber. El copero enseguida le ha preparado un reconstituyente y se lo ha bebido como si fuese agua. No creo que tengáis nada que temer, Aleyna... Jaime y tú. Pero cometisteis una imprudencia, desde luego. Si eso vuelve a pasar... por todos los cielos. Habéis tenido más suerte que sensatez. ¿Pero qué es lo que ha visto, exactamente? ¿Y qué ocurría con Chano?

6

Al día siguiente, Sancho les comunicó que el Cid estaba gravemente enfermo. No recuperaba la conciencia, tenía mucha fiebre y deliraba.

—¿Qué decía? —preguntó asustada Aenlin, ante la sorpresa de su hijo.

Ella todavía no le había contado que el Cid casi había descubierto su relación con Jaime, y el joven se preguntaba ahora por qué su madre se interesaba tanto por lo que podía expresar Rodrigo en su extravío.

—Hablaba de batallas —respondió—, de sus grandes contiendas. Y también ha mencionado algo del oro cuando estaba con él. Está confuso. Don Gonzalo quiere llamar a otro galeno, pero doña Jimena cree que solo necesita reposo. Pasa todo el día a su lado. El obispo también se ha dejado ver por allí.

—¿Tan mal está? —se interesó Damaris—. Lo suficientemente mal como para... ¿cómo se dice? ¿Los últimos sacramentos?

—Se los dieron ya antes de la batalla —le explicó Sancho—. Se los dan continuamente, para asegurarse..., antes de cualquier enfrentamiento con el enemigo. —El joven seguía sin familiarizarse del todo con las costumbres cristianas—. Ahora se pasan todo el día rezando por él, y se van a oficiar misas para que se recupere pronto. Yo personalmente confío más en el galeno.

—¡No hagas ninguna sugerencia! —le indicó Aenlin—. Lo mejor es que reces con ellos. Ve con la mayor frecuencia posible a la capilla. Demuestra a Jimena que eres un buen hijo.

Sancho hizo un mohín con los labios. No parecía entusiasmado con la idea.

—Tengo que cuidarme de los caballos —respondió con una evasiva—. Muchos están heridos, yo...

—¡Deja los caballos a Jaime y tú ve a rezar! —ordenó Aenlin—. Por mí, bien puedes rezar por los caballos, pero que te vean en la capilla y junto al lecho del enfermo tan a menudo como sea posible.

Sancho se frotó la frente.

—Madre..., ¿crees que se va a morir? —preguntó.

Aenlin se encogió de hombros.

—No lo sé. Por lo visto está muy enfermo. Pero es fuerte, él...

Damaris, en cambio, puso la mano sobre el brazo del joven y le habló con gravedad.

—Es muy posible que pronto se presente ante su Dios Creador, Sancho, por más que tu madre lo considere inmortal. Muchos lo ven así, incluso Álvaro cree que su suerte es infinita. Pero no es más que un ser humano, y precisamente ahora su vida está en manos de Alá. Así que reza, muchacho, y déjate ver, pues si finalmente muere Rodrigo Díaz de Vivar, una gran parte de tu destino estará en manos del obispo y de Jimena.

Atendiendo estos consejos, Sancho repartía diligentemente su día entre las visitas al enfermo, las plegarias y sus tareas con los caballos. No consiguió ir a ver a su madre, pero por la noche le hizo saber a través de don Álvaro que el Cid volvía a estar consciente.

—En cualquier caso reacciona —expuso don Álvaro cuando le dio la noticia—. No habla mucho, tiene dificultades para respirar. Y sigue con fiebre.

—¿Qué tipo de dificultades? —preguntó Aenlin—. ¿Tose?

Don Álvaro levantó los hombros.

—No he estado con él —contestó—, pero Sancho ha dicho que suena como un caballo húmedo.

El enfisema pulmonar, que se manifestaba con disnea y tos seca, era una enfermedad respiratoria crónica en los caballos.

—Espero que no haya dicho esto delante de Jimena —dijo Aenlin—. ¿No cree la señora que ya ha llegado el momento de llamar a un galeno?

Don Álvaro volvió a hacer un gesto de ignorancia.

—Tampoco lo sé. Salvo la familia y los sacerdotes, nadie se le puede acercar. Los rumores ya empiezan a correr por la ciudad. Se sabe que está enfermo, pues es imposible ignorar las oraciones que se rezan en las iglesias. Me imagino que Jimena ya se arrepiente de haberlas encargado. Pero nadie sabe cuál es el grado de su enfermedad y cuál es esta exactamente. En general la gente cree que lo hirieron en la batalla.

Aenlin asintió.

—En la plaza del mercado ya he escuchado tres descripciones distintas de sus supuestas heridas —explicó—. Todos están desconcertados. Habría sido mejor mantener en secreto la noticia de su enfermedad.

Damaris asintió.

—Aunque fuera para facilitarle la decisión a Dios de o bien escuchar los ruegos de los cristianos o bien todas las oraciones de los moros que lo enviarían al infierno lo antes posible —añadió.

Don Álvaro rio irónico.

—Un día de estos te quemarán por bruja —la amenazó.

En los dos días que siguieron no se produjo ninguna evolución, pero para gran sorpresa de Aenlin un joven caballero se presentó en su casa procedente del alcázar. Ella lo condujo a la sala de recepciones y dio gracias al cielo por la previsión de Damaris. Desde que Rodrigo había enfermado, su amiga insistía en que vistiera con sencillez y colores oscuros, que se recogiera el cabello en lo alto y que llevara la cruz incluso en casa. Sobre el reclinatorio se encontraba abierta la Biblia.

Aenlin ignoraba si el mensajero de Jimena conocía la función que ella desempeñaba en la vida de Rodrigo, pero estaba contenta de dejarle una excelente impresión. El caballero la saludó con una respetuosa inclinación y se dirigió a ella como doña Aleyna. Ya antes de que trajeran el vino, planteó su petición.

—Me envía la señora Jimena —explicó—, para recogeros. Se dice que entendéis de medicina. Y don Rodrigo... no se encuentra bien, señora. Necesitar un sanador.

Aenlin negó apenada con la cabeza.

—Yo no curo a seres humanos —respondió—. Lamentablemente solo entiendo un poco de caballos. Puedo tratar una cojera y un cólico, pero en lo que respecta a las personas... ¿Por qué no llama la señora a un galeno? Hay uno judío y otro moro en la ciudad. Y naturalmente, los barberos cristianos...

No tenía una gran opinión de estos últimos, pero tanto el galeno judío como el árabe eran buenos profesionales. Aenlin solía encontrárselos cuando compraba hierbas medicinales en el mercado y conversaba con ellos. A fin de cuentas, con frecuencia se utilizaban mixturas similares para monturas y seres humanos, y el médico judío, especialmente, le había dado algunos buenos consejos para tratar a sus pacientes equinos.

—El barbero ya ha estado y le ha hecho al Cid una sangría —informó el caballero—. Pero eso más bien parece haberlo debilitado. Y el moro... dijo que no quería tratar al Cid. No se atrevía. Tenía miedo de las consecuencias en el caso de que no consiguiera curarlo. Había visto quemar a Ibn Yahhaf y pidió que se le dijera a la señora que no tenía intención de compartir el destino del cadí.

Aenlin tomó aire. Qué atrevido.

—¿Y la señora dejó que se saliera con la suya? —preguntó perpleja.

—¡Claro que no! —exclamó indignado el caballero—. Enseguida envió a la guardia para que lo arrestara. Pero cuando los soldados llegaron, él ya se había ido. Huyó con toda la familia. No pudieron llevarse más que lo que tenían puesto. Pero naturalmente hemos embargado su vivienda.

A Aenlin no le extrañó. Daba igual cómo se encontrara el Cid, la cámara del tesoro tenía que estar llena.

—¿Y el judío? —preguntó.

—También ha huido —contestó el caballero—. El moro debió de avisarlo. En cualquier caso no hay ningún otro sanador a disposición más que vos.

Aenlin suspiró.

—Lo intentaría —admitió—, pero alimento los mismos temores que los médicos. ¿Quién me garantiza que no van a quemarme por bruja si no lo curo? ¿O que el obispo no va a insistir en que me quemen en caso de que lo cure, pues si una mujer consigue algo así seguro que considera que se trata de brujería?

El joven caballero volvió a inclinarse.

—La señora Jimena os lo garantiza —dijo con voz firme—. Jura por la Biblia que tendréis salvoconducto sea cual sea el resultado. También... también os recompensará espléndidamente. Y lo hará de antemano, solo por el hecho de que acudáis. He traído un arca con... con regalos de la señora con los que espera conmover vuestro corazón... Está desesperada, doña Aleyna. ¡No os ordena que vayáis, os lo ruega!

El caballero dio unas palmadas y dos criados metieron un arca, la colocaron en medio de la habitación y la abrieron. Aenlin quedó cegada por el brillo del oro y la plata, las telas de brocado y las piedras preciosas. Los «regalos» valían una fortuna, mucho más que las joyas que ella poseía.

Sin embargo, se despertó en ella cierto recelo.

—No tiene que sobornarme —dijo—. Él... don Rodrigo... es el padre de mi hijo. También lo ayudaría sin oro.

Los ojos del joven caballero se abrieron de par en par. Al parecer no sabía nada sobre el vínculo entre Aenlin y la corte del Cid.

—Tomadlo a pesar de todo —la aconsejó—. Y si pensáis que podéis hacer algo por el Cid, acompañadme enseguida.

Damaris consideró una imprudencia que Aenlin cogiese al instante pomadas, hierbas y esencias y emprendiera con todo ello el camino al alcázar.

—Los médicos fueron inteligentes retirándose —adujo—. ¡Reflexiona, Aleyna! ¿Cuántas promesas han roto ya Jimena y el Cid?

—Jimena todavía no ha roto ninguna —contestó Aenlin con determinación—. La conozco. Ya sabes que durante años mantuve una relación epistolar con ella... —Por supuesto, había contado a Damaris su extraña correspondencia con la esposa de Rodrigo—. Jimena es una mujer severa, una mujer dura, pero la considero totalmente digna de confianza. Además, es una profunda creyente; no me mentiría. No me gusta, Damaris, pero sé que ama a Rodrigo por encima de todas las cosas. Debe de haberle supuesto un gran esfuerzo enviarme al mensajero.

—De todos modos, eso no te obliga a atender su petición —indicó Damaris—. Al menos pregunta a Álvaro qué piensa él de esto.

El caballero opinaba que no cabía rechazar el ruego ni los regalos de Jimena.

—Piensa, Damaris —le expuso a su amada—. Jimena le ha asegurado que no le pasará nada si trata a Rodrigo, pero no ha dicho nada de que vaya a salir indemne si se niega. Tienes que ir, Aleyna, pero te acompañaré y me aseguraré de que Jimena repita su promesa en mi presencia. Y a ser posible ante el obispo también. Eso no nos da una garantía definitiva, pero es lo único que podemos hacer.

Precisamente, la esposa del Cid salía de la capilla cuando Aenlin y don Álvaro llegaron.

—Ahora está dormido —dijo agitada—, así que he aprovechado la oportunidad para volver a rezar fervorosamente a Dios... ¡Quizás el Todopoderoso así lo ha dispuesto, Aleyna! Tal vez todo esto responda a su voluntad... Ese «regalo» y todos los... años... —Se interrumpió—. A lo mejor tan solo te trajo junto a Rodrigo para que ahora puedas curarlo.

A Aenlin la impresionó una vez más el lenguaje. ¿De verdad creía esa mujer que la relación adúltera que había durado años con una esclava formaba parte del plan eterno de Dios? Hasta entonces había considerado que Jimena contaba con que su marido pagara por sus pecados en el purgatorio.

—¿Quién conoce los caminos de Dios? —dijo finalmente—. En cualquier caso, haré lo que pueda. Os lo aseguro, doña Jimena. Y vos...

Jimena hizo un gesto de impaciencia.

—Sí, sí... Te lo garantizo todo, lo juraré todo... Nada te ocurrirá... Pero ahora... ve, ve de una vez con él. ¡Por favor, intenta salvarlo!

Hizo a Aenlin un ademán rápido. Parecía apesadumbrada, con el rostro hundido. Tenía aspecto de haber perdido peso en los últimos días. En el cabello oscuro que asomaba por debajo del velo de puntillas se distinguían las primeras hebras blancas. Jimena no fingía su pena: estaba desesperada por el estado de su marido.

Entraron en el dormitorio del Cid, una habitación grande y más bien sombría, dominada por una cama de madera oscura y primorosamente tallada. Las cortinas estaban a medio correr. El Cid, que respiraba con dificultad, no podía ver a los sacerdotes que rezaban arrodillados en un rincón del aposento sobre unos reclinatorios.

—¿Rodrigo? —Jimena se acercó a su esposo, hablándole con dulzura—. Rodrigo, tu... doña Aleyna está aquí. Se dice que conoce el arte de sanar. Cuidará... cuidará de que estés mejor.

Aenlin oyó la risa ronca de Rodrigo.

—Siempre... siempre... ha conseguido que esté mejor —replicó.

Jimena se retiró. Debía de sentirse herida, pero solícita dejó sitio a Aenlin, se arrodilló en un reclinatorio y se unió a las oraciones de los sacerdotes, aunque sin perder de vista a su marido y a la recién llegada.

Aenlin examinó brevemente a Rodrigo, aunque no era necesario hacer gran cosa para averiguar lo que le ocurría.

—Es gangrena pulmonar, señor —anunció—. La fiebre... el dolor al respirar... Tenemos que intentar disolver la mucosidad y bajar la fiebre... ¿Queréis ayudarme, doña Jimena? —Aenlin no tenía intención de desnudar ella sola a Rodrigo y aplicarle una cataplasma de mostaza.

—A lo mejor confío más en tus sanadoras manos... —le gruñó Rodrigo, y tosió.

Aenlin se sintió desagradablemente perturbada. Hasta el momento el Cid siempre había sido discreto en público..., sin duda hablaba así a causa de la fiebre. Al menos podía estar tranquila en cuanto a Jaime. Rodrigo parecía haber olvidado lo que había visto.

—Confiad sobre todo en Dios y en el efecto de las hierbas que, en su infinita bondad, ha creado para curar las enfermedades del cuerpo —dijo Aenlin formal—. Doña Jimena, necesito agua y vendas de hilo. Primero le daré un jarabe de cebollas y miel y enseguida le haremos una infusión. Preparad compresas para las pantorrillas, luego pondremos una cataplasma de mostaza molida y vinagre sobre el pecho.

Aenlin pasó toda una noche y un día sin descansar, intentando salvar la vida de Rodrigo, pero tuvo que confirmar que los remedios no surtían efecto. El Cid seguía tosiendo y era evidente que cada vez le costaba más respirar. La mucosidad no se disolvía, sino que parecía ir llenando más y más los pulmones. Durante la noche, la fiebre descendió un poco, pero volvió a subir por la mañana. Al anochecer de ese día interminable, Aenlin estaba exhausta. No le quedaba más remedio que admitir que la suya era una batalla perdida.

Jimena, por el contrario, se aferraba a la más mínima esperanza. No se separaba de la cama de Rodrigo. Cambiaba constantemente las vendas, mandaba preparar más infusión, vino especiado, y rezaba sin parar. De vez en cuando hablaba con Aenlin. Salvo los sacerdotes que oraban, nadie más tenía acceso a la habitación y Jimena sentía una gran necesidad de comunicarse.

—Muchos dicen que no tiene piedad ni sentimientos —le susurró mientras cogía la fláccida mano de su esposo—. Todos esos severos castigos, todos esos desacuerdos con el rey..., los saqueos... Pero no es cruel... Yo... lo conozco mejor... Conmigo era distinto..., tierno... comprensivo... Tan solo esas cartas que me enviaba desde el destierro... —Aenlin se mordió el labio, mientras en el rostro afligido de Jimena asomaba una sonrisa—. Yo conozco la profundidad de sus sentimientos, cuánto le duele todo lo que tiene que hacer... por la paz... y por la cristiandad. Es virtuoso, un caballero valiente y sin tacha. Tal vez por eso sea tan severo, tan duro... Quien se compromete con la virtud no puede temblar ni amilanarse...

Aenlin callaba, pero en su cabeza se agolpaban las ideas. ¿Había contribuido con sus cartas a que Jimena disculpara todos los crímenes de su marido? ¿Había embellecido para siempre la imagen de él? Y sin embargo no había sido más que un juego..., un juego con los sueños de Jimena y los suyos. Había creado para la esposa de Rodrigo un caballero encantado porque ella misma no podía soportar reconocer que el hombre al que ambas amaban no era más que un monstruo de una crueldad insaciable. Aparte de eso, Jimena le había dado pena, sin duda había sufrido durante su exilio en el convento.

En ese momento, reconocer todo eso fue un golpe para ella: por lo visto, sus cartas habían contribuido a apagar en Jimena cualquier asomo de duda sobre su marido. Una duda que más tarde quizá la habría animado a ejercer su influencia sobre el comportamiento del Cid y evitar los peores excesos.

Aenlin se frotó la frente. Los constantes y monótonos cánticos y rezos de los sacerdotes le producían dolor de cabeza. De todos modos, ya no podía más. Necesitaba urgentemente dormir, y Jimena, que estaba al cuidado de su marido desde el principio de su enfermedad, todavía debía de sentirse peor. Tenía que comunicarle la nefasta verdad por mucho que odiara causarle esa decepción y por mucho que temiera las represalias, pese a todas las garantías dadas.

—Lo siento, doña Jimena, pero me temo... me temo que no puedo hacer nada más —dijo al final.

La esposa del Cid levantó la vista de la venda de la pantorrilla que había vuelto a cambiar.

—¿Qué... qué me estás diciendo? —preguntó con voz ronca—. ¿Me estás diciendo... me estás diciendo que va a morir? —Su rostro se convirtió en una máscara del horror—. No, nada de eso. Tienes que evitarlo, Aleyna. No debe, no puede ser... ¡tiene que haber algo! —Reflexionó unos segundos—. Tú... tú... cantas... —dijo entonces—. Sí, ¡no lo niegues, te he oído! Puedes hacer milagros con tu voz. Has curado con ella a caballos. Todas estas hierbas —señaló el cesto lleno de remedios—, no las necesitas.

Las das para que nadie recele. Pero en realidad, ¡en realidad puedes hechizar!

En la habitación se hizo de repente un silencio sepulcral, solo se oía la pesada respiración del enfermo. Los sacerdotes ya no rezaban. Sus miradas se dirigían recelosas hacia Aenlin. Ella casi perdió el sentido. Las dementes palabras de Jimena podían llevarla a la hoguera.

—Señora, no puedo hechizar —se defendió—. Sé un par de melodías que tranquilizan a los caballos, igual que vos conocéis canciones para adormecer a vuestros hijos. Pero no sirven para curar.

—Al menos puedes intentarlo —insistió Jimena—. Los caballeros dicen que cantas cuando curas a los caballos. Quizás... quizás ocurre algo cuando...

—Señora, cantaré de buen grado para el Cid —dijo Aenlin—, pero eso no refuerza el efecto de los remedios ni tampoco cura. Son solo canciones... —Se volvió en dirección a los religiosos—. Si la señora insiste cantaré una canción en alabanza del Señor o una oración. En Burgos siempre cantaba en la iglesia... A lo mejor Dios se compadece...

—Tú canta, nada más —indicó Jimena—. Eso le ayudará. Tiene que ayudarlo... Yo... yo tampoco desvelaré nada si se trata de magia, yo...

—Doña Jimena, que no es magia, yo no sé hacer magia —insistió desesperada Aenlin—. ¡Solo que... si canto para él debe... deberíamos preguntarle, señora! Deberíamos preguntarle qué desea escuchar. Puede que sea la última canción que oiga, puede... puede indicarle el camino al paraíso...

Sabía que estaba diciendo una insensatez y que con ello posiblemente empeoraba más las cosas. Si a Jimena se le ocurría que sus canciones podían matar a Rodrigo... Pero Aenlin estaba aterrada. Tenía que salir de ese atolladero. Los monjes la habían estado observando todo el tiempo con desconfianza, pues una mujer sanadora ya les resultaba sospechosa. Y Jimena, con su esperanza en la magia... Aenlin se volvió hacia el Cid.

—Mi señor... —dijo con suavidad—. Mi señor, ¿me oís? ¿O alegraría...? ¿Desearíais que cantara para vos?

Se sobresaltó cuando Rodrigo se estremeció. El enfermo parecía estar inconsciente, pero Aenlin se había dado cuenta varias veces durante las últimas horas de que percibía lo que pasaba a su alrededor. Aun así, no había esperado que reaccionara con tanto vigor a su propuesta.

Rodrigo levantó la cabeza y miró a Aenlin y a las otras personas que había en la habitación con expresión de odio.

—Que me condenen —soltó. Su voz era débil, pero la furia en ella era claramente perceptible—. ¡Que me condenen si lo último que oigo es la voz de una puta mora!

—¡Rodrigo! —Jimena se precipitó a sostenerlo. Quería ayudarlo a que se acostara de nuevo, pero él mismo se dejó caer agotado sobre los almohadones.

Aenlin había retrocedido. Estaba como petrificada, hasta que uno de los monjes tomó la iniciativa.

—¡Ya lo has oído, mujer! —le dijo con rudeza—. Quiere que te marches. Está haciendo las paces con Dios.

—Pero yo... —Aunque ya hacía mucho tiempo que Aenlin no amaba a Rodrigo, sus palabras le habían dolido como una puñalada en el corazón.

—¡Deberíais confesaros, señor! —urgió el monje, acercándose a la cama de Rodrigo—. Dios perdona hasta los pecados mortales, y más cuando habéis sido inducido a cometerlos...

Aenlin vio con el rabillo del ojo que Rodrigo asentía y de pronto la rabia se apoderó de ella. Quería defenderse, quería proclamar que ella nunca había seducido a Rodrigo. Al contrario, quería acusarlo: de secuestro, de asesinato... Fornicar había sido el menor pecado de ese hombre. Pensó en el día que había conocido a Rodrigo y en los tiernos sentimientos que su intervención había desencadenado en ella. Los había malgastado, eran falsos. Rodrigo Díaz de Vivar no la había salvado. La había robado, raptado, humillado y vendido. Y ahora le asestaba el golpe final.

Levantó la cabeza.

—¡Mi Cid! —dijo con voz firme—. Con esto terminan mis servicios. Y está bien. Casi hubiera cantado para vos, pero no merecéis mis canciones. Id con Dios, mi Cid. Tal vez él os perdone.

Con la cabeza alta, sin dedicar ni una mirada ni a Jimena ni a él, Aenlin dio media vuelta y abandonó la habitación.

Delante de los aposentos del Cid esperaba don Álvaro, que se asustó al ver su mirada enfurecida.

—¿Ha muerto, Aleyna? ¿Qué ha pasado?

Aenlin negó con la cabeza.

—Solo... solo me ha dado la libertad —respondió con voz ahogada—. Por favor..., por favor, no me sigáis...

Cegada por las lágrimas buscó la salida del palacio al patio y de allí a los establos. Jaime y un par de criados más estaban dando comida a los caballos bajo la supervisión de Sancho. Aenlin se controló.

—Ve a ver a tu padre —indicó en voz baja a su hijo—. Se está muriendo. Y por favor, di a los criados que se marchen...

Aenlin se dominó hasta que los hombres hubieron abandonado el establo y se escondió en el cobertizo de Babieca. Solo Jaime se había quedado. Y ella se arrojó sollozando a sus brazos.

7

Esa noche, Aenlin ya no se marchó a su casa. Incluso bajo la protección de don Álvaro se sentía demasiado vulnerable en la ciudad, que era un hervidero. Corría el rumor de que el Cid había muerto y estallaron las primeras revueltas. Los habitantes de la ciudad se rebelaban contra los esbirros, se emborrachaban en las tabernas y se resistían cuando la guardia de la ciudad intentaba imponer orden.

Don Álvaro tampoco insistió en regresar. Como todos los hombres del ejército, estaba ansioso por recibir noticias sobre el estado del Cid y prefería quedarse en la sala donde los caballeros primero bebían y luego dormían. Aenlin se instaló con Sancho; no se había atrevido a deslizarse a los alojamientos del servicio con Jaime, sino que se había despedido de su amado una vez se hubo desahogado llorando. A través de su hijo se enteró por la mañana de cómo estaba Rodrigo. El Cid se había confesado, estaba consciente, pero no se le entendía bien al hablar y estaba ronco. La mayor parte del tiempo se encontraba aturdido. Jimena se había dormido en su sofá. Los monjes cantaban y rezaban continuamente. El obispo seguía oficiando una misa tras otra en la capilla.

Aenlin sintió una vaga compasión por Jimena, lo que no evitó que durmiera profundamente. Por la mañana se despertó en cierta medida recuperada y resuelta a ir a las caballerizas en busca de Sancho y Jaime. Como no doblaban las campanas, supuso que Rodrigo aún vivía.

Jaime estaba dando de comer a los caballos, algo inquieto porque Sancho no había aparecido.

—Debe de estar pasando algo —dijo a Aenlin—. Sancho ha venido por aquí para echar un vistazo a los caballos heridos, con la intención de marcharse luego con su padre o ir a la capilla. Entonces han llegado los caballeros a recogerlo, bastante alterados. Parecía... parecía como si el ejército se estuviera preparando. No estoy seguro, pero se oyen gritos y el tintineo de las espadas... Algo flota en el aire, Aleyna. Y seguro que no es nada bueno.

Poco después apareció Sancho, arrojando luz en las tinieblas de las hipótesis.

—Han vuelto los almorávides —informó en un tono entre excitado y desconcertado—. Se están instalando en lo que quedó de su campamento...

—¿Con refuerzos? —preguntó aterrada Aenlin—. ¿Ha enviado ese Yúsuf más tropas?

Sancho no parecía ni haberse planteado esta pregunta. A él le bastaba con ver a los guerreros y los caballos para que le invadiera el pánico.

Don Álvaro, que lo acompañaba, hizo un gesto negativo.

—No. Son solo los caballeros restantes de ese pequeño ejército que hace un par de días huyó del Cid. Debieron de atrincherarse en algún lugar para recuperarse y luego les llegaron los rumores... Creen que el Campeador está muerto.

Sancho frunció el ceño.

—¿Cómo llegáis a estas conclusiones?

Don Álvaro esbozó una mueca.

—Sancho, no deberías haber buscado refugio nada más ver al enemigo —señaló, riñendo a quien había sido su alumno de niño—. Por Dios, chico, no has sacado nada de tu padre... —Dio la espalda al amonestado y se volvió hacia Aenlin y Jaime—. Lo sé porque esos tipos vuelven a cabalgar de un lado a otro junto a las murallas gritando que van a conquistar la ciudad y a profanar el cadáver del Cid Campeador. Uno se jacta, además, de haberlo matado. Suponen que fue lastimado en la batalla y que ha sucumbido a causa de las heridas.

—Pero todavía no ha muerto —intervino Sancho.

—Esos hombres no hacen ninguna distinción entre que esté muerto o enfermo de muerte —observó don Álvaro—. ¿O acaso crees que el Cid podría montar hoy en su caballo y enfrentarse a ellos? Si tal fuera el caso, seguramente saldrían huyendo como conejos, hoy tienen ventaja. Don Gonzalo... o quien se encargue de ello debe reunir a toda prisa a sus hombres...

Para alivio de Aenlin, no pensaba en Sancho.

—¿Dónde está Sancho? —Aenlin reconoció de inmediato la potente voz de Jimena, la última persona con quien quería encontrarse en ese momento. Buscó inquieta un escondite a su alrededor, Jaime le abrió corriendo la puerta del establo de Babieca y ella se metió a toda prisa—. ¡Sancho, los sarracenos... los almorávides han vuelto! Van a atacarnos. Creen... creen que el Cid ha fallecido. —Por su aspecto, Jimena no había dormido y estaba fuera de sí. Se la veía peor que la víspera. Aenlin contemplaba lo que ocurría a través del agujero de una tabla del cubículo. Junto a la esposa del Cid estaba don Gonzalo—. Pero ellos... Don Gonzalo cree que es bastante probable que escapen si ven al Cid y su semental. Y por eso... por eso... podríamos engañarlos mediante un ardid, justo como la otra vez, como hicimos entonces con Diego... —Aenlin se estremeció al recordar que Diego había dirigido el ejército con el yelmo del Cid para engañar a los almorávides. Jimena siguió hablando—. Te pondrás la armadura de tu padre, Sancho, y montarás en su semental. Te adelantarás a los caballeros, atacarás y...

—¿Yo? —preguntó Sancho confundido—. Pero si... si no me parezco en nada a él...

Jimena hizo un gesto de rechazo.

—Puedes bajar la visera. Y teñirte el pelo con hollín. Desde lejos no se darán cuenta.

—En principio es una idea estupenda, señora —intervino don Gonzalo—. De todos modos... sería mejor que fuera yo quien llevara la armadura del Cid. O... —Reflexionó unos segundos. Probablemente se había dado cuenta de que era más bajo y robusto que Rodrigo, cuya armadura no habría podido ponerse—. O don Cristóbal... don Sebastián...

Habría podido enumerar a diversos caballeros. La mayoría de

los hombres de Rodrigo eran altos y de cabellos oscuros, y tan veteranos como el Cid. Ninguno de ellos habría dudado en ponerse la armadura de su capitán y enfrentarse a los almorávides.

Pero Jimena negó con la cabeza.

—¡No! —insistió—. Tiene que ser Sancho. La carne y sangre de Rodrigo... ¡Solo él puede remplazarlo con dignidad!

Aenlin se mordió el labio. ¿Lo decía en serio? ¿O acaso veía ahí la oportunidad de deshacerse del aborrecido hijo bastardo de su marido antes de que se hablara de la herencia? En cualquier caso, no creía que saliera victorioso de una pelea contra los almorávides.

Si no huían todos al verlo, seguramente sucumbiría en el primer combate a dos.

Sancho empalideció.

—Yo... no sé... Nunca he capitaneado un ejército, no sé cómo se hace.

—¿Vas a negarte? —preguntó amenazadora Jimena—. ¿Acaso el Cid ha engendrado y criado a un cobarde?

Sancho lo negó apocado.

—Solo... solo quiero decir... Hay hombres más apropiados...

De repente don Álvaro se adelantó.

—Doña Jimena, ¿por qué no consultáis al Cid al respecto? —preguntó—. Todavía está vivo y he oído decir que consciente, así que puede tomar decisiones. Exponedle vuestra idea y ved qué opina.

Sancho miró agradecido al anciano caballero. Desde la muerte de Diego, el Cid no lo había enviado a ningún combate. Era improbable que ahora de repente le cediera el mando.

También Aenlin suspiró con alivio. Jimena odiaba a Sancho, estaba dispuesta a correr el riesgo de perder la ciudad para desembarazarse de él. Pero Rodrigo pensaba en Valencia. En ningún caso se arriesgaría a que la ciudad cayera en manos de los moros.

—Me parece una buena idea, doña Jimena —intervino también don Gonzalo.

Sancho asintió.

—Yo mismo se lo preguntaré a mi padre —anunció decorosamente —. Si decide que ocupe su puesto, lo haré. Es su armadura y es su caballo. Venid, doña Jimena. Vamos a verlo ahora mismo.

Aenlin, don Álvaro y Jaime no podían hacer otra cosa que aguardar. Don Gonzalo se había unido a Jimena y Sancho; probablemente no lo dejarían entrar en la habitación del enfermo, pero quería esperar a saber la decisión en el pasillo que había delante.

En las caballerizas y en el patio se desplegó una intensa actividad. Caballeros y mozos ensillaban los caballos y pulían las armaduras.

—Todos suponen que van a emprender la batalla —señaló Aenlin, inquieta—. Hoy mismo.

Jaime asintió.

—Tienen que contraatacar cuanto antes a esos tipos —dijo—. De lo contrario ganan ventaja. Pero que no sea con Sancho al mando.

Empezó a cepillar a Babieca. Aenlin contempló la armadura de Rodrigo, que estaba guardada, lustrada y pronta para vestirse, en la armería junto a los establos de los sementales.

—Antes de enviar a Sancho ahí fuera con esta armadura, me la pongo yo misma —declaró resoluta.

Jaime lo negó con un gesto.

—Te hundirías ahí dentro —observó, señalando la armadura—. Eres mucho más baja que él. Y tu cuerpo... Tienes un cuerpo precioso, pero... Si uno de nosotros ha de ir, seré yo —se ofreció valeroso.

Aenlin lo habría abrazado, pero sabía que en realidad en él no se escondía ningún guerrero con espada. Nunca había llevado una armadura. Sancho al menos había celebrado su espaldarazo.

—Tampoco tú das la medida —dijo con dulzura.

El Cid le pasaba a Jaime una cabeza. La armadura solo se ajustaba a Sancho, así como a otros varios caballeros del ejército de Rodrigo.

Ensimismada, Aenlin empezó a pulir el arnés, aunque este ya

brillaba. Tenía que mantenerse ocupada en algo, pero su paciencia no tuvo que superar ninguna dura prueba. Apenas media hora más tarde, Sancho y don Gonzalo habían vuelto. Por sus caras, Aenlin reconoció que no le llevaban buenas noticias. El rostro de Sancho estaba blanco como la cera; el de don Gonzalo, enrojecido.

Sancho fue el primero en entrar en el establo y abrazó a su madre.

—Ha muerto —dijo—. Mi padre, el Cid, ha muerto.

—Oh... —Aenlin ya contaba con que Rodrigo pronto fallecería, pero la noticia le sentó como si le hubieran propinado una bofetada. Damaris tenía razón: en lo más profundo de su ser siempre lo había considerado inmortal.

Jaime no parecía tan afectado.

—¿Y qué? —preguntó—. ¿Ha dicho algo sobre... sobre esa idea de doña Jimena? Me refiero...

—¿Que si ha decidido quién va a dirigir el ejército? —preguntó don Gonzalo, que estaba manifiestamente muy alterado—. Sí, lo ha dicho. En cualquier caso, nada que nos ayude a avanzar. Ha dicho: «¡Yo mismo capitanearé mi ejército!». Y entonces se ha enderezado una vez más y se ha golpeado orgulloso el pecho. Sus ojos resplandecían como en los viejos tiempos..., luego ha dado su último suspiro. Doña Jimena ha sacado de ello la conclusión de que estaba de acuerdo con el plan de enviar a su hijo a la batalla en su nombre. Ahora solo podemos... Disculpad, don Sancho, pero lo digo respondiendo a la evidencia... Solo podemos esperar que ningún sarraceno se atreva a pelear con el supuesto Cid. Y que no os alcance ninguna flecha antes de que hayáis salido del todo por la puerta.

El mismo riesgo habrían corrido otros caballeros, pero don Gonzalo parecía considerar que unos guerreros más experimentados serían más capaces de eludir los ataques.

Aenlin estrechó a su hijo contra sí. Quería rebelarse, protestar, enfrentarse a Jimena. Sancho, en cambio, estaba dispuesto a aceptar su destino con dignidad.

—Entonces... hablaré primero con los hombres —dijo con un murmullo. Se separó de Aenlin y se enderezó.

En ese momento intervino Jaime.

—Permitidme que tome la palabra, don Gonzalo —dijo respetuoso—. Sé que no es asunto de mi incumbencia, pero acaba de ocurrírseme una idea. —En su rostro emergió un asomo de su sonrisa traviesa—. ¿Por qué no obedecemos las órdenes del Cid? ¿Por qué no intentamos cumplir su último deseo?

Don Gonzalo le dirigió una mirada asesina.

—¡Porque está muerto, chaval! ¿Conoces el significado de la palabra «muerto»?

Jaime se encogió de hombros.

—Siempre se le puede poner la armadura y sentarlo sobre el caballo. Claro que se necesitaría un soporte donde apoyarlo, pero...

Aenlin comprendió, y su cerebro empezó a trabajar febrilmente. Era una idea atrevida pero sin embargo factible. El Cid podía adelantarse a sus hombres, ¡no habría flecha en el mundo que pudiera aniquilarlo!

Hasta que don Gonzalo comprendió la propuesta pasaron unos minutos más, pero entonces los rasgos del caballero se relajaron y lanzó una atronadora carcajada.

—¡Diantre! Eso sería del agrado de Rodrigo Díaz de Vivar... Vamos a resucitar al Cid. Él nunca temió a Dios ni al diablo, y ahora saldrá del infierno a perseguir a esos bellacos.

Aenlin pensó que el obispo habría situado el alma del Cid en otro lugar, pero el hecho de que don Gonzalo aprobara el plan la tranquilizó.

—¿El caballo responderá? —preguntó Sancho, preocupado—. Babieca no tendrá a nadie que lo guíe.

Jaime, don Gonzalo y también don Álvaro hicieron el mismo gesto de rechazo.

—Cuando note al Cid sobre el lomo, el semental no hará otra cosa que ir hacia delante —contestó Jaime.

Aenlin asintió. Recordaba perfectamente hasta qué punto había dificultado el entrenamiento de Babieca después de su cojera la forma desconsiderada de montar de Rodrigo.

—Seguro —convino don Gonzalo—. Si en batalla el Cid llevaba espada y escudo, además de la lanza, ¿cómo guiaba al caballo?

—Con las ayudas del peso y de los muslos —respondió Sancho.

La mirada furiosa de su madre le hizo callar.

—El caballo se precipitará a ciegas en el combate, en efecto —intervino don Álvaro—. Pero será difícil recuperarlo. Supongamos que las cosas salen como hemos planeado y los almorávides huyen en cuanto vean al Cid a lomos de su semental. Entonces el ejército los persigue, Babieca delante de todos, sin duda. Pero no tenéis pensado perseguirlos hasta Sevilla, ¿cierto? Entonces ¿cómo pensáis recuperar el semental?

Don Gonzalo se mordió el labio.

—¿Y si todos damos media vuelta con los caballos...?

Don Álvaro lo miró moviendo negativamente la cabeza.

—Entonces Babieca se alegrará de tener para sí solo todas estas bonitas yeguas de los almorávides —apuntó sarcástico—. El plan funcionaría si el ejército fuera cristiano y todos los caballeros montaran sementales, y ni así sería seguro. Un ejemplar como Babieca no tendría inconveniente en participar en una buena pelea entre sementales. Pero los moros montan yeguas, si es que todavía no os habéis percatado, don Gonzalo. Cuando el semental se dé cuenta de que es libre, correrá hacia ellas, y con mucho más ímpetu que el que pone en la batalla.

Don Gonzalo apretó los labios. Tal reparo parecía poner fin a su ingenioso plan.

Pero Aenlin movió la cabeza.

—Eso dejádmelo a mí —intervino decidida—. Creo que los almorávides, si huyen, lo harán en dirección a Cuarte, donde se reunieron tras el primer ataque. Aproximadamente un kilómetro y medio antes de llegar hay un bosquecillo. Yo me puedo esconder allí con Meletay para atrapar a Babieca. En principio tiene que salir bien, sin que nos vean. Para entonces seguro que los sarracenos ya llevan mucha ventaja. Combaten con armas ligeras, por lo que los caballos no soportan tanto peso, y sus yeguas son de por sí mucho más rápidas que los corceles de guerra de nuestros jinetes. Babieca nunca las alcanzará. El único peligro radica en que las siga hasta su campamento. En ese caso se descubriría todo, naturalmente.

Don Gonzalo frunció el ceño.

—¿Pretendéis... con vuestra yegua dorada...? Sí, ya sé que montáis. Pero ¿en la batalla?

Aenlin suspiró. El caballero no era precisamente una lumbrera.

—En la batalla no, claro que no —respondió—. Haremos como en su día hizo Rodrigo con Diego. Que el ejército salga por la puerta principal con el Cid a la cabeza y yo dejaré la ciudad por una puerta lateral, a ser posible antes. Tendréis que ingeniar una maniobra de distracción para que nadie me descubra. Rodearé la ciudad trazando un gran arco y esperaré a los sarracenos y a Babieca en el bosquecillo del que he hablado. Cuando él vea a Meletay, irá hacia ella, y aún más porque estará verdaderamente cansado.

Cuarte se encontraba a eso de una legua. A galope tendido y cargando con el peso muerto del Cid, al semental se le haría un trayecto bastante largo.

—¿Y cómo pensáis sujetar el cuerpo de modo que no se caiga al galopar? —inquirió Don Álvaro, exponiendo otra duda.

Jaime se alzó de hombros.

—Como ya he dicho, con ayuda de un armazón —respondió—. Un carpintero cualquiera montará algo enseguida.

Don Álvaro gimió.

—¿Se verá natural? ¿Aguantará? Si el artesano nunca ha hecho algo similar... ¿Y entre vosotros tampoco lo ha hecho ninguno?

—Bah, no es difícil. —Sancho, que hasta entonces había seguido la conversación como petrificado, reaccionó de repente—. Solo se trata de una cuestión de equilibro... Yo mismo lo puedo calcular fácilmente. Mirad, si lo ponemos así... —El joven se agachó y dibujó en el suelo el boceto de un soporte de madera y cuerdas que parecía estable y al mismo tiempo ligero—. Y la espada la sujetamos así... —Sancho añadió eficiente un soporte para la espada de modo que el arma parecía estar en el puño de Rodrigo.

Don Gonzalo miraba curioso por encima del hombro del joven.

—¡Tiene buena pinta! —admitió sorprendido.

Sancho se encogió de hombros.

—Me habría gustado ser alarife —dijo en voz baja—. Y ahora solo necesito a un carpintero...

Por lo visto, don Álvaro había tomado una decisión.

—Está bien —dijo el veterano caballero—. Todavía no estoy totalmente convencido de todo esto, pero si creéis que es factible tendremos que ponernos manos a la obra. Deprisa. Muy deprisa. Antes de que doblen las campanas. Antes de que doña Jimena pueda velar al Cid en la catedral y, sobre todo, antes de que comience el rigor mortis. Así que poneos en movimiento, don Gonzalo, y traed al Cid. Cómo hacerlo, deberéis decidirlo vos mismo. Me imagino que la señora pondrá el grito en el cielo y que el obispo no le irá a la zaga, pero ya se os ocurrirá algo. Sea como fuere, el Cid expresó claramente cuáles eran sus intenciones, de modo que limitaos a hacer como si estuvieseis cumpliendo su última orden. Aleyna, tú cogerás tu caballo y mientras tanto yo subiré a la muralla y reuniré a los hombres para comunicarles en voz alta y clara que el Cid quiere hablar con ellos, que está reuniendo su ejército. En cualquier caso, atraeré la atención del enemigo hacia lo que ocurre en la muralla. Entretanto, saldrás de la ciudad con la yegua. Ve por la orilla del río, ya sabes...

Aenlin asintió. La puertecita por la que solían salir a pasear daba directamente a la orilla del Turia. Galoparía junto al río y luego se desviaría hacia el interior.

—Recogeré la silla del Cid y me iré con ella a un taller de carpintero. Espero encontrar a un cristiano que sepa de su trabajo y pueda mantener la boca cerrada —explicó Sancho—. Don Gonzalo, que vuestros criados le pongan la armadura a don Rodrigo; ya veréis vos qué le contáis al ejército. Yo, personalmente, solo pondría a unos pocos al corriente, los otros deben pensar que mi padre sigue vivo, que está herido o enfermo y que por eso necesita de un soporte y no puede hablarles él personalmente. Pero que está con vida y sostiene la espada.

8

Aenlin abrazó llena de agradecimiento a Jaime cuando don Gonzalo y Sancho se hubieron ido a realizar sus tareas.

—Lo has salvado —dijo aliviada—. Esta idea, por muy loca que sea, lo ha salvado.

Jaime la besó tiernamente.

—Tan solo estamos cumpliendo el último deseo de nuestro señor —respondió guiñando un ojo—. Suyo es el mérito, no mío.

Aenlin sonrió.

—El mérito es del caballero encantado que hasta le hace una jugarreta a la muerte por su dama —le susurró—. Solo espero que todo vaya bien.

Jaime hizo un gesto de indiferencia.

—Si no es así, hoy se cumplirán los deseos de los musulmanes y Valencia volverá a ser mora —dijo tranquilamente—. Eso en el fondo a nosotros nos da igual. Yo lo sentiría por Babieca. Así que intenta rescatarlo, Aleyna.

Ella asintió.

—¿Y qué hago cuando lo tenga? —preguntó a don Álvaro. El caballero parecía ser el más capaz de abarcar todos los detalles del plan—. ¿Lo llevo de vuelta a la ciudad? ¿Con el Cid muerto? Nos verán.

Don Álvaro le contestó que no:

—Eso solo causaría un revuelo. Espera en el bosque, yo iré con un carro y unas mantas para esconder el cadáver. Respecto al caballo, ya se me ocurrirá algo... También tendrá que volver, y no pasa inadvertido.

Mientras don Álvaro todavía estaba pensando, se aproximaron al patio los hombres de don Gonzalo con el Cid, seguidos de una quejumbrosa Jimena.

—¡No os lo podéis llevar! No puede... Él...

—Mientras un caballero sigue con vida, puede cabalgar —determinó don Gonzalo con voz tan atronadora que sin duda lo oyeron en todo el patio. Aenlin se sorprendió, pero entendió que los caballeros se atenían al consejo que les había dado Sancho de no hacer todavía público el fallecimiento del Campeador. Dos jóvenes sostenían entre ambos el cuerpo del Cid. Habían apoyado los brazos del Campeador sobre sus hombros como si sujetaran a un enfermo o a un borracho—. Y ahora vamos a ponerle la armadura tal como él desea, señora. ¡Ya habéis oído lo que ha dicho!

Los caballeros llevaron a Rodrigo a las caballerizas y don Gonzalo cerró la puerta tras ellos, pero no pudo dejar fuera a doña Jimena. Esta siguió a los hombres y arrojó una mirada de odio a Aenlin cuando la vio de pie junto a Babieca.

—¡Tú! —escupió—. Cuando todavía había una posibilidad te has negado a probar con él tus artes de brujería. ¿Y ahora vas a resucitarlo de entre los muertos? ¿Qué piensas hacer? ¿Le darás una bebida para que reviva? ¿Irás al...

—Yo no voy a hacer nada —replicó con serenidad—, salvo contribuir a convertirlo decisivamente en una leyenda. Y proteger a mi hijo y el suyo. Porque no puedo resucitarlo de entre los muertos, al igual que tampoco habría podido devolverle la vida cantándole. Precisamente por eso prefiero ver a mi hijo con vida que muerto.

—Tejes intrigas desde que te conozco —gritó Jimena—. Tú, furcia inútil, con tu inútil bastardo que es demasiado cobarde para combatir por su padre.

Aenlin suspiró, pero no sentía el deseo de defenderse de algún modo. Todavía estaba cansada.

—Puede que tengáis razón, doña Jimena —contestó al final—. Yo soy una pecadora y vos sois una mujer recta que siempre se ha mantenido fiel a su marido, tan humilde y obediente que siempre habéis guardado silencio mientras él cometía adulterio, a pesar de que bien podríais haber hecho algo al respecto. ¿Acaso no sois pariente del rey? ¿No habría podido pedir vuestro padre que Rodrigo se desprendiera de mí? Pero no lo hicisteis; teníais miedo de él. Sabíais que carecía de escrúpulos y de moral. Que no tenía religión ni honor, que saqueaba e incendiaba, que esclavizaba a seres humanos. Habéis embellecido todos esos actos ante vos misma y queréis seguir haciéndolo, ¿no?

Por unos segundos tuvo la tentación de hablarle de las cartas, pero se dominó. Su confesión tan solo detendría su proyecto y Jimena ni siquiera la creería.

La viuda de Rodrigo se la quedó mirando.

—¿Cómo... cómo te atreves...? Don Rodrigo Díaz de Vivar fue uno de los más grandes caballeros de la cristiandad. Era un héroe que luchó por la religión... un mártir. Era... —Acarició temblorosa el rostro hundido de su esposo. Don Cristóbal ya había empezado a ponerle la armadura.

Aenlin lo negó:

—No era nada de eso —objetó—. Pero hoy está en el mejor camino para serlo. ¡Poned atención, Jimena! Si Sancho hoy hubiera cabalgado con su armadura y caído en la batalla, habríais perdido Valencia y la gente habría celebrado por las calles la muerte del Cid. Se habrían recordado sus crímenes, su gobierno del terror sobre la ciudad y con cuánta frecuencia en estos últimos años vuestro..., ah, sí, caballero cristiano cambió de bando. Peleó durante años por Al Mutamán, Jimena, ¿o acaso lo habéis olvidado? Mató a cristianos, mató a moros y judíos, le daba igual. Pero ahora, si vence a la muerte y la enfermedad para conservar Valencia para su Dios y su rey; si al final sucumbe a las heridas que ha recibido en la batalla en defensa de su fe; si rechaza la maldición que ha caído sobre la cristiandad a través de los almorávides... —Aenlin hablaba con voz tan sonora y sugerente que no solo Jimena, sino también los caballeros y Jaime estaban pendientes de las palabras que salían de sus labios— entonces se lo recordará exactamente como vos deseáis, doña Jimena. Pasarán mil años y todavía se pronunciarán alabanzas sobre su persona. —Su rival la miraba enmudecida, como si poco a poco fuera entendiendo la situación—. Así que no nos demoremos más —prosiguió—, más bien esforzaos para que ese salteador que fue vuestro marido se convierta en un héroe.

Jimena tragó saliva y Aenlin temió haberla enfurecido con sus últimas palabras. No obstante, la viuda de Rodrigo se enderezó, reunió fuerzas y se dispuso a dejar las caballerizas.

—Entonces preparadlo —dijo en voz baja, arreglándose el velo—. Y esperadme antes de sacarlo. Me despediré de él y del ejército en la puerta de la ciudad, y hablaré a sus caballeros en su nombre.

Aenlin temblaba cuando poco después también se puso en marcha. Había llegado el momento de recoger a Meletay y partir. Sin embargo, todavía se sentía agotada y, de algún modo, también engañada. Pues lo que había dicho a Jimena era cierto: desde el instante en que ese día convertirían a Rodrigo en un héroe, traicionarían a todas sus víctimas. Nadie contaría la historia de los seres humanos a los que aniquiló y secuestró, nunca se sabría la historia de los niños que tuvieron que ver su pueblo en llamas y de aquellos que sufrieron los abusos de sus caballeros. La horrible muerte de Ibn Yahhaf caería en el olvido, así como los gritos que salían de las cámaras de tortura de Valencia desde que el Cid la conquistó. Lo que quedaría sería la leyenda de un noble caballero y de su gran amor hacia Jimena, su esposa.

Profundamente inmersa en sus pensamientos, regresó a su casa, donde Damaris llevaba horas esperando impaciente las noticias del alcázar. Por la noche, don Álvaro le había enviado un mensajero que le había informado de que Aenlin estaba bien, pero todavía no sospechaba nada sobre la muerte de Rodrigo.

Cuando Aenlin le explicó el plan que habían urdido, la arpista llamó «chiflados» a su amiga y a todos los demás. Pese a ello la ayudó a cambiarse mientras Mustafa le ensillaba a Meletay. Aenlin le contó el enfrentamiento con Jimena y Damaris asintió.

—Sí, si todo va bien, hoy daréis un nuevo giro a la historia. Pero ¿a quién le importa? Los muertos, muertos están, Aleyna, y las canciones se desvanecen. Todo está en manos de Alá. —Dicho esto, abrazó tan fuerte a su amiga que esta casi no pudo soltarse—. Ve con Dios, y haz lo que tengas que hacer para salvar a tu hijo. Yo tocaré el arpa y recordaré a las víctimas.

Aenlin también la estrechó contra ella.

—¡Las canciones no se desvanecen! —susurró—. Se conservan en algún lugar, tal vez en el reino de las hadas de Jaime. Allí esperan hasta que llega alguien que puede oírlas y que así les concede una nueva vida.

Damaris sonrió. Agitó la mano saludando a Aenlin cuando ella se marchó con Meletay. Y cantó.

La yegua dorada se puso al trote con brío en cuanto Aenlin cruzó la puerta, pero su amazona estaba preocupada. Intentaba convencerse a sí misma de que cabalgaba hacia Cuarte como había hecho cientos de veces. En realidad su misión no era excesivamente peligrosa y aún menos por cuanto estaba dejando rápidamente a sus espaldas el entorno inmediato de la ciudad. A pesar de todo... despedirse de Damaris la había afectado. Se había sentido como si nunca más fuera a volver a ver a su amiga. ¿Un mal presagio? Damaris siempre había sido perspicaz...

Se esforzó por apartar de su mente ese aciago presentimiento. Buscó con el rabillo del ojo eventuales enemigos, pero confirmó que estaba sola. Los almorávides se habían reunido, en efecto, delante de las puertas principales de la ciudad, a la espera del ataque de la defensa. Suspirando aliviada, puso a Meletay al galope, siguiendo la cinta plateada del río durante un trecho hasta alcanzar un camino que llevaba a las montañas. Ahí el terreno era más escarpado que en los aledaños de la ciudad y en una de las colinas se alzaba una torre, como tantas otras en territorio de los moros. Los gobernantes de Al Ándalus disponían de un ingenioso sistema para intercambiar mensajes, rápidamente y salvando largas distancias, enviándose señales de una torre a otra.

En un principio Aenlin se propuso dar un rodeo a la colina, pero cayó en la tentación: desde la atalaya vería Valencia, pues la torre estaba colocada de modo que la guarnición pudiera distinguir señales de humo o fuego procedentes del alcázar y comunicarlas a otros. Aenlin estaba bastante segura de que la torre también tendría a la vista parte de la muralla y la explanada de Valencia. Si subía hasta arriba podría presenciar la salida del Cid a caballo, cerciorarse de si el plan funcionaba.

Naturalmente eso implicaba un riesgo. Cuando Babieca partiera, ella tendría que apresurarse para alcanzar antes que él el bosquecillo vecino a Cuarte.

Aenlin se debatió un poco consigo misma y luego confió en la rapidez de Meletay. Ató la yegua al pie de la torre y remontó corriendo las escaleras. Estaban bien conservadas, no hacía mucho que la torre se había abandonado. Tan deprisa como pudo fue subiendo más arriba y fue recompensada, en efecto, con una panorámica espectacular. Era un día claro, Valencia yacía bajo un resplandeciente cielo azul, pero desde arriba tenía el aspecto de una ciudad de juguete. Pese a ello se distinguía lo que estaba sucediendo. Aenlin vio el ejército de los almorávides formado delante de la puerta de Levante. No cabía duda de que los sarracenos gritaban increpaciones para provocar que los cristianos salieran al ataque.

Poco después se abrió la puerta. Aenlin no podía reconocer a cada uno de los caballeros, pero sí se apreciaba, incluso desde esa distancia, que el frente de guerreros que salía iba dirigido por un hombre montado en un caballo plateado, y también se percibía el efecto que la aparición del jinete causaba en los sitiadores de la ciudad. Ocurrió tal como había predicho don Álvaro: Babieca, la espada que brillaba a la luz del sol y el grito de batalla de los caballeros, «¡Por Dios y por el Cid!», fueron suficientes para que los almorávides se dieran a la fuga.

Aenlin vio que, aterrorizados, daban media vuelta a los caballos e hizo un esfuerzo para apartar la vista rápidamente de esa imagen. Babieca persiguió a las yeguas bereberes y árabes como enloquecido. Tal vez lo separaba del bosquecillo de Cuarte media legua en línea recta. Para Aenlin y Meletay era casi la misma distancia.

Corrió escaleras abajo, desató a la yegua en un abrir y cerrar de ojos y desde una piedra montó en ella. Acto seguido le dio las ayudas para partir al galope.

—¡Corre, Meletay, corre! ¡Vuela! ¡Hoy realmente tenemos que volar!

Aenlin ya había disfrutado de muchas y veloces galopadas a lomos de Meletay, pero hasta ese día nunca la había azuzado. Siempre le había bastado con el compás que marcaba el caballo, que ya era de por sí vertiginoso. Esa vez, en cambio, apretó los muslos, exigió a la yegua que acelerase el aire y el milagro se produjo. Pese a su avanzada edad, la yegua corría más y más deprisa. Sus cascos parecían tocar el suelo no más de un segundo antes de salir disparada como una flecha y dar saltos cada vez más largos. La cabalgada casi dejó sin aliento a Aenlin. El mundo pasaba a su lado volando y ella se olvidó de su misión, se olvidó de Babieca, de Sancho, de Rodrigo y de Jimena... solo estaban ella y Meletay, ya no existían los límites... Desde su primer paseo junto al Rin, tiempo atrás, nunca había vuelto a sentirse tan completamente feliz y libre.

La realidad la asaltó de nuevo cuando llegó al bosquecillo y aparecieron en el horizonte los caballos de los almorávides. También ellos avanzaban hacia el bosque, pero pasarían de largo en dirección a su campamento, mientras que el camino que Aenlin había tomado la internaba en la espesura. Sin embargo, por el momento se encontraban todos a plena vista, los sarracenos podían distinguir a Aenlin al igual que ellos estaban en el campo visual de la amazona.

Reflexionó brevemente sobre si tendría algún sentido ocultarse en algún lugar, pero no había donde esconderse, y dar media vuelta habría sido una pérdida de tiempo. Al final confió en que los hombres no detuvieran su huida solo por haber visto a un jinete en el horizonte, si es que de verdad habían advertido su presencia. Aparentemente, estaban aterrorizados, acaso porque los caballeros todavía los perseguían. El corazón de Aenlin palpitó desbocado cuando Meletay avanzó a trote rápido a través del bosque. Había acordado con don Gonzalo que la persecución acabaría a cierta distancia del bosquecillo, en un punto donde el terreno ascendía ligeramente. Si tenían muchísima suerte, Babieca, que con toda seguridad ya estaría cansado, seguiría el ejemplo de los caballos y también se detendría, de modo que Gonzalo lo podría coger. En caso de que no fuera así, Aenlin debería atraparlo a la altura del bosque. ¡Si no llegaba demasiado tarde!

Espoleó de nuevo a la yegua y Meletay dejó el bosque para llegar al campo que acababa de ser pisoteado por los cascos de los caballos de los almorávides. Cuando salió a la luz del sol el animal soltó un fuerte relincho y se volvió hacia Valencia. Aenlin se sintió esperanzada y poco después vio al semental plateado con su jinete inmóvil galopando colina arriba. Babieca ya no corría tanto, se le oía resollar, pero parecía decidido a que no lo dejaran atrás. Al menos hasta que descubrió a su madre.

Cuando vio a Meletay en el campo y oyó sus gritos y los de Aenlin, se olvidó de alcanzar el objeto de su persecución. El semental blanco cambió al trote y luego al paso, resopló para saludar y al final se acercó con un trotecillo a Meletay. Aenlin sintió un escalofrío cuando vio al Cid cabalgando hacia ella. Sancho y el carpintero habían hecho un buen trabajo. El soporte sujetaba el cuerpo de Rodrigo en una posición recta, como si realmente estuviera vivo. Solo la espada se había desprendido de su soporte con el galope tendido. El puño acorazado de Rodrigo únicamente sostenía la rienda suelta. Al día siguiente, Jimena tendría que enviar a alguien para buscar la costosa arma.

Aenlin iba a coger las riendas de Babieca para conducirlo al claro donde debía encontrarse con don Álvaro, pero no tuvo que hacerlo, pues el semental las siguió a ella y Meletay por propia iniciativa. Por lo visto estaba contento de poder tener como referencia alguien en quien confiaba, así que Aenlin cabalgó a veces delante de Rodrigo Díaz de Vivar y otras veces junto a él. Era espectral, y sin embargo ella no se sentía perseguida por su espíritu. Sentía que el Cid había perdido por fin su poder sobre ella. Había perdido cualquier poder, estaba muerto y Aenlin era libre. Lo que sentía era una profunda paz.

—Hemos cabalgado una vez más juntos, mi Cid —dijo en voz baja cuando llegaron al claro. Desmontó, ató a Meletay a un árbol y cogió a Babieca—. Al final de un largo camino.

Se afanó por desatar las cuerdas y soltar las hebillas que mantenían el cuerpo de Rodrigo sujeto a la silla de Babieca. No fue sencillo, pero al final lo único que sostuvo el cuerpo inerte sobre el caballo fueron los pies blindados del jinete en los estribos. Aenlin tuvo que hacer uso de todas sus fuerzas para soltarlos. Babieca saltó asustado a un lado cuando el cadáver con su envoltura de hierro cayó sonoramente junto a él. Aenlin calmó al semental y lo ató junto a Meletay antes de colocar con esfuerzo al Cid boca arriba. Abrió la visera del yelmo y miró su rostro yerto y pálido, que le pareció más dulce una vez muerto. Recordó que solo pocas veces, durante el sueño, había mostrado una expresión tan suave. Antes se había convencido a sí misma de que ese era el auténtico Rodrigo, el que se escondía tras el hombre duro e intransigente. El auténtico Rodrigo, eso pensaba ella, era dulce y cariñoso y podía amarla. De hecho, nunca había sido así. Si Rodrigo Díaz de Vivar alguna vez había amado a alguien o algo, solo había sido a sí mismo y el poder que poseía.

Aenlin le quitó la silla a Babieca y extendió la manta húmeda de sudor del semental sobre el rostro de Rodrigo. No quería volver a verlo nunca más. Lo que ahora quedaba de él pertenecía a Jimena.

9

El velatorio forzado de Rodrigo Díaz de Vivar duró varias horas. Aenlin esperó pacientemente sentada al sol otoñal junto a los caballos, tratando de no dejarse llevar por los recuerdos de su vida con el Cid. No quería revivir los episodios hermosos y engañarse a sí misma, como hacía Jimena, y tampoco quería recordar los tiempos difíciles en que se había sentido atormentada por el miedo y la duda. Mejor evocar los días pasados en Burgos con Jaime, las historias y sueños del caballero encantado, y los paseos nocturnos a caballo con la yegua dorada y el semental plateado.

Pero, a pesar de todo, eso también la afligía. No sabía lo que le depararía el futuro, pero estaba bastante segura de que habría de separarse de Babieca. Jimena se apoderaría del caballo, formaría parte de la leyenda que a partir de ese día se construiría en torno a la muerte del Cid. Se preguntó qué significaría eso para Jaime, el hombre a quien realmente amaba, y para su posible futuro juntos.

Al final la venció el sueño y se adormeció con el amable rostro de Jaime en su mente. Soñó con el halcón que la liberaba y se despertó sobresaltada cuando oyó el sonido de unos cascos. Se trataba de un caballo, obviamente un ejemplar pesado, que avanzaba al galope. No parecía el carro que estaba esperando y que debería desplazarse más lentamente. Babieca y Meletay relincharon alarmados, y ella creyó estar soñando. De las sombras que envolvían los árboles apareció un semental de plata en cuya silla iba sentado un caballero con el pelo castaño revuelto a causa de la galopada. Bajo el pelo corto y un poco ondulado destacaba un rostro moreno y de nariz corta, labios carnoso y ojos risueños.

Aenlin quiso ponerse en pie y correr hacia él, pero luego cambió de opinión. ¿Por qué llevaba el hombre una armadura? No le correspondía; si un caballero lo sorprendía habiéndose apoderado de ella, le impondrían un duro castigo. Y Babieca, el semental plateado, estaba atado junto a Meletay. ¿Se hallaba ante un espejismo?

Sin embargo, el mozo de cuadras no se comportaba como un espectro. Enseguida descubrió el claro, los caballos y el cuerpo del Cid, y en cuanto vio a Aenlin bajó de la montura con los ojos resplandecientes. Tropezó al apoyarse en el suelo, pero recuperó el equilibrio en el último momento. En esa armadura, para él inusual, estaba muy lejos de moverse con la apostura de un caballero encantado.

—¡Aleyna! He salido antes, no podía esperar a saber si todo había ido bien. Casi me consumo de angustia. Don Álvaro se negaba rotundamente a que nos precipitásemos para no caer en manos de sarracenos si Babieca había galopado hasta su campamento. Aleyna...

Jaime anhelaba correr hacia ella y estrecharla entre sus brazos, pero eso tampoco era fácil en ese caparazón de hierro. Soltó una maldición y con ello convenció definitivamente a Aenlin de que tenía ante sí a un hombre de carne y hueso. Se abalanzó hacia él y reconoció la armadura. Era de don Álvaro, al igual que el semental que él conducía ahora de las riendas. Por supuesto no era Babieca, sino Destello, el hijo de este.

—¿Qué haces aquí con el caballo de don Álvaro? —preguntó asombrada—. ¡Y con su armadura! Él no permitiría algo así, él...

Jaime dibujó su traviesa sonrisa.

—La señora Damaris hace con él lo que quiere —observó—. Y ella consideró necesario que te acompañasen dos caballeros, pues una dama necesita una escolta como es debido. Dijo que no era tan importante que yo supiese o no pelear, porque la mayoría de los salteadores de caminos ni se acercaban con solo ver a un caballero.

A Aenlin le zumbaba la cabeza. ¿Damaris? ¿Escolta? ¿Dos caballeros? ¿Salteadores? No entendía nada, pero en ese momento oyó el golpeteo de unos cascos. Jaime tampoco se había adelantado tanto a don Álvaro y el carro. Era probable que se hubiese separado de él al entrar en el bosquecillo.

Meletay y Babieca volvieron a relinchar cuando llegó al claro otro semental con un caballero sobre la grupa: Sirius con Sancho, su hijo. El joven desmontó con mucha mayor destreza que Jaime, pero no menos radiante que él.

—¡Lo has conseguido, madre! ¡Lo has conseguido de verdad! Nunca habría pensado que Babieca... ¿Y el Cid? ¿Se ha mantenido en la silla? ¿El soporte ha funcionado?

—Habíamos practicado mucho —explicó Aenlin, al tiempo que dirigía una sonrisa a Jaime—. El semental del caballero encantado siempre ha ido tras la yegua de la princesa—. Y el soporte ha funcionado de maravilla. Tan solo la espada...

—La hemos encontrado —terció don Álvaro, que en ese momento detenía en el claro un carro de dos ruedas tirado por un caballo pesado. Sobre la superficie de carga descansaba, escondida bajo un par de mantas, la espada *Tizona*—. Yo ya estaba preocupado, pero Sancho opinaba que el soporte para su padre era mucho más estable que el de la espada. —Dirigió un gesto de asentimiento al joven—. Y sus cálculos se han confirmado. A lo mejor sale de ti un alarife, Sancho. O un estudioso. Ahora podrás escoger...

Aenlin volvió a fruncir el ceño.

—Se diría que no piensas volver a Valencia, ¿es así, Sancho? ¿Por qué has venido? ¿No deberías estar asistiendo a esas interminables misas de difuntos o estar hablando con el pueblo o...? Hay que hacer pública la muerte del Cid...

Don Álvaro bajó del pescante, se volvió hacia el cadáver y empezó a hablar.

—Al pueblo se dirige Jimena —contó—, como se ha dirigido esta mañana a los caballeros en nombre de su marido. Ha sido muy conmovedor, les ha infundido valor, ha recordado las hazañas del Cid y, por supuesto, ha invocado a Dios, quien como es sabido siempre ha apoyado a Rodrigo... No la habrías reconocido,

Aleyna. Tras la muerte de su marido parecía destrozada, pero ahora está firmemente decidida a asumir el gobierno de Valencia en persona. Ha mandado que doblasen las campanas y ha comunicado la muerte del Cid en cuanto el ejército ha vuelto. Por supuesto la victoria va a celebrarse, es el último triunfo de Rodrigo sobre los herejes. Oficialmente toda Valencia se entrega a una mezcla de oficios de difuntos y de misas de acción de gracias.

—¿Y tú no deberías asistir? —preguntó Aenlin a su hijo—. Eres su heredero, su único hijo varón.

Sancho se encogió de hombros.

—Es lo que yo quería —dijo poco entusiasmado—. Pero... doña Damaris cree que de ese modo correría peligro.

—Y tiene razón —declaró Jaime—. Tú misma lo has dicho, Aleyna. Con lo que hemos hecho hoy, hemos cambiado la historia. Rodrigo será para la eternidad el gran héroe cristiano, ahí no encaja ningún heredero ilegítimo. Y esta mañana ya hemos comprobado que Jimena no mostraba el menor escrúpulo en eliminar a Sancho de la historia de Rodrigo. Incluso habría puesto en peligro la seguridad de la ciudad para matarlo.

—Sin duda esperaba que don Gonzalo y los otros caballeros contraatacaran a los almorávides cuando Sancho cayera —señaló don Álvaro—. La muerte de su jefe no desmoraliza obligatoriamente a un ejército. Esa pérdida puede enfurecer a los hombres y estimularlos. Si alguien como el Cid se lanza audazmente a pelear pese a estar enfermo o herido, y luego lo matan, es habitual que luchen denodadamente por su cadáver.

—En cualquier caso, ella quería que Sancho muriese —repitió Jaime. Se dispuso a ayudar a don Álvaro a colocar el cadáver sobre el carro, pero la armadura le entorpecía los movimientos—. Sancho, ayúdame a quitarme esta cosa —pidió impaciente—. ¿Cómo puede alguien menearse y luchar así blindado?

—Con mucha práctica —subrayó el joven.

Don Álvaro suspiró.

—Y nadie más que quien ha sido armado caballero debería tomarse la libertad de llevar una armadura. Y menos aún esa. Siempre me he esforzado por no deshonrarla. Pero Damaris opinaba...

—La señora Damaris nos convocó a todos cuando tú te marchaste, madre —siguió contando Sancho—. Había trazado un plan y consiguió convencernos. En su opinión, lo más prudente era que los dos huyéramos, porque doña Jimena también irá tras de ti. Incluso consideraba posible que la viuda no elaborase ningún ardid como hoy por la mañana, sino que se limitara a encargar a don Gonzalo que se desembarazara de nosotros. Y puede que esté en lo cierto, porque para los caballeros yo siempre he sido una molestia. En este sentido, ella cree que lo mejor es que no volvamos a Valencia. Ella misma, don Álvaro y la servidumbre también van a abandonar la vivienda. Cualquiera que sepa la relación que había entre tú y el Cid está en peligro, madre.

Aenlin entendió y admitió que Damaris tenía razón.

—Pero... pero Jaime... Y vos, don Álvaro...

—Yo voy a llevar al Cid de vuelta a Valencia —dijo con toda formalidad el veterano caballero—. Y daré su cuerpo a su esposa. Con ello se da por cumplido mi servicio, al igual hoy dejo de estar al vuestro, *sayyida* Aleyna. Dejo vuestra protección en manos del caballero don Jaime y en la de vuestro hijo. Él podrá defenderos de eventuales salteadores de caminos; a fin de cuentas ha aprendido conmigo a manejar la espada.

—Intentaremos encontrar las rutas más seguras posibles —señaló Jaime.

—En cuanto a mí —prosiguió don Álvaro—, me retiraré así que haya dejado al Cid y su caballo en el alcázar. Damaris está empaquetando nuestras pertenencias y hoy por la noche nos vamos a Burgos.

—¿A Burgos? —preguntó Aenlin, esperanzada—. ¿No podríamos...?

El veterano caballero negó con la cabeza.

—A Damaris y a mí nos conviene Burgos. Estoy seguro de que habrá un lugar para mí en la corte de don Miguel, no como maestro de armas, pero entiendo mucho de caballos. Ya encontraré en qué trabajar. Y Damaris... Si mal no recuerdo, don Miguel tiene una o dos hijas más jóvenes. A lo mejor puede enseñarles a tocar el laúd. En cualquier caso, me casaré con ella aunque pierda así mi rango de caballero. ¿A quién le importa? En algún momento heredará lo que yo tenga. Será una mujer rica que podrá hacer y dejar de hacer lo que se le antoje. Volver a un emirato..., abrir una escuela para muchachas esclavas... —Guiñó el ojo a Aenlin—. Algo se le ocurrirá. Pero tú, Aleyna, y sobre todo tú, Sancho... Vosotros no estáis seguros en ningún reino hispano.

Aenlin se frotó la frente.

—¿Creéis que el poder de Jimena llegará tan lejos?

—El del rey Alfonso sin duda sí —contestó el caballero—. Y ahora la viuda del Cid no tendrá más remedio que unirse al monarca, quien preferirá habérselas con ella que con el hijo de Rodrigo. Así que hará concesiones en cualquier sentido. Tenéis que huir, Aleyna, muy lejos.

Sancho había ayudado a Jaime a desprenderse de la armadura y los dos pusieron el cadáver de Rodrigo en el carro de don Álvaro antes de ocultar el cuerpo cuidadosamente bajo las mantas.

—¿Hacia dónde? —preguntó desanimada Aenlin—. ¿A... a los emiratos? Ahí tampoco estaríamos seguros, nosotros...

Don Álvaro inspiró hondo.

—Aenlin —dijo, y a ella le recorrió un escalofrío cuando, tras tantos años, oyó que volvía a llamarla por su antiguo nombre—. Aenlin, me han llegado noticias. El negocio de tu padre todavía sigue funcionando. El año pasado un caballero andante me informó de que había acompañado a un tal Linhard de Colonia en un viaje al Báltico.

—¡Pero eso es imposible! —exclamó Aenlin—. ¡Aunque mi padre no hubiera muerto, sería demasiado anciano para emprender un viaje tan largo! —Luego reflexionó—. Yo... yo tenía un primo que llevaba el mismo nombre. Entonces todavía era muy joven, tenía unos cuatro o cinco años...

Don Álvaro alzó los brazos.

—Entretanto ya ha crecido y puede haberse hecho cargo del negocio. Ve allí, Aenlin, averígualo. A lo mejor en Colonia también encontráis algo para Sancho. O... o también podríais instalaros en Maulbronn, está cerca de Espira en Franconia.

—¿Qué hay en Maulbronn? —preguntó Aenlin.

Había oído hablar de Espira, pero su familia no tenía ningún vínculo allí.

Don Álvaro sonrió.

—Un monasterio cisterciense —respondió—. Allí el abad Endres de Colonia vela por una reliquia de santa Bárbara. Debe de haber una gran cantidad de peregrinos que se dirigen hacia allí. Muchos viajeros me han informado de que han acompañado a grupos e incluso que ellos mismos han rezado ante el altar de la santa.

El rostro de Aenlin se iluminó.

—Os habéis informado sobre la reliquia —dijo—. ¡Y habéis encontrado con ella a Endres!

Años atrás había contado a don Álvaro que su hermano tenía intención de conseguir ingresar en un convento de su elección.

—Los caballeros no retienen fácilmente los nombres de los monjes —puntualizó—, pero la historia de la reliquia lo simplificó todo. Así que si te presentas en el monasterio, seguramente podrás comprar tierras en el territorio de la abadía y tal vez criar allí caballos... Dispones de dinero suficiente. —Señaló dos alforjas repletas, que hasta el momento habían estado en el carro y una de las cuales Sancho colocaba con esfuerzo sobre Sirius—. Están llenas de oro y plata.

Aenlin lo miró enmudecida.

—Pero esto... esto... —Quería decir que era mucho más de lo que había ahorrado en su vida, pero entonces se acordó del joven caballero que Jimena le había envidado—. ¡El oro es de Jimena! —exclamó—. ¿Podemos llevarnos a Babieca? —preguntó incrédula—. ¿Y queréis endosarle Destello a Jimena?

Jaime asintió.

—Destello llevará una vida tranquila si ella lo toma por Babieca —consideró—. Seguro que no lo envía a la guerra si no es con el Cid. ¿Y tú ibas a marcharte sin Babieca?

Aenlin miraba a Jaime y a don Álvaro alternativamente y hubiese querido abrazarlos a los dos al mismo tiempo.

—¿Nadie se dará cuenta? —preguntó vacilante.

Jaime se encogió de hombros.

—Los otros mozos cerrarán la boca —explicó—. He comprado su silencio. Y los caballeros... A lo mejor no se dan cuenta. Los sementales se parecen mucho y siempre han visto a Babieca en la batalla. Es improbable que lo hayan mirado con atención en las caballerizas. Y si no es así, ¿crees que don Gonzalo va a decirle la verdad a Jimena y despertar antiguos rencores? A fin de cuentas nadie sabe lo que se le ocurrirá. Es posible que decida perseguirnos para recuperar el preciado semental de su preciado marido.

Sancho negó con la cabeza.

—Creo que le será bastante indiferente —opinó—. Tiene un caballero cristiano y un semental plateado. Lo que se esconda detrás nadie lo llegará a saber. No se trata de Babieca ni de Destello, se trata de la leyenda. Es probable que los partidarios del Cid sigan peregrinando al cabo de mil años a la tumba de Babieca.

La idea de la tumba de un caballo como lugar de peregrinación regocijó a todos.

—¿Y cómo atravesamos las tierras hispánicas con el semental plateado sin que nadie nos pregunte? —Volvió a inquirir Aenlin a pesar de todo—. Todo el mundo conoce a Babieca. Si de repente aparece un caballero desconocido con un caballo plateado...

Jaime sonrió y cogió un cuenco de barro.

—Ceniza —anunció, tendiéndosela a Aenlin—. Hay que mezclarla con aceite. Así le oscureceremos el contorno de los ojos y de los ollares y le aplicaremos un poco en el pelo de las patas. Adquiere un tono gris, lo he comprobado. Y el resto lo esconderá esto. —Sacó del carro una gualdrapa negra bajo la cual casi todo el caballo desapareció—. Tengo otra para Meletay, pues ella también llama la atención. Y a Sirius también lo cubriremos. A fin de cuentas estamos de luto, en duelo por el Cid. Nos han enviado para acompañar de vuelta, a través de las montañas, a una noble de tierras alemanas que fue instruida en la casa de doña Jimena y con ello... ¿Qué rey tenéis en Colonia o a donde sea que vayamos?

—Vamos a ver al obispo de Espira —respondió Aenlin. Había decidido buscar a su hermano antes de nada.

—En fin, diremos que vamos a comunicar allí la noticia de que Rodrigo Díaz de Vivar ha fallecido. Es probable que no le importe nada en absoluto, pero la historia suena bien. Naturalmente, tendrás que ponerte velo, Aleyna. Al menos hasta que hayamos cruzado las montañas.

—Veo que habéis pensado en todo —dijo maravillada Aenlin.

Don Álvaro negó con la cabeza.

—Nosotros no, fue Damaris. Y ahora debemos partir, de lo contrario no podremos salir esta noche de la ciudad y eso sería fatal. Damaris espera. Te desea toda la suerte del mundo.

Aenlin abrazó al caballero.

—Yo también os la deseo —dijo—. Dadle las gracias de mi parte a mi amiga. De todo corazón. ¡Y yo... yo cantaré para ella!

Y dicho esto buscó una piedra desde la que apoyarse para montar a Meletay. La yegua estaba preparada, velada de negro como su amazona.

Aenlin le dio unos golpecitos en el cuello, la puso al paso y le cantó su canción. Meletay resopló satisfecha cuando Babieca se colocó detrás de ella, mientras Sancho se ponía con Sirius a la cabeza del pequeño grupo.

Estaban al final y al comienzo de un largo viaje.

EPÍLOGO

Escribir una novela histórica sobre la vida de Rodrigo Díaz de Vivar fundamentada y apoyada en fuentes resulta casi imposible. La historia del Cid y las leyendas que en torno a él se han ido construyendo están demasiado estrechamente unidas. Esto ya empieza con *El cantar de mío Cid*, una epopeya del siglo XII o XIII, cuya copia escrita más antigua que se conoce data del año 1232. El poema es maravilloso, pero apenas tiene nada que ver con la vida del héroe. El autor, Per Abbat, era casi con toda certeza un monje, por lo que le interesaba representar a Rodrigo como un héroe cristiano. Las batallas de Rodrigo junto a los moros aparecen tan poco en el texto como sus diversas desavenencias con el rey Alfonso. Al contrario: en *El cantar de mío Cid*, en incontables novelas de caballerías posteriores, así como en distintas películas y obras de teatro, Rodrigo Díaz de Vivar se describe como un súbdito leal e inamovible y un caballero valiente y sin tacha. La famosa película *El Cid*, con Charlton Heston y Sofia Loren en los papeles protagonistas, alcanza todos los récords. Ahí hasta interpreta un papel el rey Fernando, que murió trece años antes del comienzo de la acción de la película. Ese guion, por lo demás grandioso, no tiene nada que ver con el Rodrigo real.

Mucho más auténtica es la llamada *Historia Roderici*, una biografía del Cid escrita en latín que apareció aproximadamente al mismo tiempo que el poema. Aunque el autor, también desconocido, intenta embellecer las hazañas de Rodrigo, de vez en cuando se filtra su horror ante la brutalidad del héroe. Por ejemplo, expresa con toda claridad la devastación de La Rioja en el año 1092.

Buscar en otras fuentes, como la mención de Rodrigo en escrituras de propiedad o de donaciones, es inútil. Solo hay unos pocos textos que señalan una actividad como juez, así como datos sobre donaciones a conventos e iglesias. De vez en cuando los hechos de Rodrigo también se mencionan en contextos totalmente distintos, como en la datación de acontecimientos: «Era en el año en que Rodrigo Díaz de Vivar batió a los almorávides». Hay, además, diversas fuentes moras que arrojan una luz totalmente distinta a la de las biografías cristianas sobre el héroe. Lo valoran sin excepción como gran guerrero y estratega, pero lloran aquellos lugares en los que causó estragos, sobre todo Valencia.

Pese a la escasez de fuentes, he hecho un gran esfuerzo para mantenerme lo más fiel posible a la verdad en la descripción de la vida de Rodrigo. Para ello, me ha resultado de gran ayuda el libro *El Cid*, de Richard Fletcher. El historiador inglés —daba clases en la Universidad de Oxford, pero falleció hace poco— era un gran conocedor de la Alta Edad Media española y reunió en su obra todos los hechos conocidos sobre Rodrigo Díaz de Vivar. Hizo además un esfuerzo por descubrir los orígenes de las leyendas. De todo ello surgió un texto extremadamente complejo. Fletcher plasma los viajes y campañas de guerra del Cid hasta en el más mínimo detalle. En tales casos yo he tenido que simplificar para no aburrir al lector, pero me he atenido al máximo a la cronología y no he añadido demasiado de mi propia cosecha. De vez en cuando también he improvisado, nadie sabe, por ejemplo, cómo era exactamente Valencia en tiempos del Cid, cómo era el alcázar, y también me he dejado llevar por la fantasía a la hora de describir el palacio de Al Mutámid. El alcázar de Sevilla que se visita en la actualidad se construyó a partir de 1364 sobre las ruinas del original. Pero en lo fundamental, todos los edificios moros se parecían, así que mis descripciones no deben de diferir demasiado de la realidad.

Por lo demás, los emires moros que menciono vivieron todos. El hecho de que sus nombres sean casi iguales a veces puede dificultar la comprensión de la historia, pero por muy buena voluntad que le puse era inevitable. Quien desee saber más sobre los emiratos de esa época, encontrará enseguida información buscando el concepto de «reinos de taifa» en internet, siendo «taifa» el término técnico para designar los pequeños estados que aparecieron después del derrumbamiento del gobierno central moro en Al Ándalus.

En lo que respecta a las leyendas sobre la vida y muerte de Rodrigo, he adoptado solo una de ellas: la famosa última cabalgada del Cid a lomos de su maravilloso semental Babieca. No está documentado quién inventó esa historia sobre el héroe muerto al que sus seguidores sentaron a lomos de su caballo por iniciativa propia, enfrentándose así a los sitiadores de Valencia. Es posible que procediera, como muchas leyendas, de la mera fantasía de los monjes del monasterio de Cardeña, que albergaba las tumbas de Rodrigo y Jimena. En 1921 los restos de la pareja fueron trasladados a Burgos.

Durante todos estos siglos, los monjes comercializaron el culto en torno al Cid con suma habilidad. Se reunieron reliquias de origen más que cuestionable y añadieron más tumbas de Rodrigo y Jimena. Se supone que hasta Diego, el hijo, halló su último descanso en el convento junto a Burgos. Y de hecho todavía hoy se puede admirar allí la tumba del semental Babieca, siempre y cuando se pase por alto que durante las excavaciones del año 1948 no se encontró ningún hueso de caballo en el lugar señalado.

El hecho es que el legendario paseo a caballo del cadáver a lomos del corcel de guerra nunca existió, como tampoco la nueva invasión de los almorávides poco antes de la muerte de Rodrigo. En ese momento Valencia no sufría ninguna amenaza. El Cid murió —aquí me he atenido con toda exactitud a los hechos históricos— en su cama, probablemente a causa de una enfermedad infecciosa.

También en torno al semental Babieca se han construido diversas leyendas. Sobre todo se refieren a su descendencia, que, por supuesto, reclaman todas las asociaciones de crías españolas y también un par de extranjeras. Se dan las más diversas variaciones que demuestran las estrechas relaciones de Rodrigo con los emiratos: según ellas, Babieca llevaba tanto sangre española como árabe. Pese a ello, la asociación de criadores bereberes se remite a un antiguo poema en el que se describe a Babieca como un caballo del norte de África que el Cid adquirió por mil dinares. Según otras narraciones, el rey le regaló el semental por los servicios prestados.

La asociación de criadores de asturcones contradice lo anterior. Según su opinión, Babieca descendía del criadero de la familia de Rodrigo y sin lugar a dudas era un asturcón. En este caso, no puede haber sido de pelaje blanco, sino más bien castaño. Además los asturcones pocas veces alcanzan la alzada de más de un metro treinta y cinco, así que son ponis. Pero tal vez en la Edad Media todo era diferente...

El hecho es que no ha llegado hasta nuestros días cuál era la raza y el origen de Babieca. Se puede deducir, sin embargo, que era un ejemplar pesado, un corcel de guerra. Un caballero con la silla de montar, la armadura, la lanza y la espada pesaba entre cien y ciento treinta kilos. Un caballo más frágil no habría soportado ese peso durante un largo trayecto. Los destreros, tal es el nombre técnico de los caballos de batalla, tampoco debían de ser muy altos en la Edad Media; como mejor se los puede uno imaginar quizá sea como el cob actual. Al menos así lo veo yo, porque me encanta el cob de Gales. Con lo dicho se darán cuenta de que cada uno se imagina a Babieca según su gusto.

En ese libro se encuentra la idea absolutamente osada de que podía tratarse de un cruce entre un corcel de guerra y un akhalteke. Por supuesto esto es insostenible históricamente, aunque al menos, según los datos de la asociación de criadores de akhal-teke, ya había caballos dorados en la Alta Edad Media. Teóricamente cabría imaginar que un caballo con el correspondiente brillo metálico en el pelaje pudiera acabar en Colonia y de allí emprendiera camino a Castilla y León, aunque no es muy probable. Mi Meletay y su historia son ficción.

Lo mismo puede decirse de la figura de Aenlin, especialmente de su desarrollo como amazona y de las habilidades relacionadas con ello. Por supuesto que las mujeres montaban a caballo en la Edad Media. También para ellas el caballo era el único método de transporte efectivo en cierta medida. El mal estado de las calzadas dificultaba los largos viajes en carro y en las literas se avanzaba muy despacio. La silla de amazona (en la que la mujer se sienta con las dos piernas a un lado) usada en esa época no permitía ejercer ninguna acción sobre el caballo. Se trataba de una especie de banco que se le ataba al animal sobre el lomo y que apenas sostenía a la mujer. Solo se mantenía sobre el caballo al ir al paso, en todo caso en uno de los cómodos aires de cuatro tiempos que se resumen bajo el concepto de «ambladura». Las sillas de amazona posteriores tenían cornetas, sobre la cuales se podía apoyar la pierna izquierda, lo que aseguraba el asiento y permitía a las amazonas mirar hacia delante. De ese modo era posible dar ayudas, por un lado con el muslo, por el otro con una fusta especial y naturalmente con el sacro. Así se podía dominar al caballo en todos los aires.

Seguro que las mujeres también se sentaban a horcajadas en una silla para hombres, a lomos de un burro o de un mulo, probablemente las que pertenecían a las clases sociales más bajas: una campesina que llevaba verdura al mercado o la esposa de un artesano o de un comerciante no se sentaba afectadamente en una silla de amazona. Y sin duda también ha habido en todas las épocas mujeres a las que les ha gustado montar y que han amado a los caballos. Aun así, no hay pruebas de la existencia en la Alta Edad Media de «mujeres apasionadas por los caballos» como Aenlin.

Más veraz es la descripción de los mercados de esclavos, de la «escuela» de la señora Zulaika y de la vida en el harén. Una joven que en el contexto de un asalto o de la conquista de un lugar cayera cautiva podía tener un destino como el de Aenlin. Era, además, habitual que se regalaran «preciosas», también a dignatarios cristianos e incluso a religiosos. Lo que ocurría con la joven cuando su nuevo señor se la llevaba a su casa solo se puede suponer. Debía de depender mucho de lo rico y seguro de sí mismo que fuera el hombre en su ámbito. Un Rodrigo Díaz de Vivar, sin duda, podía permitirse tener una concubina, y un religioso la podría hacer pasar como sirvienta. Al menos hasta que quedara embarazada.

En lo que respecta a Jimena de Vivar, su relación con Rodrigo está considerablemente embellecida en los escritos. De hecho no hay pruebas de si se trató de un gran amor o de un matrimonio pactado y de conveniencia como era usual entonces. Lo que sí es cierto es que Jimena sobrevivió a su marido al menos catorce años, pues se la menciona en 1113 en un documento de compraventa. Tras la muerte de él gobernó Valencia durante casi tres años. En la primavera de 1102 la ciudad cayó sin presentar batalla en manos de los moros. El rey había decidido que sin un comandante de la talla del Cid no podía mantenerse. El desalojo del palacio debió de ser difícil para Jimena pero al menos de ese modo pudo poner a buen recaudo sus riquezas (y el cadáver del Cid).

Después de que Jimena abandonara Valencia, el rey incendió la ciudad. El capitán almorávide al mando que había llevado el ejército hasta sus murallas para liberar por fin la población solo encontró sus ruinas humeando.

Por lo demás, los almorávides no permanecieron mucho tiempo en Al Ándalus. Al cabo de unos cincuenta años, los territorios que habían conquistado cayeron en manos de los almohades o de señores cristianos. El último emirato moro en suelo español, Granada, fue conquistado en 1492 por el ejército de los reyes Católicos, Isabel y Fernando de Castilla. Se hablaba de una reconquista, la de Al Ándalus para la cristiandad. De hecho, esos territorios estuvieron en poder de los moros durante setecientos años y su población nunca había sido antes católica romana. Pese a ello, Isabel y Fernando siguen siendo venerados como los libertadores del país y Rodrigo Díaz de Vivar es considerado uno de los mayores héroes de la Reconquista.

Por el contrario, mis héroes personales son todas las personas que me permiten zambullirme relajadamente en los mundos de mis libros. En primer lugar Joan Puscas —Nelu— y Kosa Anna, que viven conmigo en mi finca española y que con su ayuda en el trabajo con los caballos y los otros animales me conceden tiempo para escribir. También debo a las maravillosas manos de Nelu que mi ordenador, hay que reconocer que algo anticuado, siga sobreviviendo hasta el día de hoy. Nelu se ocupa tan primorosamente de la técnica como Anna de los animales. ¡Os doy las gracias por ello!

Gracias también a mi editora Melanie Blank-Schröder, a quien este libro debe especialmente su aparición, ya que Melanie deseaba contar con una historia en torno a una susurradora de caballos en la Edad Media; y gracias a mi correctora, Margit von Cossart, quien vigila constantemente que, pese a toda la imaginación que hay en ellos, el fondo histórico siempre se represente lo más correctamente posible. Además, me ayuda a que la cronología en mis libros sea coherente; las fechas no son lo mío. En el caso de este libro, Margit tuvo que zambullirse un poco en el mundo ecuestre y comprobó que hay términos técnicos en torno al caballo que en realidad no son normativos en alemán. Gracias por haber confiado tanto en mí que los has dejado a pesar de ello. A fin de cuentas, el libro también tiene que ser verosímil para aquellos que aman a los caballos y son conocedores de la materia.

A Bastian Schlück, mi maravilloso agente, que lleva todas las negociaciones en torno a la cuestión monetaria, y a Christian Stüwe, que gestiona las licencias de mis libros en todo el mundo, debo en gran medida el hecho de poder ocuparme hoy en día de tantos caballos y de contribuir a que precisamente algunos «casos sociales» puedan llevar una existencia de pensionistas sin preocupaciones y bien acogidos. A este respecto, me alegro especialmente de cada uno de los libros que aparece en España, mi patria de adopción. Mi editorial española —Ediciones B, en la actualidad Penguin Random House— se ocupa de forma ejemplar de la promoción de los títulos, organiza viajes de difusión y siempre está allí cuando necesito una persona de contacto. Esto también es válido para Susana Salamanca Amorós, que lleva mi página en Facebook en España y que este año me ha ayudado a salir de un bajón que yo no habría podido superar sola.

Naturalmente, doy las gracias también a mis eficientes lectores de pruebas y a cuantos han participado en la elaboración de este libro: diseño gráfico, de cubiertas, publicidad, traducciones a otras lenguas... Gracias también a los libreros que recomiendan mis novelas y que me acogen siempre con especial cariño en las presentaciones, ¡y gracias a todos mis lectores y lectoras! Espero que mis obras les permitan evadirse un poco del día a día y les aporten felicidad.

RICARDA JORDAN

ÍNDICE